Copyright © 2023 by

Drachenmond Verlag GmbH
Auf der Weide 6
50354 Hürth
https://www.drachenmond.de
E-Mail: info@drachenmond.de

Lektorat: Sarah Nierwitzki
Korrektorat: Lillith Korn
Satz & Layout: Anika Miller & Astrid Behrendt

Umschlagdesign: Alexander Kopainski
Bildmaterial: Shutterstock

Druck: Booksfactory

ISBN 978-3-95991-557-1
Alle Rechte vorbehalten

FÜR ALLE

die im Alltag nach Magie
suchen. In diesem Buch
werdet ihr sie finden.

Magiefall

(n.) Der Verlust der Magie,
der die Welt an den Rand des
Abgrunds treibt.

1
AMELIE

Der eisige Atem des Todes streifte meinen Nacken. Ich wirbelte herum, blinzelte in die Finsternis jenseits der unzähligen Kerzen, deren Licht über die steinernen Wände floss. Die Schritte der anderen entfernten sich und ich lauschte der darauffolgenden Stille. Es war eine, die mir in den Ohren dröhnte. Eine, wie sie nur möglich war, wenn man sich so tief unter der Erde befand, dass jedes Geräusch erstarb. Doch sie war trügerisch.

Ein Knistern hing in der Luft. Lautlos zwar, aber ich spürte es. Es war wie ein Prickeln auf der Haut und ein Schauder, der mir über den Körper rieselte. Meine Nackenhaare stellten sich auf und mein Herz geriet ins Stolpern, als ein Flüstern die Stille durchbrach. Daraus formten sich Worte. Alles in mir erstarrte. Ich hielt die Luft an, wagte nicht, mich zu rühren, und versuchte, zu verstehen, was diese körperlose Stimme sagte. Erfolglos. Es klang wie Bruchstücke einer fremden Sprache, eine, auf die mein Körper mit einem Summen reagierte, als verstünde er, was mir verborgen blieb.

Ich war nicht allein. Dieser Gedanke reifte mit überwältigender Gewissheit in mir, obwohl ich niemanden in der Dunkelheit erkannte, die im nächsten Moment allumfassend wurde und alles um mich herum verschluckte, als ein Windhauch fast alle Kerzen löschte.

Das mir vertraute, in den letzten Wochen hartnäckiger gewordene Schwindelgefühl erfasste mich und ließ mich durch die konturlose

Umgebung wanken. Ich streckte eine Hand aus und betete, damit keinen der Totenschädel zu berühren, die sich an den Wänden links und rechts neben mir stapelten. Stattdessen fand ich an einer der Säulen Halt, die die niedrigen Decken trugen, und lehnte mich dagegen. Bis sich meine Augen an die Finsternis gewöhnt hatten und ich meinem Gleichgewichtssinn wieder vertrauen konnte, verharrte ich in dieser Position. Woher war der Wind gekommen? Ich sah mich nach meinen Mitstudierenden um und überlegte, ob sich jemand von ihnen einen Scherz mit mir erlaubte. Ein Flüstern streifte mein Ohr und strich sanft durch mein Haar. Ich fuhr herum, hob die Hand und griff ins Leere.

Wieder ein Flüstern, dessen Worte ich nicht verstehen konnte. Wut über diesen albernen Streich verknotete mir den Magen und ich zog mein kleines Notizbuch aus der Gesäßtasche meiner Hose, um eine Seite herauszutrennen und sie in die winzige Flamme der Kerze zu halten. Ein orangefarbenes Licht floss durch den unterirdischen Raum, tanzte über die Schädel, malte Schatten in die Ecken. Da war niemand außer mir.

Der Zettel in meiner Hand schrumpfte unter der Hitze des Feuers zusammen und als dieses den Namen, den ich mir zuvor darauf notiert hatte, verbrannte, überkam mich ein eigenartiges Gefühl, als würde mein schneller schlagendes Herz den Schwindel aus meinem Körper vertreiben wollen. Und als besäße es die Macht dazu.

Seit Tagen plagte mich eine irrationale Mischung aus Müdigkeit und Schlaflosigkeit, doch in diesem Augenblick fühlte ich mich lebendig und unbesiegbar. Der Zettel in meiner Hand zerfiel zu Asche, die Flamme erlosch, aber um mich herum tanzten goldene Partikel, die den Raum erhellten. Sie schwebten in der Luft, gerieten durch meinen Atem in Bewegung und trieben die Schatten vor sich her. Über den erloschenen Kerzen verdichteten sie sich, bis sie wie aus dem Nichts erneut zu brennen begannen.

Ich hielt den Atem an, verfolgte das Schauspiel mit offenem Mund und versuchte, zu verstehen, was ich da sah.

Als Wissenschaftlerin komprimierte sich dieser Moment auf die Wechselwirkung von Beobachtung und Schlussfolgerung, die keinen Spielraum für Interpretationen ließ. Denn was ich sah, war Magie, dessen war ich mir absolut gewiss.

Die Kerzenflammen schossen hoch, der Magiestaub legte sich und das machtvolle Gefühl in mir verklang. Zurück blieb das Flüstern.

»Amelie?«

Kein Flüstern mehr, ein Rufen jetzt. Es riss mich aus der Starre. Juliens Gestalt tauchte vor mir in einem der halbrunden Gänge auf. Er war hochgewachsen, mit breiten Schultern und bewegte sich in geduckter Haltung durch die Katakomben auf mich zu. Das schwarze Haar trug er als Buzz Cut, er hatte dunkelbraune Augen und einen warmen Blick. Als er vor mir stehen blieb, wurde seine positive Ausstrahlung von dem grimmigen Zug um seinen Mund gedämpft.

»Bist du in Ordnung?« Seine Stimme hallte von den Wänden wider.

Der Schreck über das, was gerade geschehen war, saß tief und lähmte mir die Zunge. Zwei Möglichkeiten: Es ging mir sehr viel schlechter, als ich angenommen hatte, und die Halluzinationen setzten bereits ein. Oder ich war meinem Ziel näher als je zuvor. Ich drehte mich von Julien weg, sah durch den Raum, der nicht wirkte, als wäre hier gerade eben etwas Ungewöhnliches geschehen.

Ein Nicken war alles, was ich zustande brachte. Aber es genügte meinem Kommilitonen und er verzog das Gesicht zu einer Grimasse.

»Echt gruselig hier unten«, sagte Julien. »Möglicherweise ist das Professor D'Amboises neuste Strategie, um den Kurs auszudünnen, nachdem dieses Vorhaben bei der letzten Abschlussprüfung gescheitert ist.«

Um einen Platz in einer der legendären Vorlesungen von Professor D'Amboise belegen zu dürfen, musste man schnell sein und sich an dem Tag, wenn der Veranstaltungsplan online gestellt wurde, vor allen anderen einschreiben. Grundvoraussetzung dafür waren ein Wecker und eine zuverlässige Internetverbindung. Julien und ich hatten es in diesem Semester zum zweiten Mal geschafft und nicht zu viel erwartet. Denn die Einführungsveranstaltung der Vorlesung verbrachten wir in den Eingeweiden der Stadt und besichtigten die Pariser Katakomben.

Ich zwang mich zu einem Lächeln, das hoffentlich über meine Unsicherheit hinwegtäuschte. »Verdammt, dann sollten wir uns den anderen wieder anschließen. Ich habe im letzten Semester meine gesamte Freizeit geopfert, um mich für diesen Kurs zu qualifizieren.«

»Nur im letzten Semester?« Der Vorwurf in Juliens Frage war nicht zu überhören.

Seit wir im Wintersemester vor zwei Jahren unser Studium an der Paris-Sorbonne begonnen hatten, pflegten wir eine lose Freundschaft. Oder um es fair auszudrücken: Er pflegte unsere Freundschaft. Es war nicht so, dass ich ihn nicht mochte. Er war ein großartiger Kerl, aufmerksam und humorvoll, der mir das nötige Verständnis für meine exzessiven Forschungen entgegenbrachte. Meistens. Wenn ich den Unterricht nicht so dermaßen ernst genommen hätte, hätte ich ihm womöglich mehr Zeit eingeräumt. Aber ich nahm den Unterricht ernst. Mein Studium und das Ziel, das ich damit verfolgte, hatten für mich oberste Priorität.

Trotzdem wirst du es nie schaffen.

Zweifel übertönten den Optimismus, der mir an anderen Tagen Mut zusprach. Es fühlte sich an, als würde sich eine kalte Hand um mein Herz legen und zudrücken, meinen Puls zum Aufgeben zwingen. Scheitern war keine Option, denn das bedeutete für mich ein Ende, wie ich es nicht akzeptieren konnte.

Wir folgten dem Gang, durch den die anderen Kursteilnehmer verschwunden waren. Die messerscharfe Stimme unseres Professors bewahrte mich davor, Julien mit einer Ausrede zu vertrösten, als wir in eine Kammer traten, an deren Wänden sich unzählige Knochen stapelten. Kerzenlicht tanzte auf den Totenschädeln, die mich aus leeren Höhlen anstarrten. Nie zuvor war ich dem Tod näher gewesen als in diesem Moment. Ich spürte seine Gegenwart. Sie sickerte aus den Wänden, hing schwer in der Luft, dazwischen das Flüstern. Es wurde lauter und fast war ich sicher, dass es Worte waren, die zwischen den Totenschädeln verklangen wie ein Lied, dem niemand außer mir lauschte.

»Mademoiselle Fournier, Monsieur Deschamps! Ich fürchtete schon, Sie in den Tunneln verloren zu haben.«

Das Rauschen des Blutes in meinen Ohren und das Flüstern übertönten Juliens Erwiderung, aber das Kichern meiner Mitstudierenden lenkte meine Aufmerksamkeit zurück auf die Veranstaltung.

Professor D'Amboise blickte mit uns in diesem Semester auf das Leben unseres größten Volkshelden, César E. A. Mézangeau, der bei dem Versuch, die Magie in unserer Welt zu bewahren, gestorben war. D'Amboise war ein stattlicher Mann, der in jungen Jahren sicher attraktiv gewesen war. Er hatte sich das schlohweiße, jedoch noch immer volle Haar als Knoten im Nacken zusammengebunden. Auf seinem Kopf saß eine Hornbrille wie ein Haarreif und hielt ihm die losen Strähnen aus dem Gesicht. Seine Augen waren klein wie die eines Mannes, der sich ein Leben lang im spärlichen Licht einer Bibliothek auf die winzigen Buchstaben alter Bücher konzentriert hatte, passend dazu furchten tiefe Denkfalten seine Stirn. Er kleidete sich stets in karierte Hemden und ungebügelte Bundfaltenhosen, das Markenzeichen für den beliebtesten Dozenten der Magiewissenschaftlichen Fakultät, denn obgleich seinem Fachbereich *Theoretische Magiekonzepte* der Ruf von Langeweile anhaftete, gestaltete er seine Vorlesungen außergewöhnlich.

»Der Tod war ein unliebsamer Nachbar«, setzte Professor D'Amboise die Führung fort. »Glaubt man den Quellen, starben im Jahr 1779 mehrere Personen im ersten *Arrondissements* an dem Gestank, der vom nächstgelegenen Friedhof ausging. Daraufhin verfügten die Behörden, den Friedhof zu schließen und die exhumierten Gebeine in die städtische Unterwelt zu überführen. Vom Steinbruch zum Totenbett: die Pariser Katakomben.«

Obwohl seine Stimme durch die niedrigen Wände gepresst klang, tönte die Begeisterung unseres Professors mit jeder Silbe durch. Angesichts der Toten äußerst makaber. Um uns herum hatte man Unmengen an Knochen aufgehäuft. Die Anordnung der übereinandergestapelten Schädel folgte geometrischen Mustern, die wie Kunstwerke des Todes wirkten.

»Jean-Baptiste Beaumont.«

Ich drehte den Kopf auf der Suche nach demjenigen, der das eingeworfen hatte. Die Blicke der anderen hingen jedoch an den Lippen von D'Amboise. Ich zögerte einen Moment, bevor ich mich ihnen anschloss und mich um Konzentration bemühte.

»Isabelle Charpentier.«

Diesmal war die Stimme lauter und knisterte. Das erinnerte mich an den Lautsprecherton eines alten Radios. Auf der Suche nach dem Ursprung sah ich mich erneut um. Warum reagierte niemand darauf? Wenn in einer Veranstaltung ein Handy klingelte, führte das üblicherweise auch zu Gelächter.

»Mademoiselle Fournier.«

Ich zuckte ertappt zusammen und drehte mich zurück zu D'Amboise. Mit erhobener Braue fixierte er mich. »Möchten Sie uns mitteilen, was Sie an diesen Spinnweben derart interessant finden? Steckt möglicherweise nicht nur eine Magiewissenschaftlerin in Ihnen, sondern auch eine Arachnologin?«

Meine Lippen öffneten sich, um eine möglichst eloquente Antwort zu formulieren, aber außer einem Stammeln kam nichts heraus und ich schloss sie wieder. Ich konnte ihm wohl kaum erklären, dass mich eine körperlose Stimme ablenkte, die mir unbekannte Namen zuraunte. Es waren nicht die guten Noten, die mich anspornten, mein Bestes zu geben, sondern die Notwendigkeit von Erfolg, der über den Verlauf meines Lebens entscheiden würde. Ich musste mich auf das fokussieren, was wirklich wichtig war.

»Entschuldigung«, sagte ich schließlich mit Verzögerung, was D'Amboise ein Seufzen entlockte, ehe er sich wieder an sein Publikum wandte.

»Inzwischen fragen Sie sich sicher, warum wir den Auftakt unserer Vorlesung zu Mézangeau in den Eingeweiden der Stadt verbringen. Sollte das nicht der Fall sein, ist das ein eindeutiges Zeichen dafür, dass Sie über die Spitzfindigkeit eines Teelöffels verfügen und durch die Prüfungen am Ende des Semesters durchfallen werden. Ich bitte Sie, uns derlei Enttäuschungen zu ersparen, und sich für ein anderes Seminar einzuschreiben.«

Vereinzelt erklang Gelächter. Aber Professor D'Amboise war nicht für Humor bekannt. Was er sagte, meinte er. Die geschockten Mienen meiner Mitstudierenden verrieten mir, dass ihnen das bewusst war. Auf die aufgetürmten Gebeine hatten sie nicht halb so stark reagiert wie auf seine Worte.

»Hab ich es nicht gesagt?«, raunte Julien mir zu. Sein warmer Atem streifte mein Ohr, ein Hauch von Leben im Reich der Toten. Dass ich meine verkrampfte Haltung kaum merklich lockerte, quittierte er mit einem Lächeln und deutete in Richtung des Professors. »Er versucht, uns loszuwerden.«

»Nur wenn Sie weiterhin den Unterricht stören!«, rief dieser über die anderen hinweg. »Haben Sie etwas Gehaltvolles beizutragen, Monsieur Deschamps?«

Julien richtete sich auf und stieß dabei gegen die niedrige Decke. Er fluchte, rieb sich den Kopf. »Ob Sie's glauben oder nicht, das habe ich.« Sein herausfordernder Tonfall brachte die Umstehenden zum Kichern und auch Professor D'Amboises Mundwinkel zuckten.

»Überraschen Sie mich!«

»Wir befinden uns in der Gesellschaft von über sechs Millionen Toten«, sagte Julien mit einer ausladenden Handbewegung. »Aber nur der knochige Arsch eines einzigen Mannes hat die Macht, das Herz unseres Lieblingsprofessors höherschlagen zu lassen.«

»Falls Sie glauben, dass Sie sich gute Noten erschmeicheln können, irren Sie sich. Fahren Sie fort, Monsieur!« D'Amboise machte eine gönnerhafte Geste.

»Zeit seines Lebens hat sich César Mézangeau für die Pariser Unterwelt interessiert. Gerüchten zufolge hat man ihn nach seinem Tod 1857 hier unten bestattet.«

Der Professor klatschte in die Hände. »Es gibt in dieser Stadt keinen besseren Ort für den Auftakt einer Vorlesung über unseren tragischen Helden. Nicht einmal meinen Hörsaal. Leider habe ich keine Sondergenehmigung erhalten, um die gesamte Veranstaltung in die Katakomben zu verlegen. Eine Schande, dass unsereins, die wir heutzutage noch der Magie nachhängen, von jenen belächelt werden, die sich mit der tristen Realität ohne sie abgefunden haben. Wie dem auch sei, wir sehen uns das nächste Mal wieder an der Uni.«

Verhaltener Applaus erklang, dem ich mich zögerlich anschloss, ehe die Ersten auf den Ausgang zustrebten. Professor D'Amboise empörte sich mit einem verächtlichen Grunzen über die Eile, mit der sie der Gesellschaft der Toten zu entkommen suchten. Ich konnte es ihnen nicht verdenken. Fröstelnd schob ich die geballten Fäuste in die Taschen des Wollmantels und bemühte mich um einen gleichgültigen

Gesichtsausdruck, während ich das Echo der sonderbaren Stimme in meinen Gedanken zu ignorieren versuchte.

»Manche Menschen sind immun gegen die Energie verstorbener Seelen und andere ertragen sie schlichtweg nicht«, bemerkte der Professor schulterzuckend.

Nacheinander traten wir in den schmalen Gang, der uns durch das Labyrinth des Pariser Untergrundes am schnellsten zurück an die Tagesoberfläche führen würde.

»Ich bin mir nicht sicher, ob es daran liegt, oder der Tatsache geschuldet ist, dass dies unsere letzte Veranstaltung für heute war und der verdiente Feierabend ruft«, bemerkte Julien, der wenige Schritte hinter mir lief.

»Es ist mir neu, dass Studierende Feierabend *verdient* haben«, entgegnete der Professor.

Ich spürte die Energie der Toten eindeutig, aber mein Notendurchschnitt war mir wichtiger als das Bedürfnis, diesem Ort zu entfliehen. Auch wenn ich der Furcht in den letzten Stunden allzu gerne nachgegeben hätte. Um mich herum ragten die Gebeine der Toten auf, dazwischen waren ein paar Schädel in Herzform angeordnet. Ich wandte mich ab und wich den Pfützen aus, die sich auf dem unebenen Boden gebildet hatten.

Die Stille folgte mir wie ein Schatten und ließ die Unterhaltung zwischen Julien und dem Professor verstummen. Das Flüstern strich über mich hinweg und liebkoste mein Bewusstsein, indem es mir weitere Namen nannte. Marie-Claire de Valois. Henri Dupont. Alexandre Duval.

Nicht darauf hören, ermahnte ich mich, obwohl das unmöglich war.

Ich taumelte, streckte die Hand aus, um den Sturz abzufangen. Mit den Fingern streifte ich eine raue, kühle Oberfläche. Knochen. Ich fuhr zurück und beobachtete, wie sich die Dunkelheit um mich herum verdichtete. Schwarzer Rauch, von goldenen Partikeln durchsetzt – ein kurzes Aufflackern von Magie.

Was. Unmöglich. Sein. Sollte.

Denn in meiner Welt gab es keine Magie. Zumindest nicht mehr. Sie war 1857 verschwunden, ein Wendepunkt der Weltgeschichte, über den dieser Tage nur spekuliert werden konnte. In der Magieforschung suchten die brillantesten Köpfe der Welt nach einem Weg, die Magie zurückzuholen, die Magiehistorik sichtete und bewertete Hinweise auf das damalige Leben. Quellen gab es kaum, da die meisten von Magiegegnern, den sogenannten Antimagies, zerstört worden waren.

Heute war unbekannt, wie groß der Anteil der Magie im Alltag war, aber da einige Gebäude mit ihrer Hilfe errichtet worden waren, die inzwischen einstürzten oder zerfielen, war davon auszugehen, dass er zumindest nicht unerheblich war. Ich lebte in einer Welt, die von den Spuren des Verlustes gezeichnet war, und im Wissen, dass sie eines Tages daran zugrunde gehen würde.

Und dennoch war ich mir in diesem Moment sicher, dass es Magie war, die mir in den Katakomben nun schon zum zweiten Mal begegnet war, und nach mir rief.

Das lähmende Gefühl von Angst ließ von mir ab und wich einer fiebrigen Erwartung, die warm durch meinen Körper tröpfelte.

»Professor!« Meine Stimme übertönte das Flüstern, das zu einem leisen Rauschen am Rande zusammenschrumpfte. Ich beschleunigte die Schritte und schloss zu D'Amboise auf, der sich mir mit mildem Lächeln zuwandte.

»Mademoiselle Fournier«, sagte er. »Womit kann ich dienen?«

Ich räusperte mich. »Sie sprachen von der Energie der Toten, Monsieur. Was meinen Sie damit?«

Das Geräusch unserer Schritte war gedämpft, während wir durch die verwinkelten Gänge in Richtung des Ausgangs liefen. Fast glaubte ich, dass mir der Professor keine Antwort mehr geben würde, als er endlich sagte: »Im Moment seines Todes hinterlässt ein Mensch Energie auf der Welt. Ein Stempel seiner Existenz, wenn man so will.«

Der Untergrund schluckte seine Worte. Doch es bedurfte keines Echos. Sie geisterten durch meinen Kopf, brannten sich mir ein und formten eine Idee, die mein Herz immer schneller schlagen ließ.

Es gab nur wenige gesicherte Kenntnisse über die Magie. Aber in einer Sache war sich die neuere Forschung einig: Magie war Energie. Und um sie zu wirken, brauchte es eine Möglichkeit, sie freizusetzen – ähnlich wie in der Chemie. Wenn man verschiedene Elemente mischte, knallte es. Oder man erzeugte im Idealfall Magie.

Bedauerlicherweise hatte es in den letzten Jahren um mich herum häufiger geknallt, als dass ich echte Magie sequenziert hätte. Als ich mich an Kristallmagie ausprobiert hatte, fing mein Notizbuch Feuer. Möglicherweise lag das am Brennglaseffekt und nicht am Umstand, dass ich tatsächlich Magie gewirkt hatte. Weitere Forschungen in diese Richtung verliefen ebenfalls ins Leere. Ich hatte Magie wie eine Gleichung mit einer Unbekannten behandelt, hatte sämtliche Formeln umgestellt, das X jedoch niemals aufgelöst. Ich hatte unzählige Fantasyserien und -filme in der Hoffnung gesehen, dort die Inspiration für weitere Versuche zu finden. Infolgedessen fand ich heraus, dass Zauberstäbe nicht mehr als alberne Spielzeuge waren und keinerlei Nutzen erfüllten. Edelsteine waren nichts weiter als Staubfänger und Zaubersprüche eine herausragende Möglichkeit, an der eigenen Redegewandtheit zu feilen. Magie hatte ich damit allerdings nicht bewirken können.

Aber hier tief unter der Stadt nahm ich die Magie plötzlich wahr.

Die Hoffnung, die in mir keimte, war zerbrechlich. Zu viele Niederlagen pflasterten meinen Weg. Doch eine Mischung aus Ehrgeiz, einen weiteren Versuch zu unternehmen, und Zeitdruck trieb mich an.

2
AMELIE

Als wir aus den Katakomben traten, dämmerte es bereits. Der öffentliche Zugang zum Bauch der Stadt lag an einem der für Paris charakteristischen breiten Boulevards mit gepflasterter Straße, umrahmt von verschiedenen Gebäuden, die sichtliche Spuren des Verfalls aufwiesen. Gesprungene Fenster, Efeu, der unkontrolliert wucherte, teilweise eingestürztes Mauerwerk. Auch wenn mir dieser Anblick vertraut war, schnitt er mir regelmäßig ins Herz, weil die Ruinen stumme Zeugen einer vergangenen Ära waren, die ich so sehr herbeisehnte.

Um mich herum verschwand der Boulevard, die Welt kippte und ich streckte die Arme aus. Nicht wie eine Ballerina, sondern wie eine Betrunkene, die die Macht über die eigenen Füße verloren hatte. Ich bekam Juliens Arm zu fassen und lehnte mich in einem Zustand überwältigender Erschöpfung gegen ihn. Diese verdammte Krankheit. Das erste und zweite Stadium galten als harmlos, fast symptomfrei. Doch immer wieder überraschte mich dieser Schwindel mit einer Heftigkeit, die mich am aktuellen Forschungsstand zweifeln ließ.

»Amelie?« Juliens Besorgnis drang durch den Nebel in meinem Gehirn.

Als mir der Zedernduft seines Deos in die Nase stieg und ich mir seiner Nähe und Wärme bewusst wurde, ließ ich ihn los und schuf mit einem schnellen Schritt nach hinten Abstand zwischen uns.

»Mist, Julien, tut mir leid. Mir war nur kurz … schwindelig.«

»Geht es denn wieder?« Prüfend sah er mich an und ich bemühte mich um einen gleichgültigen Ausdruck.

»Ja, natürlich. Alles gut. Das lag bestimmt daran, dass es in den Katakomben so stickig war.«

»Bestimmt.«

Jetzt strömte kalte Luft in meine Lunge und vertrieb das Unwohlsein, klärte meinen Geist für Gedanken an goldenen Magiestaub, die Energie von Toten und geflüsterte Namen längst Verstorbener, während sich unser Professor verabschiedete und auf einem Motorroller unweit des Eingangs zu den Katakomben aufsaß. Als Julien unschlüssig stehen blieb, bemerkte ich, dass wir die Letzten aus unserem Kurs waren. Zum Glück hatte niemand sonst etwas von meinem kleinen Schwächeanfall mitbekommen.

»Das war die ungewöhnlichste Veranstaltung, die ich je an dieser Uni besucht habe.« Juliens Worte beendeten das Chaos in meinem Kopf. Er scharrte mit der Fußspitze auf dem vom Herbstregen glänzenden Boden. »Wir könnten …«

Das schrille Piepen eines Handys unterbrach ihn.

»Pardon«, murmelte ich zerstreut. »Das war meins.«

Ich öffnete die Seitentasche des Lederrucksackes und zog es hervor. In den Katakomben hatte ich keinen Empfang gehabt. Jetzt, da es sich zurück ins Netz eingewählt hatte, gingen mehrere Nachrichten ein. Sie alle stammten von meiner Freundin und Mitbewohnerin Sandrine.

Sandrine Perreault – 17:28
Das neue Semester ist drei Tage alt. Drei Tage! Und ich ersticke schon jetzt in Hausaufgaben.

Sandrine Perreault – 18:13
Wo steckst du? Hast du Hunger?

Sandrine Perreault – 18:22
Wir könnten etwas kochen. Treffen wir uns zu Hause?

Ich ließ das Handy sinken und sah zu Julien auf. »Entschuldige. Das war Sandrine. Sie hat Hunger.«

Ein Grinsen breitete sich auf seinem Gesicht aus. »Dann solltest du dich beeilen.«

»Ja, stimmt. Aber ich wollte dich nicht unterbrechen. Was wolltest du sagen?«

Julien winkte ab. »Nicht so wichtig. Nur dass wir das Referat im Theorietutorium zusammen halten könnten.« Er hob die Schultern und schob die Hände in die Hosentaschen. »Ist ja noch Zeit bis dahin. Lass uns ein anderes Mal drüber sprechen. Ich muss los. Bestell Sandrine schöne Grüße.«

»Richte ich aus. *Au revoir*, Julien, wir sehen uns morgen.«

Kurz winkte ich ihm nach und richtete meine Aufmerksamkeit anschließend zurück auf das Smartphone, um in der Kontaktliste nach Sandrines Nummer zu suchen und sie anzurufen. Dreimal klingelte es, bis meine Mitbewohnerin das Gespräch entgegennahm.

»Hast du Zeit?«, fragte ich sie ohne Umschweife.

»Klar!«, rief sie. »Ich verhungere. Wo treffen wir uns?«

»In der Uni. Kennst du das Labor im magiewissenschaftlichen Trakt?«

Ein Stöhnen drang durch die Leitung. »Da gibt es nichts zu essen. Was stimmt bloß nicht mit dir?«

»Tu es für deine Lieblingsmitbewohnerin!«, schnurrte ich. »Ich brauche deine Hilfe.«

»Mit leerem Magen tauge ich zu nichts.«

»Schön, machen wir es so: Auf dem Weg zur Uni lege ich einen Zwischenstopp ein und bringe Essen mit.«

»Du zahlst?«

»Ich zahle.«

Sandrine seufzte theatralisch. »Wir sehen uns in einer Stunde.«

»*Merci*, Sandrine!« Ich steckte das Handy zurück in die Tasche und schlug den Weg zur Metro ein, um quer durch die Stadt in Richtung Universität zu fahren. Ich stieg eine Station früher aus und machte bei dem besten Burgerladen der Stadt Halt, ehe ich zu Fuß weiterlief.

Zu dieser Tageszeit übte die *Rue Soufflot* gruseligen Charme aus. Mehrere der gusseisernen Straßenlaternen waren wie Baumstämme im Sturm umgeknickt, sodass weite Teile im Dunkeln lagen. Die dahinterliegenden Gebäude waren verlassen und beherbergten nichts weiter als Finsternis, die hinter den eingeschlagenen Fenstern lauerte. In der einen Hand die Tüte mit Burgern griff ich mit der anderen nach meinem Smartphone und betätigte die Taschenlampen-App. Das Licht floss in einem breiten Kegel vor mir über den rissigen, moosbedeckten Gehweg und machte ein Hindernis sichtbar, dem ich im letzten Moment auswich. Es sah aus wie das Geländerbruchstück eines verrosteten Balkons, die wie Knochen aus den Fassaden ragten.

Es war leicht, sich vorzustellen, wie Paris ohne den Magiefall – so lautete der offizielle Begriff für die Abwesenheit der Magie und den damit einhergehenden Zerfall – ausgesehen hätte. Majestätisch mit prächtigen Gebäuden und historischen Bauwerken. Aber ein Großteil der Architektur, die mit Magie errichtet worden war, hatte sich in modrige Ruinen verwandelt und Menschen starben an Krankheiten, bedingt durch Magiefall.

Das Hauptgebäude der *Sorbonne-Paris*, in dem sich die Magiewissenschaftliche Fakultät befand, lag auf dem linken Seineufer in der *Rue Remy Cousin*, eine Straße, die aufgrund von instabiler Bodenbeschaffenheit und einsturzgefährdeten Häusern teilweise gesperrt war. Als ich dort ankam, war es bereits nach acht und die Korridore waren wie ausgestorben. Ich meldete mich mit meinem Studierendenausweis an der Pforte an und erhielt den Schlüssel zum Labor, das wir bis Mitternacht nutzen durften, ehe der Haupteingang verriegelt wurde. Wer sich bis zu diesem Zeitpunkt im Gebäude aufhielt, würde das auch noch bis zum Morgengrauen tun, wenn sich die Tore der Universität wieder öffneten.

Der Duft von fettigen Pommes und Burgern mischte sich mit dem von altem Papier und Ledereinbänden, als ich die Papiertüte mit dem Essen auf den Arbeitstisch in der Mitte des Labors stellte und mich auf einen der Hocker fallen ließ. Normalerweise herrschte hier rege Betriebsamkeit, an den meisten Abenden war der Raum jedoch leer, weshalb ich ihn gerne für meine Forschungen beanspruchte.

Hinter den Sprossenfenstern lag die von Lichtern gespickte Nacht über Paris. Drinnen erhellte eine Schreibtischlampe den Raum und ließ die golden geprägten Buchrücken im Regal gegenüber schimmern. Auf der anderen Seite standen mehrere Vitrinen, die getrocknete Kräuter, glitzernde Geoden und eine Auswahl an Edelsteinen beherbergten. Darüber spannte sich ein kunstvolles Stuckgewölbe. Das Labor war so majestätisch wie das gesamte Universitätsgebäude auf der *Rive Gauche*. Selbst wenn mich die äußeren Umstände nicht dazu zwingen würden, hätte ich meine Zeit gerne hier verbracht, auf den Spuren der Magie, die Paris einst verloren hatte.

Die Tür knarrte und kündigte Sandrine an. Mit großen Schritten und wehendem Mantel durchmaß sie den Raum und steuerte direkt auf die vor Fett triefende Tüte mit Fast Food zu. Dabei klackerten die Absätze ihrer Stiefeletten auf dem Parkett und betonten ihre Vorliebe für große Auftritte. Sie war ein kleiner, zierlicher Mensch, der es dennoch schaffte, den gesamten Raum bis zur Decke mit ihrer Präsenz zu füllen. Jede ihrer Bewegungen machte deutlich, wie bewusst sie sich selbst war.

»Ich sterbe, wenn ich nicht gleich etwas zu essen bekomme«, keuchte sie und schob sich die Ärmel ihres Mantels hoch, ehe sie in die Tüte langte und einen der Burger wie einen Schatz barg. »Komm zu *Maman!*«

Als sie hineinbiss, quollen auf der Rückseite Salat, Tomaten und Fleisch hervor, die sie mit dem Zeigefinger zurück zwischen die Brötchenhälften schob. Der Genuss entlockte ihr ein Stöhnen.

»Diescher Tag war wie verhekscht«, brachte sie mit vollem Mund hervor und schluckte. »Für *Magietheorie im 19. Jahrhundert* müssen wir bis nächste Woche zweihundert Seiten lesen. Und die Pflichtlektüre für das Aufbaumodul von *Magische Literatur* umfasst zehn Titel. In einem Semester.«

Sandrine schnaufte und grub die Zähne tief in den Burger, als wäre er die Lösung ihrer Probleme der ersten Vorlesungswoche. Vermutlich war er das auch. Meine Mitbewohnerin baute Stress mit Essen ab. Was für mich den Vorteil hatte, dass ich in Prüfungsphasen hervorragend verköstigt wurde, denn so leidenschaftlich gern und gut sie aß, kochte sie auch.

Eine Weile sah ich Sandrine schweigend beim Essen zu. Nachdem sie den Burger vernichtet hatte, seufzte sie und fischte ein paar Pommes aus der Tüte.

»Das ist das beste Fast Food der ganzen Stadt«, bemerkte sie. »Warum greifst du nicht zu?«

Als ich nicht sofort antwortete, sah sie mich aus zusammengekniffenen Augen an. »Du bist ein bisschen blass um die Nase«, stellte sie fest und ließ den Blick über mein Gesicht wandern. »Und deine Augenringe haben Augenringe. Was ist los?«

Die Schlaflosigkeit, die mich in den letzten Tagen nachts wach gehalten hatte, und die Anspannung, die mich seit den Katakomben begleitete und durch Sandrines Ankunft am Rand meines Bewusstseins gelauert hatte, verdarben mir den Appetit, und selbst der verführerische Duft fettigen Essens motivierte mich nicht, etwas davon zu probieren.

Stattdessen zwang ich mich zur Ruhe und sortierte meine Gedanken. »Heute habe ich an der Einführungsveranstaltung von *Mézangauscher Heroismus* teilgenommen.«

»Dann würde ich wohl auch so müde aussehen.«

Ich ignorierte Sandrines Bemerkung. »Professor D'Amboise hat mit uns die Katakomben besucht.«

»Warum muss ich mir für das Studium die Augen aus dem Kopf lesen, während du den Pariser Untergrund unsicher machen darfst?« Sandrine zog eine Schnute und säuberte die vor Fett glänzenden Finger an einer Serviette.

»Das liegt in der Natur der Sache. *Magiegeschichte* und *Literatur* sind nun mal theoretische Fächer«, erinnerte ich sie.

Schon nach der Einführungsphase hatte sie Zweifel an ihrer Studienrichtung geäußert. Allerdings war Sandrine mit verbissenem Ehrgeiz gesegnet und beendete, was sie begonnen hatte. Inzwischen arbeitete sie nebenbei in der Redaktion der Zeitung *Les Nouvelles*, ein Ausgleich zum langweiligen Unterricht. Ihre Worte, nicht meine. Im Rahmen eines interdisziplinären Moduls hatte ich in der Vergangenheit Veranstaltungen der Magiegeschichte besucht und teilte ihre Meinung über den Langeweilegrad der Inhalte nicht.

Sandrine schnitt eine Grimasse. »Aufmerksam sein bei der Studienwahl.« Sie seufzte. »Die Katakomben also. Darüber habe ich im letzten Semester eine Hausarbeit geschrieben.«

Sandrine hatte mit der Bestnote abgeschlossen. Allerdings hatte sie an den Tagen vor der Abgabe aus Nervosität mehr gebacken, als wir zu zweit hatten essen können, und so hatte ich kurzzeitig den Lieferdienst gemimt und die Nachbarschaft mit den Leckereien meiner Mitbewohnerin versorgt.

»Deshalb habe ich dich hergebeten.« Auf einmal schien dem Raum sämtlicher Sauerstoff entzogen worden. Das Atmen fiel mir schwer und mein Puls beschleunigte sich in ungesundem Maße. Die Anspannung ließ mich nicht länger still sitzen. Ich sprang vom Hocker und tigerte durch den Raum. Sandrines Verwirrung war ich mir nur allzu bewusst.

»Um mit mir über diese Hausarbeit zu sprechen? Eigentlich wollte ich nie wieder an diese leidige Episode meines Studentinnenlebens denken!«

Mir entfuhr ein fast schon hysterisches Kichern, das Sandrine mit hochgezogenen Brauen quittierte. »Es geht nicht um diese Arbeit, sondern um die Katakomben. Warst du je dort?«

»Natürlich. Ich habe sie zu Recherchezwecken besucht. Ein verdammt unheimlicher Ort.«

»Was du nicht sagst«, murmelte ich und fuhr mir durchs Haar. Einige hellbraune Strähnen lösten sich aus der Klammer an meinem Hinterkopf und fielen mir ins Gesicht. Ich wischte sie beiseite und zerstörte das, was nach einem langen Unitag von der Frisur übrig geblieben war. Dann gab ich Sandrine eine Kurzfassung von dem, was ich in den Eingeweiden der Stadt erlebt hatte. Das Flüstern, die Gegenwart von Magie. Eine Möglichkeit, die ich nie zuvor in Betracht gezogen hatte.

Der Ausdruck, mit dem Sandrine mich bedachte, war mir fremd. Bewunderung lag darin, etwas, das sie mir bislang nicht entgegengebracht hatte. Seit zwei Jahren teilten wir uns schon eine Wohnung in der *Rue Ravignan* im *18. Arrondissement*. Ein so winziger Raum bot keinen Platz für Geheimnisse. Sandrine war mir näher als irgendein anderer Mensch. Doch für meine exzessiven Forschungen und die fast schon exzentrische Faszination für Magie hatte sie wenig übrig.

»D'Amboise erwähnte etwas, das mich auf eine Idee gebracht hat«, beendete ich den Monolog und musste schlucken. Sandrines gespannte Erwartung steigerte meine Nervosität. Sie saß mit überkreuzten Beinen auf einem der Hocker. Den Mantel hatte sie inzwischen abgelegt. Das lange blonde Haar fiel ihr glatt über die Schultern und umspielte den Rüschenrand ihrer dunkelgrünen Bluse. Neugierde und Ungeduld glommen gleichermaßen hinter ihrer Brille in den hellblauen Augen. Ich ahnte, dass ich ihren Blick als Nächstes in Unglaube verwandeln würde.

»Wenn ein Mensch stirbt, hinterlässt er Energie«, sagte ich langsam. »Und Energie ist nichts anderes als Magie in ihrer rohen, unverbrauchten Form. Die Katakomben sind voll davon. Wir müssen sie uns einfach nur zunutze machen.«

»D'accord«, meinte Sandrine und zupfte die mit Perlen verzierte Klammer aus ihrem Haar, um ihre hellblonden Strähnen neu zu arrangieren und festzustecken. »Da gibt es nur ein Problem: Die Magie ist fort, Amelie. Oder hast du das vergessen?«

Wie könnte ich das je, wenn es für mich um so viel mehr ging als um den Wunsch, lediglich Magie wirken zu können? Früher waren es die Geschichten meines *Grand-Papas* gewesen, die meinen Willen geschürt hatten, mehr über Magie herauszufinden. Heute war es die Dringlichkeit meiner Situation, denn es ging für mich um nicht weniger als Leben und Tod. Das mochte pathetisch klingen, war aber nichts anderes als die Realität. Eine, die mir in schwachen Momenten Angst einjagte, weil sie mir meine eigene Sterblichkeit bewusst machte, mich in anderen Momenten motivierte, durchzuhalten. So wie jetzt.

Meine Welt war dem Untergang geweiht. Die *Seine* hatte sich schwarz gefärbt und trat regelmäßig über die Ufer, Feuer wüteten in verschiedenen Teilen der Stadt und Gebäude, die mit Magie errichtet worden waren, zerfielen. In anderen Städten sah es ähnlich düster aus.

Das Universitätsgebäude mochte noch so imposant wirken mit seiner schmuckvollen Architektur, aber auch hier verbargen sich hinter den Säulen feine Risse im Gemäuer. Von dem Kuppelfresko an der Decke über uns blätterte die Farbe ab. Sie rieselte in bunten Schuppen wie Blätter im Herbst zu Boden. Das schummrige Licht verschleierte den schleichenden Zerfall, so wie ich ihn unter meiner Kleidung versteckte und hinter einem Lächeln verbarg. Aber er war da und wenn ich keinen Weg fand, um ihn aufzuhalten, würde ich alles verlieren, mich verlieren.

»Was weißt du über Namensmagie?« Nun hämmerte mein Herz im Gleichklang mit meinen hektischen Schritten, während ich durch den Raum lief.

Spannung knisterte zwischen uns in der Luft. Wie ein Funke sprang sie auf Sandrine über. Meine Mitbewohnerin ließ von ihrem Haar ab und rutschte bis zur Kante des Hockers vor. »Nicht viel. Anfang des einundzwanzigsten Jahrhunderts gab es Forschende, die sich damit beschäftigt haben. Aber über Denkansätze haben sie es nie hinausgeschafft und die Fachwelt hat sie belächelt. Im Grunde genommen ging es darum, dass das Wissen um Namen Macht verleiht.«

»Der Name einer Person, eines Gegenstandes oder eines Tiers ist unwiderruflich mit dessen innerstem Wesen verbunden«, sagte ich. »Wenn man ihn kennt, erlangt man Macht.«

»Die Rumpelstilzchen-Theorie«, bestätigte Sandrine nickend. »Und du glaubst ...« Sie unterbrach sich. »Was glaubst du eigentlich?«

Sekunden der Stille dehnten sich zwischen uns aus. Draußen erklangen die Sirenen eines Krankenwagens. Die Schreibtischlampe flackerte, beschwor Schatten, die in den Ecken des Raumes lauerten.

Ich räusperte mich. Auf einmal war meine Kehle eng. »Dass das Verbrennen des Namens einer verstorbenen Person die verbliebene Energie aktivieren könnte.«

Sandrine griff erneut in ihr Haar, hielt dann jedoch inne, als hätte sie sich selbst dabei ertappt. »Wie kommst du ausgerechnet darauf?«

Es war an der Zeit, die Details, die ich bei der kurzen Zusammenfassung über meinen Aufenthalt in den Katakomben ausgelassen hatte, zu ergänzen. Ich schluckte. »Weil ich es getan habe.« In wenigen Worten schilderte ich, wie die Kerzen erloschen und wieder aufgeflammt waren, und von allem, was dazwischen geschehen war. Ein verbrannter Name. Tanzender Magiestaub.

Die Bewunderung auf Sandrines Gesicht verwandelte sich in tiefe Ehrfurcht, die ihre Augen funkeln ließ. »Wie lautete der Name?«

»Célestine Bonnet.«

Sandrine zog die Nase kraus. »Langsam verstehe ich, welche Rolle ich dabei spiele.« Sie faltete die Tüte, in der sich noch ein paar Pommes und ein vergessener Burger befanden, und stellte sie beiseite. »Es war die Familie Bonnet, die verhindern wollte, dass die Katakomben als Massengrab benutzt wurden, weil sie ihre einzige Tochter in der Nähe wissen wollte. Célestine Bonnet«

»Sie konnten nichts dagegen unternehmen, richtig?«, mutmaßte ich und Sandrine schüttelte den Kopf.

»Célestine wurde wie unzählige andere unter die Erde gebracht, aber nie begraben.«

»Ich brauche mehr Namen von Toten in den Katakomben.« Aufregung ließ meine Stimme brüchig werden und meine Wangen fiebrig erröten.

Zahlreiche Experimente und Nächte, in denen ich mich durch endlose Magiekonzepte gequält hatte, prägten die vergangenen Jahre. Julien hatte recht, wenn er andeutete, dass ich neben dem Studium kein Leben hatte, und die Tatsache, dass sich mein Freundeskreis auf nur zwei Person beschränkte, von denen eine nebenbei meine Mitbewohnerin war, sprach ebenfalls für sich. Aber all die Opfer waren es wert, wenn ich am Ende überlebte.

Das gleichmäßige Kratzen eines Füllers brach die angespannte Stille im Labor. Sandrines Haare fielen ihr wie ein Vorhang über die Schultern und verbargen das Papier, das sie seit ein paar Minuten beschrieb. Ich zog Kreise um den Tisch und zwang mich, ruhig zu atmen, obwohl sich mein Körper anfühlte, als wäre ich einen Marathon gelaufen. Ausgelaugt, aber voller Adrenalin.

Die Friedhöfe waren Ende des 18. Jahrhunderts nach behördlichem Beschluss radikal geräumt worden. Es gab keine Gedenktafeln mit den Namen jener Toten, die die Ewigkeit in den Katakomben fristeten. Doch Sandrine war im Rahmen ihrer Recherche auf einige von ihnen gestoßen.

Als sie den Kopf hob, fing ich ihren Blick auf. Abwartend, ein wenig unbehaglich. »Und du bist dir mit diesen Namen absolut sicher?«

»Das sind alle, an die ich mich erinnere. Es gibt ein Buch, auf das ich mich in der Hausarbeit bezogen habe. Ein Register, in dem Tote, die von den Friedhöfen in die Katakomben überführt wurden, gelistet wurden. Es befindet sich in der Sammlung des *Musée de la Magie*. Erinnerst du dich?«

Ich nickte, denn ich hatte meinen Chef Gaspard Chevalier darum gebeten, es für Sandrine ausleihen zu dürfen. Neben dem Studium arbeitete ich für ihn als Museumsführerin und hatte Zugang zu sämtlichen Ausstellungsstücken.

Mit einer banalen Endgültigkeit legte Sandrine den Füller beiseite und reichte mir das vollgeschriebene Papier. Ihre Handschrift ergoss sich schwungvoll über das Blatt und wenn ich richtig lag, bildete es die Worte, die die Macht haben könnten, die Magie zurückzuholen. Unsere Welt für immer zu verändern.

Dann deutete Sandrine auf die Rauchmelder, die unter der Decke hingen und gelegentlich blinkten. »Ob es wohl ratsam ist, hier drin etwas abzufackeln?« Ihre Stimme triefte vor Sarkasmus, was ich ignorierte.

»Julien hat hier vor ein paar Monaten geraucht. Wenn wir kein Lagerfeuer anzünden, wird schon nichts passieren.«

»Die Magie ist 1857 verschwunden. Ich kann mir nicht vorstellen, wie die Leute damals ständig Feuer gemacht haben, um zu zaubern. Gab es damals schon Streichhölzer?«

»Schwefelhölzer«, antwortete ich. »Die sind noch viel älter.« Ich zückte das Smartphone und überprüfte diese Behauptung. »Ja, hier steht, dass es Schwefelhölzer bereits um 600 gab, das erste Streichholz wurde um 1826 erfunden.«

»Na schön.« Sandrine biss auf ihre Unterlippe und fuhr mit dem Nagel des Zeigefingers die Namensliste nach. »Und du glaubst, dass es funktionieren wird?«

Fiebrige Erwartung ergriff Besitz von mir, als ich ein Feuerzeug aus den Untiefen meiner Tasche beförderte und die Flamme aufschnappen ließ. Sie machte die Dunkelheit um uns herum dichter, warb mit ihrem orangeroten Tänzeln um Aufmerksamkeit. Ich hörte das Echo jener Stimmen aus den Katakomben und wusste, dass eine durchaus realistische Möglichkeit bestand, in dieser Nacht ein Stück Geschichte zu schreiben.

3
RAPHAEL

Irisierendes Blau. Leuchtende Farben. Wabernde Schatten. Das Mikroskop offenbarte mir eine vollkommen neue Welt. Ich tauchte in das abstrakte Bild, das sich mir bot, beobachtete verschiedene Zellformen und skizzierte die Reaktion von Chloroplasten, Vakuolen und Mitochondrien auf Magiezufuhr. Das Leuchten des Präparates hatte sich nach stundenlanger Arbeit in meine Netzhaut gebrannt, erfolgreich war ich allerdings nicht gewesen.

Vor über drei Jahren hatte ich mich für Magiezin eingeschrieben, um Maligne Magieplasie zu erforschen und nach einem Heilmittel zu suchen. Dabei handelte es sich um eine Erkrankung des blutbildenden Systems, das ich durch Zuführung von Restmagie zu stabilisieren versuchte. Klang in der Theorie einfacher, als es praktisch war, denn nach mehreren Semestern und meinem Job als Laborassistent beim größten Magie-Tech-Unternehmen weltweit war ich noch keinen Schritt weiter und mir saß die Zeit im Nacken. Wenn ich scheiterte, würde ich mehr verlieren als den Sinn meines Studiums. Allein die Vorstellung sorgte dafür, dass es mich kalt überlief und meine Hände zu zittern begannen. Deshalb war Scheitern keine Option.

Ich lehnte mich zurück, blinzelte gegen die blauen Punkte an, die vor mir tanzten. Mein Rücken ermahnte mich, dass es Zeit wurde, Feierabend zu machen, und bestrafte meine verkrampfte Haltung mit einem scharfen Stechen. Der Grund, aus dem ich all das tat, rechtfertigte den Umstand, dass ich mich selbst vernachlässigte.

Nacheinander knackten meine Wirbel, als ich mich streckte. Dann entfernte ich den Objektträger, beschriftete das Präparat und schaltete das Mikroskop aus. Zurück blieb eine Dunkelheit im Raum, die mir deutlich machte, wie lange ich an den Hausaufgaben für *Magische Zellreaktionen* gearbeitet hatte. Eindeutig zu lange, denn inzwischen waren die anderen Arbeitsplätze verwaist, der Saal war leer. Draußen hatte sich die Nacht der Stadt bemächtigt.

Ich packte die Tasche und trat hinaus auf den Gang. Stille lag über dem Universitätsgebäude und erinnerte mich einmal mehr daran, dass ich es bereits am dritten Tag des neuen Semesters deutlich übertrieben hatte. Vor einem Jahr hatte mich der Hausmeister eingesperrt, nachdem ich bis weit nach Mitternacht über dem Mikroskop verbracht hatte. Damals hatte ich hier übernachten und mich am Morgen, nachdem mich ein Angestellter der Putzfirma gefunden hatte, dem Dekan erklären müssen – und mir danach geschworen, das Lernpensum auf ein normales Level zurückzuschrauben. Was mir heute missglückt war. Ich schrieb es der Euphorie des neuen Semesters und der Dringlichkeit meiner Lage zu. Eine gefährliche Mischung für einen gesunden Biorhythmus.

Das Licht der Stadt fiel durch die hohen Fenster und zeichnete mir einen Weg durch die Dunkelheit. Der Klang meiner Schritte im leeren Gang war mir befremdlich, war das Gebäude tagsüber doch von dem Summen unzähliger Gespräche erfüllt. Als ich um eine Ecke bog, um den Magizinischen Trakt zu verlassen, stellte ich fest, dass ich nicht der einzige Studierende war, den an diesem Abend der Ehrgeiz gepackt hatte.

Die Tür zum Magiewissenschaftlichen Labor war nur angelehnt. Licht strömte durch den Spalt in den Gang und lockte meine Neugier. Um die Person vor einer unfreiwilligen Übernachtung im Universitätsgebäude zu warnen, trat ich näher.

Zuerst glaubte ich mich zurück hinter meinem Mikroskop, das mir eine Welt eröffnete, die zu betreten der Menschheit unmöglich geworden war. Dann begriff ich, dass das, was ich sah, echt war.

In der Mitte des Raumes stand eine Frau.

Im Nachhinein muss ich mich für diese Beobachtung beglückwünschen, denn der schwarze Rauch, der um sie herumwirbelte, stellte eine ziemlich große Ablenkung dar. Er war durchsetzt von goldenen Partikeln, die sich in den dunklen Fenstern spiegelten und das Labor in ein irisierendes Licht hüllten.

Das war nicht möglich. Es konnte einfach nicht sein. Ich war überarbeitet, mein Gehirn strafte mich ab, indem es mir einen Streich spielte. Das war die einzige Erklärung, denn niemand unserer Zeit war in der Lage, Magie zu wirken. Nicht auf diese Art und nicht in diesem Umfang.

Unmöglich.

Meine Gedanken setzten aus und dass ich den Atem anhielt, merkte ich erst Sekunden später, als ich keuchend nach Luft schnappte. Um den Laut zu ersticken, schlug ich mir beide Hände auf den Mund. Aber die Frau bemerkte mich nicht. Sie schloss die Lider. Die Magie spielte mit ihr, zog an ihrem hellbraunen Haar, bauschte ihre Kleidung auf. *Merde!* Scheiße, das hier war einfach unmöglich. *Asclépios Industrielle*, der mächtigste Magie-Tech-Konzern der Welt, suchte seit Jahrzehnten nach einem Weg, die Magie zurückzuholen. Erfolglos. Wie konnte das eine Studentin in einem behelfsmäßigen Labor der *Sorbonne-Paris* schaffen?

In dem Moment hob die Frau die Lider und drehte beide Handflächen nach oben. Fasziniert beobachtete ich, wie sie zwei Flammen schuf. Der von goldenen Partikeln durchsetzte Rauch wirbelte schneller und löste sich auf, als sie sich in Feuersäulen verwandelten und gen Decke schossen.

»Amelie!« Der Schrei einer zweiten Frau, die mir bisher nicht aufgefallen war, gellte durch den Raum und alles wurde dunkel. Ein dumpfes Geräusch erklang, wie ein Körper, der auf den Boden prallte.

Ich hielt den Atem an, versuchte, die Finsternis zu durchdringen. Es gelang mir erst, als die zweite Frau auf einen Lichtschalter schlug und zwei Röhrenlampen an der Decke flackernd zum Leben erwachten.

Amelie lag reglos am Boden. Das hellbraune Haar war zerzaust und verbarg ihr Gesicht vor mir. Ohne darüber nachzudenken, trat ich vor. Aber sie richtete sich in dem Moment auf, da ich die Hand auf die Klinke der Tür legte. Ich hielt inne, begegnete ihrem Spiegelbild in den dunklen Fensterscheiben. Ihr Blick war direkt auf mich gerichtet.

Ich ließ die Klinke los, als hätte ich mich verbrannt. Rückwärts taumelnd brachte ich Abstand zwischen mich und diese Frau und dem, was ich gerade gesehen hatte.

»Da ist jemand!«, erklang eine Stimme, in der Bestürzung mitschwang, und ich war mir sicher, dass es Amelies war, denn sie klang um eine Nuance tiefer als die der anderen Frau.

Schritte näherten sich, die Tür wurde aufgestoßen. Aber ich hatte den Treppenabsatz bereits erreicht und hastete die Stufen hinab. Stahl das Geheimnis, das mir anzuvertrauen sie zweifelsohne nicht beabsichtigt hatten.

»Amelie Fournier.«
»Wie bitte?«
»Amelie Fournier. Sie ist der Grund, aus dem deine Geräte hier in der letzten Nacht verrückt gespielt haben.« Demonstrativ tippte ich gegen einen der Flatscreens, über den ein Band aus für mich unleserlichen Codes huschte.

Es war ein Leichtes gewesen, ihren vollständigen Namen herauszufinden. Sie selbst war in den sozialen Netzwerken unsichtbar. Ganz im Gegensatz zu ihrer Mitbewohnerin Sandrine Perreault: dreiundzwanzig Jahre alt, erstes Semester im Masterstudiengang *Magiegeschichte und Literatur*, Kaffee-Junkie und Hobbyköchin. Durch Sandrine hatte ich Amelie Fournier in einem Blogpost der Magiewissenschaftlichen Fakultät entdeckt. Sie hatte im vergangenen Jahr den ersten Platz des *César-Mézangeau-Preises* für moderne magietheoretische Konzepte gewonnen und war händeschüttelnd mit dem Dekan in dem Labor abgelichtet worden, in dem sie in der letzten Nacht etwas geschafft hatte, wovon andere nur träumen konnten.

Fleißige Frau.

Davide schob sich die dicke Brille zurück auf die Nase. Eine Geste, die mir in den letzten Monaten, seit ich als Laborassistent für *Asclépios*

Industrielle arbeitete, vertraut geworden war. Ebenso wie seine hagere, fast schon zerbrechlich wirkende Statur und das Haar, das er in einem unordentlichen Knoten trug. Die meisten in unserem Alter verwendeten viel Zeit darauf, es so aussehen zu lassen. Bei Davide war es seinen Marotten geschuldet. Ständig brauchten seine Hände Beschäftigung. Wenn sie nicht gerade über die Tastatur flogen, um etwas zu programmieren oder zu hacken, fuhr er sich durch die Haare und löste die gebändigten Strähnen.

»Woher weißt du davon?« Misstrauen färbte die Stimme meines Arbeitskollegen tiefer und er blinzelte zu mir hoch. Hinter den Gläsern der Brille wirkten seine Augen größer und eine Nuance dunkler, als sie es eigentlich waren.

Ich warf einen Blick über die Schulter, ehe ich ihm antwortete. Niemand schenkte uns Beachtung. Die Kollegen der Informatik konzentrierten sich allesamt auf die Bildschirme vor ihnen und hämmerten auf die Tastaturen ein.

»Weil ich Zeuge wurde, wie sie Magie angewandt hat«, flüsterte ich.

»Sie ... Moment. *Was?*« Die schüchterne Art fiel von Davide ab, als er sich schwungvoll erhob. Der Drehstuhl rollte durch die Bewegung zurück und knallte lautstark gegen den Schreibtisch. Die Monitore erzitterten unter dem Aufprall und eine der IT-Mitarbeiterinnen sah mit zusammengekniffenen Augen in unsere Richtung. »Verarschst du mich?«, keuchte mein Kollege und musterte mich.

Ich machte eine entschuldigende Geste in Richtung der Frau und bedeutete Davide, leise zu sein. Seinen Stuhl nahm ich in Beschlag und ließ mich darauf fallen. »Ich wünschte, das täte ich. Letzte Nacht bin ich unfreiwillig Zeuge geworden, wie sie ...« Ich wedelte mit der Hand. »Du weißt schon.«

»Der Scanner hat eine ungewöhnlich starke Dichte an Magiepartikeln gemessen.«

Davide beugte sich stehend über seinen Arbeitsplatz, bewegte den Mauszeiger über den Screen und öffnete eine Karte. Sie zeigte Paris zu verschiedenen Uhrzeiten. Gegen zehn Uhr abends bildete sich über dem *5. Arrondissement* eine dichte Wolke goldener Punkte.

»Ich dachte, es wäre ein Fehler im Code«, fuhr Davide fort und betrachtete die Aufnahme. »Ich habe den gesamten Morgen damit verbracht, ihn zu finden. Aber das … damit hätte ich nicht gerechnet. Hast du es schon gemeldet?«

Die Frage hatte durchaus ihre Berechtigung. Ich wusste, dass es das Erste war, was ich hätte tun müssen. Aber Skrupel hielten mich zurück, weil ich nicht wusste, wie mein Arbeitgeber mit dieser Entdeckung durch eine Studentin umgehen würde. Auch wenn wir Mitarbeitenden uns einer guten Sache verschrieben hatten, war AI letztendlich auch nur ein Wirtschaftsunternehmen, das am Ende des Jahres genügend Geld machen musste. In der Vergangenheit hatte man bereits die Ansätze anderer Forschender nachverfolgt. Was, wenn sie das auch mit Amelies Arbeit taten und diese an sich rissen? Mir die Möglichkeit nahmen, selbst davon zu profitieren? Nein, was das anging, musste ich bedacht vorgehen.

»Hast du es getan?«, entgegnete ich herausfordernd.

Davide errötete. »Na ja, ich dachte, ich hätte Mist programmiert, also …«

Ich nickte.

»Die Sache ist zu groß, um es nicht zu melden. Du könntest deinen Job verlieren, wenn du es nicht tust. Schlimmer noch. *Ich* könnte meinen Job verlieren.« Davide stöhnte gequält. »Ich mag meinen Job.«

»Niemand wird seinen Job verlieren«, meinte ich und rieb mir das Kinn. »Wir melden es. Aber, Davide, kannst du mir einen Gefallen tun?«

Er hob die Schultern. »Klar, was gibt's?«

Ich zögerte. »Kannst du ein Auge auf Amelie haben?« Die Bitte war ungewöhnlich und entsprang dem Wunsch, die Kontrolle über diese Situation zu erlangen, die mir möglicherweise einen Ausweg aus meiner eigenen bot.

Auf die Frage folgte eine kurze Stille, bis Davide sie mit einem Seufzen beendete. »Du bist dir bewusst, dass wir hier die Grenze des Legalen überschreiten? Datenschutz ist in diesem Land ein äußerst sensibles Thema.«

»Und genau darum geht es, oder? Sie zu schützen. Was, wenn jemand erfährt, was sie da tut, und aus den falschen Gründen Interesse an ihr entwickelt? Ihre Erkenntnisse könnten für unsere Forschungen von unfassbarem Wert sein.«

»Ich passe auf sie auf«, versprach Davide. Ich verspürte in einem Maße Erleichterung, die Besorgnis hätte in mir erregen können. Ich sollte mich nicht derart für diese Frau interessieren. Und doch tat ich es. Denn immerhin hatte sie etwas geschafft, das die gesamte Welt für unmöglich gehalten hatte. Das barg eine gewisse Gefahr, die Aufmerksamkeit falscher Personen auf sich zu ziehen. Davon beschäftigte *Asclépios Industrielle* einige, die Amelies Forschung dem Meistbietenden verhökern würden, mal ganz abgesehen von den Antimagies, die um jeden Preis verhindern wollten, dass die Magie einen Weg zurück in die Welt fand.

Ich schob diese Gedanken beiseite, als ich merkte, dass mein Schweigen zu lange währte. Mit einem Räuspern nahm ich unser Gespräch wieder auf. »Gut, ich spreche mit Lucille.«

Sie war meine direkte Vorgesetzte und der Inbegriff von Diskretion und Professionalität. Wenn jemand wusste, wie wir mit dieser Situation umgehen sollten, dann sie.

Natürlich hatte Lucille keine Ahnung. Aber es gab das Département für die Verwaltung magischer Angelegenheiten, denen wir den Vorfall melden könnten, eine Abteilung, die von *Asclépios Industrielle* gefördert wurde, die dieser Tage allerdings reichlich wenig zu tun hatte.

»Wie kann eine junge Frau schaffen, was wir seit Jahren versuchen?« Lucille stand mit dem Rücken zu mir und gab vor, das einzige dekorative Bild im Raum zu betrachten. Anspannung zeichnete sich deutlich in der Art und Weise ab, wie sie ihre Schultern hielt. »In diesem Haus arbeiten die besten Forschenden der Welt und beißen sich an der Frage, wie wir die Magie reaktivieren, die Zähne aus. Wer zur Hölle ist diese Frau?«

»Ich kenne sie nicht und online habe ich nicht viele Informationen über sie gefunden. Sie hält sich aus den sozialen Netzwerken raus, lebt für ihr Studium.«

»Natürlich tut sie das. Wie sonst hätte sie das größte Rätsel unserer Geschichte lösen können?« Anerkennung und Neid schwangen gleichermaßen in Lucilles Stimme mit.

Sie hatte sich der Wissenschaft verschrieben und die Universität als jüngste Doktorandin verlassen, bevor sie bei AI angefangen hatte, wo sie inzwischen die Abteilung *Zelluläre Magiescopie* leitete. Ihr größter Erfolg war die Beobachtung, dass eine kranke Zelle auf den Kontakt mit Restmagie reagierte. Seit Jahren versuchte sie, daran anzuknüpfen. Vergeblich. Amelie hingegen könnte den Schlüssel zur Decodierung magischer Krankheiten in den Händen halten, denn die Maligne Magieplasie wurde durch den Magiefall ausgelöst. Im Umkehrschluss gingen Forschende davon aus, dass die Krankheit geheilt werden würde, wenn man es schaffte, die Magie zurückzuholen. Und das machte Amelie für mich so wertvoll.

»Weißt du, wie sie es gemacht hat?«, fragte Lucille.

»Es war dunkel und ich habe nicht alles mitbekommen.«

Schließlich wandte sie sich mir doch noch zu. Eine Falte zwischen ihren Brauen verunzierte ihr makelloses Gesicht und bezeugte ihre Ratlosigkeit. »Und du bist dir sicher?«

»Du glaubst mir nicht?« Ihre Frage kränkte mich, dennoch konnte ich sie ihr nicht verübeln. Wenn Davide mir nicht den gestiegenen Magiewert bestätigt hätte, hätte ich die Ereignisse der letzten Nacht möglicherweise als Nachwirkung auf mein hohes Arbeitspensum verbucht.

»Es geht nicht darum, ob ich dir glaube, sondern was ich der Chefetage oder alternativ dem DfdVmA erzähle. Wie, denkst du, klingt das, wenn eine unbedeutende junge Frau die größte Entdeckung unserer Zeit macht statt das Team aus den weltbesten Forschenden. Da werden Köpfe rollen. Allerdings will ich vermeiden, dass meiner dazugehört. Also sollten wir herausfinden, was dahintersteckt. Ob es eine einmalige Sache war. Um unseretwillen.« Lucille fasste in ihren akkuraten Pferdeschwanz und befreite mit dieser Bewegung einige Strähnen aus der Frisur. Eine unkontrolliertere Geste hatte ich an dieser sonst so beherrschten Frau nie zuvor beobachtet. »Wir sollten uns gut überlegen, wie wir vorgehen«, sagte sie und betrachtete ihre Hände, als könnte sie nicht glauben, was sie gerade damit angestellt hatte. Die Strähne, die ihr nun ins Gesicht fiel, pustete sie ungehalten zurück. »Sichergehen, dass wirklich passiert ist, was du geglaubt hast zu sehen.«

»Was immer das war, Davides Scanner hat es aufgezeichnet.«

Lucille hob das spitze Kinn. »Ich vertraue deinem Urteilsvermögen. Und Davides Genie. Aber bevor wir die Angelegenheit nach oben weitergeben, sollten wir uns absolut sicher sein.«

Ich nickte. Zweifelsohne war das die unbedenklichste Strategie für uns alle. Außerdem bot sie mir genügend Zeit, meine Optionen abzuwägen. Ich musste herausfinden, ob Amelies Forschung imstande war, meine Probleme zu lösen. Am besten, bevor andere davon erfuhren.

»Na schön.« Lucille seufzte. »Davide soll den Magiewert in der Umgebung der jungen Frau checken und du heftest dich an ihre Fersen.«

Ich riss die Augen auf und begegnete der Entschlossenheit in der Miene meiner Vorgesetzten. »Lucille, ich bin Laborassistent und kein Geheimagent.«

»Aber du bist *mein* Laborassistent. Wenn du dein Gehalt am Ende des Monats auf deinem Konto begrüßen willst, musst du tun, was ich sage.«

»Ich bin mir nicht sicher, ob das so funktioniert …«

»Raphael, du bist der Einzige, der sich dieser Frau unauffällig nähern kann. Woran arbeitest du gerade?«

»Ich unterstütze Marie in der Auswertung der Präparate nach Injektion magischen Materials in gesundem Gewebe.«

»Gut. Das schafft sie allein.« Lucille massierte sich die Nasenwurzel. »Ich kann dich nicht dazu zwingen, diese Frau im Auge zu behalten. Aber ich bitte dich darum. Du weißt, was das für unsere Forschung bedeuten könnte.«

»Für unsere Forschung? Verdammt, für die ganze Welt.«

Mein Widerstand war dahin, meine Neugier zu groß. Ich wollte herausfinden, wer Amelie Fournier war. Ob sie tatsächlich eine Möglichkeit gefunden hatte, die mich mein kaputtes Leben kitten ließ.

Nach dem Gespräch mit Lucille packte ich meine Tasche, während Marie sich darüber mokierte, dass ich sie im Stich ließ. Ich nutzte ihre Aufregung, griff in den Steckkasten, in dem sie beschriftete

Magiepräparate sammelte, und schob mir zwei der Reagenzgläser in die Hosentasche. Am Anfang war es ein Nervenkitzel gewesen, die Proben aus dem Gebäude zu schmuggeln, aber das Sicherheitspersonal kontrollierte allenfalls Rucksäcke, wenn es nicht damit beschäftigt war, sich über das Wetter zu ärgern, das zu heiß, nass oder kalt war, abhängig von der Jahreszeit, in der wir uns gerade befanden.

Davide sah auf, als ich an die Tür zum Büro der Informatiker klopfte. Rote Flecken zeichneten sich deutlich auf seiner blassen Haut ab und bezeugten seine Nervosität.

»Und?«, raunte er mir zu, damit seine Kollegen ihn nicht hören konnten.

»Lucille weiß Bescheid«, erwiderte ich ebenso gedämpft. Mit dem Kinn wies ich auf seinen Computer. »Kannst du herausfinden, wo Amelie gerade steckt?«

»Klar«, sagte Davide, schob die Brille zurecht und klickte sich durch ein paar seiner Programme. Bis er eine Antwort für mich hatte, verging erschreckend wenig Zeit. »Sie ist in der Uni.«

»Und das sagt dir diese Karte da?« Stirnrunzelnd betrachtete ich das, was der Magiescanner auf dem Bildschirm darstellte.

»Nee«, meinte Davide und deutete auf eine andere Anwendung, eine Liste unterschiedlich langer Zahlen. »Der Scanner dokumentiert nur die Magiedichte. Aber hiermit kann ich herausfinden, wann sie mit ihrer Schlüsselkarte die Uni betreten hat.« Er beugte sich vor. »Um 9:43 Uhr. Seitdem hat sie das Gebäude nicht mehr verlassen. Hab das Sicherheitssystem der Uni gehackt.«

»Du ... wow.« Ich schüttelte den Kopf. »Das ist gruseliger als die Vorstellung, dass es da eine Frau gibt, die imstande ist, Magie zu wirken.«

Ein verlegenes Lächeln zeigte sich auf Davides Gesicht. »Das ist mein Job.«

Ich klopfte ihm auf die Schulter. »Danke, Kumpel. Behältst du sie im Auge und meldest dich, falls du etwas Ungewöhnliches bemerkst?«

»Was hast du vor?«, wollte er wissen.

»Feldstudien betreiben.«

In den letzten Jahren meines Studiums und in der Zeit bei AI hatte ich mehrere Experimente durchgeführt. Dieses hier war das angenehmste von allen, dessen war ich mir sicher, als ich die Cafeteria betrat und mir der aromatische Duft von Kaffee entgegenschlug. In anderen Fakultäten wurde eine undefinierbare braune Brühe ausgeschenkt, aber seit ein Barista im Hauptgebäude eingezogen war, investierte ich hier mein hart erarbeitetes Geld in Koffein.

Ich reihte mich in die Schlange vor der Theke ein und sah mich unauffällig in dem großen Saal um. Viele Tische waren belegt. Studierende steckten die Köpfe zusammen. Ihre Gespräche summierten sich unter den hohen Decken zu einem monotonen Brummen. Es waren zu viele, um Amelie zwischen ihnen auszumachen.

Als ich an der Reihe war, bestellte ich einen Kaffee und dazu ein Croissant und machte mich mit der Beute auf in Richtung Ausgang. Am Ende eines langen Tisches war ein Platz frei, von dem aus ich die Tür einsehen konnte.

Parallel zu meiner Kaffeetasse leerte sich die Cafeteria, bis eine überschaubare Anzahl Studierender zurückblieb. Amelie war immer noch nicht zu sehen, dafür aber ihre Mitbewohnerin, die meine Aufmerksamkeit auf sich zog, indem sie sich erhob, das hellblonde Haar über die Schulter warf und den Blick auf Amelie freigab. Sie saßen nicht allzu weit von mir entfernt, Amelie schräg gegenüber saß ein Kerl mit breitem Kreuz. Leeres Geschirr stapelte sich auf den Tabletts vor ihnen. Sandrine gab dem Kerl die obligatorischen Küsschen, ehe sie sich zu Amelie beugte und ihr etwas zuraunte, was vor dem Typen verborgen bleiben sollte.

Ich verlagerte das Gewicht, bis ich Amelie direkt ansehen konnte. Sie sah nicht aus wie eine Frau, die letzte Nacht etwas vollbracht hatte, von dem die ganze Welt träumte. Feminine Kleidung, hellbraune Haare und ein herzförmiges Gesicht. Dass sie mir nicht schon zuvor an der Uni aufgefallen war, wunderte mich, denn sie war hübsch und sie hatte etwas an sich, das mich fesselte. Und wenn es nur das Wissen darum war, dass hinter ihrer Erscheinung weitaus mehr steckte, als man auf den ersten Blick erahnte.

Amelie schnitt eine Grimasse und brachte Sandrine damit zum Lachen. Auch mir entlockte das ein Schmunzeln, denn ihre Nase kräuselte sich dabei auf niedliche Art und Weise. Dann schulterte Sandrine ihre Tasche, drehte sich um und lief auf den Ausgang zu. Damit näherte sie sich unweigerlich meinem Beobachtungsposten. Ich nippte an dem Kaffee, als sie auf meiner Höhe war, und drehte die Tasse so, dass sie einen Teil meines Gesichts verbarg. Doch sie beachtete mich nicht, fixierte einen Punkt jenseits der geöffneten Türflügel und rauschte an mir vorbei.

Sobald sie fort war, senkte ich den provisorischen Schutzschild und konzentrierte mich auf Amelie und den Typen. Sie unterhielten sich. Besser gesagt, *er* hielt einen Monolog, ihr Blick schweifte immer wieder umher. Die Tatsache, dass er sie derart langweilte und es offensichtlich nicht einmal merkte, amüsierte mich. Vermutlich war jemand, der mit einer Intelligenz gesegnet war, die weit über unsereins hinausging, nicht an belanglosen Gesprächen interessiert. Ob der Typ wusste, dass er nicht in ihrer Liga spielte? Vermutlich nicht, denn er sprach unablässig weiter.

Schließlich ertönte der Gong, der den nächsten Unterrichtsblock ankündigte. Als hätte sie nur darauf gewartet, erhob sich Amelie. Sie sagte etwas, nahm ihr Tablett und brachte es zum dafür vorgesehenen Servierwagen. Der Typ trabte ihr nach und gemeinsam wandten sie sich in meine Richtung. Amelie hielt sich aufrecht und das Kinn hoch erhoben. Obwohl sie sehr viel kleiner war als er, wirkte es nicht so, als wäre sie sich dessen bewusst. Ihre Bewegungen waren präzise und souverän wie die einer selbstsicheren Person.

Ich vergaß die Tassen-Tarnung und starrte sie an, sehr viel faszinierter, als ich hätte sein dürfen. Als sie die Tür fast erreicht hatten, traf mich Amelies Blick. Ein leichtes Lächeln, das meinen Puls antrieb, huschte über ihr Gesicht. Doch als sie den Kopf drehte und diesen Typen ansah, und ich begriff, dass dieser Ausdruck nicht mir gegolten hatte, geriet er ins Stocken.

Ohne mich wahrzunehmen, lief sie an mir vorbei und hinterließ nichts weiter als den Hauch eines blumigen Dufts, den ich so schnell nicht würde vergessen können.

4
AMELIE

Amelie Fournier. Ein Name, der in die Geschichte eingehen könnte. Das Problem war: Ich musste das Geheimnis um die Magie tief in meinem Herzen bewahren, wenn ich den Erfolg, für mich allein genießen wollte.

Und mit Sandrine.

»Das. Ist. *Incroyable*. Einfach unglaublich«, quietschte meine Mitbewohnerin zum gefühlt tausendsten Mal, seit ich in der letzten Nacht mit einem Feuerzeug, einem Namen und einem Stück Papier geschafft hatte, was niemandem seit 1857 gelungen war. Rote Flecken zierten ihre Wangen, was Aufregung oder aber der Flasche Sekt zuzuschreiben war, die sie vor einer halben Stunde geöffnet hatte.

»Ich könnte einen Artikel über dich schreiben. Claudette wäre sicher begeistert.«

»Sandrine«, sagte ich sanft, aber bestimmt. »Niemand darf davon erfahren. Nicht, solange ich all das nicht belegt und dokumentiert habe. Ich will einfach sichergehen.«

Die Enttäuschung zeichnete feine Falten auf Sandrines Stirn, die sich sogleich wieder glätteten. »Natürlich. Du hast absolut recht. Aber wenn du bereit bist, dich der Welt zu zeigen, hoffe ich, dass du mir erlaubst, eine Reportage über dich zu schreiben.«

Allein die Vorstellung war absurd, doch ihr zuliebe spielte ich mit. »Über mich? Wir haben das zu zweit vollbracht. Du hast mir geholfen.«

»Ja, schon«, sagte sie und zog die Nase kraus. »Aber ich bin mehr wie der Sam von Frodo, der Watson von Sherlock. Die Nebenfigur. Ich war dabei, nicht mittendrin. Das ist deine Geschichte. Ich möchte irgendwann einfach darüber schreiben.«

»Ohne Sam hätte Frodo diesen verdammten Ring niemals in den Schicksalsberg geworfen«, erinnerte ich Sandrine und entlockte ihr damit ein Grinsen, das ihre vorgetäuschte Bescheidenheit enttarnte.

»Ich weiß.« Sie kicherte. Mit gespitzten Lippen nahm sie einen Schluck von ihrem Sekt und ließ den Blick durch die kaum acht Quadratmeter große Küche schweifen. Zusammengewürfelte Möbel, vertrocknete Kräuter und Geschirr, das sich in der Spüle türmte, versprühten den typischen Charme einer Studierendenwohnung. »Vielleicht ist unser Leben eines Tages nicht mehr so ... *gewöhnlich*.« Ein Lächeln betonte den Schwung ihrer Lippen, das dort seit letzter Nacht immer wieder erschien. »Amelie, du hast es geschafft. Du hast Magie gewirkt!«

Ich ließ mich zu einem schmalen Schmunzeln hinreißen. Sandrine hatte recht, doch so, wie sie es sagte, klang es, als hätte ich wie Miraculix die Welt mit meiner Magie gerettet. Aber das, was ich zu wirken imstande war, war lächerlich gering. Es reichte, dass ich mich für einen kurzen Moment gut fühlte. Gesund. Ein Anfang, doch nicht mächtig genug, um damit auf der Bühne der Welt Eindruck zu schinden. Ich musste mehr über das herausfinden, was ich in der letzten Nacht getan hatte.

»Ich weiß, was du denkst«, bemerkte Sandrine. »Ich kenne dich gut genug, um zu wissen, dass dir das nicht reicht. Du bist viel zu bescheiden, echt. Genieß diesen Erfolg.« Sie schob mir das zweite Sektglas zu, das unangetastet auf dem Tisch zwischen uns stand. »Bloß für eine Nacht. Komm schon, Amelie. Du hast morgen Geburtstag. Zwei Gründe, um für ein paar Stunden loszulassen.«

In der Vergangenheit hatte Sandrine mich ein-, vielleicht zweimal dazu überredet, mit ihr feiern zu gehen. Ich war nicht der Typ Mensch, der sich die Nächte gern mit Alkohol und dröhnender Musik um die Ohren schlug, aber ich war auch niemand, der diesen trivialen Freuden grundsätzlich entsagte. Ich hatte schlichtweg keine

Zeit, um mich über Bücher und Forschungen hinaus zu amüsieren. Allerdings hatte ich lange geglaubt, dass sich die Anzahl meiner verbleibenden Geburtstage an einer Hand abzählen ließe, und jetzt bestand die reelle Chance, dass ich mich geirrt hatte. Was sprach dagegen, das zu feiern?

Sandrine rutschte auf dem Stuhl herum, ihre Brauen wölbten sich erwartungsvoll über dem Brillengestell. Ich beugte mich vor und griff mit der Hand nach ihrer, die auf dem Tisch lag, mit der anderen hob ich das Glas Sekt an. Sie quietschte, als ich mit ihr anstieß und einen Schluck nahm. Eine stumme Einwilligung, die ich sicher in Kürze bereuen würde.

»Nach gestern wird dies die zweitbeste Nacht deines Lebens, das verspreche ich dir.«

Die Dunkelheit bot einen trügerischen Schutz. Zum wiederholten Mal sah ich mich in dem *Separee* um, suchte nach Blicken, die ich auf mir zu spüren glaubte. Aber die anderen Anwesenden waren mit sich selbst beschäftigt. Niemand schenkte mir Beachtung. Dennoch konnte ich dieses Gefühl nicht abschütteln, das mich wie ein Schatten verfolgte, seit wir unsere Wohnung verlassen hatten. Oder schon vorher, seit ich Magie gewirkt hatte? Meine Nackenhärchen richteten sich auf und ich versuchte, das Unbehagen zu ignorieren, indem ich nach der Kette tastete, die mein Großvater mir vermacht hatte.

Sandrine streckte die Hand aus und schnippte vor meinen Augen mit ihren Fingern. »Amelie«, schmollte sie und schob demonstrativ die Unterlippe vor. »Wir wollten feiern!«

»*Du* wolltest feiern«, korrigierte ich sie. »Wenn du mich nicht überredet hättest, wäre ich jetzt bei der Arbeit.« Ich bereute meine Entscheidung, die Nacht im *Le Carmen* zu verbringen, spätestens seit dem Moment, als wir unsere Mäntel an der Garderobe abgegeben hatten.

»*Impossible!* Du hast seit gestern Abend gearbeitet. Es ist Zeit für eine Pause. Zeit für deinen Geburtstag!« Ein paar ihrer hellblonden Strähnen umspielten ihr Gesicht, als sie eine ausschweifende Geste machte. »Sieh doch nur, wo wir sind.« Mit dem Blick folgte ich ihrer

Bewegung. Unter einer Decke mit schwindelerregender Höhe fanden sich aufwendig geschnitzte Holzvertäfelungen, karyatidenverzierte Säulen, Alkoven und Louis-XVI.-Sessel mit roten Polstern und goldbemalten Rahmen. Abgesehen von den Zeichen des Zerfalls durch den Magiefall wirkte dieser Ort fast schon magisch.

»Benimm dich einfach wie eine Zweiundzwanzigjährige!«, rief Sandrine mir über den Tisch zwischen uns zu. Die Kerzen tauchten ihr Gesicht in oranges Licht und ließen ihren Lidschatten schimmern. Sie sah großartig aus, verströmte den klassischen Pariser Schick.

»Ich bin nicht zweiundzwanzig«, entgegnete ich.

Die Uhr auf Sandrines Handy leuchtete auf, als sie den Home-Button drückte. »Noch nicht«, gab sie zu. »Aber in vierundzwanzig Minuten. Weißt du eigentlich, wie lange ich Edouard nerven musste, bis er unsere Namen auf die Gästeliste setzen ließ? Das ist der angesagteste Club der Stadt. Ich kenne Leute, die würden sterben, nur um hier feiern zu dürfen.«

»Ich hätte mich auch über ein Buch gefreut.«

»Davon hast du genug. Aber du hast keine Erinnerungen an ein gelebtes Leben. Du bist in Gedanken woanders.«

Ich seufzte. Sie hatte recht. Es war unsinnig gewesen, zu glauben, ich könnte mich fallen lassen, wenn ich einen Weg gefunden hatte, Magie zu wirken. In meinen Adern kribbelte es und mein Herz beschleunigte sich bei der Erinnerung an das Gefühl von Macht, das durch mich hindurchgesickert war. Ich sehnte mich danach, die Magie erneut in mir aufzunehmen und zu spüren, wie die allgegenwärtige Müdigkeit von mir abließ.

»Ich bin hier, oder nicht?«, bemerkte ich.

Sandrines Mundwinkel zuckten. »Riskier bloß nicht, dich zu amüsieren!« Sie hob ihr Glas und ich folgte der stummen Aufforderung, mit ihr anzustoßen. Dann nahm ich einen großen Schluck von meinem Wasser, nur um im nächsten Moment festzustellen, dass es sich bei der klaren Flüssigkeit um etwas anderes handelte. Ein Feuer entflammte in meinem Innern und steckte meine Eingeweide in Brand. Tränen schossen mir in die Augen, ich keuchte und japste nach Luft.

»Ich habe Wasser bestellt.«

Sandrine sah mich irritiert an. »Das ist Wasser.«

»Nein, ist es nicht.« Ich schob ihr das Glas zu und sie roch daran, ehe sie davon probierte und die Brauen hob. »Das ist Absinth. Vermutlich wurde hinter der Bar etwas verwechselt.« Sie winkte den Kellner heran, der uns vor wenigen Minuten die Getränke serviert hatte.

»Das haben wir nicht bestellt«, sagte sie mit erhobener Stimme und deutete auf die Gläser.

Der Kellner war großgewachsen, hatte lange Arme und Beine, die er nicht stillhalten konnte, ebenso wenig wie seinen Blick, der ruhelos über uns hinweg zur Bar wanderte und wieder zurück. Vielleicht war heute sein erster Tag und er fürchtete Ärger mit seinem Chef, wenn er die Bestellungen durcheinanderbrachte.

Bei dieser Vorstellung überkam mich Mitleid und ich sagte: »Kein Problem, wir behalten die Drinks. Bringen Sie uns einfach noch zwei Gläser mit Wasser, in Ordnung?«

Er sah mich nicht direkt an und strich über seinen übergroßen Schnurrbart, einer äußerst gewagten Mischung aus Gérard Depardieu und Magnum.

»Klar, kommt sofort. *Excusez-moi, Mademoiselle.*«

»Du willst Absinth trinken?«, fragte Sandrine, als der Kellner weg war, und betrachtete die klare Flüssigkeit, dann mich. »Bist du sicher?«

»Wenn man vorher weiß, was es ist, schmeckt es bestimmt nicht so eklig.«

»Gewagte These, die zu überprüfen ich gerne bereit bin.« Sandrine grinste und hob ihr Glas an. Ich tat es ihr gleich, hielt aber mitten in der Bewegung inne, weil das Gefühl, beobachtet zu werden, stärker wurde, und mein Nacken prickelte. Als ich mich umdrehte, kreuzte sich mein Blick mit dem des Kellners, der an der Bar stand, aber in unsere Richtung sah. Mein Herz stolperte über den nächsten Schlag, der Kellner wies mit dem Daumen in Richtung eines Kollegen und zuckte mit den Schultern. Ich kam mir albern und paranoid vor und wandte mich ab.

»Gefällt er dir?«, lockte Sandrine meine Aufmerksamkeit zurück auf sich.

»Wie bitte?«

»Na ja, so, wie du ihn anschaust.« Sie tauchte die Hand in die Schale mit gesalzenen Nüssen, die auf dem Tisch zwischen uns stand. »Ich wusste nicht, dass du auf Schnurrbärte stehst.«

»Tue ich nicht.«

»Du könntest ihn nach seiner Nummer fragen. Es kitzelt sicher ganz angenehm, wenn er ...« Sandrine schob sich ein paar Nüsse in den Mund. Danach leckte sie sich demonstrativ jeden einzelnen Finger ab.

»Du bist unmöglich!«, brummte ich und entschied, dass das keiner weiteren Antwort würdig war.

Sandrine grinste breit und schwenkte ihr Glas. Ich stieß mit meinem dagegen und nahm einen zaghaften Schluck, der meine These untermauerte, dass es weniger schlimm war, wenn man wusste, worum es sich bei dem Getränk handelte.

»Sobald das Brennen nachlässt, schmeckt es fast wie Lakritz«, bemerkte ich.

»Liegt an dem Anis.« Sandrine leerte das Glas und verzog das Gesicht. »Warum ist uns das nicht vorher aufgefallen? Die Gläser sind viel zu klein für Wasser. Und viel zu teuer.«

»Hier drin ist alles übertreuert«, meinte ich und erntete ein trockenes Lachen.

»Es ist dein Geburtstag, da dürfen wir uns etwas gönnen.«

»Schon. Aber für noch einen reicht mein Budget nicht.«

Sandrine beugte sich über den Tisch und machte eine Bewegung mit dem Zeigefinger, um mich näher zu locken. Ich kam ihrer Aufforderung nach und sie strich mein Haar zurück, sprach dicht an mein Ohr. »Einen Namen gegen einen Drink.«

»Wie bitte?«

»Du hast mich sehr genau verstanden.«

Ich wich zurück, um Sandrine anzusehen, und begegnete einem diabolischen Lächeln. Sie stand auf und zog mit einer entschlossenen Geste die Vorhänge zu unserem *Separee* zu, schuf unser eigenes kleines Universum mitten im *Le Carmen*, ehe sie wieder Platz nahm.

Zweifel ließen mich zögern. Das und das Unbehagen, das mir im Nacken saß und mich paranoid machte. »Ist es nicht Betrug, wenn ich unsere Gläser auf magische Weise auffülle?«

»Es ist Betrug, dass ein Schluck Absinth so viel kostet wie unsere halbe Monatsmiete.«

»Du übertreibst.«

»Unwesentlich.«

Sandrine zog einen Kugelschreiber aus ihrer Handtasche und legte ihn in die Mitte des Tischs. »Charles-Auguste Rousseau.«

Einen Moment lang sahen wir einander an, ehe ich nach dem Stift griff und einen der Untersetzer zu mir zog. Die Vorhänge schirmten uns vor neugierigen Blicken ab, wir waren allein inmitten einer Menschenmenge. Niemand würde mitbekommen, wenn ich Magie anwandte, und ein Gratisgetränk würde meinem Karmakonto möglicherweise schaden, nicht aber dem Konto des Clubbesitzers. Insofern hielt sich mein schlechtes Gewissen in Grenzen.

»Charles-Auguste Rousseau«, wiederholte ich. »Ist das nicht der Gründer dieses Schmuddelblatts, für das du schreibst?«

»*Les Nouvelles* ist kein Schmuddelblatt!«, erklärte Sandrine würdevoll. »Wir betreiben investigativen Journalismus.«

Les Nouvelles hatte letzten Monat mit eindeutigen Fotos und sehr viel Liebe zum Detail über die Eskapaden unseres Wirtschaftsministers berichtet. Obwohl dieser Artikel die Zeitschrift als Schmuddelblatt klassifizierte, beließ ich es dabei. Sandrine war stolz auf ihren Job und ich wollte mich nicht mit ihr streiten.

»Bist du sicher, dass Rousseau den Anforderungen entspricht?«, wollte ich wissen.

»Der Gute ist seit 1862 oder 63 Geschichte. Zu achtundneunzig Prozent liegen seine Gebeine in den Katakomben.«

»Na schön, das zweiprozentige Risiko gehe ich ein.« Ich schrieb den Namen des verstorbenen Gründers der *Les Nouvelles* auf den Rand des Untersetzers und hielt ihn über die Kerze zwischen uns. Begierig züngelten die Flammen hoch und leckten an dem Papier. Der Rand des Untersetzers kräuselte sich, färbte sich erst rot glühend, dann schwarz. Als der Name des Toten glutrot aufleuchtete, schloss ich die Faust um das Papier und erstickte die Flammen.

Ein beinahe vertrautes Kribbeln nahm von meinem Körper Besitz. Die Ränder meines Sichtfelds fransten aus, goldene Punkte tanzten vor meinen Augen und in meinen Adern loderte pures Feuer. Es fühlte sich vollkommen anders an als das, was der Absinth in mir ausgelöst hatte. Lockend. Mächtig. Unbeschreiblich.

So, als würden sich mir die Gesetze der Natur beugen, als würde pure Macht durch meine Adern strömen.

Als wäre die Magie Teil von mir.

Sie vertrieb das allgegenwärtige Gefühl von Schwäche, das mich seit einigen Monaten verfolgte.

Ich streckte die Hand nach dem Glas aus, obwohl es dieser Geste vermutlich nicht bedurft hätte. Denn die Magie unterwarf sich meinen Gedanken. Ich stellte mir vor, wie sich das Glas füllte, und es gehorchte.

Sandrines Augen weiteten sich, als sich die Pfütze am Boden des Glases in einen zweifingerbreiten Shot verwandelte. Es war nicht viel, die Magie reichte nicht aus, um es bis zum Rand zu füllen. Begeisterung zeichnete sich auf Sandrines Miene ab, weitete ihre Augen und malte ein breites Lächeln auf ihren Mund.

»Das ist einfach unglaublich«, hauchte meine Mitbewohnerin und beugte sich so dicht über das Glas, bis sie schielte. Die goldenen Lichter des Nachtclubs brachen sich in der klaren Flüssigkeit, die wir beide betrachteten. Ich hatte keine Ahnung, woher sie kam. Entzog ich sie einer der Flaschen hinter der Theke, vermehrte ich den kümmerlichen Rest am Boden des Glases oder schuf ich das Getränk aus dem Nichts? Die Regeln der Magie waren mir fremd und solange sie das waren, musste ich vorsichtig sein.

»Alles in Ordnung bei euch?« Der Spalt zwischen den Vorhängen teilte sich, als der Kellner mit dem Magnum-Bart in unser *Separee* trat und mich daran erinnerte, dass wir nicht allein waren. Er stellte zwei Wassergläser vor uns ab und ich widerstand dem Drang, die Schultern hoch- und den Kopf einzuziehen.

»Merci.« Sandrine strahlte den Kellner an, aber er konzentrierte sich nur auf mich. Es war zu dunkel, um den Ausdruck in dem Teil seines Gesichts zu interpretieren, der nicht von diesem Bart bedeckt wurde. So oder so weckte sein Interesse mein Unbehagen. Es war nicht möglich, dass er uns eben beobachtet hatte. Die Vorhänge waren geschlossen gewesen. Oder?

»Kann ich sonst noch etwas für Sie tun?«, fragte er mich. Nur mich. Sandrine schien für ihn gar nicht zu existieren. Trotzdem war sie es, die antwortete, denn mir hatte es die Sprache verschlagen.

»Wir haben alles, danke.«

Erst als er verschwunden war, bemerkte ich das Zittern, das meinen Körper wellenartig durchlief. »Glaubst du, er hat etwas gesehen?« Ich sah dem Kellner nach. Er bediente einen anderen Tisch und auch auf dem Weg zur Theke drehte er sich nicht noch einmal zu uns um.

»Die Vorhänge waren zugezogen. Wenn er keinen Röntgenblick hat, wird er wohl nichts mitbekommen haben. Paranoia gehört wohl dazu, wenn man in deinem Geschäft tätig ist«, neckte Sandrine mich. An den anderen Tischen saßen verliebte Paare, die einander über den Kerzenschein hinweg anschmachteten, oder Freunde, die sich ausgelassen zuprosteten. Niemand beachtete uns.

»Du hast recht.« Ich kleisterte mir ein Lächeln aufs Gesicht. »Vergiss es!«

Sandrine hob das magisch gefüllte Glas und prostete mir zu. »Joyeux anniversaire, kleine Magierin! Alles Liebe zum Geburtstag!« Sie nahm einen Schluck, dann reichte sie es mir, damit ich es leerte. Diesmal hinterließ der Absinth ein aufregendes Prickeln im Bauch.

»Und jetzt ...« Sandrine erhob sich schwungvoll und ich war beeindruckt, wie sicher sie sich nach dem hochprozentigen Alkohol auf ihren Highheels bewegte. »... wird gefeiert!«

Auf der Tanzfläche wogten ekstatische Körper, an denen schweißgetränkte Kleidung klebte. Der Geruch nach Sex, süßem Alkohol und Sandrines nussig-salzigem Atem schlug mir entgegen. Meine Mitbewohnerin gab sich dem Takt der Musik hin und ließ die Hüften kreisen. Die Vibration der Bässe drang durch meinen Körper und lockte mich, meine Hemmungen fallen zu lassen. Der Absinth löschte den letzten Rest von Unsicherheit einfach aus. Lichter blitzten auf und wir warfen die Arme nach oben, um sie einzufangen. Doch sie glitten über uns hinweg, spielten mit der Menge wie der Beat der Musik. Der Szenerie wohnte eine ganz eigene Magie bei. Eine, die mir bis dato fremd gewesen war, und die mich nun überwältigte.

Oder war es die Wirkung des Absinths?

Ein Song nach dem anderen hämmerte über den Dancefloor. Die Spitzen meines Pferdeschwanzes klebten in meinem verschwitzten Nacken und ein feuchter Film lag auf meinem Gesicht, dem Dekolleté und den Armen.

»*Joyeux anniversaire!*«, brüllte Sandrine immer wieder gegen den Beat an, bis die Tänzer um uns herum die Glückwünsche wiederholten, obwohl niemand von ihnen wusste, wem sie galten.

Ich war unsichtbar und doch war ich es nicht. Die gierigen Blicke der Männer, die am Rand standen, rauschten wie Pfeile an mir vorbei und durchbohrten Sandrine. Trotzdem fühlte ich mich beobachtet. Im Takt des Songs drehte ich mich, suchte in der Menge nach jemandem, der sich nicht für meine Mitbewohnerin, sondern für mich interessierte, und fand die Person in dem Kellner, der uns zuvor bedient hatte. Mit verschränkten Armen stand er neben der Statue eines Diskuswerfers und starrte mich an.

»Der steht auf dich!«, rief Sandrine, die ebenfalls in seine Richtung sah.

»Auf eine Joe-Goldberg-Art?«, fragte ich in Anspielung auf die Netflix-Serie, die wir in den Semesterferien zusammen geguckt hatten.

»Glaubst du, ich würde dich ermutigen, ihn anzusprechen, wenn ich ihn für einen Stalker halten würde? Himmel, für was für eine Freundin hältst du mich?«

Ich legte einen Arm um Sandrine und drehte uns von dem Typen weg, an dem ich ohnehin kein Interesse hatte. »Für die beste.«

Sandrine erwiderte meine Umarmung und bewegte uns dabei zur Musik. Ich gab ihr nach und verschwendete keinen weiteren Gedanken mehr an den Kellner.

Die Nacht verging in einem eigentümlichen Rhythmus. Mal folgte sie dem Takt der Songs, dann löste sie sich und rauschte wie in einem Strudel aus Farben und Formen an uns vorbei.

Obwohl ich bequeme Loafer trug und Sandrine unverschämt hohe Highheels, war ich es, die am Ende des Abends mit Blasen und blutenden Füßen von der Tanzfläche humpelte. Sandrine grinste breit.

»Ich wette, das war die beste Nacht deines Lebens«, neckte sie mich.

Meine Antwort war ein ungläubiges Lachen, das dokumentierte, wie viel ich getrunken hatte. Ich kämpfte gegen den schweren Sog des Alkohols an und bemühte mich um eine klare Aussprache. »Die besten Nächte sind die, in denen ich mir keine Sorgen machen muss, am nächsten Tag meinen Job zu verlieren, weil ich eine Fahne habe.«

»Dein Job ist langweilig«, verkündete Sandrine. »Du könntest hier arbeiten. Niemanden würde es interessieren, ob du am nächsten Tag eine Fahne hast, und wir könnten jede Nacht feiern!«

»Brillante Idee«, brummte ich und schubste Sandrine in Richtung Garderobe. Die dünne Staubschicht auf den Mänteln bezeugte, dass diese Stadt verloren war. Ich legte den Kopf in den Nacken und betrachtete die tiefen Risse in der Decke, aus denen der Staub rieselte. Die Euphorie der vergangenen Stunden verblasste und schuf Platz für die traurige Realität.

Die Garderobiere bemerkte meinen Blick. »*Pardon*«, sagte sie. »Aber das geht wieder raus.« Sie zupfte an ihrer schwarzen Bluse, die aussah, als hätte sie Schuppen. »Ich spreche aus Erfahrung.«

Mehr als ein Nicken brachte ich nicht zustande, ehe Sandrine und ich durch die in der Eingangshalle gestrandeten Nachtschwärmer wankten. Wir klammerten uns an dem Geländer fest und staksten die Treppen zum Ausgang hinab, als mich von hinten ein Schlag traf. Ich verlor das Gleichgewicht und stürzte die letzten Stufen nach unten. Mein Kopf knallte auf den Asphalt und für einen Moment tanzten Sterne vor meinen Augen.

»Amelie!« Sandrines Aufschrei löschte sie aus. Vor mir tauchte die in Dunkelheit getauchte Straßenecke vor dem *Le Carmen* auf. Im Gegenlicht von Taxischeinwerfern beugte sich eine Gestalt über mich.

»*Excusez-moi!*«, rief eine Stimme, die ich nicht zuordnen konnte. »Alles okay?«

»Verpiss dich!«, fauchte Sandrine und hievte mich auf die Beine. »Und pass das nächste Mal auf, wo du hinläufst!«

Die Gestalt hob die Arme, dann verschmolz sie wie ein Traum mit der Nacht.

»So ein Arschloch«, murrte Sandrine und musterte mich. »Du blutest ja!«

In dem Moment drehte sich mir der Magen um. Ich befreite mich aus Sandrines Umklammerung und stützte mich auf den nächsten schmiedeeisernen Poller, ehe ich mich vorbeugte und mich lautstark übergab.

Joyeux anniversaire!

5

AMELIE

Ich grub die Finger tief in die Matratze, um Halt zu finden, denn es fühlte sich an, als würde ich mit dem Bett auf der *Seine* schippern. Zu diesem Gefühl kam ein durchdringendes Klingeln in meinen Ohren. Ich stöhnte, dann blinzelte ich und erkannte, dass sich das Bett keineswegs in ein Floß verwandelt hatte. Und das Klingeln existierte nicht nur in meinem Kopf. Es kam von dem Vintage-Wecker, der mit seinen Glocken auf der Oberseite aussah, als würde er Kopfhörer tragen. Tja, die könnte ich jetzt auch gut gebrauchen, so exzessiv, wie er schrillte. Leider befand er sich außerhalb meiner Reichweite auf dem Nachttisch.

Bildete ich mir das ein oder klang der Wecker zornig? Ich musste meine ganze Willenskraft aufbringen, um meine verkrampften Finger aus der Matratze zu lösen, die mich gefühlt über Wellen auf der Seine durchschüttelte. Mit der rechten Hand griff ich über die Decke, bis ich ein Kissen zu fassen bekam.

Ich warf es nach dem Wecker.

Und verfehlte ihn.

Scheiße.

Unablässig schrillte er weiter. Ich schob ein Bein über die Bettkante und suchte mit dem Fuß nach dem Boden, als wollte ich den Anker meines kleinen Floßes werfen. Ich robbte unbeholfen zur Bettkante. Für die Bewegung wurde ich mit einem Stechen im Kopf bestraft. Kurz tanzten Lichter vor meinen Lidern, die sich in jene im Club verwandelten. Die Erinnerungen an letzte Nacht brachen über mich herein wie ein Eimer eiskaltes Wasser. Sandrine und ich. Absinth. Magie. Und die Begegnung mit dem Pariser Asphalt. Ich tastete nach dem Horn an meiner Stirn. Es tat weh, aber die von dem Club beschäftigte Sanitäterin hatte Entwarnung gegeben.

Ich schickte einen Fluch gen Zimmerdecke, streckte den Arm aus und erreichte endlich den penetranten Wecker. In der Stille, die folgte, klingelten meine Ohren.

Es war lange her, dass ich einen Kater gehabt hatte, aber diese Kategorie war mir fremd. Mein Mund war wie ausgetrocknet und gleichzeitig hatte ich einen Bärenhunger. Ich wollte mich über den kargen Inhalt unseres Kühlschrankes hermachen, bloß erschien mir der Weg dorthin wie der auf den Schicksalsberg von Mordor.

Mir blieben zwei Optionen. Option A: Ich könnte für immer im Bett liegen bleiben und langsam und qualvoll an dem Kater verenden. Option B: Ich riss mich zusammen, duschte den Gestank einer durchzechten Nacht von meinem Körper und ging zur Arbeit. Zugegeben, Option A erschein mir gerade verlockender …

Die Rechnung hatte ich allerdings nicht mit meiner Mitbewohnerin gemacht, die in diesem Moment in mein Zimmer polterte. Die Wimperntusche vom Abend zuvor hatte sie über Nacht in einen Panda verwandelt, der nun ans Bett trat.

»Du lebst, ein Glück. Wie geht es dir?«

»Mir würde es besser gehen, wenn ich noch ein bisschen schlafen könnte.«

»Dein Wecker hat eine halbe Stunde lang die Nachbarschaft wachgeklingelt, also wollte ich sichergehen, dass du nicht tot in deinem Bett liegst oder so.«

»Und das fällt dir erst nach einer halben Stunde ein?«, knurrte ich und rieb mir über das Gesicht. Das Horn pochte unter der Berührung.

»Das sieht echt nicht gut aus.«

»Werde ich sterben?« In Anbetracht meiner Situation eine makabre Frage, die ich mir nicht verkneifen konnte.

»Heute vielleicht noch nicht.« Sandrines Mundwinkel zuckten. »Und vermutlich wirst du dich nach einer Dusche deutlich besser fühlen.«

Duschen. Eine gute Idee. Denn irgendetwas roch hier sehr verdächtig nach Erbrochenem – vermutlich ich.

Meine Beine zitterten, aber die Aussicht, mir den Gestank wegzuwaschen, trieb mich ins Bad, wo ich mich mit langsamen Bewegungen auszog. Der Anblick meines nackten Körpers hatte dieser Tage etwas Beängstigendes und wenn ich konnte, mied ich ihn. Auch jetzt kehrte ich meinem Spiegelbild den Rücken zu. Trotzdem war ich mir der Gegenwart dunkler Linien auf meiner Haut sehr bewusst, die die Dringlichkeit meiner Forschung auf meinem Körper visualisierte.

Lange Minuten verharrte ich reglos unter dem Strahl heißen Wassers und beobachtete, wie die Reste der letzten Nacht im Abfluss verschwanden. Erst danach stellte ich mich dem Spiegel und befreite ihn gerade so weit vom Kondensat, dass ich mein Gesicht sehen konnte, mehr nicht. Das Horn sah in der Tat übel aus, aber das meiste davon würde ich unter den Haaren verstecken können.

Nachdem ich in eine saubere Jeans und einen gemütlichen, grobmaschigen Pullover geschlüpft war, erwartete Sandrine mich in der Küche. Auf unserem Tisch stand ein Teller mit einem Stück Pizza des Vorabends. In dem Käse steckte eine Kerze und daneben lag eine Packung Aspirin.

»*Joyeux anniversaire!*«, sagte Sandrine grinsend und bedeutete mir, Platz zu nehmen.

»Pizza zum Frühstück?«

»Glaub mir, es gibt nichts Besseres nach einer durchzechten Nacht. Ich spreche aus Erfahrung.« Sie zwinkerte mir gönnerhaft zu und ich verdrehte die Augen, musste aber zugeben, dass sich mein Magen beim Anblick der Pizza sehnsüchtig zusammenzog.

Tatsächlich erwachten nach der heißen Dusche, dem herzhaften Frühstück und zwei Aspirin allmählich meine verbliebenen Lebensgeister, nur die Erschöpfung hielt sich hartnäckig. Das tat sie immer. »Hast du irgendetwas, um die Beule abzudecken?«, fragte ich Sandrine, während wir unser Geschirr spülten.

»Mein Make-up ist gut, aber zaubern kann es nicht«, neckte sie mich, holte ihr Kosmetiktäschchen aus dem Badezimmer und versuchte sich an der blauen Verfärbung. Schließlich kapitulierte sie und klebte ein pinkfarbenes Pflaster mit Einhörnern auf meine Verletzung.

»So kann ich doch nicht arbeiten gehen«, protestierte ich.
»Selbst schuld, wenn du dir nicht einmal an deinem Geburtstag freinimmst.«
»Schenkst du mir etwa die Miete für diesen Monat zu meinem Geburtstag?«
Meine Mitbewohnerin prustete los. »Immerhin habe ich dir die beste Nacht deines Lebens geschenkt.«

Sandrine und ich wohnten im fünften Stock eines Mehrfamilienhauses in der *Rue Ravignan*. Im Gegensatz zu den meisten anderen Parisern genossen wir das seltene Privileg, einen Streifen Himmel von unseren Fenstern aus sehen zu können. Mein Zimmer war klein, quadratisch und hatte hohe Wände, die durch Stuck mit der Decke verschmolzen. Mein Besitz beschränkte sich auf wenige gebraucht gekaufte Möbel, ein paar Lichterketten und Kerzen, Poster und ein Regal voller Bücher. Vor dem von bodenlangen Vorhängen eingerahmten Fenster stand das alte Teleskop meines Großvaters. Außerdem erinnerte mich meine Kette mit drei flachen Münzen an ihn, die er zu Lebzeiten getragen hatte. Ich zupfte das Schmuckstück zurecht, sodass es über meinem Pullover lag, und flocht mir die Haare. Anschließend schlüpfte ich in Wollmantel und Stiefel und machte mich auf den Weg.

Paris war heute eingehüllt von diesigem Nebel, dessen Feuchtigkeit binnen weniger Schritte meinen Mantel durchdrang. Im Schatten der hochaufragenden Gebäude mit charakteristischen Bistro-Markisen im Erdgeschoss, französischen Balkonen in den Stockwerken darüber und den weißen Fassaden, zu denen das Haus gehörte, in dem unsere Wohnung lag, passierte ich den *Place Émile Goudeau*. Mit seinen Bänken unter mehreren uralten Kastanien bot dieser Platz einen Ruhepol in unserer Nachbarschaft, die in einer ruhigen Ecke von Montmartre lag und kaum vom Magiefall berührt wurde.

Auf einer der Bänke saß eine mir vertraute Gestalt. Monsieur Lambert, ein älterer Herr, der eine Leidenschaft für klassische Literatur und Poesie hegte, sich vorzugsweise in fleckige Hemden und Hosenträger kleidete und das spärliche Haar stets in einer unordentlichen Frisur trug, lebte in der Wohnung unter Sandrine und mir.

Er hob die Hand zum Gruß und lächelte freundlich, sodass die Altersflecken, die seine Haut zierten, in Bewegung gerieten.

»Alles Gute zum Geburtstag, Mademoiselle Fournier«, sagte er und tippte sich gegen einen imaginären Hut.

»Wie lieb, dass Sie daran gedacht haben!«, rief ich.

»Den Geburtstag meiner liebsten Nachbarin könnte ich niemals vergessen«, erwiderte er. »Auch wenn mein Hirn dazu neigt, mich dieser Tage im Stich zu lassen. Ich habe Madeleines gebacken. Eine Dose davon stelle ich Ihnen vor die Wohnungstür.«

»Sie sind ein Engel.« Ich drückte die Schulter des alten Mannes. »Heute muss ich arbeiten und habe kaum Zeit für meinen Geburtstag.«

»Das dachte ich mir.« Monsieur Lambert zwinkerte mir zu. »Aber etwas Selbstgebackenes ist an einem solchen Tag unerlässlich.«

Nachdem wir uns verabschiedet hatten, eilte ich über die feucht glänzenden Pflastersteine der abschüssigen Straße. Die kalte Luft ließ mich frösteln und belebte zugleich meine Sinne. Sie kühlte die glühende Beule, die durch das Pflaster und die Flechtfrisur kaum zu sehen, wohl aber zu spüren war. Gleichzeitig lichtete sich dadurch der diffuse Schleier in meinem Kopf. Nach und nach klärten sich die Erinnerungen an letzte Nacht. Meine Wangen brannten bei dem Gedanken, dass ich mich gestern hatte dazu hinreißen lassen, in einem Nachtclub Magie zu wirken. Meine Forschungen wären verloren, wenn meine Methode an die Öffentlichkeit geraten würde, ohne sie ausgearbeitet zu haben. Ich konnte nur beten, dass die Anwesenden im *Le Carmen* zu sehr mit sich selbst beschäftigt gewesen waren, sodass eine Närrin wie ich unbeachtet geblieben war.

Die Metrostation *Abbesses* lag am Ende einer Allee, deren Bäume sich zu dieser Zeit allmählich bunt färbten. Blätter bedeckten wie ein Mosaik den Boden und wirbelten auf, als ich hindurchlief. Der Zugang zur Metro war vor ein paar Monaten eingestürzt. Er war behelfsmäßig freigeräumt und durch Stahlpfeiler stabilisiert worden, die den Weg zum Gleis in einen Hindernisparcours verwandelten. Obgleich der Magiefall die Stadt zeichnete und hin und wieder Teile des Tunnelsystems einstürzen ließ, schlug das Herz des

Pariser Untergrunds unaufhörlich und trieb die Züge durch die Eingeweide der Stadt.

Ein Blick auf die Uhr beschleunigte nicht nur meinen Puls, sondern auch meine Schritte. Seit ich im *Musée de la Magie* angefangen hatte, war ich noch nie zu spät gekommen. Wenn die anderen aus dem Team den Beginn der Arbeitszeit bis zum Äußersten ausreizten, war ich selbst an den Tagen überpünktlich, an dem die Metro ihrem Ruf gerecht wurde und ausfiel. Heute sollte nicht der Tag sein, an dem ich mich zum ersten Mal verspätete. Doch das Schicksal war mir nicht gewogen. Ich erreichte die Metro, als sie gerade abfuhr.

Ohne mich.

Zehn Minuten später fuhr der nächste Zug in den unterirdischen Bahnhof ein. Der beißende Geruch im Waggon stellte meinen Magen vor eine Herausforderung. Ich schlug den Kragen des Wollmantels hoch und atmete in den Stoff, um der Duftmischung aus süßen Crêpes, feuchter Kleidung, Schweiß und Zigaretten zu entgehen. Ungeduldig wartete ich darauf, dass sich die Türen endlich schlossen.

Das *Musée de la Magie* lag in der *Rue du Dr Roux* im *15. Arrondissement*, wo Gebäude mit von Feuer schwarz gefärbten Fassaden die schmale Straße säumten. Dazwischen krümmten sich unter der Last ihres Alters hochgewachsene Bäume mit dichten Kronen, als wollten sie dem Magiefall trotzen.

Das Museum ragte auf der Ecke zu einer Seitengasse auf und war eindeutig das prachtvollste Gebäude im Umkreis. Girlanden und Halbsäulen schmückten die unversehrte Architektur. Eine breite Treppe führte zu der Flügeltür, vor der eine großgewachsene Gestalt stand. Ich erkannte ihn an dem schwarzen Wollmantel, der wie in Stein gemeißelten Miene und den Händen, die er wie üblich in den Taschen vergraben hatte: Raphael.

Obwohl ich seit vielen Monaten für seinen Vater Gaspard Chevalier arbeitete, waren wir einander bisher erst zwei Mal begegnet und dabei hatte er mich wie Luft behandelt. Zuerst hatte ich ihm ein schüchternes *Salut* geschenkt, weil er immerhin der Sohn meines Chefs war. Aber nachdem er mir nicht geantwortet hatte, verlegte auch ich mich darauf, ihn zu ignorieren. Auch, wenn ich ihm in der Uni über den Weg lief.

Als ich schweißnass und keuchend den obersten Absatz der Treppe erreichte, traf mich der Blick seiner blauen Augen und wanderte über meine geröteten Wangen hin zu den Strähnen, die auf meiner feuchten Stirn klebten, und zu der Beule, die diese entstellte. Kein Wunder, dass er mich auf diese Art fixierte, so lädiert wie ich aussah.

»Darf ich?«, fragte ich, da er mir den Weg blockierte und keine Anstalten machte, zurückzuweichen. »Ich arbeite hier.«

»Offensichtlich.« Seine Stimme war dunkel, dennoch samtweich, und ich hoffte, er würde ab sofort öfter mit mir reden. Stattdessen wich er beiseite und öffnete mir stumm die Tür, ganz der Pariser Gentleman. Ich nickte ihm knapp zu und trat in die warme Eingangshalle. Schnellen Schrittes durchmaß ich sie und rief Bernadette Bourgeoise, der Kassiererin, einen kurzen Gruß zu.

»Du bist spät«, stellte sie fest. »Ist alles in Ordnung bei dir?«

»Alles bestens«, versicherte ich ihr und schob das Haar unauffällig vors Gesicht.

»Deine Gruppe wartet oben bei den Kriegsrelikten.«

Tatsächlich drang aus dem oberen Stockwerk das gedämpfte Geräusch von aufgeregten Schritten und das Klappern einer Rüstung. Merde, die Teilnehmenden meiner ersten Führung am heutigen Tag war eine Klasse von Sechs- und Siebenjährigen!

»Ich beeile mich, ehe sie etwas anstellen können!«, rief ich und hastete auf die Tür zu, die zum Pausenraum führte. Bevor ich dahinter verschwand, wandte ich mich um. Raphael hatte sich nicht gerührt, schlimmer noch: Er musterte mich eindringlich.

Das aufgeregte Pochen meines Herzens schob ich der Tatsache zu, dass ich zu spät war und mein klägliches Gehalt nicht dafür ausreichen würde, um die Schäden zu beheben, die eine Meute unbeaufsichtigter Kids hier anrichten konnte. Im nächsten Augenblick hörte es ganz auf zu schlagen. Als ich in den Pausenraum stürzte, prallte ich gegen ein Hindernis. Zwei sanfte Hände bewahrten mich davor, ein zweites Mal innerhalb von zwölf Stunden der Länge nach umzufallen.

»Mon-monsieur Chevalier«, stammelte ich und blickte meinen Chef an.

Anders als die kühlen Augen seines Sohnes strahlten Gaspards voller Wärme. Abgesehen davon war Raphael eine jüngere Kopie seines Vaters: kantige Züge, buschige Brauen und hohe Wangenknochen. Beide waren hochgewachsen und hatten schwarzes Haar, das in Monsieur Chevaliers Fall von grauen Strähnen durchsetzt war. Um die Augen des Vaters zeichneten sich tiefe Lachfältchen ab, die Raphael fehlten. Stattdessen grub sich eine tiefe Zornesfalte zwischen seine Brauen, deren Herkunft ich mir nicht erklären konnte, so jung wie Raphael war.

»*Bonjour* Mademoiselle Fournier, ich habe Sie schon erwartet.«

»Entschuldigen Sie meine Verspätung«, sagte ich mit dünner Stimme. Womit mochte ich den Unmut des Universums auf mich gezogen haben, dass ich meinem Chef ausgerechnet an dem Tag in die Arme lief, an dem ich mich zum allerersten Mal verspätete?

Monsieur Chevalier schien mich nicht verstanden zu haben. Er drehte sich zu dem runden Tisch, an dem die Mitarbeitenden ihre Pausen verbrachten, und hob eine in rotes Seidenpapier eingewickelte Schachtel hoch. Dann reichte er sie mir. Als ich mich nicht rührte, sagte er: »Das ist für Sie – zum Geburtstag. Oder habe ich mich im Tag geirrt?«

»N-Nein.« Ich starrte die Schachtel an. Mit keinem Wort hatte ich erwähnt, dass heute mein Geburtstag war. Aber das musste ich wohl auch nicht, denn das war in den Akten der Angestellten vermerkt.

»Es ist nur eine Kleinigkeit«, lockte Monsieur Chevalier mich. Als ich endlich die Hand danach ausstreckte, nickte er. »Machen Sie schon auf!«

Zögerlich schob ich einen Fingernagel unter einen der Klebestreifen und löste ihn. Ich faltete das Papier auseinander, bis eine Packung Pralinés zum Vorschein kam.

»Damit Sie neben der ganzen Arbeit nicht vergessen, das Leben zu genießen.« Monsieur Chevalier schenkte mir ein väterliches Lächeln. »Ich könnte die Führungen heute für Sie übernehmen. Immerhin ist es Ihr Geburtstag. Sie haben gewiss Besseres zu tun, als die Leute Geschichte zu lehren, die sie für Märchen halten.«

»Das ist nicht nötig«, sagte ich. »Ich bin sehr gerne hier.«

Monsieur Chevalier seufzte tief. »Ich wünschte, mein Sohn würde die gleiche Begeisterung für unsere Vergangenheit an den Tag legen wie Sie, Mademoiselle Fournier.«

Weil ich nicht wusste, was ich darauf sagen sollte, entgegnete ich: »Danke, Monsieur Chevalier.«

Ich verstaute Jacke, Tasche und Pralinés im Spind und pinnte mir das Abzeichen der Museumsmitarbeitenden an den Pullover, eine Eule mit ausgestreckten Flügeln aus weißer Emaille, unter denen in geschwungenen Lettern *La Magie est avec nous* stand.

Die Magie ist mit uns.

Nach einem kurzen Abschied von meinem Chef folgte ich den aufgeregten Stimmen meiner ersten Gruppe in den Ausstellungsraum, der magische Waffen, Rüstungen und Schilde beherbergte. Weiße Linien auf dem dunklen Holzboden und goldene Kordeln um die Rüstungen waren für Kinder kein Hindernis und so musste ich mehrmals in die Hände klatschen, ehe sie sich endlich in der Mitte des Raumes versammelten und mich neugierig musterten. Die Lehrerin, kaum älter als ich, warf mir einen entschuldigenden Blick zu, dann schenkte sie ihre Aufmerksamkeit wieder dem Smartphone in ihren Händen.

Na toll.

»*Bonjour*, mein Name ist Amelie Fournier und ich begleite euch heute durch unsere magische Ausstellung.«

»*Bonjour!*«, kreischten ein paar der Kinder aufgeregt, während einige andere die Köpfe zusammensteckten und miteinander tuschelten.

Ich gab dem Lächeln nach, das an meinen Mundwinkeln zupfte. Unsere Welt war vom Verlust der Magie gezeichnet. Doch das Leuchten in den Augen unserer Besuchenden schenkte mir Hoffnung, dass wir unserem Schicksal eines Tages würden entkommen können. Vielleicht, ja, vielleicht trug ich einen Teil dazu bei, Paris vor dem Untergang zu retten.

»Die Magie ist mit uns«, begann ich den Vortrag mit dem Motto des Museums. »Nur weil wir sie nicht sehen, heißt das nicht, dass sie nicht da ist und darauf wartet, von uns wiederentdeckt zu werden.«

»Wo ist sie denn?«, zwitscherte ein kleiner Blondschopf mit Piepsstimme und erntete ein paar Lacher der anderen Kinder. Er errötete.

»Magie ist nichts weiter als Energie und die ist überall.« Ich hob den Arm. »Für diese Bewegung brauche ich Energie. Genauso für jedes Wort, das ich spreche. Die Magie ist da, wir müssen nur einen Weg finden, sie zu aktivieren.« Mit einer Geste winkte ich die Gruppe zu einem unserer ältesten Ausstellungsstücke. »Wisst ihr, was das ist?« Die Kinder schüttelten die Köpfe. »Das ist eine Askesische Klinge, die in Magie getränkt wurde.« Sie war vermutlich tausend Jahre alt, aber der polierte Stahl glänzte, als wäre er eben erst geschmiedet worden. Der Knauf der Waffe war gebogen und mit funkelnden Edelsteinen verziert. »Welches Ziel auch immer die Person hatte, in dessen Besitz sie sich befand, die Klinge traf stets ins Schwarze.«

Die Kinder betrachteten den Dolch mit Skepsis. Die hohe Kunst bei Führungen war es, gleich zu Beginn das Vertrauen der Zuhörenden zu erlangen. Denn natürlich gab es Exponate in den Räumen des *Musée de la Magie*, die ihre Magie an die Zeit verloren hatten und inzwischen nicht mehr funktionstüchtig waren, aber aus nostalgischen Gründen hier standen. Deshalb begann ich jede Führung mit der Askesischen Klinge, die mir die ungeteilte Aufmerksamkeit meines Publikums sicherte.

»Glaubt ihr mir etwa nicht?«, fragte ich mit gespielter Empörung und kniff die Augen zusammen.

Schweigen. Das reichte mir als Antwort.

»Na schön, dann muss ich es euch wohl beweisen.« Ich deutete auf ein Mädchen mit hellbraunen Locken und Sommersprossen. »Nenn mir ein Ziel.«

»Ein Ziel?« Verlegen sah das Mädchen in die Runde.

»Kein lebendiges Ziel«, sagte ich und zwinkerte ihm zu. »Der Dolch ist eine echte Waffe.«

Das Mädchen hob die Schultern und wies auf die schmale Wand zwischen zwei der hohen Fenster. Mit einem Nicken bedeutete ich ihm, dass ich verstanden hatte. Über ein Tastenfeld, das sich hinter einem Vorhang verbarg, deaktivierte ich das Alarmsystem, das diese außergewöhnliche Waffe sicherte. Nachdem mir ein Signalton bestätigt hatte, dass ich keinen Großeinsatz der Polizei auslösen würde, nahm ich den Dolch aus der Halterung. Er wog schwer in den Händen und antwortete dem sanften Druck meiner Finger mit einer unheimlichen Kälte. An dieses Gefühl würde ich mich nie gewöhnen, obwohl ich zu Beginn jeder Führung denselben Trick vorführte. Ich kehrte dem Ziel den Rücken zu, wippte auf den Ballen, um die Kinder auf die Folter zu spannen.

Als ich den Dolch endlich mit einer lockeren Bewegung aus dem Handgelenk warf, holten die Kinder zischend Luft und die Lehrerin ließ ihr Smartphone sinken. Die Waffe traf mit erschreckender Genauigkeit.

Aber das war nicht alles. Ich schlenderte auf die Askesische Klinge zu, die vibrierend in der Wand steckte. Mit einem Ruck zog ich sie heraus und trat beiseite, damit die Kinder zuschauen konnten, wie sich das Loch in der Wand von selbst schloss.

»Die Askesische Klinge trifft nicht nur jedes Ziel«, sagte ich mit lauter Stimme über das aufgeregte Getuschel hinweg, »sie heilt es auch. In einem Zweikampf hatte diese Waffe den Vorteil, den Gegner binnen Sekunden außer Gefecht zu setzen. Solange der Dolch in dessen Brust steckte, war dieser tot. Doch sobald er entfernt wurde, war der Gegner wieder kampfbereit.«

»Hast du das schon mal an einem Menschen ausprobiert?«, fragte eines der Kinder.

»Nein«, antwortete ich. »Warum? Willst du dich zur Verfügung stellen?«

Das Kind schüttelte heftig den Kopf und ich steckte den Dolch zurück in die Halterung.

»Wie geht das überhaupt?«, wollte ein Mädchen wissen.

»Die Klinge wurde vermutlich in flüssiger Magie getränkt. Sie ist mit dem Stahl verschmolzen und unwiderruflich Teil dieser Waffe, auch wenn jene Magie, die uns erlaubt hätte, zu zaubern, schon längst fort ist. Sie ist eine Erinnerung.«

Ich drückte auf den unscheinbaren Knopf unterhalb der Klinge und schaltete das Alarmsystem wieder ein.

»Also die Messer bei uns zu Hause können das nicht«, bemerkte das Mädchen mit den Locken.

»Kurz nach dem Verlust der Magie beschlagnahmten die Antimagies sämtliche magische Artefakte. Einige wenige – so wie die Askesische Klinge – wurden übersehen und landeten viel später in Museen, andere wurden zerstört. Wieder andere weggesperrt, weil die Macht, die sie bergen, zu groß ist für eine Welt, die ihr keine Magie entgegenzusetzen hat.«

Mit der Vorführung der Askesischen Klinge hatte ich die Kinder auf meine Seite gezogen. Begierig folgten sie mir von Raum zu Raum und betrachteten die Exponate mit offenen Mündern und leuchtenden Augen. Ich spielte ein paar Finten aus, damit dieser Ausflug für sie unvergesslich bleiben würde.

Vom Erfolg der ersten Führung beschwingt, begann ich wenig später die zweite. Doch ich musste schnell feststellen, dass sich die sechs Teenager nicht von der Askesischen Klinge beeindrucken ließen.

»Das ist doch alles nur Show«, murmelte einer von ihnen seinen Kumpels laut hörbar zu.

Selbst das Ewige Feuer riss das Ruder nicht herum. Als ich es ihnen vorführte, schnaubte eines der Mädchen. Bislang hatte es mich ignoriert, weil es damit beschäftigt war, sich mit einem schwarzen Stift geschlungene Muster auf das Handgelenk zu malen. Jetzt schob es das dunkle Haar zurück und betrachtete mich gelangweilt. »Du kannst uns ja viel erzählen. Aber im Ernst, das zündet doch jeden Tag jemand für die Besucher an.«

»Mach es aus«, schlug ich vor und wies auf die Löschdecke, die für ungläubige Besucher stets griffbereit lag.

»Selbst wenn«, brummte das Mädchen und zückte erneut den Stift, um sich dem Kunstwerk auf seinem Handrücken zu widmen. »Da steckt irgendein Trick dahinter.«

Die anderen pflichteten ihrer Freundin murmelnd bei und schlurften in den nächsten Raum. Ich nutzte den Augenblick allein und schickte ein Stoßgebet gen Himmel. Mochte das Universum Erbarmen mit mir haben, immerhin war heute mein Geburtstag!

Der Rest der Führung verlief ähnlich schlecht. Die Jugendlichen kommentierten meine Erzählungen mit ungläubigem Schnaufen oder verdrehten die Augen, mein Kopfschmerz meldete sich mit einem penetranten Stechen zurück und die Erschöpfung eroberte meine Glieder. Schließlich kürzte ich die Texte auf das Wesentliche und beendete die Führung nach zwanzig Minuten anstatt vierzig. Hätte ich doch nur Monsieur Chevaliers Angebot angenommen, die Arbeit für mich heute zu übernehmen.

Als die Teenager durch die Tür in den Nieselregen traten und ihre gehässigen Stimmen endlich verstummten, atmete ich erleichtert auf.

»Das war wohl eine echte Herausforderung«, kommentierte Bernadette meine finstere Miene.

»Was wollten die hier eigentlich?«, entgegnete ich kopfschüttelnd. »Niemand hat sie gezwungen, sich die Ausstellung anzuschauen. Oder waren sie nur hier, weil sie dachten, es wäre ein guter Tag, um mir die Laune zu vermiesen?«

»Das sind Teenager.« Bernadette lugte über den Rand ihrer bunten Brille. »Es ist ihr Job, anderen Leuten die Laune zu vermiesen.«

»Darin sind sie wirklich gut«, brummte ich und gab Bernadette ein Zeichen. »Ich bin noch mal oben!«

»Du arbeitest zu viel, *ma fille!*«

Mein Mädchen, das war ihr Spitzname für mich.

Ich ersparte mir eine Antwort und die Diskussion, ob ich zu viel arbeitete oder nicht, und lief Richtung Pausenraum. Bernadette wachte wie eine Glucke über sämtliche Angestellte und drängte unseren Chef, sich ein paar freie Tage zu gönnen, wenn ihr die Farbe um seine Nase zu blass erschien. In Anbetracht seiner Situation und dem Gesundheitszustand seiner Frau geschah das eher häufiger als seltener. Seit ich hier arbeitete, war ich Madame Chevalier nicht einmal begegnet. Bernadette hatte eine Krankheit erwähnt, eine andere Kollegin behauptete, das herabstürzende Teil eines der vom Verfall betroffenen Gebäude hätte Gaspards Frau so schwer getroffen, dass sie die Wohnung nicht mehr alleine verlassen konnte.

Im menschenleeren Pausenraum schenkte ich mir einen Kaffee ein und kippte ihn hinunter wie den Absinth-Shot der letzten Nacht. Danach füllte ich die Tasse ein zweites Mal und kehrte damit in die Ausstellungsräume zurück.

Die Aussicht, meine Tage in der Gegenwart von magischen Artefakten verbringen zu können, hatte diesen Studierendenjob neben dem Gehalt und den flexiblen Arbeitszeiten für mich äußerst attraktiv gemacht. Vor einigen Monaten hatte ich mich dann getraut und Gaspard Chevalier um Erlaubnis gebeten, ein paar der Exponate erforschen zu dürfen.

Die Dielen knarrten unter meinen Sohlen, als ich mit vor Aufregung klopfendem Herzen auf jenen Ausstellungsraum zusteuerte, in dem das Museum magische Bücher aufbewahrte. Ich öffnete die Tür, die durch einen Zahlencode gesichert wurde, und trat ein. Regale bis zur Decke umsäumten den Raum. In der Mitte standen zwei verschlossene Glasvitrinen, in denen die kostbarsten Exponate ausgestellt waren: ein Zauberbuch in einer fremden Schrift und ein etwas jüngeres Buch mit illustrierten Rezepten für verschiedene Heiltränke. Ich stellte die Kaffeetasse auf einem Beistelltisch ab und zog ein in unscheinbares Leder eingewickeltes Buch aus einem der Regale. Es war das Buch, das ich für Sandrines Hausarbeit ausgeliehen hatte. Bei einer Inventur vor einigen Monaten hatte ich die Sortimentslisten überprüft und war auf den Titel gestoßen. Es handelte sich um ein Namensregister jener Toten, die man in den Katakomben der Stadt vermutete.

Kurzerhand zückte ich das Handy und fotografierte Seite um Seite ab. Genug Namen, die es mir erlaubten, meine magischen Experimente fortzuführen. Um einen Schluck Kaffee zu trinken, unterbrach ich die Arbeit, als mich warmer Atem im Nacken streifte und jemand sagte: »Du siehst aus, als könntest du den intravenös gebrauchen.«

6

RAPHAEL

Ich hatte Lucilles Auftrag ernst genommen. Vielleicht ein bisschen zu ernst. Denn ich hatte mich an Amelies Fersen geheftet, war ihr durch die zugigen Korridore der Sorbonne gefolgt, hatte sie heimlich nach Hause begleitet und später mit einer albernen Verkleidung in den angesagtesten Club der Stadt, bis ich den ersten Eindruck von ihr hatte revidieren müssen. Zweifelsohne verfügte sie über außergewöhnliche Intelligenz, Weitsicht fehlte ihr jedoch, denn sie hatte im *Le Carmen* Magie gewirkt. Auch wenn das vermutlich niemand außer mir bezeugen konnte, weil ich der Einzige gewesen war, der durch den Spalt im Vorhang gespäht hatte, hielt ich diese Aktion für mehr als waghalsig.

In dieser Nacht war ich spät in meine Wohnung zurückgekehrt und hatte beschlossen, den Vormittag nicht an eine ziellose Verfolgungsjagd zu vergeuden.

Jetzt kam ich mir wie ein Narr vor. Nein, ich kam mir nicht wie einer vor, ich war ein Narr. Auf der Türschwelle zum Haus meiner Eltern war mir ausgerechnet Amelie in die Arme gelaufen.

Sie war die gottverdammte Angestellte meines Vaters.

Ich hatte auf den Stufen zum Museum gestanden und ihr wie jemand hinterher gestarrt, dem ein Geist erschienen war. Gut, zu meiner Verteidigung sollte erwähnt werden, dass ich die Ausstellungsräume mied und außer Bernadette und ein paar Leuten von früher keine Mitarbeitenden kannte. Außerdem drehten sich meine Gedanken um andere Dinge, wenn ich meine Eltern besuchte.

»Raphael?« Die Stimme meiner Mutter war kratzig, von ihrer Krankheit belegt. Doch noch immer lag die vertraute Wärme in ihr, wenn sie mit mir sprach.

Mit wenigen geübten Handgriffen zog ich die Spritze auf, bis die Kanüle mit golden schimmernder Flüssigkeit gefüllt war, und desinfizierte die Stelle, wo ich sie in die Haut stechen würde. Meine Mutter hing schlapp in den Kissen und sah mir zu.

»Gleich geht es dir besser«, versicherte ich ihr.

»Ach, das tut es schon, seit du bei mir bist.«

Wärme erfüllte meinen Brustkorb und ich lächelte. »Das war verdammt kitschig. Hast du dir wieder eine Schnulze angesehen?«

Als die Nadel die Haut durchdrang, atmete meine Mutter scharf ein. »Das sind keine Schnulzen, Raphael«, tadelte sie mich und entspannte sich, sobald ich die Spritze zurückzog. Ich beobachtete, wie das Netz dunkler Linien um die Einstichstelle augenblicklich verblasste, und fragte: »Spürst du es?«

»Der Druck lässt nach.« Meine Mutter legte die Arme links und rechts neben sich und lehnte sich in den Kissen zurück. Ihre flachen Atemzüge verwandelten sich in lange und ihr Brustkorb hob und senkte sich gleichmäßig. »Und du bekommst sicher keinen Ärger dafür, dass du mir diese Spritzen mitbringst.«

»Nein.« Das war nicht gelogen, solange niemand erfuhr, dass ich die Magiepräparate entwendete, um sie für private Zwecke zu nutzen.

Ich setzte mich an das Bett meiner Mutter. Die Vorhänge sperrten Tageslicht aus, stattdessen malte eine Bankiersleuchte goldene Kreise an die Wände und zauberte meiner Mutter eine Farbe ins Gesicht, die über ihren kränklichen Zustand hinwegtäuschte.

Dieses Zimmer und der kurze Weg ins Bad waren alles, waren seit Jahren die gesamte Welt meiner Mutter. Sie litt unter der durch den Verlust der Magie ausgelösten Erkrankung Maligne Magieplasie, die sie mit jedem weiteren Tag, der verstrich, dem Tod näher brachte.

»Raphael?«

Ich verschränkte die Finger mit ihren und zwang mich zu einem Lächeln. »*Pardon*, ich war in Gedanken. Hast du etwas gesagt?«

Um die Mundwinkel meiner Mutter zuckte es. »Nur, dass du auf dich aufpassen sollst. Woran hast du gedacht? An eine Frau?«

Ich fuhr mir mit der freien Hand durch das Haar und hob die Schultern. »Eigentlich hängt mir die Arbeit nach.«

»Du bist so jung. Du solltest das Leben genießen, nicht ständig arbeiten und studieren.« Meine Mutter verzog das Gesicht und brachte mich damit zum Lachen.

»Du bist die einzige Mutter, die sich beschwert, dass ihr Sohn nicht von einer Eskapade zur nächsten stolpert.«

»Vielleicht liegt es daran, dass ich weiß, wie wertvoll die kurze Zeit ist, die uns geschenkt wird.«

Die Bedeutung dieser Worte hing schwer in der Luft. Mein Herz zog sich zusammen.

»Das ist mir durchaus bewusst.«

»Warum glaube ich das nicht? Raphael, du solltest raus gehen und nicht am Bett deiner kranken Mutter wachen.« Sie entzog mir ihre Hand und hob entschlossen das Kinn, nur um kurz darauf wieder nach mir zu greifen.

»Und wenn ich genau das will?« Meine Stimme war lauter als beabsichtigt und der Ton schärfer.

Die Miene meiner Mutter wurde weich. »Ich habe großes Glück, dich Sohn nennen zu dürfen.« Sie drückte meine Hand, um ihre Worte zu bekräftigen, und ich konnte nichts anderes tun, als es hinzunehmen. Auch wenn ich ihr nicht zustimmen konnte.

Voll Bitterkeit dachte ich an die Jahre, die seit ihrer Diagnose verstrichen waren. Wieder und wieder hatte ich bei der Suche nach einem Heilmittel versagt. Ich studierte Magiezin, arbeitete in der Forschung und hatte dennoch nichts weiter vorzuweisen als eine Menge Versuche, die zu nichts geführt hatten. Ich dachte an Amelie und kämpfte gegen aufflammenden Neid über ihren Erfolg an.

Bon Dieu de merde, alles, was ich wollte, war, meine Mutter zu retten, *verdammte Scheiße*. Die Zeit schritt unaufhaltsam voran und ich hatte keine Ahnung, wie viel uns noch blieb. Ich stand unter

Druck, etwas zu erreichen, und gleichzeitig lähmte mich die Angst, meine Mutter zu verlieren. Amelies Forschung bot mir nicht nur neue Hoffnung, sondern eine reelle Chance, die Krankheit zu heilen. Wenn nicht ... Daran wollte ich nicht denken.

Die Kissen raschelten, als sich meine Mutter aufrichtete und mit einem Finger über die Falte zwischen meinen Brauen strich. »Du bist dreiundzwanzig Jahre alt, die gehört da nicht hin.«

Ich fing ihre Hand auf und hauchte einen Kuss auf ihre mit dünner, ledriger Haut bespannten Knöchel. Die Krankheit wütete unnachgiebig in ihrem Körper, raubte ihr die Kraft und verwandelte sie in einen Schatten der Frau, die sie einst gewesen war. Mit jedem Besuch bei ihr brach mein Herz ein Stückchen mehr. Ich war Zuschauer in der ersten Reihe eines Theaterstücks, für das ich nie Karten hatte haben wollen.

Schritte näherten sich und ersparten mir eine Antwort. Allerdings fragte ich mich angesichts der Miene meines Vaters, der im Türrahmen auftauchte, ob es nicht angenehmer gewesen wäre, dieses Gespräch mit meiner Mutter fortzusetzen.

»Raphael.« Etwas Dunkles schwang in seiner Stimme mit, das nur auftauchte, wenn er mit mir sprach. Das war nicht immer so gewesen, aber seit der Diagnose hatten sich viele Dinge in unserem Leben verändert. Auch unser Verhältnis. Und ich vermutete, dass er mir nie verziehen hatte, dass ich nicht in seine Fußstapfen trat und das Magiemuseum übernehmen würde.

»Papa«, sagte ich förmlich und ohne ihn anzusehen. Stattdessen betrachtete ich die Ölgemälde in opulenten Rahmen, die die dunkelblaue Wand über dem Bett meiner Mutter dekorierten. Sie zeigten Jagdszenen, Stillleben und das Porträt einer Braut, deren Augen im Schein der Bankiersleuchte unheimlich flackerten.

Der Blick meines Vaters zuckte zu der schmächtigen Gestalt im Bett und wurde weicher. »Chloe, Liebes, wie geht es dir?« Je näher er kam, umso mehr schnürte es mir die Luft ab. Ich öffnete den obersten Knopf meines Hemdes.

»Gut«, antwortete sie. »Es geht mir gut. Was machst du hier? Musst du nicht arbeiten?«

»Wie könnte ich arbeiten, wenn unser Sohn uns mit einem seiner seltenen Besuche beehrt?« Ich bemühte mich um ein Lächeln, aber die Worte trafen mich wie ein Faustschlag und ich versteifte mich. Dass das Verhalten meines Vaters eine solche Reaktion in mir hervorrufen konnte, schürte meine Wut. Auf mich, weil ich mir schwach vorkam. Auf ihn, weil er vergessen zu haben schien, dass ich sein Sohn war. Auf die Situation, die mir mehr Angst machte, als ich je zugeben könnte. Denn was, wenn die gestohlenen Magiepräparate die Krankheit meiner Mutter nicht länger in Schach halten konnten?

Wenn meine Gedanken diesen Punkt erreichten, fühlte ich mich umso egoistischer, weil ich mir die Beziehung zurückwünschte, die mein Vater und ich einst gehabt hatten. Meine Mutter kämpfte um ihr Leben und ich war gekränkt, weil mein Vater sich nicht für mich interessierte. Gott, ich schämte mich so sehr.

»Gaspard.« Meine Mutter seufzte, denn sie durchschaute ihn. »Raphael hat viel zu tun. Er studiert und arbeitet.«

»Ja, genau.« Mein Vater verengte die Augen und zwischen seinen Brauen tauchte eine Falte auf, die meiner nicht unähnlich war. Die Art, wie er mich ansah, stachelte die Wut an, von der ich mich seit Wochen nicht befreien konnte.

»Ja, genau«, wiederholte ich scharf. »Ich investiere mich für Arbeit und Studium. Andere Väter wären stolz, das über ihre Söhne behaupten zu können.«

»Andere Väter haben gesunde Ehefrauen«, zischte er.

»Gaspard, es reicht!« Die Ermahnung meiner Mutter ging in einem Husten unter. Sie beugte sich vor, verkrampfte. Ich sprang auf, aber mein Vater schob sich zwischen uns, legte die Arme um ihre dürren Schultern. Die Faust an die Brust gepresst ließ sie den Anfall über sich ergehen. Hilflos stand ich daneben. Ich war Magieziner und konnte dennoch nichts tun. Taubheit breitete sich von den Fingerspitzen im Rest meines Körpers aus. Ich wich einen Schritt zurück, dann noch einen.

»Ich muss los«, murmelte ich, obwohl meine Worte in dem Hustenanfall untergingen. Ich war feige und ich wusste, dass es bei dieser Sache nicht um mich ging. Aber ich ertrug es nicht, sie so zu sehen. Zu beobachten, wie dicht der Tod ihr auf den Fersen war, und nichts dagegen unternehmen zu können, obwohl ich bereit war, alles zu tun, um sie zu retten.

Die Wohnung meiner Eltern war mir vertraut, war ich hier doch aufgewachsen. Dennoch stolperte ich vorwärts, stieß gegen den Türrahmen und bewegte mich wie betrunken.

Erst als ich im Treppenhaus stand, konnte ich wieder atmen, der Schwindel lichtete sich. Ich rieb mir über die Augen, holte tief Luft und sank auf die oberste Stufe. Eine Weile starrte ich ins Leere, versuchte, das eben Erlebte zu vergessen. Die Worte meines Vaters, den Anfall meiner Mutter. Das Ende, das unweigerlich über ihr schwebte.

Erst als Geräusche aus der Wohnung in den Flur drangen, regte ich mich. Mit steif gewordenen Gliedern stand ich auf und tastete mich die Treppe hinab.

Normalerweise brachte ich nach einer Auseinandersetzung mit meinem Vater so viel Abstand zwischen uns, wie irgend möglich. Doch die Gelegenheit, Amelie zu treffen, ließ mich alte Gewohnheiten ändern. Durch eine für Besuchende gesperrte Tür schlüpfte ich vom Treppenhaus in einen jener Räume, in die ich mich als Kind so häufig geschlichen hatte. Seit Jahren hatte sich hier nichts mehr verändert, alles war erschreckend vertraut. Einerseits lag das an der Schwierigkeit, heutzutage an magische Artefakte heranzukommen. Dank moderner Technik waren inzwischen fast alle Schätze geborgen. Andererseits stand der verwahrloste Zustand des Museums wohl auch im Zusammenhang mit der Krankheit meiner Mutter und meiner Weigerung, die Familientradition fortzuführen und das Museum zu leiten.

Ich durchquerte die Ausstellung, ignorierte die Erinnerungen, die mich heimsuchten wie Gespenster. Amelie fand ich in der Bibliothek. Mir den Rücken zugewandt war sie über ein Buch gebeugt, dessen Seiten sie mit der Handykamera abfotografierte. Vereinzelte hellbraune Strähnen verbargen einen Teil ihres Gesichts vor mir, sodass ich es nicht richtig ansehen konnte.

Obwohl ich mir keine Mühe gab, sonderlich leise zu sein, bemerkte sie mich nicht, so vertieft schien sie in das Buch. Sie tastete dabei nach ihrer Tasse und trank einen Schluck. Inzwischen war ich ihr so nah, dass ich sie hätte berühren können. Ich beugte mich vor, atmete den blumigen Duft ein, der mir schon in der Cafeteria an ihr aufgefallen war. Er erinnerte mich an die Lavendelfelder in der Provence, wo ich als Kind mit meinen Eltern die Sommer verbracht hatte.

Ich trat näher. »Du siehst aus, als könntest du den intravenös gebrauchen.«

Amelie keuchte und zuckte zusammen. Kaffee schwappte aus der Tasse, rann über ihre Finger und tropfte auf das Buch.

»Verdammt, was soll das?«

Karamellfarben. Ihre Augen waren karamellfarben. Es war ein warmer Farbton, in den sich goldene Pigmente mischten. Jetzt lag darin eine Mischung aus Schreck und Wut.

»Mein Vater wird dich deswegen schon nicht entlassen«, sagte ich grinsend.

Amelie erbleichte. »Entlassen?«

Hoppla. Hatte ich einen wunden Punkt getroffen? »Er hat noch nie einen seiner Angestellten gefeuert«, beeilte ich mich, nachzuschieben. »Obwohl ich ihm vor einigen Jahren dringend dazu geraten habe, diesen Jean-Luc vor die Tür zu setzen, weil ständig Geld in der Kasse gefehlt hat. Zum Glück hat sich das Problem schnell von allein gelöst, als die Polizei ihn wegen Raubüberfall verknackt hat.«

»Schön für Jean-Luc«, schnappte Amelie. Sie brachte zwei Schritte Abstand zwischen uns. Es kostete mich sämtliche Selbstbeherrschung, nicht wieder aufzurücken.

»Und was ist mit dem Buch?«, fragte sie.

»Was soll damit sein?« Meine vorgetäuschte Gelassenheit beschwor rote Flecken auf ihrem Hals.

Mit vor Zorn glühenden Augen musterte sie mich, während sie das feuchte Buch hochhob und damit vor meiner Nase wedelte. Kaffee tropfte von den gewellten, braun verfärbten Seiten auf meine glänzenden Schuhe. Sekunden verstrichen. Wir starrten einander in einem stillen Kräftemessen an. Dann trat ich einen Schritt zurück.

»Die waren teuer.«

»Die sind nicht so wertvoll wie dieses Buch.« Gequält verzog Amelie das Gesicht. Wie ich es schon zuvor bei ihr beobachtet hatte, kräuselte sich ihre Nase. Allerdings erweckte sie diesmal den Eindruck, als müsste sie sich übergeben. »Dieses Buch ist unbezahlbar!«

»Das wäre nicht passiert, wenn du deinen Kaffee nicht mitgenommen hättest.« Mit einem Zwinkern deutete ich auf eines der Schilder, die am Eingang eines jeden Ausstellungsraumes hingen: *Essen und Getränke strengstens verboten.*

Dieser Punkt ging an mich. Amelie ließ das Buch sinken und funkelte mich an.

»Was willst du hier?«, fragte sie herausfordernd. »Bist du mir nachgelaufen?«

Sie ahnte ja nicht, wie sehr sie mit ihren Worten ins Schwarze traf. Ich kam nicht gegen das Schmunzeln an, gab ihr aber eine unverfängliche Antwort. »Gaspard Chevalier ist mein Vater.«

»Das weiß ich. Du bist Raphael und glänzt mit Abwesenheit, seit ich hier arbeite.«

Das war ihr aufgefallen? Diese Erkenntnis streichelte mein Ego auf ungewohnte Weise. Mein Schmunzeln verwandelte sich in ein breites Grinsen.

»Wer ist denn jetzt der Stalker?« Weil Amelies Erwiderung aus nicht mehr als einem halbherzigen Kopfrucken bestand, fügte ich hinzu: »Immerhin ist dir aufgefallen, dass ich hier nicht so oft anzutreffen bin.«

»Wohl eher nie. Warum musstest du diese Angewohnheit heute ändern?«

»Autsch.« Ich legte beide Hände flach auf die Brust über die Stelle, unter der mein Herz schlug, und fragte mich, womit ich ihren Unmut auf mich gezogen hatte. War sie etwa nur wegen dieses Buches so kratzbürstig? »Das tat weh.«

Amelies Ausdruck wurde um eine Nuance weicher. »Du hast recht. Das war nicht nett.« Sie seufzte. »Aber wenn eine vom Aussterben bedrohte Spezies in Gefahr gerät, neige ich offensichtlich zur Überreaktion.« Sie deutete auf das Buch und brachte mich damit zum Lachen.

»Vom Aussterben bedrohte Spezies?«

Amelie nickte ernsthaft.

»Ich gebe zu, ich hätte auf mich aufmerksam machen können. Nächstes Mal benutze ich ein Megafon, bevor ich einen Raum betrete, in dem du dich aufhältst.«

»Witzig.« Obwohl sich Amelie genervt gab, kräuselten sich ihre Lippen. »Mein Name ist übrigens Amelie Fournier und normalerweise bin ich nicht gemein.«

»Raphael Chevalier, und normalerweise schleiche ich mich nicht an«, stellte ich mich überflüssigerweise vor, trat einen Schritt auf sie zu und reichte ihr die Hand. Amelie zögerte, ehe sie einschlug. Die Berührung ihrer warmen Haut ließ sie mich länger festhalten, als angebracht war. Ich beobachtete, wie Röte über ihre Wangen kroch. Wir verharrten in dem Moment und sahen uns an. Die Farbe ihrer Augen war bemerkenswert, dicht umrahmt von langen Wimpern.

Erst als Amelie an ihrer Hand zog, gab ich sie frei. Sie schuf Abstand zwischen uns, indem sie wieder einen Schritt zurückwich. Damit bot sie mir die Möglichkeit, sie eingehend zu betrachten. Ihre Kleidung war zweckdienlich und beflügelte meine Fantasie. Denn darunter zeichneten sich die Konturen ihres Körpers ab und fesselten meine Aufmerksamkeit.

Unter meinem Blick wandte sie sich ab. Nachdem sie ein Taschentuch aus der Hosentasche geklaubt hatte, wischte sie notdürftig die Kaffeepfütze vom Boden und tupfte mit der letzten trockenen Ecke des Tuches über den Einband des Buches. Dabei lösten sich ihre Haare aus dem Zopf. Als sie sie wieder zurückstrich, bemerkte ich das pinkfarbene Pflaster.

Alles in mir zog sich zusammen und ein überwältigendes Schamgefühl überkam mich, denn ich hatte sie gestoßen. Zwar nicht absichtlich, aber diese Verletzung war meine Schuld. Mit einem Rucken des Kinns wies ich auf ihre Stirn. Wollte wissen, woran sie sich erinnerte.

Obwohl sich der Moment wie eine Filmsequenz in meinem Geiste wiederholte, fragte ich: »Was ist passiert?«

Sie blinzelte. »Nichts.«

Meine Augen wurden schmal. »Das sieht nicht nach *nichts* aus.«

»Aber es sieht danach aus, als würde dich das nichts angehen, Raphael.« Die Schärfe in ihrer Stimme und die Kälte in ihrem Blick verwiesen mich auf den Platz. Auf einmal hatte Amelie Mauern um sich herum hochgezogen, die ich selbst dann nicht überblicken konnte, wenn ich mich auf Zehenspitzen stellte.

Ich wich zurück. Vor ihr. Vor ihrer Ablehnung. Vor dem, was ich ihr angetan hatte. Vor der Wahrheit, die ich kannte: dass sie Magie wirkte. Dass sie vielleicht die Person war, die den Schlüssel zur Rettung meiner Mutter in den Händen hielt.

Allein diese Möglichkeit bewog mich dazu, geduldig zu bleiben, Amelie zu beobachten, sie jetzt kennenzulernen und sie zu schützen, damit ihre Forschung nicht in die falschen Hände geriet und ich keine Gelegenheit bekam, meiner Mutter zu helfen.

»Du hast recht. Das geht mich nichts an.« Frustration schwang in jeder Silbe mit, denn etwas in mir *wollte*, dass sie sich mir anvertraute. »Wir könnten das ändern. Falls du Lust auf ein Rendezvous hast, musst du es nur sagen.«

Stille folgte auf meinen forschen Vorschlag und ich war überzeugt, dass sie mich gleich auslachen würde.

»Danke, aber nein, danke. Ich denke, dass wir nicht auf einer Wellenlänge sind.«

»Woher willst du das wissen?«, fragte ich trotzig. »Du kennst mich nicht mal.«

Amelie blinzelte verwirrt. »Ich wusste nicht, dass du meine Existenz überhaupt wahrgenommen hast.«

»Was soll das denn bedeuten?« Mein Trotz hielt nicht länger stand, mein schlechtes Gewissen bekam einen neuen Wachstumsschub. Denn sie hatte recht. Lange Zeit über war sie für mich unsichtbar gewesen. Meine Mutter. Die Arbeit. Die Uni. Und eine kleine Affäre mit der Tochter des Dekans.

Amelie legte den Kopf schief. »Kommst du wirklich nicht drauf? Leute mit deinem Aussehen interessieren sich in der Regel nicht für Leute mit meinem IQ.«

»Das bedeutet …« Ich fuhr mir über das glatt rasierte Kinn und tat, als müsste ich über ihre Worte nachdenken. Sie hatte mir eine Vorlage geliefert, die ich nicht ungenutzt lassen konnte. »… du denkst, ich wäre nicht intelligent, weil ich gut aussehe.«

»So habe ich das nicht gesagt.«

Ich gab dem Gefühl in meiner Brust nach und lachte. Etwas, das ich schon lange nicht mehr getan hatte. Es fühlte sich befremdlich an, aber auf gewisse Art befreiend. »Das musstest du nicht aussprechen.«

»Na schön«, fauchte sie. »Überrasch mich.«

»Ich studiere Magiezin.«

Dass Amelie erstaunt die Brauen hochzog, hätte mich beleidigen können. Aber die Leute reagierten häufig überrascht, wenn ich von meinem Studienfach sprach. Die wenigsten studierten dieser Tage das magische Pendant zu Medizin und konzentrierten sich lieber auf den herkömmlichen Studiengang. Aber die wenigsten hatten eine Mutter, die unter einer magischen Krankheit litt.

»Magiezin?«, krächzte sie verwirrt.

»Und ich bin tatsächlich gut darin«, sagte ich, um mehr Röte auf ihre Wangen zu locken. Das sah sexy aus. »Scheint so, als würden wir gut zusammenpassen.«

Amelie verdrehte die Augen und verschränkte die Arme vor der Brust. »So einen Mist habe ich lange nicht mehr gehört und das, obwohl ich heute eine Führung für Sechsjährige und eine für Teenager gehalten habe.« Sie drückte das kaffeegetränkte Buch an die Brust. »Ich habe Feierabend. *Au revoir,* Raphael.«

»Ich würde gerne mehr über dich und deine Vorurteile erfahren«, rief ich, als sie den Durchgang zum nächsten Ausstellungsraum erreichte. »Darf ich dich zu einem Abendessen einladen?«

Amelie blieb abrupt stehen. Ein paar Sekunden verstrichen, ehe sie sich zu mir umdrehte.

Ein Abendessen war viel zu intim, dessen war ich mir bewusst. Aber Lucille hatte den Auftrag, sie im Auge zu behalten, nicht weiter konkretisiert. Sie hatte nichts davon gesagt, dass ich Amelie wie ein Spion aus irgendwelchen dunklen Ecken beobachten musste. Wenn ich dem Auftrag nachging, konnte ich es auch aus direkter Nähe tun und gegebenenfalls sogar Spaß dabei haben.

»Amelie?«, fragte ich, weil sie immer noch nicht geantwortet hatte, sondern mich lediglich anstarrte.

Verschiedenste Gefühle rangen auf ihrem Gesicht miteinander. Unglaube. Verwirrung. Wut. Schon klar, ich hatte mich ihr gegenüber nicht wie ein Gentleman verhalten, dennoch empfand ich gerade Letzteres als ungerecht – wütend konnte sie gar nicht auf mich sein. Wenn man davon absah, aus welchem Grund ich ihr nachlief …

»Ich habe keine Zeit«, antwortete sie schließlich und setzte sich wieder in Bewegung.

Was? Die Abfuhr tat weh. Was sah sie in mir, dass sie mich derart ablehnte?

»Ich habe dir doch gar kein Datum vorgeschlagen«, bemerkte ich.

»Egal, welchen Tag du vorschlägst, ich kann nicht!«

Mit diesen Worten floh sie vor mir und der Möglichkeit, die ich in den Raum geworfen hatte.

7
AMELIE

Als ich nach Hause kam, erwarteten mich eine leere Wohnung, eine kurze, sehr unpersönliche Nachricht meiner Eltern und eine Schachtel mit Madeleines von Monsieur Lambert vor der Tür. Ich stellte sie auf der Küchentheke ab und verschwand in meinem Zimmer, froh darüber, Sandrine nicht Rede und Antwort stehen zu müssen. Sie hatte einen hervorragenden Sensor für Klatsch und ich war mir sicher, sie würde wittern, dass heute etwas Ungewöhnliches auf der Arbeit vorgefallen war.

Normalerweise ließ ich mich nicht von Männern ablenken. Es war nicht so, dass ich kein Interesse an ihnen hatte. Ich hatte schlichtweg keine Zeit und wollte niemanden mit meinen Problemen belasten. Deshalb wusste auch Sandrine nichts von meiner Erkrankung. Doch anstatt die nächsten Schritte des Magie-Experiments zu planen, hatte ich mir auf dem gesamten Heimweg den Kopf über Raphael zerbrochen. Sein Gesicht hatte sich in der dunklen Scheibe der Metro gespiegelt, bis ich die Augen geschlossen und mir verboten hatte, weiter an ihn zu denken. Das war jedoch kein leichtes Unterfangen. Immer wieder hatte ich mich dabei ertappt.

Ich ließ die Stiefel dort liegen, wo ich sie ausgezogen hatte, und riss die Fenster des kleinen Zimmers auf. Kalte Luft strömte herein und nahm den Geruch nach Alkohol und Schweiß mit sich, der im Raum hing. Dann machte ich das Bett, schaltete die Lichterkette darüber ein und ließ mich im Schneidersitz auf der Tagesdecke nieder, das kaffeegetränkte Buch im Schoß. Würde es Monsieur Chevalier überhaupt auffallen, dass es verschwunden war? Spätestens bei der nächsten Inventur. Wenn ich es nicht schaffte, die Kaffeeflecken zu entfernen, würde auch das Fragen aufwerfen, die der Sohn meines Chefs beantworten konnte. Ich verbot mir seinen Namen in meinen Gedanken und schlug das Buch auf. Die dünnen Seiten waren gewellt, die altertümliche Schrift an vielen Stellen verschmiert.

Google steuerte keine brauchbare Idee bei, als ich Begriffe wie *Buch trocknen* oder *Buch restaurieren* in die Suchleiste eintippte. Stattdessen kämpfte ich mich seitenweise durch Verfahren, die das Buch zwar trockneten, nicht aber in seinen alten Zustand zurückversetzen würden.

Mit dem Zeigefinger malte ich einen Namen nach, der vermutlich *Jacques de Villedieu* lautete, die letzten Silben waren wie ausgelöscht. Es gab eine Möglichkeit, meinen Schlüssel zur Magie zu retten: mit Magie.

Mein Feuerzeug war unauffindbar, also stibitzte ich Sandrines Streichhölzer, die zwischen unzähligen herabgebrannten Kerzenstümpfen auf der Kommode neben dem Eingang ihres Zimmers lagen.

Ich schloss Tür und Fenster. Auf einem Post-it notierte ich einen der lesbaren Namen. Das Zündholz knisterte, als ich es über die Reibfläche der kleinen Schachtel gleiten ließ. Eine Flamme schnellte empor und sie leckte an dem Papier, ehe ich das Streichholz löschte und beiseitelegte.

Das Gefühl flüssiger Magie in den Adern überwältigte mich, und schwarze Linien wurden unter meiner Haut sichtbar. Mein Herz schlug wie wild und ich fühlte mich wie ein Vogel, der einem Käfig entkommen war und seine Flügel spreizte. Sanft strich ich über die aufgeschlagene Seite des Buches und stellte mir vor, wie sich das gewellte Papier glättete und die Kaffeeflecken verschwanden. Zuerst passierte nichts, doch dann erfasste mich ein Strom von Macht, der aus meinen Fingerspitzen heraus und direkt in das Buch floss. Papier knisterte und goldene Funken sprühten um das Buch, wie ich es von den vorherigen Experimenten und aus verschiedenen historischen Quellen kannte. Im nächsten Moment war das Licht fort, ein Schatten meiner Erinnerung, und ich wusste nicht, was ich gesehen hatte.

Fassungslos starrte ich auf die Seite. Sie war so eben und sehr viel weißer als die anderen Seiten, als wäre sie gerade erst gedruckt worden. Die Euphorie währte nur kurz, als ich weiterblätterte und feststellte: Das Quäntchen Magie, freigesetzt durch die Energie der verstorbenen Seele, hatte nur für eine einzige Seite ausgereicht.

Das würde eine lange Nacht werden.

Es war weit nach Mitternacht, als ich fast die Hälfte des Kaffeeschadens behoben hatte. Magiestaub tanzte in der Luft und meine allgegenwärtige Erschöpfung war in den hintersten Winkel meines Bewusstseins zurückgewichen. Fast fühlte ich mich wie ein neuer Mensch.

Ein Klicken ließ mich zusammenzucken und ich löschte ein brennendes Streichholz, ehe ich einen weiteren Namen entzünden konnte. Die Wohnungstür verrichtete ihren laut quietschenden Willkommensgruß und im nächsten Moment hörte ich Sandrine murmeln, die dem Knarren der Dielen zufolge nicht allein nach Hause gekommen war. Etwas stieß gegen den Garderobenschrank. Das Stöhnen, das daraufhin folgte, zeugte jedoch nicht von Schmerz. Bei der Vorstellung, was mich gleich erwarten würde, brannten meine Ohren. Die Wände unseres Apartments waren so dünn wie Papier.

Ich befreite eine weitere Seite von ihrem Kaffeeschicksal, als sich die Tür einen Spaltbreit öffnete und Sandrine ihren Kopf hereinschob, die Lippen gerötet, das Haar zerzaust.

»Bist du deine Begleitung schon leid?«, fragte ich. »Soll ich einen allergischen Schock vortäuschen, wegen dem du mich sofort ins Krankenhaus bringen musst?«

Sandrine ging nicht auf mich ein. Sie rümpfte die Nase und sah sich in meinem Zimmer um. »Hier riecht es, als hätte es gebrannt.« Forschend betrachtete sie mich. »Du hast doch nicht etwa ...«

»Lange Geschichte. Erzähle ich dir ein anderes Mal«, wich ich ihr aus und wies bedeutungsvoll auf die Papierwand, hinter der Sandrines Liebhaber auf sie wartete.

Sandrine grinste schelmisch. »Schätze, dass ich dir dann auch etwas zu erzählen habe. Sag mal, hast du die Streichhölzer aus meinem Zimmer entwendet? Ich würd's uns gern ein bisschen kuscheliger machen.«

Ich unterdrückte ein Lachen. »Warum genau suchst du Streichhölzer? Brauchst du nicht eher ein Kondom?«

Sandrine hob würdevoll das Kinn. »Danke für deine Fürsorge, die habe ich griffbereit.«

Wir lachten und ich warf ihr das Briefchen mit den letzten Streichhölzern quer durch den Raum zu.

»Du und ich haben morgen ein langes Rendezvous zum Frühstück, bei dem du mir alles über deine romantischen Anwandlungen erzählst.«

Zum Abschied machte Sandrine einen Kussmund.

Kurz darauf erklang ihr Stöhnen durch die Papierwand und ich verbrachte eine schlaflose Nacht, in der ich mir vergeblich das Kopfkissen auf die Ohren presste. Doch am nächsten Morgen blieb der Zustand überwältigender Erschöpfung aus, die mich dieser Tage häufiger ergriff, wenn ich nicht genug auf mich achtete. Die Erschlagenheit verschonte mich und ich hatte keine Ahnung wieso.

Nach einem romantischen Wochenende mit ihrer Eroberung schwebte Sandrine am Montagmorgen auf Wolke sieben. Sie brachte meine Ohren zum Bluten, indem sie unablässig über breite Schultern und definierte Muskeln plapperte. Der einzige Trost waren der Café au Lait, zwei buttrige Croissants und die Tatsache, dass Sandrine vollkommen vergaß, dass sie mich nach der Magie hatte ausfragen wollen.

Gemeinsam machten wir uns auf den Weg zur Universität. Vor der klassizistischen Architektur der Sorbonne erstreckte sich ein von Bäumen gesäumter Platz, auf dem sich bei Sonnenschein die Studierenden tummelten. Heute eilten sie über das feucht glänzende Pflaster, in dessen Löchern sich tiefe Pfützen sammelten, und flohen mit gesenkten Köpfen und an die Brust gepressten Taschen ins Gebäude. Der Wind peitschte ihnen nach und wirbelte die Blätter auf. Sandrine und ich eilten unter einen winzigen Regenschirm gequetscht hinterher und schlüpften durch die Flügeltür in die Eingangshalle.

»Studieren wir in London oder Paris?« Sandrine nahm die Baskenmütze ab und schüttelte den Regen aus. Auch ihr Trenchcoat und ihre hellblonden Haare, die sich durch die Feuchtigkeit wellten, waren nass geworden.

»An Tagen wie heute fühlt es sich definitiv wie London an«, meinte ich und klappte den Regenschirm zusammen.

Wir hatten beinahe das Ende der Eingangshalle erreicht, als Rufe uns aufhielten. Julien rutschte über den feuchten Marmorboden auf uns zu. Dabei quietschten die Sohlen seiner Sneakers. Strauchelnd kam er zwischen uns zum Stehen.

»*Bonjour*, wie geht es euch?«, fragte er mit seinem typischen Hundert-Watt-Lächeln. Das Wetter hatte Spuren auf seiner Kleidung hinterlassen. Regen glitzerte auf seinem kurz geschorenen Haar. Er rubbelte sich mit der Hand über den Kopf, sodass Sandrine und ich ein paar Tropfen abbekamen. Sie quiekte und boxte Julien spielerisch in die Seite.

»Himmel, du bist ja wie ein Hund, der sein Fell ausschüttelt!« Sandrine zupfte an ihrer Bluse, auf der sich ein paar Wasserflecken abzeichneten.

»Das trocknet wieder.« Julien grinste und schob sich die Ärmel des Pullovers bis zu den Ellbogen hoch. Dann rückte er den Gurt seiner Tasche zurecht und öffnete eine hohe Tür mit Glasfenster für uns, die ins Treppenhaus führte.

Statt hindurchzugehen, blieb Sandrine wie angewurzelt stehen und starrte Julien an. »Was ist das?«, fragte sie.

Ich hatte keine Ahnung, was meine Mitbewohnerin meinte. Julien dagegen sagte mit trockener Stimme: »Arme.«

Sandrine stieß einen Laut aus, der Begeisterung und Unglaube gleichermaßen ausdrückte. »Um Himmels willen, was stellst du denn mit denen an? Trägst du damit Elefantenbabys durch die Stadt?«

»Klar, die trage ich ständig von ihrer Wohnung in den Zoo.« Julien schnippte gegen Sandrines Nase, ehe er ungeduldig mit der Hand wedelte und uns durch die Tür winkte. »Ich mache Krafttraining.«

Ich schlüpfte an ihm vorbei und warf einen verstohlenen Blick auf seine Arme. Sie waren muskulös und sehnig, als würde er nicht einfach Krafttraining machen, sondern wie besessen trainieren und sich entsprechend ernähren. Das war mir nie zuvor aufgefallen. Aber weder ließen Juliens gemütliche Hoodies den Verdacht zu, er besäße einen definierten Körper, noch hatte es mich je interessiert. Auf diese Weise sah ich ihn nicht an.

»Lass das ab sofort«, forderte Sandrine.

Julien drehte ihr den Kopf zu. »Warum?«

Wir erreichten das erste Stockwerk und verlangsamten unser Tempo. Die Veranstaltung, die Julien und ich an diesem Morgen besuchen würden, befand sich auf dieser Ebene, während Sandrine höher musste.

»Weil ich die Unterarme meines Kumpels nicht so sexy finden sollte«, sagte sie und hielt sich demonstrativ die Hand vor das Gesicht. Als sie die Finger öffnete, um hindurchzulinsen, lachten Julien und ich.

»Sandrine hat eine Schwäche für Unterarme, wusstest du das nicht?«, wandte ich mich an ihn.

Julien verzog den Mund zu einem anzüglichen Grinsen. Dabei entblößte er eine Reihe perfekter Zähne. »Ne, sonst wäre ich schon häufiger unten ohne rumgelaufen.«

»O Gott!« Sandrine und ich stöhnten gleichzeitig auf, ehe sich das Geräusch in ein prustendes Lachen verwandelte.

»Das ist mein Stichwort.« Meine Mitbewohnerin zwinkerte mir zu, Julien streckte sie zum Abschied die Zunge heraus. Dann hastete sie die Treppe hinauf und verschwand.

»Na los, wir kommen zu spät.«

Wir traten in den Flur zum Hörsaal, in dem die Dielen den Duft nach Holzpolitur verströmten. Ein Brummen, das aus Juliens Hosentasche zu kommen schien, bewegte ihn dazu, sein Smartphone zu zücken. Er rümpfte die Nase und hielt es ans Ohr.

»*Maman,* ich bin in der Uni.« Die liebevolle Art, mit der er sprach, schnürte mir die Brust zu. Es erinnerte mich an die Beziehung, die ich mit meinen Eltern führte. Oder vielmehr: nicht führte. Inzwischen studierte ich im fünften Semester Magiewissenschaften. Sehr zu ihrem Missfallen. Meine Mutter stand mit beiden Beinen in der Gegenwart und mein Vater, tja, der himmelte sie an. Dass die einzige Tochter der Fourniers die beschauliche Heimat in der Normandie verließ, um in der Hauptstadt Magie zu studieren, war in ihren Augen eine Schande. Sie hatten immer gehofft, ich würde in ihre Fußstapfen treten und die

Steuerkanzlei meines Vaters übernehmen. Seit ich mich an der *Université Paris-Sorbonne* eingeschrieben hatte, beschränkte sich unser Kontakt auf höfliche Grüße an Geburtstag und Weihnachten. Dass es hier für mich um mehr ging als um einen Studienabschluss, ahnten sie nicht.

Julien wechselte ein paar Worte mit seiner Mutter und legte auf, kurz bevor wir den Hörsaal erreichten.

»*Pardon*, Amelie. Maman versteht einfach nicht, dass der Stundenplan jedes Semester wechselt und ich nicht mehr zu denselben Zeiten erreichbar bin wie zuvor.«

»Kein Problem. Vermisst du sie?«

»Ihren Flammkuchen? Auf jeden Fall. Ihre Überfürsorge? Meistens nicht.« Julien zwinkerte mir zu, aber ich kam um eine Antwort herum, denn wir traten nacheinander durch die Tür in die erwartungsvolle Stille vor dem Unterricht.

Die erste Veranstaltung an diesem Morgen war D'Amboises Vorlesung *Mézangeauscher Heroismus*. Nachdem wir den Auftakt des Semesters in den Katakomben verbracht hatten, trafen wir uns heute hier. Dementsprechend fand sich nur die Hälfte der Teilnehmenden ein. Oder lag es möglicherweise daran, dass der Professor sie erfolgreich in die Flucht geschlagen hatte?

Ich packte die Unterlagen aus, während Julien neben mir die langen Beine überschlug, um sie in den engen Platz zwischen dieser und der nächsten Sitzreihe zu quetschen.

»Was ist da eigentlich passiert?« Er deutete auf das Pflaster, das vermutlich zwischen meinen Strähnen hervorlugte, und runzelte die Stirn.

»Ich habe eine Schlägerei in einer Diskothek angezettelt«, sagte ich und bemühte mich um einen ernsthaften Ton. »Und was hast du am Wochenende so getrieben?«

»Guter Witz.« Julien stupste mich mit dem Ellbogen an. »Und jetzt die Wahrheit. Ist dir ein Buch auf den Kopf gefallen?«

In dem Moment trat Professor D'Amboise an das Podium in der Mitte des Saals und die Gespräche ringsum verstummten. Er begrüßte uns mit einem wohlwollenden Nicken und begann mit der Lesung.

Ich war gewillt, ihm zu folgen, aber die Ereignisse des Wochenendes hingen mir nach und Raphaels Gesicht tauchte unwillkürlich in meinen Gedanken auf. Ich umklammerte den Stift fester und zwang mich, dem Monolog des Professors zuzuhören.

»Quellen belegen, dass es nicht jedem Menschen erlaubt war, Magie auszuüben«, sagte er. Seine volltiefe Stimme dröhnte durch den Hörsaal und bannte die Studierenden an seine Lippen. »Doch wir müssen davon ausgehen, dass theoretisch jeder dazu in der Lage gewesen wäre, sie zu wirken. Es gibt ein spannendes Essay zu diesem Thema, das Sie sich unbedingt genauer anschauen sollten. Der bekannte Magiewissenschaftler der weltlichen Ära Victoir Almond stellte in den frühen Dreißigern des zwanzigsten Jahrhunderts die These auf, dass auch in den Haushalten der niederen Bevölkerung Magie gewirkt wurde. Diese Annahme passt zu dem, was wir über das Leben von Mézangeau wissen.«

Der Professor machte eine Pause, sortierte sein Skript und rieb sich dabei über das von weißen Stoppeln übersäte Kinn.

»César E. A. Mézangeau wurde als Sohn eines mittellosen Kaufmanns in das Armenviertel von Paris geboren. Sein Vater verließ die Familie – aus Gründen, die uns nicht bekannt sind – nach wenigen Jahren. Der junge Mézangeau zählte damals kaum zehn Winter, als er gezwungen war, sich um seine Mutter zu kümmern. Er bettelte unweit der renommierten *Académie des Arts Magiques*, wo ein eingeschriebener Schüler auf ihn aufmerksam wurde. Es war Louis de Valois, der sich von der Wahrheit der Welt bedroht fühlte, die ein verwahrloster Junge, wie Mézangeau es damals war, repräsentierte. Er griff ihn mit jenen Kräften an, die man ihn an der Akademie der Magischen Künste lehrte. Aber Mézangeau wehrte sich und antwortete mit einer Macht, die niemand einem einfachen Jungen zugetraut hätte. Ein Lehrer …«

Ein Räuspern unterbrach den Monolog unseres Dozenten. D'Amboise blinzelte und sah sich suchend im Saal um.

»Bitte«, forderte er die Studentin auf, zu sprechen, die sich gemeldet hatte.

»Wie genau wehrte sich Mézangeau?«, wollte diese wissen.

»Nun, Mademoiselle Mercier, ich fürchte, dass die Geschichte an dieser Stelle unvollständig ist. Es gibt Legenden, die behaupten,

Mézangeau habe sich einer dunklen Magie bemächtigt, andere berichten davon, dass die Kräfte des werten de Valois wie ein Stein waren, der in der Tiefe der Macht Mézangeaus versank wie im Meer. Was immer geschah, einer der Lehrer der Akademie wurde auf unseren Helden aufmerksam und drängte die Schulleitung, ihm einen Platz an der Akademie anzubieten.«

Als D'Amboise von dem Talent des jungen Mézangeaus schwärmte, drifteten meine Gedanken erneut ab. Schon als Kind war ich mit der Lebensgeschichte dieses Helden vertraut gewesen, da mein Großvater mir häufig vor dem Einschlafen von ihm erzählt hatte. Mézangeau hatte sich zu dem begnadetsten Schüler gemausert, den die Akademie je gekannt hatte. Und aus dem begnadetsten Schüler war der begnadetste Magier aller Zeiten geworden. Er hatte seine Anhänger in eine kriegerische Auseinandersetzung gegen die Antimagies geführt, um die magische Welt zu erhalten, bis er schließlich mit ihr untergegangen war.

Ich hatte mich für diese Veranstaltung eingeschrieben, weil ich gehofft hatte, mich durch ihren Besuch meinem *Grand-Papa* näher zu fühlen. Hätte er die Möglichkeit gehabt, hätte er D'Amboises Vorlesung besucht. Aber heute war ich nicht in der Lage, dem Professor zu folgen. Was geschehen war, war zu unglaublich, um es verdrängen zu können. Weltweit gab es einige wenige Unternehmen, die Magie erforschten. Doch was hinter ihren verschlossenen Türen geschah, war natürlich streng geheim. Laut offiziellem Forschungsstand gab es niemanden, der in der Lage war, Magie zu wirken. Und ausgerechnet ich hatte einen Weg gefunden.

Meine Finger zuckten bei der Erinnerung an das machtvolle Gefühl, das sie in mir ausgelöst hatte.

Professor D'Amboises Stimme wehte durch den Hörsaal, doch ich verstand nichts von dem, was er sagte. Ich ertappte mich dabei, wie ich eine einzige Frage in meinen Notizen festhielt: *Kann man von der Energie einer verstorbenen Seele ein zweites Mal Gebrauch machen?*

Bislang hatte sich mir diese Frage nicht gestellt. Doch nachdem ich gestern Abend so viele Namen verbrannt hatte, um knapp fünfzig Seiten des Buches wiederherzustellen, brauchte ich eine Antwort darauf. Meine magischen Expeditionen würden ein jähes Ende finden, wenn ich die Energie aller Namen verbraucht hatte und es keine Möglichkeit gab, sie ein zweites Mal zu nutzen.

Als der Gong die Vorlesung beendete, verabschiedete sich Professor D'Amboise, indem er gegen die Brille in seinen Haaren tippte und sich vom Podium zurückzog.

»Interessanter Typ«, murmelte Julien, während er Stifte und Notizblock wegpackte.

»D'Amboise?«

Er machte ein belustigt klingendes Geräusch. »Ich spreche von Mézangeau. Aber D'Amboise ist ohne Frage eine Nummer für sich.«

Auf den Stufen, die zum Ausgang führten, trafen wir auf unseren Professor, der seine Unterlagen sortierte und in eine Tasche stopfte.

»Monsieur«, sprach ich ihn an, bevor mich der Mut verlassen konnte. »Ich habe seit der ersten Veranstaltung über Ihre Worte nachgedacht.«

»Es freut mich immer, wenn ich meine Schäfchen zum Denken animieren kann.« D'Amboise lächelte auf mich herab. »Und was ist dabei herausgekommen?«

»Nur eine weitere Frage«, sagte ich und versuchte, mein pochendes Herz zu ignorieren. »Wenn es eine Möglichkeit gäbe, sich die Energie der Toten zunutze zu machen, was würde dann damit geschehen?«

»Wenn ich Ihnen diese Frage beantworten könnte, würden wir nicht in einem Studienfach feststecken, das sich an Erinnerungen und Ideen festhält.« D'Amboise seufzte. »Aber wenn ich raten müsste, würde ich behaupten, die Energie würde erlöschen.«

Die Enttäuschung über diese Antwort nagte an mir. Doch ich mühte mich, sie nicht die Oberhand gewinnen zu lassen. D'Amboise hatte eine Vermutung angestellt. Und es bestand immerhin die Möglichkeit, dass er falschlag.

»Danke, Professor«, sagte ich, ehe er an uns vorbeieilte.

Ich würde das überprüfen müssen.

Seite an Seite verließen Julien und ich den Hörsaal und tauchten in den Strom der Studierenden, der uns das Treppenhaus hinab in Richtung der Cafeteria trug.

»Hattest du einen schönen Geburtstag?« Julien täuschte Beiläufigkeit vor, indem er mit seinem Smartphone spielte, aber ich hörte den Vorwurf aus der Frage heraus. Ich war eine furchtbare Freundin für all jene, die sich keine Wohnung mit mir teilten. Dessen war ich mir sehr wohl bewusst.

»Ich habe nicht gefeiert«, sagte ich und erinnerte mich an den Vorabend meines Geburtstages mit Sandrine. »Na ja, nicht so richtig. Sandrine hat mich gezwungen, mit ihr auszugehen.«

»Sag nächstes Mal Bescheid, dann begleite ich euch.«

Wir reihten uns in der Cafeteria in eine schier endlose Schlange Koffeinsüchtiger. Julien bestand darauf, mich einzuladen. Als nachträgliches Geburtstagsgeschenk. Ich hatte ein schlechtes Gewissen, weil ich nicht daran gedacht hatte, ihn zu fragen, ob er uns begleitete. Aber er blieb hartnäckig und so verabschiedete ich mich nach zwanzig Minuten von ihm und machte mich mit einem dampfenden Becher Kaffee auf den Weg zur nächsten Veranstaltung im Fach *Angewandte Magie*.

Die meisten Studierenden, die sich für Magiewissenschaften einschrieben, fieberten auf den Zeitpunkt hin, da sie dieses Fach belegen durften. Um die Zulassung für das vierte Semester zu erwerben, hatten meine Mitstudierenden und ich in den ersten Semestern einen Schein in Kräuterkunde machen müssen, um die nötigen Grundlagen mitzubringen.

Allerdings hatte sich sehr schnell eine allgemeine Ernüchterung eingestellt. Obwohl der Titel genau das verhieß, wandten wir keine Magie an. Das Fach war eine Illusion, um darüber hinwegzutäuschen, dass wir uns vor Jahrzehnten von der Magie entfremdet hatten. Angewandte Magie war nicht mehr als Chemie für Fortgeschrittene. Wir experimentierten mit jenen Kräutern, die wir im letzten Jahr kennengelernt hatten, mischten sie wahlweise mit Sauerstoff oder Kohlenstoff. Dass sich ein Kommilitone den Haaransatz versengt hatte, war das Spannendste, was seit der ersten Veranstaltung geschehen war.

Als ich den Gebäudetrakt betrat, in dem unser Kurs unterrichtet wurde, schlug mir der vertraute Duft von Kräutern und Schwefel entgegen. Professor Loufoque, eine Frau in den Mittvierzigern mit wirrem, allmählich ergrauendem Haar und einer Brandnarbe, die sich über ihre rechte Gesichtshälfte bis zum Kinn zog, begrüßte die nacheinander hineintröpfelnden Studierenden mit einem strahlenden Lächeln. Die knisternde Erwartung, die in unserer ersten Stunde im Raum gelegen hatte, war längst verflogen.

Ich nahm an einem der Blocktische Platz und wischte eine klebende, grünlich schimmernde Flüssigkeit fort, die vermutlich Erzeugnis eines Experimentes der vorherigen Veranstaltung war. In der Mitte des Tisches standen Bunsenbrenner, zahlreiche Reagenzgläser, manche halb gefüllt, und Sträußchen getrockneter Kräuter.

»Sind Sie bereit, das größte Geheimnis der Magie zu entschlüsseln?«, begrüßte Loufoque uns wie zu Beginn einer jeden Veranstaltung. In der ersten Stunde war daraufhin aufgeregtes Getuschel ausgebrochen, heute blickten die wenigsten von den vor sich verteilten Unterlagen auf, Aufgaben aus anderen Fächern, die man erledigte, wenn es nichts Besseres zu tun gab. Ich antwortete unserer Dozentin mit einem aufmunternden Lächeln, denn im Gegensatz zu meinen Mitstudierenden wusste ich, dass es möglich war. Deshalb war ich die Einzige, die den Arbeitsanweisungen folgte, die Loufoque an die Tafel schrieb. Die anderen am Tisch stöhnten.

»Das ist doch alles nur Zeitverschwendung«, brummte Nicolas, ein Kommilitone.

»Wenn wir nicht nach einem Weg suchen, die Magie zurückzuholen, wird es niemand tun«, erklärte ich.

»Früher oder später wird *Asclépios Industrielle* Erfolg haben. Warum sollten wir uns hier die Nasenhaare verätzen, wenn jemand anders die Drecksarbeit machen kann?«, stöhnte Nicolas und rieb sich demonstrativ die Nase.

»Weil jemand anders das Wissen für sich behalten wird, um damit Milliarden zu machen«, erwiderte ich und brach einen Zweig Rosmarin aus einem der Sträuße.

»Und wenn wir zuerst darauf stoßen, machen wir es der Welt frei zugänglich. Umsonst«, seufzte Nicolas.

»Wenn du wirklich so denkst, hast du dich für das falsche Studium eingeschrieben«, bemerkte ich. »Warum studierst du nicht

Magiezin?« Ich konnte nicht verhindern, dass meine Gedanken zum wiederholten Mal an diesem Tag zu Raphael wanderten.

»Kann kein Blut sehen«, gab Nicolas zähneknirschend zu und entlockte Jade, einer anderen Studentin, ein müdes Lächeln.

»Im ersten Semester hatten wir alle eine Vision«, flüsterte sie. »Ob wir sie auch noch am Ende unseres Studiums haben, ist nicht abhängig von dem, was wir in dieser Zeit erreicht haben, sondern von dem, was wir erreichen wollen. Denk mal drüber nach, Nicolas.« Sie zwinkerte mir zu und griff nach dem Messer, das auf dem Tisch lag, um eine Wurzelknolle zu vierteln. Den Rest der Stunde verbrachte ich damit, den Verlauf des wenig erfolgreichen Experiments zu protokollieren, während ich mit halbem Ohr den Zankereien der anderen lauschte.

Sobald der Gong ertönte, der das Ende von Angewandte Magie ankündigte, brach Unruhe aus. Professor Loufoque rief einen Abschied in die allgemeine Aufbruchstimmung und verschwand mit einem Arm voller Glasflaschen in dem Vorratsraum, der sich an das Unterrichtszimmer anschloss.

»Kommst du, Amelie?«, fragte Jade mich und schulterte die gepackte Tasche. Ich gab mich mit meinen Unterlagen beschäftigt und winkte ab.

»Wir sehen uns morgen.«

Sie nickte und trat hinter den anderen hinaus in den Gang. Ohne die Anwesenheit der Studierenden wirkte das Zimmer durch die verwaisten Tische befremdlich auf mich.

Ich reckte den Hals, um mich zu vergewissern, dass Loufoque noch immer im Vorratsraum beschäftigt war. Ein Rumpeln und der darauffolgende Fluch bestätigten mir, dass ich ein kleines Zeitfenster hatte. Mit klopfendem Herzen zog ich den Bunsenbrenner zu mir heran und entzündete ihn. Die Flamme schoss empor wie eine blau schimmernde Klinge und ich näherte mich ihr mit einem zusammengerollten Stück Papier, auf dem einer der Namen stand, die ich gestern verbrannt hatte. Das Echo von D'Amboises Worten hallte in meinem Geist, während ich seiner Vermutung nachging. Als Claudette Bourdaloues Name Feuer fing, zog ich die Hand zurück und beobachtete, wie sich das Papier vor mir auf der feuerfesten Tischplatte kringelte und zu Asche zerfiel. Dann wartete ich auf das Gefühl von Macht, das mir den Anschein von Unbesiegbarkeit verlieh.

»Mademoiselle Fournier.«

Ich zuckte so heftig zusammen, dass ich mir die Knie an den Tischbeinen stieß. Neben mir tauchte Loufoque auf, einen besorgten Ausdruck auf dem Gesicht.

»Was machen Sie noch hier? Was ist passiert?«, fragte sie und betrachtete die Ascheflocken vor mir.

»*Pardon.*« Mit einem Räuspern versuchte ich, das Engegefühl in der Kehle loszuwerden. »Ich wollte das Experiment noch einmal wiederholen, um sicherzugehen, alles richtig gemacht zu haben. Ich war unvorsichtig. Entschuldigung.«

»*Pas de souci!*« Loufoque tätschelte meine Schulter. »Nichts passiert!«

Ich nickte, denn sie hatte recht. Es war gar nichts passiert. Ich las die Ascheflocken auf und entsorgte sie im Mülleimer.

Wenn sich jeder Name nur ein einziges Mal nutzen ließ, so war die Magie begrenzt. Ich musste einen Weg finden, wie ich ihr den Zugang in unsere Welt dauerhaft öffnen konnte.

8
RAPHAEL

»Sie ist …« Ich stockte und suchte nach dem passenden Adjektiv, um Amelie zu beschreiben. »… besonders.«

Lucille starrte mich an, als hätte ich den Verstand verloren. »Besonders«, wiederholte sie in einem argwöhnischen Tonfall, der deutlich machte, was sie von dieser Umschreibung hielt: nichts.

Ich gab mich nonchalant und hob die Schultern. »Na ja, was erwartest du von jemandem, der es schafft, Magie zu wirken, obwohl sie seit einem Jahrhundert angeblich nicht mehr existiert?«

»Für mich klang es nicht so, als würdest du davon sprechen.« Unter Lucilles Musterung wuchs mein Unbehagen. Sie seufzte und lehnte sich in ihrem Stuhl zurück. Wir saßen uns in ihrem Büro gegenüber, den Schreibtisch zwischen uns. Es befand sich in einem ebenso tadellosen Zustand wie ihre Erscheinung, die ein schwarzer Hosenanzug und eine strenge Frisur definierten. Als ich heute Morgen im Labor angekommen war, hatte Lucille mich bereits erwartet und mich unter dem Vorwand eines Eins-zu-eins-Gesprächs in ihr Büro gebeten.

»Du solltest keine Freundschaft mit ihr schließen«, ermahnte sie mich.

»Das habe ich nicht vor.« Streng genommen stimmte das. Ein Rendezvous zielte nicht auf Freundschaft ab. Zumindest nicht in meiner Welt. Aber ich schwieg, denn Lucille hätte es vermutlich nicht gutgeheißen, dass ich Amelie um eine Verabredung gebeten hatte.

Die sie abgelehnt hatte.

Bei dieser Erinnerung kehrte die Röte zurück, die meine Wangen in Flammen gesetzt hatten, als Amelie vor mir geflohen war. Es war nicht die erste Abfuhr, die ich im Leben kassiert hatte, aber die, die einen Tag später noch an mir nagte. Normalerweise war mein Ego nicht so empfindlich, doch Amelie hatte einen Nerv getroffen, von dem ich nicht einmal gewusst hatte, dass er existierte.

»Na schön«, sagte Lucille. »Ich will sie kennenlernen.«

»Klar«, brummte ich. »Wenn ich sie das nächste Mal bespitzle, stelle ich euch einfach einander vor.«

Lucille war gegen meinen Sarkasmus immun. »Sehr schön. Aber idealerweise definieren wir den Rahmen dieses Treffens nach unseren Bedingungen.« Sie verschränkte die Arme vor der Brust und überlegte einen Moment. »Du sagtest, sie arbeitet für das Museum deines Vaters.«

»Ja, aber …«

»Hervorragend. Es wird ohnehin Zeit für ein Team-Building-Event.«

Ich kniff die Augen zusammen. »Das kannst du nicht ernst meinen.« Allein die Vorstellung, Amelie in den nächsten Tagen wieder zu begegnen, löste Unbehagen in mir aus. Sie hatte deutlich gemacht, was sie von mir hielt. Und gleichzeitig konnte ich nicht aufhören, an sie zu denken. Keine besonders gute Kombination.

»Sehe ich aus, als würde ich spaßen?«, fragte Lucille mit einem falschen Lächeln, das kaum ihre Augen erreichte.

Leider nein. Ich seufzte und suchte nach einer Ausrede, die nicht nach verletzter Eitelkeit klang. Oder was auch immer da an mir nagte. »Das Verhältnis zu meinem Vater ist … schwierig. Er lehnt die Methoden der AI ab und ist nicht angetan von dem Umstand, dass sein Sohn ausgerechnet für dieses Unternehmen arbeitet.«

»Mmh«, machte Lucille. »Möglicherweise fühlt er sich geschmeichelt, wenn unsere Mitarbeitenden Interesse an seiner Arbeit bekunden.«

»Das bezweifle ich.«

»Ich bin bereit, es darauf ankommen zu lassen.«

Es stellte sich heraus, dass sich die Rangfolge von Unannehmlichkeiten, die Lucilles Vorhaben mir bescherte, anders gestaltete als gedacht. Amelie so bald nach der Abfuhr wiederzusehen, war weitaus weniger unangenehm, als meinen Vater zu einer Führung für mein Team bei der AI zu überreden. Er lehnte ab und schickte nach, dass ich Mitspracherecht bei der Gestaltung des Museumsalltags hätte, wenn ich die Position, die er mir angeboten hatte, übernommen hätte. Ich musste die schweren Geschütze auffahren und meine Mutter einbinden, bis er schließlich einwilligte und eine Veranstaltung am Dienstagnachmittag erlaubte.

Ich erreichte das Museum früher als vereinbart. Nachdem ich meine Mutter begrüßt hatte, wartete ich im Pausenraum darauf, dass meine Teammitglieder eintrafen.

Meine Teammitglieder. Und Amelie.

Ich gab mir große Mühe, das dumpfe Nagen von Nervosität in meinem Magen zu ignorieren, und lief durch den vollgestopften Raum, bis ich abrupt vor der Kaffeemaschine innehielt. Womöglich keine gute Kombination: mein ohnehin schon unnatürlicher Puls zusammen mit Koffein. Doch die Zubereitung gab meinen Händen eine Aufgabe und lenkte mich ab.

Als die Tür aufschwang, erstarrte ich mitten in der Bewegung. Amelie stand vor mir, mit geröteten Wangen und vom Wind zerzaustem Haar. Sie war früher dran, als ich erwartet hatte. So früh, dass ich nicht ausreichend Zeit gehabt hatte, mich auf ihre Ankunft vorzubereiten. Ich öffnete den Mund, schloss ihn wieder. Überraschung zeichnete sich auf ihrem Gesicht ab. Sie trug ein Strickkleid, das ihre Figur durch ein Satinband um ihre Taille hervorhob. In einem perfekten V umspielte der Stoff des Kleides ihr Dekolleté und verlockte mich, den Blick zu senken. Nur für einen Augenblick. Weiße Haut hob sich von dem dunkelroten Stoff des Kleides ab. Wie Seide schimmerte sie und ich fragte mich, ob sie sich auch so anfühlen würde.

Amelie war schön. Auf eine unaufgeregte, aber sinnliche Weise.

Ich räusperte mich, konnte das Lächeln, das sich bei ihrem Anblick unweigerlich auf meinen Lippen abzeichnete, aber nicht aufhalten. Sie erwiderte es zaghaft, senkte dann jedoch den Kopf und lief auf einen Spind zu.

»*Salut*, Amelie«, grüßte ich sie mit einer Stimme, die fremd klang. »Wie geht es dir?«

Amelie öffnete den Mund, schloss ihn wieder. Sie schüttelte kaum merklich den Kopf und verbannte Jacke und Tasche im Schrank. Als ich schon glaubte, sie würde mir nicht mehr antworten, sagte sie: »Gut.«

Ich unterdrückte ein Schmunzeln. Sie hatte nicht vor, es mir leicht zu machen. Ich ihr auch nicht.

Mit einer eleganten Bewegung stieß ich mich von der Küchenzeile ab und schlenderte durch den Raum auf sie zu, meine Sinne konzentrierten sich auf sie und ich nahm ihren blumigen Duft überdeutlich wahr.

»Mir auch, danke der Nachfrage«, sagte ich ironisch. Mein Lächeln vertiefte sich, als sie die Brauen zusammenkniff. Ich reichte ihr die Kaffeetasse, über der sich der Dampf kräuselte. »Für dich!«

Amelie zögerte, aber ihre Nasenflügel zuckten verräterisch, als sie den aromatischen Geruch des Kaffees wahrnahm. »Die Antwort lautet immer noch *nein*.«

Ich fasste mir an die Brust und grinste breit, obwohl mich ihre offenkundige Abneigung härter traf, als sie sollte. Ich sollte mich zu dieser Frau nicht hingezogen fühlen. Ich sollte nicht den erneuten Versuch unternehmen, mich ihr zu nähern. Ich sollte nicht einmal hier sein. *Zut alors*, ich sollte so vieles nicht und doch war das alles, was ich wollte, *verdammt noch mal*.

»Es ist bloß ein Kaffee, kein Strauß roter Rosen, den ich dir reiche.«

»Danke, aber *nein*, danke«, sagte sie und schloss die Tür des Schrankes mit mehr Nachdruck als notwendig. Dann nickte sie mir knapp zu und verließ den Raum, obwohl die Führung erst in einer halben Stunde beginnen würde.

Ich fragte mich, wie sie reagieren würde, sobald sie erkannte, wen sie durch die Ausstellungsräume begleiten würde. Mein Gefühl sagte mir, dass es unangenehm werden würde – und zwar für mich.

Gleichzeitig freute ich mich darauf.

»Bis zum heutigen Tag konnte nicht geklärt werden, warum die Magie aus unserer Welt verschwand. Es kursieren einige Theorien darüber, dass die Aufklärung einen maßgeblichen Teil dazu beigetragen hat.

Ein anderes Gerücht besagt, dass eine Gruppe von Magiern nach Unsterblichkeit gierte und dabei die Magie auslöschte. César A. E. Mézangeau starb bei dem Versuch, sie in unserer Welt zu halten. Ich habe die große Ehre, an der *Université Paris-Sorbonne* eine Vorlesung von Professor D'Amboise zu besuchen, in der eben diese Theorien erörtert werden.«

Amelie führte ihr Publikum souverän durch die Räume. Lucilles Absätze klackerten auf dem glänzenden Parkettboden, und mehr als einmal beobachtete ich Amelie, wie sie die Zugangspässe für die Büros von *Asclépios Industrielle* nachdenklich betrachtete. Das milliardenschwere Magie-Tech-Unternehmen hatte meinem Vater schon häufiger Unsummen für die Leihgabe verschiedener magischer Artefakte geboten, um diese zu erforschen. Doch er hatte jedes Mal höflich abgelehnt. Ob sie davon wusste? Oder war ihre Zurückhaltung einem anderen Umstand geschuldet?

An mir konnte es jedenfalls nicht liegen. Ich hielt mich im Hintergrund.

Mit ihren Worten spann sie eine Geschichte, fesselte die Zuhörenden. Fesselte mich. Ein ums andere Mal wanderte Lucilles prüfender Blick zwischen mir und Amelie hin und her, aber ich fand nicht die Kraft, diese Frau *nicht* anzusehen. Ihre Leidenschaft für die Magie vibrierte in allem, was sie sagte. Sie war wie ein Funke, der auf mich übersprang.

Ich war in diesem Museum aufgewachsen, kannte jedes einzelne Exponat. Viele hatte ich an der Seite meines Vaters ausgepackt und für die Ausstellung aufbereitet. Dennoch schaffte Amelie es, dass ich mich umsah, als wäre ich zum ersten Mal hier.

Mit einer Geste bat Amelie mein Team, ihr in den nächsten Raum zu folgen. Ich wusste nicht, was mich dazu bewog, aber in diesem Moment trat ich vor und räusperte mich, sodass sich mir alle zuwandten.

»Sie vergessen eine andere Möglichkeit, Mademoiselle«, sagte ich.

Amelie fuhr zu mir herum, die Lippen zusammengepresst. »Ach ja?«, fragte sie in schärferem Ton, als vor Publikum angemessen war. Lucille blinzelte, Marie tarnte ein Lachen hinter einem Räuspern. Sie war ohnehin schlecht auf mich zu sprechen, weil ich sie ihrer

Meinung nach im Stich gelassen hatte. Weder Lucille noch ich hatten die anderen über meine neusten Tätigkeiten aufgeklärt.

»Und die wäre?« Amelie taxierte mich wie einen Eindringling.

»Dass das Wissen um die Magie mit jenen schwand, die es innehatten.«

Natürlich musste ich das sagen, um vor meinem Team gut dazustehen. *Asclépios Industrielle* und einige technisch ausgerichtete Personen unserer Zeit hielten Magie für eine Gleichung, in der die entscheidende Variable fehlte. Der spirituelle Aspekt der Magie, der meinen Vater zu seiner Sammlung bewogen hatte, war für sie Volksglaube. Ich tippte, dass es Amelie ähnlich erging. Das Engagement, mit dem sie sich den Experimenten widmete, die Art wie sie sprach, charakterisierten sie als Wissenschaftlerin mit Herz und Seele, die sich nicht mit Gerüchten aufhielt.

Amelie hob das Kinn und sah mir geradewegs in die Augen. »Magie ist mehr als das.« Sie tippte auf das Zeichen des Museums an ihrer Brust. »La magie est avec nous. Mit jedem von uns. Vielen Dank für Ihre Aufmerksamkeit. Ich hoffe, die Führung hat Ihnen gefallen!« Mit diesen Worten bedeutete sie den anderen, ihr zum Ausgang zu folgen.

Lucille öffnete den Mund und weil ich sicher war, dass ihr Protest auf der Zunge lag, bedeutete ich ihr, Amelie gewähren zu lassen. Dennoch schloss sie auf dem Weg in die Halle zu ihr auf und ich hörte, wie sie sagte: »Eine bemerkenswerte Einstellung, die Sie vertreten, Mademoiselle.«

»Vielen Dank«, lautete Amelies knappe Antwort. Ganz die brave Angestellte meines Vaters. Dass sie sich vom Haifischbecken fernhielt, brachte mich zum Lächeln. Aber so schnell gab Lucille nicht auf.

»Eine junge Frau mit Ihrem Profil wäre für die AI ein Gewinn«, sagte sie.

»Oh, da bin ich sicher«, entgegnete Amelie kühl.

»Haben Sie nie darüber nachgedacht, Ihr Leben der Rückkehr der Magie zu widmen?«

Amelie blieb stehen und wandte sich Lucille zu. Wachsam musterte sie meine Vorgesetzte. »Es gibt mehr als einen Weg. Mehr Möglichkeiten als die AI bietet.«

»Aber nur eine, um Erfolge zu etablieren.« Lucille zückte eine Visitenkarte, die sie Amelie reichte. »Sie scheinen eine kluge Frau zu sein. Melden Sie sich bei mir, wenn Sie Interesse haben, die Vergangenheit loszulassen und in die Zukunft aufzubrechen.« Sie ließ demonstrativ einen Blick durch den historischen Eingangsbereich schweifen. Dann nickte sie und folgte Marie und den anderen Mitarbeitenden nach draußen.

Stille senkte sich über die Halle. Amelie stieß zischend den Atem aus, bevor sie sich umwandte und in Richtung des Pausenraums davonschritt. Mir schenkte sie keinerlei Beachtung, weswegen es ein Leichtes war, ihr wie ein Schatten zu folgen.

Sobald die Tür hinter uns zugefallen war, fuhr sie zu mir herum. »Was sollte das?«, fauchte sie. »Falls es dir nicht aufgefallen ist, ich *arbeite* hier!«

Ich sah mich um. »Ach, echt?«

Im Vorbeigehen boxte Amelie mir gegen die Schulter und holte Jacke und Tasche aus dem Spind.

»Ich wusste doch, dass mehr in dir steckt, als du nach außen hin preisgibst, Fournier.« Das Lächeln auf meinem Gesicht war beinahe animalisch, als ich mir die Stelle rieb, an der mich ihre Faust getroffen hatte.

»Ist das für dich irgendeine Challenge? Eine Frau herumzukriegen, die kein Interesse hat? Nur für den Fall, dass du es nicht weißt, das nennt man Belästigung!« Geräuschvoll knallte sie die Spindtür zu, warf die Jacke über den Arm und schulterte die Tasche.

»Klappt es denn?«, schnurrte ich und stemmte den Arm gegen den Schrank, um ihr den Weg zu versperren.

»Nein!«, erwiderte sie heftig. »Raphael, du und ich, das wird nichts. Das ist wie in einer dieser kitschigen Liebesschnulzen mit einem wohlhabenden Typen und dem introvertierten Mädchen.«

Mit einem breiten Grinsen beugte ich mich zu ihr, bis ich ihren Atem auf der Haut spürte. »Ja, nur dass ich nicht wohlhabend bin und du nicht introvertiert.«

Statt einer Antwort zeigte sie mir den Mittelfinger. Sie duckte sich unter meinem Arm hindurch und steuerte auf die Tür zu. Dort hielt sie inne und sah zurück.

Meine Grübchen vertieften sich. »Irgendwann kommt der Moment, in dem du dir denkst: Ich muss mit Raphael Chevalier ausgehen!«

»Vielleicht in deinen Träumen. In meinen bestimmt nicht.«

»Ich werde warten.«

Die Knöchel der Hand, mit der Amelie den Türgriff umklammerte, färbten sich weiß. »Musst du nicht zur Uni oder so?«

»Nein«, seufzte ich und nahm den Wollmantel von der Lehne eines Stuhls, »aber so langsam muss ich zurück zur Arbeit.«

Jetzt lockerte sich ihre Faust. »Du arbeitest?«

»Wie gesagt, ich bin nicht wohlhabend. Ich muss meinen Lebensunterhalt genauso bestreiten wie jede andere Person dieser Stadt.« Mit den Fingerkuppen klopfte ich einen ungleichmäßigen Rhythmus auf die Lehne des Stuhls neben mir. »Glaubst du, ich hätte mir deine Führung nur so zum Spaß reingezogen? Ich mache ein Praktikum bei AI. Genau genommen arbeite ich mit dem Team, das du eben so übereilt rausgeworfen hast!«

»Ich habe niemanden rausgeworfen«, protestierte sie.

»Wie auch immer.« Ich schlüpfte in den Mantel. Mit Genugtuung stellte ich fest, dass ich sie sprachlos gemacht hatte. Ich hob das Kinn und stolzierte an ihr vorbei. »War schön, Sie getroffen zu haben, Mademoiselle Fournier«, neckte ich sie und ging. Genoss das Gefühl, dass diesmal ich derjenige war, der sie stehen ließ.

Pizza und PlayStation waren die ideale Kombination, um all den Mist aus den Gedanken zu bannen, der mich in der letzten Zeit umtrieb.

Um Amelie aus meinen Gedanken zu bannen. Ihre Forschung, aber auch ihr Gesicht und die widerspenstige Art ließen mich nicht los. Dagegen musste ich dringend etwas unternehmen.

Es war Freitagabend. Die Woche hatte sich endlos angefühlt, bis sie ihren Höhepunkt in diesem Zeitpunkt gefunden hatte. Keine Arbeit, keine Uni, keine ominösen Aufträge durch meine Chefin.

Als es klingelte und ich Davide die Tür öffnete, senkte sich kurz Befangenheit über uns. Wir waren Arbeitskollegen, hatten uns nie zuvor privat getroffen. Ich hielt meinen Freundeskreis aus verschiedenen Gründen klein. Vor allem, weil Magiezin und Arbeit in Kombination unheimlich anspruchsvoll waren. Aber in den letzten Wochen hatten wir immer häufiger miteinander gesprochen und festgestellt, dass wir ähnliche Interessen hatten und uns gut verstanden. Davide war ein cooler Typ.

»Schön, dass du da bist«, grüßte ich ihn und erwiderte sein schräges Grinsen.

»Ich habe Bier mitgebracht«, meinte er und hielt ein Sixpack in die Höhe. »Hab gelesen, dass man das bei Männerabenden so macht.«

»Ach ja?« Ich grinste und trat einen Schritt beiseite, um ihn hereinzulassen. »Lass es uns ausprobieren.«

Davide strampelte sich umständlich aus der Jacke. Er warf sie über die Garderobe und sah sich um.

Meine Wohnung mutete klassisch an, war aufgeräumt und bei Tag durch die bodentiefen Fenster sehr hell. Sie gehörte einem Bekannten meiner Eltern, der mich für ein Taschengeld hier leben ließ. Andernfalls hätte ich mir die Miete niemals leisten können. Hinter der Haustür lag ein länglicher Flur, von dem drei Türen abgingen. Es gab ein kleines Badezimmer, einen geräumigen Wohn- und Küchenbereich mit Balkon sowie ein Schlafzimmer. Überall erstreckte sich ein uralter Parkettboden, der jeden Schritt mit einem Knarzen beantwortete.

»Nette Bude«, bemerkte er, fixierte dabei allerdings den großen Flachbildfernseher in der Mitte des Wohnzimmers.

»Danke.« Ich bedeutete ihm, es sich auf dem Sofa gemütlich zu machen, und öffnete eine Packung Chips, die ich zwischen uns auf den Couchtisch legte, ehe ich Platz nahm. Eine Weile zockten wir *Call of Duty – Magic Zone*. Danach schlug ich Davide mit *Paris Saint Germain* bei *Fifa*.

Das Klingeln des Pizzaboten unterbrach uns und ich stand auf, um unser Essen entgegenzunehmen. Mit zwei dampfenden Kartons kehrte ich ins Wohnzimmer zurück.

»Also, was habe ich verpasst?«, fragte ich und schob Davide die Pizza zu. »Irgendwelche besonderen Vorkommnisse im Büro?«

Er öffnete die Schachtel und der Duft nach geschmolzenem Käse und Knoblauch entfaltete sich im Wohnzimmer. »Du meinst, außer dass du vom Laborassistenten zum Geheimagenten befördert wurdest?«

Ich nahm einen Schluck Bier und brummte vor mich hin. »Würde nicht unbedingt von einer Beförderung sprechen ...«

»So schlimm?« Davide befreite ein Pizzadreieck und biss hinein.

»Ja und nein. Es ist kompliziert.«

»Du meinst, *sie* ist kompliziert?«

»Amelie? Nein, eigentlich nicht. Es ist eher die gesamte Situation.« Ich rieb mir über die Augen und betrachtete das Essen vor mir. »Ich bin lieber Laborassistent als Geheimagent«, gab ich schließlich zu. Bisher hatte ich nicht viel herausgefunden. Abgesehen von der Zuneigung, die ich für Amelie empfand. Und das war etwas, das ruhig unentdeckt hätte bleiben können.

»Kann ich verstehen.« Davide schlang die ersten Pizzastücke hinunter und kaute eine Weile. Schweigen legte sich zwischen uns, das von dem Intro des PlayStation-Spiels untermalt wurde. »Jedenfalls hast du nichts verpasst«, meinte er irgendwann. »Nicht wirklich. Heute war bei den Epis einiges los. Aber du weißt ja, wie das ist. Die hüten ihre Geheimnisse.«

Seit ich für die AI arbeitete, fragte ich mich, was sich im sogenannten *Epicenter* abspielte. Doch das war streng vertraulich und die Mischung aus gestriegelten Anzugtragenden und gestressten Laborkitteln gab nichts preis. Davide und ich hatten eine Reihe an Vermutungen angestellt: Sie injizierten Leichen magische Restresenz, die sie aus Artefakten wie denen im Museum meines Vaters gewannen. Sie sequenzierten magische DNA und veränderten sie, um einen Weg zu finden, die Magie dauerhaft in der Gegenwart zu halten (in dem Fall sollten sie sich schleunigst Unterstützung durch Amelie holen). Oder sie spielten in Wahrheit den ganzen Tag lang *Halo* und die Geheimniskrämerei diente lediglich dazu, die Mitarbeiter der anderen Abteilungen zu motivieren. Das klappte nur bedingt. Denn manch eine Mittagspause hatte sich ausgedehnt, weil wir über die rätselhaften Vorkommnisse diskutiert hatten.

»Sie sind mit Klemmbrettern rein und mit ziemlich ratlosen Mienen wieder raus.«

»Und da drin gibt es wirklich keine Kameras?«, wollte ich sicher zum x-ten Mal wissen.

»Keine, deren Aufzeichnungen bei uns im Serverraum landen. Es gibt ein zweites Signal, aber ich bin nicht waghalsig genug, um das Sicherheitssystem meines Arbeitgebers zu hacken.«

Ich nickte, biss ein großes Stück Pizza ab und kämpfte mit den Käsefäden. »Und was ist mit Amelie? Hast du über sie noch mehr herausgefunden?«

»Sie ist herrlich unaufgeregt«, stellte Davide fest. »Das mag ich.«

»Ach ja?« Den Eindruck hatte ich nicht von ihr. Genau genommen drohte sie ständig, zu explodieren. Wobei das meiner Gegenwart geschuldet sein mochte, wer wusste das schon. Dieser Gedanke regte ein unangenehmes Gefühl in mir.

»Sie hat eine Routine, die es mir erleichtert, auf sie aufzupassen.« Davide las ein paar Pilze vom Boden des Kartons auf, die von seiner Pizza gerutscht waren. Anschließend leckte er sich die fettigen Finger ab. »Uni. Bibliothek. Arbeit. Wohnung. Am nächsten Tag alles wieder von vorn. Mittlerweile habe ich sämtliche Kameras auf ihrem Weg durch die Stadt gehackt.«

Gruselig. Wirklich gruselig.

»Und jetzt gerade?«, fragte ich betont beiläufig. »Weißt du, wo sie sich aufhält?«

Davide richtete die Brille auf seiner Nase, bis sie schiefer saß als zuvor. »Warum fragst du? Du mutierst doch nicht vom Geheimagenten zum Stalker?«

»Amelie scheint mich möglicherweise in einen zu verwandeln«, gab ich zu und Davide grinste.

»Als ich das Büro verlassen habe, war sie auf dem Weg ins Museum.«

»Sie arbeitet heute?« Ich stutzte. Denn der Freitagabend war der Führung meines Vaters vorbehalten. Eine feste Tradition, mit der er seit Jahren nicht mehr gebrochen hatte.

»Nicht alle haben das Glück, einem Job mit geregelten Arbeitszeiten nachzugehen«, bemerkte Davide, der mein Unbehagen falsch verstand.

Es ging nicht um Amelie. Es ging um meine Eltern. Unwillkürlich griff ich nach dem Handy, aber das Display war leer. Keine Anrufe, keine Nachrichten. Dann war alles in Ordnung. Aber aus welchem Grund sollte mein Vater die Freitagsführung abgeben?

»Entschuldigst du mich einen Moment?«, murmelte ich und erhob mich, ohne Davides Antwort abzuwarten. Ich trat in den Flur, schloss die Tür hinter mir und lehnte mich dagegen. Mit zitternden Fingern rief ich den Kontakt meines Vaters auf. Es klingelte. Mehrfach. Irgendwann ging die Mailbox dran und die monotone Stimme verstärkte mein Unbehagen. Ich legte auf, scrollte durch die Kontakte auf der Suche nach dem Namen meiner Mutter. Es klingelte. Und klingelte. Und niemand nahm ab.

Panik erfasste mich und ich taumelte auf unsicheren Beinen ins Wohnzimmer.

Davide erstarrte, als er mich sah. »Was ist los?«

»Ich muss ... Ich muss ...«

Bilder spulten sich in meinem Geist ab. Bilder, die sich vor Jahren in meine Erinnerung gebrannt hatten, als Blaulicht über die Fassade des Museums gezuckt war und meine leblose Mutter auf einer Trage aus dem Museum transportiert worden war. Ich hatte ihr nachgesehen, selbst als der Krankenwagen im Labyrinth der Pariser Straßen verschwunden war. Seitdem wohnte Angst in meinem Innern. Manchmal schrumpfte sie zusammen, aber sie ließ niemals ganz von mir ab. Das war der Grund, aus dem ich Magiezin studierte. Das war der Grund, aus dem ich mich gegen den Willen meines Vaters bei AI beworben hatte. Ich wollte nie wieder derart hilflos dabei zusehen, wie meine Mutter ums eigene Leben rang und beinahe verlor.

Und dennoch war ich es. Hoffnungslos hilflos.

»Raphael.« Davide sprach langsam, legte eine ungewohnte Ruhe in seine Stimme. Er stand auf, kam auf mich zu und fasste mich an den Schultern. »Sag mir, was los ist.«

»Ich glaube, es ist meine Mutter«, flüsterte ich und hob das Handy, als könnte das diese Situation erklären. »Ich muss ... zu ihr. Jetzt.«

Als ich nach dem Schlüsselbund griff, der auf einem Regalbrett neben der Tür lag, entglitt dieser meinen bebenden Fingern. Rasselnd landete er auf dem Boden zwischen Davide und mir. Ein paar Sekunden verstrichen, ehe wir uns gleichzeitig bückten, aber er war schneller als ich.

»Du scheinst nicht wirklich fahrtüchtig zu sein«, meinte mein Kollege und betrachtete mich aus zusammengekniffenen Augen.

»Ich bin … Ich …« Der Strom der Angst entriss mir sämtliche Worte und ich öffnete und schloss den Mund, ohne zu wissen, was ich sagen sollte.

Davide nickte, als hätte er mich dennoch verstanden. »Ich fahre dich.« Er schob mich rückwärts durch den Flur. Das *Fifa*-Intro begleitete unseren Aufbruch und ich lief kurz zurück, um den Fernseher auszuschalten.

»Zuletzt bin ich in San Andreas gefahren«, bemerkte Davide kurz darauf, als er auf dem Fahrersitz des Renaults Platz nahm. Er band sich einen Zopf und rückte die Brille zurecht, ein skurriles Ritual, bevor er sich mit dem Wageninneren vertraut machte.

»Warte. *GTA San Andreas?*«, fragte ich. Das Klicken des Sicherheitsgurtes dröhnte laut in dem darauffolgenden Schweigen.

»Mhm«, brummte Davide, die Zunge zwischen die Zähne geklemmt. »Darin bin ich sogar ziemlich gut. Eigentlich sollte das hier nicht so viel anders funktionieren.«

»Verdammt, hast du überhaupt einen Führerschein?«, presste ich hervor und atmete gegen eine ganz andere Art der Panik an.

»Ich mache schon genug illegales Zeugs, da würde ich dich sicher nicht mit deinem Wagen durch die Stadt kutschieren, wenn ich nicht die offizielle Erlaubnis der Behörden dazu hätte«, grummelte mein Arbeitskollege, machte demonstrativ einen Schulterblick und lenkte den Wagen aus der Parklücke.

Davide steuerte den Renault mit forschem Fahrstil durch die Stadt, bemächtigte sich engen Lücken zwischen wartenden Fahrzeugen und gab vor jeder grünen Ampel vorsorglich Gas, falls diese im letzten Moment auf Gelb umspringen sollte. Das trieb mir den Schweiß aus den Poren und ich betete, dass wir heil am Museum ankommen würden.

Straßenlaternen, Reklamen und Gebäudebeleuchtungen malten goldene Schatten auf die Narben der Stadt und flogen an uns vorbei.

Mein Herz beschleunigte den harten Takt, nachdem meine Eltern nach etlichen weiteren Versuchen keinen Anruf beantworteten.

Als das Gebäude des Museums endlich vor uns auftauchte, löste ich den Sicherheitsgurt. Die letzten Meter begleitete uns ein hartnäckiges *Pling*.

»Halt den Wagen einfach hier!«, rief ich und nestelte am Türgriff, obwohl Davide nicht angehalten hatte.

»Das ist kein Parkplatz.«

»Ist mir scheißegal!«, fauchte ich. Als es mir endlich gelang, die Tür zu öffnen, trat Davide auf die Bremse. Ein Ruck ging durch den Wagen und ich knallte gegen das Armaturenbrett. »*Merde!*«

»*Pardon*«, murmelte Davide und zog den Schlüssel aus dem Zündschloss. Er trabte mir nach, während ich auf das Gebäude zuhielt, das bedrohlich vor uns in den Nachthimmel aufragte. Keine Blaulichter, nur die Scheinwerfer, die die klassizistische Fassade anstrahlten.

Alles war ruhig, doch die Stille täuschte mich nicht. Ich öffnete die Eingangstür zum Museum, das verlassen vor uns lag. Dann eilten wir durch das Treppenhaus nach oben.

Meine Hände zitterten, als ich die Klinke drückte und die Dachgeschosswohnung betrat. Davide keuchte hinter mir, denn wir hatten die Stufen im Laufschritt bewältigt. Wie betäubt taumelte ich durch den Flur und stieß die Tür zum Zimmer meiner Mutter auf.

Ich blieb so abrupt stehen, dass Davide mit mir zusammenstieß. Mein Herz setzte aus, wollte nicht begreifen, was sich vor mir abspielte. Meine Mutter … sie …

Oh, mon Dieu!

9
AMELIE

Ein Anruf veränderte meine gesamte Planung für das Wochenende. Eigentlich hatte ich mich im Zimmer einsperren, Sandrine ignorieren und mich der Magie widmen wollen. Allerdings hatte Monsieur Chevalier diese Pläne vereitelt.

Er bat mich, die Führung am heutigen Abend für ihn zu übernehmen. Das war die am meisten besuchte Veranstaltung im *Musée de la Magie*. Er hatte sie nie zuvor aus den Händen gegeben. Ich fühlte mich geschmeichelt und je näher der Abend rückte, desto nervöser wurde ich. Als ob mich das beruhigen könnte, zupfte ich fast schon zwanghaft am Anhänger der Kette meines Großvaters um meinen Hals.

Ich würde die anspruchsvollste Veranstaltung im *Musée de la Magie* übernehmen. Aufgedrehte Kinder und genervte Teenager waren nichts gegen das abendliche Publikum, das tatsächlich *unterhalten* werden wollte.

Außerdem würde ich eine Nacht Zeit haben, um im Museum ungestört Forschungen nachzugehen (immerhin war die Aussicht, privat Zeit mit den Exponaten verbringen zu können bei der Bewerbung ausschlaggebend gewesen).

Möglicherweise würde ich zudem Raphael wiedersehen.

Dass mir der letzte Grund am meisten Bauchkribbeln bescherte, ignorierte ich. Als ich kurz vor Beginn der Führung vor dem Kleiderschrank stand und mich zum ersten Mal im Leben fragte, was ich anziehen sollte, schob ich das auf meine Aufregung, Gaspard Chevaliers Fußabdrücken gerecht zu werden. Ich entschied mich für einen cremefarbenen Strickpullover mit floralen Stickereien an Saum und Ärmeln und einen zu großen Faltenrock, der perfekt saß, sobald ich den Pullover hineinstopfte. Zu meinem Spiegelbild sagte ich: »Ich kann nicht mit dir ausgehen. Du bist der Sohn meines Chefs!«

Ja, das könnte funktionieren.

»Was hast du gesagt?« Sandrine steckte den Kopf durch den Spalt der angelehnten Tür.

»Nichts«, wich ich ihr aus.

»Führst du Selbstgespräche?«, fragte sie belustigt und ließ sich auf das Bett fallen. »Kann es sein, dass du dir die Haare gekämmt hast? Und diesen Pullover habe ich noch nie an dir gesehen ...« Sie zwirbelte eine Haarsträhne auf den Finger und grinste mich an. »Steckt da etwa der Chevalier-Sprössling hinter?«

»Hau ab«, knurrte ich und wies auf die Tür.

Sandrine ließ sich nicht beeindrucken. »Ich wusste doch, dass du auf ihn stehst!«

So würdevoll wie möglich entgegnete ich: »Ich stehe nicht auf ihn. Ich bereite mich auf die Führung vor, falls du das vergessen hast. Außerdem ist Freitagabend. Was sollte er im Museum machen?«

Sandrine hob die Schultern. »Sag du's mir.«

Ich streckte meiner Mitbewohnerin die Zunge heraus und nahm die Jacke vom Haken an der Tür. »Sehen wir uns später?«

»Ich bin mit Elian verabredet.« In Sandrines Augen erschien ein Funkeln, das untypisch für meine Mitbewohnerin war.

»Der Typ von letztem Wochenende? Ist das etwas Ernstes?«

»Auf keinen Fall«, winkte sie ab. »Aber etwas Nettes.«

Hinter mir war die Haustür noch nicht ins Schloss gefallen, da rief Sandrine mir nach: »*Amüsier* dich gut!«

Die Tage wurden immer kürzer – und kälter. Eine Atemwolke hing auf dem Weg zur Metro vor meinem Gesicht und ich grub die Hände tief in die Taschen. Paris funkelte wie ein Edelstein. Das *Musée de la Magie* stand dem in nichts nach. Die Fenster leuchteten hell in der hereinbrechenden Nacht und malten Muster auf den Platz vor dem Gebäude. Mein Schatten teilte sie, als ich auf die breite Treppe zulief.

In der Eingangshalle begrüßte mich eine erwartungsvolle Stille. Einzig Bernadette war da und saß wie üblich hinter der Kasse. Sie sah auf ihre Armbanduhr. »Da bist du ja schon!«

Dass sie meine Überpünktlichkeit bemerkte, quittierte ich mit einem zufriedenen Lächeln. Ich war Amelie Fournier, überpünktliche Magiewissenschaftsstudentin mit einem Faible für Kaffee. Außerdem konnte ich Magie wirken – was nur leider niemand wissen durfte.

»Und, bist du aufgeregt vor deinem großen Auftritt heute Abend?«, fragte Bernadette mit ihrer mütterlichen Art.

»Bis zu diesem Moment nicht«, antwortete ich wahrheitsgemäß und registrierte ein unangenehmes Ziehen in der Magengegend. »Hat Monsieur Chevalier noch etwas gesagt?«

»Mach dir keine Gedanken. Er hat die beste Vertretung für diese Veranstaltung ausgewählt.«

»Danke, Bernadette«, seufzte ich.

»Ich habe Kuchen gebacken«, sagte sie und nahm ihre Brille aus dem allmählich ergrauenden Haar. »Steht in der Küche. Nimm dir ein Stück, Zucker beruhigt die Nerven!« Sie setzte die Brille auf und studierte einen der Rechnungsblöcke.

Mein Bauch rumorte, war aber definitiv nicht in der Stimmung für Kuchen. Trotzdem nickte ich. Kurz vor der Tür zum Pausenraum drehte ich mich um. »Ist denn sonst noch jemand heute Abend da?«

Bernadette nahm die Brille ab und steckte einen der Bügel in den Mund. »Nein, Liebes«, antwortete sie. »Nur du und ich. Und sobald ich die Besuchenden abkassiert habe, mache ich Feierabend. Du hast einen Generalschlüssel?«

Die unerklärliche und vollkommen unangebrachte Enttäuschung über ihre Antwort, die unwillkürlich in meinem Bauch aufflammte, ließ ich mir nicht anmerken und klimperte demonstrativ mit einem Schlüsselbund.

Bernadette setzte die Brille zurück auf die Nase und reckte einen Daumen in die Höhe, bevor ich im Pausenraum verschwand. Was hatte ich erwartet? Dass Raphael nach einer erneuten Abfuhr vor mir kriechen würde? Allein der Gedanke war lächerlich. Doch der Sog, den er auf mich ausübte, war fast so stark wie jener der Magie. Fast.

»Er ist der Sohn deines Chefs«, ermahnte ich mich erneut. Er hatte in meinem Kopf nichts verloren, wenn ich seinem Vater meinen Wert als Angestellte beweisen wollte.

Ich schloss die Augen und fokussierte mich auf das, was vor mir lag. Die *Magie Noire* war die beliebteste Veranstaltung im Museum und auch an diesem Abend waren sämtliche Karten ausverkauft.

In der Eingangshalle erwartete mich eine halbe Stunde später andächtiges Gemurmel, das verstummte, als ich mich näherte. Bernadette gab mir ein Zeichen, dass sie nun aufbrechen würde, und ich nickte ihr knapp zu.

»*Bonsoir Mesdames et Messieurs*«, hieß ich mein Publikum mit breitem Lächeln willkommen. Sobald ich in die erwartungsvollen Gesichter sah, verflog meine Aufregung. Das Museum war meine Bühne und die Magie war mir das vertrauteste Stück. Ein Heimspiel.

Auf dem Weg in die Ausstellungsräume dimmte ich über den Zentralschalter die Beleuchtung im gesamten Gebäude, sodass nur die Exponate dramatisch in Licht inszeniert wurden.

»Was kommt Ihnen als Erstes in den Sinn, wenn Sie an Magie denken?«, fragte ich in die Runde. Auf den polierten Rüstungen spiegelten sich orange Lichtflecken, die Ecken des Raumes verschwanden in Dunkelheit. Vor den hohen Fenstern funkelte die Stadt.

»Grenzenlose Möglichkeiten«, sagte eine elegant gekleidete Frau mit rauchiger Stimme.

»Freiheit!«, rief jemand anderes.

Ich nickte. »Eine schöne Vorstellung«, bestätigte ich. »Aber was, wenn ich Ihnen sagen würde, dass die Rückkehr der Magie Tod und Verderben über unsere Heimat bringen könnte? Heute Abend entführe ich Sie in eine Zeit, in der alles möglich war. *Wirklich* alles.«

Die Geschichten meines *Grand-Papas* erzählten von einer Stadt, in der Gebäude mit Magie errichtet wurden, in der der Bäcker seinem Rezept einen Tropfen Magie beimischte und die besten Croissants der Welt verkaufte, und in der die *Seine* diejenigen ausspuckte, die in ihren Wellen zu ertrinken drohten. Alle Geschichten hatten eines gemeinsam: Sie schufen eine heile Welt. Eine Illusion, denn die Wahrheit war eine andere.

»Magie bedeutet Macht. Und wer Macht hat, strebt nach mehr. Ein Kreislauf, den zu durchbrechen nur die stärksten Menschen in der Lage sind.« Ich machte eine Kunstpause und ließ den Blick über mein Publikum schweifen. »So rein und wunderschön Magie auch sein mag, sie hat eine Schattenseite. Durch die Geschichte unserer Stadt ziehen sich zahlreiche Katastrophen. 1762 kam eine junge Sopranistin an die Pariser Oper. Claudine Pigalle galt als aufgehender Stern am Opernhimmel. Gefördert durch einen Mäzen und gefeiert vom Publikum sang sie sich an die Spitze. Ihr Erfolg stieß dem damaligen Opern-Star Claire de la Rouge bitter auf, denn sie verdrängte sie aus dem Rampenlicht. De la Rouge entzündete 1763 ein magisches Feuer. Pigalle überlebte schwer verletzt und brauchte viele Jahre, um sich von dem Schock zu erholen. Im Juni des Jahres 1781 sollte sie ihr Comeback feiern, doch sobald sie einen Fuß auf die Bühne setzte, brach diese erneut in Flammen aus, obwohl de la Rouge längst verstorben war. Doch fast vergessene Macht verlangte den Kopf, der ihr einst versprochen worden war. Wenn Magie in die falschen Hände gerät, fordert das Menschenleben.«

Als die Besuchenden die Führung mit Applaus honorierten, wusste ich, dass ich Monsieur Chevalier würdig vertreten hatte. Eine Welle der Erleichterung überkam mich, nachdem ich mich verabschiedet und die Tür zugeschlossen hatte. Ich hatte es geschafft!

Ein paar Minuten stand ich im Halbdunkel der Eingangshalle und betrachtete das Schattenspiel hoch über mir an der gewölbten Decke. Es war ein friedlicher Moment, dem ich mich vollkommen hingab. Draußen hupte ein Auto, Reifen quietschten. Die Stimmen der letzten Gäste verloren sich in den Geräuschen der Stadt. Ich stieß mich von der Wand ab und durchquerte die Halle. Aus der Tasche im Pausenraum holte ich mir das Registerbuch und ein Briefchen Streichhölzer, Bernadettes Kuchen lächelte mich an. Später. Das Verlangen nach Magie war größer als das meines Magens, der beim Duft des süßen Gebäcks rumorte.

Es war ein sonderbares Gefühl, allein durch das Museum zu streifen. Die Magie lockte mich flüsternd und ich folgte ihrem Ruf nur allzu gerne.

Vergessen war der Erfolg dieses Abends, vergessen war Raphael. Mein Herz schlug einzig für die Magie und ihr flehentliches Drängen, sie endlich aus ihrer Verbannung zurückzuholen. Und das würde ich tun.

Das Spiel mit der Magie war ein gefährliches Unterfangen – aus zweierlei Gründen. Zum einen war sie unberechenbar, zum anderen war derjenige, der über sie verfügte unberechenbar. Ich strebte nicht nach Macht oder dergleichen, obwohl ich mich dem Rausch der Magie kaum erwehren konnte. Nein, ich strebte nach Wissen, um die Welt zu heilen. Um mich zu heilen.

Mit bebendem Herzen strich ich über die Buchrücken im bibliothekarischen Ausstellungsraum und las die Titel, wie ich es zuvor etliche Male getan hatte. Inzwischen kannte ich die meisten von ihnen, trotzdem suchte ich erneut nach einem Buch, das mir mehr über die Magie in den Katakomben verraten konnte, obgleich ich wusste, dass meine Suche nicht erfolgversprechend war. Es gab kaum Quellen aus der Magischen Ära. Das meiste davon war aus bislang unbekannten Gründen zerstört worden. Die einzigen Bücher, die von Magie berichteten, waren in der Weltlichen Ära nach 1857 verfasst worden – von Forschenden, die ebenso im Dunkeln tappten wie ich heute.

Nachdem ich einige Bücher durchgeblättert hatte, beschloss ich, die Suche in den nächsten Tagen in der Universitätsbibliothek fortzusetzen. Womöglich hatte ich dort mehr Glück.

Meine Finger zitterten, als ich die Streichholzschachtel aus der Hosentasche zog, um die praktische Forschung fortzusetzen. Auf dem Boden hockend schlug ich das Buch auf, in dem die Toten der Katakomben gelistet waren, riss ein Blatt aus meinem Notizblock und kritzelte den ersten Namen darauf. Gierig leckten die Flammen an dem Papier, ließen es glühen, bevor sie es verschlangen. Ich schloss die Augen und genoss das Gefühl von Magie, die meinen Körper flutete. Sie drängte die Schwäche zurück, die mit der Krankheit einherging, und ich fragte mich unwillkürlich, wie es sich wohl anfühlen mochte, wenn man Zugriff auf die gesamte Macht hatte?

Goldener Magiestaub waberte um mich herum und in meinem Kopf reifte eine Idee, die immer lautstarker Aufmerksamkeit verlangte. Was würde geschehen, wenn ich die Energie mehrerer Seelen benutzte? Drei Namen schrieb ich auf dem Notizblock nieder, entzündete das Papier und pustete sanft dagegen. Flammen stoben auf und kräuselten den Saum des Blattes, die es vollends verschlangen. Bücher zuckten in den Regalen und der Magiestaub verdichtete sich. Ich fühlte mich wie eine Marionette der Macht, denn als diese an den Fäden zupfte, richtete sich meine Wirbelsäule kerzengerade auf und ich konnte besser atmen. Ein Klicken ertönte und ein Lichtblitz zuckte durch den Raum. Ich fand mich in einer Finsternis wieder, die keinen Anfang und kein Ende kannte. Stromausfall. Und das Klicken musste die Zentralverriegelung gewesen sein, die in diesem Fall das Museum vor Kriminellen schützte. Oder die Angestellten einschloss, so ein Mist.

Der Akku meines Handys war unter zehn Prozent. Die Taschenlampen-App verweigerte mir ihren Dienst, sodass ich im trüben Schein des Displays durch den Raum leuchtete. Der Radius reichte kaum so weit, dass ich den Arm ausstrecken konnte. Unsicher tastete ich mich durch den Raum in Richtung der Fenster.

Über Paris spannte sich ein sternenbesticktes Band aus Dunkelheit. Die silbernen Sprenkel waren die einzige Lichtquelle. Viel zu schwach, um die Konturen der Stadt sichtbar zu machen. Und ich begriff, dass der Strom nicht nur im Museum ausgefallen war.

Ich kletterte auf die Fensterbank und lehnte mich gegen die kalte Scheibe. Die Minuten verstrichen und verwandelten sich in eine Ewigkeit. Nichts geschah. Ein Auto fuhr an der Straße des Museums vorbei. Seine Scheinwerfer waren zwei weiße Punkte in endlosem Schwarz. Sie blendeten mich und machten die Dunkelheit undurchdringlicher.

Ich schickte eine Nachricht an Sandrine, doch sie antwortete nicht. Vermutlich hatte sie nicht einmal etwas von dem Stromausfall mitbekommen, da sie sich mit Elian gerade in ihrem von Kerzen erleuchteten Zimmer vergnügte. Weil der altersschwache Akku einen Sprung von zehn auf sieben Prozent vollführte, packte ich das Smartphone weg.

In der Ferne ging eine Sirene los. Die Zeitspanne, in der sie ertönte, bis zu dem Moment, da sie verklang, fühlte sich unendlich lang und zugleich erschreckend kurz an. Mich überkam ein mulmiges Gefühl und in Gedanken wiederholte ich, was ich in den Minuten vor dem Stromausfall getan hatte. War ich etwa dafür verantwortlich? Hatten drei verstorbene Seelen die Macht, einer ganzen Stadt die Energie zu rauben?

Das Echo der Sirene in meinem Kopf war eine Weile das einzige Geräusch, das ich wahrnahm. Die Dunkelheit brachte eine eigentümliche Stille mit sich, als wäre die gesamte Stadt verstummt. Keine Stimmen. Keine Motorengeräusche. Kein Wind, der um Paris' Dächer pfiff. Einfach eine schwere Stille, die auf der Stadt lastete. Alles schien den Atem anzuhalten und abzuwarten. Sekunde um Sekunde verstrich. Die Zeit dehnte sich aus.

Blut rauschte in meinen Ohren und ich zählte die Schläge meines Herzens. Ich begann, vor mich hinzusummen und bannte die Stille mit Kinderliedern, die mein *Grand-Papa* mir vorgesungen hatte, als ich ein kleines Mädchen gewesen war.

Vor den Fenstern des Museums tat sich noch immer nichts. Womöglich würde das eine längere Angelegenheit werden. Und solange die Metros nicht fuhren, saß ich hier ohnehin fest.

Ich beschloss, mir ein Stück von Bernadettes Kuchen zu holen, und verließ meinen Platz auf dem Fensterbrett. Mit ausgestreckten Armen tastete ich mich durch die Schwärze, die um mich herum alles verschluckte. Obwohl ich das Museum besser kannte als meine eigene Wohnung, verfehlte ich den Durchgang zum nächsten Ausstellungsraum und blieb mit der Schulter daran hängen. Ich fluchte lautstark, denn es könnte mich ohnehin niemand hören.

Vorsichtig streckte ich die Arme nach der Kordel aus, die die Exponate abtrennte. Ich folgte ihr bis ins Treppenhaus und orientierte mich dort an dem Geländer, das nach unten führte. Die Tür zum Pausenraum hätte ich fast verfehlt, wenn ich mich nicht mit dem schwachen Schein des Handydisplays durch die große Eingangshalle navigiert hätte. Für diese Aktion strafte mich das Mobilgerät mit weiterem Akkuverlust ab.

Ich machte mir nicht die Mühe, mir ein Stück Kuchen abzuschneiden, sondern nahm gleich den ganzen Teller mit nach oben. Meine Schritte durch das Museum waren das einzige Geräusch in der

Stille – meine Schritte und mein Magen, der sich in Vorfreude auf den Kuchen knurrend zusammenzog.

Doch dann hörte ich etwas anderes, ein Geräusch, das aus den Ausstellungsräumen drang. Ich erstarrte und lauschte. Hatte ich mir das eingebildet? Oder spukte außer mir noch jemand nachts durch das Museum? Hatte ich jemanden aus der Gruppe übersehen und sie oder ihn hier eingesperrt? Ich umklammerte den Teller fester und schlich langsam durch die Räume.

Als ich die Bibliothek erreichte, löste sich ein Schatten von den Fenstern. In der Dunkelheit konnte ich kaum seine Umrisse ausmachen, aber ich nahm jemandes Atem wahr.

Ein Ruck ging durch die Gestalt und ihr entfuhr ein gepresster Aufschrei. Ich schrak zusammen und ließ den Teller los. Scherben klirrten und der Kuchen verteilte sich mit einem lauten *Platsch* auf dem Boden. Gleich darauf traf mich der Strahl einer Taschenlampe. Ich blinzelte und trat aus dem Lichtkegel.

»Amelie?«

Ich hielt die Luft an, als ich die Stimme erkannte.

»Raphael«, brachte ich überrascht hervor.

»Was machst du hier?«, wollte er wissen und richtete den Strahl der Taschenlampe auf mich. In seinen Worten schwang Misstrauen.

»Ich arbeite hier«, gab ich zurück. »Hättest du eventuell die Güte, mich nicht länger zu blenden?«

Raphael richtete den Lichtkegel der Taschenlampe zu Boden. »Das Museum hat seit über einer Stunde geschlossen«, stellte er fest.

»Ich musste etwas erledigen.« Die Lüge hing schwer zwischen uns und ich hoffte, dass er sie nicht durchschaute. Um von mir abzulenken, setzte ich provokant nach: »Und warum bist du hier?«

»Lange Geschichte«, antwortete Raphael nach kurzem Zögern. »Ich war oben in der Wohnung meiner Eltern, als der Strom ausfiel.«

»Das erklärt, warum du im Gebäude bist, aber nicht, warum du im Museum auftauchst«, sagte ich.

»Ich habe ein Geräusch gehört und dachte, ich schaue mal nach dem Rechten. Möchtest du mit nach oben kommen?«

»Nie im Leben werde ich die Wohnung meines Chefs betreten.«

»Du weißt, dass wir wegen der Zentralverriegelung hier festsitzen, bis der Strom wieder angeht?«

Ich schluckte hart und versuchte, mir nicht anmerken zu lassen, was seine Worte in mir auslösten. »Wie gut, dass das Gebäude groß genug ist.«

Raphael stieß einen ungeduldigen Laut aus. »Du willst wirklich lieber alleine hier im Dunkeln sitzen, als mich nach oben zu begleiten?«

»Ich hätte es so vielleicht nicht ausgedrückt, aber ... ja.«

Raphaels Lachen war melodisch und das Einzige, das ich neben meinem Herzschlag hörte. »Du lügst.«

»Das wirst du wohl nie herausfinden.« Ich tastete mich durch den Raum und übersah einen hüfthohen Bücherwagen, der sich außerhalb des Lampenscheins befand. Reflexartig krümmte ich mich zusammen und stieß mit dem Kopf gegen eine Kante. Kurz wirbelten Sterne um mich herum und der Schmerz entlockte mir einen Fluch.

»Amelie?« Eine Mischung aus Angst und Sorge schraubte Raphaels Stimmlage eine Nuance höher.

»Alles okay«, murmelte ich und rieb mir die Stelle, die bereits bei meinem Sturz an meinem Geburtstag in Mitleidenschaft gezogen worden war. Von dort ging ein dumpfes Pochen aus, dessen Intensität abnahm, als ich den sanften Griff von Händen um meine Oberarme spürte.

Raphael.

Auf einmal war er mir ganz nah. Er berührte mein Kinn und drehte vorsichtig meinen Kopf. Dann tasteten sich seine Finger an der Linie meines Kiefers entlang über die Schläfe nach oben und strichen mir das Haar aus dem Gesicht. Ich hielt den Atem an, während seiner über meine Wangen tanzte.

»Manche Menschen sammeln Sticker, du sammelst Beulen«, sagte er mit einer Sanftheit, die mein Herz beinahe schmelzen ließ.

Ich schluckte und versuchte, mich daran zu erinnern, wie man atmete. Dachte. Sprach. Eine Berührung, und Raphael hatte mein Innerstes vollkommen aufgewühlt.

Er machte einen Schritt nach hinten. Dabei umfasste er meinen Unterarm und zog mich zu dem Sofa, wo wir uns niederließen. Besser so, denn meine Beine schienen sich in Pudding verwandelt zu haben.

Andererseits saß er so dicht bei mir, dass ich jede seiner Bewegungen wahrnehmen konnte – und ich spürte sie bis in die Zehenspitzen.

Ich bemühte mich, seinem Sog zu entkommen, und räusperte mich. »Was glaubst du, ist passiert?«

»Vielleicht der Magiefall«, meinte Raphael. Ich spürte sein Schulterzucken, als sich die Polster in meinem Rücken bewegten. »Oder ein Experiment der AI ist schiefgegangen.«

»Woran forschen die?«, fragte ich und kam mir naiv vor, geglaubt zu haben, meine klägliche Magie hätte einen solchen Stromausfall nach sich ziehen können. Viel wahrscheinlicher war, dass die AI dahintersteckte.

»Es gibt einige Projekte. Zellforschung, Molekulare Reaktionen auf Magiezufuhr ... so was eben, keine Ahnung«, wich Raphael mir aus.

»Wie kannst du dort arbeiten und nicht genau wissen, was die da treiben?«

»Ich bin Laborassistent, Amelie.« Mein Name aus seinem Mund ließ ein Gefühl von Funken über meine Haut tanzen. »Ich habe nicht einmal Zugang zu allen Räumen.«

»Und was machst du dann da?«

»Datensätze abgleichen.«

»Ist nicht wahr?«

»Nicht jeder hat so ein Glück wie du und kann seinen Traumjob ausüben.«

»Du könntest hier arbeiten.«

»Das geht nicht.« Auf einmal klang Raphaels Stimme kalt. So wie ich sie mir vorgestellt hatte, bevor wir das erste Mal miteinander gesprochen hatten. Er stand auf und ich erinnerte mich an das Buch, das dank der Magie keine Kaffeeflecken mehr besaß und aufgeschlagen zusammen mit meinem Notizblock irgendwo hier in diesem Raum lag. Ich streckte mich und ließ den Blick über den Boden wandern, der im Kegel der Taschenlampe erhellt wurde, aber es musste außerhalb in den Schatten liegen.

Einen Moment später flackerte das Licht und erlosch. Ich hörte das leise Klicken, das der Knopf machte, als Raphael ihn drückte, um es erneut anzuschalten. »Batterie leer«, lautete sein ernüchterndes Fazit.«

Die Dielen knarrten und er machte einen weiteren Schritt in Richtung der Fenster, als ein lautes Schmatzen ertönte.

Ich erstarrte auf dem Platz auf dem Sofa. Dann presste ich eine Hand vor den Mund, um ein Lachen zu unterdrücken.

»*Sapristi!*«, fluchte Raphael. *Heilige Scheiße.* Sein Handydisplay leuchtete kurz auf, wurde aber sogleich wieder schwarz. »Auch das noch. Akku leer.« Meine Belustigung stieg mit Raphaels wachsendem Zorn. »Immerhin hat einer von uns beiden seinen Spaß«, knurrte er.

»Meine Mitbewohnerin wird stolz auf mich sein.« Ich wollte mir lieber nicht vorstellen, wie Sandrine reagieren würde, wenn sie erfuhr, dass Raphael und ich während des Stromausfalls zusammen im Museum eingesperrt waren.

»Darf ich dein Handy haben? Ich brauche Licht.«

»Mein Akku ist auch bald leer.«

»Gibst du mir dein Handy, bevor es stirbt?«

Ich blies die Wangen auf und zog widerwillig das Mobilgerät aus der Hosentasche. Als das Display aufleuchtete, tauchte Raphaels Hand aus dem Dunkeln auf und schloss sich darum.

»Merci!«

Das schwache Licht des Displays wanderte an Raphaels Beinen hinab zu seinen Füßen, die in Bernadettes Kuchen standen. Teig, Sahne und Zuckerguss klebten an seinen Schuhen. Ich hatte es geahnt. Aber es zu sehen, war viel besser. Ich verlor den Kampf gegen die Selbstbeherrschung und krümmte mich vor Lachen.

»Du hast es wohl noch immer nicht ganz kapiert«, brummte Raphael, aber ich hörte die Belustigung in seiner Stimme. »Essen und Getränke sind hier verboten. Vielleicht muss ich doch mal ein paar Worte mit meinem Vater über dich wechseln.«

Und dann brach auch er in Gelächter aus.

Es war ein warmes Geräusch, das mir wie Sirup durch die Brust rann. Klebrig und süß und süchtig machend. Ich wollte mehr. Viel mehr.

10

RAPHAEL

»Ich habe Kuchen im Schuh«, beklagte ich mich. Jeder meiner Schritte gab ein schmatzendes Geräusch von sich. »So gut Bernadette auch backen kann, aber das hier ist ekelhaft. Ich muss mich waschen.«

Amelies amüsiertes Lachen füllte die Stille und wärmte mein Herz. Es zauberte mir ein Lächeln aufs Gesicht, dem ich im Schutz der Dunkelheit bereitwillig nachgab.

»Ich würde dich nur ungern hier unten zurücklassen«, sagte ich. »Komm mit nach oben, ja?«

Amelies Belustigung verebbte. Sie räusperte sich. »In Ordnung.«

Ich hörte das Rascheln ihrer Kleidung, als sie sich durch den Raum auf mich zutastete. Einem Impuls folgend, streckte ich die Hände aus und bekam sie zu fassen. Ihr entfuhr ein überraschtes Keuchen, sie ließ aber zu, dass ich mich bei ihr unterhakte, um sie durch die Dunkelheit zu führen. Mein wild schlagendes Herz ignorierte ich dabei, denn wenn ich mir darüber den Kopf zerbrochen hätte, was die Berührung in mir auslöste, wäre es mir vermutlich direkt aus der Brust gesprungen.

Gemeinsam bewegten wir uns durch die Räume, begleitet von den Geräuschen, die meine mit Zuckerguss getränkten Schuhe auf dem Parkett von sich gaben. Amelies Lavendelblütenduft hüllte mich ein, lenkte mich ab. Zum Glück erreichten wir die Tür, die ins Treppenhaus führte, ohne Zwischenfälle.

»Ich bin nicht allein«, warnte ich Amelie vor.

»Ist dein Vater nicht unterwegs?«

Ich hörte die Verwirrung in ihrer Stimme und schüttelte reflexartig den Kopf, obwohl sie das nicht sehen konnte. »Er ist nicht da. Aber ein Kollege. Und meine Mutter.«

»Deine Mutter«, wiederholte sie sacht und auf eine mitfühlende Art, die mir unbehaglich zumute werden ließ. Dann hatte sie wohl die Gerüchte mitbekommen. Mein Magen verkrampfte sich und ich wollte nicht länger darüber nachdenken, was sie womöglich gehört hatte.

»Ich konnte sie heute Abend nicht erreichen und … habe mir Sorgen gemacht. Deshalb bin ich hier.« Als ich in das Zimmer meiner Mutter geplatzt war, hatte sie in den Kissen gelegen, ein Buch auf dem Bauch, als wäre sie beim Lesen weggenickt. Sie war zusammengeschreckt, als die Tür gegen die Wand gekracht war. Ich hatte überreagiert, aber solange es meiner Mutter gutging, war mir das gleich.

Davide und ich hatten unseren Männerabend in Gegenwart meiner Mutter fortgesetzt, hatten Schach statt PlayStation gezockt und Limonade statt Bier getrunken. Dabei hatte uns erst der Stromausfall, dann das dumpfe Geräusch unten im Museum unterbrochen.

Unsere Schritte bildeten einen gleichmäßigen Takt auf den Stufen und mein Puls sorgte für einen Kanon. Es war ein sonderbares Gefühl, mit Amelie an der Seite in die Wohnung meiner Eltern zurückzukehren. Einerseits fragte ich mich, was sie wohl über mein ehemaliges Zuhause denken würde. Andererseits hatte ich keine Ahnung, wie sie auf meine Mutter reagieren würde. Was sie bereits wusste. Was sie schlussfolgerte.

»Meine Mutter …«, fuhr ich fort, die Stimme dünn und unsicher. »Sie ist krank.«

»Bernadette erwähnte das mal«, sagte Amelie und drückte meinen Arm. »Das tut mir leid. Ist es denn in Ordnung für sie, wenn ich dich begleite?«

»Sie freut sich über Gesellschaft«, antwortete ich und blieb auf der obersten Stufe stehen, ehe ich die Tür aufschloss und Amelie hindurchmanövrierte. Auch in der Wohnung war es dunkel, doch aus dem Zimmer meiner Mutter fiel ein breiter Streifen Kerzenlicht in den Flur. Wir tappten darauf zu, folgten den Stimmen von Davide und meiner Mutter. Sie verstummten, als wir uns näherten und ich die Tür weiter aufstieß.

»Raphael.« Meine Mutter richtete sich im Bett auf.

»*Maman*«, erwiderte ich und schob Amelie in den Raum. »Ich habe jemanden mitgebracht.«

Davides Augen weiteten sich, als er die Frau erkannte, die er in den letzten Tagen so hartnäckig per Überwachungskameras beobachtet hatte.

»*Bonsoir*, guten Abend zusammen. Ich bin Amelie.« Über ihr Gesicht huschte ein unsicheres Lächeln, als sie die Hand zum Gruß hob. »Ich arbeite im Museum und wurde vor Feierabend von dem Stromausfall überrascht.« Dann glitt ihr Blick zu mir. »Raphael war so nett, mich hierher einzuladen.«

»Ich sollte meinen Mann rügen, dass er Sie so spät an einem Freitag arbeiten lässt.« Meine Mutter seufzte und wies auf einen der Stühle neben ihrem Bett. »Setzen Sie sich.«

»Gib uns einen Moment, *Maman*«, sagte ich und nahm mir eine der Kerzen, damit wir uns im Dunkeln zurechtfanden. »Kommst du?«, fragte ich Amelie und bedeutete ihr, mir zu folgen.

»Bis gleich«, sagte sie, bevor sie sich mir anschloss und zurück in den Flur trat. Ich lief voran ins Badezimmer, wo ich die Kerze auf dem Waschtisch abstellte und mich auf den Toilettendeckel sinken ließ, um mir die Schuhe auszuziehen.

Amelie trat nach mir ein. »Was hat sie?«, fragte sie mich und lehnte sich gegen die Tür, nachdem sie sie geschlossen hatte.

»Maligne Magieplasie«, antwortete ich, während ich die Schnürsenkel löste und aus den Schuhen schlüpfte. Kuchenkrümel fielen zu Boden.

Amelie atmete scharf und zittrig ein und ich hob den Blick. Das Halbdunkel machte es unmöglich, die Gefühle zu entschlüsseln, die über ihr Gesicht huschten.

»Das tut mir leid«, murmelte sie schließlich. »Wann hat sie die Diagnose erhalten?«

Ich suchte Mitleid in ihren Augen, wie es mir so häufig begegnete, wenn Menschen vom Schicksal meiner Mutter erfuhren. Aber ich fand keines.

»Vor ein paar Jahren.« Ich bemühte mich, unbekümmert zu klingen. Doch es gelang mir nicht. Die Krankheit meiner Mutter war wie ein Messer, der sich in mein Herz bohrte und jedes Mal tiefer eindrang, wenn ich darüber sprach.

Amelie stieß sich von der Tür ab und näherte sich mir, blieb aber ein paar Schritte entfernt stehen. »Welches Stadium?«

Die Maligne Magieplasie war noch nicht allumfassend erforscht und stellte uns vor viele Rätsel. Der Krankheitsverlauf war bei jedem Menschen anders, allerdings konnte er grob in vier Stadien eingeteilt werden. »Spätes.«

»Welche Symptome hat sie?«

Amelie stellte Fragen wie jemand, der mit der Krankheit vertraut war. Ich musterte sie. »Schwächeanfälle, Müdigkeit, Appetit- und Gewichtsverlust, Tendenz zu Blutungen, Knochenschmerzen. Das Übliche eben.«

Mit einer knappen Kopfbewegung nahm Amelie meine Antwort zur Kenntnis. »Wie lange hat sie noch?«

Ein verzweifelter Laut presste sich aus meiner Brust und ich drehte das Gesicht weg. Es kam selten vor, dass Menschen sich trauten, mich das zu fragen. Das sprach für Amelie, die keine Angst vor dieser Krankheit zu haben schien, doch es traf mich unvorbereitet.

»Es tut mir leid, Raphael«, sagte Amelie rasch. »Ich wollte nicht ...«

»Schon okay«, unterbrach ich sie, sah sie wieder an und fuhr mir durchs Haar. »Ein paar Jahre. Mehr, wenn ich einen Weg finde, um ihr zu helfen.«

»Deshalb studierst du Magiezin?«, fragte Amelie behutsam.

Ich nickte. »Es muss einen Weg geben, Maligne Magieplasie zu heilen. Es *muss*.«

»Das hoffe ich«, flüsterte sie. Ihre Worte waren wie Glas, das jeden Moment auf Beton zu zersplittern drohte. Ich erkannte darin einen Schmerz, der mir vertraut war.

Magie war ein natürlicher Bestandteil unserer Umwelt, Teil unseres Organismus. Dass sie fort war, brachte den menschlichen Körper durcheinander. Manche ertrugen das besser. Andere starben daran.

»Du kennst die Krankheit?«, fragte ich.

Amelie biss sich auf die Lippe, dann zupfte sie an dem Saum ihres Rockes herum. Dabei vermied sie es, mich anzusehen, und ich konnte mir die Antwort vorstellen. »Mein Großvater ist vor einigen Jahren an dieser Krankheit gestorben.«

Diese Bemerkung traf mich wie ein Fausthieb. Ich öffnete den Mund, schloss ihn wieder. Konnte es sein, dass ich ausgerechnet mit Amelie ein ähnliches Schicksal teilte? Dass diese schreckliche Krankheit uns beiden etwas raubte, was wir nie wieder zurückbekommen würden? Uns auf fürchterliche Weise miteinander verband?

Dieses neue kleine Puzzlestück zu Amelies Leben veränderte das gesamte Bild, das ich mir zuvor von ihr gemacht hatte. Wieder einmal. Ich fragte mich, wer sie sein würde, wenn ich sämtliche Details über sie kannte.

»Er war alt«, sagte Amelie und riss ein paar Blätter Toilettenpapier ab, mit denen sie meine Schuhe notdürftig reinigte. »Das ist etwas anderes als bei deiner Mutter. Das weißt du, oder?«

Die Sanftheit ihrer Stimme raubte mir die Worte. Ich nickte stumm und schälte mich aus den Socken.

»Was ist heute Abend geschehen, dass du hergekommen bist?«, wollte sie wissen. »Du sagtest, du hättest dir Sorgen gemacht.«

Jetzt entfuhr mir ein trockenes Lachen. »Es war nichts. Ich wusste nicht, dass mein Vater den Abend in Straßburg verbringen würde, und konnte meine Eltern telefonisch nicht erreichen. Ich musste mich versichern, dass es ihr gutgeht, also hat Davide mich hergebracht.«

»Der Typ, der mich angestarrt hat, als wäre ich ein Geist?«

Ja, wirklich unauffällig war Davide ihr nicht begegnet. Ich unterdrückte ein Lächeln und hob die Schultern. »Er ist menschenscheu.«

»Kann ich ihm nicht verdenken.«

Dunkelheit und Kerzenlicht. Unschöne Wahrheiten und unausgesprochene Dinge. All das zuckte wie Schatten über die gefliesten Wände. Ich wusch die Reste des Kuchens auf dem Badewannenrand hockend ab. Amelie und ich hingen währenddessen unseren Gedanken nach. Ich konzentrierte mich auf die Aufgabe, weil ich fürchtete, ihrer überwältigenden Nähe nicht länger standhalten zu können. Ihrem Sanftmut. Ihrem Verständnis. Das sollte sie mir nicht entgegenbringen, nicht, wenn ich sie beschattete, sie brauchte für mein Vorhaben. All das ahnte sie nicht, doch ich brachte nicht die Kraft auf, eine Grenze zwischen uns zu ziehen. Mich von ihr fernzuhalten, wenn uns so viel verband, sie nachempfinden konnte, was ich durchmachte, und ich mich dadurch umso mehr zu ihr hingezogen fühlte.

Sobald ich fertig war, kehrten wir in das Zimmer meiner Mutter zurück. Inzwischen spielte sie mit Davide Karten. Ihre Augen glänzten und sie grinste mit Blick auf das Deck in ihrer Hand. Das versetze mir einen Stich und augenblicklich meldete sich mein schlechtes Gewissen. Ich verbrachte weitaus weniger Zeit in Gesellschaft meiner Mutter, als ich es könnte.

»Amelie, Raphael«, begrüßte meine Mutter uns. »Möchtet ihr mitspielen?«

In dieser Nacht lernte ich zwei Dinge über Amelie: Sie war ein bedachter Mensch und eine gerissene Spielerin. Wir hatten keine Chance gegen sie. Nicht einmal Davide.

Schon bald erfüllte ausgelassenes Gelächter das Zimmer meiner Mutter und vertrieb die übliche Melancholie, die wie der muffige Geruch von Schimmel, Staub und Schmutz ständig in der Luft hing.

»Amelie, verraten Sie uns etwas über sich.« Meine Mutter spielte eine Karte aus. Davide war an der Reihe, aber die Aufmerksamkeit richtete sich auf Amelie. Mir entging nicht das Funkeln im Blick meiner Mutter, das Glück, das sie ausstrahlte.

Verlegen spielte Amelie mit einer der langen Strähnen, die ihr Gesicht einrahmten. »Ich arbeite für Ihren Mann, mache Führungen durch das Museum.« Unsicher hob sie die Schultern. »Und darüber hinaus studiere ich Magiewissenschaften.«

»Das weiß ich natürlich schon. Mein Mann spricht in den höchsten Tönen von Ihnen.« Meine Mutter lehnte sich zurück, sodass die Kissen raschelten. »Lassen Sie mich den Anfang machen und Ihnen ein Geheimnis erzählen.«

»*Maman*, bitte nicht ...« Ihr glockenhelles Lachen unterbrach mich und ich machte eine unwirsche Geste. »Schön, meinetwegen. Erzähle es.«

»Als ich von meiner Schwangerschaft erfuhr, war ich überzeugt, dass es ein Mädchen werden würde.« Das liebevolle Lächeln, das meine

Mutter mir schenkte, wärmte mein Herz. »Also bereitete ich mich auf ein Mädchen vor. Schon im Bauch hatte mein Kind das zweifelhafte Talent, sämtliche Erwartungen zu erschüttern. Und so stellte sich nach der Geburt heraus, dass ich einen Sohn bekommen hatte. Ich hatte keinen Namen für mein Kind, also benannte ich es kurzerhand nach dem Pfleger, der geholfen hatte, es auf die Welt zu bringen.«

»Raphael«, sagte Amelie. Ein sanftes Lächeln hing an ihren Lippen und verlieh ihnen einen weichen Schwung.

Ich saß da und verbot mir jegliche Reaktion. Der Druck in meiner Kehle wuchs und ich kämpfte gegen das Bedürfnis an, hart zu schlucken. Denn meine Mutter beobachtete jede meiner Regungen und würde definitiv ihre eigenen Schlüsse ziehen. Um ihre Aufmerksamkeit von mir abzulenken, räusperte ich mich und sagte: »Du bist dran, Amelie. Erzähl uns ein Geheimnis.«

Davide spannte sich an, aber ich rechnete nicht damit, dass sie von ihrer Entdeckung berichten würde. Stattdessen senkte sie den Blick und zog die Unterlippe zwischen die Zähne. Schließlich gab sie sie frei und seufzte. Ein Geräusch, das von Sehnsucht und Verlust geprägt war.

»Mein Großvater war mein Vorbild«, sagte sie und starrte in die Kerzenflamme. »Er hat mir immerzu Geschichten über Magie oder Mézangeau erzählt. Oder über die Alte Welt. Er weckte meine Neugier und die Sehnsucht nach dieser. Jeden Tag nach der Schule besuchte ich ihn in seinem Häuschen an der Küste. Mein Großvater war es, der mich das Träumen lehrte, und der mir die Instrumente darbot, diese Träume Wirklichkeit werden zu lassen.« Amelie schluckte. »Ich vermisse ihn. Und wenn ich noch einen einzigen Tag mit ihm verbringen dürfte, würde ich alles dafür aufgeben. Selbst die Magie.«

»Dein Großvater klingt nach einer inspirierenden Persönlichkeit.« Meine Mutter beugte sich vor und strich über Amelies Hand. Die zarte Berührung holte sie zurück in die Gegenwart. Sie blinzelte, lächelte.

»Das war er.«

In dem Moment blitzte es über uns. Ein fernes Summen kündigte die Rückkehr des Stroms an. Aber mit dem Licht fand die Realität Einzug in unsere Mitte. Denn die Deckenlampen offenbarten schonungslos den Zustand meiner Mutter, machten dunkle Ringe unter ihren Augen sichtbar und entfachten erneut die Sorge, die ich in den letzten leichten Momenten fast vergessen hatte.

»Sieht so aus, als hätten die Epis das Problem in den Griff bekommen«, bemerkte Davide und verschluckte sich an seinen eigenen Worten, als ihm klar wurde, dass er zu viel gesagt hatte.

»Epis?« Amelie sah von ihm zu mir. Es war die naturgegebene Neugier von Personen der Wissenschaft, die in diesem einen Wort mitschwang.

Ich hob die Schultern. »So nennen wir die Personen, die in der Abteilung arbeiten, die die streng vertraulichen Projekte innehaben: das Epicenter.«

Amelie griff nach dem Anhänger an ihrer Kette und ließ ihn durch die Finger gleiten. Mit meinem Blick folgte ich dieser Bewegung, bis sie die Hand wieder senkte. »Dann sind die für den Stromausfall verantwortlich«, bemerkte sie.

»Das erfahren wir vielleicht morgen«, meinte Davide.

»Oder nie. Denn wie gesagt: Was die da drin treiben, ist streng vertraulich.«

»Na schön, dann sollte ich mich allmählich verabschieden.« Amelie erhob sich und glättete ihren Rock. Er reichte ihr bis zum Knie und entblößte Beine, die in einer gemusterten Strumpfhose steckten. Sehr schöne Beine. Beine, die viel zu lange meine Aufmerksamkeit fesselten. Unter Aufbringung meiner gesamten Kraft wandte ich mich ab.

»Ich räume unten auf, bevor ich gehe«, sagte Amelie. »Es war schön, Sie kennenzulernen, Madame Chevalier. Und dich auch, Davide.« Sie machte einen Schritt auf die Tür zu, blieb aber vor mir stehen.

»Schade«, raunte ich ihr so leise zu, dass nur sie mich hören konnte. »Ich hatte mich schon auf eine Nacht mit Ihnen gefreut, Mademoiselle Fournier.«

Amelie neigte den Kopf und ließ das Haar über das Gesicht gleiten, das die Röte auf den Wangen verbarg. Auf einmal wurde ich mir der Hitze im Raum bewusst und schluckte hart. »In der Metro wird das reinste Chaos herrschen: verstopfte Gleise, überfüllte Züge – falls die jetzt überhaupt fahren, du kennst die RATP.«

Als Betreiber des öffentlichen Personennahverkehrs war die RATP nicht sehr zuverlässig und die Vorstellung, Amelie könnte die gesamte

Nacht damit verbringen, auf vollgestopften Gleisen die richtige Bahn zu erwischen, widerstrebte mir.

»Ich kann dich nach Hause bringen«, fügte ich hinzu.

»In der Metro?«

»Sei nicht albern, ich benutze die Metro seit Jahren nicht mehr«, meinte ich. »Ich muss Davide ohnehin nach Hause fahren. Ich kann dich mitnehmen.«

»Bis ins *18. Arrondissement?*« Zweifel zeichneten sich deutlich auf ihrer Miene ab.

»Wenn du da wohnst«, sagte ich, obwohl ich wusste, dass sie in einem Mehrfamilienhaus in der *Rue Ravignan* lebte.

»Ich möchte dir keine Umstände bereiten«, murmelte sie.

»Tust du nicht.«

»Nehmen Sie sein Angebot an, Amelie«, mischte meine Mutter sich ein. »Mir wäre wohler dabei, wenn ich wüsste, dass Sie heute Nacht wohlbehalten nach Hause kommen.«

Amelie seufzte. »Na schön. Treffen wir uns unten?«

»In fünf Minuten«, stimmte ich ihr zu und sah ihr nach, als sie das Zimmer verließ. Erst als die Tür klickte und bestätigte, dass sie fort war, regte ich mich. Meine Mutter lächelte wissend, was mir nicht behagte. Eine Mischung aus Misstrauen und Verwirrung zerfurchte Davides Stirn und er kniff die Lider zusammen.

Ich gab ihm ein Zeichen und er verabschiedete sich von meiner Mutter. »Ich bin in einer Stunde wieder da«, sagte ich zu ihr und ließ mich nicht von ihrem Protest beeindrucken. Heute Nacht würde ich sie nicht alleine lassen, zu tief saß der Schreck dieses Abends.

Amelie erwartete uns in der Eingangshalle. »Der Boden im ersten Stock sieht aus, als hätten wir eine Kuchenschlacht veranstaltet.« Sie seufzte.

»Ich werde es meinem Vater erklären. Mach dir keine Sorgen.«

Sie nickte. »Danke.«

Unsere Schritte hallten im Kanon durch die Eingangshalle. Dazu mischte sich das Klirren des Schlüsselbunds, als ich das Schloss öffnete. »Lasst uns fahren.« Davide schlüpfte in seine Jacke und trat an mir vorbei nach draußen. Ich hielt Amelie die Tür auf und wartete.

Sie duckte sich unter meinem Arm hindurch und blieb stehen. Ihre Augen funkelten, als sie sich mir zuwandte und sagte: »Das bedeutet nicht, dass ich mit dir ausgehen werde.«

»Schon klar.« Meine Lippen zuckten verräterisch. Denn auch wenn sie sich weiterhin an die Abfuhr klammerte, wusste ich seit diesem Abend, dass sie mich mochte.

Alles, was ich brauchte, waren Geduld und Zeit.

Die Nachtluft war kalt und angereichert von Geräuschen, die durch die Straßen hallten. Musik wehte aus dem Fenster eines der gegenüberliegenden Gebäude, dessen Fassade von einem Brand vor einigen Jahren schwarz schimmerte. Stimmen summten und Reifen rollten dumpf über den feuchten Asphalt. In der Ferne heulte eine Sirene auf. Es schien, als müsste sich Paris nach dem Stromausfall erholen.

Ich hielt auf meinen Wagen zu und nahm diesmal selbst hinter dem Steuer Platz, während Davide auf die Rückbank kletterte und Amelie sich neben mich setzte.

»Das ist dein Auto?« Sie hob die Brauen und grinste.

Ich fuhr einen dunkelvioletten Renault Zoe, gerade groß genug, dass ich mit dem Kopf nicht gegen die Decke stieß, aber klein genug, um sich durch den Pariser Straßenverkehr zu schlängeln. Mein Sitz war so weit nach hinten geschoben, dass es aussah, als würde ich das Auto von der Rückbank aus steuern. Zugegeben, es war nicht das komfortabelste Fahrzeug, aber es tat seinen Dienst.

Um den Rückspiegel hingen ein Duftbäumchen und eine silberne Kette, die an einen Rosenkranz erinnerte. Allerdings baumelte kein Kreuz daran, sondern der Äskulapstab. Amelie streckte die Hand danach aus und ließ das Schmuckstück durch die Finger gleiten. Ich beobachtete sie, aber als sie den Kopf hob, gab ich mich beschäftigt und schloss das Handy per USB-Kabel an das Auto an. Das Display leuchtete hell auf und das Symbol eines ladenden Akkus erschien.

»Praktisch«, kommentierte Amelie und ließ von der Kette ab. Sie reflektierte das Licht der Straßenlaterne und malte silberne Sprenkel auf ihr Gesicht. Ihre Augen glitzerten und ich spürte ein sanftes Kribbeln im Bauch. Ein Gefühl, das ich ignorierte.

Ich startete das Auto. Der Motor war nahezu geräuschlos und mit einem Summen der Reifen glitten wir in die Pariser Nacht.

Amelie drehte sich zu Davide um. »Und du studierst auch Magiezin?«, wollte sie wissen.

Er schnaubte. »Auf keinen Fall. Ich beschäftige mich lieber mit Computerviren als mit solchen, die Menschen schaden.«

»Dann studierst du Informatik?«

Im Rückspiegel sah ich, wie Davide nickte. »Das habe ich. Und jetzt arbeite ich für die AI. Dort haben Raphael und ich uns kennengelernt.«

»Gefällt dir der Job?«

»Er lebt für ihn«, antwortete ich an Davides Stelle und zwinkerte ihm durch den Rückspiegel zu.

»Es ist schön, wenn man etwas hat, das einen erfüllt«, meinte Amelie. Die Bedeutung ihrer Worte bewegte mich, denn ich vermochte nicht zu sagen, ob sie auf mich zutraf. Ich studierte Magiezin aus einem bestimmten Grund, hatte ein Ziel vor Augen. Aber erfüllte das automatisch mein Leben? Manchmal glich das Studium eher eisernen Ketten, die mich bewegungsunfähig machten.

Den Stopp an einer Ampel nutzte ich, um auf dem Smartphone zu tippen. Kurz darauf erfüllten die sanften Klänge eines Klavierstücks das Innere des Wagens. Amelie fuhr zu mir herum und betrachtete mich. Sagte aber nichts.

Schweigend legten wir den Weg zu Davides Wohnung zurück. Er verabschiedete sich von Amelie und mir und ich wartete, bis er in dem Mehrfamilienhaus verschwand.

Sobald wir allein waren, fühlte ich mich unbehaglich. Die Stadt verschmolz zu funkelnden Lichtern, verfallenen Fassaden und dunklen Schemen, die umeinander tänzelten, während ich das Auto durch die leeren Straßen lenkte und bisweilen einem Lock im Asphalt auswich. Vermutlich war das die einzige Uhrzeit des Tages, an der man in Paris mit dem Auto schneller vorankam als zu Fuß. Das Schweigen dauerte eine Weile an, bis Amelie mich erlöste und es brach.

»Hörst du Chopin aus echtem Interesse, oder spielst du das immer, wenn du eine Frau beeindrucken willst?«, fragte sie herausfordernd.

»Du kennst Chopin?« Ich konnte die Überraschung nicht hinunterschlucken.

»Mein Großvater hat Chopin verehrt, ich bin mit seiner Musik aufgewachsen.«

Die Pflastersteine ruckelten unter den Reifen des Zoe, als wir in die Rue Ravignan einbogen. Durch die sanfte Steigung wurden wir in die Sitze gedrückt. Ich tat, als würde ich die Gegend nicht kennen, und hielt erst auf Amelies Zeichen hin vor ihrem Wohnhaus. Im Rahmen meiner semiprofessionellen Überwachungsmission war ich natürlich schon hier gewesen, das musste sie aber nicht wissen.

Amelie nestelte an dem Sicherheitsgurt, schindete Zeit.

»Gern geschehen«, flüsterte ich.

Sie sah auf, runzelte die Stirn.

Ein ironisches Lächeln umspielte meine Mundwinkel. »Hattest du nicht vor, dich zu bedanken?«

»Natürlich.« Mit einer Hand verharrte sie auf dem Griff. »Danke, dass du mich nach Hause gebracht hast, Raphael.«

Ich mochte den Klang meines Namens und die eindringliche Art, mit der sie mich ansah, als sie ihn aussprach. Langsam und bedacht, als würde jede einzelne Silbe etwas bedeuten.

Unsere Blicke verhakten sich und in ihren Augen spiegelte sich nicht nur das Licht einer Straßenlaterne. Ich glaubte, jene Zerrissenheit darin zu erkennen, die auch in mir tobte, und fühlte mich ihr so nah, obgleich uns die Mittelkonsole voneinander trennte.

Amelie kniff kaum merklich die Lider zusammen und öffnete den Mund. Diese winzige Bewegung erregte meine Aufmerksamkeit und ich starrte auf ihre Lippen, deren sanft geschwungener Amorbogen sie so perfekt machte, dass es unmöglich war, woanders hinzusehen.

Indem sie sich von mir abwandte, zerriss der Moment. Amelie rüttelte an der Türklinke, die erst beim zweiten Versuch nachgab. Sie floh aus dem Wagen. Vor mir und dem Knistern zwischen uns, das so laut war, dass sie es unmöglich überhört hatte.

11

AMELIE

»Gute Nacht!«, rief Raphael mir durch das heruntergelassene Fenster der Beifahrerseite nach.

Sein brennender Blick in meinem Nacken machte meine Finger fahrig und der Schlüssel glitt hindurch. Mehrmals verfehlte ich das Schloss. Der Abend hatte mir auf eine verwirrende Weise gefallen, aber seit ich eben im Auto das Bedürfnis verspürt hatte, ihn zu küssen, war meine Standhaftigkeit, ihn abblitzen zu lassen, ins Wanken geraten.

Nachdem die Tür hinter mir zugefallen war, verharrte ich reglos und wartete auf das Geräusch des wegfahrenden Wagens. Stattdessen brummte mein Handy. Ich zog es aus der Tasche und verkrampfte die Finger um das Mobilgerät, als es mir den Eingang einer Nachricht von einer unbekannten Nummer anzeigte.

Unbekannt – 00:13
Gehst du jetzt endlich mit mir aus? R.

Ich spähte aus dem mit floralen Bleiglas-Ornamenten geschmückten Fenster der Eingangstür. Raphaels Auto stand noch immer vor unserem Haus und sein Gesicht wurde vom Schein seines Handys erhellt. Er sah mich an und ich verbiss mir ein Lächeln. Doch gegen mein schneller schlagendes Herz war ich machtlos. Dieser Typ löste etwas in mir aus, das mir fremd war, mich aber gleichzeitig neugierig stimmte. Ich wollte herausfinden, was es war.

Ich – 00:14
Woher hast du meine Nummer?

Schon nach wenigen Sekunden ploppte die nächste Nachricht von ihm auf.

Unbekannt – 00:14
Die Sache mit dem Kuchen war nur ein Ablenkungsmanöver. Ich habe die Zeit genutzt, um mir eine Nachricht von deinem Handy zu schicken.

Ich – 00:15
Mistkerl!

Es kostete mich enorme Anstrengung, das Lächeln in Schach zu halten. Erst als ich Raphael den Rücken zukehrte, gab ich ihm nach und eilte die fünf Stockwerke zu unserer Wohnung nach oben. Als ich in meinem Zimmer ankam, scrollte ich durch unseren kurzen Chatverlauf nach oben zu der Nachricht, die Raphael sich geschickt hatte. Erneut musste ich grinsen, als ich sie las: *Sag ja!*

Regen trommelte in einem gleichmäßigen Rhythmus auf das Dach der Universitätsbibliothek. Ich saß an einem der Fenster, an dessen Scheiben Wasser unaufhörlich hinabrann. Draußen versank die Welt in Dunkelheit und in der Nische, in die ich mich zurückgezogen hatte, war die einzige Lichtquelle eine Lampe, die lediglich den Schreibtisch erhellte. Dahinter ragten die Regalreihen wie Riesen auf, deren Umrisse mit der Finsternis verschwommen. Aus den Augenwinkeln erinnerten sie mich an Monster, aber ihre Gegenwart jagte mir keine Angst ein. Vielmehr fühlte es sich an, als befände ich mich in der Gesellschaft alter Freunde.

In der Stille des Zimmers hatte ich den Versuch vom Museum wiederholt. Aber so viele Namen ich auch gleichzeitig verbrannt hatte, die Magie war gleichbleibend stark gewesen – oder vielmehr schwach. Diese Sackgasse hatte mich heute nach dem Veranstaltungsblock in die Bibliothek getrieben.

Das Display des Smartphones leuchtete auf. Raphaels Name erschien in einer Sprechblase und darunter standen die Worte: *Hi Amelie, wie geht es dir?*

Ich drehte das Mobilgerät um, sodass ich seine Nachricht nicht länger sah, schaffte es jedoch nicht, ihn vollständig aus meinen Gedanken zu bannen. Seit der Nacht des Stromausfalls geisterte er dort ohnehin ständig umher. Ich griff nach der Kaffeetasse, um einen Schluck zu nehmen, und stellte fest, dass sie leer war. Seit einigen Stunden durchforstete ich das Online-Verzeichnis nach magischen Titeln. Müdigkeit saß mir im Nacken und zwang mich in kürzer werdenden Abständen dazu, zu gähnen. Ich rieb mir die Augen und bemühte mich, meine physischen Bedürfnisse zu ignorieren. Dafür hatte ich keine Zeit, denn ich suchte nach einem Weg, wie ich die spärliche Magie, die zu erzeugen ich imstande war, wenigstens konservieren konnte. Natürlich war die Suche bislang nicht von Erfolg gekrönt gewesen und mittlerweile plagten mich neben meinem allgemeinen Erschöpfungszustand auch trockene Nasennebenhöhlen und ein steifer Rücken. Trotzdem wollte ich nicht aufgeben.

Ich war nach Paris gekommen, um das Leben zu leben, das ich mir seit frühster Kindheit an erträumt hatte. Ein Leben voller Magie, bis mich das Schicksal eingeholt hatte und aus dem Wunsch, das Erbe meines Großvaters anzutreten, überlebenswichtige Notwendigkeit gemacht hatte. Zwischen meinem Ziel und mir standen viele Ängste und Zweifel. Ich musste sie beiseiteschieben, wenn ich eine Zukunft haben wollte.

Auf einen Notizzettel schrieb ich mir die Signatur einiger Titel und begab mich auf einen neuerlichen Streifzug durch die Regalreihen. Über ihnen ging automatisch das Licht an, wenn ich mich durch ihr Labyrinth bewegte. In der Abteilung für *Alte Magiewissenschaften* fand ich zwei der Bücher, die ich mir notiert hatte, im Bereich *Magiekunst* ein weiteres. Zurück am Schreibtisch blätterte ich sie durch, doch sie beinhalteten lediglich jene Theorien, die ich im Grundstudium gelernt hatte.

Als ich sämtliche Bücher zurück an ihre Plätze brachte, stieß ich durch Zufall auf einen Titel, der meine Aufmerksamkeit auf sich zog. *Magiekunde – eine interdisziplinäre Einführung in die theoretische Magie. Mit einem Vorwort von Foulques Rochefoucauld.* Etwas in meinem Bauch kribbelte, als ich die Hand nach dem in Leder gebundenen Buch ausstreckte. Auf der Vorderseite war der Titel golden geprägt. Mit dem Daumennagel fuhr ich die Lettern nach, ehe ich den Deckel aufklappte und das Inhaltsverzeichnis überflog. Namen wie Agathe Mauduit, Juvénal Montmorency oder Suzanne Gigault kannte ich aus dem Grundstudium, andere waren mir fremd. Gegen das Regal gelehnt begann ich, die Essays zu lesen, und merkte erst, dass es aufgehört hatte, zu regnen, als schon längst vollkommene Stille um mich herum herrschte.

Mit dem Buch unter den Arm geklemmt kehrte ich an den Platz am Fenster zurück, wo Wassertropfen wie Tränen hinabrannen und die Welt dahinter nur aus Schwärze und wenigen Lichtpunkten der Campusbeleuchtung bestand. Ich machte es mir im Schneidersitz auf dem Plastikstuhl bequem und blätterte eine Seite weiter, wo mich *Elementarlehre* von Clément Laurent erwartete.

Vor dem Text fand sich ein kurzer Abriss seines Lebens. Laurent hatte im neunzehnten Jahrhundert gelebt und im historischen Institut der Akademie Magischer Wissenschaften gewirkt. Die damalige Zeit war nicht fern von jener, in der Magie Teil des Lebens gewesen war. Magiewissenschaften war – anders als heute – an jeder Universität unterrichtet worden. Mittlerweile hatten die Menschen das Interesse daran verloren oder waren resigniert ob der ausbleibenden Erfolge, sie zurückzuholen. In meinem Jahrgang studierten knapp zwanzig angehende Magieforschende. Mit den anderen Semestern waren wir nicht einmal sechzig Studierende. Magie verlor an Bedeutung, doch nicht für mich. Ich wusste, dass es einen Weg gab, sie zurückzuholen. Die jüngsten Erfolge hatten mich in meiner Hoffnung nur bestärkt.

Clément Laurent zählte zu jenen Namen, die mir fremd waren. Auch von seiner Theorie, dass Magie eines der Elemente war, hatte ich zuvor nichts gehört. Seine Ausführungen klangen bunt und abenteuerlich, aber etwas daran faszinierte mich. Für Laurent war Magie ebenso selbstverständlich wie Luft, Feuer, Wasser und Erde. Ohne eines der Elemente wäre die Welt verloren. Erlebten wir in diesen Tagen nicht genau das, was Laurent beschrieb? Verfall und Verderben? Ich dachte an das *Le Carmen* und die zahlreichen Gebäude dieser Stadt, die kurz davor standen, einzustürzen. An die Krankheiten, die grassierten, seit die Magie verschwunden war. An meinen Großvater. An Raphaels Mutter. An mich und das Schicksal, das mich erwartete, wenn ich scheiterte.

Das Essay nahm Bezug auf eine Monografie, die sich zwar im Besitz der Universität befand, wie ich nach einer kurzen Recherche herausfand, allerdings wurde sie im zugangsbeschränkten Archiv aufbewahrt.

Die Elemente bilden zusammen eine Symbiose, aus der unsere Welt besteht. Fehlt eines von ihnen, ist das Gleichgewicht nachhaltig gestört.

Ich schrieb mir den Schlusssatz von Laurents Essay ins Notizbuch und starrte eine Weile auf die vergilbte Seite des Buches. Als die Wörter vor lauter Müdigkeit vor meinen Augen verschwammen, rieb ich mir mit Daumen und Zeigefinger über die Lider. Ich warf einen Blick auf das Smartphone und stellte fest, dass es kurz nach neun war. Unter der Uhrzeit blinkte eine weitere Nachricht von Raphael, die er vor wenigen Minuten geschickt hatte.

Raphael Chevalier – 21:08
Was machst du?

Ein paar Sekunden schwebten meine Finger über dem Display, ehe ich dem inneren Drang nachgab und eine Antwort tippte.

Ich – 21:08
Bin in der Bibliothek. Und du?

Ein Moment verstrich und ich wartete mit angehaltenem Atem auf die Antwort. In der oberen Leiste des Chatfensters leuchtete *schreibt…* auf.

Raphael Chevalier – 21:09
Ich stehe davor!

Dass mein Herz einen freudigen Satz machte, konnte ich nicht verhindern, und als ich suchend aus dem Fenster sah, spürte ich, wie mir die Hitze in die Wangen schoss.

Draußen ging der Bewegungsmelder an und eine Gestalt tauchte auf dem Weg vor dem Gebäude auf. Vielleicht hatte ich mir nach all der arbeitsintensiven Zeit ein wenig Zerstreuung verdient. Und vielleicht brachte sie mich auf neue Gedanken, denn ich hatte das Gefühl, trotz des Fortschritts in einer Sackgasse zu stecken.

Raphael trat näher. Er trug wie üblich seinen schwarzen Wollmantel und ein unverschämtes Grinsen. In einer Hand hielt er sein Handy, in der anderen einen Coffee-to-go-Becher, den er vielsagend in die Höhe streckte. Ich verdrehte die Augen, klappte den Laptop zu und packte die Unterlagen zusammen. Auf dem Weg nach draußen stellte ich die Magiekunde zurück, dann warf ich mich in die Arme eines kalten Oktoberabends, der mir den Atem vor dem Gesicht frieren ließ.

»Amelie, wie schön, dich hier zu treffen«, sagte Raphael und hauchte mir zwei Küsschen auf die Wangen, ehe er sich zurückzog und den Kaffeebecher zwischen uns hochhielt.

»Rein zufällig, nicht wahr?« Ich verzog die Mundwinkel, aber ich war nicht in der Stimmung, mit ihm zu diskutieren. Ich war zu müde und der Kaffee duftete zu verführerisch.

Ohne Raphael anzusehen, umschloss ich den Becher mit beiden Händen und führte ihn wie eine Verdurstende an die Lippen, die in der Wüste ein Tröpfchen Wasser gefunden hatte. Nur dass mein Körper nach Koffein verlangte. Oder nach Schlaf, aber um ihm den zu gönnen, hatte ich zu wenig Zeit.

Der Kaffee war heiß und rann mir herrlich aromatisch die Kehle hinab.

»Niemanden trifft man zufällig. Es gibt immer einen Grund. Schicksal. Oder Kaffee.« Raphael zwinkerte mir zu und beobachtete mich, während ich einen weiteren Schluck nahm.

»Und was hat dich hergeführt? Schicksal oder Kaffee?«, wollte ich wissen.

Seine Lippen kräuselten sich, als er die Schultern hob. »Ein bisschen von beidem.« Dann verblasste das Lächeln und seine Miene glättete sich. »Ich habe den Tag in der Bibliothek verbracht und dich vor ein paar Stunden zufällig gesehen.«

»Und du bist nicht auf die Idee gekommen, mich zu begrüßen?«, fragte ich und war beinahe enttäuscht, als ich mir vorstellte, dass ich den Nachmittag in stillem Einverständnis mit Raphael in der Bibliothek hätte verbringen können.

Er schüttelte den Kopf. »Ich hatte keine Zeit.«

Ein kalter Wind fegte durch die *Rue de la Sorbonne*, auf deren linken Seite das klassizistisch anmutende Universitätsgebäude aufragte. Rechts reihten sich einst stattliche Reihenhäuser in ähnlichem Stil und mit verrosteten Balkonen und gesprungenen Fenstern aneinander. Efeu kroch die Fassaden empor und schob die Ranken wie die Finger eines Einbrechers durch die Löcher in den Scheiben ins Innere.

Ich zog den Kopf Schutz suchend vor der Böe zwischen die Schultern und klammerte mich an dem heißen Becher fest. Eine Strähne löste sich aus meinem Nacken. Bevor ich sie zurückstecken konnte, trat Raphael näher und strich sie mir mit einer sanften Geste hinters Ohr. Dort, wo er mich berührt hatte, brannte meine Haut. Ich schluckte und machte einen Schritt zurück, entfloh seiner überwältigenden Nähe.

Ich konzentrierte mich auf den Punkt zwischen seinen Brauen und fragte mit rauer Stimme: »Woran arbeitest du?«

Raphael zögerte, als wägte er ab, ob diese Frage echtem Interesse geschuldet war oder dem verzweifelten Versuch, von mir abzulenken. Zu welchem Schluss auch immer er kam, er ging darauf ein. »Ich habe ein Traktat für das Fach Neuromagie geschrieben. Es geht um die Möglichkeiten, wie sich Magie auf Nervenzellen auswirken könnte.«

Ich blinzelte. »Das klingt spannend.«

»Du wirkst überrascht.« Raphael lachte und das Geräusch mischte sich mit meinem schneller werdenden Puls. Dann wurde er wieder ernst. »Magiezin könnte spannend sein, wenn nicht sämtliche Fächer theoretisch abgehalten werden würden.« Er klang wehmütig, so wie ich mich oft fühlte. »Es ist, als lernte ich eine Sprache, die niemand mehr spricht.«

»Latein?«

»Die Zulassungsvoraussetzung für Magiezin.«

»Für Magiewissenschaften auch.«

Unser Gespräch geriet ins Stocken und ich setzte den Becher erneut an die Lippen, nur um festzustellen, dass er leer war. Raphael nahm ihn mir ab und warf ihn zusammen mit seinem in den nächsten Mülleimer. »Soll ich dich nach Hause fahren?«

Die Aussicht, eine halbe Stunde oder länger mit ihm in der Enge seines Autos zu verbringen, behagte mir nicht. Raphaels Gegenwart machte süchtig und je mehr Zeit ich in seiner Nähe verbrachte, desto mehr wollte ich davon haben. Dafür war ich nicht bereit. Nicht in den letzten arbeitsintensiven Jahren und auch jetzt nicht, da meine gesamte Konzentration der Aufgabe gelten sollte, die vor mir lag: die Magie zurückzuholen. Trotzdem verlangte etwas in mir lautstark, dass ich diese Bedenken ignorieren und zu ihm ins Auto steigen sollte. Ich war versucht, *Ja* zu sagen, aber ich biss mir auf die Zunge. Dieser Flirt würde nirgendwohin führen. Und so wie es aussah, hatten weder Raphael noch ich Zeit dafür. Es war einfach nicht der richtige Moment, um einen Mann in mein Leben zu lassen.

»Die Metro ist gleich um die Ecke«, entgegnete ich schließlich und setzte mich in Bewegung.

Raphael schloss zu mir auf, obwohl der Parkplatz in entgegengesetzter Richtung lag. »Ich begleite dich bis dorthin.«

»Raphael ...« Ich verfluchte mich dafür, wie sehr ich es genoss, seinen Namen auszusprechen.

»Es ist schon spät. Meine Mutter hat mir eingebläut, eine Frau niemals alleine durch die Stadt laufen zu lassen. Du willst doch nicht, dass ich sie enttäusche?«

Vor mir lag der *Place Paul Painlevé*, der im Schatten der verfallenen Herrenhäuser und unter dem Mantel der Dunkelheit bedrohlich auf mich wirkte, und ich gab nach. »Deine Mutter ist eine kluge Frau.«

»Das ist sie«, stimmte er mir zu. Das Lächeln perlte von seinen Lippen. Jedes Mal, wenn er über sie sprach, haftete seinen Worten eine Traurigkeit an, die mir tief ins Fleisch schnitt.

Ich verlangsamte meine Schritte, sah ihn von der Seite an. »Die Krankheit ist eine große Belastung für eure Familie. Für dich. Nicht wahr?«

Raphaels Kehlkopf hüpfte, als wollte er etwas erwidern, doch er presste die Lippen aufeinander und zuckte mit dem Kopf. »Irgendwann gewöhnt man sich daran.«

Seine Stimme klang hohl und entlarvte seine Lüge. Natürlich gewöhnte man sich nicht an den Gedanken, dass ein geliebtes Familienmitglied viel zu früh auf den Tod zusteuerte. Mir hatte es das Herz zerrissen, als mein *Grand-Papa* erkrankt war.

Den Kummer in Raphaels Augen war kaum zu ertragen. Viel zu gut wusste ich, wie sich das anfühlte.

»Die Zeit heilt keine Wunden«, flüsterte ich.

»Leider nicht«, stimmte er mir zu und in diesem Moment fühlte ich mich auf seltsame Weise mit ihm verbunden.

Eine Weile liefen wir schweigend nebeneinander her und folgten dem Verlauf einer schmalen, von Dunkelheit überwältigten Verbindungsstraße, um die ich ohne Raphael einen Bogen gemacht hätte. Vor uns blinkte ein Licht, das von der Leuchtreklame einer Pizzeria ausging, die dem Magiefall in dieser Gegend wacker trotzte. Während wir darauf zugingen, suchte ich nach einer Möglichkeit, die Stille zwischen uns zu überbrücken. Doch die Kluft war zu groß.

Schließlich war es Raphael, der sie beendete: »Die Krankheit hat alles verändert. Meine Mutter, meinen Vater ... *mich*.« Seine Stimme war gedämpft, aber seine Worte kamen rasch, als wollte er sie loswerden. »Sie war eine gesunde, starke Frau, bis die Diagnose sie aus dem Leben gerissen hat. Jetzt ist alles anders. Das Warten auf den Tod ... es ...«

Er sandte einen Fluch in die Pariser Nacht und legte den Kopf in den Nacken, als könnte er am schwarzen Firmament jene Gerechtigkeit finden, die seiner Familie vorenthalten wurde.

Meine Hand zuckte, ich wollte Raphael berühren, ihn spüren lassen, dass er nicht alleine war. Aber ich wusste nicht, ob ihm das recht war. Wir kannten einander nicht sonderlich gut, also ballte ich die Hände zu Fäusten und hielt mich zurück.

»Ich wollte sie retten«, sagte Raphael. Auf einmal war das arrogante Gehabe, mit dem er sich sonst so gerne umgab, vollkommen verschwunden. Seine Schultern waren eingesackt und unter seinen Augen bemerkte ich dunkle Schatten. »Es war ein Irrglaube, die Welt verändern zu können. Nach über sieben Semestern an der Universität weiß ich das. Ich kann sie nicht retten.«

Magiezin und Magiewissenschaft verband eines: Ihre Forschenden steuerten auf einen ausweglosen Punkt zu. Denn ohne die Magie waren uns allen die Hände gebunden. Wir konnten sämtliche theoretische Grundlagen auswendig lernen, aber was nützte das, wenn wir nicht in der Lage waren, sie praktisch anzuwenden?

»Ich würde lügen, wenn ich behaupten würde, dass mich nicht schon ähnliche Gedanken heimgesucht hätten«, sagte ich. »Es geht darum, diesen Gedankengeistern zu widerstehen. Wenn man kurz davor ist, aufzugeben, ist es womöglich hilfreich, sich zu erinnern, warum man überhaupt angefangen hat. Wir alle haben unseren Weg aus einem bestimmten Grund eingeschlagen. Manchmal verlieren wir das Ziel aus den Augen, aber niemals aus dem Herzen.«

Raphael musterte mich abschätzend und beinahe fürchtete ich, zu viel gesagt zu haben, als er fragte: »Studierst du Philosophie im Nebenfach?«

Ich lachte. »Nein, das ist der schlechte Einfluss meiner Mitbewohnerin. Sie studiert als Zweitfach Literatur.«

»Das erklärt einiges.« Raphaels Mundwinkel umspielte ein Lächeln, doch seine Augen erreichte es nicht. Ich schob beide Hände in die Taschen des Mantels, obgleich es nicht die Kälte des Herbstes war, die mir etwas anhaben konnte. Es war die, die Raphael umgab.

»Darf ich dich etwas fragen?« Ich drehte den Kopf, um sein Profil zu betrachten. Raphael antwortete nicht, machte aber eine Geste, die mir bedeutete, fortzufahren. »Warum studiert jemand, der die Maligne Magieplasie bekämpfen will, ausgerechnet Magiezin?«

Jetzt wandte sich Raphael mir zu, die Lippen leicht geöffnet. Er blinzelte, als verstünde er die Frage nicht. »Vielleicht weil die Symbiose aus Magie und Medizin Methoden bietet, die magische Zellstruktur zu optimieren, und damit die Möglichkeit, ein Heilmittel zu entwickeln.«

Das waren schöne Worte, die in starkem Kontrast zur Realität standen. »Und, hat es je geklappt?«, fragte ich ihn.

Jetzt stieß Raphael ein schnaubendes Lachen aus, das kein bisschen belustigt, aber über alle Maßen resigniert klang. »Nicht so frech, Mademoiselle Fournier.«

Ich hob einen Mundwinkel und lächelte ihn entschuldigend an. »Das soll kein persönlicher Angriff sein. Ich versuche wirklich, das zu verstehen. Denn wie will die Magiezin Erfolge erzielen, wenn nur mit Resten gearbeitet wird? Sind die Magiepräparate überhaupt vertrauenswürdig?«

»Was ist die Alternative? Magiewissenschaften? Was nützt dieses Studium, wenn es zu fünfundneunzig Prozent aus Geschichte besteht und zu fünf aus vorgetäuschter Praxis?«

»Um in der Gegenwart etwas verändern zu können, muss man die Vergangenheit verstehen«, sagte ich und tauschte mit Raphael einen Blick. »Ich glaube nicht, dass die Lösung ist, mit Magieresten auszukommen, sondern sie zurückzuholen. Und das ist etwas, das der Magiezin nie gelingen wird, weil sie sich auf Details konzentriert, aber nicht auf das Gesamtbild.«

Wir folgten dem *Boulevard Saint-Germain,* an den sich Buchhandlungen, Restaurants und Kiosks schmiegten. Je näher wir der U-Bahn-Station kamen, umso langsamer wurden meine Schritte. Ich hatte das kurze Stück an Raphaels Seite mehr genossen, als ich mir eingestehen konnte, und wollte nicht, dass der Abschied für diesen Tag näher rückte.

Das verschlungene Geländer, das den Abgang zur Metro Station *Cluny-La-Sorbonne* umfasste, glänzte in Erinnerung an den letzten Regenschauer. Ich widerstand dem Drang, mich daran festzuklammern und stieg an Raphaels Seite die Stufen hinab in den Bauch der Stadt. Es war weniger los als zu Stoßzeiten, trotzdem warteten bereits einige Menschen an den Gleisen. Ich legte den Kopf in den Nacken und gab vor, die blau-gelben Mosaike von Jean René Bazaine zu betrachten, die sich über das Gewölbe der Metro erstreckten. Ringsum hatte der Künstler die Unterschriften berühmter Studierender der Sorbonne angebracht. Zu Beginn des Studiums hatte ich gehofft, meinen

Namen eines Tages an dieser Decke zu lesen – ein Erfolg für meine Arbeit. Aber mit der Zeit hatten sich meine Prioritäten verschoben und Ruhm war nicht länger etwas, das ich als erstrebenswert erachtete. Vielmehr wollte ich den Magiefall überleben und die Maligne Magieplasie besiegen. So wie Raphael. Es war erstaunlich, wie ähnlich wir uns waren, wie weit unsere Standpunkte als Magiewissenschaftlerin und Magieziner aber gleichzeitig voneinander entfernt lagen. Auf unterschiedliche Weise versuchten wir beide, etwas zu erreichen, das unmöglich erschien. Wir hatten mehr gemeinsam, als ich mir je hätte vorstellen können.

Als der Zug einfuhr und mir der Fahrtwind das Haar zauste, strich Raphael es erneut zurück, einen gedankenverlorenen Ausdruck auf dem Gesicht. Diesmal wich ich ihm nicht aus, sondern begegnete seinem Blick, der mich förmlich zu durchbohren schien. Mein Mund war trocken und ich wusste nicht, wie ich mich von ihm verabschieden sollte.

»Und du bist dir sicher, dass ich dich nicht fahren soll?«, fragte Raphael.

»Ganz sicher«, erwiderte ich. Einem Impuls folgend, streckte ich die Arme nach ihm aus und schlang sie um seinen Hals. Einen Moment verharrte Raphael starr in meiner Umarmung, ehe er die Hände auf meinen Rücken legte und mich sanft an sich zog.

»Komm gut nach Hause«, flüsterte er mir ins Haar. »Und schreib mir, wenn du angekommen bist.«

»Versprochen.«

Er hauchte mir die obligatorischen Küsschen auf die Wangen und löste sich von mir. Diesmal war ich es, die ihr Haar sortierte. Dann wandte ich mich um, betätigte den Schalter und trat durch die zischenden Türen in den Waggon. Eine feuchte Hitze schlug mir entgegen und ich wischte den Beschlag von der Fensterscheibe, sobald ich mich auf einem Platz niedergelassen hatte. Raphael stand noch immer da und sah mich an. Ich zückte das Smartphone und tippte ein einziges Wort in unser Chatfenster. Ich beobachtete, wie Raphael sein eigenes Mobiltelefon in die Hand nahm und die Nachricht las. Ein Lächeln erschien auf seinem Gesicht und diesmal schmolz es die

Kälte in seinen Augen. Er hob den Blick und sah mich an, bis der Zug anfuhr und in der Dunkelheit verschwand.

Ja.

Das war alles, was ich ihm geschrieben hatte, aber Raphaels Lächeln zufolge hatte er auch ohne Erklärung verstanden, dass ich darauf anspielte, mit ihm auszugehen.

12

RAPHAEL

Ich starrte dem Zug nach, bis die Finsternis der Tunnel die Rücklichter schluckte. Ein warmes Gefühl kribbelte auf meiner Kopfhaut und sickerte mir durch die Brust in den Bauch.

Sie würde mit mir ausgehen. Diese Erkenntnis stellte seltsame Dinge mit mir an. Dinge, die mir unbekannt waren. Obwohl das nicht meine erste Verabredung war. Natürlich nicht.

Vielleicht lag es an dem Nervenkitzel, den das Wissen in mir auslöste, dass ich mich eigentlich nicht mit ihr treffen sollte. Ich sollte mich von ihr fernhalten, sie beobachten, nicht kennenlernen. Aber in den letzten Tagen hatte ich sämtliche Grenzen überschritten und nun gab es für mich kein Zurück mehr. Ich *musste* Zeit mit ihr verbringen. Möglicherweise fand ich so mehr über ihre Forschung heraus. Auch wenn das moralisch nicht vereinbar schien, ich konnte nicht anders.

Wie eine Welle fluteten aussteigende Menschen den Bahnsteig und ich trat zurück, starrte auf das Smartphone.

Ja.

Beinahe wäre ich mit jemandem zusammengestoßen, konnte gerade noch ausweichen. In dem Moment verschwand der Chatverlauf mit Amelie und Davides Foto tauchte auf dem Display auf.

Ich nahm den eingehenden Anruf an, neugierig, was ihn dazu bewog, sich bei mir zu melden. »Davide, was gibt's?«

Vom anderen Ende der Leitung drang mir keuchender Atem entgegen.

»Davide?«

»Ja ... Ja, ich bin dran. Entschuldige.« Er klang zerstreut. Nicht so wie üblich, sondern sehr viel unkonzentrierter.

»Ist alles in Ordnung bei dir?«

»Klar.« Ein Seufzen. Dann: »Hast du es schon gehört?«

»*Was* habe ich gehört?« Sofort war ich alarmiert. »Sag schon, was ist los?«

»Die Katakomben«, antwortete Davide nach kurzem Zögern. »Es gab ein Unglück. Ein Teil der Tunnel ist eingestürzt, zwei Menschen sind dabei ums Leben gekommen.«

Inzwischen hatte ich die Metrostation verlassen. Nieselregen hatte eingesetzt und benetzte Paris mit einem glänzenden Film. Die kalte Herbstluft trieb mir die Tränen in die Augen. »Jemand, den wir kennen?«

»Nicht, dass ich wüsste.«

»Das ist gut. Aber ... Davide ... Warum rufst du mich deswegen an?«

»Erinnerst du dich nicht? Amelie erwähnte diese Veranstaltung, die sie besucht hat. *Mézangeauscher Heroismus.*«

»Ja«, sagte ich langsam und lief in die Richtung, in der ich geparkt hatte. »Und in welchem Zusammenhang steht das zu den Katakomben?«

Davide schwieg einen Moment und ich lauschte seinen gepressten Atemzügen. »Die erste Veranstaltung fand in den Katakomben statt.«

»Davide, ich weiß wirklich nicht, worauf du hinauswillst«, sagte ich mit einem Hauch von Ungeduld. »Spuck's schon aus.«

»Die Kursteilnehmenden haben sich in den Katakomben getroffen. Am selben Abend hast du Amelie dabei beobachtet, wie sie Magie gewirkt hat.«

»Wie auch immer sie das schafft, es könnte etwas mit den Katakomben zu tun haben«, murmelte ich.

»Die jetzt eingestürzt sind.«

Ich rieb mir mit dem Handrücken über die Stirn, versuchte, meine Gedanken zu ordnen. »Du meinst, *sie* war das?«

War das überhaupt möglich? Die letzten Stunden hatte Amelie in der Bibliothek verbracht. Sie hatte über Büchern gebrütet, statt mit Magie zu experimentieren. Aber was, wenn es dennoch einen Zusammenhang zwischen ihren Versuchen und dem gab, was in den Katakomben geschehen war?

Erneut lauschte ich Davides schweren Atemzügen statt einer Antwort. Schließlich seufzte er. »Sie wirkt nicht wie jemand, der andere Menschen absichtlich in Gefahr bringt.«

»Vielleicht ist es nur Zufall.« Ich hoffte es. Denn wenn Davide recht hatte, hätten Amelies Experimente Menschenleben gefordert. Was das mit ihr machen würde, konnte ich mir nicht vorstellen.

»Ja, vielleicht. Und, Raphael? Das sind vertrauliche Informationen. Ich war im Büro, als die Meldung reinkam, aber ich wurde angehalten, das für mich zu behalten.«

»Warte mal. Was meinst du mit vertraulich?« Ich nahm das Handy vom Ohr, schaltete Davide auf Lautsprecher und tippte mehrere Begriffe in die Suchmaschine. Die Ergebnisse deuteten nicht auf die Katastrophe hin. »Wissen die Medien etwa nicht davon?«

»Nein und das soll auch so bleiben. Die Epis nehmen sich der Sache an.«

»Und warum erzählst du mir das?« Üblicherweise hielt sich Davide an die Vorgaben des Unternehmens. Er dehnte zwar die Grenzen der Legalität bisweilen aus, achtete aber darauf, nichts zu tun, was seine Stelle gefährden könnte.

»Wie sollte ich dir sonst erklären, weshalb wir uns in einer halben Stunde an der *Denfert-Rochereau-Station* treffen?«

Als der Regen stärker wurde, erreichte ich endlich das Auto. Ich sank auf den Fahrersitz und wischte mir die feuchten Strähnen zurück. »Was machen wir da?«

»Ich kenne jemanden, der uns helfen kann, in die Tunnel zu gelangen.«

»Warte mal. Was?«

»Ich habe den Scanner gecheckt. Der Magiewert in den Katakomben ist explodiert. Er war noch nie so hoch. Das müssen wir uns ansehen.« Erneut schnaufte Davide und ich begriff, dass er in der Stadt unterwegs war.

»Wer bist du und was hast du mit dem Nerd gemacht, den ich im Büro kennengelernt habe?« Ich stöhnte und startete den Motor des Autos. Gleichzeitig verspürte ich ein aufgeregtes Ziehen in der Magengegend. Eine Mischung aus dem Gefühl, das der Gedanke an ein Rendezvous mit Amelie in mir auslöste, und der Neugierde auf das, was uns möglicherweise in der Pariser Unterwelt erwartete.

Wenig später parkte ich den Renault in der Nähe des offiziellen Eingangs der Katakomben. Die Polizei sperrte das Gebiet weiträumig ab und verbreitete das Gerücht einer Bombendrohung.

Ich blinzelte, als ich Davide unweit der Metrostation *Denfert-Rochereau* entdeckte. Er bewies nie viel Sinn für Mode, bevorzugte meistens Jeans und irgendein Fandom-Shirt. Jetzt sah er aus wie einer der Ghostbusters. Er trug einen weißen Ganzkörperanzug mit Reißverschluss in der Mitte. Das Material knisterte bei jeder Bewegung und der Regen perlte davon ab. Seine Füße steckten in Gummistiefeln, die bis zu seinen Knien reichten. Hinter ihm ragte ein kastenförmiger Rucksack auf. Das Haar klebte ihm in der Stirn und Regentropfen rannen über seine Schläfen. Ich hob den Schirm, damit er darunter Platz fand, und benutzte ihn gleichzeitig als Schutz vor den Blicken von zwei Polizisten. Ich konnte es ihnen nicht verdenken, denn Davides Aufzug war ... ungewöhnlich.

»Was ist mit dir passiert?«, fragte ich. »Sind deine Klamotten alle in der Wäsche?«

Ein Muskel zuckte an Davides Kiefer und er presste die Zähne zusammen. »Das ist meine Uniform.« Er strich sich über den Bauch und seine *Uniform* antwortete mit einem Knistern.

»Alles klar«, brummte ich und schluckte weitere Fragen hinunter. Er würde sie mir ohnehin nicht zufriedenstellend beantworten.

»Pierre erwartet uns«, sagte Davide mit gedämpfter Stimme, obgleich ihn der Kanon aus prasselnden Regentropfen und Pariser Verkehr übertönte.

Ich fragte mich, ob das, was immer er vorhatte, tatsächlich eine gute Idee war, wenn er dabei aussah, als hätte er sich ein XXL-Kondom über den Körper gestreift. Hoffentlich versteckte er in seinem Rucksack keine zweite *Uniform,* die er mir andrehen würde.

Aber Davide hatte mit der Art, wie er sich in diese Angelegenheit investierte, und natürlich durch seinen herausragenden Geschmack hinsichtlich PlayStation-Games das Potenzial, zu einem echten Freund für mich zu werden, und ich wollte den seltenen Anflug von Eigeninitiative, die über seinen Computer hinausging, nicht dämpfen.

Wir kehrten den Absperrungen den Rücken und betraten eine Seitenstraße. Dunkelheit füllte die Risse im Asphalt und verbarg, wie tief sie in die Erde reichten. Sicher erhellten sie an manch einer Stelle die Katakomben, die sich unter uns erstreckten.

Vor einem umzäunten Grundstück blieb Davide stehen, sah sich um. Dann zählte er die Streben des Zaunes ab und löste ein paar, ehe er sich hindurchquetschte. Ich folgte ihm. Meine Neugierde hatte inzwischen einen Dämpfer erlitten, stattdessen machte sich Unbehagen in mir breit.

Eine Weile liefen wir über die Gleise einer verlassenen Metrolinie, über die eine mit Graffitis beschmierte Mauer aufragte. In der Dunkelheit konnte ich die comicartigen Bilder kaum ausmachen, aber im Schein einer Laterne fiel mir sofort die Parole der Antimagies ins Auge, die jemand über die Darstellung eines Magiers geschmiert hatte: *Pas de magie!*

»Keine Magie«, murmelte ich und fragte mich, ob die Person, die das geschrieben hatte, wusste, was das langfristig für unsere Welt bedeutete. Die Magieplasie würde weitere Opfer fordern. Der Magiefall würde weiter fortschreiten.

Meine Beklommenheit erreichte ein neues Höchstlevel, als wir den Eingang eines Tunnels erreichten. Müll türmte sich um uns herum auf und in der Luft hing ein beißender Gestank. Ich drückte die Nase in den Ärmelstoff der Jacke und bemühte mich, so wenig wie möglich einzuatmen.

Da schälte sich eine Gestalt aus der Dunkelheit des Tunnels und schritt bedächtig auf uns zu.

»Pierre, bist du's?«, flüsterte Davide und spannte sich in der Stille, die auf seine Frage folgte, merklich an.

»Erwartest du sonst noch jemanden?«, knurrte die Gestalt und trat so nah an uns heran, dass ich ein kantiges Gesicht und verdreckte Kleidung erkannte. Der Mann war wenige Jahre älter als wir, kleiner als ich, größer als Davide. Er hatte eine schmächtige Statur, vor der sein prall gefüllter Rucksack überdimensional wirkte. Wie Davide trug er einen Overall, allerdings war seiner dunkelblau und knisterte nicht. Obwohl ich der Einzige war, der nicht seltsam gekleidet war, war er es, der mich mit gehobener Braue musterte.

»Und so willst du in die Unterwelt, Junge?«, fragte Pierre. Neben den beiden kam ich mir vor wie das Party-Anhängsel, dem man verschwiegen hatte, dass es sich um eine Mottoparty handelte.

»Es war eine spontane Entscheidung, Raphael mitzunehmen. Das muss so gehen«, meinte Davide.

Pierre hob die Schultern. »Meinetwegen. Aber die Schuhe kannst du hinterher entsorgen.« Er öffnete das vordere Fach seines Rucksacks und zog zwei Stirnlampen hervor. »Hab leider nur die hier.« Er setzte eine davon auf, die andere reichte er Davide. Mir gab er eine Taschenlampe.

Ich hatte schon von den Kataphilen gehört, die es immer wieder in die Pariser Unterwelt zog – Menschen, die eine Faszination für die Katakomben hegten. Für jenen Teil, der nicht für die Öffentlichkeit zugänglich war. Alle wussten von ihnen und jede Person kannte eine andere, die wiederum eine kannte, die von einem der Zugänge zum Tunnelsystem jenseits der touristischen Pfade Kenntnis hatte. Allerdings hätte ich niemals erwartet, dass Davide ebenfalls Kontakte in die Katakomben pflegte.

Pierre schaltete die Stirnlampe ein und schlüpfte als Erster durch das Loch in der Wand. Davide gab mir ein Zeichen, ihm zu folgen, ehe er in die Dunkelheit eintauchte.

»Was auch immer geschieht, bleibt zusammen. Es gibt Leute, die sich hier unten verlaufen und tagelang kein Tageslicht gesehen haben.« Pierres Stimme klang umgeben von so viel Stein gedämpft.

»Aber du kennst dich hier unten aus?«, fragte ich skeptisch.

»Steige mehrmals die Woche runter.« Er griff in ein Seitenfach seines Rucksackes und zog eine zerknitterte Karte und einen Kompass hervor. »Aber die hier sichern uns ab.«

Die Temperatur in den Tunneln war höher als draußen. Nach wenigen Schritten begann ich zu schwitzen und knöpfte den Mantel auf. Je weiter wir liefen, umso niedriger wurde die Decke. Schließlich bewegte ich mich in geduckter Haltung durch ein schier endloses Labyrinth dunkler Tunnel. Immer wieder begegneten mir in den Stein eingeritzte Daten und Initialen, manchmal sogar Schilder mit dem Namen der Straße, die oberirdisch verlief. Graffitis zierten die Wände und an mehreren Biegungen ragten skurrile Statuen aus Müll auf. Eine Schaufensterpuppe lehnte neben dem Eingang zu einem weitläufigen Raum mit sandigem Untergrund.

Pierre führte uns hindurch und bog in einen Gang ab, der enger war als der vorherige.

»Zu Klaustrophobie sollte man hier unten nicht neigen«, meinte er.

Auf dem Weg zur Unglücksstelle begegnete uns niemand, obwohl die Bewohnenden der Stadt nicht selten den Abstieg in den Untergrund wagten. Möglicherweise schreckte die angebliche Bombendrohung die üblichen Abenteuerlustigen ab.

Ich wich ein paar Pfützen aus, gab aber auf, als mir das Wasser bis zu den Knöcheln reichte. Wir wateten nacheinander hindurch und kletterten einen Vorsprung hinauf. Der Weg erschien mir endlos, ebenso wie die sattschwarze Dunkelheit jenseits der Lichtkreise, die die Lampen uns zu Füßen warfen.

»Was hoffst du hier unten eigentlich zu finden?«, wollte Pierre irgendwann wissen.

»Wenn ich das wüsste, hätten wir uns nicht die Mühe machen müssen, hier hinabzusteigen«, entgegnete Davide. Statt Regentropfen perlte nun Schweiß von seiner Stirn. Keuchend wischte er ihn fort, hielt dann in der Bewegung inne. Der Gang machte eine Biegung und dahinter brach der Tunnel auf. Staub hing in der Luft und reizte meine Atemwege. In den Ärmel des Mantels zu atmen war allerdings keine Option, denn dieser war ebenso staubbedeckt und schmutzig.

»Brauchen wir hier unten keine Atemmasken?«, fragte ich Pierre, der mir einen belustigten Blick über die Schulter zuwarf.

»Wenn du in der Stadt ohne auskommst, brauchst du hier auch keine. Vermutlich ist die Luftqualität in den Tunneln sogar besser als draußen. Weniger Abgase.«

Wir wagten uns Schritt für Schritt durch den Nebel. Geröll türmte sich vor uns auf, aber ein schmaler Spalt öffnete sich zur anderen

Seite hin. Dahinter flackerte ein Licht. Pierre blieb stehen, lauschte. Alles, was ich hörte, war die Stille, die von Davides Keuchen durchbrochen wurde. Pierre nickte und schob sich langsam vorwärts auf das Licht zu.

Davide stieß ein Wimmern aus und überwand den Spalt mit meiner Hilfe. Auf der anderen Seite sog er zischend die Luft ein und begann zu husten. Als ich hinter ihm eintrat, erstarrte ich.

Das Licht stammte von keiner bestimmten Quelle, es schwebte als unendlich viele goldene Partikel in der Luft und brachte die rohen Felswände zum Funkeln.

»*Merde*«, murmelte Davide und Pierre fuhr sich durch das Haar. »So etwas habe ich noch nie gesehen.«

Ich schon. Aber vor dem Kataphilen sprach ich es nicht aus. Stattdessen tauschte ich einen bedeutungsschweren Blick mit Davide und nickte. Das, was wir hier unten gefunden hatten, erinnerte an die Magie, die Amelie an jenem Abend umgeben hatte.

Davide zog eine Plastikflasche aus seiner Tasche, leerte sie und zweckentfremdete sie, um möglichst viele der Partikel einzufangen. Als er den Deckel zuschraubte, hatte sich die Flasche in eine Lampe verwandelt, von der ein goldener Schein ausging. Dann zückte er ein Gerät, das aussah wie ein in die Jahre gekommener Game Boy. Es machte sogar ähnliche Geräusche, als er es anschaltete. Aber anstatt eines Spiels erwachten Kombinationen aus Buchstaben und Zahlen zum Leben, die über den Bildschirm regneten.

»Die Magiewerte sind so hoch, dass der Scanner sie nicht richtig erfassen kann.« Unglaube formte Davides Mund zu einem großen O. Gleich darauf folgte ein Grinsen. »Das ist unfassbar.«

»Weißt du, was hier war, bevor der Tunnel zusammengebrochen ist?«, fragte ich Pierre.

Er leuchtete mit der Stirnlampe die Ecken des Raumes aus, ehe er auf einen Berg aus Staub und Stein wies. »Wir befinden uns in dem Teil der Katakomben, der für den Tourismus zugänglich war. Siehst du das dort drüben? Das sind Knochen.«

Ein Knacken hielt mich davon ab, mich den sterblichen Überresten Verstorbener zu nähern. Es klang wie brechender Stein. Die

Luft füllte sich mit Staub. Nicht mit Magie, sondern mit jahrhundertealtem Dreck. Die goldenen Partikel sanken zu Boden, leuchteten uns einen schmalen Pfad durch das Geröll. Von oben brachen Steine aus der Decke und stürzten wie Hagel auf uns nieder. Ich riss die Arme hoch, um meinen Kopf zu schützen. Davide schrie, Pierre drängte uns in Richtung des Spaltes, durch den wir gekommen waren. Nacheinander schlüpften wir hindurch, brachten uns vor der einstürzenden Decke in Sicherheit.

Erst auf der anderen Seite bemerkte ich das heftige Pochen, das von meiner Schulter ausging. Und Davide hatte eine Platzwunde davongetragen.

Das Knacken folgte uns, ließ uns keine Pause.

»*Mon Dieu*, der Tunnel stürzt ein!« Pierre fluchte und taumelte los, gab die Richtung vor, in die wir uns vor dem Tod flüchteten. Er hing in der Luft, flüsterte und folgte uns hartnäckig.

Steine schlugen gegen meinen Rücken, brachten mich ins Straucheln. Jemand schrie, dann packte mich eine Hand und zerrte mich weiter. Die Dunkelheit war überwältigend, ebenso meine Angst. Vor uns erstreckte sich ein Labyrinth, das mit tödlichen Sackgassen lockte. Hinter uns lag ebenfalls der Tod. Es kam mir vor, als stolperten wir Stunden durch die ewige Nacht im Bauch der Stadt. Irgendwann ließ das gefährliche Knacken nach. Einzig unsere Schritte und gehetzten Atemzüge füllten die Stille der Tunnel.

»Wo sind wir?« Panik ließ Davides Stimme zittern. Seine Stirnlampe flackerte und ging aus.

»Fuck!«, stieß Pierre hervor und boxte mit der Faust gegen die schraffierte Wand. Er sah sich im Gang um und ich tat es ihm gleich. Keine Ahnung, wonach er Ausschau hielt. Aber er schien es nicht zu finden, denn er fluchte erneut. »Ich weiß nicht, wo wir sind. Wir haben uns verlaufen.«

Die Pariser Zeitungen berichteten immer wieder von Personen, die in den Katakomben verloren gegangen waren. Vor einigen Jahren war ein Mann hier unten in einen Brunnenschacht gestürzt und hatte sich das Bein gebrochen. Man hatte ihn erst Tage später gefunden, verletzt und unterkühlt. Unvorsichtige Ortsunkundige verliefen sich häufiger im Bauch der Stadt. Ich wollte niemand sein, über den die Medien im Zusammenhang mit diesem verdammten Labyrinth berichteten. Mein Puls schraubte sich hoch, bis ich glaubte, das Herz könnte mir aus der Brust springen. Panik griff nach mir, strich mir mit eiskalten Fingern über den Nacken. Ich zwang mich zur Ruhe, zählte Atemzüge.

»Hast du deinen Kompass noch?«, fragte ich schließlich.

Pierre nickte und zückte ihn.

»Dann lasst uns loslaufen, ehe die anderen Lampen auch ausgehen.«

Meine Worte entlockten Davide ein ängstliches Quieken. »Was habe ich mir nur dabei gedacht? Was habe ich mir nur dabei gedacht?«, skandierte er, während Pierre erneut die Führung übernahm und uns in östliche Richtung lotste.

Der Weg zur Einsturzstelle mochte unangenehm gewesen sein, dieser hier machte deutlich, warum man die Pariser Katakomben als Tor zur Hölle bezeichnete. Wir robbten durch Tunnel, die kaum mehr als vierzig Zentimeter maßen. Auf der anderen Seite hieß uns ein gefluteter Gang willkommen, durch den wir schwimmen mussten. Staub brannte mir in den Augen und auf der Zunge, in meiner Schulter klopfte ein hartnäckiger Schmerz. Stunden schienen zu vergehen, bis sich Pierre endlich ohne den Kompass orientieren konnte. Wir passierten die Schaufensterpuppe, die mir auf dem Hinweg aufgefallen war. Und wenig später spuckten uns die Katakomben ins Freie aus.

»Ich glaube«, murmelte Pierre und stützte sich auf den Oberschenkeln ab, »dieser Ausflug hat mich von meiner Kataphilie geheilt.«

In dem Moment übergab sich Davide.

An diesem Morgen hatte ich den Wettlauf gegen den Wecker gewonnen. Nicht, weil ich ausgeruht gewesen wäre, ehe er klingelte. Nein, weil mich die Ereignisse der letzten Nacht bis in die frühen Morgenstunden verfolgt hatten. Es war das erste Mal, dass ich dem Tod knapp entkommen war. Das Adrenalin, das danach durch meinen Körper gerauscht war, hatte mich beinahe überwältigt.

Noch immer spürte ich, wie es unter meiner Haut kribbelte und meinen Herzschlag antrieb. Aber mein Bewusstsein war aufgrund des Schlafmangels wie gelähmt und ich fühlte mich, als wäre mein Kopf mit Watte gefüllt. Deshalb dauerte es eine Weile, bis ich die schrillen Geräusche, die mir vor dem Gebäude der AI entgegenschlugen, identifizieren konnte.

Eine Gruppe Antimagies erschwerte mir den Zugang zum Büro. Seit ich für die AI arbeitete, war es nicht das erste Mal, dass ich mich einer Mauer wütender Demonstrierender gegenübersah, die Schilder in die Luft reckten und mir Rufe wie »Magie ist wider die Natur! Wider die Natur!« entgegenbrüllten. Einmal hatte mir jemand einen zerknüllten Papierball gegen den Kopf geworfen, Schlimmeres hatte das Sicherheitspersonal der AI bislang verhindert. Es lotste mich ohne besondere Vorkommnisse durch die aufgewühlte Menschenschar.

Die angeheizte Stimmung vor dem Gebäude schien das Innere infiziert zu haben, denn als ich den Flur zur Abteilung der *Zellulären Magiescopie* betrat, hallten mir laute Stimmen entgegen.

»... geht mich nichts an? Das sehe ich anders, solange mein Team involviert ist. Seit wann ist die AI ein Verein konservativer Antimagies?«

»Du wirst dafür bezahlt, deinen Job zu erledigen und nicht dafür, Fragen zu stellen. Das ist nicht verhandelbar, Lucille. Du überschreitest deine Kompetenzen.«

Schweigen senkte sich bleischwer auf den Gang. Ich war wie erstarrt. Bewegte mich erst wieder, als sich Schritte näherten.

»*Salut*, Raphael. Ich habe dich auf den Überwachungscams entdeckt und wollte mal nachsehen, ob ...« Davide verstummte und musterte mich prüfend. »Alles in Ordnung?«

»Du meinst abgesehen von dem, was wir letzte Nacht erlebt haben?«

Davide verzog das Gesicht, in dem sich deutliche Spuren der Angst abzeichneten, die ihn gestern gequält hatte. Außerdem hatte er eine Platzwunde auf der Stirn, die er einem der herabstürzenden Steine verdankte.

Ich kam nicht dazu, ihm zu antworten, denn in diesem Moment schob sich ein hünenhafter, in eine Ledermontur gekleideter Mann an uns vorbei, der besser in das Setting eines meiner PlayStation Games passte als an diesen Ort. Er gehörte zum Sicherheitspersonal, das direkt dem CEO unterstellt war. Als sich die Stimmen hinter der verschlossenen Bürotür erneut hitzig erhoben, stutzte er.

»*Bonjour* Raphael, *bonjour* ...« Er zögerte, als er Davide ansah. Dieser errötete. »Davide. Ich heiße Davide. Guten Morgen, Remy.«

»Ja, sicher. *Bonjour* Davide.« Remy verzog die Lippen unter seinem spitzen Bart zu einem Lächeln, das ich nicht erwiderte. Er hielt sich für etwas Besseres, weil er für Etienne arbeitete, und versäumte nicht, das alle anderen Mitarbeitenden spüren zu lassen. Doch meine Abwehrhaltung nahm er kaum wahr. Stattdessen deutete er auf das Büro.

»Gibt es da drin Ärger?«

Bevor Davide oder ich antworten konnten, öffnete sich die Tür. Lucille trat nach draußen und hielt abrupt inne, als sie uns bemerkte. Man mochte meinen, dass sie nach einer solchen öffentlichen Auseinandersetzung derangiert wirkte, doch dem war nicht so. Abgesehen von der Röte, die über ihre sonst so blassen Wangen kroch, und dem Zorn in ihren Augen wirkte sie makellos wie immer.

Ihr Blick richtete sich auf Remy und wurde hart. »Streunst du schon wieder in meiner Abteilung herum?«

Remy verschränkte die Arme vor der massiven Brust und hob das kantige Kinn. Hätte mir der harte Ausdruck auf seinem Gesicht gegolten, wäre ich ohne zu zögern abgehauen. »Ich streune nicht. Ich erledige einen streng geheimen Auftrag.«

Lucille imitierte seine Körperhaltung, wich keinen Zentimeter vor ihm zurück. »Für mich sieht es aus, als würdest du hier herumlungern«, bemerkte sie kühl. »Hast du keinen Job zu erledigen?«

Remy stieß ein Grunzen aus und wandte sich zum Gehen. »Schönen Tag noch!«

»So ein Ochse«, brummte Lucille, als unser wenig geschätzter Kollege das Ende des Korridors erreichte und um eine Ecke verschwand. Sie sah über die Schulter und gab Davide und mir ein Zeichen, ihr zu folgen. Die hohen Absätze ihrer Schuhe klackerten in einem gleichmäßigen Takt über den Boden. Meine eigenen Lederschnürer schlugen einen Akkord dazu an, während Davides Turnschuhe quietschten. Niemand sprach.

Erst als wir den Schutz von Lucilles Büro erreichten, sackten ihre Schultern nach unten. Sie seufzte und sank auf den Stuhl hinter ihrem Schreibtisch. Davide und ich nahmen gegenüber Platz.

»Haben sie das Budget gekürzt, oder geht es nur um banalen Büroklatsch?«, wagte ich einen flapsigen Einstieg in das Gespräch.

Lucilles Schultern zuckten, die einzige Anerkennung, die ich für die stetigen Versuche, ihr ein Lächeln abzuringen, erntete. »Ich wünschte, das wäre es.« Sie beugte sich vor, öffnete die oberste Schublade und zog eine Packung Zigaretten heraus. Ohne sich von Davides Hüsteln ablenken zu lassen, zündete sie eine davon an und blies den Rauch in die Luft.

»Ich weiß nicht, ob das eine gute Idee ist«, murmelte Davide. »Der Feuermelder ...«

»Um den habe ich mich gekümmert.« Lucille deutete zur Decke, wo eine Plastiktüte den Feuermelder abdeckte.

»Nette Idee«, bemerkte ich.

Lucille hob die Schultern. »Notwendig, wenn man sich diesem Wahnsinn täglich hingeben muss. Wegen dieser Firma habe ich einen Kopf voll grauer Haare, noch bevor ich vierzig werde.«

»Da hast du ja noch ein paar Jahre Zeit«, meinte Davide, wobei er die seltsame Konstruktion an der Decke betrachtete.

»Dich mag ich wirklich gern.« Tatsächlich zuckte die Andeutung eines Lächelns über Lucilles Gesicht. Dann wurde sie wieder ernst. »Der Stromausfall hat viele unserer Proben zerstört. Die Arbeit von Monaten war umsonst. Marie ist in Tränen ausgebrochen. Ich musste sie deswegen nach Hause schicken.«

»O Mann«, murmelte ich und fuhr mir durch das Haar. Normalerweise widerstand ich dem Drang, meine Frisur nicht zu ruinieren. Aber das war definitiv eine Ausnahmesituation. In den letzten Monaten hatte ich Marie bei ihrer Forschung unterstützt. Es war eine müßige Arbeit gewesen, aber am Ende hatten wir einige Zellreaktionen vermerken können.

»Definitiv kein guter Tag. Da sind die Antis vor der Tür das geringste Übel.« Lucille rieb sich mit Daumen und Zeigefinger der freien Hand die Nasenwurzel. »Wenn das so weitergeht, bekomme ich Migräne.«

»Dann nehme ich an, dass die AI den Stromausfall tatsächlich ausgelöst hat«, warf Davide ein, ließ es aber mehr wie eine Frage klingen.

Lucille aschte in eine Papiertüte und zögerte. »Die Epis haben irgendein Experiment verpfuscht. Dadurch kam es in den Katakomben zu einem Einsturz.«

»Also war es nicht Amelies Schuld?« Auf einmal war mir ganz leicht ums Herz. Auch wenn das nichts an der Tatsache änderte, dass bei diesem Unglück Menschen gestorben waren.

»Wie kommt ihr denn darauf? Seht ihr beiden deshalb so aus, als hättet ihr eine Kneipenschlägerei angezettelt?«

»Vielleicht haben wir das ja«, tat ich ihre Bemerkung mit einem Schulterzucken ab.

»Netter Versuch.« Lucille nahm einen weiteren Zug. »Was habt ihr angestellt?«

»Wir haben nichts angestellt«, berichtigte Davide sie. »Wir haben eine These überprüft.«

»Welche These?«

Ich räusperte mich. »Die These, dass Amelies Experimente etwas mit den Katakomben zu tun haben.« Wir erzählten Lucille von unserem Ausflug in die Eingeweide der Stadt und beobachteten, wie ihre Brauen immer weiter zu ihrem Haaransatz krochen. Die Zigarette war vergessen, Asche rieselte auf ihr Kostüm und den Boden.

Schließlich stieß Lucille ein raues Lachen aus. »Die Kleine kann gar nicht so viel Magie wirken, um so etwas zu verursachen. Da steckt mehr dahinter.«

»Weißt du etwas?« Anspannung hatte mich fest im Griff und ich rutschte auf die äußerste Kante des Stuhls.

»Hier war die Hölle los. Dadurch habe ich ein Gespräch mitbekommen, das definitiv nicht außerhalb des Epicenters hätte geführt werden dürfen ...« Sie unterbrach sich. »Naomie ist allerdings der Meinung, dass mich das nichts angeht.«

»Und?« Neugierde und eine unangenehme Vorahnung regten sich in meinem Bauch.

»Es klang, als ob mehr hinter dem Magiefall stecken würde ...«

»Seit wann interessiert sich ein Magie-Tech-Konzern für Geschichte?« Die unangenehme Vorahnung verwandelte sich in einen Knoten, der mir schwer im Magen lag.

»Sobald ich etwas Konkretes weiß, sprechen wir darüber. Aber im Moment ist es nur ein alberner Verdacht. Nichts, worüber wir uns zu diesem Zeitpunkt Gedanken machen sollten.«

Sie versprach, sich umzuhören. Und ich versprach, weiterhin ein Auge auf Amelie zu haben. Mein schlechtes Gewissen regte sich, wuchs in mir wie ein Geschwür.

13
AMELIE

»Mal schauen, was wir da machen können.« Sandrine schob sich die Brille zurecht und öffnete meinen Schrank, in dem sich Kleidungsstücke in allen möglichen Beigetönen stapelten.

»Ich sollte das Rendezvous absagen. Keine Ahnung, was mich geritten hat, als ich zugesagt habe.«

»Das frage ich mich auch, nachdem du mir seit deinem Einzug predigst, dass Spaß die größte Sünde ist.«

»Das habe ich nie gesagt.«

»Wie auch immer, du wirst Raphael nicht in letzter Sekunde absagen.«

»Dann werde ich wohl nackt gehen.«

»In diesem Fall ist dir der Spaß garantiert.« Sandrine zog eine weiße Bluse mit schwarzem Satinband statt Kragen aus dem Schrank und warf sie mitsamt Bügel auf das Bett. »Der Spruch *Ich habe nichts zum Anziehen* bedeutet, dass man Angst vor etwas hat und nicht, dass der Kleiderschrank tatsächlich leer ist.« Sie durchstöberte meine Röcke und entschied sich für ein grün-rot kariertes Modell mit zarten weißen Streifen. »Ich leihe dir eine von meinen Nylon-Strumpfhosen, denn deine Baumwollmodelle wirken zu dieser Kombi einfach zu klobig.«

Ich rümpfte die Nase. »Und was für Schuhe soll ich dazu tragen?«

Sandrine wedelte mit schwarzen Riemchenpumps. »Die betonen deine Beine.«

Worauf hatte ich mich da noch mal eingelassen? Ich stieß ein ergebenes Seufzen aus und ließ mich auf das Bett fallen.

Meine übermotivierte Mitbewohnerin brachte die Bluse in Sicherheit. Mit strengem Tonfall sagte sie: »Die werde ich nicht für dich bügeln, wenn du sie zerknitterst!«

Sie schnippte mit den Fingern und bedeutete mir, mich auszuziehen. Ich reagierte mit einem Stöhnen, wollte ich auf die kuschelige Wärme des Rollkragenpullovers doch nicht verzichten. Aber Sandrine blieb hartnäckig und so schälte ich mich aus dem Lagen-Look, bis eine Gänsehaut meinen Körper überzog. In dieser Zeit verließ Sandrine das Zimmer, um gleich darauf mit einer Strumpfhose zurückzukehren, die sich schwarz und transparent um meine Beine schmiegte. Anschließend schlüpfte ich in den Rock und steckte die Bluse hinein. Sandrine trat so dicht an mich heran, dass ich ihren Kaugummiatem roch. Mit geschickten Fingern band sie das Satinband um meinen Hals.

Ein frivoles Grinsen zupfte an ihren Mundwinkeln. »Er wird sich die ganze Zeit vorstellen, wie er diese Schleife öffnet.« Dann wurde sie ernst. »Du siehst toll aus, Amelie. Wenn er das nicht schon längst getan hat, wird er sich spätestens heute Abend Hals über Kopf in dich verlieben.«

Mein Magen rumorte unangenehm. Ich wusste nicht mal, ob ich das wollte. Für so etwas hatte ich keine Zeit. Außerdem war es auch nicht fair gegenüber Raphael, der unter der Krankheit seiner Mutter bereits genug litt und meine Baustellen nicht auch noch gebrauchen konnte. Andererseits würden wir nur zusammen Essen gehen. Möglicherweise zerdachte ich seine Einladung zu einem Rendezvous und es war weniger, als ich daraus machte.

Meine Finger zitterten kaum merklich, als ich mir das Haar kämmte und einige Strähnen mit einem Band im Nacken zusammenfasste, dessen Enden ich zu einer zu der um meinen Hals passenden Schleife knotete. Als ich mein Spiegelbild betrachtete, stellte ich fest, dass ich rein oberflächlich gut zu Raphael passte, der sich vorzugsweise elegant kleidete. Ich fühlte mich wie eine polierte Version meiner selbst, aber immer noch wie ich. Immerhin hatte Sandrine sich größtenteils aus meinem Kleiderschrank bedient, sodass ich mir nicht verkleidet vorkam.

Sandrine verabschiedete mich mit unanständigen Wünschen für den Abend und einem feixenden Lachen, dessen Echo mir wie ein Geist durch das Treppenhaus folgte. Raphael erwartete mich bereits. Sein dunkelvioletter Renault parkte in einer schmalen Lücke, er selbst lehnte gegen die Motorhaube und begrüßte mich mit einem Grinsen. Unter einem schwarzen Anzug trug er einen weißen Rollkragenpullover, das Haar hatte er zurückgekämmt.

Etwas in der Art seines Blickes beschwor ein Gefühl vibrierender Energie auf meiner Haut, das mir über den Körper jagte. Ich dachte an Sandrines Worte und senkte die Lider, um dem Moment die bedeutungsvolle Schwere zu nehmen.

»Du siehst gut aus«, sagte er und klang beinahe schüchtern.

»Du auch«, erwiderte ich mit pochendem Herzen und verteilte Küsschen auf seinen Wangen. Dabei spürte ich Raphaels Hand um meine Taille. Augenblicklich wurde mir heiß und ich nestelte an den obersten Knöpfen des Wollmantels. Raphaels Augen folgten dieser Bewegung. Als er schluckte, hüpfte sein Kehlkopf.

»Wollen wir?«, fragte er mit heiserer Stimme. Ohne meine Antwort abzuwarten, umrundete er das Auto und öffnete die Beifahrertür für mich.

»Merci«, murmelte ich und stieg ein. Das Duftbäumchen, das am Rückspiegel baumelte, verströmte eine angenehme Zitrusnote, die sich mit Raphaels Parfüm nach Bergamotte und Sandelholz mischte, und der nicht unbedingt dazu beitrug, meine Aufregung zu lindern, obwohl man diesen ätherischen Ölen eine beruhigende Wirkung nachsagte. Nicht in dieser Situation.

Mit schnurrendem Motor glitt der Renault aus der Parklücke und reihte sich in den Verkehr der Stadt ein. Die Fahrt verlief in angenehmem Schweigen und führte uns quer durch Paris. Von Weitem entdeckte ich den Eiffelturm. Einst galt dieser als Symbol für die magische Welt, jetzt ragte er als lebloses Relikt einer vergessenen Zeit in den Himmel und zerfetzte die tief hängenden Wolken. Das Fachwerk war marode, viele der Streben hatten mit den Jahren nachgegeben und waren eingeknickt, sodass der Turm inzwischen Schräglage hatte. Trotzdem verlockte mich alles, was er verkörperte, dazu, den Hals zu recken, bis er zwischen den Gebäuden verschwand.

Kurz vor unserem Ziel warf Raphael einen Blick über die Schulter, setzte den Blinker und bog in eine Seitenstraße, an deren Ende die *Seine* schimmerte.

»Ist es in Ordnung für dich, wenn wir hier parken und ein kurzes Stück laufen?« Er schielte zu meinen Schuhen.

Ich lachte. »Keine Sorge, sie sind bequemer, als sie wirken.«

Raphael schaltete den Motor ab, dann stieg er aus, kam um das Auto herum und öffnete mir die Tür. Die kalte Nachtluft strich über meine Haut und ich zog den Mantel enger um die Schultern. Raphael nahm wie selbstverständlich meine Hand und führte mich über die befestigte Uferpromenade an der *Seine* entlang. Mit dem Daumen kreiste er über meinen Handrücken und die Zärtlichkeit dieser Geste ließ mein Innerstes summen.

Lichter von einigen wenigen funktionierenden Straßenlaternen spiegelten sich in der Wasseroberfläche der Seine zu unserer Linken und im Dunkel der Nacht waren die Wunden der Stadt, die zerfallenen Gebäude und die im Asphalt klaffenden Löcher kaum sichtbar.

Das *La boîte à bijoux* lag zwischen vorspringenden Gebäuden mit kunstvoll verzierten Reliefs an ihren Fassaden. Ihr imposanter Charme wurde von den dunklen Linien im Putz gedämpft. Zweifelsohne Risse, die sich tief in den Korpus gruben. Das Haus, in dem sich das Restaurant befand, war wesentlich schlichter, aber nicht vom Magiefall berührt. Es gab nur ein einziges Fenster, durch das spärliches Licht nach draußen drang, und die Tür war schlicht und deswegen leicht zu übersehen.

»Ich hoffe, du bist nicht enttäuscht, dass ich dich nicht in einen Schuppen mit Kronleuchtern und weißen Tischdecken ausführe, in dem nur gedämpft gesprochen werden darf.«

Tatsächlich wirkte Raphael wie ein Mann, der Frauen mit diesen beschriebenen Lokalen zu beeindrucken versuchte. Umso wohler fühlte ich mich, als mir die gemütliche Atmosphäre des *La boîte à bijoux* entgegenschlug. In dem Hauptraum hatten gerade einmal sechs Tische Platz. Die Wände waren rot und cremefarben gestrichen,

Tischdecken und Servietten waren farblich darauf abgestimmt. Überall standen flackernde Kerzen und frische Blumen, an den Wänden hingen Barockrahmen mit Schwarz-Weiß-Fotografien von Paris.

»*Bienvenue,* meine Lieben«, grüßte uns eine Frau, um deren Leib sich eine Schürze spannte.

»Madame Coupeau, wie geht es Ihnen?«, fragte Raphael vertraut.

»Mein Rücken plagt mich«, antwortete die Madame und winkte ab. »Ich will euch nicht mit den Beschwerden einer alten Frau langweilen. Wer ist deine bezaubernde Begleitung?«

Raphael legte eine Hand auf meinen Rücken und fuhr mit dem Daumen über meine Wirbelsäule. »Amelie Fournier. Amelie, darf ich dir Héloise Coupeau vorstellen? Meine Mutter ist großer Fan ihrer Küche.«

»Du schmeichelst mir, mein Junge.« Madame Coupeau gab uns ein Zeichen, ihr zu folgen. Die Dielen knarrten unter unseren Füßen, als sie uns an den hintersten Tisch führte, der in einer Nische stand und uns ein wenig Privatsphäre bot. »Wie geht es deiner Mutter?«, fragte unsere Gastgeberin. »Ich habe sie eine Weile nicht mehr gesehen.«

Raphaels Miene blieb ausdruckslos, doch ich bemerkte den Schmerz, der für einen kurzen Moment in seinen Augen schimmerte. »Die Krankheit plagt sie, aber sie hält sich tapfer.«

Madame Coupeau nickte mitfühlend und tätschelte Raphaels Schulter. »Sie ist stark, sie schafft das.«

Das Lächeln auf Raphaels Lippen war schmal, aber nicht unecht. Es war geprägt von dem Schatten, die die Krankheit seiner Mutter auf sein Leben warf. »Das weiß ich.«

Raphael nahm mir den Mantel ab, ehe er einen der Stühle zurückzog und mir bedeutete, Platz zu nehmen. Ich erinnerte mich nicht daran, dass mich eines meiner früheren Rendezvous je so zuvorkommend behandelt hätte, und kam kaum gegen das warme Gefühl an, das fortwährend in meinem Innern blubberte.

Madame Coupeau reichte uns die Karten, und bevor sie sich zurückzog, zwinkerte sie Raphael zu. Ich schob die Hände unter die Oberschenkel und sah mich in dem winzigen Restaurant um. Die

Decken waren erstaunlich niedrig, die Wände uneben. Das Haus musste alt sein, womöglich so alt, dass es auf herkömmliche Weise und ohne Magie errichtet worden war.

»Das Restaurant ist ein echter Geheimtipp. Weitestgehend unangetastet vom Tourismus, und die Küche ist konkurrenzlos. Ich komme seit vielen Jahren hierher.« Das Kerzenlicht zwischen uns flackerte in Raphaels Augen und vertrieb die Dunkelheit, die ihn zuvor umgeben hatte.

»Bringst du all deine Rendezvous hierher?«, neckte ich ihn.

Raphael sah mich mit finsterer Miene an, ließ sich jedoch nicht zu einer Antwort herab. Ich wusste, dass es nicht so war, denn Madame Coupeau schien überrascht gewesen zu sein, ihn in Begleitung zu sehen.

»Du bist also beeindruckt?«, nahm Raphael den Faden wieder auf und gewann seinen überlegenen Ausdruck zurück.

Ich zupfte am Schleifenband um meinen Hals und drehte es auf meinen Finger, mir Raphaels aufmerksamem Blick sehr bewusst. »Das verrate ich dir erst nach dem Essen. Was empfiehlst du?«

Raphael bestellte als *Entree* Zwiebelsuppe, als Hauptspeise *Confit de Canard* und zum Dessert *Crème brûlée*. Die Zwiebelsuppe kam mit Käse überbackenem Baguette. Raphael behauptete, dass dies die beste Vorspeise in ganz Paris sei – und ich musste ihm recht geben. Einerseits hatte ich kaum Erfahrungswerte, andererseits schmeckte die Suppe köstlich.

»Wie lange lebst du schon in Paris?«, wollte Raphael wissen, nachdem Madame Coupeau die Suppenteller weggeräumt hatte.

»Seit über zwei Jahren. Ich bin damals fürs Studium hergezogen.«

Raphael nickte. »Und woher kommst du?«

»Aus einem winzigen Dorf in der Normandie.« Erinnerungen an meine Heimat drängten sich mir auf, windschiefe Häuser, satte Wiesen, wildes Meer und vereinzelte Ortschaften. Im Vergleich dazu war Paris eine andere Welt.

»Vermisst du deine Familie nicht?« Raphaels Frage klang unbedarft, aber sie löste Unbehagen in mir aus, das er in meinem Gesicht erkennen musste. Seine Miene wurde ernst. »Entschuldige. Ich wusste nicht, dass das etwas ist, über das du nicht sprechen willst.«

Ich zupfte am Saum der Tischdecke und seufzte. »Es ist nicht so, dass ich dieses Thema meiden möchte, aber es ist ein Stimmungskiller.«

Nicht einmal Sandrine hatte ich von meinen schwierigen Familienverhältnissen erzählt.

Raphael schob die Hand über den Tisch und strich sanft über meinen Arm. »Du musst nicht darüber sprechen, wenn du nicht willst. Aber du darfst nicht das Gefühl haben, dass du es mit mir nicht kannst. In Ordnung?«

Ich nickte. »Es gibt kein großes, dramatisches Familiengeheimnis, falls du das erwartest.« Sein Blick ruhte warm auf mir und gab mir den Mut, weiterzusprechen: »Meine Eltern führen eine kleine Steuerkanzlei, die ihnen seit jeher viel Arbeit abverlangt hat. Ich wuchs bei meinem *Grand-Papa* auf, der sein Leben der Magie gewidmet hatte.«

Ein wissendes Lächeln huschte über Raphaels Lippen. »Er ist der Grund, weshalb du Magiewissenschaften studierst«, erinnerte er sich.

»Sehr zum Leidwesen meiner Eltern. Sie versuchten, mir die Flausen, wie sie meine Zukunftspläne bezeichneten, auszureden. Ihr Traum war es, dass ich eines Tages ihre Kanzlei übernehmen würde.«

»Ihr Traum. Nicht deiner.«

»*Grand-Papa* ermutigte mich dazu, meiner Leidenschaft nachzugehen. Meine Eltern bezeichneten ihn als alten Narren. Kurz vor seinem Tod nahm er mir das Versprechen ab, meinem Herzen zu folgen. Also ging ich ohne die Unterstützung meiner Eltern nach Paris und nahm einen Job an, um mein Leben hier zu bestreiten.«

»So bist du also bei meinem Vater gelandet.«

»Nicht sofort. Ich habe zuerst festgestellt, dass ich für viele andere Jobs nicht geeignet bin. Beim Kellnern habe ich zwei linke Füße bewiesen und als ich Zeitungen ausgetragen habe, habe ich mich ständig verlaufen. Eine Zeitlang habe ich am Empfang einer Physiopraxis gesessen, aber als die Inhaberin in Rente ging, musste ich mir etwas Neues suchen. Kurz darauf habe ich mich bei deinem Vater beworben.«

Raphael nahm meine Hand und drückte sie kurz. »Deine Eltern kommen früher oder später zur Vernunft.«

»Das dachte ich auch. Inzwischen ist es mehr als zwei Jahre her und in der Zeit hatte ich kaum Kontakt zu ihnen. Am dritten Todestag meines Großvaters bin ich in die Normandie zurückgekehrt und sie wollten mich überreden, zu bleiben. Seitdem habe ich sie nicht mehr gesprochen.«

Raphael seufzte schwer und ich errötete.

»Entschuldige. Ich sagte doch, das wäre ein Stimmungskiller.«

»Ich habe dir von der Krankheit meiner Mutter erzählt. Ich denke, wir sind quitt.« Damit entlockte er mir ein Lächeln.

Während des Hauptgangs plauderten wir über Bücher und Filme, die wir gelesen und gesehen hatten. *Fargo* war Raphaels Lieblingsserie, und als ich zugab, keine einzige Folge davon gesehen zu haben, war er empört. Dafür kannte er *Bridgerton* nicht und wir versprachen uns, zumindest die ersten Folgen anzuschauen.

Beim Dessert erfuhr ich, dass er ein Auslandssemester in London absolviert hatte. Doch ich hörte ihm kaum zu, denn die *Crème brûlée* war himmlisch und ich war damit beschäftigt, jeden einzelnen Löffel zu genießen.

Raphael bestand darauf, die Rechnung für uns beide zu begleichen, ließ aber wenigstens zu, dass ich Madame Coupeau mit einem großzügigen Trinkgeld bedachte.

Und als er schließlich meine Hand nahm und mich nach draußen führte, hatte ich vergessen, dass ich mich niemals auf ihn hatte einlassen wollen.

»Möchtest du, dass ich dich nach Hause bringe, oder wollen wir einen Spaziergang an der *Seine* machen?« Raphaels Blick ließ mein Herz schmelzen. Er war so intensiv wie die Farbe des nachtblauen Himmels, der sich über Paris spannte.

»Lass uns ein Stück zusammen laufen«, entschied ich, denn seit unseren Gesprächen im Restaurant hatte ich jeglichen Widerstand gegen die Gefühle, die Raphael in mir weckte, aufgegeben.

Diesmal nahm er nicht meine Hand, sondern schlang einen Arm um meine Schultern und zog mich an sich. Im Gleichschritt schlenderten wir an der Seine entlang, lauschten dem Rauschen der Wellen und der Musik, die aus den geöffneten Türen eines Cafés drang.

Raphael schützte mich durch die Wärme seines Körpers vor den herbstlichen Temperaturen.

Als wir die eingestürzte *Pont Notre-Dame* passierten, die einst das rechte Seineufer mit der *Île de la Cité* verbunden hatte, zog sich mein Herz schmerzhaft zusammen. Brückenpfeiler ragten wie ein Skelettgerippe gen Himmel. Der Asphalt dazwischen war aufgebrochen und erinnerte an Eisschollen. In Paris gab es keinen Ort, an dem die verlorene Magie nicht tiefe Wunden ins Bild der Stadt geschlagen hatte.

Und in den Alltag der Menschen, fügte ich in Gedanken hinzu.

»*Grand-Papa* war der Meinung, dass es einen Weg geben muss, die Magie zurückzuholen«, sagte ich in die Stille zwischen uns. Obwohl ich spürte, wie sich Raphael versteifte, fuhr ich fort: »Als ich ein kleines Mädchen war, erzählte er mir vor dem Schlafengehen von einer Zeit, in der die Magie Teil des Lebens war. Kennst du die Geschichte von Marie Pierrot?« Raphael wies die Frage mit dem Rucken des Kopfes zurück und ich gab die Worte meines Großvaters wieder: »Marie Pierrot war neun Jahre alt. Ein zierliches kleines Kind, das jüngste von sechs Geschwistern. Sie strebte danach, in die Fußstapfen ihrer Brüder zu treten, allesamt anerkannte Schreiner oder Gesellen auf dem besten Weg dorthin. Aber Maries Hände waren zu zart für Axt oder Beil und selbst die Schnitzmesser hinterließen schmerzhafte Schwielen auf ihren Fingern. Also ging sie bei einem Magier in die Lehre und machte sich die Magie zum Werkzeug. Marie Pierrot lebte in einer Welt, in der sie alles sein konnte. Unsichtbar, bärenstark oder jemand anderes. Stell dir vor, die Magie würde in unser Leben zurückkehren!« Mein begeistertes Spiegelbild beggnete mir in Raphaels Augen. Ich hob die Schultern und gab zu: »Schon als Kind wollte ich wie Marie Pierrot sein.«

In dem darauffolgenden Moment der Stille klangen unsere Schritte auf dem Asphalt ungewöhnlich laut. Raphael brach das kurze Schweigen. »Hast du es je bereut? Deine Eltern zurückgelassen zu haben für die Geschichten eines toten Mannes?«

»Hast du je bereut, dich für Magiezin eingeschrieben zu haben?«, entgegnete ich.

Raphael lachte und rieb sich mit Daumen und Zeigefinger die Nasenwurzel. »Das willst du nicht wissen.«

»Die Welt hat sich verändert«, sagte ich. »Als ich das Studium begann, glaubte ich, meinen *Grand-Papa* zurückholen zu können. Inzwischen weiß ich, dass es um mehr geht als um den Tod eines einzigen Menschen. Magie ist ein Weltkulturerbe, dessen Verlust die Menschheit niemals wird überwinden können. Seit sie fort ist, steuern wir auf einen Abgrund zu.«

»Nichts bewahrt uns davor, hineinzustürzen.«

»Es muss einen Ausweg geben. Dessen bin ich mir sicher.«

»Ach ja?« Raphael klang nicht überheblich, sondern vielmehr resigniert. Er hatte aufgegeben, obwohl er sein Studium damals aus ähnlichen Gründen wie ich aufgenommen hatte. »Seit dem ersten Semester warte ich darauf, dass aus der ewigen Theorie endlich Praxis wird.«

Etwas hatte sich verändert. Zwischen uns und in mir. Ich konnte nicht länger leugnen, dass ich mich zu ihm hingezogen fühlte. Mehr noch, dass ich ihn mochte und ihm einen Teil von mir schenken wollte, den niemand sonst kannte. Außer Sandrine. Das Blitzen seiner Augen, das sanfte Lächeln und die Art, wie er mit mir sprach, weckten in mir den Wunsch, mich ihm anzuvertrauen. Mit ihm mein größtes Geheimnis zu teilen und zu sehen, was er damit anstellte. Allein bei diesem Gedanken beschleunigte sich mein Puls. Raphael war mir fremd. Ich sollte mein Vertrauen nicht leichtfertig in ihn stecken. Nicht, wenn es um so etwas Bedeutsames ging.

Schweigen begleitete unseren Weg entlang der *Seine* und ich hing der Frage nach, ob ich es wagen sollte oder nicht. Noch war nichts geschehen. Ich hätte mich für das Essen bedanken und Abschied nehmen können, um in mein Leben zurückzukehren, in dem ich keine Zeit für derlei Dinge hatte wie Verabredungen. Aber ich war nicht nur die verbissene Studentin und Forscherin, die ums Überleben kämpfte. Nicht mehr. Ich war auch eine Frau, die sich nach Raphaels Zuwendung sehnte. Die seine Aufmerksamkeit genoss. Die leben wollte.

Wir erreichten eine kleine Treppe, die an der Promenade hinab zu einem Steg führte, an dem ein paar Hausboote befestigt waren und auf dem Wasser dümpelten. Ich dachte nicht länger darüber nach, was ich tat, als ich Raphaels Arm ergriff und ihn die Stufen hinabführte.

Meine Entscheidung hatte ich in dem Moment getroffen, da ich zugestimmt hatte, mich mit ihm zu verabreden. Raphael hatte etwas in mir berührt und ich musste herausfinden, wie tief es ging.

»Amelie?« Er lachte, vermutlich verunsichert durch meine plötzliche Initiative. Dachte er, ich würde ihn hinter mir her schleifen, um ihn heimlich zu küssen? Sicherheitshalber brachte ich Abstand zwischen uns, damit er mein Vorhaben nicht sabotieren konnte, indem er seinen Mund auf meinen presste. Bei dem Gedanken wagte ich einen Blick auf seine geschwungenen Lippen und kämpfte gegen die Hitze an, die sogleich in mir aufstieg.

»Hast du Feuer?«, krächzte ich.

»Ich wusste nicht, dass du rauchst«, entgegnete Raphael, kramte aber in der Tasche seines Mantels. Seine Miene war abwartend, vorsichtig. Währenddessen öffnete ich die Galerie auf dem Smartphone und suchte nach einem der Fotos von dem Register der Toten in den Katakomben.

Romaric Levesque. Ich schrieb den Namen mit Filzstift auf das Ende eines Taschentuchs und nahm Raphaels Feuerzeug, der mich reglos musterte, aber keine Anstalten machte, mich aufzuhalten.

Es war purer Leichtsinn, in der Öffentlichkeit Magie zu wirken. Das wusste ich, konnte aber nicht anders. Ich war süchtig nach dem Gefühl, das das Zaubern in mir auslöste. Und die langen Jahre der Forschung, die stillen Erfolge weckten in mir den Wunsch nach Anerkennung.

Das Taschentuch loderte hell auf, als ich die Flamme daran lecken ließ. Binnen Sekunden zog es sich knisternd zusammen, bis der in Glut geschriebene Name in der Luft schwebend zurückblieb. Goldene Magiepartikel stoben auf, ich spürte das Pulsieren in den Adern, die Kraft, die dem folgte. Das berauschende Prickeln überfiel meinen Körper und als ich mich ihm entgegenwarf, erkannte ich, wie lange es zurücklag, dass ich zuletzt Magie angewandt hatte. Ich wischte den rot glimmenden Namen beiseite und lief rückwärts – im sicheren Wissen, alles schaffen zu können.

»Amelie, pass ...«

Raphaels Warnung blieb ihm im Mund stecken und er erstarrte in der Bewegung, als ich einen Schritt rückwärts ging. Es fühlte sich an, als hätte ich festen Boden unter den Füßen, aber da war nichts als ein paar Meter Luft und eiskaltes Wasser. Ich schwebte. Unter mir sprudelte die *Seine*, doch sie machte keine Anstalten, mich zu verschlingen. Erst als ich den Zauber nicht länger aufrecht halten konnte und einige Zentimeter nach unten sackte, ergriff ich Raphaels ausgestreckte Hand und ließ mich bereitwillig in seine Arme ziehen. Sein Duft hüllte mich ein und ich erlaubte mir für einen Moment, an seiner Brust die Augen zu schließen.

»Es gibt Hoffnung«, versicherte ich ihm. Unter meiner Hand wummerte Raphaels Herz. Vorsichtig löste er sich und hielt mich in Armeslänge von sich, während sich seine Finger in den Stoff um meine Taille bohrten.

Ich hob hilflos die Schultern als Antwort auf eine Frage, die Raphael nicht laut gestellt hatte, die ich aber in seiner Miene zu erkennen glaubte. »Ich forsche schon seit einer ganzen Weile an einer Methode, Magie zugänglich zu machen. Ich habe in der letzten Zeit ein paar Fortschritte gemacht.«

»Ein paar Fortschritte?« Als der Schein einer Laterne Raphaels Gesicht streifte, bemerkte ich, wie blass er war. Seine Haut hatte eine ähnliche Farbe wie sein Rollkragenpullover. Nämlich keine.

»Wer weiß alles davon? Wie bist du darauf gekommen? Und wie … Wie machst du das?«, wollte er wissen und lachte. »Entschuldige. Das sind viele Fragen.«

»Ich bin vermutlich nicht die Einzige, die nach einem Weg sucht, die Magie zurückzuholen«, sagte ich. »Aber ich arbeite allein, falls du das meinst.«

Er zauste sich das Haar und nickte, doch es wirkte nicht wie eine Reaktion auf meine Worte. Seine Augen waren auf einen Punkt irgendwo im Wasser geheftet. Obgleich kein Ton über seine Lippen kam, bewegten sie sich und formten ein einziges Wort: Wie?

»In der ersten Woche des neuen Semesters habe ich an einer Einführungsveranstaltung in den Katakomben teilgenommen, wo etwas Seltsames passiert ist. Da war ein Flüstern, die Kerzen sind ausgegangen und …« Ich unterbrach mich, zog die Unterlippe zwischen die Zähne und sortierte einen Moment lang meine Gedanken. »Wenn wir davon ausgehen, dass ein Toter Energie hinterlässt, gibt es noch etwas anderes, was von ihm übrig bleibt: Erinnerungen. Sein Name. Das ist unwiderruflich miteinander verbunden. Und in den Katakomben … Etwas flüsterte Namen. Sandrine kennt durch ihre Facharbeit einige der Namen der Toten, die dort unten liegen, und hat mir geholfen, die Situation nachzustellen.«

Raphael blinzelte ungläubig, dann schüttelte er den Kopf. »Hat dir schon mal jemand gesagt, dass du unglaublich bist, Amelie Fournier?«

Mein Herz schlug schneller bei diesen Worten. »Ich selbst. Mehrmals am Tag. Und Sandrine auch.«

Die Fältchen um Raphaels Mund und Augen vertieften sich. »Du bist unglaublich.« Er trat näher und seine Bewunderung verwandelte sich in eine Gier, wie ich sie allzu oft selbst verspürt hatte. »Zeig mir mehr!«

Ich verbrannte einen Namen und ließ Raphael schweben. Zumindest fünf bis zehn Zentimeter. Danach schöpfte ich Wasser, ohne es zu berühren, und löschte die Straßenbeleuchtung am *Quai de la Corse*. Wir lachten und das schien das einzige Geräusch in der nächtlichen Stille über Paris zu sein, bis in einem der Hausboote ein Licht anging und jemand ungehalten rief: »Das ist ein Privatsteg, amüsiert euch woanders oder ich rufe die *Police Nationale!*«

Wir flohen, ehe der Kerl seine Drohung wahrmachen konnte. An Raphaels Seite schien Zeit nicht länger zu existieren. Wir schlenderten so lange am Flussufer entlang, bis mir die Füße schmerzten und Raphael ein Taxi *Parisien* bestellte, das uns zurück zu seinem Auto brachte. Inzwischen verwandelte sich die Nacht in einen frühen, wenn auch dunklen Morgen. Die Straßen waren angereichert vom Duft der Bäckereien und die ersten Kioske füllten ihre Regale mit tagesaktuellen Zeitungen.

In Raphaels Auto lief die Heizung auf Hochtouren und blies mir warme Luft ins Gesicht. Ich hatte nicht bemerkt, wie kalt mir gewesen war, bis meine Glieder allmählich wieder auftauten.

»Und es funktioniert nur mit Namen von Toten aus den Katakomben?«, fragte Raphael, als er das Auto in den frühmorgendlichen Verkehr einfädelte.

Ich wusste nicht, wohin wir fuhren und hoffte, dass er dieses Rendezvous nicht allzu schnell beenden würde. An seiner Seite fühlte ich mich aufgehoben und dieses Gefühl wollte ich mir eine Weile bewahren. Meine Hand lag auf meinem Oberschenkel und seine Finger der freien Hand umschlossen meine. Von dort, wo seine Haut mich berührte, strömte Wärme durch meinen Körper.

»Ich denke schon«, antwortete ich. »Jedenfalls habe ich keine anderen Versuche unternommen. Was ich aber mit Gewissheit sagen kann, ist, dass die Verwendung eines Namens nur ein einziges Mal funktioniert.«

Raphael blieb mir weitere Gedanken dazu schuldig. Auf einmal lenkte er das Auto aus der Schnur von Fahrzeugen und manövrierte es mit quietschenden Reifen in eine Haltebucht am Seitenstreifen. Er machte sich nicht die Mühe, den Motor abzuschalten, als er die Tür öffnete und ausstieg.

»Warte einen Moment hier auf mich!« Er umrundete den Wagen und steuerte auf einen mit Holz verkleideten Kiosk zu, der Tageszeitungen und Klatschmagazine verkaufte. Von Weitem erkannte ich den bekannten Schriftzug von *Les Nouvelles*, aber Raphael entschied sich für *Le Monde*.

»Was hast du vor?«, fragte ich, als er zurückkehrte und die Zeitung hektisch durchblätterte. Der Geruch von frisch bedrucktem Papier schlug mir entgegen und ich atmete tief ein.

»Wenn jeder Mensch nach seinem Tod Energie in dieser Welt zurücklässt, müsste dann nicht die Energie jüngst Verstorbener am stärksten sein?«

»Raphael, ich …«

Ich stockte, weil ich darüber nicht nachgedacht hatte. Es gab einen Grund, warum ich mich bisher nur auf die Toten der Katakomben konzentriert hatte: Mein Großvater war erst vor wenigen Jahren verstorben und mein Respekt vor unseren eigenen Toten war größer als die Furcht vor jenen, die bereits ein paar Jahrhunderte von der Welt der Lebenden trennten.

»Es ist möglich«, sagte ich kleinlaut und beobachtete, wie Raphaels Finger über die Totenanzeigen glitt. Wenn er recht hatte, würde das mein Problem der begrenzten Magie ein für alle Mal lösen, denn Tote gab es in dieser Welt genug.

»Lass es uns versuchen!«, rief Raphael. »Lass uns herausfinden, was die Toten zurücklassen!«

14
RAPHAEL

Der Himmel nahm einen grau schimmernden Blauton an und Paris löste sich in den Schatten der Dämmerung auf. Der Renault glitt durch die letzten Augenblicke der Nacht. In einer Seitenstraße brachte ich ihn im Schatten einer Stadtvilla zum Stehen, die deutlich von den Spuren des Magiefalls gezeichnet war. Die Säulen, die den Eingang flankierten, ragten wie abgebrochene Finger in die Höhe, unterschiedlich hoch, scharfkantig. Das Vordach, das sie einst getragen hatten, war eingestürzt, und die Ziegel verteilten sich wie ein zerstörtes Puzzle auf den Stufen zur aus den Angeln gehobenen Tür. Die Trostlosigkeit dieses Ortes konnte das Hochgefühl nicht dämpfen, das in mir angeschwollen war, je mehr Zeit ich mit Amelie verbracht hatte.

Dieses Rendezvous hatte eine Wendung genommen, die mir aus zweierlei Gründen den Atem raubte: Wir hatten Magie gewirkt. Echte, rohe Magie. Und Amelie hatte sich mir anvertraut. Sie hatte mit mir das größte Geheimnis der Menschheitsgeschichte geteilt, ohne zu ahnen, dass ich die eine Person war, der sie besser nichts davon gesagt hätte.

Ich hatte, was ich brauchte. Mit dem, was ich in der letzten Nacht erlebt hatte, könnte ich den Forschenden von *Asclépios Industrielle* neuen Input geben, um den Magiefall endlich zu beenden.

Um meine Mutter zu retten.

Doch was ich dafür opfern würde, wäre groß: Amelies Lebenswerk. Könnte ich das tun?

Sie verraten? Alles zerstören, was wir hatten?

Hatte ich überhaupt eine Wahl, wenn das im Umkehrschluss bedeutete, meine Mutter aufgeben zu müssen?

Wenn ich den Kopf zu Amelie neben mir auf dem Beifahrersitz drehte, wusste ich, dass ich verloren war. Wie könnte ich eine Frau zerstören, um eine andere zu retten?

Verdammte Scheiße, Lucille hatte recht gehabt: Ich hätte Distanz zu Amelie wahren müssen, statt meiner Neugier nachzugeben und, in dem Versuch, mehr über sie und ihre Arbeit herauszufinden, Gefühle für sie zu entwickeln.

Das konnte kein gutes Ende nehmen.

»Ich weiß nicht, ob wir das tun sollten«, murmelte Amelie und starrte auf die Todesanzeigen in ihrem Schoß. Mit den Fingern zupfte sie am Anhänger ihrer Kette und nagte an ihrer Unterlippe.

»Was sind deine Bedenken?« Ich bemühte mich um Sanftheit in der Stimme, obgleich es mir das prickelnde Adrenalin unter der Haut schwermachte. Zukunfts-Raphael durfte sich mit einer Entscheidung herumschlagen, mein Gegenwarts-Ich brannte darauf, mehr Magie zu erleben.

Ich lehnte mich in dem Sitz zurück und musterte Amelie. Die Nacht, die wir uns gemeinsam um die Ohren geschlagen hatten, hatte sie gezeichnet, die ordentlichen Haare zerzaust. Unter ihren Augen lagen tiefe Schatten, Spuren, die die Erschöpfung auf ihrem Gesicht hinterlassen hatte. Amelie war wunderschön und ich fragte mich, warum sie mir nicht in der Uni aufgefallen war.

Sie zögerte, ließ von der Kette ab und glättete die Seiten der Zeitung. »Es fühlt sich an, als würden wir die Toten um etwas berauben. Verstehst du?«

»Was unterscheidet diese Toten von denen in den Katakomben?« Es war nicht so herausfordernd gemeint, wie es geklungen hatte. Um die Wirkung meiner Worte abzuschwächen, griff ich über die Mittelkonsole und strich mit dem Daumen sanft über ihren Handrücken. Dort, wo ich sie berührte, kribbelte meine Haut auf sehr angenehme Weise.

Amelie tippte auf eine der Anzeigen. »Henri Vandermonde ist erst vor ein paar Tagen gestorben, während die Toten in den Katakomben schon einige Jahrhunderte von den Lebenden trennen.«

»Meinst du, es könnte negative Auswirkungen auf die Magie haben?«

»Möglich. Aber vielmehr beschäftigt mich die Frage, ob es nicht Auswirkungen auf die Toten haben könnte«, gab sie zu und sah mich unsicher an, als wartete sie darauf, dass ich über sie lachte. Stattdessen rieb ich mir mit der freien Hand über die Bartstoppeln am Kinn.

»Berechtigter Einwand«, meinte ich. »Meinst du, dass es den Toten schadet, wenn du ihre Energie nutzt?«

»Ich bin nicht esoterisch veranlagt und glaube nicht, dass tote Seelen unter uns weilen oder möglicherweise sogar über ein Bewusstsein verfügen. Wenn man tot ist, kann man nichts mehr mit der Energie anfangen, die man zurücklässt. Man ist einfach tot. Also, nein, ich kann mir nicht vorstellen, dass es ihnen schadet.«

Ich senkte den Blick von Amelies Profil zu unseren ineinander verschränkten Händen, zeichnete die Kontur ihrer Knöchel nach. Ihre Haut war samtweich und süchtig machend. Ich konnte nicht aufhören, sie anzufassen, riss mich aber zusammen, als ich sie wieder ansah und ihre Trauer bemerkte. »Du denkst an deinen Großvater?«, fragte ich behutsam.

Sekunden verstrichen, in denen Stille zwischen uns herrschte. Dann nickte sie. »Das ist eine Variable mit sehr vielen Unbekannten.«

Schließlich zog ich mich zurück und zerrte das Handy aus der Gesäßtasche. Ich hatte die Möglichkeit, uns Verstärkung zu holen. Davide war sicher imstande, mit seinem Scanner die Unbekannten dieser Gleichung zu lösen. »Mein Kollege könnte uns weiterhelfen. Du hast ihn kürzlich kennengelernt. Davide hat ein Gerät, das energetische Strömungen misst. Was, wenn ...«

»Nein.« Amelie legte die Hand auf meine und hinderte mich daran, die Nummer zu wählen. »Niemand darf hiervon erfahren, Raphael«, sagte sie eindringlich. »Ich will mir erst sicher sein, was ich da herausgefunden habe, ehe ich damit an die Öffentlichkeit gehe.«

»Verstehe.« Ich ließ das Handy sinken. »Wir müssen das nicht tun, wenn du nicht willst. Wir könnten uns irgendwo ein nettes Café suchen und zusammen frühstücken. Ich lade dich ein.«

Meine Worte entlockten ihr ein Lachen. »Gilt das als zweites Rendezvous?«

Meine Stimme war rau, als ich antwortete, und mein Herz preschte vor, bis es mir aus der Brust zu springen drohte: »Das kommt darauf an, nach welchem Rendezvous du mir erlaubst, dich zu küssen.«

Amelie schwieg, ließ mich zappeln. Auf einmal kam mir das Innere des Wagens viel zu klein vor. Hitze stieg in mir auf und versengte mein Innerstes, während ich mich für diesen Vorstoß schalt.

»Na schön«, sagte sie und holte tief Luft. »Tun wir es.«

Ich öffnete den Mund, schloss ihn wieder. Spannung dehnte sich zwischen uns aus, raubte mir den Atem. Ich beugte mich vor, näherte mich ihr und fixierte ihre Lippen, bis Amelie mit der Zeitung ausholte wie mit einer Waffe und spielerisch nach mir schlug. Empört schnappte ich nach Luft, musste aber gleich darauf erkennen, dass ich es nicht anders verdient hatte.

Amelie nutzte den Moment meiner Überraschung, löste den Sicherheitsgurt und sprang aus dem Wagen. Ihr Lachen erhellte den trüben Morgen, der über Paris hing. Ich stieg aus dem Renault, schlug die Autotür zu. Mit wenigen Schritten war ich bei ihr. Ich schlang die Arme um sie und zog sie an meine Brust. Obwohl ich mehr als einen Kopf größer war als sie, fügten sich unsere Körper perfekt zusammen. Diese Erkenntnis fühlte sich an wie ein sanfter Stromschlag.

»Ich würde dich niemals küssen, wenn du das nicht willst«, raunte ich in ihr Ohr. Eine Gänsehaut in ihrem Nacken verriet, was meine Worte in ihr auslösten. Mir entfuhr ein Seufzen, das sie lächeln ließ. Ich wich zurück, um ihr den Raum zu lassen, den sie brauchte.

»Das meinte ich nicht.« Sie zupfte an ihrem Rock herum und glättete den Mantel, ehe sie die Zeitung hob. »Ein einziger Name. Wir schauen, was geschieht.«

»Bist du dir sicher?«

»Für die Wissenschaft«, beteuerte Amelie und ich nickte langsam. »Worauf sollen wir die Magie konzentrieren?«

Ich sah mich suchend um, bis ich einen von Pflastersteinen gerahmten kahlen Kastanienbaum erfasste. »Wir geben ihm das Blätterkleid zurück.«

Amelie pfiff durch die Zähne. »Das nenne ich ambitioniert.«

Ich hob ratlos die Schultern. »Es könnte funktionieren, wenn unlängst Verstorbene tatsächlich mehr Energie hinterlassen.«

»Na schön«, sagte sie und reichte mir die Zeitung. »Probier es aus.«

»Ich?« Überraschung machte meine Bewegungen fahrig und ließ mich über die eigenen Füße stolpern.

Amelie schmunzelte. »Es spielt keine Rolle, wer den Zauber wirkt. Magie ist für jeden zugänglich, auch wenn in den historischen Quellen berichtet wird, dass es nur einer bestimmten Personengruppe erlaubt war. In diesem Fall macht eine Erlaubnis allerdings keinen Unterschied.«

Ich konnte das Zittern meiner Finger nicht verhindern, als ich eine der Todesanzeigen herausriss und sie mit der Flamme des Feuerzeugs liebkoste. Sekunden verstrichen, in denen mein Verstand unter dem Druck der Erwartung verblasste. Das Feuer steckte mich in Brand, loderte unter meiner Haut, bis es mir die Finger versengte.

Ich stieß einen Fluch aus, öffnete meinen Griff und ließ das brennende Stück Papier fallen. Wie eine verirrte Schneeflocke wiegte es sich zu Boden. Es landete in einer Pfütze und der glimmende Rand erlosch.

»Was ... Was ist passiert?« Amelie stupste das getränkte Stück Papier mit der Spitze ihres Schuhs an.

»Ich weiß es nicht«, gab ich zu. »Habe ich es falsch gemacht?«

Amelie wies mich an, einen zweiten Versuch zu wagen. Nachdem ich dieses und ein drittes Mal scheiterte und meine Fingerkuppen erste Brandblasen aufwiesen, gab ich auf. »Möglicherweise hat es wirklich nur mit den Katakomben zu tun«, murmelte ich.

»Ja«, sagte Amelie, ohne mich anzusehen. »Möglicherweise.«

»Du glaubst das nicht?«

»Lass es uns noch einmal versuchen. Diesmal mache ich es«, sagte sie entschieden und schrieb einen weiteren Namen nieder, den sie nun selbst entzündete. Rot glühende Linien zuckten durch das Papier, ehe es sich kräuselte und für einen Moment hell aufleuchtete. Der Name des Toten glomm in der Luft und eine unsichtbare Macht schien zwischen uns zu pochen. Ich nahm sie wahr, obwohl sie nicht mich lockte, nicht mit mir spielte.

Amelie legte den Kopf in den Nacken und öffnete die Arme wie Flügel, die sie gen Himmel zu tragen vermochten. Es erinnerte mich an jenen Abend, da ich sie im Labor beobachtet hatte. Sie taxierte die Kastanie, golden glänzender Magiestaub erhob sich um uns.

Das lose Laub am Stamm des Baumes wirbelte auf. Kurz glaubte ich, die Magie würde sich Amelies Wunsch beugen. Doch die Blätter erstarrten mitten in der Luft und schwebten zurück zu Boden.

»Mist!«, fluchte Amelie und wischte sich mit dem Ärmel ihres Wollmantels über die feuchte Stirn. »Die Magie reicht nicht aus, um dem Baum Blätter zu schenken. Überhaupt ... Es hat sich so angefühlt wie immer. Nicht stärker.«

»Aber es hat geklappt«, sagte ich langsam. »Die Magie hat auf dich reagiert.«

Amelie nickte. »Ja, das hat sie.«

»Also lag es doch an mir.«

»Du hast nichts falsch gemacht, Raphael«, widersprach sie mir und legte eine Hand um meine. »Ich habe dich beobachtet. Alles war so, wie es sein sollte.«

»Nun, etwas nicht.«

»Es ist nicht so, dass ich eine Expertin auf diesem Gebiet wäre.« Amelie seufzte. »Ich habe die meiste Zeit überhaupt keine Ahnung, was ich tue. Es kann alle möglichen Gründe haben, weshalb es dir nicht gelungen ist, die Magie zu rufen.«

»Hast du es je Sandrine überlassen?«

Amelie verneinte. »Ich war es, die gezaubert hat.«

»Vielleicht haben wirklich nur bestimmte Menschen die Fähigkeit, Magie zu wirken.« Die Enttäuschung wog schwer. Ich fuhr mir durch das Haar, bis mir einzelne Strähnen ins Gesicht fielen. Amelie machte eine Geste, als wollte sie sie beiseiteschieben, ehe sie sich wieder im Griff hatte.

»Ich habe in den letzten Jahren etliche Versuche unternommen, um Magie auszuüben. Nichts davon hat geklappt«, sagte sie. »Kartenmagie, Beschwörungsformeln, vieles mehr.«

»Und das hat dich nicht frustriert? Oder ans Aufgeben denken lassen?«, fragte ich.

»Am Anfang schon, aber mit der Zeit verlieren die Rückschläge an Bedeutung, bis man die Gefühle, die sie auslösen, nicht mehr spürt.«

Kurz dachte ich über ihre Worte nach, dann rieb ich mir das Gesicht. »Für mich ist es definitiv frustrierend. Aber es tut gut zu hören, dass ich damit nicht allein bin.«

Wir lächelten uns an, und ich fühlte mich so leicht, obwohl so viele Erwartungen auf meinen Schultern lastete. Meine eigenen. Die von Lucille.

Amelie legte den Kopf in den Nacken und wandte das Gesicht himmelwärts. Sie atmete tief ein und aus, bevor sie sich wieder aufrichtete und die Hand wie automatisch zu der Kette um ihren Hals hob. »Es gibt so viele verschiedene Magiezweige, vielleicht ist Namensmagie nicht der richtige für dich.« In diesem Moment wirkte sie unendlich müde, ihre Haut war blass, wodurch die Augenringe umso dunkler hervortraten. »Mein Gehirn wird noch explodieren. Es gibt so viele Möglichkeiten, die es zu bedenken gilt.«

»Wie wäre es mit einer Pause?«, schlug ich vor. »Hast du Lust auf Kaffee?«

»Was für eine Frage«, neckte Amelie mich und nahm den Arm an, den ich ihr bot.

Um die Ecke lag ein winziges Café, in dem sich grüne Metallstühle um runde Mosaiktische drängten. Ich bestellte uns zwei Kaffee zum Mitnehmen und eine Tüte voller Croissants. Die drückte ich Amelie auf den Schoß, als wir ins Auto zurückkehrten. Der Duft, der uns entgegenstieg, war buttrig-süß. Amelie fingerte in der Tüte herum, zog eines der Croissants heraus und biss hinein. Während sie an dem Gebäck knabberte, startete ich den Motor und bog auf die Straße.

Zu dieser Zeit knubbelte sich der Verkehr. Schick gekleidete Menschen eilten mit Aktentaschen unter dem Arm auf die unterirdischen Metrostationen zu, als kümmerte sie der Magiefall nicht. Und so war es ja auch.

Die rege Betriebsamkeit dieses Morgens steckte mich an. Mit den Fingern klopfte ich einen Rhythmus auf das Lenkrad, den ich nur unterbrach, um an der nächsten Ampel nach dem Kaffeebecher zu greifen und einen Schluck zu trinken.

Amelie lachte, ein Geräusch, das mich lockte, mich zu ihr umzudrehen.

»Du hast einen Sahneschnurrbart.« Sie beugte sich vor, strich sanft mit dem Daumen die Linie meiner Oberlippe nach und fesselte mich mit einem Blick, der sich so warm anfühlte, wie ich mir Magie vorstellte.

»Danke«, brachte ich hervor und starrte sie vollkommen fasziniert an.

»So ein Schnurrbart würde dir gut stehen«, bemerkte sie mit einem Lächeln, das in ihren Mundwinkeln hing. »Du könntest dir einen wachsen lassen.«

Ich räusperte mich und dachte an den Magnum-Schnurrbart, hinter dem ich mich bei meiner albernen Verfolgungsaktion versteckt hatte. Gegen die Hitze, die in meinen Ohren glühte, kam ich nicht an, und ich hoffte, Amelie würde es auf die zärtliche Berührung zurückführen. Was definitiv auch einen Teil dazu beitrug. »Ach ja?« Ich heftete den Blick zurück auf die Straße, ein großartiger Vorwand, um sie nicht länger ansehen zu müssen, und gab Gas, weil im Auto hinter mir jemand hupte.

»Wohin fahren wir eigentlich?«, wollte Amelie nach einigen Minuten wissen, die wir in einvernehmlichem Schweigen verbracht hatten.

»*Père Lachaise*«, lautete meine Antwort.

»Der Friedhof?« Ein Ruck ging durch Amelie und sie bedachte mich mit hochgezogenen Brauen.

»Was, wenn die Magie stärker ist, wenn wir sie vor Ort extrahieren?«, sprach ich schließlich den Gedanken aus, der mir seit der Magiewirkung in der Gasse nachhing.

»Möglich ist es schon«, murmelte Amelie und zupfte an ihren Haaren. »Aber was, wenn dieses Experiment gelingt? Bedeutet das nicht, dass wir Tote ausgraben müssen, um langfristig die Rückkehr der Magie zu bewirken?«

»Hoffen wir, dass wir meine These widerlegen. Ich bin Magieziner, kein Totengräber. Meine Moralvorstellung hat definitiv Grenzen und die enden bei Grabschändung.«

Eine Dreiviertelstunde später stellte ich den Renault auf dem Parkplatz des Friedhofs ab. Es war kurz nach acht und das Tor zur Anlage stand offen. Über der Stadt verzog sich die letzte Dunkelheit der

Nacht. In der Allee hoch aufragender Bäume, die durch den Friedhof führte, kehrte die Finsternis jedoch für einen kurzen Moment zurück. Dichter Nebel waberte zwischen den Gräbern und Mausoleen und unsere Schritte knirschten auf dem Kies. Amelie und ich waren die einzigen in diesem Teil des Parks. Ich bewegte mich zielstrebig über das Gelände, war es mir doch von früher vertraut. Meine Großeltern lagen hier begraben und als Kind war meine Mutter häufig mit mir hergekommen, um die Gräber mit Blumen zu bestücken. Inzwischen lag mein letzter Besuch Jahre zurück.

Die Geräusche der Stadt verstummten, sodass das Rascheln der Blätter über uns umso lauter wirkte. In der Nähe zwitscherten Vögel und der Wind säuselte, als er durch die Landschaft aus Grabsteinen strich. In der Luft lag ein verheißungsvolles Knistern und mein Herz hämmerte mit jedem weiteren Schritt schneller und härter gegen meine Brust.

Ich führte Amelie durch das Labyrinth aus Denkmälern zu einem kleinen Platz zwischen taubenetzten Bäumen. Es begann in dem Moment zu regnen, als wir den Schutz ihrer verzweigten Kronen verließen. Kalte Tropfen trafen mich im Gesicht, aber die Gänsehaut in meinem Nacken fand den Ursprung zwischen den moosbedeckten Grabsteinen. Die Namen der Toten, die in Stein gemeißelt waren, sprangen mir förmlich entgegen und ich konnte die Magie erahnen, die diesen Ort umgab wie der Nebel die Stadt.

»Ich war eine Weile nicht mehr hier.« Im Vorbeigehen strich ich über die Grabsteine und hielt dann in der Mitte des Platzes inne. Amelie stolperte, ihre Absätze blieben in dem weichen Boden stecken und die Gräber stellten sich ihr in den Weg. Ich griff nach ihrem Arm, bewahrte sie davor, der Länge nach hinzufallen.

»Geht es dir gut?«, fragte ich und hielt sie einen Moment länger fest als notwendig.

»Lass uns den Versuch wagen.«

Ihre Worte entzündeten in meiner Brust ein Trommelfeuer, das von wildem Pulsschlag und raschem Atem geschürt wurde. Ich vermochte nicht zu sagen, ob es an der Aussicht lag, gleich noch einmal Magie zu wirken, oder an Amelies Nähe, deren Duft nach

Lavendelparfüm, Regen im Haar und Buttercroissant mich unvermittelt traf.

Sie notierte den Namen, der in eine weiße Marmorplatte geritzt war, und zerknüllte das Stück Papier. Der Niederschlag wurde stärker, zog glänzende Spuren auf ihrer Haut. Meine Finger streiften sie, als ich ihr ein Feuerzeug reichte, und die zufällige Berührung war wie ein kleiner Stromschlag, der über meine Haut jagte.

Die Flamme des Feuerzeugs schoss in die Höhe. Amelie zuckte davor zurück, aber meine Hände schlossen sich um ihre und über das züngelnde Feuer hinweg begegneten sich unsere Blicke. Kaum merklich nickte sie mir zu, umfasste das Feuerzeug fester und ließ die Flamme an dem Papierball lecken. Er knisterte, winzige Funken regneten ringsum zu Boden, bis nichts mehr von ihm übrig war. Die Magie wog wie eine Welle über uns hinweg. Selbst als Zuschauer war ich imstande, die Macht zu spüren. Sämtliche Härchen in meinem Nacken richteten sich auf.

Vor meinen Augen verschwamm der Friedhof in endloser Finsternis. Die Regentropfen verwandelten sich in winzige Lichtpunkte, als wäre der Sternhimmel über dem *Père Lachaise* niedergegangen. Inmitten des Funkelns stand Amelie und starrte mich an. Ich verflocht meine Finger mit ihren, zog sie näher zu mir. Die freie Hand legte ich um ihren Oberarm, spürte unter dem Stoff von Mantel und Bluse dem Zucken ihrer Muskeln nach.

Dann hob sie den Kopf, ihr Atem streifte mich. Wie zu einer Antwort, deren Frage ich nicht gestellt hatte, öffnete sie die rosig schimmernden Lippen. Einen Moment lang verharrten wir so und das berauschende Gefühl von Magie wurde von einem anderen, tieferen und ursprünglicheren abgelöst. Verlangen. Ich sehnte mich danach, ihre Lippen zu schmecken, ihren Mund zu kosten und mich an der Hitze ihrer Haut zu verbrennen. Wie gebannt starrte ich sie an, kämpfte gegen den Drang an, mir zu nehmen, wonach ich so sehr begehrte. Ein Ziehen ging durch meine Mitte, lustvoll und quälend zugleich. Ich wurde hart, unterdrückte ein Stöhnen.

Schritte wurden laut, ein leises Summen, das bisweilen von einem Pfiff abgelöst wurde, folgte. Die Sterne um uns herum erloschen,

Magie und Begierde ließen von uns ab und der Regen ergoss sich über mir wie eine eiskalte Dusche. Ein Mann in grünem Overall teilte die Büsche. Er war mit einer Heckenschere bewaffnet und stutzte, als er uns sah.

»*Bonjour*«, sagte er zögerlich und ich trat einen Schritt von Amelie weg, brachte einen angemessenen Abstand zwischen uns. »Entschuldigen Sie, um diese frühe Uhrzeit habe ich nicht mit Gästen gerechnet.« Er räusperte sich verlegen. »Mein Beileid.«

Der Mann zog sich zurück, ließ uns allein und ich begriff, dass unsere Umarmung für ihn ausgesehen haben musste wie die zweier Menschen, die aneinander Halt gesucht hatten. Vielleicht entsprach das sogar der Wirklichkeit.

Ich kehrte Amelie den Rücken zu, griff in meine Hose und richtete die Erektion, die sich schmerzhaft gegen den Stoff drückte. Als ich Amelie wieder ansah, glühten ihre Wangen. Ihr Blick ruhte auf meiner Körpermitte, wodurch sie meine mühsam aufrecht gehaltene Selbstbeherrschung gefährlich auf die Probe stellte.

Sie schluckte und zauste sich verlegen das Haar. Der Regen funkelte wie Diamanten in ihren hellbraunen Spitzen. »Das war … unglaublich.«

Ich wusste nicht, ob sie unseren Fast-Kuss meinte oder die Magie, die den Regen in Sterne verwandelt hatte. Mechanisch nickte ich, ohne zu wissen, was ich zustimmte. Dann ergriff ich ihre Hand, die sie nach mir ausstreckte. Aber diesmal zog ich Amelie nicht an mich, sondern in die Richtung, aus der wir gekommen waren.

»Wir sollten aus dem Regen raus«, sagte ich und suchte uns einen Weg durch das Labyrinth aus Grabsteinen. »Mein Vater würde es mir übel nehmen, wenn sich seine beste Mitarbeiterin meinetwegen erkältet.«

Wie durchnässt wir wirklich waren, bemerkte ich erst, als mir das Gebläse im Auto entgegenschlug und mir eine Gänsehaut über den Körper jagte. Amelie klapperte mit den Zähnen.

»Zieh den Mantel aus. Auf der Rückbank liegt eine Decke«, sagte ich und spielte an den Knöpfen der Heizung herum, bis warme Luft ins Wageninnere drang. Amelie gehorchte, griff nach hinten und wickelte sich in die Wolldecke ein.

»Was ist da gerade passiert?« Ich drehte mich zu ihr um, soweit es mir die Enge des Autos erlaubte.

»Ich weiß es nicht«, gab sie zu.

»Ist das in der Vergangenheit schon einmal geschehen?«

Amelie schüttelte den Kopf. »Die Magie war nie zuvor so …« Auf der Suche nach einer passenden Umschreibung stockte sie. »*Stark* wäre das falsche Wort. Ja, diese Macht war stark, doch es klassifiziert sie nicht annähernd. Berauschend. Unberechenbar. Überwältigend. All diese Adjektive kommen nicht an das heran, was die Magie in mir ausgelöst hat.«

Ich spürte ihre Worte tief in mir nachklingen. »Präsent«, sagte ich schlicht und sie nickte. »Was, wenn die Magie wirklich mit den Überresten der Toten verbunden ist?«

Amelie zog die Schultern hoch. »Wenn dem so ist, müssen wir dafür sorgen, dass dieses Wissen niemals an die Öffentlichkeit gerät.«

»Warum?«

»Weil das bedeuten würde, dass die Menschen auf frei zugänglichen Machtquellen sitzen. Und wenn diese erschöpft sind …« Sie räusperte sich. »Ich bin bereits Zeugin menschlicher Abgründe geworden. Wenn Eltern in der Lage sind, ihr einziges Kind zu verstoßen, will ich mir nicht vorstellen, was geschehen würde, wenn dieses Wissen in die falschen Hände gerät.«

»Vielleicht steckt etwas anderes dahinter.« Ich glaubte meinen eigenen Worten kaum.

Amelie biss sich auf die Lippe und verfolgte eine Weile die Regentropfen, die krumme Linien auf der Windschutzscheibe zogen.

»Darüber, dass die Menschen früher ihre Macht aus dem Reich der Toten bezogen hätten, ist nichts bekannt«, sagte sie schließlich.

»Gibt es überhaupt Überlieferungen dazu?«

»Wenn es die gäbe, wüssten wir, warum die Magie auf einmal verschwunden ist und wie wir sie zurückholen können.«

»Die Welt hat sich verändert, die Magie womöglich auch.«

Amelie furchte die Stirn. »Diese These ist in meinem Studiengang allgemein verbreitet. Doch es ist schwierig bis nahezu unmöglich, sie zu überprüfen. Genauso, ob es tatsächlich verschiedene

Möglichkeiten der Magieausübung gab. Namensmagie ist nur ein Teilbereich, über den ich eher zufällig gestolpert bin. Was, wenn ich imstande bin, Namensmagie zu wirken, du sie aber nur mithilfe von Kristallen oder Beschwörungen anwenden kannst? Ich schätze, das muss ich recherchieren«, murmelte sie und lehnte mit gesenkten Lidern den Kopf gegen den Sitz. »Würde es dir etwas ausmachen, mich nach Hause zu bringen?«

Ich bemühte mich um eine betroffene Miene, aber an meinem Mund zuckte ein Grinsen. »Lässt du mich nach diesem Rendezvous etwa abblitzen?« Obwohl dunkle Ringe unter Amelies Augen deutlich machten, dass wir vernünftig sein und diese Nacht beenden sollten, konnte ich mir diese Neckerei nicht verkneifen.

»Das habe ich nicht gesagt«, erwiderte sie, ohne mich anzusehen. Röte färbte ihren Nacken und die Ohren. »Aber in wenigen Stunden beginnt eine Vorlesung, an der ich gerne teilnehmen würde.«

»Bedeutet das, dass wir uns wiedersehen?« Ich drehte den Schlüssel im Schloss und mit einem Schnurren erwachte der Motor. Dann stellte ich den Schalthebel auf die Position D und fuhr los.

»Wenn du noch mal im Museum auftauchst.«

»Das meinte ich nicht und das weißt du auch.«

»Vielleicht.«

»Mit diesem Wissen kann ich den Cliffhanger dieser Nacht besser verkraften.« Ich löste die Hand vom Lenkrad und suchte ihre. Sanft drückte ich ihre Finger und strich wie beiläufig über ihr Bein, weiche, verführerische Haut, die ich gerne ohne den hinderlichen Stoff eines Rockes oder einer Strumpfhose berührt hätte.

Eine halbe Stunde später hielt ich in der *Rue Ravignan*. Als ich den Motor abstellte, fanden wir uns in einer unangenehmen Stille wieder. Ich hatte keine Ahnung, wie ich mich nach dieser Nacht von ihr verabschieden sollte. Und Amelie leistete mir keine Hilfestellung. Sie knetete die Hände im Schoß und mied es, mich anzusehen.

Auf ein leises Räuspern reagierte Amelie mit einem unsicheren Lächeln, das ich erwiderte. »Ich untertreibe wohl nicht, wenn ich sage, dass dies das außergewöhnlichste Rendezvous war, das ich je hatte«, brach ich mit kratziger Stimme unser Schweigen.

»Geht mir genauso«, murmelte Amelie und hob den Kopf. Dann endlich begegneten sich unsere Blicke. In ihren Augen erkannte ich dasselbe Verlangen, das mich umtrieb, und es raubte mir den Atem.

Es war falsch.

Amelie bedeutete mir etwas. Aus diesem Grund musste ich dem standhalten. Sie hatte mehr verdient als das zwischen uns, das wir auf dem wackligen Konstrukt meiner Lügen aufgebaut hatten.

Der Moment, den es auf dem Friedhof zwischen uns gegeben hatte, war vergangen wie die Flamme einer Kerze im Wind, und übrig war nur der Rauch, der sich allmählich auflöste. Ich konnte ihn nicht festhalten, durfte es nicht.

Weil ich keine Anstalten machte, mich ihr noch einmal zu nähern, löste Amelie unsere ineinander verschränkten Finger und umfasste den Türgriff. Ich hielt sie nicht auf, als sie sich abschnallte. Hielt sie nicht auf, als sie die Tür öffnete, obwohl ich nichts lieber getan hätte als das.

Bevor sie ausstieg, wandte sie sich noch einmal zu mir um. Ein Blick von ihr genügte, um in mir den Drang zu wecken, ihr noch einmal nahe zu kommen.

»Danke, Raphael«, sagte sie. »Diese Nacht war magisch.«

Ich gab dem Druck in mir nach, beugte mich zu ihr, bis ich ihr so nah war, dass ich in dem Lavendelblütenduft fast verging, den der Regen intensiviert hatte. Unter Aufbringung all meiner Selbstbeherrschung beließ ich es bei den obligatorischen Küsschen, statt sie an mich zu ziehen. Ich verabschiedete mich ganz wie der Gentleman, der ich vorgab, zu sein – in Wahrheit war ich bloß ein Lügner.

Die Enttäuschung auf Amelies Gesicht traf mich härter als der kalte Herbstwind, der mir durch die geöffnete Tür entgegenschlug. Ohne ein weiteres Wort ließ sie den Wagen zurück und mich mit ihm.

Ich starrte ihr nach. Selbst als sich die Haustür längst hinter ihr geschlossen hatte. Irgendwann sank ich im Sitz zurück und schlug den Hinterkopf mehrfach gegen die Rückenlehne.

»Du bist ein Arsch, Raphael!«, rügte ich mich selbst.

Es half nichts, meine Gedanken zu sortieren oder den Zwiespalt in mir zu kitten, egal, wie lange ich durchatmete. Das einzig Richtige war, mich von nun an von Amelie fernzuhalten, solange sie nicht wusste, warum das zwischen uns begonnen hatte. Und ich konnte sie nicht an die AI verraten.

Aber das hatte ich längst.

Eine Bewegung weckte meine Aufmerksamkeit. Alles in mir zog sich zusammen, als ich Lucille erkannte, die auf einer der Parkbänke unter einer hohen Kastanie mit schwindendem Blätterdach saß. Ihr Gesicht glich einer ausdruckslosen Maske. Sie erhob sich. Mit energischen Schritten kam sie auf mein Auto zu, sah über die Schulter und stieg ein.

Sie roch nach Regen und nach Alkohol, was mich irritierte. Wenn wir in der Vergangenheit mit dem Team nach getaner Arbeit einen Apéritif zu uns genommen hatten, war sie es gewesen, die Alkohol abgelehnt hatte. Ihr sonst so makelloses Äußeres wirkte unordentlich, der Mantel war durchnässt, die Wangen gerötet. Das Haar hatte sich aus dem Pferdeschwanz gelöst und fiel strähnig um ihr Gesicht. Müdigkeit und Resignation malten ihr tiefe Schatten unter die Augen.

»Lucille, ist alles in Ordnung bei dir?«, fragte ich vorsichtig.

Sie beugte sich leicht nach vorne. Ihr unsteter Blick wanderte von mir durch die Frontscheibe nach draußen. Mit den Fingern trommelte sie auf das Armaturenbrett und verlieh der Stille zwischen uns einen eigentümlichen Rhythmus. Mir rauschte das Blut in den Ohren und ich hörte erst wieder etwas, als sie erneut sprach.

»Das ist nichts, worüber du dir Gedanken machen musst.«

Natürlich nicht. Und aus diesem Grund tauchte sie auch vor Amelies Wohnung auf. Meine Muskeln spannten sich an und mein Kiefer wurde fest, als ich die Zähne zusammenbiss. »Was machst du hier?«, presste ich hervor.

»Dasselbe sollte ich dich fragen …« Ihre Stimme klang verwaschen, vollkommen anders als die der geradlinigen Frau, die ich kannte. »Du solltest sie beobachten. Nicht mit ihr um die Häuser ziehen. Was hast du dir dabei gedacht? Dass sie dir freiwillig erzählt, woran sie arbeitet?«

Ich schwieg, ließ Lucilles Ärger über mich hinwegregnen wie einen Herbstschauer, denn ich begriff, dass sie nichts gesehen hatte. Gar nichts. Vermutlich hatte sie Amelie aus meinem Auto steigen sehen und geschlussfolgert, dass wir zusammen unterwegs gewesen waren. Wenn sie beobachtet hätte, wie wir mit der Magie experimentierten, wäre aus dem Herbstschauer, dem ihr Ärger glich, ein Sturmtief geworden, oder?

Die Erleichterung, dass Lucille uns nicht wirklich gesehen und ich damit einen Zeitaufschub gewonnen hatte, in dem ich meine nächsten Schritte überlegen konnte, wich dem nagenden Gefühl von Sorge, die das Verhalten meiner Chefin auslöste. Etwas stimmte nicht.

»Lucille«, setzte ich an, doch sie unterbrach mich, indem sie fahrig mit einer Hand durch die Luft fuchtelte.

»Ich hatte geglaubt, du würdest diese Sache … professionell angehen«, sagte sie.

»Das tue ich.«

»Du magst sie.« Warum klang Lucille jetzt bedauernd? »Dein Verhalten ist offensichtlich, Raphael. Offensichtlich und grenzenlos dumm.«

Ich stieß einen gepressten Laut aus. »Das weiß ich.«

Lucille beschleunigte den Takt, mit dem sie auf das Armaturenbrett trommelte. Dann hielt sie abrupt inne. »Wie ernstzunehmend sind ihre Experimente?«

Der Riss in meinem Innern brach auf. Auf der einen Seite mein Pflichtgefühl gegenüber Lucille, der Firma und alles, was ich dort für meine Mutter erreichen wollte. Auf der anderen Seite Amelie und die Möglichkeit, diese Welt zu verändern.

»Du musst nicht antworten«, sagte Lucille nach Sekunden der Stille. »Ich verstehe auch so.« Sie wandte sich mir zu, sodass ich erweiterte Pupillen und rote Äderchen in ihren Augen bemerkte, als hätte sie wie ich in der letzten Nacht keinen Schlaf bekommen. »Du musst vorsichtig sein, Raphael. Ich habe kein gutes Gefühl und glaube, dass die AI da an etwas dran ist.«

»Woran?«, fragte ich mit gesenkter Stimme, obwohl wir allein im Auto waren.

»Wenn ich das wüsste …« Lucilles Kinn erzitterte. »Pass auf dich auf. Und auf sie, wenn sie dir etwas bedeutet.«

Mit einem Nicken deutete sie auf das Gebäude, in dem Amelie lebte. Alles in meinem Bauch zog sich zu einem Klumpen aus Unbehagen und dunkler Vorahnung zusammen.

»Es ist schon spät. Ich muss zur Uni.« Lucille klappte die Sonnenblende vor sich herunter und wischte die Spuren verlaufenen Makeups unter ihren Augen fort, und bei dem Versuch, ihre Frisur zu retten, scheiterte sie.

»Zur Uni?«, wiederholte ich misstrauisch. »Was machst du dort?«

»Einen Termin wahrnehmen.« So, wie sie sprach, klang Lucille wieder ein wenig mehr wie sie selbst.

»Soll ich dich fahren?«

Sie winkte ab und machte Anstalten auszusteigen. »Ich nehme die Metro und du solltest eigentlich seit einer halben Stunde im Labor sein.«

Selbst als ich meine Wohnung betrat, überzog noch immer eine Gänsehaut meinen Körper. Und die lag nicht an der Feuchtigkeit in meiner Kleidung. Den ganzen Tag über wanderten meine Gedanken zurück zu Lucille, die nach ihrem Termin an der Uni nicht auf der Arbeit erschien. Ich war unkonzentriert, verlor mehrere Proben und wurde von Marie gerügt, doch ihre Worte gingen in meinen lauten Gedanken unter.

Es war nicht, was Lucille gesagt hatte, das mir Sorgen bereitete. Sondern ihre Ruhelosigkeit und der derangierte Zustand. Ich hatte sie nie zuvor so erlebt.

15

AMELIE

Nach einer Nacht wie dieser hätte mein Körper mich für meinen Leichtsinn bestrafen müssen. Doch statt der vollkommenen Erschöpfung, die mit der Krankheit einherging, fühlte ich mich besser. Die Kälte dagegen war hartnäckiger. Erst unter der Dusche wurde ich sie los und spülte sie mir vom Leib.

Meine Gedanken hingen bei Raphael, strichen über sein markantes Gesicht, verweilten auf den hohen Wangenknochen und tauchten in seinen Blick ein, der mich an die stürmische See im Norden der Normandie erinnerte. Dort, wo er mich berührt hatte, spürte ich den Druck seiner Hände wie eine ferne Erinnerung. Mit dem rechten Arm umfasste ich meinen nackten Körper und legte sie auf den Punkt an meine Taille, wo Raphaels Hand geruht hatte. Eine Weile verharrte ich so, genoss die Hitze und das regelmäßige Prasseln auf Kopf und Schultern. Irgendwann sank die Temperatur und ich drehte das Wasser zu, bevor mich ein eisiger Strahl traf.

Ich trocknete mich ab, rubbelte mir mit einem Handtuch durch die Haare und schlang es mir wie einen Turban um den Kopf. Anschließend cremte ich mich ein und tupfte ein kühlendes Gel auf die Schatten, die sich unter meinen Augen abzeichneten. Allmählich löste sich der Dunst auf dem Spiegel auf und ich erschien in seiner Oberfläche. Ich drehte mich, bis ich meinen Rücken sehen und erkennen konnte, dass das Muster dunkler Linien auf meinen Schulterblättern verblasst war. Meine These, dass das Wirken von Magie die gesundheitlichen Folgen des Magiefalls relativierte und das Zurückholen der Magie die einzige Lösung war, schien sich zu bestätigen. Hoffnung keimte in mir auf. Nicht nur für mich, auch für alle anderen.

Ich erinnerte mich an das Essay von Clément Laurent, der Magie als Element begriff, um die gravierenden Auswirkungen des Magiefalls zu klären. War das, was gerade mit meinem Körper geschah, die Bestätigung seiner These? Himmel, ich musste ganz dringend zur Uni.

Ich lieh mir etwas von Sandrines Make-up, überdeckte damit die Augenringe und kehrte zurück in mein Zimmer, wo ich in eine bequeme Jeans schlüpfte und dazu einen beigen Strickpullover mit Zopfmuster kombinierte. Das Haar schob ich mir mit einem Reif zurück. Ein wenig Wimperntusche und ein Hauch von Lipgloss konnten zwar nicht retten, was die Nacht mit Raphael meinem Gesicht angetan hatte, aber immerhin kaschierten sie die Spuren, die ohne die Kosmetika nur allzu deutlich waren.

Nachdem ich fertig war, schlüpfte ich in ein Paar Stiefel, zog mir eine Daunenjacke über – den Mantel hatte ich in der Küche über der Heizung zum Trocknen gehängt – und schnappte mir die Tasche. Vor der Haustür unseres Mehrparteienhauses ging das Leben unbeeindruckt dessen weiter, was Raphael und ich letzte Nacht erlebt hatten.

Adrenalin beschwingte meine Schritte und ich überholte ein Pärchen, das mit überquellenden Rucksäcken und um den Hals gehängten Kameras aussah, als würde es Urlaub in Paris machen. Dabei trat ich auf die Straße, ohne mich umzusehen. Reifen quietschten und ein Auto hupte.

»*Zut alors!*«, brüllte der aufgebrachte Fahrer durch das heruntergelassene Fenster. »Schau dich erst mal um, bevor du über die Straße läufst, *verdammt noch mal!*«

Vor Schreck blieb ich stehen, statt mich auf den Gehweg in Sicherheit zu bringen. Eine Hand um meinen Oberarm zog mich von der Straße und ich sah in die Augen des Mannes, an dem ich hatte vorbeilaufen wollen.

Er sprach mich mit wenigen Brocken Französisch an, die er in ein stark akzentuiertes Englisch bettete.

»Ist ... alles in Ordnung?« Er wechselte einen Blick mit seiner Freundin, hinter der in einigem Abstand ein Mann stand. Er wäre mir nicht weiter aufgefallen, wenn er nicht unglaublich groß gewesen wäre und mich nicht auf eine Weise angestarrt hätte, die mich frösteln ließ.

Ich nickte knapp, griff geistesgegenwärtig in meine Tasche – in der Absicht, diesen dubiosen Typen mit meinem Smartphone zu fotografieren. Doch im nächsten Moment war er verschwunden und ich fragte mich, ob die Kombination aus Schlafmangel und der Überdosis Adrenalin meinen Verstand beeinträchtigten.

Mehrmals musste ich dem Pärchen versichern, dass es mir gut ging, ehe sie mich ziehen ließen. Der Morgen begann mit D'Amboises Vorlesung *Mézangeauscher Heroismus*. Ich erreichte den Hörsaal kurz vor Ablauf der akademischen Viertelstunde und suchte mir einen seitlich gelegenen Platz, von dem aus ich nach der Vorlesung möglichst unauffällig an den Professor herantreten konnte.

Julien ließ sich wie üblich auf dem Stuhl neben mir nieder und versuchte, mich in ein Gespräch zu verwickeln. Ich antwortete mit einem unechten Lächeln und knappem Nicken, wenn er eine Frage stellte, wodurch er es irgendwann aufgab, mit mir zu reden, und sich mit den Notizen aus der letzten Veranstaltung beschäftigte.

»*Bonjour*«, grüßte D'Amboise uns, während er die Stufen hinab zum Podium eilte, eine Aktentasche unter dem rechten Arm, einen Kaffeebecher in der linken. Er räusperte sich, sortierte seine Notizen auf dem Rednerpult und klopfte sanft gegen das Mikrofon. Das Pochen hallte durch den Saal, augenblicklich kehrte Ruhe ein. »Danke. Wo waren wir in der letzten Vorlesung stehengeblieben?«

Die Hände mehrerer Studierender schossen in die Höhe. Elodie Lacour ergriff das Wort, nachdem D'Amboise die junge Frau dazu aufgefordert hatte. Sie stand auf. Mit wenigen Worten fasste sie Mézangeaus Jahre an der *Académie des Arts Magiques* zusammen.

»Merci, Mademoiselle!« D'Amboise nickte Elodie zu, die mit geröteten Wangen zurück auf ihren Platz sank. »Nach seinem Abschluss mit *summa cum laude* wähnte man Mézangeau als Mitglied des Magischen Rates. Tatsächlich sollte er dieses Amt auch bekleiden, doch zunächst nahm er eine Arbeitsstelle in einem Magischen Kontor an.«

»Gibt es Quellen, die das belegen?«, unterbrach einer der Studenten unseren Professor.

Dieser richtete die Brille in seinem Haar und musterte uns aus zusammengekniffenen Augen. »Wir alle wissen, dass es mit Quellen aus der Magischen Ära schlecht bestellt ist. Nennt es Glück – oder Schicksal – dass uns diese wenigen Zeitzeugenberichte aus Mézangeaus Leben bekannt sind. Mézangeau verbrachte vermutlich drei Jahre in dem Magischen Kontor, wo er gemeinsam mit seinen Kollegen Magiescheine an die Bevölkerung verteilte. Einige dieser Scheine haben die Zerstörung von 1857 überlebt. Mézangeaus persönliche Unterschrift bestätigt uns, dass er im Zeitraum von 1817 bis 1820 für das Kontor tätig war. Sie berichten außerdem, welche Magie er den Pariser Bürgerinnen und Bürgern ausstellte.«

Ein Raunen ging durch den Saal und einige Studierenden setzten sich aufrechter hin. D'Amboise würdigte ihre Aufmerksamkeit mit einem knappen Lächeln, ehe er fortfuhr.

»In einer der vergangenen Stunden erwähnte ich bereits, dass sämtliche Menschen in der Lage waren, Magie auszuführen, auch wenn es ihnen nicht erlaubt war. Mit dem Erwerb von Magiescheinen waren sie berechtigt, Zauber zu wirken.« Der Professor schaltete den Tageslichtprojektor ein und warf Kopien solcher Magiescheine an das Whiteboard.

Mein Kopf fühlte sich nach letzter Nacht zäh an und die Buchstaben verschwammen zunächst vor meinen Augen. Aber als ich sie zusammenkniff und mich auf die verblassten Worte konzentrierte, bekamen sie eine Bedeutung.

Erlaubnis zur Ausführung eines einfachen Kristallzaubers.

Erlaubnis zur Ausführung einer mittelschweren Elementaranwendung.

Außergewöhnliche Erlaubnis zur Ausführung eines anspruchsvollen Runenzaubers.

Darunter stand in geschwungener Schrift ein Name: César E. A. Mézangeau.

»Das Kontor verkaufte demnach keine Magie, sondern die befristete Erlaubnis, von verschiedenen Wirkungsweisen Gebrauch zu machen?«, mutmaßte eine Studentin und kritzelte etwas in ihr Notizbuch. Ich hielt für einen kurzen Moment den Atem an. Diese Quellen bestätigten, worüber ich bereits nachgedacht hatte, und lieferten eine mögliche Erklärung, warum es Raphael nicht gelungen war, Magie zu wirken.

Als der erlösende Gong ertönte, warf ich sämtliches Arbeitsmaterial achtlos in meine Tasche. Julien gab neben mir ein rumpelndes Lachen von sich und stupste mich mit dem Knie an.

»Seit wann hast du es so eilig, hier rauszukommen?«, neckte er mich.

»Habe ich nicht«, murmelte ich und stand auf, den Blick auf Professor D'Amboise gerichtet. Gerade schloss er die Schnallen seiner Aktentasche, was mich zur Eile antrieb.

»Entschuldige, Julien, ich habe etwas vor. Wir sehen uns, ja?«

Bevor der Professor das Podium verlassen konnte, hastete ich die Stufen hinab auf die Mitte des Saales zu.

»Mademoiselle Fournier, kann ich etwas für Sie tun?«, fragte er mich und steckte sich die Brille wie einen Haarreif auf den Kopf.

Seit dem Abschied von Raphael hatte sich in mir ein loser Plan manifestiert, zu dem mich der Inhalt dieser Vorlesung bestärkt hatte. Unter der Bibliothek befand sich ein Archiv, in dem Quellen wie die Magiescheine gesammelt wurden, aber auch wertvolle Bücher wie eine Monografie von Clément Laurent, über die ich zuletzt gelesen hatte. Als Studentin benötigte ich die Einverständniserklärung meines Professors, um es betreten zu können.

»Ich habe eine Frage.«

Professor D'Amboise hob das Kinn. »Leider ist nicht überliefert, wie genau die Menschen diese Zauber ausführten, zu denen Mézangeau ihnen die Erlaubnis erteilte.«

Als ich verwirrt blinzelte, lachte D'Amboise. Es war ein tiefes, dröhnendes Geräusch. Die wenigen Studierenden, die sich im Saal aufhielten, wandten uns die Köpfe zu. Julien war darunter, der uns beobachtete.

»Davon bin ich ausgegangen«, entgegnete ich und versuchte, die anderen zu ignorieren. »Das ist es nicht.«

Die Furchen auf der Stirn des Professors vertieften sich. »Nur zu. Wie kann ich Ihnen helfen?«

Meine Lippen teilten sich, aber die Worte, die mir auf der Zunge lagen, fanden nicht ihren Weg ins Freie. Ich spürte, dass dieser Moment entscheidend war. Ich durfte nichts Falsches sagen, durfte mir nicht anmerken lassen, wie wichtig die Antwort auf meine Frage war. »Ich habe kürzlich das Essay eines unbekannten Magiewissenschaftlers gelesen. Wenn ich mich richtig erinnere, lautete sein Name Clément Laurent.«

Etwas in D'Amboises Blick veränderte sich und bestärkte mich, fortzufahren.

»Sie kennen ihn nicht zufällig?«, setzte ich nach.

Die Mundwinkel des Professors zuckten und malten weitere Linien in sein Gesicht. »Nicht persönlich, aber ich habe in der Vergangenheit schon etwas von ihm gelesen.«

»Wie … denken Sie über seine Elementartheorie?«, fragte ich vorsichtig.

Der Ausdruck des Professors war wie eine Maske, die das verbarg, was er dachte. Er sah mich einen Moment lang schweigend an, ehe er mit gedämpfter Stimme antwortete. »Sie ist zugegebenermaßen … interessant.«

Ich räusperte mich und wagte mich weiter vor. »Durch Zufall bin ich auf sein Essay gestoßen. Es war das erste Mal, dass ich mit diesem Thema in Kontakt gekommen bin, und dachte mir, dass es sich gut für eine Abschlussarbeit eignen würde.«

»Eine Abschlussarbeit?«, wiederholte D'Amboise langsam.

»Oui, was halten Sie von dem Thema *Elementarmagie – zwischen Fantasie und Genie in der magiewissenschaftlichen Lehre*.«

»Sie halten Elementarmagie für die Erfindung eines menschlichen Geistes?«, hakte D'Amboise nach.

»Wofür sonst?«, entgegnete ich und setzte ein Lächeln auf, das zu durchschauen einzig mein *Grand-Papa* imstande gewesen wäre. Und womöglich auch Sandrine. »Kennen Sie über das Essay aus dem Sammelband hinaus weitere Forschungsliteratur? Gibt es von Laurent vielleicht sogar eine Monografie über das Thema Elementarmagie, damit ich mich einarbeiten kann?«

»Beabsichtigen Sie, Ihre Abschlussarbeit in meinem Fach zu schreiben?«, fragte D'Amboise.

Eine Welle der Erleichterung überkam mich und ich nickte eifrig. »Das würde ich sehr gerne.«

D'Amboise zögerte. Mit langsamen Bewegungen öffnete er seine Aktentasche und zog ein Formular aus einem der Seitenfächer heraus. »Diese Bescheinigung erlaubt Ihnen den Zutritt ins Archiv. Fragen Sie nach dem Titel *Die magische Lehre der Elemente.* Der wird Ihnen weiterhelfen.« Er trug ein paar Daten in das Formular ein, signierte es und reichte es mir. »Ich wünsche Ihnen viel Erfolg bei Ihrer Abschlussarbeit. Machen Sie einen Termin mit mir, sobald Sie den Inhalt grob skizziert haben.«

»Ich danke Ihnen, Professor D'Amboise!«, rief ich. »Das mache ich. Sie hören von mir!« Ich presste die Bescheinigung an die Brust. Das war der Schlüssel, um mehr über den Zusammenhang von Magie als Element und den Folgen ihres Verlusts zu erfahren. Vor Aufregung schlug mein Herz schneller.

»*Au revoir,* Mademoiselle Fournier.«

Ich eilte über die Stufen zwischen den Sitzreihen auf den doppelflügligen Ausgang zu. Die Tür öffnete sich in dem Moment, da ich die Hälfte des Weges zurückgelegt hatte. Eine Studentin der höheren Semester trat in den Saal. Sie arbeitete als wissenschaftliche Mitarbeiterin in D'Amboises Büro. Als sie ihn auf dem Podium entdeckte, trat sie an die Treppe und rief: »Professor, Ihr Zwei-Uhr-Termin ist schon da.«

D'Amboise brummte etwas, das ich nicht verstand. Ich schob mich an seiner Mitarbeiterin vorbei nach draußen. Dort stand eine Frau, die mir seltsam bekannt vorkam. Einen Augenblick lang überlegte ich, dann erkannte ich sie als Raphaels Vorgesetzte Lucille Bernard, die ich im Magiemuseum kennengelernt hatte. Ihre Augen wirkten glasig, aber ihr Blick hatte etwas Entschlossenes. Sie nickte mir kaum merklich zu, was ich zögerlich erwiderte.

Lucille Bernard war Professor D'Amboises Zwei-Uhr-Termin? Das war … überraschend. Ich schob mich an ihr vorbei und stürzte mich in den Strom von Studierenden, der sich durch die Korridore des Gebäudes wälzte. Die Gedanken an Lucille ließ ich hinter mir und schlug den Gang zur Bibliothek ein. Das Smartphone vibrierte in meiner Tasche und ich zog es heraus. Sandrines Name leuchtete zusammen mit einem Selfie von uns beiden auf, das uns Arm in Arm in unserem Badezimmer zeigte.

»*Salut,* Sandrine«, meldete ich mich.

»Dass du gestern Nacht nicht nach Hause gekommen bist, bedeutet, was ich denke, richtig?«, fragte sie halb empört, halb belustigt, ohne sich mit einer Begrüßung aufzuhalten.

Ich stöhnte.

»Hast du nicht gesehen, dass ich dir geschrieben habe?«, fragte meine Mitbewohnerin. »Acht Nachrichten! Zuerst dachte ich, er hätte dich entführt. Dann fiel mir ein, dass er ganz andere Dinge mit dir tun könnte. Also sag mir bitte, dass er dich nicht entführt hat.«

»Das hat er nicht«, beruhigte ich sie und erstickte ihr Jauchzen, indem ich hinzufügte: »Aber *diese* anderen Dinge hat er nicht mit mir getan.«

In Gedanken fügte ich ein *Leider* hinzu, denn ich hätte Raphael nur allzu gern geküsst. Bei der Erinnerung an den Moment auf dem Friedhof tröpfelte ein warmes Gefühl durch meine Brust.

»Ich will alles wissen. Sprechen wir heute Abend zu Hause?«

»Meinetwegen, aber rechne nicht so früh mit mir. Ich muss etwas erledigen.«

»Hat es etwas mit Raphael zu tun?« Sandrine schnurrte seinen Namen und ich verdrehte die Augen.

»Zufälligerweise studiere ich ein äußerst zeitintensives Fach«, erinnerte ich sie. »Ich muss recherchieren.«

»Das tust du doch ständig!«

»Das gehört nun mal zu meinem Studium dazu. Wenn ich meine Arbeit nicht erledige, heißt es *Adieu Paris.*«

»Schon gut, wir sehen uns heute Abend. Kann es kaum erwarten.«

»Und ich erst«, stöhnte ich ironisch und beendete das Gespräch.

Der Archivarin legte ich D'Amboises Bescheinigung vor, die ihre Brille zurechtrückte und das Papier dicht vor die Nase hielt, als könnte sie auf diese Weise herausfinden, ob es sich um eine Fälschung handelte. Schließlich schnalzte sie mit der Zunge und bedeutete mir, ihr zu folgen.

Im zugangsbeschränkten Archiv wurden originale Quellen, uralte Bestände und solche Bücher aufbewahrt, die sensible Informationen beinhalteten. Während des gesamten Studiums war ich erst ein einziges Mal hier gewesen. Die dunklen Regalreihen wirkten fremd und bedrohlich, obgleich mir der Duft, der von ihnen ausging, vertraut war. Die Archivarin hielt vor einem Regal und zog ein uraltes, in Leder gebundenes Buch heraus.

»Wenn Sie fertig sind, klingeln Sie, und ich lasse Sie raus.«

Die Archivarin händigte mir das Buch aus, dann zückte sie ihren Schlüssel und sperrte die Gittertür hinter sich zu. Ich fühlte mich wie im Gefängnis, doch ich konnte mir schrecklichere Orte vorstellen, um eingesperrt zu sein.

Der Buchumschlag war schlicht und bestand aus abgewetztem Leder, das an den Ecken bestoßen war. Erst im Innern fand sich der Name des Autors. Mit den Jahren war er verblasst, aber noch immer lesbar: Clément Laurent. Darunter stand der Titel des Buches. Ich blätterte vor, überflog das Vorwort und las. Laurents Schreibstil war sprunghafter als in dem Essay, das ich vor ein paar Tagen gelesen hatte. Als ich nach dem Entstehungsjahr suchte, verstand ich, warum.

Die Monografie war fast zwei Jahrzehnte vor dem Essay entstanden und war nichts anderes als eine längere Version, die mir enttäuschenderweise keine neuen Erkenntnisse lieferte. Abgesehen davon war es bemerkenswert, dass Laurent nach so langer Zeit noch immer an seiner These festhielt, dass Magie nichts anderes als ein Element war, das er als notwendig für den Fortbestand unserer Welt erachtete. Das bestärkte mich in der Annahme, die Magiewirkung könnte positiven Einfluss auf meinen gesundheitlichen Zustand haben.

In den Fußnoten begegnete mir wiederholt ein Titel, der mir vage bekannt vorkam, den ich allerdings nicht einordnen konnte. Laurent zitierte ihn in Zusammenhang mit verschiedenen Magiearten und ich versuchte, über die Bibliotheksdatenbank herauszufinden, ob er zum Bestand der Sorbonne gehörte.

Tat er nicht.

Schwungvoll klappte ich das Buch zu, das daraufhin eine Staubwolke ausspie. Ich hustete und wedelte mit der Hand, um sie zu vertreiben. Dann legte ich den Kopf in den Nacken und ließ die Wirbel knacken. In meiner Jugend hatte ich mir die Magiewissenschaft wie eine Schatzsuche vorgestellt. Das war sie auch, allerdings war mir nie in den Sinn gekommen, wie frustrierend die Realität sein könnte, wenn man immer wieder auf der Stelle trat.

Auf dem Weg zum Ausgang fiel mir ein, woher ich den von Laurent zitierten Titel kannte. Das Buch hatte neben dem Register der Toten aus den Katakomben in der Bibliothek des Museums gestanden.

Eine halbe Stunde später stürzte ich in die Eingangshalle des *Musée de la Magie*. Das letzte Stück von der Metrostation bis hierher war ich gerannt. Nun klebten meine Haare auf der Stirn und ich keuchte.

Bernadette sah mich über ihre Brille hinweg mit zusammengekniffenen Augen an, als sie mich erkannte. »Amelie, was tust du hier? Du hast doch heute gar keine Führung.« Sie schob ihre bunte Brille zurecht und musterte mich abschätzig. »Ist alles in Ordnung? Du siehst so ... zerzaust aus.«

»Mir geht es gut«, brachte ich hervor und ignorierte das Brennen meiner Lunge. »Ich recherchiere gerade für ein Projekt und in der Bibliothek fiel mir ein, dass es ein Buch in Monsieur Chevaliers Sammlung gibt, das zum Thema passen könnte.«

Bernadette hob die Schultern. »Im Moment ist niemand hier. Der Chef hätte sicher nichts dagegen, wenn du deine Recherchen hier fortsetzt.«

Ich schenkte ihr ein Lächeln, obwohl es sich schief auf meinen Lippen anfühlte. »Danke dir, Bernadette.«

»Überarbeite dich nicht, *ma fille*. Du siehst müde aus.«

»Sorg dich nicht um mich«, erwiderte ich im Vorbeigehen und hastete die Treppen nach oben. Kurz bevor ich die bibliothekarische Abteilung des Museums erreicht hatte, summte mein Handy. Der Blick auf das Display ließ mein rasendes Herz stocken. Raphaels Name tauchte über einer Nachricht auf.

Raphael Chevalier – 15:54
Hast du dich von letzter Nacht erholt?

Ich zögerte, spielte mit dem Gedanken, das Handy wegzustecken und den Weg fortzusetzen. Aber das sanfte Kribbeln in meinem Bauch ließ mich eine Antwort tippen.

Ich – 15:56
Ich wünschte, das könnte ich.

Raphael Chevalier – 15:57
Was hindert dich daran?

Ich – 15:57
Viel zu tun. Ich recherchiere für ein wichtiges Projekt.

Raphael Chevalier – 15:58
Bist du in der Uni?

Ich – 15:58
Fast.

Raphael Chevalier – 15:58
Wenn nicht in der Uni, wo dann?

Ich – 15:59
Ich bin im Museum.

Nachdem ich diese letzte Nachricht geschrieben hatte, erreichte ich den Raum mit den deckenhohen Regalen, tippte den Code ein und wartete, bis sich die Sicherheitstür öffnete.

Das Smartphone steckte ich weg, um mich auf mein Vorhaben zu konzentrieren. Ich fand das Buch neben dem Register der Toten. Wenn ich nicht um sein Alter gewusst hätte, wäre es mir neuwertig vorgekommen. Der Buchrücken war intakt, der Umschlag kaum berührt. Wie Monsieur Chevalier wohl in seinen Besitz gekommen war?

Bevor ich das Inhaltsverzeichnis überfliegen konnte, erklangen Schritte hinter mir. Ich packte das Buch in die Tasche, ehe ich mich aufrichtete – und erstarrte.

Raphael lehnte gegen den Durchgang zum vorherigen Raum und musterte mich. Das Gefühl in meinem Bauch, das zuvor seine

Textnachricht ausgelöst hatte, verwandelte sich in ein Feuerwerk. Einige Sekunden verstrichen, in denen wir uns wortlos ansahen. Dann rieb er sich über die Augen, als wollte er eine schlechte Idee vertreiben. Er durchmaß den Raum und kam erst dicht vor mir zum Stehen.

Sein Gesicht war ein Spiegel schnell wechselnder Emotionen und ich entdeckte Aufregung, Begierde und Sehnsucht, was mich vergessen ließ, wie man atmete.

»Raphael.« Sein Name. Ich hätte ihn wieder und wieder flüstern können.

Ein Lächeln hob seine Mundwinkel. »Amelie.«

Wir starrten einander an und ich senkte den Blick auf seine Lippen, um zu beobachten, wie sie sich leicht öffneten. Wenige Zentimeter trennten uns und ich müsste mich nur vorbeugen. Eine winzig kleine Bewegung, die den letzten Abstand zwischen uns überbrückte, um mir das zu holen, was ich in der letzten Nacht so dringend hatte haben wollen.

»Was tust du hier?« Ich erkannte meine eigene Stimme kaum wieder, die belegt war von der Spannung dieses Moments.

»Nachholen, was ich gestern schon tun wollte.« Seine klang ebenfalls aufgewühlt. Er umfasste mein Gesicht mit beiden Händen und bevor ich wusste, wie mir geschah, senkte er seine warmen, weichen Lippen auf meine. Auf einmal war er mir so nah. Nur nicht nah genug.

Dass ich die Luft angehalten hatte, bemerkte ich erst, als ich um Atem rang und ein Keuchen von mir gab. Raphael antwortete mit einem sehnsuchtsvollen Laut. Er teilte meine Lippen und tauchte mit der Zunge in meinen Mund ein. Sein Kuss war wie eine Herausforderung, der ich mich mit rasendem Puls stellte. Leidenschaftlich, neckisch, aber zugleich liebevoll und nachdrücklich. Hitze rollte in angenehmen Wellen durch mich hindurch und mir entglitt ein Stöhnen. Raphaels Hände waren überall, hielten meinen Kopf, strichen über meine Arme, spielten mit dem Saum meiner Jeans und tasteten sich langsam unter meinem Pullover über nackte Haut nach oben. Wir waren ein gemeinsamer Herzschlag, Nähe und Wärme, und ich wollte mehr davon. Wollte alles.

Ich fragte mich, ob mich Schlafmangel und Koffeinüberschuss halluzinieren ließen, verwarf den Gedanken jedoch, als Raphael mich mit dem Rücken gegen das Regal schob. Seine Lust beulte den Schritt seiner Hose aus und presste sich gegen meinen Bauch. Ich zog ihn dichter an mich, mit einer flammenden Sehnsucht in mir, ihn zu spüren. Raphael löste die Hände aus meinem Haar und stützte sich links und rechts neben meinem Kopf ab, nahm mich dazwischen gefangen. Sein Körper bebte und als ich mich ihm entgegendrängte, erzitterte das Regal und Bücher regneten um uns herum nieder. Wir lösten uns ein wenig atemlos voneinander.

Raphaels Blick war wild, das Haar durcheinander, die Lippen gerötet. Mit dem Handrücken wischte er sie ab. »Das war so viel perfekter, als ich es mir vorgestellt habe.« Seine heisere Stimme entlockte mir ein Grinsen, die Bedeutung seiner Worte ein Gefühl von Schwerelosigkeit.

»Du hast dir vorgestellt, mich zu küssen?«

»Seit gestern? Ungefähr hundertmal.«

16
AMELIE

»*Mon Dieu!*« Das war alles, was Sandrine immer wieder einwarf, während ich das Rendezvous mit Raphael zusammenfasste. »*Mon Dieu* ...«

Der Ausdruck auf ihrem Gesicht gewann etwas Verträumtes. Sie seufzte und schlang die Arme um die angezogenen Knie. »Ich wollte ja, dass du Spaß hast, aber jetzt beneide ich dich fast schon ein bisschen.«

Ich griff in die Schachtel, die zwischen uns auf dem Bett stand, und nahm eines der Macarons heraus. Latte macchiato. Lecker. »Was ist denn aus deiner jüngsten Eroberung geworden?«, wollte ich wissen.

Statt einer Antwort verzog Sandrine das Gesicht. »Möglicherweise ist es mir nicht vorherbestimmt, einen Mann zu finden, der über ein Mindestmaß an Intelligenz verfügt, Feminismus nicht für eine Modeerscheinung hält, einen Job hat, der mit meinem Alltag kompatibel ist, und im Bett über ein Repertoire verfügt, das über die Missionarsstellung hinausgeht.« Sie steckte sich einen Himbeer-Macaron in den Mund und hob die Schultern. »Ach, was soll's. Ich brauche keinen Mann, um mein Glück zu finden. Diese Leckereien hier reichen vollkommen aus.«

Ich hätte ihr zugestimmt – wenn Raphael mich nicht geküsst hätte. Mein Herz machte einen Hüpfer, dem eine Gänsehaut folgte, als ich erneut daran dachte, wie er seine Lippen auf meine gepresst hatte. Fordernd und sanft zugleich. Ein Kuss, der vielleicht nicht die Welt versprach, aber mindestens so viel bedeutete. Tja, dagegen kamen Macarons nicht an. Ich war für alle Ewigkeiten verdorben.

»Wann seht ihr euch wieder?«, riss Sandrine mich aus den Erinnerungen.

»Ich …« Unsicherheit vernichtete das wohlige Ziehen in meiner Magengrube und ließ ein Gefühl von Kälte zurück. »Ich weiß es nicht«, gab ich zu. »Seit wir uns geküsst haben, habe ich nichts mehr von ihm gehört.«

Ich ließ das Display des Smartphones kurz aufleuchten. Keine neuen Nachrichten.

Was, wenn Raphael den Kuss anders empfunden hatte?

»Das hat sicher nichts zu bedeuten«, beruhigte Sandrine mich, die meinen an Panik grenzenden Gesichtsausdruck richtig interpretierte. »Außerdem ist dieses ungeschriebene Gesetz, dass sich der Mann nach einem Rendezvous zuerst meldet, total 1960.« Sie deutete auf mein Handy. »Schreib ihm. Jetzt.«

»Jetzt? Und was?«

»*Oh la vache,* Amelie! Ist das dein Ernst? Du bist die klügste Person, die ich kenne. Dir wird schon etwas einfallen.« Sandrine stibitzte sich das letzte Macaron und stand auf, um mein Zimmer zu verlassen. In der Tür hielt sie inne und drehte sich mit einem diabolischen Grinsen im Gesicht um. »Und wenn dir gar nichts einfällt, schickst du ihm einfach ein Nacktfoto!« Sie war verschwunden, ehe das Kissen, mit dem ich ausholte, dort gegen die Wand prallte, wo sie gestanden hatte. Aber ihr Lachen wehte durch die gesamte Wohnung.

Ich beschloss, auf Sandrines Rat zu hören und die Zweifel zu ignorieren. Nachdem ich ein Dutzend verschiedener Nachrichten verfasst und wieder gelöscht hatte, hatte ich genug von dieser peinlichen Version meiner selbst. Niemand sollte so viel Macht über mich haben, dass ich mich unsicher und unzulänglich fühlte. Schon gar nicht Raphael. Also schrieb ich:

Ich – 20:48
Danke für den schönen Abend/die schöne Nacht. Hast du den Tag überstanden oder im Stehen geschlafen?

Lange musste ich nicht auf die Antwort warten. Als das Handy den Eingang einer neuen Nachricht ankündigte, erwachte in meinem Bauch ein Schwarm Schmetterlinge.

Raphael Chevalier – 20:52
Schließt das eine das andere aus?

Ein paar Sekunden später ploppte eine weitere Sprechblase im Chatverlauf auf.

Raphael Chevalier – 20:52
Du hast den Nachmittag vergessen.

Ich – 20:53
Den Nachmittag?

Raphael Chevalier – 20:54
Ja, ich finde, der war auch schön. Wiederholen wir das?

Ich – 20:54
Gern.

Die Schmetterlinge stiegen mir in den Brustkorb, mein Lächeln wurde breiter. Gedankenverloren spielte ich mit der Kette um meinen Hals. Meine Zeit hier in Paris unterlag einem Plan und Raphael war eine unvorhergesehene Abweichung davon. Bisher hatte ich mich männlicher Gesellschaft erfolgreich entziehen können, aber er bewirkte, dass ich das nicht länger wollte. Erfolg im Studium schloss den Erfolg in Gefühlsdingen nicht aus. Oder?

Mit diesem Gedanken kehrte mein schlechtes Gewissen zurück, denn wenn ich der Sehnsucht nach Raphael nachgab, würde ich ihm früher oder später von meiner Situation erzählen müssen. Nicht, wenn es mir gelang, die Krankheit zu besiegen. Ich setzte mich an den Schreibtisch. Während aus Sandrines Zimmer die Tonspur einer Serie drang, machte ich mich an die Arbeit.

Mein Kopf war kurz vorm Platzen, so viel Wissen hatte ich ihm in den letzten Stunden zugemutet. Wegen Überfüllung geschlossen. Ich fuhr mir durchs Haar und sank vor, lehnte die Stirn gegen die kühle Tischplatte. Vor mir lag das Buch, das ich aus dem Museum *ausgeliehen* hatte. Wie Laurent beschäftigte sich auch diese Autorin mit der Elementartheorie. Unmittelbar nach dem Magiefall zeichnete sie eine düstere Prognose, die ich, mehr als hundertfünfzig Jahre später, nicht bestätigen konnte. Denn auch wenn die Welt der Menschen stark unter dem Verlust der Magie litt, so war die Natur deutlich anpassungsfähiger. Ein Massensterben im Pflanzen- und Tierreich war bislang ausgeblieben, ebenso wenig war der Mond auf die Erde gefallen. Davon abgesehen konzentrierte sich die Autorin auf erste magische Mangelerscheinungen, die durch Magiekontakt gelindert werden konnten. Demnach war ich zwar auf dem richtigen Weg, allerdings fand ich auch in diesem Buch kein Universalrezept zur erfolgreichen Magieausübung.

In den Händen hielt ich mehrere lose Fäden, unfähig, sie zusammenzuknoten. Frustriert stöhnte ich auf und hob den Kopf vom Schreibtisch. Ein Pochen meldete sich hinter meiner Schläfe und bestrafte mich für den Moment der Schwäche. Ich schloss die Augen, rieb mir über die Lider und zwang mich, nachzudenken. Meine Gedanken zu sortieren.

Ich war in eine Sackgasse geraten. Es gab keine anderen Quellen, die über die Art und Weise sprachen, wie man Magie wirken konnte. Zumindest kannte ich keine.

Vielleicht sollte ich erneut das Gespräch mit D'Amboise suchen. Vielleicht sollte ich mich ihm anvertrauen. Ihm die Wahrheit über meine Entdeckung verraten. Vielleicht war er in der Lage, die losen Enden zusammenzuknoten.

Vielleicht.

Ein Blick auf die Uhr verriet mir, dass ich in dieser Nacht ohnehin keine Lösung mehr finden würde. Es war weit nach Mitternacht, Schlaf hatte sich über die Stadt gesenkt und ich fühlte mich wie der letzte Mensch, der ihm standhielt. Ich ging ins Bad, machte mich bettfertig und kroch wenig später unter die Decke. Raphael hatte mir eine

Nachricht geschickt, die mich zum Lächeln brachte. Mit der Erinnerung an unseren Kuss gab ich dem Sog der Müdigkeit endlich nach.

Ich wachte auf, als von draußen das schrille Pfeifen eines Müllwagens ertönte und durch die dünnen Fensterscheiben in das Zimmer drang. Neuer Tag, neues Glück. Es war noch dunkel, dennoch fühlte ich mich gleich hellwach. Der Gedanke an den Plan, D'Amboise einzuweihen und mit seiner Hilfe möglicherweise das passende Puzzleteil zu finden, vertrieb das Bedürfnis, mich auf die andere Seite zu rollen und weiterzuschlafen.

Ich wollte den Professor vor der ersten Veranstaltung aufsuchen, also sprang ich in Rekordzeit unter die Dusche und schlang ein schnelles Frühstück hinunter, was hauptsächlich aus schwarzem Kaffee bestand. Ich würde mir später in der Cafeteria ein Croissant gönnen. Dann packte ich meine Tasche und verließ die Wohnung.

Im Treppenhaus traf ich Monsieur Lambert, meinen Nachbarn. Sein Gesicht kräuselte sich, die Runzeln in seiner vom Alter gezeichneten Haut wurden tiefer, als er mich entdeckte und lächelte.

»Guten Morgen, Mademoiselle«, sagte er und betrachtete mich. »Sie scheinen es eilig zu haben.«

»Nicht so eilig, um mich nicht nach Ihrem Wohlergehen zu erkundigen, Monsieur«, erwiderte ich und blieb vor ihm stehen.

»Ach, das übliche«, winkte der alte Mann ab. »Der Rücken plagt mich und bisweilen auch das schier unerschöpfliche Kontingent an Zeit, das die Pension für mich bereithält.« Er schob die Daumen unter seine Hosenträger, die Tageszeitung unter den Oberarm geklemmt. »Damit will ich Sie nicht langweilen, Amelie. Sie sind sicher auf dem Weg zur Universität. Wie läuft denn Ihr Studium?«

»Gut, sehr gut.« Ich strich mir ein paar Strähnen zurück und umfasste den Riemen der Tasche. »Ich arbeite da gerade an einem vielversprechenden Projekt.«

»Ich bin sicher, dass Sie Großes vollbringen werden, Mademoiselle.« Röte kroch über meine Wangen und Monsieur Lambert tätschelte meine Schulter. »Bescheidenheit steht Ihnen nicht. Zeigen Sie der Welt, was in Ihnen steckt.«

Die Worte erinnerten mich an das, was mir mein Großvater mit auf den Weg gegeben hatte. Ich schluckte, vertrieb die traurigen Gedanken, die mit seinem Verlust einhergingen.

»Ich gebe mein Bestes«, versicherte ich meinem Nachbarn, der meine Schulter noch einmal drückte und mich losließ.

»Nicht weniger erwarten wir von Ihnen.«

Seine Formulierung irritierte mich. Aber bevor ich nachfragen konnte, wen Monsieur Lambert mit *wir* meinte, trottete er an mir vorbei und wünschte mir einen schönen Tag. Ich verabschiedete mich und verließ das Haus.

Ein feines Netz aus Regen lag an diesem Morgen auf der Stadt. Ich hastete zur nächsten Metro, da ich meinen Schirm durch den eiligen Aufbruch vergessen hatte. Nach wenigen Minuten fühlte sich der Wollmantel klamm an, unzählige Tropfen glitzerten auf seiner Oberfläche und ich spürte sie in den Haaren. Als ich endlich das Universitätsgebäude erreichte, quietschten meine feuchten Sohlen auf dem polierten Boden und durchbrachen die frühmorgendliche Stille. Die ersten Veranstaltungen begannen in einer halben Stunde, so lange würde Leere die Korridore beherrschen.

Ich eilte die Treppen hinauf und bog in den Flügel, in dem die Büros der Magiewissenschaftlichen Fakultät lagen. Über mir flackerte eine Deckenlampe und beleuchtete meinen Weg vorbei am schwarzen Brett mit verschiedenen Aushängen und dem Ausdruck des Veranstaltungsplans in diesem Semester. Normalerweise suchte ich die Dozierenden nur auf, nachdem ich einen Termin vereinbart hatte. Aber D'Amboise genoss den Ruf, morgens der Erste und abends der Letzte zu sein. Und vermutlich würde er mir die unangemeldete Störung nachsehen, sobald ich ihm schilderte, was ich entdeckt hatte.

Das Büro lag am Ende des Korridors. Ein einsamer Stuhl für Studierende, die auf ihren Termin warteten, stand neben seiner Tür, die mit dem entsprechenden Namensschild versehen war.

Der Sprint durch das Gebäude und die Tatsache, was mich dazu bewogen hatte, ließen mein Herz laut hämmern. Vor der Tür blieb ich stehen und sammelte mich einen Augenblick. Dann klopfte ich.

Mit einem Quietschen schwang die Tür auf. Ich erstarrte. Das Büro war in Dunkelheit getaucht, Professor D'Amboise war nicht da.

Als würde mich eine unsichtbare Macht anziehen – auch bekannt als Neugierde –, machte ich einen Schritt hinein.

Ich verlor den Halt, rutschte auf einer Pfütze aus. Mit beiden Armen rudernd klammerte ich mich am Türrahmen fest, bevor ich stürzen konnte. Langsam richtete ich mich auf und starrte auf das, was mich beinahe zu Fall gebracht hätte.

Vor mir auf dem Boden hatte sich eine Blutlache ausgebreitet. Dunkelrot, fast schwarz, an den Rändern eingetrocknet.

Die Filmindustrie hatte mich hervorragend auf diesen Moment vorbereitet. Ich wusste, welche Reaktionen ein solcher Anblick fiktionalen Charakteren entlockte, und wartete darauf, dass irgendetwas geschah. Dass Angst mich packte oder Entsetzen. Aber nichts. Ich starrte das Blut an und hatte eine Art Blackout. Fühlte gar nichts. Ich war leer.

Mit tauben Fingern suchte ich an der Wand nach einem Lichtschalter. Als die Deckenlampen flirrend zum Leben erwachten und den Ursprung des ganzen Blutes offenbarten, empfand ich noch immer nichts.

Professor D'Amboise saß an seinem Schreibtisch. Der Kopf lag auf seiner Schulter, die Augen waren geöffnet. Sie waren leblos auf einen Punkt neben mir gerichtet. Er war tot. Sein Hemd hing zerfetzt an seinem Oberkörper. Es war blutdurchtränkt, aber an einigen Stellen schon getrocknet.

Der Gedanke, dass er tot gewesen war, als ich den Plan gefasst hatte, ihn in meine Forschungen einzuweihen, schoss mir unwillkürlich durch den Sinn. Gleich darauf gefolgt von der Frage, wen ich nun um Rat bitten könnte.

Und dann trafen mich Angst und Trauer mit voller Wucht. Ein Keuchen zwängte sich aus meiner wie zugeschnürten Brust und die Szene verschwamm vor meinen Augen. Ich bekam keine Luft, drohte zu ersticken. Panisch atmete ich ein, wich zurück und stieß gegen die Wand. Ich schrie auf. Stürzte aus dem Raum und rutschte erneut auf der Pfütze aus. Diesmal fiel ich zu Boden. Panik lähmte meine

Hände, machte es mir unmöglich, mich abzufangen. Blut spritze. Tränkte meine Kleider. Fremdes Blut.

Das Blut meines Professors.

Ich schrie. Schrie und weinte. Und betete darum, aufzuwachen und mich in meinem Bett wiederzufinden.

Das geschah nicht. Stattdessen erklangen Schritte. Besorgte Worte strichen über mich hinweg, sanfte Hände umfassten meine Oberarme. Dann ein Schrei. Einer, den nicht ich ausstieß. Ich blinzelte und sah mich der Sekretärin der Magiewissenschaftlichen Fakultät gegenüber. Sie presste die Faust gegen die Brust, starrte den Professor durch die geöffnete Tür hindurch an.

Noch mehr Schritte, noch mehr Menschen. Jemand rief die Polizei. Und den Notarzt. Aber der würde hier nichts mehr ausrichten können. Professor D'Amboise war tot. Ermordet.

Die nächsten Minuten erlebte ich wie unter Wasser. Ich nahm Bewegungen um mich herum wahr, hörte wie gedämpft Stimmen, die auf mich einredeten. Ich tauchte erst auf, als ich eine davon erkannte.

»Julien?«

Raue Hände legten sich um meine Wangen. Besorgt blickte mein Kommilitone auf mich herab. »Bist du okay?«.

»Ich weiß es nicht«, murmelte ich und blinzelte. »Er ist tot, Julien.«

Er ließ mein Gesicht los, schob die Hände unter meine Achseln und setzte mich auf den einsamen Stuhl neben D'Amboises Büro. Er ging vor mir in die Hocke und fuhr sich über den grimmigen Mund und das stoppelige Kinn.

»Verdammt, das ist wie in einem beschissenen Film.«

Die Polizei traf ein, nahm meine Aussage, meinen Namen und meine Adresse auf. Sie sicherten das Büro ab, das nun ein Tatort war, untersuchten die Leiche und nahmen Fingerabdrücke. Mehrmals musste ich schildern, wie ich den Professor aufgefunden hatte, warum ich so früh hier gewesen war. Aber die Angst trübte meine Erinnerung, ich widersprach mir selbst, bis ich nicht mehr wusste, ob ich zuerst den Raum betreten oder den Lichtschalter betätigt hatte.

Julien blieb in der Nähe und nachdem ich mir wiederholt die Schläfen massiert hatte, trat er vor und bat den Polizisten darum, mich nach Hause bringen zu dürfen. Dieser gab mir sein Kärtchen, versicherte mir aber auch, dass er sich melden würde.

Ich nickte und hatte im nächsten Moment vergessen, warum. Das Bild des toten Professors hatte sich in meine Netzhaut gebrannt. Ich sah ihn vor mir, selbst als Julien und ich das Gebäude verließen.

Regen stürzte sich auf die Stadt, vermischte sich mit meinen Tränen. Als ich schluchzte, war Julien da. Zog mich an seine Brust und hielt mich fest in seinen erstaunlich starken Armen.

»Es wird alles gut, Süße, ja?«, raunte er mir ins Ohr. »Ich verspreche es. Alles wird wieder gut.«

Meine Schultern zuckten und ich verlor die Kontrolle über meinen Körper. Schock und Trauer waren übermächtig. Ich gab mich ihnen hin, weinte. Weinte, bis Julien und ich beide durchnässt waren.

»Ich verstehe das nicht«, flüsterte ich und löste mich aus seinem Griff. »Wer würde denn einen Universitätsprofessor ermorden? Warum D'Amboise?«

Regentropfen stoben in alle Richtungen, als Julien sich über das kurz geschorene Haar rieb. »Echt, Amelie, ich weiß es nicht.«

Die Kälte in mir mischte sich mit der, die das Wetter mit sich brachte. Meine Zähne klapperten und Julien legte einen Arm um mich. »Lass uns gehen.«

Ich erinnerte mich nicht an die Fahrt mit der Metro. Die Zeit brach in großen Stücken ab und schubste mich von einem Moment in den nächsten. Ich war ihr hilflos ausgeliefert. Gerade waren wir hinab in den Untergrund gestiegen, schon standen wir in der Rue Ravignan vor unserem Haus. Meine Ohren klingelten, mein Herz klopfte. Ich setzte an, mich von Julien zu verabschieden. Aber er nahm mir den Schlüssel aus der Hand, öffnete die Tür und schob mich hinein. Schweigend stiegen wir die Stufen nach oben und betraten eine leere Wohnung. Sandrine war vermutlich in der Uni. Ob sie mitbekommen hatte, was geschehen war?

Julien half mir aus dem nassen Mantel, dann lotste er mich in die Küche, setzte Teewasser auf und stellte zwei Tassen bereit. Ich ließ alles geschehen, starrte stumpf geradeaus und versuchte, nicht durchzudrehen. Ein mittelmäßiger Erfolg, wenn man mein rasendes Herz und Juliens mitleidigen Ausdruck bedachte.

Ich war kein großer Teetrinker, aber es gab mir eine Beschäftigung. Also legte ich die Hände um die Tasse und nippte an der heißen Flüssigkeit. Sie schaffte es nicht, die Kälte in mir zu vertreiben.

Heute Morgen war ich voller Tatendrang aufgestanden und jetzt war alles anders. Julien und ich saßen lange schweigend nebeneinander. Es bedurfte keiner Worte, ich war einfach dankbar für seine Gegenwart. Als ich den Tee getrunken hatte, setzte er neues Wasser auf. Kurz darauf tönte das Klicken der Haustür durch die Stille. Rasche Schritte klangen durch die Wohnung und Sandrine erschien in der Küche. Sie war blass, die Lippen bildeten einen schmalen Strich.

»Ich habe das von Professor D'Amboise gehört und dich fast hundertmal angerufen.« Sandrine stürzte sich auf mich und zog mich in eine warme, tröstliche Umarmung. »Ich habe mir solche Sorgen gemacht. Was ist passiert?« Sie löste sich von mir, sah mich an, dann Julien.

Der seufzte tief. »Unser Professor wurde in der vergangenen Nacht ermordet. Amelie hat ihn gefunden.«

Sandrine öffnete den Mund, schloss ihn wieder. »Nein.« Ihre Miene wurde weich und Tränen glänzten in ihren Augen. Sie sank auf den Stuhl neben mir und drückte sanft meine Hand. »Die Polizei hat das Gebäude räumen lassen«, erzählte sie. »Ich wusste nicht, dass es euer Professor war, bis jemand den Namen erwähnte. Und du hast ihn wirklich gefunden?«

Ich brachte nicht die Kraft auf, zu nicken, aber einer Antwort bedurfte es nicht. Julien schenkte Sandrine Tee ein. Während sich die beiden leise unterhielten, zog ich mein Handy hervor. Sandrine hatte tatsächlich etliche Male versucht, mich zu erreichen. Von Raphael waren mehrere Nachrichten eingegangen. Die erste heute Morgen klang belanglos, dann veränderte sich die Tonart. Auch er musste von D'Amboises Tod erfahren und sich daran erinnert haben, dass ich seine Veranstaltungen besucht hatte. Mit zitternden Fingern tippte ich eine Antwort.

17

RAPHAEL

Amelie Fournier – 11:02
Kannst du herkommen?

Als Amelies Nachricht mich erreichte, war ich auf halbem Weg zu ihr. Kurz zuvor hatte ich vom Tod des Professors erfahren und ihr geschrieben. Wieder und wieder. Aber Amelie hatte weder geantwortet noch auf meine Anrufe reagiert.

Dass sie sich endlich gemeldet hatte, konnte mich nicht beruhigen, denn die Nachricht verhieß nichts Gutes. Sie war untypisch für Amelie, die mich nicht einfach so zu sich bitten würde.

Dass die Sorge berechtigt war, erkannte ich in dem Moment, als ihre Mitbewohnerin Sandrine mir die Tür öffnete. Misstrauen huschte über ihr Gesicht und sie blockierte den Eingang, indem sie sich mit verschränkten Armen vor mir aufbaute.

»Dich kenne ich doch«, meinte sie und berührte den Bügel ihrer Brille, als könnte sie damit das Bild vor sich stärker stellen.

Ich hielt den Atem an, wartete darauf, dass sie mich als denjenigen entlarvte, der Amelie vor einigen Tagen zu Boden geschubst hatte. Es hatte einen Moment gegeben, da sie mich hätte sehen können. Aber dem hatte ich nicht viel Bedeutung beigemessen. Es war dunkel gewesen, Sandrine außerdem betrunken. Dennoch beschlich mich jetzt eine leise Angst, dass sie mich enttarnen könnte. Ich schob sie beiseite und bemühte mich um ein charmantes Lächeln. Die Sorge um Amelie machte das allerdings zu einem unmöglichen Unterfangen.

»Raphael Chevalier«, stellte ich mich vor und legte so viel Selbstbewusstsein in meine Stimme wie üblich.

Sandrine kniff die Augen zusammen. »*Du* bist Raphael?« Ihr Blick wanderte von meinem Gesicht über meinen Oberkörper und wieder zurück. Ich konnte ihrer Miene nicht ablesen, wen oder was sie in mir sah. Aber ihre Antwort beruhigte mich: »Schön, dich kennenzulernen. Auch wenn die Umstände besser sein könnten.«

»Ist sie hier?«, fragte ich und sah über Sandrine hinweg in die Wohnung hinein.

Sandrine nickte. »Komm rein.«

Sie trat beiseite und öffnete die Tür, sodass ich eintreten konnte. Nachdem sie mir den Mantel abgenommen hatte, führte sie mich durch einen schmalen Flur, dessen Wände mit Polaroids von seinen Bewohnerinnen geschmückt waren.

Amelie und Sandrine beim Backen.

Amelie und Sandrine mit Gesichtsmasken.

Amelie und Sandrine mit Minnie-Maus-Ohren in Disneyland.

Ab und zu hatten sie den großen Kerl mit Buzz Cut in ihrer Mitte, mit dem ich sie vor ein paar Tagen in der Cafeteria beobachtet hatte – und der just in dem Moment aufstand, als ich die Küche betrat.

Ein sehr hässliches Gefühl erwachte in mir mit der Frage, was er hier verloren hatte, wenn ich gekommen war, um Amelie zu trösten. Und – *mon Dieu* – Trost hatte sie verdammt noch mal nötig. Sie war nicht nur bleich, sondern hatte kein bisschen Farbe im Gesicht. Dunkle Ringe zeichneten sich unter ihren geröteten Augen ab und ihr Haar war nass und zerzaust.

»Amelie.« Ihr Anblick brach mir das Herz. Das Licht in ihren Augen, es war erloschen. Sie wirkte winzig mit hochgezogenen Schultern und gesenktem Kopf. Verletzlich. Alles in mir tobte, als ich sie so sah, und ich begriff, dass es nichts gab, mit dem ich ihr helfen konnte. Was immer sie heute erlebt hatte, hatte sich in ihre Seele eingebrannt.

Binnen weniger Schritte war ich bei ihr und hockte mich vor sie. Sie blinzelte, ihre Mundwinkel zuckten. Dann quollen Tränen aus ihren Augen. Sanft strich ich sie fort, nahm ihre Hände und küsste sie. Mit den Daumen zeichnete ich ihre Knöchel nach, hielt sie fest.

»Wer ist das?«, fragte der Dunkelhaarige und seine Verwirrung war kaum zu überhören.

Als ich mich erhob und auf ihn zutrat, um mich vorzustellen, stellte ich fest, dass ich größer war als er, aber er war breiter. Muskeln spannten unter seinem eng anliegenden Shirt wie bei einem jener Typen, die zu viel Zeit im Fitnessstudio verbrachten. Wie ein Student wirkte er nicht auf mich. Aber ich konnte mich irren, denn ich war voreingenommen. Ich mochte ihn nicht.

»Ich bin Julien«, sagte er mit tiefer, rauer Stimme.

Knapp nickte ich ihm zu. »Und ich bin ihr Freund«, stellte ich klar.

Anspannung knisterte in der Luft zwischen uns, was Sandrine mit einem belustigten Schnauben quittierte.

»Ja«, sagte Amelie und klang unendlich müde. »Raphael ist ein Freund.«

Obwohl es mir einen Stich versetzte, ließ ich ihr die Berichtigung durchgehen. Beschloss aber, zu einem späteren Zeitpunkt mit ihr darüber zu reden. Ich empfand mehr als Freundschaft für sie und das musste sie wissen.

»Du hast ihn nie erwähnt.« Ein Ausdruck von Misstrauen huschte über Juliens Gesicht, war aber sofort wieder hinter einer Maske verschwunden. Er musterte mich und ich hob die Schultern.

»Wir kennen uns noch nicht so lange«, sagte Amelie und senkte den Blick auf ihre Hände, die sie im Schoß knetete. »Raphael ist der Sohn meines Chefs. Du weißt schon, Monsieur Chevalier. Aus dem Museum.« An mich gewandt fügte sie hinzu: »Danke, dass du gekommen bist.« Ihre Stimme klang dünn und verloren, dass sich sofort jeglicher Groll in mir in Luft auflöste. »Vielleicht war ich ein bisschen voreilig. Entschuldige. Du hast bestimmt zu tun.«

»Amelie, nein«, beteuerte ich und legte die Hand auf ihre. »Ich habe vom Tod eures Professors gehört und war schon auf dem Weg zu dir, als ich deine Nachricht bekommen habe. Ich wollte nach dir sehen.«

»Wir haben uns um Amelie gekümmert«, sagte Julien und als ich ihn erneut ansah, entdeckte ich Sorge in seiner Miene, die auch ich empfand.

»Was ist überhaupt passiert?« Ich bereute die Frage sofort, als Amelie zusammenzuckte und scharf Luft holte, um sich vor den Erinnerungen zu wappnen. Sie schluckte und begann stockend zu erzählen. Als Tränen ihr die Worte raubten, übernahm Julien. Ich schwieg, lauschte, bis sie fertig waren.

»Warum sollte jemand einen Universitätsprofessor umbringen?« Sandrine kaute auf ihrer Unterlippe. »Ich kapiere es nicht.«

»Vielleicht war es eine persönliche Angelegenheit«, mutmaßte Julien.

»Dann wäre er wohl kaum in seinem Büro gestorben«, hielt ich dagegen.

»Entschuldige, mein Fehler. Vermutlich hat man ihn wegen seines Wissens ermordet. Als Universitätsprofessor war er einfach eine zu große Gefahr.« Ironie troff aus Juliens Worten. Mich hingegen stimmten sie nachdenklich.

»Ja«, sagte ich. »Möglicherweise liegst du damit gar nicht so verkehrt.«

»Wie bitte?« Juliens Mundwinkel zuckten nach oben, aber die Belustigung hielt sich nicht lange auf seinem Gesicht und wich Unglaube, der ihn die Brauen heben ließ. »Das war ein Witz.«

»Tja und ich meinte es ernst«, brummte ich. »Er war Professor der Magiewissenschaften. Was, wenn er etwas wusste, von dem er besser nie erfahren hätte?«

»Und was soll das gewesen sein?«, fragte Sandrine.

Ich hob die Schultern. »Keine Ahnung, sonst säße ich vermutlich jetzt nicht mehr hier.«

Das Quietschen von Amelies Stuhl unterbrach unser Gespräch. Sie sprang auf und verließ die Küche.

»Amelie!«, rief Sandrine und erhob sich, aber ich war schneller.

»Ich mache das«, sagte ich und folgte ihr, ohne auf Sandrine oder Julien zu achten, die in eine hitzige Diskussion verfielen.

Die Wohnung war winzig und so fand ich Amelie hinter der zweiten Tür, die ich öffnete. Sie saß auf einem mit Kissen überhäuften Bett, die Knie angezogen, das Kinn darauf abgelegt. Es gab einen Schrank, eine Kleiderstange, ein Regal und einen Schreibtisch, auf dem sich Unterlagen und Bücher stapelten. An der Wand darüber klebten zahlreiche Postkarten mit motivierenden Sprüchen und das Fenster, vor dem ein antik anmutendes Teleskop stand, wurde von langen Vorhängen gerahmt. Ich wusste sofort, dass dies ihr Zimmer war, denn die Einrichtung spiegelte ihre Persönlichkeit wider. Zurückhaltend, aber durchdacht, mit einem Hang zu organisiertem Chaos.

Amelie sah nicht auf, als ich mich ihr näherte und mich vorsichtig auf der Bettkante niederließ. Ihre Trauer bohrte sich wie ein Stachel in mein eigenes Fleisch. Ich streifte die Schuhe ab, kletterte über die Matratze auf sie zu und setzte mich so dicht neben sie, dass ich sie in den Arm nehmen konnte.

»Entschuldige, diese Mutmaßungen waren unangebracht«, flüsterte ich ihr ins Ohr. Als ein zaghaftes Lächeln über ihre Lippen huschte, hüpfte mein Herz vor Freude. Ich vergrub das Gesicht in ihrem Haar, atmete ihren sanften, blumigen Duft. Eine Weile verharrten wir so, zogen Kraft aus unserer Berührung. Irgendwann verlagerte ich das Gewicht, zog Amelie mit mir, bis sie auf meiner Brust lag und einen Arm zaghaft um meinen Bauch schlang.

»Gestern Morgen habe ich D'Amboises Veranstaltung besucht«, flüsterte sie in den Stoff meines Hemdes. »Da ging es ihm noch gut.«

Mit dem Daumen malte ich Kreise auf ihren Rücken. »Kanntest du ihn gut?«

Amelie hob die Schultern. »Nicht besser oder schlechter als die anderen. Seine Vorlesungen waren sehr beliebt. Ich mochte ihn.«

»Ist dir in der letzten Zeit eine Veränderung an ihm aufgefallen?«, hakte ich nach. »Hat er sich vielleicht sonderbar verhalten?«

»Du meinst abgesehen von der Tatsache, dass er faule Studierende aus seinen Kursen herausmobben wollte?« Amelie stieß ein Lachen aus, das ganz und gar nicht fröhlich klang. »D'Amboise war immer schon ein komischer Typ. Auf die gute Art.«

»Ich meine ja nur. Du hast ihn regelmäßig gesehen …«

Abrupt hob sie den Kopf und sah mich an. Unbehagen trübte ihren Blick. »Na ja, eine Sache gab es da.«

»Was?« Ich lehnte mich ein Stück zurück, um sie ansehen zu können.

»Er hatte gestern einen Termin mit dieser Frau aus deinem Team.«

Ihre Worte schlugen mit der Heftigkeit von taubengroßen Hagelkörnern auf mich ein. »Du meinst Lucille?«

Amelie nickte. »Weißt du, was sie von ihm wollte?«

Ich schluckte, sortierte meine Gedanken und suchte nach einer Antwort, die Sinn ergab – fand aber keine. »Sie erwähnte einen Termin an der Uni, aber nicht, dass es D'Amboise war, mit dem sie verabredet war.«

»Glaubst du ... sie könnte ...«

»Etwas mit seinem Tod zu tun haben?« Ich traute Lucille tatsächlich vieles zu, aber keinen Mord. »Sie mag eigensinnig erscheinen, aber sie ist nicht böse.«

»Komisch ist es trotzdem.«

»Finde ich auch. Ich spreche mit ihr. Vielleicht weiß sie mehr als wir.«

Vom Flur drangen Stimmen in Amelies Zimmer und ich hörte, wie Sandrine sich von Julien verabschiedete, dann ertönten Schritte und das Klicken einer Tür. Gut so, denn seine Gegenwart und die Vertrautheit zwischen Amelie und ihm hatte ein hässliches, nagendes Gefühl in meiner Brust geweckt. Und das Bedürfnis, ihm eine reinzuhauen. Dabei war ich weder eifersüchtig noch gewalttätig und Amelie gehörte mir nicht. Das, was zwischen uns war, trug kein Etikett, auch wenn ich sie mochte. Mehr noch: mich zu ihr hingezogen fühlte.

Amelie regte sich, schmiegte sich dichter an mich und rief mir ins Gedächtnis, dass ich es war, der sie in diesem Moment halten durfte. Das besänftigte mich und ich hauchte ihr einen Kuss auf den Scheitel.

»Ich kann seinen Anblick einfach nicht vergessen«, flüsterte sie. Ihre Stimme brach und sie krallte sich in mein Hemd. Ich wünschte, es wäre nicht sie gewesen, die ihn gefunden hatte. Ich wünschte, diese Bilder würden sich nicht in ihrem Kopf wiederholen.

Eine Hand legte ich auf ihre, mit dem anderen Arm umfasste ich sie fester. Das Bedauern schnürte mir die Kehle zu und mein Herz fühlte sich unendlich schwer in meiner Brust an. Auf der Suche nach Worten, die ich nicht fand, schwieg ich. Nichts, was mir in den Sinn kam, würde ihr Trost spenden. Bei ihr zu sein, für sie da zu sein, war alles, was ich tun konnte.

Im Versuch, das Schluchzen zu unterdrücken, zuckten ihre Schultern. Als sie sich beruhigt hatte, sprach sie weiter. »Hast du ... schon einmal einen toten Menschen gesehen?«

»Nein, nie«, antwortete ich ebenso leise wie sie. »War das heute für dich das erste Mal?«

Sie schüttelte den Kopf an meiner Brust und mein Herz krampfte sich zusammen. »Ich habe auch meinen Großvater gesehen. Aber das war anders. Er sah friedlich aus, während D'Amboise ...« Sie unterbrach sich, rang um Fassung. »Ich dachte, der Tod beendet das irdische Leiden. Er wirkte, als hätte das Leid für ihn gerade erst begonnen.«

»So darfst du nicht denken«, murmelte ich und beschrieb mit dem Finger eine horizontale Acht auf ihrem Arm. Wieder und wieder. Unendlich oft. »Als er starb, war alles vorbei. Ich bin sicher, dass er nicht lange gelitten hat.«

»Okay.« Amelie wischte sich über die feuchten Wangen, versuchte, die Spuren von Schock und Trauer zu verwischen, aber die verkrampfte Art, wie sie ihre Schultern hielt, verriet sie. Es würde Zeit kosten, das heute Erlebte zu überwinden.

»Du solltest etwas schlafen«, schlug ich vor.

»Nein, ich ... noch nicht«, flehte sie, als hätte ich vorgeschlagen, ohne Sicherung auf den höchsten Türmen der Notre Dame zu klettern.

»Schon gut«, murmelte ich. Meine Zunge war schwer von der Traurigkeit, die ihre Verzweiflung in mir beschwor.

»Kannst du einfach ... bleiben?«

»Natürlich.« Erneut gab ich dem Bedürfnis nach, ihrer Wärme mit den Lippen nachzuspüren, und küsste ihre Schläfe. Dann befreite ich mich von ihr, stand auf und knipste die Lichterkette an, die über dem Bett hing. Nachdem ich die Vorhänge zugezogen hatte, glitt goldenes Licht durch das Halbdunkel. Ich hoffte darauf, dass es die Macht hatte, die Schrecken des Tages zu vertreiben, oder sie wenigstens bis zum Morgengrauen in Schach zu halten.

Ich kroch zurück über das Bett in die Ecke, in der Amelie sich auf der Tagesdecke zusammengerollt hatte, und zog sie an mich. Es war ein behagliches Gefühl, sie so dicht bei mir zu spüren, und ich war versucht, diesen Moment mehr zu genießen, als angemessen war. Denn ihre Trauer hing wie ein Geist im Raum.

»Erzähl mir etwas«, flüsterte sie gegen meine Brust.

Ich bewegte mich, bis sie auf dem Rücken und ich seitlich neben ihr lag, einen Arm unter ihren Kopf geschoben. Mit der freien Hand begann ich, zarte Muster auf ihre Stirn zu zeichnen. »Das hat meine Mutter mit mir gemacht, wenn ich nach einem Albtraum aufgewacht bin und nicht mehr einschlafen konnte.« Ihr wohliges Seufzen versetzte mich in eine unbeschwerte Zeit zurück, in der mein Vater mein Held und meine Mutter gesund gewesen war. Mit einem Räuspern machte ich mich von den Erinnerungen los und schuf neue mit Amelie. »Ich spiele Klavier.«

»Ach, wirklich?«

»M-hm«, machte ich, folgte den Konturen ihrer geschwungenen Brauen und genoss das Kribbeln, das die Berührung in meinen Fingerspitzen, aber auch in meinem Herzen auslöste. »Meine Mutter hat mich schon sehr früh in den Unterricht geschickt.«

»Das passt zu dir. Klavier und Medizin. Für beides braucht man ruhige Hände.«

»Spielst du ein Instrument?«

»Gott, nein.« Amelie kicherte. »Als Kind konnte mich niemand dazu bewegen, länger als ein paar Minuten still auf einem Stuhl zu sitzen. Und auch nur, wenn es etwas zu essen gab. Ich war lieber draußen und habe Forschungen mit Insekten und Kröten betrieben.«

»Igitt.« Ich lachte. »Ich schätze, damals wären wir keine Freunde geworden.« Mit den Fingern verharrte ich über Amelies Wangenknochen, folgte der Spur weniger Sommersprossen über die Nase. Im Halbdunkel waren sie kaum sichtbar, aber ich wusste, dass sie da waren.

»Sind wir das denn? Freunde?« Amelies Lider flatterten, dann traf mich ihr Blick. Durchdringend.

»Nein«, raunte ich, beugte mich über sie und strich nun mit den Lippen über ihre Schläfe. »Mehr als das.«

»Mehr als das«, wiederholte sie und das Lächeln, das nun ihren Mund bog, erhellte den gesamten Raum.

Die Nacht verbrachte ich bei Amelie. Vollständig bekleidet und auf der Decke liegend, nicht darunter. Irgendwann schlief sie ein, aber die Verbindung, die wir mit unseren Berührungen zwischen uns schufen, brach nicht ab. Ich inhalierte ihren Duft, genoss ihre Nähe. Und als der Morgen anbrach, widerstrebte es mir, mich von ihr zu lösen. Sie stieß einen schläfrigen Laut aus, kuschelte sich in den Berg aus Kissen.

Ich schnappte mir einen Zettel vom Schreibtisch, kritzelte eine kurze Nachricht darauf und legte ihn auf das Bett neben sie. In der Tür drehte ich mich noch einmal um, betrachtete ihre zarte Gestalt auf dem Bett und wunderte mich, wie ich von dem Typen, der sie ausspionierte, zu dem geworden war, der morgens an ihrer Seite erwachte.

Dieses Privileg hast du nicht verdient, flüsterte mir eine gehässige Stimme zu.

Leider musste ich ihr recht geben.

Ich schluckte schwer und stahl mich aus dem Zimmer. Sandrine schlief, sodass ich ungesehen aus der Wohnung entkam. Ein kalter Morgen hieß mich willkommen und trieb mir mit eisigem Wind die Tränen ins Gesicht. Während ich der *Rue Ravignan* in die Richtung folgte, in der ich am gestrigen Tag mein Auto abgestellt hatte, kramte ich in der Tasche und zog das Handy hervor.

Es klingelte zweimal, bis Lucille abnahm.

»Raphael? Ist es nicht ein bisschen früh für einen Anruf bei deiner Vorgesetzten?«

»Weißt du es nicht?«, entgegnete ich.

»Du sprichst vermutlich nicht davon, dass Adele mit ihrer neuen Single sämtliche Spotify-Rekorde gebrochen hat?«

»Adele?«

»Lebst du unter einem Stein?«

»Ich rufe dich nicht an, um mit dir über Musik zu quatschen. Das weißt du.«

Lucilles Seufzen drang durchs Telefon. Es klang müde, resigniert. »Du sprichst vom Tod des Professors.«

»Warum hast du ihn getroffen?«

Stille. Sie hielt so lange an, dass ich mich fragte, ob Lucille aufgelegt hatte. Mit einem Seufzen setzte sie das Gespräch fort. »Möchtest du nicht eigentlich die Frage stellen, ob ich ihn umgebracht habe?«

»Lucille.« Ihre harsche Erwiderung schockierte mich und ich gab mir einen Moment, um nach Worten zu suchen. »Ich halte dich für eine extrem kluge Frau. Wenn du jemanden umgebracht hättest, dann nicht so offensichtlich, dass *ich* dich verdächtigen würde.«

»Ich schätze, das war ein Kompliment. Also ... danke?«

Ein heiseres Lachen brach aus mir heraus und ich hörte, wie Lucille einstimmte.

»Mein Akku gibt jede Sekunde auf, vielleicht vertiefen wir das Gespräch ein anderes Mal.« Sie räusperte sich, wurde ernst. »Er hat jedenfalls noch gelebt, als ich mich von ihm verabschiedet habe. Ich weiß nicht, was geschehen ist.«

»Kanntest du ihn?«, wollte ich wissen.

»So gut, wie man sich in unseren Kreisen eben kennt. Wir sind uns ein paarmal begegnet, aber ...«

Stille schnürte Lucilles Worte ab, die Leitung war tot. Frustriert starrte ich auf mein Handy, dessen Display vom Anrufermodus auf den Homescreen wechselte, wo mir das mikroskopisch vergrößerte Bild einer mit Magie angereicherten Zellkultur entgegenleuchtete. Ich schaltete das Smartphone auf Standby und steckte es zurück in die Tasche. Mit in den Nacken gelegtem Kopf starrte ich in den blauen Himmel, dessen Farbintensität einem Sommertag in nichts nachstand. Doch der Eindruck trog, es war bitterkalt.

Und ich wusste, dass Lucille eine ähnliche Scharade spielte. Etwas stimmte nicht.

18

AMELIE

Die Zeit nahm keine Rücksicht auf den Schockzustand, in den mich der Tod des Professors versetzt hatte, sondern schritt unaufhaltsam voran.

Ein paar Tage später, nachdem ich bei der Polizei eine Zeugenaussage gemacht hatte, kehrte ich an die Uni zurück. Es war ein sonderbares Gefühl. Vor allem, da ein Teil der Magiewissenschaftlichen Fakultät weiterhin gesperrt war.

Julien begleitete mich zu einem Seminar, anschließend erwartete Sandrine uns. Die beiden flankierten und schützten mich vor der Neugier der anderen. Es hatte sich schnell herumgesprochen, dass ich diejenige war, die D'Amboise gefunden hatte.

»Ignorier sie einfach«, knurrte Sandrine und funkelte jeden an, der sich nach mir umdrehte.

»Warum? Es ist nicht Amelie, die sie anstarren«, meinte Julien. Ein Grinsen breitete sich auf seinem Gesicht aus und er rieb sich über die breite Brust. »Sie haben nur bemerkt, was für ein scharfer Typ ich bin.«

»Herr, lass Hirn regnen«, stieß Sandrine aus und beschleunigte ihre Schritte Richtung Cafeteria. »Ich brauche dringend Koffein. Wie sieht es bei euch aus?«

Julien und ich brummten eine einstimmige Antwort und folgten ihr durch den Korridor.

»Und sie haben keine Spur vom Mörder?«, griff Julien unser geflüstertes Gespräch aus dem Seminar kurz zuvor mit einer Mischung aus Sorge und Unbehagen wieder auf.

»Oder von der Mörderin?«, warf Sandrine ein.

Ich kreuzte die Arme vor dem Oberkörper und klammerte mich an dem Riemen meiner Tasche fest. »Jedenfalls konnte mir niemand bei der Police Nationale etwas Neues sagen.«

»Oder vielleicht wollten sie keine Infos herausgeben aufgrund der laufenden Ermittlungen«, bemerkte Sandrine, stockte dann jedoch. »Gibt es hier kein Sicherheitspersonal, um das Eindringen dieser lächerlichen Konservativen zu verhindern? *Mon Dieu*, ich hörte, in London werden selbst die Studierenden am Eingang einer jeden Lehreinrichtung überprüft. Ohne Ausweis kommt da niemand rein.«

Ihre aufbrausenden Worte zogen meine Aufmerksamkeit auf sich. Sie löste sich aus unserem Dreiergespann und stapfte auf die Korkwand zu, die vor dem Eingang zur Cafeteria hing, wo Studierende üblicherweise Job- oder Wohnungsgesuche anpinnten. Jetzt befand sich dort ein großes Plakat mit der Aufschrift *Pas de Magie!*

Es war das erste Mal, dass mir die Parole in der Universität begegnete. Ich drehte mich zu Julien, der die Schultern angespannt hatte und mit zusammengepressten Kiefern beobachtete, wie Sandrine das Plakat von der Wand riss.

»Ist das ein Zufall, dass das ausgerechnet heute hier hängt, oder...« Ich stockte.

»Soweit ich weiß, veranstalten die Antimagies Demonstrationen und müllen die Stadt mit veralteten Ansichten zu, aber sie haben nicht den Ruf, gewalttätig zu sein.«

»Das ist ein Haufen blökender Schafe, mehr nicht.« Sandrine beendete das Gespräch, indem sie das Plakat im nächsten Mülleimer entsorgte.

Nachdem wir uns in die Schlange koffeinsüchtiger Personen eingereiht und bezahlt hatten, bahnten wir uns mit unseren Kaffees einen Weg durch die Tische. Eine Kommilitonin hielt Sandrine auf und verwickelte sie in ein Gespräch, sodass Julien und ich uns ohne sie auf einem freien Platz am Rande der Cafeteria niederließen.

»Wie geht es dir?« Die Art, wie er die Frage stellte, vollkommen ernst und eindringlich, hatte nichts mit dem unbeschwerten Julien gemein, mit dem ich jetzt im fünften Semester studierte.

Mit einem Schlucken versuchte ich, Zeit zu schinden. »Okay, schätze ich.« Ich versuchte mich erst gar nicht an einem Lächeln, denn ich wusste, dass ich kläglich scheitern würde. Die letzten Tage hatten Spuren hinterlassen.

»Es wird besser«, versprach Julien und stieß mich sanft mit der Schulter an.

»Ach ja?«

Ich kniff die Augen zusammen und betrachtete ihn. Der Ausdruck auf seinem Gesicht wirkte gequält. »Ich habe das auch schon erlebt. Vor ein paar Jahren habe ich die Freundin meiner Mutter tot aufgefunden. Sie kam auf ähnliche Weise ums Leben.«

»O Julien.« Ich seufzte und legte die Hand auf seine Schulter. »Das tut mir leid. Wie bist du damit zurechtgekommen?«

»Ich habe weitergemacht.« Julien fuhr sich über die stoppelige Frisur. »Man vergisst diese Bilder nie, aber irgendwann verlieren sie ihren Schrecken. So makaber das auch klingen mag.«

»Ich glaube nicht, dass ich mich je daran gewöhnen kann. Wenn Raphael die letzten Abende nicht bei mir geblieben wäre und gewartet hätte, bis ich eingeschlafen bin, hätte ich wahrscheinlich kein Auge zugemacht.«

Julien nahm einen Schluck Kaffee. »Was ist das eigentlich zwischen euch?«

»Ich …« Einen Satz zu beginnen, ohne zu wissen, wie er endete, war schlecht. Ich stockte und hob hilflos die Schultern. »Das war nicht geplant. Ich mag ihn.«

Mit dem Daumen strich Julien einen Tropfen vom Rand seiner Tasse, ehe er an ihr hinabrinnen konnte. »Ich habe kein gutes Gefühl bei ihm. Er ist mir nicht geheuer.«

Ich nahm die Hand von Juliens Schulter und spannte mich an. »Dann ist es ja gut, dass dich das nichts angeht.«

»Amelie, ich …« Er stieß einen gepressten Laut aus. »Ich mache mir Sorgen. Pass einfach auf dich auf.«

»Um Raphael musst du dir keine Gedanken machen«, sagte ich.

»Wenn du das sagst.« Julien stand auf, als Sandrine an unseren Tisch zurückkehrte.

»Entschuldigt, Violet hat mich aufgehalten.« Ihr Lächeln bekam Risse, als Julien mit finsterer Miene an ihr vorbei nach seiner Tasse griff und eine halbherzige Abschiedsgeste machte.

»Ich habe einen Termin. Man sieht sich.«

Sandrine sah ihm nach. »Das war merkwürdig. Selbst für ihn.«

»Und das war nicht das Einzige«, murmelte ich. »Er hat sich in die Sache mit Raphael eingemischt.«

Sie schnaubte. »Wundert es dich? Julien leidet absolut unter dem Große-Bruder-Syndrom.«

»Dem was?«

»Er fühlt sich für dich verantwortlich.«

»Ich habe nie etwas getan, dass das rechtfertigen würde. Gebeten habe ich auch nicht darum.«

»Er ist ein guter Kerl, Amelie.«

»Seit wann sagst du etwas Nettes über Julien?«

Auf Sandrines Lippen zeichnete sich ein freches Grinsen ab. »Seit ich herausgefunden habe, dass er echt sexy Unterarme hat.«

»Stehst du auf ihn?« Mit dieser Frage wollte ich sie necken, aber die Antwort kam zu schnell, um mich nicht misstrauisch zu machen.

»Natürlich nicht!«

»Sandrine?«

Sie stöhnte und hielt sich die Augen zu. »Er ist Julien.«

»Ein aufmerksamer, hilfsbereiter und liebenswürdiger Typ.«

»Heiß. Du hast heiß vergessen.«

Dieses Adjektiv passte nicht in das Vokabular, mit dem ich meinen Kommilitonen beschrieben hätte.

»Ich muss dringend auf andere Gedanken kommen. Auf solche, die nichts mit unserem Freund und dessen muskulösen Unterarmen zu tun haben. Hast du Lust auf einen Mädelsabend? Das haben wir ewig nicht mehr gemacht.«

»Sandrine, ich weiß wirklich nicht, ob mir danach ist«, gab ich zu.

»Wir müssen nicht um die Häuser ziehen. Essen gehen vielleicht. Was hältst du davon, wenn wir zusammen im *Gaston* essen? Da waren wir lange nicht mehr und ich habe wirklich große Lust auf die selbstgemachten Pommes, die es dort gibt.«

Sandrine klimperte hinter den Gläsern ihrer Brille aufreizend mit den Wimpern und mir entfuhr ein Lachen, das sich fremd anfühlte. Fremd, aber auch gut. Es verhieß Hoffnung auf jene Normalität, wie ich sie vor D'Amboises Tod gekannt hatte.

»Du weißt genau, dass ich nicht nein sagen kann, wenn es um Pommes geht.«

Der Tag an der Uni bot mir genau die Ablenkung, die ich brauchte. Abends machte ich mich für das Rendezvous mit Sandrine fertig. Ich entschied mich für ein schlichtes, aber dennoch elegantes Outfit: Eine weiße Bluse zu einer beigen Chino, darüber würde ich einen karierten Wollmantel und Chelsea Boots tragen. Mit einer Schleife band ich mir das Deckhaar im Nacken zusammen und legte Perlenohrringe an, die einst meiner *Grand-Maman* gehört hatten.

Um halb sieben trat ich aus unserer Wohnung. Ich war weitaus früher fertig geworden als gedacht und wollte Monsieur Lambert einen kurzen Besuch abstatten. In den letzten Tagen waren wir uns nicht mehr im Korridor begegnet und allmählich sorgte ich mich um sein Wohlergehen.

Ich klopfte gegen die Glasscheibe seiner Wohnungstür und wartete auf das schlurfende Geräusch seiner Schritte. Als nichts erklang, zog ich den Reserveschlüssel unter der Fußmatte hervor und betrat die fremde Wohnung. Die Luft roch abgestanden, als wäre Monsieur Lambert ein paar Tage nicht mehr hiergewesen. Und tatsächlich war sie leer. Vielleicht besuchte der alte Mann Verwandte? Verwandte, die er nie erwähnt hatte. Ich hatte immer geglaubt, er hätte keine Familie mehr, weil er jede Gelegenheit genutzt hatte, sich mit Sandrine oder mir zu unterhalten.

Mit leichtem Unbehagen verließ ich die Wohnung unseres Nachbarn. Sein Verschwinden war ungewöhnlich, aber vielleicht irrte ich mich und er war zu einem Arztbesuch oder zu einem Stadtbummel aufgebrochen. Vermutlich machte mich die ganze Geschichte um den

Tod meines Professors paranoid. Ich beschloss, morgen noch einmal nach ihm zu sehen.

Als ich mich bückte, um den Reserveschlüssel an sein Versteck zurückzulegen, ertönte hinter mir ein leises *Klonk*. Ich richtete mich auf und beobachtete, wie eine alte Dame mit Gehstock den obersten Treppenabsatz erreichte und auf mich zuhumpelte.

»*Bonsoir Madame*«, grüßte ich sie höflich. Sie war eine große, gebrechliche Gestalt, die eine natürliche Autorität ausstrahlte. Eine, die mich schmerzlich an D'Amboise erinnerte. Das eisengraue Haar trug sie in einem strengen Knoten, der ihr kantiges, vom Alter gezeichnetes Gesicht betonte. Sie kam mir vage bekannt vor, aber ich hatte keine Ahnung, wo ich sie schon einmal gesehen hatte.

»*Bonsoir*«, erwiderte sie und sah an mir vorbei zur Wohnungstür meines Nachbarn.

»Monsieur Lambert ist nicht da«, sagte ich.

Die Dame musterte mich. Nicht aufdringlich, aber so, dass ich mich unwohl fühlte.

»Er musste in dringender Angelegenheit die Stadt verlassen«, sagte sie. »Ich bin gekommen, um nach seinen Pflanzen zu sehen.«

Etwas an dieser Situation kam mir falsch vor und wenn es nur meine neu entdeckte Paranoia war. Aber mein Argwohn siegte über meinen Anstand und ich fragte: »Woher kennen Sie sich?«

»Wir spielen seit ein paar Jahren Pétanque zusammen, das hält uns fit.«

Ja, dass er Boule spielte, hatte Monsieur Lambert erwähnt. Auf einmal kam ich mir albern vor, dieser älteren Dame zu misstrauen und ihr eine böse Absicht zu unterstellen. Erneut bückte ich mich und zog den Reserveschlüssel wieder unter der Fußmatte hervor. Ich streckte den Arm aus, um ihn ihr zu geben.

»Ich muss los. Einen schönen Abend noch«, wünschte ich ihr.

»Danke, gleichfalls. Alles Gute für Sie, Amelie.«

Dass sie mich beim Namen genannt hatte, bemerkte ich erst, als ich auf die Straße trat. Woher kannte sie mich? Hatte Monsieur Lambert über mich gesprochen? Aber woher hatte sie gewusst, dass ich das war?

Verwirrung fesselte mich an die Stelle, an der ich stand, und ich fragte mich, was Monsieur Lambert aus der Vertrautheit seiner Wohnung hätte locken können. Hoffentlich ging es dem alten Mann gut.

Als eine der Straßenlaternen zu flackern begann, riss ich mich aus der Starre und setzte mich in Bewegung. Ein Blick auf die Uhr trieb mich an. Ich lief an den verwaisten Bänken auf dem winzigen *Place Émile Goudeau* vorbei und schlug die Richtung ein, in der das Restaurant lag.

Jeder Schritt fühlte sich wie die Rückeroberung von Normalität an. Eisige Luft füllte meine Lunge mit einem Gefühl von tausend kleinen Nadelstichen und vor meinem Mund hing eine Atemwolke. Ich war mit Sandrine vor Ort verabredet, weil sie den Nachmittag in der Redaktion verbracht hatte. Sie hatte angeboten, mich abzuholen. Aber ich hatte abgelehnt, denn für sie hätte es einen Umweg bedeutet und für mich wäre es die Bestätigung gewesen, dass mein Leben außer Kontrolle geraten war.

Und das war es nicht. Ich war kurz aus dem Takt geraten. Nun fand ich zurück. *Musste* zurückfinden.

Zu Fuß machte ich mich auf den Weg zu *La Place de Gaston*, Sandrines und meinem Lieblingsrestaurant am Fuße von *Sacré-Cœur*. Es lag nun schon eine ganze Weile zurück, dass wir uns dort getroffen hatten, und ich freute mich auf den Abend mit meiner Freundin. Auf einen Abend, der nach Normalität schmeckte und die Schatten der vergangenen Tage bannte.

Die kalte Luft belebte meine Sinne. Ich folgte der *Rue Gabrielle*, einer Pflasterstraße, die wie ein Mosaik wirkte, das kurz vor dem Auseinanderbrechen stand. Lockere Pflastersteine stellten Stolperfallen dar, viele davon standen schief, andere waren vollständig herausgebrochen. Der desolate Zustand der Straße spiegelte sich auch in den umliegenden Reihenhäusern wider, deren Fenster zersplittert und deren Dächer teilweise eingefallen waren. Dazwischen ragten knorrige Bäume mit langen Ästen auf, die sich wie Finger durch die leeren Fensterrahmen tasteten und ins Innere der Gebäude griffen. Dort, wo Zufahrtsstraßen auf die *Rue Gabrielle* trafen, erhaschte ich einen Blick auf die Stadt, die an ein glitzerndes Band erinnerte, das sich bis zum Horizont erstreckte. Der Blick aus der Ferne verschleierte die Verfallsspuren und von hier oben wirkte Paris längst nicht so marode, wie es tatsächlich war.

Am Ende der Häuserreihe lag ein einziges intaktes Gebäude. Aus den Fenstern fiel schimmerndes Licht auf die Straßen und beleuchtete die Schatten zwischen den Laternen. An dem Sockel eines mit Graffiti besprühten Gebäudes kauerte eine in Decken gewickelte Gestalt. Das Licht spiegelte sich in den weit aufgerissenen Augen des Obdachlosen. Paris zählte viele Opfer des Magiefalls. Menschen, deren Zuhause einstürzte, landeten von einem Tag auf den anderen auf der Straße. Sandrine und ich hatten Glück, dass wir eines jener Gebäude bewohnten, die frei von Magie errichtet worden waren.

Ich griff in die Tasche, zog das Portemonnaie hervor und gab dem Mann einen Zehn-Euro-Schein. Viel hatte ich selbst nicht, aber mehr als er. Der Obdachlose keuchte überrascht auf. Mit zitternden Fingern nahm er ihn entgegen.

»Merci, Mademoiselle«, hauchte er.

»Passen Sie gut auf sich auf.« Ich schenkte ihm ein Lächeln, dann setzte ich den Weg fort, der mich am Ende der Rue Gabrielle über eine steile Treppe, deren Stufen an mancher Stelle brachen, zum Gelände von *Sacré-Cœur* führte, deren Kuppel an einen Planeten erinnerte, der mit einem anderen kollidiert war. Nur noch die Hälfte war von ihr übrig, die andere Seite war Magiefall und Schwerkraft zum Opfer gefallen. Hinter den Fenstern lauerte die Gewissheit, dass der Untergang unserer Zeit nicht mehr fern war.

La Place de Gaston lag am Ende einer der Seitenstraßen um *Sacré-Cœur*. Als ich das beleuchtete Schild des Restaurants von Weitem erkannte, zückte ich das Smartphone und schickte Sandrine eine Nachricht.

Ich – 18:57
Bin gleich da. Und du?

Der Wind trug mir das Lachen einer Frau entgegen, die sich von ihrer Begleiterin fotografieren ließ. An der Balustrade, unter der sich der

Hügel absenkte, lehnten einige Pärchen, die den eindrucksvollen Ausblick auf die Stadt genossen, in der sich zeitlose Eleganz und endlose Zerstörung die Waage hielten. In den Geschichtsbüchern wurde Paris als weiße Stadt beschrieben, heute war sie ein Ort voller Kontraste, wo Schwarz und Weiß aufeinandertrafen.

In diesem Moment zerriss eine Detonation den Frieden des Abends und sprengte die Welt in winzig kleine Splitter. Alles löste sich um mich herum auf. Paris. Gedanken. Erinnerungen. Ich selbst, bis nichts mehr von mir übrig blieb als ein Gefühl überwältigenden Schmerzes. Ein Schmerz, der meinen Körper bestimmte, aber in meinem Herzen seinen Ursprung fand. Ein Schmerz, der Schwärze beschwor und mich in eine Welt jenseits der Wirklichkeit riss.

Ich gab ihm nach.

19
RAPHAEL

Weil Sandrine meiner Anwesenheit in ihrer Wohnung überdrüssig war, hatte sie mich für diesen Abend ausgeladen, um *Mädchenzeit* mit Amelie zu verbringen, wie sie es ausgedrückt hatte. Die letzten Nächte hatte ich mit Amelie in den Armen verbracht und es widerstrebte mir, heute allein schlafen zu müssen. Allerdings gab mir das die Möglichkeit, wieder einmal nach meiner Mutter zu sehen.

In den vergangenen Tagen hatte ich mich nur sporadisch bei ihr gemeldet. Was nicht ungewöhnlich war. In dieser Hinsicht musste ich meinem Vater leider zustimmen, ich war kein Paradebeispiel eines Mustersohnes, im Gegenteil. Aber die Krankheit, die meine Mutter schwächte und ihr Lebensqualität raubte, vergiftete meinen Geist und beeinflusste meinen Alltag. Es war egoistisch, doch wenn ich auf Abstand ging, konnte ich mich besser auf Arbeit und Studium konzentrieren.

Obwohl ich beides gewählt hatte, um ihr zu helfen.

Ich parkte den Renault in einer Seitenstraße, die ans Museum grenzte, und hielt auf das Gebäude zu. Bernadette begrüßte mich mit einem breiten Lächeln, während eher das Gegenteil über das Gesicht meines Vaters rutschte. Ich hatte gehofft, ihm nicht zu begegnen. Aber vermutlich hatte ich es nicht anders verdient, nachdem ich mit Abwesenheit geglänzt hatte.

»Gaspard«, murmelte Bernadette im Versuch, ihn zu beschwichtigen. Erfolglos. Mit großen Schritten und eisiger Miene kam er auf mich zu.

»Ich bin überrascht, dich hier zu sehen. Nachdem du dich tagelang nicht gemeldet hast, dachten wir schon, dich vermisst melden zu müssen«, knurrte er.

»Es tut mir leid, dich enttäuschen zu müssen«, hielt ich dagegen. »Wieder einmal.«

Mein Vater, den alle als gutmütigen und ein wenig exzentrischen Mittvierziger kannten, schnaubte. Er hob den Finger, deutete auf meine Brust. »Du brichst das Herz deiner Mutter. Wieder und wieder. Und ebnest dieser verdammten Krankheit den Weg.«

Seine Worte glichen einer Ohrfeige. Ich wich einen Schritt zurück, war versucht, mich umzudrehen und zu verschwinden. Aber das brachte ich nicht über mich. Ich musste stark bleiben. Für meine Mutter.

Ich hob das Kinn. »Es ist nicht meine Schuld, dass sie krank ist.«

»Aber mit den Sorgen, die du ihr bereitest, trägst du nicht zu ihrer Genesung bei«, ätzte mein Vater.

»Gaspard, ich bitte dich«, mischte sich Bernadette ein. Sie wies auf eine Gruppe von Besuchenden, die vom oberen Treppenabsatz neugierig zu uns heruntersahen. Unsere Auseinandersetzung musste durch das gesamte Museum hallen.

Doch mein Vater störte sich nicht daran und fuhr fort, ohne die Stimme zu senken: »Du bringst sie ins Grab mit deinem egoistischen Verhalten!«

Er war verbittert, fürchtete um das Leben seiner Frau. Die Krankheit hatte nicht nur meine Mutter, sondern auch ihn gezeichnet. Ich wusste das. Dennoch gärte die Wut in meinem Bauch, verbrannte mein Innerstes, weil er mein Vater war, der sich nicht so verhielt. Das tat verdammt weh.

»Vielleicht«, zischte ich. »Aber du hast auch einen Beitrag daran, weil du sie längst aufgegeben hast.«

In der Stille, die auf meine Worte folgte, fürchtete ich fast, mein Vater würde ausholen und mich tatsächlich schlagen. Röte kroch aus dem Kragen seines Hemds über seinen Hals. Doch dann wandte er sich ab. Das Klackern der Absätze seiner Schuhe auf dem auf Hochglanz polierten Boden war das einzige Geräusch, und es verklang, als er im Gang zum Pausenraum verschwand.

Bernadette holte tief Luft und sah mich mit einer Mischung aus Mitleid und Unbehagen an. »Er meint das nicht so«, sagte sie leise. Aber es war längst zu spät, die Besuchenden hatten das Spektakel live erlebt. Endlich wurde ihnen für das hohe Eintrittsgeld mal etwas geboten, denn für Unterhaltung sorgten die staubigen Ausstellungsstücke nicht. Sie erinnerten lediglich an die Magie, die wir nicht mehr hatten.

»Oh, ich bin sicher, dass er es ganz genauso meint«, entgegnete ich. »Und ich auch.«

Ich nickte Bernadette zu, bevor ich auf die Treppe zuhielt, die nach oben in den Ausstellungsbereich und in den privaten Teil des Gebäudes führte. Stufe um Stufe wuchs meine Anspannung, die ich immer empfand, wenn ich meine Eltern besuchte. Vor der Wohnungstür hielt ich inne, atmete tief ein und versuchte, mich zu entspannen. Meine Mutter sollte nichts vom Streit zwischen mir und meinem Vater mitbekommen. Damit wollte ich sie nicht auch noch belasten.

»Raphael.« Meine Mutter richtete sich in ihrem Bett auf. Tiefe Schatten lagen unter ihren Augen, die Wangen waren eingefallen. Ich war mir sicher, dass sie, seit ich sie zuletzt gesehen hatte, abgenommen hatte. Dennoch zeichnete sich ein Lächeln auf ihren spröden Lippen ab. Sie klopfte auf den Rand des Bettes und bedeutete mir, mich zu setzen. Ich küsste sie auf die Stirn, ehe ich ihrem Wunsch nachkam.

»Wie geht es dir, *Maman*?«, fragte ich, obgleich ich mich vor der Antwort fürchtete.

»Gut.«

Die Lüge war offensichtlich, dennoch spielte ich mit und nickte, während ich die Instrumente auspackte, um ihr Magie zu spritzen. Das würde ihren Zustand zumindest in den nächsten Stunden verbessern. »Das ist schön.«

»Und wie geht es dir? Du warst sehr beschäftigt in letzter Zeit. Du arbeitest doch nicht zu viel, oder, mein Junge?« Meine Mutter beugte sich vor und nahm mein Gesicht in die Hände. Dann musterte sie mich prüfend. »Du siehst anders aus als sonst.«

»Ach, wirklich?« Ich entzog mich ihrem Griff, desinfizierte ihre Armbeuge und füllte die Spritze.

»Du siehst *glücklich* aus.«

Diese Aussage stellte meine Standfestigkeit auf die Probe, fast hätte ich ihr von meiner Auseinandersetzung mit Papa erzählt und dass sie sich irrte.

Die Lippen meiner Mutter kräuselten sich, Falten rahmten ihre Augen ein und sie zuckte nicht einmal, als die Spritze in ihren Körper eindrang. »Es ist diese junge Frau. Amelie.«

Ich stöhnte, weil ich sie nicht eher durchschaut hatte. Ich sah nicht glücklicher aus als üblich, sie war einfach neugierig. Es war ihre Methode, Dinge aus mir herauszukitzeln, die ich nicht preisgeben wollte.

»Ich bin nicht glücklich«, sagte ich eine Spur härter als beabsichtigt.

Besorgnis zerknitterte die Stirn meiner Mutter. »Raphael, du darfst glücklich sein.«

»Nicht, solange es dir schlecht geht«, widersprach ich und drückte ihre kleine, zerbrechliche Hand. *Maman* entfuhr ein Seufzen, das mich sofort wachsam machte. »Ist alles in Ordnung?«

»Nicht, wenn mein Sohn solchen Quatsch von sich gibt«, entgegnete sie und strafte mich mit strengem Blick ab. »Dein persönliches Glück hängt nicht von meiner Gesundheit ab, Liebling.« Sie lächelte. »Erzähl mir von ihr.«

»Und dir kommt nicht in den Sinn, dass ich mit meiner Mutter nicht über solche Themen reden möchte?«, grummelte ich und packte meine Instrumente ein. Dann beugte ich mich zu ihrem Nachttisch, um ihr ein Glas Wasser einzuschenken. Das Ablenkungsmanöver zeigte keine Wirkung, ebenso wenig wie meine Worte.

Meine Mutter winkte ab, nachdem sie einen Schluck getrunken hatte. »Ich möchte alles wissen und du wirst mir alles erzählen, weil du genau weißt, dass in meinem Leben gerade nicht viel Spannendes passiert.«

»Du spielst mit unfairen Mitteln«, entgegnete ich, obwohl ich wusste, dass ich verloren hatte. Ich betrachtete meine Finger, die Amelies Haut in den letzten Tagen so oft erkundet hatten. Ich schluckte. »Sie hat eine schwere Zeit durchgemacht und ich war häufig bei ihr.«

Ich erzählte meiner Mutter, dass Amelie ihren Professor tot aufgefunden hatte, verschwieg allerdings eine mögliche Verbindung zur

AI. Sie hielt ohnehin nicht sonderlich viel von meiner Arbeit. Aus anderen Gründen als mein Vater. Denn sie war der Meinung, dass sie meine Zeit unverhältnismäßig beanspruchte.

»Du magst sie«, stellte meine Mutter mit einem Lächeln fest, das zu durchschauen ich nicht imstande war. Es barg die mütterliche Fähigkeit, Dinge über das eigene Kind zu wissen, die diesem nicht bewusst waren. Gruselig.

»Sie ist ... sehr klug. Ein bisschen nervig. Aber ziemlich niedlich. Und eigentlich sollte ich sie nicht mögen.« Dieses Geständnis schmeckte bitter, aber ich war nicht in der Lage, es hinunterzuschlucken. Denn es war die Wahrheit.

»Warum nicht?« Aufmerksam musterte meine Mutter mich. Ich spürte ihren durchdringenden Blick, wagte aber nicht, ihn zu erwidern. Die Gefahr war zu groß, dass sie mehr sah, als ich sie sehen lassen wollte.

»Na ja, ich erwähnte bereits, dass sie klug ist. Sie ist sogar so klug, dass sich die AI für sie interessiert. Meine Chefin wollte, dass ich Amelie kennenlerne, mehr über sie in Erfahrung bringe. Aber davon ahnt sie nichts.« Das war die hässliche Wahrheit hübsch verpackt.

»Nun, wenn du sie wirklich magst, musst du ihr die Wahrheit sagen«, sprach meine Mutter aus, was ich längst wusste und doch nicht umsetzen konnte. Denn dann riskierte ich, Amelie zu verlieren. Und – in diesem Punkt hatte mein Vater auf bedauernswerte Weise recht – ich war verdammt egoistisch. Ich wollte Amelie nicht verlieren. Nicht jetzt, da es sich so gut anfühlte, in ihrer Nähe zu sein.

Als ich zögerte, fügte sie hinzu: »Lügen sind kein Fundament für eine Beziehung, Raphael.«

Ich könnte für mich behalten, wie alles begonnen hatte. Denn inzwischen hatte ich einen Punkt erreicht, an dem ich Amelie niemals verraten würde. Ich könnte eine neue Wahrheit schaffen. Aber ich wusste, dass meine Mutter recht hatte. Wenn ich das tat, würde das alles vergiften, was sich zwischen uns entwickeln könnte. Ich musste mit Amelie reden.

Mit einem Seufzen stimmte ich meiner Mutter zu. »Ich hasse es, dass du so weise bist«, brummte ich und entlockte ihr ein Lachen, das sich alsbald in einen rasselnden Hustenanfall verwandelte. Ich spannte mich an, wartete darauf, dass sie sich beruhigte. Doch der Husten dauerte länger an als üblich und zeugte von der Übermacht ihrer Krankheit, der ihr Körper allmählich erlag. Selbst die Magiespritzen zeigten mit jedem Mal weniger Wirkung.

Amelies Forschungen könnten den Schlüssel zur Heilung meiner Mutter darstellen. Ich hielt ihn in der Hand, aber wenn ich ihn in das passende Schloss steckte, würde ich Amelie verraten.

Sie oder meine Mutter.

Dem Druck der Entscheidung, die ich sehr bald treffen musste, konnte ich kaum standhalten.

»Schon gut«, murmelte *Maman* schließlich. »Alles ist gut. Mach dir keine Sorgen.« Ihre Augen waren glasig, Müdigkeit vertiefte die Linien auf ihrem Gesicht, die sie ihrer Krankheit, nicht dem Alter verdankte.

»Ruh dich aus, *Maman*.« Zum Abschied küsste ich sie zwischen die Brauen.

»Wenn du mir dasselbe versprichst«, entgegnete meine Mutter.

»Um mich brauchst du dir keine Gedanken machen«, versicherte ich ihr und stand auf. »Ich hole verpassten Schlaf in den Vorlesungen nach und ich ernähre mich ausgewogen, indem ich jeden Abend bei einer anderen Pizzeria bestelle.«

»Du bist der König des gesunden Lebensstils.«

Im Türrahmen blieb ich stehen und zwinkerte meiner Mutter zu. »Ich gebe mein Bestes.«

Ihr Glucksen begleitete meinen Weg durch den Korridor nach draußen.

Amelie oder meine Mutter.

Angst erwachte in meinem Bauch, denn ich hatte keine Ahnung, ob ich stark genug war, um eine Entscheidung zu treffen und die Konsequenzen zu tragen. Kein Szenario erschien mir erträglich. Egal, was ich tat, eine der beiden Frauen würde ich verlieren.

Oder unterschätzte ich Amelie? Vielleicht brachte sie Verständnis für meine Situation auf. Vielleicht konnte sie mir helfen, ein Heilmittel zu finden.

Noch im Treppenhaus zog ich das Handy aus der Hosentasche, um Amelie eine Nachricht zu schicken. Wenn ich ihr schrieb, dass wir reden mussten, hatte ich keine Möglichkeit, mir Gründe zurechtzulegen, warum ich es nicht tun sollte. Aber der Akku war leer, das Display blieb schwarz. Im Auto lud ich es über das USB-Kabel, aber die Fahrt zu meiner Wohnung war zu kurz, um das Handy funktionsfähig zu machen.

Ich verbot mir den Gedanken, dass mich das Schicksal davon abhalten wollte, Amelie die Wahrheit zu sagen, steckte das Handy zu Hause an den Strom und sprang in der Zwischenzeit unter die Dusche. Erst als es zwanzig Prozent aufgeladen hatte, schaltete ich es erneut ein.

Und dann gingen die ersten Nachrichten ein. Ich erstarrte, als ich sie überflog. Sie alle stammten von Lucille und klangen zusammenhanglos. Keine Ahnung, was sie mir mitteilen wollte, aber sie hatte mehrfach versucht, mich anzurufen. Ich wählte ihren Kontakt an, rief zurück. Es klingelte, bis die Mailbox das Gespräch entgegennahm. Ich hinterließ keine Nachricht, sondern schrieb meiner Vorgesetzten. Was mich tatsächlich stutzig machte, war, dass nichts davon übertragen wurde. Sämtliche Versuche, sie zu kontaktieren, gingen ins Leere.

Unbehagen stieg in mir auf, aber ich ignorierte es, die Worte meiner Mutter im Hinterkopf. Es war Donnerstagabend und was es auch war, ich hatte morgen genug Zeit, um mit Lucille zu sprechen. Dieser Einstellung blieb ich knappe fünfzehn Minuten treu, in denen ich die Wohnung aufräumte. Amelie hatte an diesem Abend keine Zeit für mich, also konnte ich ebenso gut ein wenig arbeiten.

Erneut rief ich Lucille an. Auf dem Geschäftstelefon, dann auf ihrer privaten Handynummer. Weil meine Nachrichten nicht ankamen, probierte ich es bei Davide. Das Gespräch wurde an die AI-Zentrale weitergeleitet, denn anscheinend war heute der erste Tag, seit er den Job angenommen hatte, an dem er früher als üblich Feierabend machte.

»Willkommen bei *Asclépios Industrielle*. Hier spricht Elodie Violaine, was kann ich für Sie tun?«, meldete sich eine mir vage vertraute Stimme.

»Äh, *bonsoir*«, stammelte ich, nicht darauf vorbereitet, mit jemandem zu sprechen, der nicht Davide war. »Raphael Chevalier hier. Ich arbeite als Laborassistent in der Zellulären Magiescopie.«

»Weiß ich doch. Hi, Raphael«, zwitscherte die Frau.

»Ich versuche, Lucille zu erreichen. Erfolglos. Kannst du mir sagen, ob sie noch im Gebäude ist?«

»Oh, *Pardon*, darüber kann ich keine Auskunft geben. Du weißt, wie viele Leute hier ein- und ausgehen.«

»Einen Versuch war es wert«, meinte ich.

»Kann ich sonst noch etwas für dich tun, Raphael?«

»Nein, schon gut. Ich probiere es noch mal auf ihrem Handy.«

»Okay. Viel Erfolg dabei und hab einen schönen Abend.«

Elodie beendete das Gespräch. Ich sank auf das Sofa, fuhr mir durchs Haar. Es war nicht ungewöhnlich, dass ich Lucille nicht erreichte. Sie war eine viel beschäftigte Frau. Dennoch nagte nach allem, was geschehen war und der Dringlichkeit, mit der sie mich zu erreichen versucht hatte, ein ungutes Gefühl an meinen Eingeweiden. Ich schickte eine Nachricht an Davide.

Ich – 20:38
Hey Kumpel, sag bloß, du hast schon Feierabend? Gibt es niemanden mehr, den du bespitzeln kannst? Oder keine Datenbank mehr zum Hacken? Ich versuche, Lucille zu erreichen. Hast du sie heute in der Firma gesehen?

Und gleich darauf schrieb ich an Amelie, weil der Abend endlos zu werden drohte.

Ich – 20:42
Ich hoffe, du hast eine schöne Zeit mit Sandrine. Sehen wir uns morgen?

Es war mir gleich, dass ich wie ein klammernder Freund klang. Im Gegenteil, der Gedanke, ihr Freund zu sein, gefiel mir. Sie antwortete mir nicht, stattdessen klingelte mein Handy. Davides Foto leuchtete auf dem Display auf.

»*Salut*, Davide«, meldete ich mich. »Alles klar bei dir?«

»Raphael?« Der aufgeregte Ton, den er anschlug, verwirrte mich. Ich richtete mich auf.

»Ja, wen erwartest du denn?«

»Hast du es nicht gehört?«

Mein Magen schlang sich zu einem Knoten. »Ist Lucille etwas zugestoßen?«

»Lucille?« Ich stellte mir vor, wie er blinzelte – wie immer, wenn sein Gegenüber etwas Unerwartetes gesagt hatte.

»Ja, sie hat vorhin mehrmals versucht, mich zu erreichen, meldet sich aber nicht mehr.«

»Hast du mal auf die Uhr gesehen? Sie hat Feierabend.« Davide schnalzte mit der Zunge. »Nein, ich spreche von der Explosion bei *Sacré-Cœur*. Das ist doch ganz in der Nähe von Amelies Wohnung.«

Mit einem Ruck fuhr ich hoch, unsicher, ob ich ihn richtig verstanden hatte. »Was? Dort gab es eine Explosion?«

»Gegen neunzehn Uhr«, bestätigte Davide.

Die Sorge um Lucille wurde von etwas anderem, etwas Größerem verdrängt. Angst und Wut schrumpften in meinem Magen zu einem harten Klumpen zusammen.

»Warum hast du mir nichts davon gesagt?«, fuhr ich ihn an.

»Na ja …« Davide räusperte sich, im Hintergrund raschelte etwas. »Du warst jeden Abend der letzten Woche bei ihr, da dachte ich …«

Ich musste nicht nachfragen, woher er das wusste. Dieser primitive Stalker hatte uns überwacht. Aus eigenem Antrieb, für die Firma, was auch immer. In diesem Moment spielte es keine Rolle.

Ich brummte eine unverständliche Antwort, während ich nach der Fernbedienung suchte und hektisch auf ihren Knöpfen herumdrückte. Der Fernsehbildschirm flimmerte und erwachte zum Leben. Dann zappte ich durch die Kanäle, bis ich einen Nachrichtensender fand, der die erschreckenden Bilder einer Explosion im *18. Arrondisment* zeigte. Orangerote Flammen und dichter Rauch stiegen in die Nacht und erzählten eine Geschichte von Leid und Tod. Eine Nachrichtensprecherin löste die grauenhaften Aufnahmen ab und wandte sich an die Zuschauenden. Ihre Lippen bewegten sich, aber ich verstand nur einzelne Wörter, denn in meinen Ohren rauschte das Blut.

»… mehrere Tote und zahlreiche Verletzte … Ursache unbekannt … Vorfall ereignete sich am frühen Abend … Ortsansässige und Reisende unter den Opfern …«

Ich stieß einen Fluch aus. »Wann hast du zuletzt etwas von Amelie gehört?«, fragte ich tonlos.

»Das ist schon eine Weile her. Sie hat am frühen Nachmittag die Uni verlassen, danach habe ich sie nicht mehr beschattet.«

»Ja, in diesem Zeitraum habe ich die letzte Nachricht von ihr erhalten«, presste ich hervor und wollte mir nicht ausmalen, was das möglicherweise zu bedeuten hatte. »Kannst du … kannst du ihr Handy orten?«

»Klar. Gib mir einen Moment.«

»Beeil dich.«

»Ich schicke dir sofort die Koordinaten.« Das Gespräch wurde von einem Knacken unterbrochen, dann war die Leitung tot.

Ich sprang auf und begann, im Wohnzimmer auf- und abzutigern. Dabei wählte ich Dutzende Male Amelies Nummer, wurde aber jedes Mal zur Mailbox weitergeleitet. Verbrachte sie ungestört einen Abend mit ihrer Freundin? Oder war ihr etwas zugestoßen?

Allein die Vorstellung beschwor ein Gefühl von Übelkeit in mir. Die Zeit lief unaufhörlich weiter, immer wieder starrte ich abwechselnd auf die Bilder der Explosion, die über den Fernseher zuckten, und das Display meines Handys. Suchte nach einer Nachricht von Amelie, die nicht kam, überprüfte die Uhrzeit. Davide brauchte eine Ewigkeit, die meine Nerven strapazierte.

Merde, ich würde nicht hier warten, bis er sich meldete. Ich stürzte in den Flur, schlüpfte in meine Schuhe und wollte gerade nach dem Mantel greifen, als das Piepen des Handys eine eingehende Nachricht ankündigte.

Meine Finger zitterten und ich brauchte mehrere Anläufe, um sie zu öffnen.

Davide Marchand – 20:51
Das Handy ist ausgeschaltet. So kann ich sie leider nicht finden.

Mein Sichtfeld schrumpfte zusammen, als Panik in mir aufstieg und in Form weißer Punkte vor meinen Augen tanzte. Sie lenkte meine Schritte, führte mich unbeholfen durch die Wohnung und aus dem Haus. Ich musste Amelie finden und mich davon überzeugen, dass es ihr gutging.

20
AMELIE

Eine Druckwelle erfasste mich und warf mich zurück. Oben und unten verschwammen, Paris wirbelte vor meinen Augen. Mein Aufschrei ging in dem tosenden Donner der Explosion unter. Ich schlug hart auf dem Asphalt auf, etwas traf mich an der Schulter. Über mir brannten sich Farben und Licht in den dunklen Himmel, der diese aufsaugte wie ein Schwamm, bis sich eine finstere, sternlose Dunkelheit auf die Stadt senkte. Ein unangenehmes Piepen löste den Nachhall des Donners ab.

Stöhnend versuchte ich, mich hochzustemmen. Um mich herum erwachte die Straße zum Leben. Schreie und Gewimmer erhoben sich, mich traf der Scheinwerfer eines Autos. Ich blinzelte. Mein Hirn brauchte eine Weile, um die Situation zu erfassen. Um die Schrecklichkeit dieses Augenblicks zu begreifen.

Unmöglich.

Das war nicht geschehen.

Meine Hose war an den Knien zerrissen, Blut und Staub sprenkelten den Stoff. Ich bewegte meine Finger, die Arme. Zuckte mit den Zehen. Hörte in mich hinein und suchte nach einem physischen Schmerz, den ich nicht fand. Abgesehen von ein paar Schürfwunden war ich unverletzt. Ich hatte Glück gehabt. Andere nicht.

Unweit von mir entfernt krümmte sich eine Frau. Schluchzer schüttelten ihren Körper und mit der rechten Hand stabilisierte sie ihren Arm, der in einem sonderbaren Winkel zum Körper hing. Galle stieg in mir hoch, als ich die Pfützen aus Blut bemerkte, die sich im Rinnstein sammelten. Jemand schrie.

Ich kroch auf die Frau mit dem gebrochenen Arm zu.

»Hilfe kommt«, murmelte ich, denn in der Ferne heulten die ersten Sirenen auf. »Hilfe kommt. Alles wird gut.«

Ihr Gesicht war staubig und sie sah aus tränennassen, vollkommen leeren Augen zu mir auf, als hätte sie nichts von dem verstanden, was ich gesagt hatte.

»Alles wird gut«, wiederholte ich und tastete mit zitternden Fingern nach meinem Smartphone. Mein Herz tat einen erleichterten Satz, als mir eine Nachricht von Sandrine entgegensprang. Doch in der Sekunde, da ich sie öffnete, schnürte mir Angst die Brust zu.

Sandrine Perreault – 18:59
Ich warte schon auf dich. Leg einen Zahn zu. Ich frier mir hier draußen den Arsch ab.

»Nein«, flüsterte ich und bewegte mich in die Richtung, aus der die Explosion gekommen war. Das Schild von *La Place de Gaston* war verschwunden, von dem Restaurant war nicht mehr als das Skelett des Gebäudes übrig. Trümmerteile ragten wie Gerippe in die Nacht. Rauch leckte an ihnen und kringelte sich in die Höhe.

Das Geräusch der Sirenen schwoll an, mischte sich mit dem gleichmäßigen Piepen in meinen Ohren. Blaulicht zuckte über die Szenerie hinweg und kündigte das Eintreffen der ersten Rettungskräfte an.

Ich ließ die verwirrte Frau mit dem gebrochenen Arm zurück und taumelte auf das Epizentrum der Explosion zu. Zu dem Ort, an dem ich einen schönen Abend mit Sandrine hatte verbringen wollen. Der Ort, der nicht mehr existierte. Lähmende Angst verlangsamte meine Schritte. Ich stolperte über ein Hindernis am Boden und erkannte, dass es eine abgerissene Autotür war. Dichter Qualm brannte mir in der Nase, quälte meine Lunge. Er tauchte die Welt in einen diffusen Nebel, als wäre das, was gerade geschehen war, nicht real.

Und vielleicht war es das auch nicht.

Vielleicht hatte mich die Summe von Schockzustand, Schlafmangel und der Überdosis an Koffein nun endgültig niedergestreckt und ich halluzinierte. Vielleicht waren die grauenhaften Bilder, die sich vor meinen Augen abspielten, nur eingebildet. Doch sie fühlten sich zu echt an. Zu grauenvoll, selbst für einen Albtraum.

Die Explosion hatte nicht nur einen Teil der Straße und Gebäude weggesprengt, sondern auch einen weiteren Teil meines Lebens. Einen, den ich nicht mehr zurückbekommen würde.

Weitere Sirenen mischten sich in das Konzert der Rettungskräfte, blaue Lichter leuchteten durch die Straße, umrissen das Grauen, ehe sie erloschen und es verschwinden ließen, nur um im nächsten Moment erneut aufzublitzen. Albtraum und Wahrheit wirbelten umeinander, bis sie miteinander verschmolzen und zu jener grauenerfüllten Wirklichkeit wurden, durch die ich auf wackligen Beinen wankte.

Lose Pflastersteine lagen neben Autoteilen, Holzsplittern und dem Mobiliar des Restaurants, das einige Meter weit durch die Luft geschleudert worden war. Die Straßenlaternen, die in der Nähe des Restaurants gestanden hatten, waren umgeknickt wie gefällte Bäume. Dazwischen lagen leblose Körper. Staubbedeckt, mit Blut besprenkelt.

Die ersten Helfenden beugten sich über die Opfer und ich entdeckte eine leblose blonde Frau, in deren Brust ein Glassplitter steckte. Sie lag in ihrem eigenen Blut, das blonde lange Haar wie einen Fächer um den Kopf herum. Mir entglitt ein Geräusch, halb Schrei, halb Stöhnen. Meine Glieder fühlten sich taub an, trotzdem trugen mich meine Füße weiter. Neben der Frau sackte ich zusammen, drehte ihren Kopf und sah in ein Gesicht, das mir vollkommen fremd war.

Ich schäme mich dafür, aber in diesem Moment durchflutete Erleichterung meinen Körper. Es war nicht Sandrine. Gott sei Dank.

Die Stimmung um mich herum war angsterfüllt durch jene, die die Explosion erlebt hatten, und geschäftig durch die Helfenden, die sich um die Verwundeten kümmerten, Versorgungszelte errichteten oder mit Notizblöcken durch die Trümmer zogen, Personalien aufnahmen und das Geschehen skizzierten.

»Mademoiselle«, sprach mich ein Sanitäter an, umfasste mein Kinn und leuchtete mir mit einer Taschenlampe in die Augen. »Ich bringe Sie zu einem der Zelte, dort wird Sie jemand untersuchen.«

»N-Nein!« Ich befreite mich aus seinem Griff.

»Sie sind verletzt«, beharrte der Mann. Sorge schwang in seiner Stimme mit.

»Es geht mir gut«, brachte ich hervor, obgleich ich wusste, dass mich mein Äußeres Lügen strafte. Die Spuren der Explosion zeichneten meine Kleidung und meinen Körper.

»Sie sollten sich wirklich untersuchen lassen, Mademoiselle«, sagte der Mann nun etwas sanfter und berührte mich am Arm.

»Ich muss sie finden.«

»Wen?«

»Meine Freundin. Sandrine. Sie hat blondes Haar und trägt eine Brille. Ist ein bisschen kleiner als ich. Haben Sie sie gesehen?«

Hilflos sah sich der Sanitäter um. Überall kauerten Menschen am Boden, dazwischen eilten Rettungskräfte umher. Einige der Opfer wurden auf Tragen abtransportiert und in Krankenwagen verladen. Mit Taschenlampen bewaffnete Feuerwehrleute suchten in den Trümmern nach Überlebenden oder transportierten Schutt ab.

»Tut mir leid«, sagte der Sanitäter schließlich. »Eine Frau, zu der diese Beschreibung passt, habe ich nicht gesehen.«

Das war zumindest nicht schlecht, denn das bedeutete, dass man ihre Leiche nicht geborgen hatte.

»Ich muss sie finden«, wiederholte ich.

»Versprechen Sie mir, dass Sie sich bei mir oder einem meiner Kollegen melden, sobald Sie Ihre Freundin gefunden haben«, sagte der Sanitäter nachdrücklich. Ich nickte, obgleich ich schon im nächsten Moment nicht mehr wusste, was er gesagt hatte. Als ich mich an ihm vorbeischob, ließ er es zu und wandte sich einem anderen Opfer der Explosion zu.

Je näher ich dem *La Place de Gaston* kam, umso grauenhafter wurden die Bilder um mich herum. Über den meisten Menschen, die die Rettungskräfte hier fanden, lag ein weißes Tuch, als sie fortgebracht wurden. Ich betete, dass keines davon Sandrine vor mir verbarg. Meine Übelkeit verstärkte sich. Ich presste eine Hand auf die Lippen, um das zurückzuhalten, was mein Magen loswerden wollte.

»Théo!« Tiefe Verzweiflung trug diesen Schrei hoch über die Szenerie. Ich wandte mich um, als ein blasser Mann auf mich zuwankte, dessen Anzug staubbedeckt war. »Haben Sie meinen Jungen gesehen?« Er wartete nicht auf eine Antwort, stattdessen schrie er erneut: »Théo!« Dazu mischten sich die Rufe der anderen, die jemanden in der Explosion verloren hatten. Das Leid der Menschen war allgegenwärtig. Wie eine kalte Hand umschloss es mein Herz und drückte zu, bis ich die Schmerzen kaum mehr ertragen konnte.

Die Dringlichkeit dieses Moments trieb meine Beine an, ich kämpfte mich weiter vor, watete durch den Schutt ins Auge der Zerstörung.

Und dann entdeckte ich das porzellanfarbene Gesicht einer bewusstlosen Frau, auf dem sich feuerrote Flecken abzeichneten. Ein junger Sanitäter hatte ihr einen Zugang gelegt, ein anderer hielt einen Infusionsbeutel in die Höhe. Sandrines blondes Haar war ergraut, die Lippen blutleer. Blut verklebte Stirn und Schläfen und färbte das Haar rot. Ihr Anblick peitschte meinen Puls an, Schwindel überkam mich. Sie wirkte wie tot. Aber war es nicht ein gutes Zeichen, dass man ihr eine Infusion gab? Bedeutete das nicht, dass sie lebte?

»Sandrine«, keuchte ich, umrundete die Sanitäter und ging neben ihrem Kopf auf die Knie. »Sandrine!«

»Sie kennen die Frau, Mademoiselle?«, fragte mich einer der beiden.

»Sandrine Perreault, sie ist meine Mitbewohnerin. Ich war hier mit ihr verabredet.« Die letzten Worte drangen als Flüstern über meine Lippen. Tränen brachten mich zum Verstummen und ich erlaubte mir, sie zu weinen. Eine Weile strich ich Sandrine über das Haar. Die Sanitäter stellten mir Fragen über ihren Gesundheitszustand vor dem Unfall, ein paar wusste ich zu beantworten, andere nicht. Das Durcheinander in meinem Kopf war überwältigend, ich hatte keine Chance, es zu bändigen.

»W-Was ist mit ihr? Warum wacht sie nicht auf?«, fragte ich mit erstickter Stimme.

»Sie hat Verbrennungen, einige Schnitt- und Schürfwunden und eine Kopfverletzung. Das MRT im Krankenhaus wird zeigen, welchen

Schaden Ihre Freundin davongetragen hat. Aber zu diesem Zeitpunkt können wir nichts Genaues sagen.«

Ich wischte mir die Tränen von den Wangen und nickte. Sandrine war stark, sie würde das schaffen. Sie musste.

Der Eingriff von Polizei- und Rettungskräften war wie ein Muster im Chaos. Sie bewegten sich strategisch durch die Zerstörung und machten sich ein Bild von der Situation. Feuerwehrleute löschten den Brand im Herzen der Explosion, ehe er auf umliegende Gebäude überspringen konnte. Alle schienen zu wissen, was sie zu tun hatten. Alle außer mir.

Verloren hockte ich an Sandrines Seite, streichelte eine winzige Stelle auf ihrer Wange, die frei von Verbrennungen war, und beobachtete das Geschehen um mich herum. Was war passiert? Wie hatte das *La Place de Gaston* einfach explodieren können? So etwas geschah nur in diesen seichten, actiongeladenen Hollywood-Streifen, aber doch nicht im echten Leben, nicht in Paris und nicht mir, nachdem ich geglaubt hatte, den schlimmsten Tag meines Lebens bereits hinter mich gebracht zu haben. Ich hatte mich geirrt.

Dieses Leid war unsagbar viel schlimmer als das, was ich in D'Amboises Büro vorgefunden hatte. Hier an diesem Ort, im Schatten von *Sacré-Cœur*, erreichte es eine neue Dimension.

Nachdem Sandrines Kopf stabilisiert worden war, wurde sie auf eine Trage gehoben und zu einem der Krankenwagen gebracht. Ich stolperte hinter den Sanitätern her und schlüpfte mit den beiden Männern ins Innere des Wagens. Niemand schickte mich fort und das erfüllte mich mit Erleichterung und Dankbarkeit. Die Türen schlossen sich und der Wagen setzte sich mit Blaulicht und Sirenengeheul in Bewegung. Brachte Sandrine und mich weg von dem Ort, an dem wir einen schönen Abend hatten verbringen wollen und an dem sich unsere Welt von einer Sekunde auf die nächste verändert hatte. Diese Gewissheit, woher auch immer sie kam, brannte sich unwiderruflich in meinen Geist.

Ich wusste nicht, wie viel Zeit vergangen war, seit ich in Vorfreude auf einen Abend mit Sandrine das Haus verlassen hatte. Wie viel Zeit vergangen war, seit mein Leben normal gewesen war. Wie viel Zeit vergangen war, seit ich mich auf einen der Plastikstühle im Wartebereich der Notaufnahme gekauert hatte. Seit Sandrine auf ein Zimmer verlegt worden war. Mit flatternden Lidern und Lippen, die zuckten, als wollten sie etwas sagen, könnten es aber nicht.

Jetzt saß ich an ihrem Bett. Über uns flimmerte der Fernseher und zeigte wieder und wieder die Bilder der Katastrophe. Es war, als hätte man sie aus meiner Erinnerung geschnitten und für alle zugänglich ins Abendprogramm gespielt. Während ich in der Notaufnahme gewartet hatte, war ich mehrmals vom Personal angesprochen worden, das meine Wunde versorgen wollte. Den Schmerz spürte ich nicht einmal, also hatte ich keine Notwendigkeit darin gesehen, mich verarzten zu lassen. Zwischendurch hatte sich eine Polizistin neben mir niedergelassen, um meine Personalien aufzunehmen und mit mir über meine Eindrücke von der Explosion zu sprechen. Ich erinnerte mich an Schreie, an Blut und an die bodenlose Angst, schon wieder einen Menschen verloren zu haben, diesmal meine beste Freundin. Eine Angst, die geschrumpft war, seit die behandelnde Ärztin mir versichert hatte, dass sie sich erholen würde.

Ich schluckte und drückte Sandrines Hand, die mit einem Seufzen reagierte. Sofort ließ ich sie los. Verbrennungen und oberflächliche Kratzer zogen sich über ihr Gesicht und ihren Oberkörper, die Haut wirkte dünn und glänzte rot. Immerhin hatte das MRT ergeben, dass sie großes Glück gehabt hatte: eine Gehirnerschütterung und mehrere gebrochene Rippen, aber nichts, das ihr Leben bedrohte.

Inzwischen war sie aufgewacht, hatte ein paar wirre Worte von sich gegeben, die in mir die Panik ausgelöst hatten, etwas stimmte nicht. Die Ärztin hatte mich beruhigt und mir erklärt, dass ihre Müdigkeit und Verwirrung von den Schmerzmitteln herrührten, die sie ihr ständig über eine Infusion verabreichten. Ich hatte mit Madame und Monsieur Perreault telefoniert, die sich gerade auf Geschäftsreise im Ausland befanden, und ihnen geschworen, dass ich mich gut um Sandrine kümmern würde, bis sie zurückkämen. Ihre liebevolle Sorge versetzte mir einen Stich, denn meine Eltern erkundigten sich nicht nach mir, obgleich die Nachrichten über die Katastrophe im ganzen Land gesendet wurden. Doch wie hätten sie wissen können, dass ich dort gewesen war? Und wenn sie es gewusst hätten, hätte sie es gekümmert?

Ich schob die schmerzhaften Gedanken an meine Eltern beiseite. Ich brauchte Kraft für Sandrine, rückte näher an sie heran und streichelte ihre Wange. Sie fühlte sich warm an, lebendig. Dankbarkeit, sie nicht verloren zu haben, erfasste mich und ich nahm Sandrines Hand, verschränkte unsere Finger.

Der Abend war in die Nacht übergegangen, ohne dass ich es bemerkt hatte. Der Abstand zwischen denen mit Sirenen einfahrenden Krankenwagen wuchs, bis eine ganze Weile Ruhe herrschte. Ich veränderte die Position auf dem harten Stuhl, denn allmählich tat mir der Rücken weh und die Wunde im Arm sandte ein Pochen durch meinen Körper. Schlafen konnte ich nicht, denn sobald ich die Augen schloss, wurden die schrecklichen Bilder in meinen Gedanken zu etwas, das sich real anfühlte.

Ein Klopfen ließ mich hochfahren. Ich blinzelte in das Gesicht einer Krankenschwester. Ihre Lippen verzogen sich zu einem freundlichen Lächeln, als sie durch den Türspalt trat und ins Zimmer schlüpfte. Sie trug einen weißen Kittel, mehrere Kugelschreiber steckten in der Brusttasche, auf der ein Namensschildchen pinnte. Doch sie drehte sich so, dass ich es nicht entziffern konnte. Ich beobachtete sie, während sie Sandrines Infusion überprüfte und ihre Temperatur maß.

»Sie schläft so viel«, sagte ich und musterte meine Freundin, die von der Untersuchung nichts mitbekam.

»Das ist das Beruhigungsmittel im Tropf«, erklärte die Schwester. Sie wandte sich mir zu, sodass ich endlich ihren Namen lesen konnte: Schwester Sophie. »Sie braucht viel Ruhe. Sie hat einiges abbekommen.« Sie betrachtete mich mit einem Blick, der mehr sah als Schmutz und Schürfwunden. »Die brauchen Sie auch.«

»Hier ist es ruhig«, sagte ich, bevor sie auf die Idee kommen konnte, mich vor die Tür zu setzen. »Ich hätte sie verlieren können.«

Die Schwester neigte leicht den Kopf und sah mich mitfühlend an. »Bleiben Sie eine Weile hier. Kann ich Ihnen etwas zu trinken bringen? Ein Glas Wasser? Kaffee?«

»Ich brauche nichts«, sagte ich und umfasste Sandrines Hand fester. »Es geht mir gut.«

»Dann bringe ich Ihnen ein Glas Wasser«, entschied die Schwester und zwinkerte mir zu. Sie umrundete das Bett und hatte die Tür fast erreicht, als ich sie zurückhielt.

»Sophie, danke!«

»Nicht dafür.« Sie verschwand, kehrte aber nach wenigen Minuten zurück. In den Händen balancierte sie ein Tablett mit zwei Croissants, einer Flasche Wasser und einer dampfenden Tasse Kaffee. »Die sind von heute Morgen«, beurteilte sie den Zustand des Gebäcks.

»Das wäre wirklich nicht nötig gewesen.«

»Glauben Sie mir, das ist es, denn ich möchte Sie in dieser Nacht nicht auch noch stationär aufnehmen. Essen Sie, in Ordnung?«

Ich nickte, obwohl ich nicht wusste, ob ich das Versprechen halten konnte. Nach allem, was heute geschehen war, fühlte sich mein Magen flau an. Doch von dem Kaffee nahm ich einen tiefen Schluck. Er schmeckte wässrig und nicht halb so aromatisch wie zu Hause.

»Willkommen in meiner Welt.« Schwester Sophie lachte, ehe sie Sandrine und mich in der Stille des Krankenzimmers zurückließ.

Eine Weile nippte ich an dem Kaffee, der keiner war, und starrte ins Leere. Die Erinnerungen an die Flammen und an das Gefühl, wie eine Puppe durch die Luft gewirbelt zu werden, verfolgten mich. Ich umfasste die Tasse, bis sich meine Knöchel weiß färbten und ich fürchtete, sie zu zerbrechen.

Schließlich griff ich zum Handy und bemerkte, dass das Display einen Riss davongetragen hatte. Zu meiner Erleichterung ließ sich das Gerät wieder einschalten und nach einem Moment leuchteten mir mehrere Nachrichten entgegen. Alle stammten von Raphael.

Raphael Chevalier – 22:17
Amelie, hast du von der Explosion gehört? Das war in der Nähe deiner Wohnung.

Raphael Chevalier – 22:43
Ich mache mir Sorgen, bitte melde dich!

Raphael Chevalier – 22:56 – Anruf in Abwesenheit

Raphael Chevalier – 23:12
Amelie?

Raphael Chevalier – 23:15
???

Raphael Chevalier – 00:02
Ich stehe vor eurer Wohnung, alles ist dunkel, niemand öffnet mir. Bitte sag mir, dass du und deine Mitbewohnerin einen tiefen Schlaf habt!

Raphael Chevalier – 00:34
An der Unfallstelle konnte mir niemand Auskunft geben. Amelie, bitte melde dich!

Ich – 00:45
Ich bin okay.

Zwei Sekunden später, nachdem ich die Nachricht mit zitternden Fingern und klopfendem Herzen abgeschickt hatte, leuchtete das Display des Handys auf.

»Hallo?«, flüsterte ich und entfernte mich ein Stück von Sandrines Bett.

»Amelie.« Ein einziges Wort, in dem Angst und Erleichterung gleichermaßen mitschwangen. Raphaels Stimme klang aufgewühlt und im Hintergrund hörte ich ein Rauschen, als säße er im Auto. »Ich bin fast umgekommen vor Sorge. Wo warst du? Was ist passiert?«

»Ich war dort«, brachte ich mühsam hervor.

Stille senkte sich auf die Leitung. Ich hörte, wie Raphael mehrmals schluckte.

»Wie geht es dir? Bist du in Ordnung?«

»Ja, es geht mir gut. Ich ... war weit genug von der Explosion entfernt, aber Sandrine ...«

»Ist ihr etwas zugestoßen?«, presste Raphael hervor.

»Ja. Nein. Sie wurde verletzt, aber es wird ihr wieder gut gehen.«

»Amelie.« Seine Stimme brach. »Ich weiß nicht, was ich sagen soll. Ich ...«

»Schon gut. Ich weiß.«

»Wo bist du jetzt?«

»Im Krankenhaus. Bei Sandrine.«

»In welchem Krankenhaus?«

Ich suchte in dem Raum nach einem Hinweis für eine Antwort. »Ich weiß es nicht.«

»Schick mir deinen Standort, ich komme zu dir!« Damit legte Raphael auf und ich fühlte mich ein bisschen weniger verloren. Seine Sorge wärmte mein Herz und spendete mir Trost.

Es dauerte einen Moment, ehe ich seine Anweisung befolgen konnte, denn das Handy lag mir wie ein fremd gewordener Gegenstand in den Händen. Und dann verstrichen dreißig weitere quälend lange Minuten, die ich alleine an Sandrines Seite ausharrte, bis sich die Tür öffnete und eine dunkel gekleidete Gestalt in das spärlich beleuchtete Zimmer schob. Erleichterung trieb mir die Tränen in die Augen und ich gab ihnen nach. Sandrine war hier. Raphael war hier. Ich war nicht allein.

21

RAPHAEL

Ich stand einfach nur da und starrte Amelie an wie einen Geist. Und so ähnlich sah sie auch aus. Staub hing in ihren Haaren, verkrustete ihr zartes Gesicht.

Ich öffnete die Lippen, aber kein Wort kam über sie. Ich konnte nicht sprechen. Nicht denken. Kaum atmen. Das Gefühl der Erleichterung war überwältigend.

Ich schloss den Mund wieder und eilte durch den Raum, ehe ich die Arme um sie schlang und sie an mich zog, *sie spürte*. Ihr blumiger Duft hüllte mich ein, ließ mich vergessen, wo ich war, und für einen Augenblick glauben, dass alles gut war. Bis ich die rauchige Note ihrer Kleidung wahrnahm.

Plötzlich bebten ihre Schultern und sie zuckte in meinen Armen, kämpfte gegen den Schmerz an, der sie schier zu überwältigen drohte. Ich war machtlos. Schwieg, ließ sie weinen und wiegte sie hin und her. Irgendwann drückte ich ihr einen sanften Kuss auf den Scheitel und wischte mir in einem unbemerkten Moment über die Augen, denn auch mir war danach, den Tränen nachzugeben.

Amelie lebte, sie war wohlauf.

Die letzten Stunden waren ähnlich schlimm wie die letzten Jahre, in denen mich die Angst um meine Mutter zerfressen hatte. Nach Davides Nachricht hatte ich Amelie gesucht. Gesucht und nicht gefunden. Noch immer haftete das Gefühl von Hilflosigkeit und

Panik an mir. Es hatte einen bitteren Geschmack und sandte schmerzhafte Impulse durch meinen Körper.

Mit einem Räuspern brachte ich Abstand zwischen uns, hielt Amelie aber weiterhin, weil ich fürchtete, dass sie ohne mich als Stütze umkippen würde. Nicht zu Unrecht, denn sie schwankte leicht.

»Ich hatte Angst um dich.« Meine Stimme war leise, mein Blick prüfend, als ich sie betrachtete. Mit den Daumen strich ich ihr die Tränen von den Wangen, während ich ihr Gesicht umfasst hielt. Behutsam zog ich sie näher, küsste sie auf die Stirn, die Schläfe, die Nasenspitze.

Und dann senkte ich den Mund auf ihren, suchte Trost in ihrer Nähe und die Gewissheit, dass es ihr gut ging. Der Kuss war vollkommen anders als der, in den wir uns im Museum gestürzt hatten. Er war zart, kaum mehr als der Hauch einer Berührung, aber nicht weniger echt. Sein Nachhall war überwältigend, vibrierte tief in mir.

Amelie umklammerte das Revers meines Mantels, zog sich daran hoch und verlangte mehr, als wären meine Lippen das Einzige, was Angst, die Erinnerung und den Schmerz auslöschen konnte. Erneut nahm ich sie in meinen Armen gefangen, drückte sie an mich, als könnte ich sie auf diese Weise vor der Welt beschützen. Unsere Küsse wurden länger, liebevoll, nicht leidenschaftlich. Ihre Lippen verharrten auf meinen, streiften sie immer wieder. Ich küsste ihre Oberlippe, ihre Mundwinkel und malte den Schwung ihrer Unterlippe mit dem Daumen nach, während ich ihr Kinn hielt. Amelie öffnete sich mir, doch ich machte keine Anstalten, sie mit der Zunge zu erkunden. Stattdessen strich ich ihr das Haar zurück und zog sie erneut in eine Umarmung, die mich selbst überwältigte. Durch den Stoff unserer Kleider spürte ich ihren weichen Körper, die Wärme, die sie ausstrahlte und die mich daran erinnerte, wie lebendig sie war.

»W-Was ist das hier? Eine verdammte Peepshow? Dann will ich aber mehr sehen.«

Amelie und ich stoben auseinander und wirbelten zu Sandrine um, die uns blinzelnd entgegensah, auch wenn Müdigkeit ihren Blick vernebelte.

»Dafür habe ich nicht bezahlt!«, murmelte sie und versuchte, sich aufzurichten. Ihre Pupillen waren so groß, dass sie beinahe die Iriden verschlangen. Dort, wo ihre Haut nicht verbrannt oder aufgeschürft war, war sie blass und sah aus, als stünde sie auf der Schwelle zum Tod.

»Nicht!«, rief Amelie und drückte sie zurück in die Kissen. »Bleib einfach liegen, du bist verletzt!«

»Verstehe«, brummte Sandrine und rieb sich über die Lider. »Und ich dachte, ich hätte den Kater meines Lebens und könnte mich an die dazugehörige Nacht nicht mehr erinnern.« Ein träges Grinsen verwandelte ihr Gesicht in eine Grimasse. Sie war high, ohne jeden Zweifel. Die behandelnde Ärztin hatte sie auf einen großartigen Trip geschickt.

Amelie stieß einen erstickten Laut aus, der wie ein Lachen begann und in haltlosem Schluchzen endete. Bedauern und Mitgefühl schnürten mir die Kehle zu und ich nahm ihre Hand, damit sie wusste, dass sie nicht allein war.

»Du wärst fast gestorben!« Amelie entzog sich mir. Sie ballte die Hand zur Faust und presste sie gegen die Lippen, als wollte sie diese unschöne Wahrheit zurück in den Mund stopfen.

Sandrine blinzelte. »Daher kommt also dieses komische Gefühl in meinem Kopf. Ich dachte schon, ich wäre immer noch drauf.«

»Glaub mir, das bist du.« Meine Mutter war häufig mit Schmerzmitteln vollgepumpt worden, die ihr das Gefühl gegeben hatten, unbesiegbar zu sein. Ich hatte gegen sie angekämpft, versucht, sie ins Bett zurückzubewegen, wenn sie eigentlich hatte aufstehen wollen. Jetzt tat ich dasselbe mit Sandrine, stützte ihren Nacken und legte sie auf das Kissen.

»Du bist eine Nervensäge«, nörgelte sie und verhedderte sich in dem Schlauch ihrer Infusion bei dem Versuch, nach mir zu schlagen. Ich befreite sie, überprüfte die Nadel und ob der Tropf lief, ehe ich vom Bett zurücktrat und den Freundinnen Raum gab.

Amelie blinzelte gegen die Tränen an und wischte sie fort. Sofort kamen neue nach. Sie ließ sich neben Sandrine auf der Kante der Matratze nieder. Ich nahm Platz auf einem Stuhl in der Ecke. Schweigend warteten wir, bis ihre Atmung ruhiger wurde und der Schlaf sie mit sich zog.

Ich streckte die Hände nach Amelie aus, zog sie dicht an mich, bis sie auf meinem Schoß saß und den Kopf gegen meine Schulter lehnte.

»Danke, dass du gekommen bist«, murmelte sie, aber ich winkte ab. In diesem Moment hätte ich an keinem anderen Ort sein wollen. Nur bei ihr, ihrem lebendigen Herzschlag lauschend, den gleichmäßigen Atem auf der Haut spürend. Sie lebte und ich war so verdammt dankbar dafür.

Die nächste Stunde verbrachten wir in einvernehmlichem Schweigen und sahen Sandrine beim Schlafen zu. Als es an der Tür klopfte, fuhren Amelie und ich zusammen. Anscheinend waren wir beide eingenickt.

Die Nachtschwester betrat das Zimmer und stockte, als sie uns sah. »Die Besuchszeiten sind längst vorbei«, sagte sie streng.

»Schwester Sophie sagte, es wäre in Ordnung«, meinte Amelie.

»Schwester Sophie hat Feierabend«, entgegnete die Nachtschwester mit scharfem Ton. »Und ich habe genug Patienten, um die ich mich kümmern muss.«

»Können Sie keine Ausnahme machen?«, fragte ich. »Meine Freundin war selbst Opfer des Unglücks.«

»Dann gehört sie entweder in ein Krankenbett oder aber in ihr eigenes Bett. Sicher nicht an das einer meiner Patientinnen«, maßregelte die Schwester uns und stemmte die Hände in die Hüften, um ihre Worte zu betonen.

»Aber …«, sagte Amelie.

»Ist schon gut.« Ich drehte mich zu Sandrine um, die gesprochen hatte. Sie war wieder wach, aber noch immer klang ihre Stimme verwaschen. »Ich muss schlafen und das kann ich nicht, wenn du mich ständig wachguckst.«

»Dich wachgucken?«

»Ja, deine Blicke fühlen sich an, als würdest du mich in die Wange piksen.« Sandrine hob die Hand, als wollte sie ihr Gesicht berühren, aber der Infusionsschlauch schränkte ihren Bewegungsraum ein. Auf halbem Weg hielt sie inne und seufzte.

»Vermutlich spricht sie von dem Gefühl, das die Verbrennungen auslösen. Dank der Schmerzmittel spürt sie nicht mehr als ein leichtes Zupfen auf der Haut«, erklärte die Nachtschwester in einem sanfteren Ton. »Gehen Sie nach Hause und ruhen sich aus.«

Ich legte eine Hand an Amelies Taille. »Wir kommen morgen wieder.«

»Melden Sie sich, falls etwas sein sollte?«, bat sie die Nachtschwester. Diese nickte.

»Danke!«

In der Stille des Parkhauses hallten unsere Schritte wie Pistolenschüsse. Ich hielt Amelie fest im Arm. Weil sie das brauchte – aber ich ebenso. Der Gedanke, was an diesem Abend hätte passieren können … Dass *ihr* etwas hätte passieren können …

Seit wir Sandrines Zimmer verlassen hatten, hatte ich sie nicht mehr losgelassen. Und das hatte ich heute nicht mehr vor.

Die Lichter des Renault Zoe blinkten auf, als ich von Weitem den Schlüssel zückte und die Zentralverriegelung öffnete. Ich ließ Amelie erst los, um ihr die Tür aufzuhalten. Dann eilte ich um das Auto herum, stieg ein und schaltete nicht nur den Motor, sondern auch die Sitzheizung ein, um die Kälte zu vertreiben.

»Raphael.« Amelies dünne Stimme ließ mich innehalten. Ich wandte mich zu ihr um. Ihre Angst erfüllte den Innenraum des Wagens. Ich beugte mich zu ihr, strich über ihre Wange, als könnte diese kleine Berührung sie davon befreien. Sie war so blass wie ein Geist.

»Die Ärztin sagte, dass Sandrine Verbrennungen ersten und zweiten Grades hätte. Was bedeutet das? Wie schlimm ist es wirklich?«

»Teile von der Haut sind oberflächlich beschädigt. Dort, wo sie stärker betroffen ist, werden sich Blasen bilden. Sandrine wird Schmerzen haben, aber es besteht eine spontane Heilungstendenz und im verbrannten Areal wird sie nach der Regeneration normales Berührungsempfinden haben.«

»Das heißt …«

»Die Ärztin hat recht. Sandrine wird gesund werden. Wahrscheinlich bleiben leichte Narben zurück, mehr nicht. Sie hatte unglaubliches Glück.«

Eine Weile saßen wir schweigend in dem summenden Auto. Ich streichelte Amelies Handrücken, malte mit dem Daumen Kreise darauf. Irgendwann atmete sie tief ein und als sie die Luft ausstieß, entspannte sie sich kaum merklich.

»Lass uns fahren.«

Vor den Fenstern veränderte sich der Ausblick auf die grauen Betonwände des Parkhauses zu der nächtlichen Silhouette der Stadt. Paris flog an uns vorbei. Ich ließ Amelie nur los, um zwischendurch zu schalten, verschränkte danach jedes Mal wieder die Finger mit ihren, als könnte sie andernfalls abdriften und von den schrecklichen Erinnerungen dieses Tages und jener der letzten verschlungen werden.

Ich bog in eine Seitenstraße und lenkte das Auto durch eine schmale Einfahrt in den Innenhof, wo ich es in eine Parklücke manövrierte und den Motor abstellte. Die Stille, die sich daraufhin im Innenraum des Wagens entfaltete, war ohrenbetäubend.

»Wo sind wir?«, wollte Amelie schließlich wissen und sah sich zwischen den hoch aufragenden stattlichen Reihenhäusern um uns herum um, nachdem wir ausgestiegen waren.

Ich deutete auf den zurückgesetzten Altbau, in dem ich lebte. »Bei mir zu Hause.«

In meiner Wohnung angekommen, nahm ich Amelie die Jacke ab und hängte sie an die Garderobe neben dem Eingang, obgleich sie viel eher in die Mülltonne gehört hätte. Ebenso wie der Rest ihrer Kleidung. Die Hose stand vor getrocknetem Blut und Schmutz, die Bluse war am Ellbogen gerissen. Ihr Anblick versetzte mir einen schmerzhaften Stich.

Nach einer kurzen Führung durch die Wohnung schob ich sie ins Badezimmer und ließ heißes Wasser in die Wanne ein. Sie beobachtete, wie sie sich füllte und der Schaumberg wuchs, regte sich kaum, sprach nicht.

Ich trat dicht zu ihr und zwang sie, zu mir aufzuschauen. Ihr Atem streifte meine Wange, als ich eine Hand hob und einen Knopf nach dem anderen an ihrer Bluse öffnete. Die Geste hatte nichts Sexuelles und dennoch überzog eine Gänsehaut meinen Körper. Ich holte tief Luft, bemühte mich, den Sturm in meinem Innern zu bändigen. Der mit jedem geöffneten Knopf tiefer werdende Ausschnitt offenbarte weiche, zarte Haut, die zu berühren ich mich sehnte. Als ich die Hälfte der Knöpfe erreicht hatte, hielt Amelie mich auf, indem sie meinen Unterarm umfasste. Alles in mir kam zum Stillstand, als ich Angst in ihren Augen aufflackern sah, und um mein Herz schloss sich eine eiskalte Hand. Mit einem Schritt zurück schuf ich Abstand zwischen uns.

»Ich hatte nicht vor …« Ich drehte mich von ihr weg, mir sehr wohl bewusst, dass ich gerade eine Grenze überschritten hatte. »Fuck, Amelie, das wollte ich nicht. Entschuldige.«

»Raphael.« Ihre Stimme zitterte.

»Ich bin zu weit gegangen.« Ausgerechnet bei Amelie hatte ich die Zeichen falsch gedeutet. Was stimmte nicht mit mir?

»Bist du nicht.«

Amelies Widerspruch ließ mich innehalten. Als ich mich ihr langsam wieder zuwandte, war der Stoff der Bluse über ihre Schulter gerutscht, und wo weiße Haut sein sollte, war …

Ich erstarrte und mein Herz krampfte sich zusammen, als ich das Netz dunkler Linien auf ihren Schultern bemerkte, das in Richtung ihres Rückens verschwand. Nein, das war unmöglich. Meine Augen spielten mir einen Streich.

»Amelie.« Ihr Name klang fremd auf meiner Zunge.

»Ich … wollte es dir sagen.« Die erstickten Tränen in ihren Worten waren kaum zu überhören. Ebenso wenig wie die Panik, die ihrer Stimme einen schrillen Klang verlieh.

Sie umarmte ihren Oberkörper mit beiden Armen und ich riss meine hoch, fasste in meinen Nacken und sah zur Decke, blinzelte, um das Gefühl loszuwerden, das hinter meinen Lidern unfassbaren Druck aufbaute und brannte.

Nicht möglich. Einfach. Nicht. Möglich. Die Angst, die mich bei der Nachricht von der Explosion überkommen hatte, kehrte zurück und schnürte mir die Brust ab. Ich bekam keine Luft, glaubte zu ersticken, und atmete heftiger. Dazu gesellte sich allumfassende Übelkeit, die dafür sorgte, dass sich mir der Magen zusammenzog. Ich lockerte den Griff im Nacken und meine Hände fielen herab, baumelten nutzlos an meinen Seiten, bis ich sie zu Fäusten ballte. Es gab nichts, was ich tun konnte. Seit Jahren versuchte ich es und scheiterte immer wieder.

»Raphael, es sieht schlimmer aus, als es ist.«

»Dann ist es keine Magieplasie?«, fragte ich halb verzweifelt, halb wütend.

Amelie verengte kaum merklich die Augen und senkte den Blick. »Doch.«

Diese Antwort war wie eine schallende Ohrfeige. Ich spürte ihre Vibration von der Kopfhaut bis zu den Zehenspitzen und musste schlucken. Amelie machte einen Schritt auf mich zu, aber diesmal war ich es, der auswich. Es gab nicht genug Sauerstoff in diesem verdammten Badezimmer. Ich rang nach Luft, doch meine Lunge füllte sich nicht. Stattdessen wurde das Gefühl in meiner Brust immer enger. Ich stolperte rückwärts und floh durch die Tür in den Flur. Erneut riss ich die Hände hoch, fuhr mir durch die Haare und ließ sie wieder fallen. Einige Male wiederholte ich diese Bewegung, bis ein Gedanke in mir reifte und ich durch den halbdunklen Flur ins Schlafzimmer taumelte.

Es kostete mich zwei Anläufe, den Kleiderschrank zu öffnen. Meine Bewegungen waren fahrig, die Finger kratzten über die Oberfläche der Tür. Als ich den Knauf zu fassen bekam, riss ich sie mit so viel Schwung auf, dass die Angeln ächzten. Ich ging in die Hocke, zerrte an einer Schublade und fluchte, weil sie klemmte, ehe sie sich mit einem Knirschen öffnete. Dieses Geräusch ließ vermuten, dass ich etwas kaputt gemacht hatte. Ich griff in die Schublade hinein, tastete mich durch Socken bis zum Boden vor, bis ich zu fassen bekam, was ich suchte.

Eine Hand legte sich auf meine Schulter und ich zuckte zusammen.

»Raphael, was tust du da?« Amelie sank neben mir auf den Boden. Sie trug nur noch BH und Hose, die halb geknöpfte Bluse musste sie im Bad zurückgelassen haben. Dunkle Linien lugten unter den Trägern ihrer Unterwäsche hervor und ihr Anblick beförderte mich fast unmittelbar zurück in die beginnende Panikattacke. Mein Körper verkrampfte sich und meine Haut fühlte sich an, als würde sie von hunderten heißen Nadeln durchsiebt werden.

Wie war es möglich, dass ich Gefühle für eine Frau entwickelte, ohne zu merken, dass sie unter derselben Krankheit wie meine Mutter litt? Warum war mir nicht aufgefallen, dass sie todkrank war? Oder hatte ich es einfach nicht sehen wollen? Die Anzeichen waren da gewesen: blasse Haut, dunkle Augenringe, Müdigkeit im Blick. Es war einfacher gewesen, sie der Tatsache zuzuschreiben, dass Amelie überarbeitet war.

Ich sah sie an. Versuchte, sie wirklich zu sehen. Das Halbdunkel im Schlafzimmer verbarg die Details ihres Gesichts, aber ich war mir sicher, dass sie – abgesehen von den Spuren dieser Nacht – so aussah wie immer.

Amelie nahm meine Hand, drehte die Innenfläche nach oben. Darin lag ein Reagenzglas mit golden schimmerndem Inhalt.

»Was ist das?«, fragte sie und verankerte mich mit ihrem ruhigen Ton in der Gegenwart.

»Ein Magiepräparat, das die AI für Versuche im Zusammenhang mit magischen Krankheiten nutzt«, gestand ich.

»Im Schrank versteckt?« Amelie lachte und das Geräusch rieselte warm über mich hinweg, sodass es die Panik vertrieb. Sie nahm mir das Reagenzglas aus der Hand, hielt es hoch, um den Inhalt zu betrachten. »Wozu hast du die?«

Ich zögerte, weil ich dieses Geheimnis nie jemandem anvertraut hatte. »Damit habe ich meiner Mutter Zeit verschafft. Die Magie bewirkt, dass es ihr besser geht.«

Amelie öffnete den Mund und schloss ihn wieder. »Ich brauche das nicht«, sagte sie langsam und legte das Reagenzglas zurück in die Schublade.

»Natürlich brauchst du sie. Das ist der einzige Weg, diese Krankheit aufzuhalten.« Wir standen gleichzeitig auf, bis ich den Kopf neigen und Amelie ihren heben musste, sodass wir uns in die Augen sehen konnten.

»Ist es nicht. Magieplasie ist heilbar«, sagte sie. »Jedes Mal, wenn ich Magie wirke, geht es mir besser. Ich bin überzeugt davon, dass sie der Schlüssel ist.«

Die Bedeutung dieser Worte sickerte in mein Bewusstsein, säte Hoffnung und vernichtete es gleich wieder. »Toll, dann müssen wir also nur schaffen, was vor uns noch niemand erreicht hat: die Magie zurückholen. Wirklich vielversprechende Aussichten. An deiner Stelle würde ich schon mal einen Grabstein bestellen.«

»Diese Art von Zynismus steht dir nicht, Raphael«, sagte sie und ich verzog das Gesicht, hob eine Hand, um mir über die Lider zu reiben, wo der Druck immer stärker wurde. Keine Ahnung, wie lange ich dem noch standhalten konnte, bis Tränen überliefen.

»Ich packe das nicht«, gab ich zu. »Diesen Zustand zwischen Hoffnung und Enttäuschung und das allgegenwärtige Bewusstsein um die Möglichkeit, dich zu verlieren.«

»Du wirst mich nicht verlieren, Raphael. Das verspreche ich dir.« Mit einem Schritt überwand Amelie den Abstand zwischen uns und schlang die Arme um meinen Nacken. Feuchter Glanz lag in ihren Augen und sie schloss sie, schmiegte die Wange an meine Brust. Einen Moment lang war ich wie erstarrt, ehe ich die Umarmung vorsichtig erwiderte und mein Gesicht in ihren Haaren verbarg.

»Das kannst du nicht«, flüsterte ich und blinzelte, weil ich nichts mehr sehen konnte. Wegen Amelies Haaren. Oder aber wegen der Tränen, die mir nun heiß über die Wangen liefen. Ich drückte sie fester an mich, bis nichts mehr zwischen uns passte.

Eine Weile standen wir so da, suchten Trost in dieser Umarmung und im Gleichklang unseres Atems. Ich fühlte so vieles und doch gar nichts mehr.

Erst als wir uns voneinander lösten, erinnerte ich mich, warum ich Amelies Bluse geöffnet hatte. Die Wunde an ihrer Schulter, um die ich mich hatte kümmern wollen, blutete.

»Warum hat das niemand behandelt?« Wut prägte meinen Tonfall, machte ihn harsch, obwohl meine Finger auf ihrer Haut sanft waren.

»Ich habe es niemandem gezeigt«, räumte Amelie ein.

Natürlich nicht. Weil sie zu sehr damit beschäftigt gewesen war, sich um Sandrine zu sorgen als um sich selbst.

»Wenn es für dich in Ordnung ist, übernehme ich das.« Die Aufgabe tat mir gut. Sie lenkte mich von den Abgründen in meinen Gedanken ab. Wir kehrten ins Bad zurück, wo ich ein paar Materialien aus einem der Schränkchen nahm und mir die Hände wusch. Dann ließ ich Amelie auf dem geschlossenen Toilettendeckel Platz nehmen und sah mir die Wunde an ihrem Arm genauer an.

»Das ist nicht tief. Aber weil es nicht genäht wurde, wird eine Narbe zurückbleiben«, bemerkte ich.

»Das spielt keine Rolle«, sagte sie und unterdrückte ein Stöhnen, als ich mit einem Seiftuch und lauwarmem Wasser begann, den Schnitt zu reinigen. Meine Bewegungen waren dank des Studiums routiniert, aber irgendwann wurde aus der medizinischen Wundversorgung ein Streicheln. Meine Finger wanderten über ihren Arm, zeichneten die Linie ihres Schlüsselbeins nach, tasteten sich vorsichtig zu den Zeichen der Magieplasie vor, die aussahen wie Schattenspuren unter der Haut, und malten sie nach. Wenn sie nicht eine derart verheerende Wirkung gehabt hätten, während sie beinahe schön gewesen.

»Tut das weh?«

Amelies Augen waren geschlossen, die Andeutung eines Lächelns lag auf ihren Lippen. »Nein. Das fühlt sich schön an.«

Ich trat näher an sie heran, bis die Hitze ihres Körpers wie ein Funke auf mich übersprang. In mir regte sich ein Gefühl, ähnlich dem, das mich überkam, wenn ich einem besonders kraftvollen Klavierstück lauschte. Vielleicht war es sogar stärker als das, ein Crescendo, das anschwoll und in meiner Brust Hingabe und Zärtlichkeit schürte, bis mein Herz ganz weich wurde.

Vorsichtig ließ ich die Finger über ihre Oberarme hinabgleiten, strich über ihre Handrücken und bekam von Amelies genussvoll geöffneten Mund und den flatternden Lidern eine Gänsehaut, obwohl ich es war, der sie berührte und nicht umgekehrt.

Ich musste aufhören, bevor ich weiter ging, als es in dieser Situation angemessen war. Mit einem Räuspern ließ ich die Hände sinken und gab vor Antiseptikum und Seiftuch wegzuräumen. »Wenn du gebadet hast, verbinde ich die Wunde.«

Schon bald, nachdem ich den Wasserhahn der Badewanne aufgedreht hatte, erfüllte Dampf den Raum. Ich ließ Amelie allein und nutzte die Zeit, um etwas zum Anziehen für sie herauszusuchen.

Zurück im Badezimmer heftete ich den Blick auf den Boden und es kostete mich unmenschliche Anstrengung, ihn nicht zu heben. Als fast alle Bläschen geplatzt waren, räusperte sich Amelie und lenkte damit meine Aufmerksamkeit auf sich. Auf das, was der schwindende Schaum sichtbar machte. Makellose, zarte Haut und weibliche Konturen.

Oh, das brachte mich in Schwierigkeiten.

Sofort kniff ich die Augen zu. »Entschuldige«, murmelte ich und tastete durch das Bad, um ein gottverdammtes Handtuch zu finden, mit dem sie sich bedecken konnte. Hitze brannte in meinen Wangen und ich lief rot an. Sie nahm das Handtuch und wickelte sich darin ein.

Ich konzentrierte mich auf das, was ich zu tun hatte, und machte mich mit Schere, Verband und einem Fläschchen mit Antiseptikum, der Grundausstattung eines jeden Magiezin-Studierenden, an die Arbeit. Ich bat Amelie nicht erneut um Erlaubnis, sondern drehte ihren Arm und tupfte das Antiseptikum über die Wunde. Bevor es zu Boden tropfen konnte, fing ich es mit dem Ende des Verbands auf und wickelte ihn um ihren Arm. Amelie hielt still, beobachtete jede meiner Bewegungen. Ihr Vertrauen in mich verlieh mir Selbstbewusstsein, denn am lebenden Objekt hatte ich bisher weniger häufig gearbeitet als an totem Fleisch. Und ich wollte ihr nicht wehtun. Sie hatte schon genug durchgemacht.

22

AMELIE

Die Wunde sandte ein schmerzhaftes Pochen durch meinen Oberarm, aber die Erinnerung an den Moment, als Raphael klar geworden war, dass ich unter Maligner Magieplasie litt, tat so viel mehr weh. Ich hätte ihm das nicht antun dürfen, hätte Abstand zu ihm wahren müssen, und jetzt quälten mich Herzschmerz und schlechtes Gewissen gleichermaßen. Er war in den letzten Tagen für mich da gewesen wie nie zuvor ein Mensch, vielleicht abgesehen von meinem *Grand-Papa*. Und ich bereitete ihm noch mehr Kummer.

Ich trocknete mir die letzten Tropfen ab und beugte mich über den Kleiderstapel, den Raphael mir bereitgelegt hatte: ein schlichtes Shirt, eine dunkle Sweatjacke und weiche Jogginghosen. Es war ein sonderbares Gefühl, in ein Paar fremder Boxershorts zu schlüpfen, aber sie dufteten nach blumigem Waschmittel. Raphaels Kleidung war mir zu groß, der Saum des Shirts reichte mir weit über die Oberschenkel. Doch der Bund seiner Jogginghose saß durch die Kordel gut auf meinen Hüften. Ich stopfte das Shirt hinein, zog den Zipper der Jacke zu und rubbelte mir mit dem Handtuch das Haar trocken.

Raphael wartete gegen die Wand gelehnt im Flur. Als er mich sah, blitzte in seinen Augen ein sonderbarer Ausdruck auf, der nichts mit Kummer oder Schmerz zu tun hatte und gänzlich anders war als alles, was ich eben noch in seinen Augen gesehen hatte. Er musterte mich, die ich in seinen Kleidern steckte, und seine Mundwinkel zuckten verräterisch.

»Nicht das, was du normalerweise immer trägst«, bemerkte er.

»So schlimm?«, fragte ich und zupfte an dem gerippten Saum der Sweatjacke.

»Du siehst ...« Raphael stieß sich von der Wand ab und blieb so dicht vor mir stehen, dass ich den Kopf in den Nacken legen musste. Mein Herz pochte laut und verräterisch in seiner Nähe. »... süß aus.«

»Süß?«, wiederholte ich. Das brachte mein Herz unwillkürlich zum Stolpern und ich wich einen Schritt zurück. Mit hochgezogener Braue betrachtete ich Raphael. »Süß?«

»Das ist nichts Schlechtes.« Er strich über meine Wange. Mit den Fingerspitzen hinterließ er eine brennende Spur auf meiner Haut. Dann zog er mich an seine Brust, schlang die Arme um mich und legte das Kinn auf meinen Kopf. Eine Weile lauschte ich seinem Herzschlag. Doch die Leichtigkeit zwischen uns war trügerisch und das Wummern schwoll an, bis ein Knall, ähnlich wie der der Explosion, meine Erinnerung zerriss und ich zusammenfuhr.

Raphaels Griff um meinen Oberkörper verstärkte sich. »Ich bin bei dir«, murmelte er in mein Haar. »Ich lasse dich nicht allein.«

Seine Stimme zerstreute die Bilder, die sich in meinem Geist erhoben hatten, sie war wie ein Anker, der mich in die Gegenwart zurückkriss. Aber die Schatten der dunklen Erinnerungen folgten mir hartnäckig, ließen nicht von mir ab. Ich grub die Finger in seine Schultern und klammerte mich an ihm fest, dass es ihm hätte wehtun müssen. Doch Raphael sagte kein Wort. Er hielt mich einfach fest.

»Danke, Raphael«, hauchte ich nach einer gefühlten Ewigkeit und lehnte die Stirn gegen seine. Angst und Beklommenheit hatten nicht gänzlich von mir abgelassen, doch die Wärme, die seine Nähe in mir auslöste, war stärker und hüllte mich ein.

Raphael fuhr durch die feuchten Strähnen meines Haars, wickelte sie um seine Finger und zupfte an den Spitzen. »Gerne ... *Amelie.*«

Die Art und Weise, wie er meinen Namen betonte, entzündete ein Lodern in mir. Es begann in meinem Bauch und dehnte sich immer weiter aus, bis ich es selbst in den Fingern spürte. Raphaels Atem streifte mich und jedes einzelne Härchen richtete sich in meinem Nacken auf. Er senkte seine Lippen auf die empfindliche Stelle unterhalb meines Ohrs und drückte einen Kuss auf die Haut. Doch bevor ich mich in seiner Berührung verlor, ließ Raphael mich los und trat einen Schritt zurück.

Seine Lippen bewegten sich, formulierten Worte, die meinen Verstand nicht erreichten.

»Amelie?«

Ich blinzelte.

»Hast du Hunger?«

Mir lag das *Nein* schon auf der Zunge, aber mein Magen strafte mich Lügen. Er knurrte lautstark und beantwortete Raphaels Frage. Die Croissants, die Schwester Sophie mir gebracht hatte, hatte ich verschmäht. Aber inzwischen wollte mein Magen sich nicht länger von mir abwimmeln lassen.

»Bei mir gab es heute Pasta. Ich kann dir die Reste aufwärmen.«

Bevor ich antworten konnte, nahm er meine Hand und zog mich hinter sich her in seine Küche. Sie war modern ausgestattet – anders als unsere – und so sauber, als hätte Raphael hier noch nie gekocht. Doch der Eindruck täuschte. Er bewegte sich mit einer Selbstverständlichkeit durch den Raum, als verbrachte er hier viel Zeit.

»Kannst du kochen?«, fragte ich und nahm an dem kleinen Tisch Platz.

»Hm«, machte Raphael und stülpte den Inhalt einer Frischhaltedose in einen Topf auf dem Herd. »Vermutlich gibt es Dinge, die ich besser kann.«

Ich betrachtete den Arm, um den er den Verband gelegt hatte.

Er lächelte. »Das zum Beispiel«, stimmte er mir zu und setzte Nudelwasser auf.

»Ja, der Arm fühlt sich fast wie neu an«, meinte ich und entlockte ihm ein Lachen, das mich ansteckte.

»Ab und zu koche ich wirklich gerne, allerdings ist das ein Geheimnis. Solange meine Mutter glaubt, ich würde mich tagein tagaus von Dosen-Ravioli ernähren, gibt sie mir Reste von zu Hause mit. Mein Papa kocht großartig.«

»Schlaue Taktik. Dein Geheimnis ist bei mir sicher.« Ich tat, als würde ich die Lippen mit einem Reißverschluss versiegeln und den Schlüssel wegwerfen.

»Ich wusste, dass ich dir vertrauen kann«, bemerkte Raphael und stutzte. Ein sonderbarer Ausdruck huschte über sein Gesicht. Bedauern? Reue?

»Ist alles in Ordnung?«, fragte ich.

»Was?« Raphael blinzelte, dann stieß er einen Laut aus, der vermutlich ein Lachen sein sollte, aber ziemlich schräg klang. »Nichts ist in Ordnung, Amelie. Nicht nach allem, was dir widerfahren ist.«

Ich fing seinen Blick auf und mir stockte der Atem, als ich dem Schmerz darin begegnete. »Raphael. Es geht mir gut.«

Er nickte und kam zu mir, legte eine Hand an meine Taille und strich mit den Lippen federleicht über meine Schläfe. Dann zog er einen Stuhl zurück und bedeutete mir, mich zu setzen. Seine Fürsorge schnürte mir die Brust zu und ich wusste, dass ich sie nicht verdient hatte, weil ich ihm die Wahrheit über meinen Gesundheitszustand so lange verschwiegen hatte.

Schon bald erfüllte der würzige Duft einer Tomatensauce die Luft. Mit beiden Händen klammerte ich mich an dem Glas Wasser fest, das Raphael mir gegeben hatte.

Über die dampfenden Töpfe hinweg sah er mich an. »Wie hast du es herausgefunden? Dass du krank bist, meine ich.«

Ich hatte geahnt, dass wir auf das Thema zurückkommen würden. Trotzdem zog sich in mir alles zusammen. Deshalb ließ ich ein paar Augenblicke verstreichen, ehe ich antwortete. »Ich kannte die Symptome durch meinen Großvater. Er starb vor ein paar Jahren an der Malignen Magieplasie.«

»Das hast du erzählt.« Raphael rührte in dem Topf mit der Sauce herum und ich vermutete, dass es sich dabei um einen Vorwand handelte, seine Hände zu beschäftigen, denn sein Blick hing weiterhin an mir.

»Alles fing mit dieser schrecklichen Müdigkeit an, die ich auf zu viel Stress geschoben habe«, erzählte ich und drehte das Wasserglas vor mir auf dem Tisch, bis der Inhalt herumschwappte. »Dann die Appetitlosigkeit. Gewichtsverlust. Wenn ich es bei meinem

Grand-Papa nicht beobachtet hätte, hätte ich womöglich noch lange Stress dafür verantwortlich gemacht.«

»Weiß Sandrine davon?«

Ich konzentrierte mich auf die verzerrte Spiegelung der Tischplatte im Wasserglas. »Nein. Niemand.«

»Du hast es niemandem erzählt? Warum nicht?«

Es war unmöglich, Raphael anzusehen, wenn so viel Sorge und Weichheit seine Stimme färbten.

»Weil ich weiß, wie es sich anfühlt, Angehörige einer betroffenen Person zu sein. Ich wollte das nicht für Sandrine.« Tränen stiegen in mir auf und ich suchte nach meiner inneren Stärke, die mich bisher durch die Magieplasie begleitet hatte, weil ich nicht wollte, dass meine Augen überliefen. »Außerdem wusste ich, dass ich einen Weg finden würde, die Krankheit zu besiegen.«

»Du besitzt einen gesunden Optimismus.«

»Oder genug Intelligenz.«

»Gott, Amelie.« Raphael fuhr sich durch das Haar. Dann kam er um den Herd herum auf mich zu, zog den Stuhl neben mir unter dem Tisch hervor und setzte sich. »Hast du dich nicht unglaublich einsam gefühlt?«

Wieder wich ich seinem Blick aus, weil das die Wahrheit erträglicher machte. »Manchmal.«

Raphaels Finger schlossen sich um meine, die das Wasserglas noch immer krampfhaft umfassten. Er fuhr die hügelige Linie meiner Knöchel nach. »Du bist jetzt nicht mehr allein.«

Ich betrachtete unsere Hände, seine so viel größer über meinen wie die schützenden Blütenblätter über einer Knospe. Dann überwand ich mich und sah ihn an, begegnete dem aufgewühlten Blau seiner Augen, das mich an einen sturmverhangenen Nachthimmel erinnerte. Die Intensität dieses Moments machte mich schwindelig, aber vielleicht lag es auch an der Malignen Magieplasie oder an allem, was ich in den vergangenen Tagen erlebt hatte.

Das Blubbern aus dem Nudeltopf und ein Zischen von überkochendem Wasser ersparte mir eine passende Erwiderung. Raphael sprang auf und hastete fluchend zum Herd, wo er mit einem Lappen über das Kochfeld wischte.

»Wie lange lebst du schon in dieser Wohnung?«, fragte ich und stand auf, um ihm zu folgen.

Raphael legte den Kopf schief, als müsste er erst darüber nachdenken, ob er mir den Themenwechsel durchgehen lassen sollte. »Seit zwei Jahren. Die Wohnung über dem Museum wurde irgendwann zu klein für einen Vater mit erwachsenem Sohn und unterschiedlichen Interessen. Um meine Mutter tat es mir leid, aber ich musste dort weg.«

Ein Hauch von Wehmut schwang in seinen Worten mit und ich nickte. Für Elternprobleme hatte ich viel Verständnis, obgleich Monsieur Chevalier auf mich nicht den Eindruck eines strengen Vaters machte. Es war, als sprächen wir von unterschiedlichen Personen. Die fordernde und autoritäre Variante, die Raphael seinen Vater nannte, konnte ich nicht in Einklang mit dem gutmütigen und stets nachsichtigen Mann bringen, für den ich arbeitete.

Die Bitterkeit in Raphaels Miene bewegte mich dazu, von Nachfragen abzulassen und das Gespräch stattdessen in eine andere Richtung zu lenken. Anscheinend gab es zwischen uns viele Dinge, die wir nicht ansprechen wollten. »Zwei Jahre also?« Ich hob eine Braue und sah mich demonstrativ um. Für diese Zeitspanne hatte Raphael die Wohnung mit erstaunlich wenigen persönlichen Gegenständen eingerichtet, abgesehen von dem Klavier, das hinter dem Sofa im Wohnzimmer stand. Allerdings war es abgedeckt. Es gab keine Fotos, die ihn mit Familie oder Freunden gezeigt hätten, keinen Kalender, in dem er sich Notizen vermerkte, keine Deko, die auf einen besonderen Musikgeschmack oder eine Filmleidenschaft schließen ließen. Die Wohnung passte zu ihm, denn sie versprühte einen klassischen und zugleich modernen Charme, wie er sich kleidete.

Ich dagegen bewohnte mein Zimmer nun knapp mehr als zwei Jahre. Meine Regale bogen sich unter der Last der Bücher, die Schränke waren voll und an den Wänden klebten Bilder, Buchseiten und Zeitungsschnipsel. Ich fragte mich, was das über mich aussagte.

»Von Überfluss halte ich nicht viel«, sagte Raphael. Er füllte einen Teller und stellte ihn vor mir auf dem Tisch ab, an dem wir beide wieder Platz nahmen. Nah genug, dass sich unsere Knie berührten, aber mit ausreichend Abstand, den die Schwere aller ungesagten Dinge zwischen uns schuf. »Vermutlich bin ich durch das Chaos meines Vaters vorbelastet. Er neigt dazu, alles aufzubewahren, was vielleicht einmal nützlich sein könnte.«

»Eine Eigenschaft, die auf jeden Fall zu einem Museumsdirektor passt«, bemerkte ich und stocherte in den Nudeln herum.

Raphael lachte. »Das stimmt. Aber ich war es irgendwann leid, mit eingezogenem Bauch durch den Flur unserer Wohnung zu waten. Ich brauchte Platz, um mich um die eigene Achse zu drehen, ohne die Urne eines alten Magiermönches umzustoßen, oder einen Mondkristall zu Boden zu werfen.«

»Dein Vater besitzt die Urne eines Magiermönches?«, fragte ich halb im Scherz, halb ernsthaft interessiert.

Raphael antwortete mit einem amüsierten Schnauben, ehe er fortfuhr: »Hier in der Wohnung habe ich alles, was ich brauche. Und das ist genug.«

Diese Einstellung war mir sympathisch, wenngleich ich sie nicht unbedingt teilte. Ich neigte wie Monsieur Chevalier dazu, Dinge aufzubewahren. Deshalb war es mir damals so schwergefallen, dabei zuzusehen, wie meine Eltern den Nachlass meines Großvaters behandelt hatten. Fast alles hatten sie weggegeben.

Raphaels minimalistische Lebensweise erstreckte sich durch die gesamte Wohnung. Nachdem ich aufgegessen hatte, stellte er das Geschirr in die Spülmaschine und führte mich in sein Schlafzimmer. In der Mitte des Raumes stand ein großes, ordentlich gemachtes Bett mit einem Nachttisch auf der einen und einer modernen Stehlampe auf der anderen Seite. Gegenüber ragte der Schrank auf, in dem er die Magiepräparate versteckte, daneben lehnte ein lebensgroßer Spiegel gegen die Wand.

In einer Ecke stand ein Schaukelstuhl, der in meinem Zimmer schnell zum schwarzen Loch für abgelegte Kleidungsstücke mutiert wäre. Bei Raphael natürlich nicht.

Insgesamt wirkte das Schlafzimmer klinisch auf mich, fast kalt. Aber sobald Raphael die Stehlampe anschaltete, floss goldenes Licht durch den Raum und machte ihn gemütlich.

Vor dem Spiegel hielt ich inne. Ich wollte nicht hineinsehen, aber der dunkle Schatten, der an mir vorbeihuschte, zog meine Aufmerksamkeit auf sich. Ich erstarrte, als ich mich mit den Spuren dieses Abends konfrontiert sah. Blasse Haut, noch dunklere Augenringe als sonst. Die Schrecken, die ich erlebt hatte, hafteten an mir und die Angst, sie möchten mich überwältigen, sobald ich mich der Müdigkeit hingab, zehrte an mir.

»Amelie.« Raphaels sanfte Stimme riss mich zurück in die Gegenwart. Ich fuhr herum und starrte ihn an. Verständnis zeigte sich in seinem Gesicht und er legte beide Hände auf meine Oberarme. Von dort, wo er mich berührte, strömte seine Wärme auf mich ein und erinnerte mich daran, dass ich die zerstörte Straße am Fuß von *Sacré-Cœur* längst verlassen hatte.

»Es geht schon wieder. Ich …« Hilflos hob ich die Schultern. In meiner Gegenwart blitzten Reflexionen vergangener Schrecken auf und trübten den Moment. Ich fühlte mich dazwischen gefangen, unfähig, den Erinnerungen zu entkommen, unfähig, die behagliche Sicherheit von Raphaels Nähe zu genießen.

»Na komm.« Ich folgte seiner Aufforderung, als er die Decke zurückschlug, und kuschelte mich hinein. Raphael lief um das Bett herum zu seinem Schrank. Er zog meine Aufmerksamkeit auf sich, indem er den Pullover über den Kopf zog. Während er ihn ordentlich zusammenlegte und wegräumte, betrachtete ich seinen wohlgeformten Rücken und das Spiel seiner Muskeln. Und als er die Hose über die Rundung seines Pos gleiten ließ, hielt ich den Atem an.

Er war wunderschön. Ein Lichtfleck in all der Dunkelheit, die sich um mich herum aufgetürmt hatte.

»Bin gleich wieder da«, sagte Raphael, verschwand mit einem Bündel Kleidern unter dem Arm aus dem Zimmer und gab mir Zeit, den Anblick seines perfekten Körpers zu verarbeiten.

Als er zurückkam, trug er eine gestreifte Pyjamahose und ein schlichtes, weißes T-Shirt, unter dem sich seine Brustmuskeln abzeichneten. Er schaltete die Stehlampe aus und im nächsten Moment senkte sich völlige Schwärze über uns, ehe ein winziger Projektor neben dem Bett den Raum in blau-violettes Licht tauchte und die Dunkelheit in meinem Herzen vertrieb. Über uns erschien der Nachthimmel.

»Wow«, flüsterte ich und stützte mich auf den Ellbogen ab. »Ist das deine Masche, um Frauen zu beeindrucken?«

»Warum denkst du nur immer wieder, dass das mein Ziel wäre?« Raphael stieg auf der anderen Seite des Bettes ein. Das Kissen raschelte, als er es zurechtformte und sich dann zurücklehnte. »Erstens muss ich eine Frau nicht mehr beeindrucken, wenn ich sie ins Bett gekriegt habe. Zweitens habe ich das noch nie jemandem gezeigt.«

»Zu erstens: Du solltest dich nicht auf deinen Lorbeeren ausruhen, wenn du eine Frau ins Bett gekriegt hast«, entgegnete ich. »Und zu zweitens: …« Ich zögerte und wiederholte mich: »Wow!«

In dem Licht der Sterne funkelten Raphaels Augen. Ich zog mir die Decke bis zum Kinn und versuchte, meinen rasenden Puls zu beruhigen. Verdammt, er hatte mich im Badezimmer halb nackt gesehen und nun war ich peinlich berührt, weil wir zusammen im Bett lagen. Unter dem Sternenhimmel. Ja, das war kitschig und unsagbar romantisch, aber immerhin waren wir vollständig angezogen.

Wieder raschelten die Kissen und Raphael drehte sich auf die Seite. Dabei rückte er ein Stück näher zu mir. Auch ich bewegte mich, schob mich wie beiläufig auf ihn zu, bis sich unsere Nasenspitzen fast berührten. Ein Lächeln stahl sich auf seine Lippen und er strich mir eine Strähne zurück.

»Ich wusste, dass dir das gefallen würde«, raunte er mir zu und zeichnete mit einem Finger die Linie meines Kiefers nach.

»Das war nicht sonderlich schwer«, neckte ich ihn. »Welche Frau würde nicht dahinschmelzen, wenn ein Mann ihr die Sterne vom Himmel holt?«

»Ich dachte, du würdest es besonders wertschätzen, weil es dich an deinen Großvater erinnert.«

Meine Lippen teilten sich zu einer Antwort, aber ich war sprachlos. »Daran erinnerst du dich?«, fragte ich schließlich und konnte nicht verhindern, dass mein Herz heftiger klopfte als zuvor.

Raphaels Finger glitten von meinem Kiefer über die Schläfe hinauf in mein Haar und strichen sanft durch die Strähnen. »Es schien dir wichtig zu sein, sonst hättest du das Teleskop nicht behalten.« Ich spürte, wie er neben mir die Schultern hob. Vorsichtig schob er seinen Arm unter meinen Nacken und zog mich an sich. Eine Hand legte ich auf seine harte Brust, die andere vergrub ich in den Kissen.

»Siehst du, dort ist der Große Bär«, flüsterte Raphael und malte Kreise auf meinen Rücken. Ich hatte Mühe, mich auf seine Zimmerdecke zu konzentrieren, wenn ich ihm so nah war, doch ich erkannte die vertraute Sternenkonstellation. Mein Großvater hatte sie mir häufig gezeigt, als ich ein Kind gewesen war. Als er noch gelebt hatte und die Welt in Ordnung gewesen war.

»Für die meisten ist das der Große Wagen«, murmelte ich in den Stoff seines Shirts und erinnerte mich an *Grand-Papas* Stimme, wie er ebendiese Worte ausgesprochen hatte.

»Die Vorstellung, dass ein Bär über uns wacht, finde ich schöner als die eines Wagens, der über den Himmel rollt. Außerdem passt ein Bär besser zum Draco Cepheus. Als Kind habe ich mir bei Gewitter gern vorgestellt, wie Bär und Drache über uns miteinander kämpfen und der Donnerschlag nichts anderes als der Aufprall ihrer Körper ist.«

»Du hast in deiner Kindheit mit dem Kopf also auch in den Sternen gesteckt?«, fragte ich überrascht, denn das Wissen über unseren Sternenhimmel reichte bei den meisten nicht über den Kleinen Wagen hinaus. Doch Raphael neigte dazu, mich zu überraschen. Das hatte er von Anfang an getan. Ich hatte Raphael Chevalier für arrogant gehalten. Arrogant und überheblich. Jemanden, der sich für etwas Besseres hielt. Dabei war ich diejenige gewesen, deren Überheblichkeit mich daran gehindert hatte, ihm eine Chance zu geben. Ich sah ihn an, sah wirklich *ihn*. All die Verletzlichkeiten, die Narben seiner Seele, die ihn überhaupt erst dazu bewegt hatten, Mauern um sich herum zu errichten. Mauern, die inzwischen gefallen waren. Wir waren uns so viel ähnlicher, als ich zunächst angenommen hatte. Und nun lag ich hier, an ihn geschmiegt und tauschte flüsternd Gedanken mit ihm aus, während ich mit der Hand auf seiner Brust seinem Herzschlag nachspürte.

»Hast du vergessen, dass ich in einem magiebesessenen Haushalt groß geworden bin?«, fragte Raphael. »Mein Vater besaß mehrere

Teleskope, denen man magische Fähigkeiten nachsagte. Leider reichten sie nur dazu aus, um Sterne zu vergrößern. Mehr konnten sie nicht.«

»Wie schade.« Die Vorstellung, was die Magie am Nachthimmel hätte offenbaren können, war überwältigend und das Wissen darum, dass sie fort war und der Nachthimmel seine Geheimnisse womöglich für immer für sich behalten würde, war ernüchternd.

»Wusstest du, dass die lateinische Bezeichnung *Ursa Major* gar keinen Bären bezeichnet, sondern eine Bärin?«, fragte ich nach einer Weile einvernehmlichen Schweigens.

Raphaels Brustkorb vibrierte, als er ein Lachen ausstieß. »Ich muss dich enttäuschen. So weit reichen meine Kenntnisse über den Himmel dann doch nicht. Irgendwann habe ich mit den Teleskopen nämlich nicht mehr die Sterne beobachtet, sondern unsere vollbusige Nachbarin.«

Ich stimmte in sein Lachen mit ein und gab mich diesem Moment hin. Aber er währte nur kurz. Die Realität presste die Unbeschwertheit aus meiner Brust, bis nichts von dem Glück, das ich zuvor empfunden hatte, übrig war.

Die Erinnerung an das, was mich in dieser Nacht in Raphaels Arme geführt hatte, brach wie ein Sturm über mich herein und ich fragte mich, ob ich je wieder dieselbe Amelie sein würde, die ich gewesen war, bevor ich D'Amboise gefunden hatte. Gutgläubig. Hoffnungsvoll. Unschuldig. Der Tod hatte sich mir von seiner grausamen Seite präsentiert. Niemals wieder würde ich das vergessen können.

Raphael, der zu spüren schien, wie ich mich anspannte, nahm mich fester in den Arm und küsste meinen Scheitel. Ich atmete seinen herben Duft ein, doch die Schatten des schrecklichen Abends waren übermächtig.

Feuer verschlang den Nachthimmel, wurde zu Blaulicht, verwandelte sich in die grellen Lampen des Krankenhauses. Erneut hörte ich die Schreie der Verzweiflung, Schmerzenslaute und Klagerufe. Ich spürte die weiche Matratze von Raphaels Bett unter mir und gleichzeitig den harten Asphalt der Rue Gabrielle, in die an diesem Abend ein Loch gesprengt worden war.

Und dann begann ich, zu reden. Meine leise, aber ernste Stimme füllte die Stille mit Worten, die mehr nach einer Nacherzählung eines mittelmäßigen Actionfilmes klangen als nach meinem Leben. Die Szenen meiner Erinnerung nahmen vor meinen Augen Gestalt an, zerrten die Vergangenheit in die Gegenwart und ließen sie in Raphaels Zimmer neu erstehen.

»Da war Blut. So viel Blut. Und diese Schreie. Ich werde sie bis zu meinem Tod nicht mehr vergessen können. Schreie voller Schmerz, Trauer und Verzweiflung.« Ich schluckte und blinzelte gegen ungeweinte Tränen an. »Sandrine und ich haben uns häufig in diesem Restaurant getroffen. Keine Ahnung, warum sie ausgerechnet heute vor der Tür gewartet hat und nicht an unserem Stammtisch … Sie hätte tot sein können, Raphael. Ich hätte sie verlieren können.«

»Aber das hast du nicht. Sie lebt und ist wohlauf. So wie du.«

Die Bedeutung im Dunkeln geflüsterter Worte war nicht zu unterschätzen. Ich wusste, dass Raphael recht hatte, auch wenn ich mich nicht danach fühlte. Die Explosion hatte mich äußerlich nicht verletzt, innerlich waren die Bruchstücke, in die D'Amboises Tod meine Seele verwandelt hatten, vollkommen zerbrochen.

»Wenn dieser Mann nicht gewesen wäre, läge ich jetzt vielleicht im Krankenhaus. Oder Schlimmeres.«

»Welcher Mann?«, horchte Raphael auf, der mich bis zu diesem Moment nicht unterbrochen, sondern mir einfach zugehört hatte.

»Ein Obdachloser. Ich gab ihm Geld. Stell dir vor, ich wäre ihm nicht begegnet. Dann wäre ich ein paar Minuten früher beim Restaurant gewesen und wir wären beide …« Dieser Gedanke war zu schrecklich, um ihn laut auszusprechen.

Raphael legte eine Hand in meinen Nacken, zog mich dichter an sich, bis ich halb auf ihm lag. »Aber er war da«, flüsterte er. »Euch geht es gut.«

»Uns schon. Anderen nicht.«

Ich beschrieb das Schlachtfeld, dem die Straße nach der Explosion geglichen hatte. Erzählte, wie ich Sandrine gesucht und sie mit einer Toten verwechselt hatte. Und ich redete, redete und redete, bis meine Stimme heiser war und sich der Morgen als grauer Schleier über Paris ankündigte. Irgendwann stockten mir die Worte im Mund und die Müdigkeit überwältigte mich. In Raphaels Armen schlief ich ein und entfloh den grauenvollen Erinnerungen. Zumindest für eine Weile.

23

AMELIE

Nach einem tiefen, traumlosen Schlaf hieß mich die Wirklichkeit mit einem dumpfen Schmerz in den Gliedern willkommen. Die Begegnung meines ohnehin schon geschundenen Körpers mit dem Asphalt war nicht spurlos an mir vorbeigegangen und während der Schock über die Ereignisse den Schmerz am Tag zuvor vermutlich in Schach gehalten hatte, gewann er nun die Oberhand. Meine Knochen fühlten sich an, als übte eine unsichtbare Macht Druck auf sie aus, und in meinem Kopf pochte etwas äußerst hartnäckig.

Ich stöhnte und blinzelte in die undurchdringliche Dunkelheit um mich herum. Die Umgebung war mir fremd, die Matratze einen Hauch zu hart und die Jalousien waren lichtundurchlässig. Die Vorhänge in meinem Zimmer verloren jeden Morgen den Kampf mit dem Licht und wurden förmlich davon durchbohrt, bis dicke Bündel Flecken auf den Boden malten. Hier befand ich mich in vollkommener Schwärze.

Fast.

Denn sobald sich meine Augen daran gewöhnt hatten, bemerkte ich winzige weiße Punkte in den Jalousien, kleine Löcher, die die einzelnen Lamellen miteinander verbanden, die jedoch den Tag auf der anderen Seite verrieten. Ich hatte keine Ahnung, wie spät es war.

Und dann kehrte die Erinnerung zurück. Raphael. Seine Sorge. Seine wohltuende Nähe. Wärme durchströmte mich, als er sich zu mir drehte, mich dicht an seinen Körper zog und in mein Haar atmete.

»Konntest du schlafen?«, fragte er leise.

»Besser als erwartet«, gab ich zu.

Wir erlaubten uns, wenige Minuten zusammen zu genießen. Ich kuschelte mich an ihn und fand Halt in seinen liebevollen Berührungen und zarten Küssen. Doch je länger ich mich vor der Wirklichkeit versperrte, umso dringlicher kehrten die Erinnerungen zurück.

»Ich muss ins Krankenhaus«, flüsterte ich schließlich gegen Raphaels Lippen.

»Ich weiß. Ich begleite dich.«

Die Gewissheit, dass ich nicht alleine war, schrumpfte das Gewicht auf meiner Brust, sodass ich leichter atmen und mich zumindest für den Moment entspannen konnte. Ich war dankbar, dass Raphael und ich uns getroffen hatten. Und dass er sich als Mensch entpuppt hatte, dem ich vertrauen konnte und der mir Halt bot.

Nachdem er mir eine Chinohose, die ihm zu klein war, und einen Wollpullover gegeben hatte, brachen wir auf. Angst und Aufregung trieben meinen Puls an, als wir durch das Krankenhaus liefen. Sandrines Handy hatte die Explosion nicht überlebt und da sich niemand vom Personal bei mir gemeldet hatte, wusste ich nicht, wie es ihr ging.

Der Druck von Raphaels Fingern auf meine lenkte meine Aufmerksamkeit auf ihn und ich sah zu ihm auf.

»Stimmt etwas nicht?«, fragte ich. »Du bist blass.«

Mit der freien Hand zauste er sich das Haar, Röte schoss ihm in die Wangen. »Es geht mir gut. Es ist nur … Ich mag keine Krankenhäuser. Ich weiß, das klingt albern.«

Die Mischung von Desinfektions- und Reinigungsmitteln stach mir in die Nase und schlug mir auf den Magen. Ich wäre jedoch nicht auf die Idee gekommen, dass es ihm ähnlich erging.

»Ein Magiezin-Student, der keine Krankenhäuser mag?«, hakte ich vorsichtig nach.

»Ich habe mich auf die Forschung spezialisiert und nicht auf angewandte Medizin.« Raphael zog den Kopf zwischen die Schultern. Ein wenig gedämpfter fügte er hinzu: »Ich habe schon zu viel Zeit in Krankenhäusern verbracht.«

»Davon habe ich gestern gar nichts bemerkt.«

»Das solltest du auch nicht.«

»Deine Mutter?« Mitgefühl machte mein Herz bleischwer. Ich hatte nicht daran gedacht, dass die Situation belastend für Raphael sein könnte. Zu sehr war ich mit mir selbst beschäftigt gewesen.

Ich drückte Raphaels Hand fester, um ihm das Gefühl zu geben, für ihn da zu sein. So wie er für mich. Er erwiderte die Geste und schenkte mir ein flüchtiges Lächeln.

»In Krankenhäusern hat sie viel Zeit mit schmerzhaften Therapien verbracht, die schlussendlich nichts gebracht haben.«

Ich blieb ungeachtet der Menschen, die um uns herumliefen, stehen und berührte seine Wange. »Ich weiß nicht, was ich sagen soll, Raphael«, gestand ich ihm. »Und ich wusste auch nie, was ich über meinen Großvater sagen soll.«

Normalerweise reagierten Außenstehende aus Überforderung mit Floskeln. Manchmal zogen sie sich zurück, weil eine tödliche Krankheit eben Spuren im Umfeld hinterließ. Alles, was ich Raphael zu bieten hatte, war Ehrlichkeit.

»Du sagst genau das Richtige«, versicherte er mir und küsste mich auf den Scheitel. »Lass uns nach Sandrine sehen.«

Vor der Tür zu ihrem Zimmer wuchs meine Aufregung, weil ich nicht wusste, was mich dahinter erwarten würde. Mit einem Klopfen kündigte ich uns an, stockte aber, als auf der anderen Seite ein äußerst barsches *Herein* erklang. Ich trat zuerst ein, blieb jedoch so abrupt stehen, dass Raphael gegen mich stieß. Reflexartig legte er die Hände auf meine Schultern und gab mir damit Halt.

An Sandrines Seite saß Julien und blickte uns mit grimmiger Miene entgegen. Überraschung, Verwirrung und der Hauch eines schlechten Gewissens regten sich in mir.

»Was machst du hier?«, fragte ich wenig eloquent.

Julien stieß einen Laut des Unmuts aus. »Ich bin ihr Freund. Und du hast es mir nicht gesagt.«

Er presste die Zähne zusammen. An seiner Schläfe pochte eine Ader, die bezeugte, wie wütend er war. Ein starker Kontrast im Vergleich zu der Sanftheit, mit der er Sandrines Hand hielt.

»Es ist viel passiert«, verteidigte Raphael mich, aber das schlechte Gewissen wuchs. Julien hatte recht, ich hätte ihm Bescheid geben müssen. Zumindest eine kurze Nachricht hätte er verdient. Doch ich hatte nicht einmal daran gedacht, mich mit ihm in Verbindung zu setzen.

»Halt dich raus!« Julien blitzte Raphael an. So wenig ich das Machtgehabe der beiden gutheißen konnte, so sehr verstand ich seinen Punkt. Einer Freundin war etwas zugestoßen und niemand hatte ihn benachrichtigt.

Juliens Wut prallte an Raphael ab, der die Schultern straffte und zwei gleichmäßige, tiefe Atemzüge nahm und dann sagte: »Amelie hätte sich nicht bei dir melden können in der Zeit zwischen Schockzustand, Schlaf und Sorge. Ich verstehe, dass du wütend bist, aber du solltest dich in ihre Lage versetzen. Sie hat die Explosion auch miterlebt und wurde verletzt.«

Während Raphaels Worte Erinnerungen an die ersten Stunden nach der Explosion hervorriefen und ich fröstelte, entlockten sie Julien einen Fluch. Er rieb sich mit der Hand übers Gesicht. Tiefe Sorgenfalten zeichneten seine Stirn und er machte eine ruckartige Kopfbewegung, als wollte er sie loswerden.

Sandrines Stöhnen unterbrach unsere Diskussion. Das Geräusch sorgte dafür, dass sich mein Herz zusammenzog. Ich eilte zu ihr und strich über ihre Schläfe. Die Brandwunden glänzten, als wären sie eingecremt worden. Einige Stellen waren verbunden, andere lagen offen.

»Wie geht es dir?«, fragte ich behutsam.

»Seit sie meinen Trip nicht verlängern wollen? Mies!« Sandrine atmete schwer und ihre Lider flatterten.

»Warum helfen sie ihr nicht?« Zu Sorge gesellte sich Empörung bei der Vorstellung, dass sie meiner Freundin die Schmerzmittel verweigerten.

»Sie helfen ihr«, versicherte Raphael mir, nachdem er den Beutel im Infusionsständer überprüft hatte. »Aber sie haben die Medikation angepasst. Vermutlich, damit Sandrine nicht dauerhigh ist.«

»Was ist daran auszusetzen?«, murrte diese mit geschlossenen Augen. »Dann muss ich dieses Elend nicht ertragen. Diese Schmerzen und die Gewissheit, dass mein Gesicht ruiniert ist.«

»Dein Gesicht ist nicht ruiniert«, widersprach Julien liebevoll. »Du siehst wunderschön aus. Immer.«

»Gott, ich bin wohl doch noch high. Seit wann bist du so nett?«

Julien stieß ein bellendes Lachen aus, das an Hysterie grenzte und mich ein Lächeln verbeißen ließ. Raphael grinste amüsiert.

»Halt dich in Zukunft einfach von Explosionen fern«, brummte Julien. »Dann muss ich nicht lieb zu dir sein.«

Seine Worte zerbrachen das Lächeln auf meinen Lippen, das mir ihre Unterhaltung gezaubert hatte, und die Scherben schnitten wie scharfe Erkenntnis in mein Fleisch. Wir waren dem Tod entkommen. Sandrine noch knapper als ich. Eine seltsame Kombination aus Demut und Fassungslosigkeit wühlte mir den Magen auf und bewegte mich dazu, die Faust gegen meinen Bauch zu drücken.

»Ich weiß nicht, was ich gemacht hätte, wenn …« Mir brach die Stimme und ich musste die Tränen zurückhalten, die hinter meinen Lidern brannten.

»Unser Lieblingsrestaurant wurde in die Luft gesprengt, es gibt nichts Schlimmeres«, nuschelte Sandrine mit geschlossenen Augen. Ihre Unterlippe zitterte, doch sie hob tapfer die Mundwinkel, wie um zu verbergen, dass sie kurz davor war, zu weinen. Sie räusperte sich, ihr Ton veränderte sich, als sie nachsetzte: »Gab es viele Opfer?«

Raphael und ich wechselten einen Blick und ich schüttelte kaum merklich den Kopf. Auf dem Weg hierher hatten wir die Berichterstattung über die Explosion verfolgt und wussten, dass das Ausmaß der Katastrophe unvorstellbar war. Mehr als dreißig Tote, unzählige Verletzte und eine weitere Narbe in der Stadt, die ihr Erscheinungsbild, aber vor allem ihre Geschichte entstellte. Das war nichts, womit Sandrine sich jetzt belasten sollte. Sie musste heilen. Von außen und von innen.

»Ein paar, ja«, sagte ich vage.

Sandrine blies die Wangen auf und stieß die Luft pfeifend wieder aus. Sie sank tiefer in die Kissen und fluchte, ehe sie eine Position fand, in der die Schmerzen erträglich waren. Mit jedem Laut, den sie ausstieß, wurde Juliens Gesicht grauer, bis er die Lippen zusammenpresste und stoßweise atmete.

»Wie geht es dir?«, fragte er mich kurz darauf und klang sehr viel sanfter als zuvor.

»Gut«, sagte ich schneller, als glaubhaft gewesen wäre.

Julien kniff die Augen zusammen. »Alles an dieser Antwort klingt falsch.«

»Sie fühlt sich auch falsch an.« Ich hob die Schultern. »Es ist zu viel geschehen. Ich muss das erst mal verarbeiten.«

»Ich sage das, weil es offensichtlich nicht klar ist: Aber ich bin für dich da, Amelie. Melde dich bei mir, wenn etwas ist.«

Meine Mundwinkel verzogen sich zu einem gequälten Lächeln. »Danke dir. Und es tut mir wirklich leid, dass ich dich nicht angerufen habe.«

Julien griff über Sandrine hinweg und drückte meine Hand. Ich begriff auch jetzt, dass er sehr viel mehr in unsere Freundschaft investierte, als ich es tat.

Den restlichen Vormittag verbrachten wir mit geflüsterten Gesprächen, während Sandrine schlief. Raphael und Julien schienen ihr anfängliches Misstrauen allmählich zu überwinden. Als ein Krankenpfleger kam, um nach Sandrine zu sehen, beendete er unser geselliges Beisammensein und ging auch nicht auf Juliens Bitten ein, länger bleiben zu dürfen. Sandrine brauchte Ruhe und die würde sie nicht bekommen, wenn ihre Freunde um sie herumsäßen und ihr dabei zuschauten.

Vor dem Krankenhaus verabschiedeten wir uns von Julien und ich begleitete Raphael. Nach Hause zu gehen – in eine Wohnung, in der mich Sandrines Lachen erwarten sollte – kam für mich nicht infrage. Allein die Vorstellung von der drückenden Stille reichte, um meine Muskeln in Spannung zu versetzen.

»Du siehst erschöpft aus«, bemerkte Raphael, nachdem er die Tür aufgeschlossen hatte. Bildete ich mir das nur ein oder musterte er mich intensiver als sonst?

»Leg dich hin. Ich mache uns eine Kleinigkeit zu essen.«

Raphaels Vorschlag weckte Protest in mir und ich öffnete die Lippen, um zu widersprechen. »Ich muss nicht –«

»Das soll keine Bevormundung sein«, unterbrach Raphael mich. »Es ist ein Vorwand, um gleich mit dir zu kuscheln, okay? Das hat nichts mit deiner Krankheit oder dem zu tun, was du erlebt hast. Zumindest zu achtzig Prozent nicht.«

Er sah mich direkt und entschlossen an. In seinen Augen schimmerte die Ehrlichkeit seiner Worte, die ein angenehmes Glühen in meinem Herzen entfachte.

»Danke.« Ich streifte den Mantel ab und zögerte. Es kam mir falsch vor, mich allein in ein fremdes Bett zu legen und mich bekochen zu lassen. Aber Raphael bugsierte mich durch den Flur ins Schlafzimmer und das bequeme Bett hatte überzeugende Argumente. Ich zog mich um und schlüpfte in die Joggingkleidung vom Vorabend, ehe ich unter die Decke kroch, mich zusammenrollte und darauf freute, dass er wahrmachte, was er angekündigt hatte.

Geschäftige Geräusche wie das Klappern von Geschirr und das Mahlen von Kaffeebohnen drangen aus der Küche. Ein aromatischer Duft entfaltete sich in der Wohnung und strömte bis ins Schlafzimmer, wo er meine Nase kitzelte. Er wurde intensiver, als Raphael mit einem Tablett zu mir kam. Darauf standen zwei dampfende Kaffeetassen und Teller mit Croissants sowie geschnittenem Obst. Er platzierte es auf der Matratze, bevor er den obersten Knopf seiner Hose öffnete. Ich, die ich die Hand nach einer der Tassen ausgestreckt hatte, hielt mitten in der Bewegung inne und starrte ihn an.

»Was wird das?« Die Frage war überflüssig, denn was er tat, war eindeutig: Er zog sich aus. Zumindest unten herum. Wie gebannt beobachtete ich ihn mit einem plötzlich viel zu trockenen Mund. Dafür schoss mein Puls in die Höhe. Die Jeans glitt an seinen muskulösen Oberschenkeln herab und er streifte sie über die Füße. Nur in Boxershorts kam er zu mir und warf die Decke über sich.

»Ich hasse es, mit Straßenkleidung ins Bett zu gehen«, erklärte er, als wäre es das Selbstverständlichste auf der ganzen Welt.

Die Vorstellung, dass Raphael nur Boxershorts trug, schob ich mitsamt dem Flattern in meinem Innern beiseite und nahm einen großen Schluck Kaffee. Er linderte nicht den dumpfen Schmerz in meinen Gliedern, aber sofort fühlte ich mich ein bisschen wohler in meiner Haut.

»Wie geht es dir?«, fragte Raphael mit ernster, tiefer Stimme. Sein Blick schien nicht nur mein Gesicht abzuscannen, sondern tiefer zu gehen. Ein mitfühlender Ausdruck huschte über seine Züge.

Ich gab mich mit dem späten Frühstück beschäftigt. Zu dieser Frage existierte keine richtige oder zufriedenstellende Antwort. In den letzten Tagen hatte ich um Normalität gekämpft, gestern hatte ich verloren. Ich würde nicht mehr einfach so in mein Leben zurückkehren können, weitermachen, als wäre nichts gewesen. Diese Erkenntnis schmeckte bitter.

Raphael beugte sich vor und legte seine Hand auf meine. Sanft strich er mit dem Daumen über meine Knöchel. Die Andeutung eines Lächelns lag auf seinem Gesicht, das von Verständnis zeugte. »Ich will dich nicht bedrängen. Aber du sollst wissen, dass du mit mir reden kannst, wenn du das möchtest. Es ist verdammt viel passiert in letzter Zeit.«

Ich hob den Blick, begegnete dem seiner blauen Augen. Er war intensiv, fast schon durchdringend.

»Raphael ...« Mein Verstand raste, während ich in Gedanken die Ereignisse der letzten Tage beschwor. Das Leben, wie ich es gekannt hatte, hatte sich nicht erst mit D'Amboises Tod geändert. Es war die Magie gewesen, die zu wirken ich auf einmal imstande war. Kälte ebnete einem Gefühl von Angst den Weg.

»Amelie?« Raphael verstärkte den Griff um mein Handgelenk.

»Was, wenn alles zusammenhängt?«, krächzte ich. Allein es auszusprechen, klang so unwirklich, dass ich am liebsten über mich selbst gelacht hätte. Wenn ich nicht davon überzeugt gewesen wäre, dass es die Wahrheit war.

»Wovon sprichst du?«

Auf einmal kam ich mir albern vor. Mit zitternden Fingern rieb ich mir über die geschlossenen Lider, ehe ich die Augen wieder öffnete.

»Vielleicht werde ich paranoid«, murmelte ich und stieß ein freudloses Lachen aus. »Kein Wunder, nach allem, was geschehen ist.«

Raphaels Schultern spannten sich an. »Du meinst, dass die Explosion mit deiner Magie zusammenhängt?«

Schweigen senkte sich über uns, das ich nutzte, um das Chaos in meinem Kopf zu ordnen. »Vielleicht irre ich mich«, sagte ich schließlich.

Raphael ließ meine Hand los und zog sich zurück. Seine Gedanken verbarg er hinter einer unleserlichen Maske. Der plötzliche Verlust seiner Wärme verunsicherte mich.

»Ganz bestimmt irre ich mich«, murmelte ich.

»Und was, wenn nicht?«, entgegnete er rau und fuhr sich durchs Haar.

»Aber warum wurde mein Professor ermordet, wenn es um mich geht?«, warf ich ein, denn dieses Puzzlestück passte nicht in seine Lücke.

»Möglicherweise wusste er mehr über Magie, als er euch gelehrt hat«, mutmaßte Raphael.

Ich seufzte. »Wenn man die Häufigkeit unwahrscheinlicher Erlebnisse in meinem Leben betrachtet, kann man dem Irrtum anheimfallen, dass es eine Verbindung gibt. Aber einzeln betrachtet haben meine Forschung, D'Amboises Tod und die Explosion nichts miteinander zu tun, abgesehen davon, dass ich überall beteiligt war. Niemand weiß von meiner Magie. Mein Professor hatte möglicherweise Feinde. Und die Explosion könnte laut Medienberichten ein Unfall gewesen sein. Inzwischen habe ich mehrmals gelesen, dass ein Gasleck verantwortlich sein könnte.«

Raphael nagte an seiner Unterlippe. Als er sie endlich freigab, hatte sie sich tiefrot gefärbt. »Was, wenn es doch eine Verbindung gibt ...«

Er ließ den Satz unvollständig verhallen.

»Und wenn nicht, sollte ich Glücksspiel in Erwägung ziehen«, sagte ich. »Ich könnte reich werden.«

Das entlockte Raphael ein Lachen, das tief aus seinem Brustkorb kam. Zarte Fältchen um die Augen milderten seine ernste Miene und auf einmal war die Leichtigkeit zwischen uns zurück.

»Oder arm, wenn man bedenkt, wie viel Pech du zuletzt hattest.«

Mit einem Schmunzeln auf den Lippen beugte ich mich vor und biss in eines der Croissants. Der buttrige Geschmack war herrlich und vertrieb die letzten dunklen Gedanken, die mich umtrieben, vollends.

»Wie passt Essen im Bett zu deiner Abneigung, Straßenkleidung darin zu tragen?« Demonstrativ las ich ein paar Krümel auf, die ich auf der Matratze verteilt hatte.

Raphael sah mich an und der intensive Blick seiner Augen verwandelte das Kribbeln in meinem Bauch in ein formvollendetes

Feuerwerk. »Im Bett muss es gemütlich sein. Aber ich sagte nicht, dass es nicht auch ein wenig schmutziger zugehen darf«, raunte er mir zu.

Hitze entflammte überall in meinem Körper. Raphael beugte sich vor und schmolz den Abstand zwischen uns, bis sein Atem über meine Haut streichelte. Seine Lippen schwebten über meinen und die Erwartung seines Kusses lud die Luft mit elektrischer Spannung auf. Als er auch die letzten Zentimeter zwischen uns überwand, um mir den Krümel eines Croissants vom Mundwinkel zu küssen, wurde diese Hitze zu einem lodernden Feuer.

Verdammt, was stellte dieser Typ nur mit mir an?

Ich wusste nicht, wie, aber im nächsten Moment lag er über mir. In seinem Gesicht las ich meine eigenen Gefühle: Sehnsucht und Verlangen. Meine Lippen teilten sich, als Raphaels Mund auf meinen traf. Mit einer Hand hielt er meinen Nacken, die andere ruhte auf dem Ansatz meiner Brüste, während er sich vorbeugte und mit der Zunge meinen Mund erforschte. Ich antwortete ihm mit einem Keuchen und drängte mich ihm entgegen. Das Geschirr klapperte, als wir gegen das Tablett stießen. Raphael gab ein unwilliges Knurren von sich, löste sich von mir und stellte es auf den Boden. Dabei sah er mich die ganze Zeit an und die Spannung zwischen uns schraubte sich mit jeder Berührung hoch. Sie entlud sich, als unsere Lippen erneut aufeinanderprallten und unsere Zungen sich in einem sehnsüchtigen Spiel begegneten. Meine Hände wanderten unter den Saum seines Pullovers, erkundeten die warme Haut, die sich über harte Muskeln spannte. Ich spreizte die Beine und er rutschte, halb auf mir liegend, in den Raum dazwischen. Seine Erektion drückte gegen meine Mitte und entlockte mir einen sehnsuchtsvollen Laut, der mir selbst fremd war.

»O Amelie«, stöhnte Raphael, ehe er von meinem Mund abließ und meinen Hals und meine Schultern mit einem Band zarter Küsse bedeckte. Seine Lippen wanderten tiefer bis zur sanften Wölbung meiner Brüste, die von viel zu viel Stoff verhüllt wurden. Ich wollte ihn loswerden. Als hätte Raphael den Gedanken gehört, zog er mir den Pullover mit einer geschickten Bewegung über den Kopf. Mein

Atem stockte, als seine Hände unter das Shirt glitten und in dem Moment zurückzuckten, da er bemerkte, dass ich keinen BH trug.

»*Merde!*«, stieß er hervor.

»Wenn ich das geahnt hätte, hätte ich mir anständige Unterwäsche angezogen«, versicherte ich ihm. Und vermutlich hätte ich mir vorher die Beine rasiert, aber das sprach ich nicht laut aus.

»Du ahnst nicht, wie erotisch ich es finde, dass du unter meinen Klamotten nackt bist. Ich schwöre dir, dass ich dieses Shirt nie wieder waschen werde!« Seine Worte gingen in meinem entzückten »*Oh!*« unter, als er sich weiter vorwagte und meine Brustwarze mit einer Hand umfasste und sie mit kreisenden Bewegungen seines Daumens lockte, bis sie spitz war. Wir stöhnten gemeinsam auf, bevor sich Raphael zurücklehnte und mir das Shirt vom Oberkörper streifte. Kurz verharrte er, liebkoste mich einzig durch die Betrachtung meiner Rundungen.

Als er dann mit den Lippen meine Brustwarzen umschloss, summte ich vor Lust. Die Mischung aus Ekstase, Sehnsucht und Verlangen, die seine Berührungen in mir auslösten, war mir nicht gänzlich fremd. Aber diese Gefühle waren so viel intensiver als alles, was ich je zuvor mit Männern erlebt hatte. Ich wollte mehr. Wollte seine Haut auf meiner spüren. Wollte ihn *in* mir spüren.

»Zieh den Pullover aus«, befahl ich.

Raphaels Lippen, die von unseren Küssen feucht und gerötet waren, kräuselten sich. Er gehorchte, doch er ließ sich Zeit. Quälend langsam hob er den Saum seines Pullovers an. Ich hatte keine Geduld, stemmte mich hoch, packte das lästige Stück Stoff und zog es ihm über den Kopf.

Nun hockten wir einander halb nackt gegenüber und starrten uns an. Raphaels Atem ging so schnell wie meiner, seine Brust hob und senkte sich heftig. Ich beobachtete das Spiel seiner Muskeln, streckte die Hand aus und zeichnete seine männlichen Konturen nach. Er ließ mich gewähren, erwiderte stumm meinen Blick, in dem ich all dem begegnete, was ich selbst empfand. Er war mein Spiegel. Anders, als ich es mir je hätte vorstellen können, und doch so gleich. Wahrscheinlich war das der Grund, weshalb ich ihn zunächst nicht als den wahrgenommen hatte, der er tatsächlich war.

All die Gefühle, die mit dieser Erkenntnis über mir hereinbrachen, legte ich in einen einzigen Kuss. Ich drückte Raphael in die Kissen und er ließ es sich bereitwillig gefallen, legte die Arme neben seinem Kopf ab, als wollte er mir die volle Kontrolle übergeben. Und ich nahm sie mir. Denn Kontrolle war etwas, das ich nur allzu gern hatte.

Mit den Lippen eroberte ich seinen Oberkörper, strich über den zarten Flaum auf seiner Brust. Arbeitete mich tiefer und tiefer. Der herbe Duft seiner Haut steigerte meine Lust. Über der weichen Mulde um seinen Bauchnabel hielt ich inne. Ein dunkler Streifen Haar führte mich von dort weiter nach unten. Er verschwand unter dem Bund seiner Boxershorts, die das letzte Hindernis zwischen mir und seiner Erektion darstellte. Ich zögerte nicht, sondern überwand es, folgte meiner Sehnsucht, ihm nah zu sein, so nah wie irgend möglich. Da spannte sich Raphaels Körper in verlangender Erwartung an.

Als ich die Finger um den Schaft seines Glieds legte und sie daran hinabgleiten ließ, fluchte er. Er krallte sich in die Matratze und suchte Halt in diesen Wellen der Lust. Doch sie schwappten über ihn hinweg.

»Amelie.«

Mein Name auf seinen Lippen war nicht mehr als ein Stöhnen. Auf meinem Körper richteten sich sämtliche Härchen auf. Ich verbiss mir ein Lächeln, verhakte die Finger am Bund seiner Shorts und zog sie ihm aus, nicht ohne dabei über seine festen Oberschenkel zu streichen und einen Kuss auf ihrer Innenseite zu hinterlassen. Als ich mich über seine Mitte beugte, um seine empfindlichste Stelle mit den Lippen zu liebkosen, hielt er mich auf.

»Nicht«, brachte er hervor.

Ich hob eine Braue. »Bist du dir sicher?«, schnurrte ich.

»Ich will dich spüren. Aber nicht so. Nicht jetzt.« Er lachte rau und schob sich das dunkle Haar aus der Stirn. »Sonst wäre das alles hier viel zu schnell vorbei.«

Mit diesen Worten packte er mich und befreite mich von meiner – seiner – Unterwäsche. Seine Hände malten endlose Kreise auf meinen Körper, die sich verjüngten, je näher er meiner Mitte kam. Und dann berührte er mich, strich sanft mit dem Daumen über den Hügel meiner Lust und tauchte in mich ein. Ich riss den Mund auf, aber

Raphael erstickte meinen Schrei mit einem Kuss. Wie eine stumme Einladung spreizte ich die Beine weiter. Aber Raphael zögerte, zog sich zurück.

Ich wollte protestieren, als ich sah, wie er aus dem Nachttisch ein Folienpäckchen holte. Hektisch riss er es auf und streifte sich das Kondom über. Im nächsten Moment lag er auf mir, saugte an meiner Unterlippe und strich durch mein Haar. Das Licht der Stehlampe färbte unsere Haut golden. Dort, wo wir einander berührten, schienen wir zu verschmelzen. Unsere Finger verflochten sich, wurden eins. Ebenso unsere Lippen. Und unsere Körper.

»Geht es dir gut?«, flüsterte er gegen meine Haut. Sein Atem war wie eine heiße Liebkosung.

Ich seufzte, drängte ihm das Becken entgegen. »Es geht mir gut«, brachte ich hervor, als ich merkte, dass er innehielt, auf eine Antwort wartete.

Er lächelte und es wirkte fast schüchtern. Sein Herzschlag wurde zu meinem, hämmerte gegen meine Brust.

»Ich bin ein bisschen aufgeregt«, gestand er, während er seine Erektion an meiner empfindsamsten Stelle rieb.

»Ich nicht, solange du bei mir bist.«

Sein Lächeln bekam fast etwas Wehmütiges. »Bist du sicher, dass du das willst?«

»Der Zeitpunkt, um aufzuhören, ist längst überschritten. Ich will dich, Raphael. Jetzt.«

Unsere Blicke verschmolzen wie unsere Körper. Blau auf Braun wie Haut an Haut. Hitze und Verlangen. Gefühl und Sehnsucht.

Mit einer einzigen Bewegung glitt Raphael tief in mich hinein. Leises Stöhnen, summende Körper und das Rascheln der Laken füllten die intime Stille zwischen uns, wurden zur Melodie unserer Lust. Raphaels Bewegungen waren geschmeidig, aber bestimmt. Es war wie ein Tanz, bei dem er mich führte. Am Ende ließ ich mich fallen und landete in seinen Armen.

24

RAPHAEL

Alles zwischen Amelie und mir fühlte sich richtig an, obwohl ich mich oft so falsch verhalten hatte. Es war absurd, aber ich konnte nichts gegen die Gefühle tun, die diese Frau in mir weckte. Von Anfang an hatte ich keine Chance gehabt. Amelie war meine Magie.

»Wie geht es dir?«, fragte sie mich, nachdem wir zum zweiten Mal miteinander geschlafen hatten.

Wir lagen eng umschlungen in meinem Bett, nackte Haut auf nackter Haut. Alles, was Amelie in diesem Moment trug, war eine feine Goldkette mit Anhänger. Mir war aufgefallen, dass sie sie berührte, sobald sie nervös wurde. Jetzt zupfte ich an den flachen Münzen und gab vor, ihre Position zu korrigieren.

»Mir?« Ich hob den Kopf an, um Amelie ansehen zu können. »Du bist diejenige, die Maligne Magieplasie hat. Ich sollte dich fragen, wie es dir geht, nicht umgekehrt.«

»Du fragst mich das ständig. Und jetzt frage ich dich.«

Die Art, wie sie mich ansah, löste etwas in mir. »Ich habe Angst vor dieser Krankheit, weil ich im Gegensatz zu dir das Gefühl habe, nichts gegen sie ausrichten zu können.« Mit diesem Geständnis offenbarte ich Amelie mein Innerstes und ich hielt den Atem an, um zu schauen, was sie damit anstellte.

»Es tut mir leid«, sagte sie. »Ich wollte dich nicht damit belasten.«

Weil ich mich mit ihr an meiner Seite mutig fühlte, wagte ich mich weiter vor, auch wenn ich mich vor ihrer Antwort fürchtete. »Hättest du es mir noch erzählt?«

Amelie malte Muster auf meine nackte Brust, ehe sie die Hand flach auf mein Herz legte. »Eher nicht.«

Das tat weh. »Dann hattest du nicht vor, in diese Situation zu kommen?«

»Du meinst, mich von dir umsorgen zu lassen?«

»Nein, ich meine, mit mir im Bett zu landen.« Ich hielt den Atem an, als Amelie über meinem Herzen die Finger krümmte, als könnte sie spüren, dass es an Geschwindigkeit zunahm.

Sie löste sich von mir, stemmte sich auf die Ellbogen und sah mich aufmerksam an. »Ich habe mich dagegen gewehrt. Das bedeutet aber nicht, dass ich es nicht wollte, Raphael. Denn das habe ich. So sehr.«

Wir küssten uns. Zuerst zärtlich, dann voller Verlangen. Ich genoss ihre Nähe, ihre Wärme und ihr Lächeln, das sie mir schenkte, wenn sie mich dabei ertappte, wie ich sie anstarrte. Den gesamten Tag verbrachten wir in meiner Wohnung und pendelten zwischen Bett und Sofa. Am Abend telefonierte Amelie mit Sandrine und verabredete sich mit ihr für morgen.

Bevor um zehn Uhr die Besuchszeit im Krankenhaus begann, machten wir einen Zwischenstopp in ihrer Wohnung, um für Sandrine ein paar Kleidungsstücke zu packen. Als wir bei ihr ankamen, stieß diese einen Seufzer der Erleichterung aus. »Endlich seid ihr da und beendet den Zustand unerträglicher Langeweile. Ich habe schon mit dem Gedanken gespielt, einfach aus dem Fenster abzuhauen, wie sie es in Filmen immer machen. Aber ich habe mich nicht getraut, die Infusionsnadel selbst zu ziehen.« Sie blitzte den Tropf an ihrer Seite an. »Keine Ahnung, warum das Ding immer noch in meiner Haut steckt. Ich fühle mich schon viel besser.«

»Vermutlich, *weil* dieses Ding in deiner Haut steckt«, meinte ich und stellte den Strauß Blumen auf ihren Nachttisch, den ich besorgt hatte, während Amelie für ihre Mitbewohnerin gepackt hatte.

»Ja, das hat dieser Pfleger auch behauptet.« Sandrine kräuselte die Oberlippe. »Ich bin einfach kein Fan von Nadeln, die meinen Körper durchlöchern.«

Amelie stieß ein trockenes Lachen aus. Sie wirkte erleichtert, dass es ihrer Freundin besser ging. Tatsächlich machte Sandrine einen aufgeweckteren Eindruck, allerdings wirkte ihre Haut dort, wo sie nicht verbrannt war, auffallend gräulich, ein eindeutiges Zeichen, dass ihr Körper noch immer zu kämpfen hatte.

»Ich bin froh, wenn ich wieder nach Hause kann«, fuhr Sandrine fort. »Nicht einmal der Pfleger reagiert auf meine Avancen. So macht das hier wirklich keinen Spaß.«

Ich fragte mich, wie es Julien gefallen würde, wenn er wüsste, dass Sandrine mit dem Pflegepersonal flirtete.

»Wahrscheinlich will er seinen Job nicht riskieren«, meinte Amelie.

»Oder er steht nicht auf stinkende Explosions-Opfer. Ich muss dringend duschen. Wenn die mir nur diese gottverdammte Nadel ziehen würden.« Sandrine gab einen klagenden Laut von sich, ehe sie sich an mich wandte. »Kannst du mich nicht von diesem Ding befreien?«

»Könnte ich«, antwortete ich und wies auf den Beutel. In der klaren Flüssigkeit darin stiegen vereinzelte Blasen auf. »Aber solange das läuft, bleibt die Nadel drin. Außerdem darfst du mit deinen Verbrennungen nicht duschen. Gib dir ein paar Tage Zeit, um zu kurieren. Wenigstens eine, maximal zwei Wochen.«

Sandrine stieß einen gepressten Laut aus und sank zurück in die Kissen. »Du bist ein Spielverderber!«

»Und du eine ziemlich schlechte Kranke«, konterte ich.

»Du hast gut reden. Du bist auch nicht derjenige, der nicht duschen darf.«

Ich zwinkerte Sandrine zu, ehe ich Amelie den Mantel abnahm und ihn zusammen mit meinem an den Wandhaken hängte.

»Wie geht es dir abgesehen von der Nadel?«, fragte Amelie und nahm neben ihrer Mitbewohnerin auf der Bettkante Platz. Ich zog mir den einzigen Stuhl heran und stützte mich mit den Ellbogen auf den Knien ab.

»Bestens«, behauptete Sandrine.

»Es geht dir nicht bestens, solange du Schmerzmittel bekommst«, erinnerte ich sie.

»Ja, schön. Dann geht es mir eben nicht so toll. Bist du jetzt zufrieden?«, fauchte sie und funkelte mich an. »Hinzu kommt, dass das Essen hier grauenhaft ist. Julien hat mich gestern Abend noch einmal besucht. Er hat Burger reingeschmuggelt, aber die Nachtschwester ist deshalb ausgeflippt. Es waren stinknormale Burger und keine Tarnung für Kokain oder so.«

»Der Versuch ehrt ihn«, bemerkte ich.

»Und ist bei dir alles okay, Amelie?«

Amelie zögerte einen Moment zu lange. Sie fixierte die ineinander verschränkten Hände in ihrem Schoß, eine Geste, die entlarvte, wie sehr ihr diese Frage zuwider war. »Die Kratzer heilen schon. Schlimmer sind die Erinnerungen.«

Endlich zerbrach Sandrines aufgesetzte Miene. Darunter zeigten sich Angst und Unglaube. »Ich habe einen Blackout ab dem Moment, in dem ich dir eine Nachricht geschrieben habe, bis ich irgendwann hier in diesem Zimmer aufgewacht bin.«

»Sei froh, dass du dich nicht erinnerst«, sagte Amelie. »Es war schrecklich.«

Sandrine nahm Amelies Hand und drückte sie sanft. Der Moment war intim und ich kam mir wie ein Eindringling vor. Ich regte mich nicht, wollte ihre Aufmerksamkeit nicht auf mich ziehen, indem ich den Raum verließ.

Beklommenheit senkte Sandrines Stimme und sie spähte unter flatternden Wimpern zu Amelie auf, kämpfte sichtlich mit Tränen. »Es tut mir leid.«

Amelie schüttelte den Kopf. »Das muss es nicht.«

»Um sieben Uhr kommt eine Schwester. Um sieben, stell dir vor!« Aufsteigende Panik färbte Sandrines Stimme schrill. »Ich dachte, der Sinn und Zweck eines Krankenhauses wäre es, dass man sich auskuriert. Da habe ich mich wohl geirrt. Danach konnte ich nicht mehr schlafen.« Sie warf dem ausgeschalteten Fernseher an der gegenüberliegenden Wand einen finsteren Blick zu und ihr Ton veränderte sich, wurde gepresster. »Ich habe die Bilder gesehen, Amelie. Die *Rue Gabrielle* sieht aus wie das Setting eines Actionfilmes, aber doch nicht wie unser Zuhause.« Sie blinzelte und ihre Augen schimmerten feucht, was sie unter gesenkten Lidern zu verbergen suchte. »Menschen sind dabei gestorben. Und es hätte genauso gut uns treffen können.«

Dass die Bilder im Fernsehen verstörend sein konnten, hatte ich geahnt, deshalb hatte ich Amelie von der visuellen Berichterstattung weitestgehend abgeschirmt. Sämtliche Kanäle strahlten Sondersendungen aus, zeigten die Trümmer und die Toten dazwischen.

»Hat es aber nicht«, sagte Amelie. »Wir hatten Glück.«

»Glück«, wiederholte Sandrine und wischte sich nun doch mit dem Handrücken über die Augen. »So ein Mist, ich wollte nicht heulen.« Ihr Schniefen erfüllte die Stille zwischen uns. »In den Nachrichten heißt es, alte Leitungen und ein Gasleck seien Ursache des Unglücks.«

Die Art, wie sie das aussprach, weckte meine Aufmerksamkeit. »Ist es nicht so?«

Mit der Bettdecke tupfte sich Sandrine die letzten Tränenspuren fort. »Ich weiß nicht, was geschehen ist. Aber ich halte es für unglaubwürdig, dass man wenige Stunden nach dem Unfall die Ursache ermittelt hat. Die ersten Nachrichten sind in derselben Nacht online gegangen und bezogen sich auf dasselbe Gutachten.«

»Und ... was soll das heißen?«, fragte Amelie mit forschendem Blick.

Sandrine biss sich auf die Lippen, bis der Druck ihrer Zähne sie weiß färbte. »Dass es eine andere Möglichkeit geben könnte.«

»Welche?« Amelies Stimme war tonlos, ihr Gesicht bleich. Die Antwort schwebte unausgesprochen zwischen uns und barg eine Gefahr, die ich nicht wahrhaben wollte.

Nacheinander sah Sandrine uns an. Ihre Miene war ernst, als sie sich abwandte und eine Zeitschrift vom Nachttisch fischte. Sie warf sie auf die Bettdecke, sodass wir das Coverbild sahen. Es zeigte die Zerstörung in der Rue Gabrielle. Darunter titelte das Blatt: *Magischer Anschlag – die wahre Ursache der Katastrophe.*

Eine grauenhafte Vorahnung zog mir schmerzlich den Magen zusammen. Ich nahm die Zeitschrift an mich, blätterte zu dem

Artikel vor, der aus dem *Unfall* eine magische Verschwörung bis in die höchsten Ebenen spann. Es las sich wie der Klappentext des nächsten Dan Brown. Doch kamen mir diese Zeilen wirklicher vor als die hohlen Berichte der anderen Medienunternehmen.

Nachdem auch Amelie alles gelesen hatte, breitete sich angespanntes Schweigen zwischen uns aus. Schließlich seufzte sie.

»Als ich die *Rue Gabrielle* erreichte, herrschte dort für die Zeit … normaler Betrieb.« Ihre Stimme klang so leise, dass das Zittern darin kaum wahrnehmbar war. »Es waren einige Menschen unterwegs. Und dann gab es da diesen Moment, der mir vorkam, wie … ein Bruch in der Welt, mit dem alles explodierte.«

Sandrine keuchte und krallte die Hände in die Matratze. »Das habe ich auch gespürt.«

»Und ich bin sicher, dass ihr nicht die Einzigen seid«, sagte ich. Die Bedeutung dieser Erinnerung wog schwer. Sie konnte alles verändern.

»Warum berichtet nur die *Nouvelles* darüber? Warum sprechen die anderen Medien von einem Gasleck?« Amelie rieb sich die Stirn, als könnte sie auf diese Weise ihre Gedanken sortieren. »Und wieso ausgerechnet *Nouvelles*? Entschuldige, Sandrine, aber die sind nicht bekannt für ernsthafte Berichterstattung.«

Sandrine hob die Schultern. »Vielleicht sind wir gestorben und in einem Paralleluniversum aufgewacht, in dem die *Nouvelles* ernstzunehmenden Journalismus betreibt, während die seriösen Nachrichtenblätter Enten abdrucken.«

»Sag so was nicht.« Amelie gab ihrer Freundin einen sanften Klaps auf den Oberschenkel.

Ich fürchtete, dass es um die Wahrheit schlimmer stand, als es in einem Paralleluniversum möglich gewesen wäre. Wenn meine Intuition mich nicht täuschte, steckte hinter der Explosion sehr viel mehr, als wir erahnen konnten. Und ich befürchtete, dass ich der Antwort wesentlich näher war, als mir lieb war. Die Einzigen, die so viel Macht besaßen, um eine magische Explosion herbeizuführen, waren die Epis der AI. War ihnen eines ihrer Projekte gelungen? Oder waren sie wie Amelie der Magie auf der Spur?

Wussten sie möglicherweise bereits, wozu Amelie imstande war?

Kälte in mir betäubte den Impuls, Lucille oder Davide zu texten. Ich konnte beiden vertrauen. Glaubte ich zumindest. Aber was, wenn uns jemand belauscht hatte, als wir über Amelie und ihre Forschung gesprochen hatten? Wenn es wirklich kein Zufall war, dass ihr Professor tot und sie wenig später zum Opfer einer Explosion geworden war?

Nichts sprach ich laut aus, denn ich verschwieg Amelie noch immer, was uns zueinander geführt hatte. Das schlechte Gewissen hinterließ einen bitteren Beigeschmack und ich versuchte, es zu ignorieren.

»Gibt es eine Möglichkeit, mit der Person, die diesen Artikel verfasst hat, zu sprechen?«, fragte ich.

Sandrine hob die Schultern. »Das war meine Chefin. Ich kann sie anrufen, aber ich glaube kaum, dass sie bereit ist, ihre Quellen zu verraten.«

»Vielleicht nicht. Aber vielleicht kann sie uns sagen, wie viel Fiktion und wie viel Wahrheit in dem Artikel steckt«, meinte ich. »Und dann sehen wir weiter.«

Die Unruhe verdichtete sich zu einem Knoten in meinem Bauch. Ich erhob mich von dem Stuhl und tigerte im Raum umher, während Sandrine den Kontakt ihrer Chefin heraussuchte. Möglicherweise irrte ich mich. Möglicherweise hatten nichts als Zufälle Amelies Leben durcheinandergebracht.

Es war so still im Zimmer, dass ich selbst von der anderen Seite aus dem Klingeln in der Leitung lauschen konnte. Auf ein Knacken folgte ein Räuspern, dann erklang eine verwaschene Stimme, deren Worte ich allerdings nicht verstand.

»*Bonjour*, Claudette, hier spricht Sandrine.«

Nach einer kurzen Pause erhielt sie eine schnelle Antwort, die sie zum Lächeln brachte.

»Es geht mir schon viel besser, danke. Ich hatte zwar nie das Bedürfnis, zum Gegenstand aktueller Berichterstattung zu werden, aber du musst dir wirklich keine Sorgen machen. Deshalb rufe ich auch nicht an.« Während Sandrine sprach, drehte sie sich eine ihrer langen blonden Strähnen um den Zeigefinger. »Oder zumindest teilweise.«

Wieder sagte ihre Chefin etwas, das Amelie und ich nicht verstanden. Sie kniff die Augen zusammen, legte den Kopf schief, aber ihre Miene zeichnete Unwissenheit ebenso wie meine.

Sandrine ließ von ihren Haaren ab, ehe sie ihre Finger mit der Bettdecke beschäftigte. Sie strich die Falten glatt und starrte auf einen Punkt, den sie nicht wirklich zu sehen schien. »Es geht um den Artikel. Du schreibst, dass es Beweise gibt, die für einen ... *magischen* Auslöser sprechen. Worum geht es da?«

Sandrines Finger verharrten mitten in der Bewegung. Mit offenem Mund lauschte sie den Worten ihrer Chefin und an ihrem Gesichtsausdruck versuchte ich abzulesen, was diese sagte.

»Ja«, sagte Sandrine schließlich. »Ja, ich verstehe.« Sie stieß einen gepressten Laut aus. »Keine Ahnung, warum die hier solch einen Wirbel um eine Gehirnerschütterung und ein paar gebrochene Rippen machen, aber ich schätze, dass ich nicht so bald entlassen werde. Wie wäre es stattdessen, wenn dich meine Freunde treffen würden? Amelie war Augenzeugin der Explosion, wir waren in dem Restaurant verabredet, das hochgegangen ist. Zu ihrem Glück hat sie sich verspätet.«

Anspannung kribbelte unter meiner Haut und ich fuhr fort, Spurrillen in den Boden des Zimmers zu laufen.

»Ja, das schaffen sie. Danke, Claudette!«

»Und?«, fragten Amelie und ich gleichzeitig, als sie das Gespräch beendet hatte und das Handy sinken ließ.

»Claudette empfängt euch in ihrer Mittagspause.« Sie klang nicht, als würde sie das freuen. Und tatsächlich verdrehte sie die Augen und fügte hinzu: »Ihr habt den ganzen Spaß ohne mich, während ich hier abhänge und Däumchen drehe.«

»Ich rufe dich an, sobald wir mehr wissen«, versprach Amelie ihr.

»D'accord.« Sandrine wandte sich an mich und verengte die Augen zu Schlitzen. »Wehe, du passt nicht auf sie auf!«

Das bittere Gefühl eines schlechten Gewissens mischte sich mit der Entschlossenheit, Amelie zu beschützen, unabhängig von Sandrines halb scherzhafter, halb ernst gemeinter Drohung.

Die *Les Nouvelles* genoss in Paris keinen sonderlich guten Ruf und ich musste zugeben, dass ich die Berichterstattung dieser Zeitschrift nie zuvor ernst genommen hatte. Dass das Blatt aber tatsächlich viele Lesende haben musste, die anders darüber dachten, erkannte ich, als

Amelie und ich vor dem Gebäude standen. Es war ein herrschaftlicher Bau, dessen Portal von Marmorsäulen flankiert wurde. Auf den zweiten Blick offenbarten sich allerdings die Spuren des Magiefalls, die man mit einer Schicht Sanierputz vergeblich hatte kaschieren wollen. Dort, wo die Risse weiter gewachsen waren, bröckelte die Füllmasse wieder heraus.

Mein Nacken kribbelte und ich wandte mich um, suchte nach jemandem, der uns beobachtete. Keiner der vorbeieilenden Menschen schenkte uns Beachtung. Trotzdem nahm ich Amelies Hand, verschränkte die Finger mit ihren und zog sie näher an mich heran. Der Duft ihrer Haare traf mich, als ich mit dem Kinn ihren Scheitel berührte, und erinnerte mich an das, was wir miteinander geteilt hatten. Sie drehte sich in meinem Griff, bis ihr Atem meine Wange streifte, als sie zu mir hochsah. Ihre hellbraunen Augen schimmerten im Mittagslicht und rund um ihre Pupillen entdeckte ich goldene Punkte. Ich schluckte.

»Was ist los?« Sanft pikste Amelie mich in den Bauch.

Das war die Gelegenheit. Der Moment, in dem ich ihr die Wahrheit sagen könnte. Meine Lippen teilten sich, die Worte lagen mir auf der Zunge. Aber das Hupen eines vorbeirauschenden Autos übertönte sie und ich wurde mir bewusst, wo wir uns befanden.

»Lass uns herausfinden, was uns dort drin erwartet«, wich ich ihr aus und nickte in Richtung des Gebäudes, das majestätisch wie drohend vor uns aufragte. Als Amelie zögerte, fragte ich: »Oder hast du es dir anders überlegt?«

»Was, wenn es wahr ist?« Mir entging nicht, dass sie mir ebenso auswich, wie ich ihr gerade.

Ich trat auf sie zu und nahm ihr Gesicht in beide Hände. Mit den Daumen strich ich über ihre zarte Haut. »Wenn es dir besser mit dem Wissen um ein Gasleck geht, dann gehen wir«, sagte ich. »Aber an deiner Stelle würde ich wissen wollen, was dahintersteckt.«

Zerrissene Gefühle spiegelten sich in Amelies Blick. Sie schloss die Augen, verbarg vor mir, was sie empfand. Sie holte tief Luft, ehe sie mich wieder ansah. Ihr Ausdruck hatte sich geklärt.

»Ich fürchte, dass mir die Wahrheit nicht gefallen könnte«, gab sie zu und entlockte mir ein Lächeln.

»Die Wahrheit ist selten schön«, bemerkte ich. »Aber meistens notwendig.«

Amelie nickte. »Ich weiß, ich hoffe, dass diese Beweise Blödsinn sind und sich das alles ... als schlechter Scherz herausstellt.«

Das wünschte ich mir auch. In der Vergangenheit hatte ich allerdings herausfinden müssen, dass Wünsche selten in Erfüllung gingen. Ich hatte zu Weihnachten nie eine Spielekonsole bekommen, weil mein Vater derlei Dinge für Instrumente hielt, um die Verdummung einer ganzen Generation voranzutreiben, und als ich mir gewünscht hatte, meine Mutter würde genesen, wurde ich wieder enttäuscht.

In der weitläufigen Eingangshalle glänzte ein Boden, der an die glatte Oberfläche eines Sees erinnerte. Die Kristallleuchter hoch über uns spiegelten sich darin. Es gab einen Empfangstresen, neben dem eine stetig surrende Rolltreppe in die höheren Stockwerke führte und das ehrerbietige Ambiente dieses historischen Baus mit moderner Technik befleckte. Mein Vater wäre entsetzt gewesen.

Unsere Schritte hallten in der Weite des Eingangsbereiches wider. Amelie ergriff die Hand, die ich ihr reichte, und ließ sich von mir auf den Empfangstresen zuführen. Die Mitarbeiterin dahinter war nur weniger Jahre älter als wir. Sie trug ein elegantes Kostüm und eine eckige Brille, über deren Rand sie uns musterte.

»Was kann ich für Sie tun?«, fragte sie in einem freundlichen, aber gelangweilten Tonfall.

Ich setzte das Lächeln auf, das ich für charmant hielt, und stellte uns vor. »Das ist Amelie Fournier und mein Name ist Raphael Chevalier. Wir haben einen Termin mit Claudette Poésy.«

Die Empfangsdame lächelte unverbindlich und nahm das Telefon zu ihrer Linken in die Hand. »Madame Poésy, Besuch für Sie ... Eine Mademoiselle Fournier und ein Monsieur Chevalier. Ja, verstehe.« Sie legte auf und deutete auf die Rolltreppe. »Sie werden in der Redaktion erwartet, zweiter Stock.«

»Merci«, sagte ich und führte Amelie auf die Rolltreppe zu. Ihre Hand fühlte sich schwitzig in meiner an, ihre Aufregung war wie ein Funke, der meine entzündete. Mein Herz beschleunigte seinen Takt, während wir nach oben fuhren. Unwissend, was uns dort erwarten würde.

Claudette Poésy empfing uns vor einer Glaswand, hinter der die Redaktionsräume der *Nouvelles* lagen. Sie war eine Frau in den Vierzigern mit schwarzem, kantig geschnittenen Bob, weißer Bluse und Bleistiftrock. Ihr Händedruck war fest, das Lächeln verbissen. Ich fragte mich, ob Sandrines überschwängliche Art diesem Beruf eines Tages zum Opfer fallen würde.

»Wie schön, dass Sie es so schnell einrichten konnten«, sagte ich.

Claudette Poésy winkte ab. »Wie geht es Sandrine wirklich?«, fragte sie und bedeutete uns mit einer Geste, ihr zu folgen. Sie führte uns durch ein Labyrinth aus Glaswänden, hinter denen die Mitarbeitenden des Magazins vor ihren Computern saßen und die Tastaturen zum Glühen brachten. Ich bemerkte ihre Blicke, die sich uns in den Rücken bohrten, und ich fragte mich, ob sie wussten, was uns hergeführt hatte.

»Sandrine hat ein paar gebrochene Rippen und eine Gehirnerschütterung. Sie hatte großes Glück«, sagte Amelie und zupfte dabei an einem Faden ihres Mantelärmels. »Ich glaube, wir müssen uns alle erst von dem Schock erholen.«

»Verständlich.«

Am Ende des Korridors lag ein Konferenzraum. Claudette Poésy betätigte einen Schalter. Jalousien fuhren automatisch nach unten und schirmten uns vor der Neugierde der anderen ab.

»Entschuldigen Sie, Berufskrankheit«, sagte die Journalistin. Sie zwinkerte uns zu und bot uns zwei Stühle vor ihrem Schreibtisch an. »Möchten Sie etwas trinken? Wasser? Kaffee? Etwas Stärkeres?«

»Einen Kaffee, bitte«, sagte Amelie. »Schwarz und ohne Zucker.«

»Monsieur Chevalier?«

»Ein Wasser reicht mir, danke!«

»Bin sofort wieder da.«

Amelie befeuchtete ihre Lippen. Sie saß auf der äußersten Kante des Stuhls, bereit, jede Sekunde wieder aufzuspringen. Ich beugte mich zu ihr, legte eine Hand zwischen ihre Schulterblätter. Das Lächeln, das sie mir daraufhin schenkte, entlarvte sie sofort. Es war verkrampft, kein bisschen ehrlich.

»Alles wird gut, versprochen.« Die Worte fühlten sich wie Splitter auf der Zunge an, weil ich vieles versprechen konnte, aber sicher nicht das.

Kurz darauf kehrte Claudette Poésy mit einer dampfenden Kaffeetasse, zwei Gläsern und einer Wasserkaraffe zurück. Sie verteilte die Getränke und nahm auf einem der Stühle uns gegenüber Platz.

»Sie sind also Sandrines Mitbewohnerin«, sagte sie an Amelie gewandt. »Es hat uns alle hier zutiefst erschüttert, als wir gehört haben, was ihr widerfahren ist.« Sie räusperte sich. »Was Ihnen widerfahren ist.«

Amelie hob die Schultern und tat damit die Schrecken dessen, was geschehen war, ab. »Es sollte ein Abend wie viele andere werden«, sagte sie. »Sandrine und ich haben oft im *La Place de Gaston* gegessen. Kaum zu glauben, dass nichts mehr davon übrig ist.«

»Eine Tragödie.«

»Ohne jeden Zweifel.«

Sie verstummten und Claudette Poésy unterzog uns einer langen Musterung. Schließlich seufzte sie und legte die ineinander verschränkten Hände vor sich auf dem Tisch ab, als wollte sie nun die Verhandlungen beginnen. Doch sie fragte nur: »Warum sind Sie hier?«

Ich sah zu Amelie, die die Hände im Schoß knetete und den Blick kurz erwiderte. »Weil wir bei dieser Sache ein ganz schlechtes Gefühl haben.«

»Nun, ein Gefühl ist zu wenig für eine gute Story.«

»Uns geht es nicht um eine gute Story«, warf ich ein und Amelie nickte.

»Es geht mir um die Wahrheit«, sagte sie. »Ich will wissen, was geschehen ist. In Ihrem Artikel deuten Sie an, dass Sie Beweise dafür haben, dass es kein Unfall war.«

»Viele haben meinen Artikel gelesen. Die meisten tun ihn als Verschwörungstheorie ab. Warum glauben ausgerechnet Sie mir?«

»Ich bin Magiewissenschaftlerin. Und ich war dabei.« Eine Weile schwebten Amelies Worte in der Luft.

»Die Argumentation der übrigen Presse ist zweifelsohne plausibel«, meinte ich. »Zu plausibel. Ein Gasleck? Das ist die klassische

Ausrede für Vorfälle, bei denen die Wahrheit zu gefährlich ist, um sie laut auszusprechen. Für mich klingt es danach, als sollten Fragen aus der Bevölkerung verhindert werden, damit ...«

»Damit was?«, lockte Claudette Poésy mich und beobachtete mich wie eine Katze eine Maus, auf die sie sich stürzen würde.

Die Wahrheit barg eine Gefahr, deren Atem ich kalt im Nacken spürte. Was auch immer hinter dieser Explosion steckte, Claudette Poésy hatte begründete Zweifel an der offiziellen Darstellung.

Ich rieb mir den Nacken und ein Wirbel knackte, als ich den Kopf bewegte. »Die Sache ist verdächtig genug, dass Sie sich ihrer angenommen haben.«

Claudette Poésy gab einen Laut von sich, eine Mischung aus gepresstem Lachen und resigniertem Seufzen. »Wie haben Sie den Abend wahrgenommen, Mademoiselle Fournier?«, wollte sie wissen und zückte Stift und Notizbuch.

»Er war nicht anders als andere Abende«, musste Amelie sie enttäuschen. »Sandrine und ich waren um sieben Uhr in dem Restaurant verabredet.«

»Um sieben? Die Explosion ereignete sich wenige Minuten später.« Das Wort *Explosion* setzte sie mit einer Geste in Anführungszeichen.

»Ich habe mich aufhalten lassen«, sagte Amelie. Claudette Poésy nickte, machte eine Notiz und bedeutete ihr, fortzufahren. Amelies stockende Worte peitschten meinen Puls an. Ich berührte sie nicht länger, um ihr Trost zu spenden, sondern um selbst welchen zu finden. Sie hatte Schreckliches durchgemacht. Und wenn sie ein paar Minuten eher zur verabredeten Zeit erschienen wäre, säße sie jetzt womöglich nicht neben mir.

»Ich war nie Zeugin einer Explosion. Aber was immer das war, es kam mir übernatürlich vor«, schloss Amelie und zog den Faden, mit dem sie die ganze Zeit über gespielt hatte, aus der Naht heraus. Sie betrachtete ihn, ehe sie ihn fallen ließ. »Nicht wie ein Gasleck.«

Die Journalistin legte ihren Stift nieder und sah uns mit ernster Miene an. »Womöglich gibt es jemanden, der die Wahrheit aus gutem Grund verschleiern will. Jemand, der sehr viel Geld dafür bezahlt.«

Die Bedeutung ihrer Worte zuckte wie Elektrizität durch meine Adern. Ich rückte bis zur Kante meines Stuhls vor und fixierte sie. »Wer?«

Claudette Poésy antwortete nicht. Stattdessen zog sie unter ihrem Notizblock eine schwarze Mappe hervor, die sie uns über den Tisch hinweg zuschob. Ich nahm sie entgegen, suchte in ihrem Gesicht nach einem Hinweis, nach einer Vorwarnung auf das, was mich erwartete, wenn ich den Deckel anhob. Ich fand nichts, also öffnete ich die Mappe mit zitternden Fingern und einer dunklen Vorahnung.

Darin waren Kopien verschiedener Zahlungsbewegungen abgeheftet. Die Begünstigten waren namhafte Pariser Medienhäuser und die Summen waren utopisch hoch. Zulasten gingen die Beträge an eine mir unbekannte Firma.

»Das dokumentiert, dass die Meinungsfreiheit in unserem Land verkäuflich ist«, stellte ich fest und schob Amelie die Mappe zu, die die Dokumente mit gerunzelter Stirn betrachtete.

Claudette Poésy lachte trocken. »Je nachdem, welcher CEO einer Mediengruppe vorsteht und um welches Thema es geht, waren sie das immer schon. Geld regiert die Welt. Auch den freien Journalismus. Sie können sich vorstellen, wie bitter diese Pille für mich zu schlucken war, nachdem ich nach meinem Abschluss voller Enthusiasmus in die Berufswelt gestartet bin.«

»Warum wurde die *Nouvelles* nicht bestochen?«, wollte Amelie wissen und blätterte durch die Zahlungsbelege.

»Oh, uns wurde ein lukratives Schweigegeld geboten.« Die Journalistin klammerte sich an ihrem Wasserglas fest, ohne einen Schluck zu trinken. Der Druck färbte ihre Knöchel weiß und ich fragte mich, wie lange das Wasserglas ihrer Anspannung standhalten mochte. »Ich konnte meinen Chef davon überzeugen, dass die Einnahmen durch eine solche Schlagzeile höher sein würden als diese einmalige Summe. Diese Story bringt die *Nouvelles* ganz nach vorne. Sobald wir veröffentlichen, dass wir die einzige unbestechliche Zeitung sind …«

»Und warum haben Sie in Ihrem Artikel lediglich Andeutungen gemacht, wenn Sie diese Beweise haben?« Die Mappe mit diesen hochsensiblen Informationen erschien mir plötzlich wie eine tickende Zeitbombe.

»Weil sich die Zahlungsaufträge nicht zurückverfolgen lassen. Es ist eine Sache, anderen Medienschaffenden ans Bein zu pinkeln, aber eine ganz andere, die kriminellen Machenschaften eines Milliardenkonzerns aufzudecken – in die sämtliche Medienunternehmen des Landes verstrickt sind.«

»Sie meinen …« Die Wahrheit war mir wie ein Schatten gefolgt. Einer, den abzuschütteln ich mich bemüht hatte. Ich war gescheitert.

Claudette Poésy nickte mit finsterer Miene. »*Asclépios Industrielle.*«

Die Wahrheit war selten schön. Aber meistens notwendig. Das hatte ich zu Amelie gesagt. Und ich hatte recht behalten.

25
AMELIE

Ein paar Minuten später, nachdem Claudette uns das Du und einen weiteren Kaffee angeboten hatte, steckte mir der Schock noch in den Knochen.

AI war bekannt dafür, naturwissenschaftliche Methoden zu erforschen, die Magie zurückzuholen. Sie verfolgten einen anderen Ansatz als ich, aber wenn sie für die Explosion verantwortlich waren, verzeichneten sie erste Erfolge.

Raphael rutschte neben mir unruhig auf seinem Stuhl herum und fuhr sich durch das Haar, bis nichts von seiner gepflegten Frisur übrig war.

Claudette forderte mich auf, die schwarze Mappe bis zur letzten Seite durchzublättern. Ganz hinten war die E-Mail eines Magiologen abgeheftet, der Rückstände von Magie aus Trümmerteilen extrahiert hatte.

»Das kann ich leider nicht verwenden«, seufzte sie. »Er ist mein Schwager und will unter keinen Umständen in die Sache hineingezogen werden. Aber wenigstens konnte er mir meinen anfänglichen Verdacht bestätigen und als die Zahlungen aufgetaucht sind, war der Fall ohnehin klar.«

»Warum das *Gaston*?«

»Sag du es mir. Warum ausgerechnet das Restaurant, in dem sich eine Musterstudentin und Einserkandidatin der Magiewissenschaften aufhält?«

Die Stille, die auf ihre Worte folgte, lastete auf meinen Ohren wie jene nach einem Donnergrollen. Raphael beugte sich vor, stützte die Ellbogen auf den Oberschenkeln ab und vergrub das Gesicht in beiden Händen.

»Nein«, sagte ich, obwohl uns dieser Gedanke schon gekommen war. Aber was hatte ich mit der AI zu schaffen? Warum sollten sie ein Interesse haben, mir etwas anzutun? Das war absurd. »Raphael?« Meine Stimme klang schrill, fremd.

»Wir können es nicht ausschließen«, stieß er durch seine Finger hindurch aus. Er hob den Kopf und sah mich durchdringend an.

Ich schnaubte, wobei der Laut mehr an ein hysterisches Keuchen erinnerte. »Ich bin ein Niemand!«

»Das dachte ich auch, bis Sandrine mich angerufen hat, um dieses Treffen zu arrangieren.« Claudette lächelte traurig.

»Nein.« Ich klappte die Mappe zu. »Das ist Unsinn. Ich habe nichts mit denen von der AI zu schaffen.«

»Das vielleicht nicht. Aber sie allem Anschein nach mit dir«, meinte Claudette.

Zweifelnd wandte ich mich an Raphael. Aber er schwieg. Was konnte er dazu auch sagen? Er war nichts weiter als ein Laborassistent.

Erneut dehnte sich die Stille aus und ein eisiges Gefühl grub sich in mein Innerstes, obwohl ich mich weigerte, Claudettes Spekulationen Glauben zu schenken. Denn das bedeutete, dass sämtliche Ereignisse der letzten Tage Puzzleteile waren, die ein Ganzes ergaben. Unmöglich.

»Nein«, sagte ich erneut. Diesmal resoluter. »Das ergibt keinen Sinn.« Ich tippte auf die Mappe. »Diese Messungen belegen nicht eindeutig, dass Magie für die Explosion verantwortlich ist. Das könnte alles bedeuten!«

»Die Wahrheit hat viele Gesichter.« Claudette verflocht die Finger ineinander. »Möglicherweise gibt es eine ganz banale Erklärung. Die Magiespuren stammen von einem der älteren Gebäude, das bei der Explosion beschädigt wurde. Und ein wohlhabender Mäzen will die Medienkultur in seinem Land fördern. Außer die *Nouvelles*, denn die hat allgemein hin den Ruf eines Klatschblatts.«

Ja, das war eine Möglichkeit. Aber daran glaubte Claudette nicht, sonst hätte sie ihre Karriere nicht mit diesem Artikel riskiert.

»Und was sollen wir deiner Meinung nach tun?«, fragte ich.

Claudette bedachte mich mit einem langen Blick, als versuchte sie, mich einzuschätzen. »Entweder geht ihr nach Hause und hofft, dass ich mich irre – was ich nicht annehme. Oder ihr tut das, was euch ursprünglich zu mir geführt hat.«

Ich hatte also die Wahl: mich vor der AI verstecken, oder den Milliardenkonzern herausfordern.

In beiden Fällen legte ich mich mit einer Macht an, die ich unmöglich besiegen konnte.

»Manchmal muss man ein Risiko auf sich nehmen, wenn man die Chance, etwas zu bewirken, nicht ungenutzt lassen will.«

Seit wir uns von Claudette verabschiedet hatten, geisterten mir die Worte meines *Grand-Papas* durch den Kopf. Vermutlich hatte er damit nicht gemeint, dass man sich mit einem Milliardenkonzern anlegen sollte, und hatte eher an eine Investition oder ein soziales Risiko gedacht.

Ein dünner Nieselregen ging auf Paris nieder, als wir den Firmensitz der *Nouvelles* verließen. Angespanntes Schweigen begleitete uns bis zu Raphaels Auto. Er öffnete mir die Beifahrertür und half mir beim Einsteigen. Dabei bemerkte ich, wie er sich umwandte, die Straße entlang spähte, als hätte auch er das Gefühl, uns würde jemand beobachten. Gänsehaut überzog meine Arme.

Das Knallen der Autotür ließ mich zusammenzucken, als Raphael neben mir Platz nahm. Er rieb sich über den Hals, während ich mehrere Anläufe benötigte, um mich anzuschnallen.

»Du bist beunruhigt«, stellte er fest.

»Du auch.«

Der Motor erwachte summend zum Leben. Geschickt lenkte Raphael das Fahrzeug aus der Parklücke, sah aber immer wieder von der Straße zum Rückspiegel und zurück.

»Ich habe ein schlechtes Gefühl«, gab er zu. »Wenn die AI darin verwickelt ist, bedeutet das nichts Gutes.«

Raphaels Besorgnis wog schwer. Ich biss mir auf die Unterlippe und schob die Hände flach zwischen Sitzpolster und Oberschenkel.

»Um ehrlich zu sein, hatte ich gehofft, dass es sich bei dem Anschlag um eine besonders ausgeartete Aktion der Antimagies handelt.«

»Ich befürchte, dass es mehr ist als das.«

»Irgendwie kann ich mir nicht vorstellen, dass die AI ...« Ich schluckte. Der Gedanke war absurd und würde bedeuten, dass sie das Leben Unschuldiger riskierten, um mir meines zu nehmen. Damit befände sich mein gesamtes Umfeld in akuter Lebensgefahr.

Raphael verkrampfte die Finger um das Lenkrad. »Wir fahren zu mir«, beschloss er. »Ich lasse dich jetzt nicht allein, bis wir wissen, was dahintersteckt. Wenn es dabei wirklich um dich geht, kannst du nicht in deine Wohnung zurück.«

Daran hatte ich gar nicht gedacht. »Und was ist mit Sandrine?«

»Schätze, sie ist im Krankenhaus erst mal sicher. Ruf sie an. Sag ihr, dass sie sich keine Sorgen machen soll.«

Ich nickte mechanisch. »Kannst du ... etwas herausfinden?«, fragte ich. »Unauffällig?«

»Keine Ahnung. Ich versuche es.« Raphael lockerte den Griff ums Lenkrad, festigte ihn dann wieder, bis sich seine Knöchel weiß färbten, und sah flüchtig zu mir herüber. »Ich denke nicht, dass die Mitarbeitenden aus den Forschungseinrichtungen der AI daran beteiligt sein könnten, aber mit Gewissheit kann ich das nicht sagen. Amelie?«

Er tastete nach mir, strich meinen Arm entlang, bis er meine Hand erreichte und unsere Finger verschränkte.

»Hm?« Ich erwiderte den leichten Druck seiner Berührung und musterte ihn abwartend. Ein Schatten zuckte über seine Miene, aber er verjagte ihn, indem sich über das Gesicht wischte.

»Alles wird gut.«

Keine Ahnung, ob er diese aufmunternden Worte an mich richtete oder an sich selbst. Ich widersprach nicht, obwohl ich nicht daran glauben konnte. Und er auch nicht. Das machte die Angespanntheit seiner Bewegungen deutlich. Zu viel war geschehen. Zufälle, die zusammen betrachtet mehr als das waren. Professor D'Amboises Tod. Die Explosion. Manipulierte Zeitungsberichte.

Auf dem Weg zu Raphaels Wohnung konnte ich mich des beklemmenden Gefühls in meiner Magengrube nicht erwehren.

Immer wieder ertappte ich mich dabei, wie ich unsere Umgebung beobachtete. Autos, die hinter uns fuhren. Menschen, die vor uns die Straßenseite wechselten. Ich musterte die in dicke, vom Regen glänzende Mäntel gehüllte Gestalten, die mit gesenkten Köpfen oder im Schutz von Regenschirmen über die Gehwege eilten.

Erst als wir in Raphaels Wohnung ankamen, ließen die Ängste von mir ab, die der Besuch bei Claudette geschürt hatte. Sämtliche unangenehmen Gefühle wurden von Wärme verdrängt, die Raphael in mir weckte, indem er mich an sich zog, die großen Hände in meinen Rücken legte und die Nase in meinem Haar vergrub.

»Ich lasse nicht zu, dass dir etwas geschieht.«

Ich glaubte ihm, wie ich ihm alles glaubte. Zwischen uns war Vertrauen herangewachsen, das auch einem Sturm standhalten konnte. Es war ein erdendes, wohltuendes Gefühl und bedeutete, mich in seiner Gegenwart fallen lassen zu können.

Raphaels Wohnung verwandelte sich in den nächsten Stunden in eine Insel, gegen deren Strand die Wirklichkeit in sanften Wellen schwappte. Doch sie war weit genug entfernt, dass ich sie eine Weile ausblenden konnte. Raphael, seine hungrigen Berührungen und meine drängende Sehnsucht waren alles, was zählte. Als uns knurrende Mägen aus dem Bett trieben und ich mich wieder anzog, erinnerte ich mich, warum ich hier war.

Weil ich möglicherweise nicht sicher war. Dieser Gedanke war erschreckend und zugleich so abstrakt, dass ich ihn kaum greifen konnte. Denn hier in Raphaels Armen, mit seinem Duft in der Nase und dem Gefühl seiner warmen Haut an meiner fühlte ich mich unbesiegbar.

Während ich mit Sandrine telefonierte und ihr von unserem Treffen mit Claudette berichtete, bestellte Raphael Pizza bei seinem Lieblingslieferanten. Dann schüttelte er die Kissen auf dem Sofa im Wohnzimmer aus und legte ein paar Decken für einen gemütlichen Abend bereit.

»Wie lange bist du eigentlich schon bei der AI?«, fragte ich beiläufig und trug Gläser und eine Wasserkaraffe ins Wohnzimmer.

Raphael zögerte kurz und schien zu überlegen. »Ein paar Monate.«

»Und in der Zeit hast du nicht mitbekommen, was die da so treiben?«, fragte ich und schenkte uns ein.

»Neben Zellforschung?« Raphael schnaubte. »Das Epicenter wird bewacht wie ein Hochsicherheitstrakt. Was auch immer dort geschieht, ist streng geheim. Davide und ich haben in der Vergangenheit mehrfach versucht, herauszufinden, woran dort gearbeitet wird, aber ohne Erfolg.« Er fuhr sich durch das dunkle Haar, bis es ihm tief in die Stirn fiel und ihn in eine verwegenere Variante seiner selbst verwandelte. »Ich würde wetten, dass sie nach einer Methode suchen, Magie zu wirken und zu kontrollieren. Und wenn sich Claudettes Schwager nicht irrt, haben sie einen Weg gefunden.«

»Das glaubst du nicht wirklich.«

Raphael holte tief Luft. »Hör zu, das hätte ich dir möglicherweise schon früher erzählen müssen, aber ...« Als er stockte, zog sich alles in mir zusammen.

»Was?«

»Vor ein paar Tagen gab es einen Zwischenfall in den Katakomben. Davide und ich waren dort, um herauszufinden, was passiert ist. Die Magiewerte waren extrem hoch und na ja ...«

»Du dachtest, es hätte etwas mit mir zu tun?«

Raphael nickte. »Das denke ich nicht mehr. Das ist auch der Grund, aus dem ich dir davon erzähle. Ich nehme an, dass die AI ebenfalls kurz vor einem Durchbruch steht.«

Ich blinzelte, als mir die Bedeutung seiner Vermutung bewusst wurde. Wenn der Milliardenkonzern vor mir einen Weg fand, Magie freizusetzen, wäre ich nicht mehr als eine ambitionierte Studentin. Niemand würde sich dafür interessieren, dass ich selbst kurz vor einem Durchbruch gestanden hatte, dass es ein Kopf-an-Kopf-Rennen gewesen wäre.

Abwartend sah Raphael mich an und ich hob die Schultern. »Es geht mir nicht um den Ruhm«, sagte ich und meinte das auch so. »Ich möchte den Magiefall beenden und dieser Welt zurückzugeben, was sie verloren hat. Und nicht in Konkurrenz mit denjenigen treten, die dieselben Ziele haben. Wem auch immer es gelingt, die Magie zurückzuholen, rettet Leben. Meines eingeschlossen.«

Ein trauriges Lächeln huschte über Raphaels Gesicht und er küsste mich auf die Nasenspitze. »Kluge Frau.« Er zog mich an sich und strich mit der Hand meine Wirbelsäule entlang. »Nur leider denke ich nicht, dass die AI eine ähnliche Ansicht vertritt. Für sie stellst du definitiv eine Konkurrentin dar, denn wie würde das aussehen, wenn herauskäme, dass du als Studentin ebenso weit gekommen bist wie sie? Die AI ist niemand, mit dem man sich anlegt, Amelie.« Er küsste mein Ohr, liebkoste die empfindsame Stelle darunter und folgte der Linie meines Kiefers bis zu meinen Lippen. »Versprich mir, dass du vorsichtig bist.«

Er sprach leise, aber seine Worte hallten in meinem Geist. Ich öffnete den Mund, um ihm zu antworten, als das schrille Klingeln an der Wohnungstür den Moment zwischen uns zerstörte.

Raphael lächelte schief und löste sich von mir. »Bin gleich wieder da!«

Den Abend verbrachten wir in völligem Einklang. Die Pizzaschachteln lagen auf unserem Schoß und im Fernsehen lief eine Netflix-Serie. Ich vermochte nicht einmal zu sagen, worum es ging, denn Raphael und ich redeten und redeten. Zuerst nur über belangloses Zeug, über unsere liebsten Pizza-Belage, später über die Notwendigkeit von Butter unter Schokocreme (wir waren uns uneinig) und über unsere Lieblingsmusik. Die ernsten Themen mieden wir, obwohl sie hartnäckig durch meine Gedanken spukten und Raphaels Miene in Form von Sorgenfalten heimsuchten, die auch dann nicht schwanden, als wir Kindheitserinnerungen austauschten.

Unser Glück war zerbrechlich und ich fürchtete, mich an scharfen Scherben zu schneiden.

26

RAPHAEL

Amelies gleichmäßige Atemzüge füllten die Stille in meinem Schlafzimmer. Ihr warmer Körper neben mir fühlte sich so vertraut an, als wären wir bereits eine Ewigkeit zusammen. Mit der Hand tastete ich mich unter ihrem Shirt bis zu ihrem Bauch vor, strich dort über die weiche Haut, bis sie im Schlaf seufzte und sich tiefer in die Kissen kuschelte. Ich beugte mich vor, küsste sie auf die Stirn. Dann schlug ich die Decke zurück und stahl mich aus dem Bett.

Diesen Moment hatte ich lange hinausgezögert. Ich wollte nicht gehen. Wollte mich an sie schmiegen, in ihrem Duft versinken, in ihrer Enge eintauchen und die Welt vergessen. Aber wenn ich diesem Bedürfnis nachgab, riskierte ich ihre Sicherheit. Und das konnte ich nicht tun.

Also schlich ich auf Zehenspitzen aus dem Schlafzimmer. Draußen zog ich mir Jeans und Shirt über, ehe ich das Handy zückte und die Nachrichten checkte. Lucille hatte sich nicht mehr gemeldet. Das schürte mein Unbehagen, weckte einen unschönen Verdacht.

Was, wenn Lucille Amelie verraten hatte? *Mich* verraten hatte?

Ich wählte ihre Nummer, wartete. Vergeblich.

Das Gespräch wurde auf die Mailbox umgeleitet. Natürlich. Eigentlich überraschte mich das nicht. Ich schlüpfte in Jacke und Schuhe. Bevor ich es mir anders überlegen und zurück ins Bett an Amelies Seite kriechen konnte, verließ ich die Wohnung.

Weil vor ein paar Wochen die Mitarbeitenden der Metro gestreikt und den öffentlichen Nahverkehr in Chaos verwandelt hatten, hatte ich Lucille eines Abends nach der Arbeit nach Hause gefahren, sodass ich nun wusste, wo sie wohnte. Auf dem Weg dorthin wählte ich ihre Nummer noch zweimal. Schließlich versuchte ich es bei Davide. Er meldete sich nach dem zweiten Klingeln und klang in Anbetracht der Uhrzeit, die sich lauernd Mitternacht näherte, ziemlich fit.

»Hey, Raphael, was verschafft mir die Ehre?« Der Sarkasmus konnte nicht über den Vorwurf hinwegtäuschen, der in seiner Stimme lag.

»Es tut mir leid, Kumpel.« Ich seufzte, setzte den Blinker und bog hinter einer Ampel ab. Die Straßen lagen leer vor mir. »Ich hätte mich schon viel eher bei dir melden müssen.«

»Ja, das hättest du. Ich habe mir Sorgen gemacht.« Die Ehrlichkeit dieser Aussage überraschte mich. Davide und ich balancierten auf einer schmalen Grenze zwischen Arbeitsverhältnis und Freundschaft. Aber so, wie Davide klang, tendierten wir mehr Richtung Freundschaft.

»Ich kann mich nur wiederholen. Es tut mir leid. Seit ich von der Explosion erfahren habe, war ich wie auf Autopilot. Ich habe einfach nicht dran gedacht, dir Bescheid zu geben.«

»Schon gut«, sagte Davide versöhnlich. »Nachdem ich mir die wichtigsten Infos aus den Nachrichten geholt habe, habe ich dein Handy getrackt, um herauszufinden, ob bei dir alles in Ordnung ist.«

»Du hast was? Davide, du hättest mich anrufen können!«

»Du wirktest ziemlich beschäftigt. Krankenhaus, Zeitungsredaktion ... Aber da sich Amelies Handy wieder ins Netz eingeloggt hat, dachte ich mir schon, dass ihr nichts Schlimmeres geschehen ist.«

»Du kannst mich mal«, knurrte ich und entlockte meinem Kollegen ein trockenes Lachen.

»Also«, sagte er, nachdem er sich beruhigt hatte. »Ist alles klar bei dir? Wie geht es Amelie?« Im Hintergrund knisterte etwas, kurz darauf ertönten Kaugeräusche, als hätte sich Davide gerade eine Handvoll Chips in den Mund geschoben.

»Den Umständen entsprechend. Es hat ihre Mitbewohnerin erwischt, aber sie ist nicht schwer verletzt. Hör mal, hast du inzwischen was von Lucille gehört? Ich erreiche sie einfach nicht.«

Die Hintergrundgeräusche verstummten, Davide schluckte geräuschvoll. »Sie hat sich nicht bei dir gemeldet?«

»Nein«, sagte ich langgezogen.

Der hektische Rhythmus von Fingern, die eine Tastatur bearbeiteten, drang durch die Lautsprecher. »Sie ist zu Hause«, verkündete Davide wenige Sekunden später. »Ich konnte ihr Handy orten.«

»Super, ich fahre gerade zu ihr.«

»Raphael?«

»Ja?«

»Melde dich, wenn es etwas Neues gibt.«

»Das werde ich.«

Und dieses Versprechen würde ich halten.

Dunkelheit dominierte die Gasse, in der ich den Renault parkte. Gegenüber ragte eine verlassene Kirche auf. Die Zeiger der Turmuhr waren zerbrochen, als spielte Zeit keine Bedeutung mehr, solange sie sich unaufhörlich auf das Ende zubewegte. Auch die anderen Gebäude ringsum standen leer, sodass ich mich ungesehen fortbewegen konnte. Ich hatte absichtlich zwei Straßen entfernt von dem Mehrfamilienhaus gehalten, in dem Lucille lebte, falls mich jemand beobachtete.

Der flimmernde Schein einer Laterne beleuchtete den Gehweg, der zum Eingang des Hauses führte. Bevor ich den Weg einschlug, sah ich mich um. Niemand war mir gefolgt. Mit dem Handy beleuchtete ich die beschrifteten Klingelknöpfe und suchte nach Bernard. Ich fand den Namen neben Mercier und klingelte. Einmal. Zweimal. Mehrmals.

Nichts geschah.

Mit in den Nacken gelegtem Kopf wich ich ein paar Schritte zurück und spähte an der Hausfassade empor. In einer der Wohnungen brannte Licht, aber nicht in Lucilles. Ich kehrte zur Haustür zurück, drückte mehrere Sekunden mit der flachen Hand auf sämtliche Klingelknöpfe. Entfernt hörte ich das Schrillen, das durch das Treppenhaus bis zu mir nach unten drang.

Dann ertönte das Summen des Türöffners. Ich lehnte mich dagegen und trat in einen schmalen Korridor. Eine in sich gedrehte

Holztreppe mit ausgetretenen Stufen schraubte sich nach oben. Ich fasste das Geländer und eilte hinauf.
Ein Stockwerk.
Zwei.
Drei.
Lucilles Dachgeschosswohnung befand sich in der fünften Etage, aber ihre Tür war verschlossen, als ich oben ankam. Stattdessen stand die der Nachbarin halb offen. Im Türrahmen lehnte eine ältere Dame mit verwittertem Gesicht. Sie trug einen Bademantel und in der rechten Hand eine Klobürste wie eine Waffe.

»Das nennt man Ruhestörung, Junge!«, knurrte sie mit einer Reibeisenstimme.

»Jemanden zu besuchen?«, gab ich mich unschuldig.

Sie lachte bellend. »Mit der Klingelei hättest du das ganze Haus aufwecken können.«

Ich hob die Schultern und sah mich um. »Anscheinend habe ich niemanden außer Sie geweckt.«

Sie kniff die Augen zusammen und musterte mich. »Wer bist du?«

»Ein Arbeitskollege von Lucille. Sie sind ihre Nachbarin, oder? Madame Mercier?«

»Du bist aber ein ganz Gescheiter.«

Ich überging den Kommentar. »Seit ein paar Tagen habe ich sie nicht mehr gesehen. Da dachte ich, ich sehe mal nach dem Rechten.«

Die buschigen Brauen der alten Dame wanderten bis zu ihrem Haaransatz. »Du besuchst deine Arbeitskollegin mitten in der Nacht? Was für eine Arbeit soll das sein?« Mit dem Rucken ihres Kinns wies sie auf Lucilles Wohnungstür. »Doch nicht das älteste Gewerbe der Welt?«

Ich schnaubte. »Lucille ist meine Vorgesetzte. Ich arbeite bei der AI als Laborassistent, falls Sie *dieses* Gewerbe meinen.«

Darauf ging Madame Mercier nicht ein. Stattdessen fiel die Härte von ihrem Gesicht ab und Besorgnis blitzte in ihren Augen auf. »Lucille bringt mir morgens immer die Zeitung von unten mit, damit ich diese leidigen Treppen nicht steigen muss. Seit ein paar Tagen nicht mehr.«

In mir wuchs Unbehagen. Ich klopfte gegen Lucilles Wohnungstür, aber nichts geschah. Madame Mercier schnalzte ungeduldig mit der Zunge.

»Als wäre ich vorher nicht darauf gekommen, bei ihr zu klopfen. Für wie grenzdebil hältst du mich, Junge?«

»Das haben Sie gesagt, nicht ich«, meinte ich. »Haben Sie einen Ersatzschlüssel zu Lucilles Wohnung?«

Madame Mercier zischte etwas Unverständliches, von dem ich annahm, dass es *nein* bedeutete. Dann wandte ich mich der Tür zu, fuhr über das polierte Holz. Es war gepflegt, aber alt. Einige Risse zogen sich durch die Oberfläche und das Schloss war wenig vertrauenserweckend. Gut für mich. Ich lehnte mich dagegen, drückte die Klinke nach unten.

»Was tust du da, Junge?« Der Bademantel raschelte, als Madame Mercier näher kam.

»Nichts, von dem Sie Zeugin werden möchten, Madame«, presste ich hervor, als ich den Druck verstärkte und mich mit meinem Körpergewicht gegen die schwächste Stelle der Tür stieß. Sie ächzte. Ein Splittern erklang und ich wiederholte die Bewegung, bis das Schloss aus dem maroden Holz brach.

Voilà.

»Pass auf dich auf. Und auf sie, wenn sie dir etwas bedeutet.«

Lucilles Worte geisterten mir im Kopf herum, als ich in die Wohnung trat. Mit ihnen folgte mir ein dunkles Gefühl, eine Mischung aus Angst, Ungewissheit und Widerwillen vor dem, was ich vorfinden könnte.

Die Dielen knarrten unter meinen Sohlen. Abgesehen davon regierte Stille die Wohnung. Die Luft war abgestanden, als wäre seit ein paar Tagen niemand mehr hier gewesen.

In meinem Rücken nahm ich eine Bewegung wahr und stellte fest, dass mir Madame Mercier mit erhobener Klobürste folgte. Die Lippen presste sie fest aufeinander und in ihrer Miene lag Entschlossenheit.

»Warten Sie hier«, raunte ich ihr zu. »Ich sehe nach, ob –«

»Spiel nicht den Helden, Junge«, raunte sie. »Ich wurde schon zweimal überfallen in meinem Leben. Wenn hier etwas nicht mit rechten Dingen zugeht, weiß ich, wie man sich wehrt.«

Ich beschloss, nicht mit ihr zu diskutieren, und bewegte mich durch den Flur auf die nächste Tür zu. Silbriges Mondlicht glitt durch den Raum und offenbarte ein Bild der Verwüstung. Umgekippte Möbel, Scherben, Blumenerde auf dem Boden. Dazwischen etwas, das aussah wie Blut.

Als Madame Mercier hinter mir das Licht anschaltete, entfuhr ihr ein Fluch. Meiner blieb mir in der Kehle stecken. Denn es war tatsächlich Blut. Und zwar verdammt viel davon.

»Was ist hier passiert?«, keuchte Lucilles Nachbarin und ließ die Klobürste sinken. Schock und Unglaube flackerten über ihr Gesicht und ließen sie die Augen weit aufreißen.

»Das muss laut gewesen sein«, meinte ich und wies auf einen umgeworfenen Stuhl. »Sie haben nichts gehört?«

Madame Mercier schüttelte den Kopf. »Das muss geschehen sein, als ich bei meinem Buchclub war.«

Ich trat über die Scherben eines Blumentopfes und schob mich an der Frau vorbei zurück in den Flur. Auch hier fielen mir nun im Licht der Deckenlampen Blutspritzer auf. Aber von Lucille gab es keine Spur. Sie war nicht im Schlafzimmer, nicht in der Küche oder im Bad. Sie war fort.

Und ich ahnte, dass sie nicht einfach zurückkehren würde.

Lucille war tot, dessen war ich mir sicher. Zu viele Zufälle. Zu viel Blut. Wer auch immer ihr das angetan hatte, hatte ihre Leiche mitgenommen.

Ein Gefühl von Taubheit eroberte Zentimeter um Zentimeter in meinem Körper und in meinen Gedanken hallte dumpfer Unglaube wider. Wie lange war Lucille schon fort?

Die dunkle Gewissheit setzte sich in mir fest, dass ihr Verschwinden unmittelbar mit D'Amboises Tod und der Explosion zusammenhing. Damit und mit der Rolle, die die AI dabei spielte. Sie musste etwas herausgefunden haben, das sie das Leben gekostet hatte.

Madame Mercier rief die Polizei. Bei einer heißen Tasse Tee warteten wir schweigend in ihrer Küche, bis sie eintraf. Die Fragen der Polizeikräfte, die beruhigenden Worte von Madame Mercier rauschten an mir vorbei. Ebenso wie die Zeit. Draußen vor den

Fenstern verwandelte sich die Nacht in einen trüben Tag, der Regenwolken vor sich herschob.

Doch sie brachen erst auf, als ich das Mehrfamilienhaus verließ und auf die Straße trat. Ich rief Amelie an. Es dauerte ein paar Sekunden, ehe sie abnahm.

»Raphael?« An ihrer schlaftrunkenen Stimme hörte ich, dass ich sie geweckt hatte. Sehnsucht ergriff mich, als ich mir vorstellte, wie sie jetzt mit zerzaustem Haar und warmer Haut in meinem Bett lag.

»Ich wollte nur hören, ob es dir gut geht.«

»Mir geht es gut. Was ist mit dir? Wo bist du?«

»Ich ...« Ich schluckte und versuchte die Trauer, die mich ergriffen hatte, seit ich in Lucilles Wohnung gewesen war, von mir zu schieben. »Das erzähle ich dir, sobald ich wieder zu Hause bin. Wir sehen uns in spätestens einer Stunde. Bis gleich, Amelie.«

»À bientôt, Raphael.«

Nachdem ich unser Gespräch beendet hatte, wählte ich Davides Nummer.

»Raphael?« Der Ton, den Davide anschlug, war scharf und zertrümmerte meinen inneren Schutzschild gegen die Trauer um Lucille. Ich erinnerte mich, dass ich etwas sagen musste. Irgendetwas. Tausend Möglichkeiten, zu erklären, was ich gesehen hatte, doch mir fehlten die Worte.

»Lucille«, war alles, was ich hervorbrachte.

Stille schlug mir vom anderen Ende der Leitung entgegen. Dann räusperte Davide sich. »Was ist passiert?«

»Keine Ahnung«, krächzte ich. »Etwas Schlimmes. Da war verdammt viel Blut, Davide.« Mit fahrigen Fingern suchte ich meine Taschen nach dem Autoschlüssel ab. Aber sie zitterten so sehr, dass er mir entglitt, sobald ich ihn ins Schloss steckte. Ich stieß einen Fluch aus.

»Wo bist du gerade?«

»Bei meinem Auto. Ein paar Straßen von Lucilles Wohnung entfernt. Ich ...«

»Bleib dort. Ich komme zu dir.«

Übelkeit machte mir das Atmen schwer. Jedes Mal, wenn ich Luft holte, fühlte es sich so an, als würde sich mein Magen umstülpen. Ich lehnte mich gegen das Auto, stützte mich mit beiden Händen auf den Oberschenkeln ab und versuchte, mich zu beruhigen. Aber mein Herzschlag galoppierte los und vor meinen Augen spickte sich die Dunkelheit mit weißen Flecken der Panik.

Mein Stöhnen übertönte die sich nähernden Schritte, im nächsten Moment ragte eine Gestalt über mir auf. Eine Hand legte sich auf meine Schulter und übte dort sanften Druck aus. Wie ein Anker, der mich in der Gegenwart hielt, davor bewahrte, in die Panik abzudriften.

»Raphael, hörst du mich?« Davides Stimme durchbrach mein Gedankenkarussell. »Du musst dich beruhigen!«

Früher hatten mich häufig Panikattacken heimgesucht. Damals, als die Diagnose meiner Mutter frisch und die Hoffnung groß gewesen war. Denn mit Hoffnung ging die Gefahr einer, enttäuscht zu werden. Die unterschwellige Angst, meine Mutter verlieren zu können, hatte mir immer wieder den Boden unter den Füßen genommen und raubte mir auch heute noch den Verstand.

Ich zwang mich, einzuatmen. Auszuatmen. Langsam und bewusst. Die kalte Luft brannte in meiner Lunge, klärte meinen Geist, bis sich die weißen Punkte auflösten und einzig Davides besorgtes Gesicht blieb.

»Ich weiß nicht, was hier gerade abgeht«, gestand ich brüchig, »aber so habe ich mir diesen Job nicht vorgestellt.«

Davide stieß ein nervöses Lachen aus und klopfte mir auf die Schulter. »Steig ins Auto. Ich fahre dich nach Hause.«

»Ich weiß nicht, ob ich zwei Panikattacken in einer Nacht überlebe. Ich erinnere mich viel zu deutlich an das letzte Mal, als du mich gefahren hast. GTA lässt grüßen.«

Davide schnitt eine Grimasse, aber ich blieb standhaft. Ich deutete auf den Beifahrersitz und er gab mit einem widerwilligen Brummen nach.

»Wirklich, Kumpel, einmal mit dir zu fahren, war einmal zu viel.«

Die Fahrt durch das allmählich erwachende Paris lenkte mich von der Dunkelheit ab, die seit ein paar Stunden in mir wucherte wie ein Geschwür. Wie Schatten lauerte sie nun an den Grenzen meines Bewusstseins.

»Kaffee?«, fragte ich tonlos, während ich den Motor ausschaltete und wir aus dem Renault stiegen.

»Unbedingt.«

Ich begnügte mich damit, einen Fuß vor den anderen zu setzen. Versuchte, die Gedanken an das, was mit Lucille geschehen war, zu verdrängen, auch wenn ich mir ihnen deutlich bewusst war.

Im Flur vor meiner Wohnung hielt ich inne. »Amelie hat die Nacht bei mir verbracht.«

Davide salutierte. »Ich werde leise sein.«

Nachdem ich die Tür geöffnet hatte, bedeutete ich ihm, schon mal in die Küche zu gehen. Ich streifte mir die Schuhe ab und schlich auf das Schlafzimmer zu. Amelies Lavendelblütenduft wehte mir entgegen und ließ die Schatten schrumpfen. Mein Herz machte einen Satz. Einen der angenehmeren Art.

Ich öffnete die Tür. Das Licht aus dem Flur malte einen Weg über den Boden in Richtung Bett. Zerwühlte Decken, knittrige Laken.

Aber keine Amelie.

Ich blinzelte. Das Bett war leer.

Ich wandte mich um, lief zum Bad und klopfte an. Als niemand antwortete, drückte ich die Klinke nach unten und stellte fest, dass der Raum in Dunkelheit getaucht war. Und in Küche und Wohnzimmer war sie auch nicht. Ihre Kleidungsstücke und die Handtasche waren verschwunden.

Die Panik kehrte prickelnd zurück. Vor mir blitzten Erinnerungen an die blutgetränkten Teppiche in Lucilles Wohnung auf. Ich drängte sie zurück und zerrte das Handy aus der Hosentasche. Amelies Name blinkte auf dem Display. Erleichterung spülte über mich hinweg.

Amelie Fournier – 08:13
Ich revanchiere mich und organisiere uns Frühstück. Bin gleich zurück.

Die Nachricht war vor weniger als einer halben Stunde eingegangen. Das *La Douceur du Matin* lag zwei Straßen von meiner Wohnung entfernt und wenn viel Betrieb war, war es nicht ungewöhnlich, dass sie noch nicht zurück war. Trotzdem bohrte sich die Sorge wie ein Messer in meine Eingeweide.

Davide erschien mit fragendem Ausdruck im Flur und musterte mich.

»Amelie«, murmelte ich. »Sie ist gleich wieder da.«

Davide räusperte sich. »Während du Geheimagent gespielt hast, war ich mal wieder als Superhacker unterwegs.« Mit Daumen und Zeigefinger massierte er sich die Nasenwurzel und wirkte auf einmal um Jahre gealtert. »Ich habe Spuren gelöschter Dateien auf einer der geheimen Datenbanken entdeckt. Klingt vielleicht nicht ungewöhnlich, aber wir löschen niemals Dateien. Nie. Ich habe sie wiederhergestellt und herausgefunden, dass es sich um den Mitschnitt einer Tonaufnahme handelt.«

»*D'accord.*« Ich zog das O unnatürlich in die Länge, betrachtete Davide aus zusammengekniffenen Augen. »Worauf willst du hinaus?«

»Amelie sollte nicht alleine dort draußen unterwegs sein. Die Kerle haben sich darüber unterhalten, dass die Zielperson entkommen ist und…« Er hob die Schultern. »Sie haben ihren Namen nicht genannt oder so, aber wenn es um Amelie geht, dann schwebt sie in Gefahr.«

Ich starrte Davide an. »Und das erzählst du mir erst jetzt?«, fuhr ich ihn an und er zuckte zusammen.

»Ich dachte, sie wäre hier. In Sicherheit.«

Hektisch schaltete ich das Display des Smartphones ein. Ich brauchte mehrere Anläufe, um Amelies Nummer aufzurufen. Meine Finger zitterten. Die Angst der letzten Stunden und die Schlaflosigkeit machten meine Bewegungen fahrig.

»Raphael?« Verwirrung schwang in Amelies Stimme mit. Im Hintergrund ertönte das Klingeln einer Türglocke, ich hörte eine weibliche Stimme einen Gruß murmeln, den Amelie erwiderte. Ich schlüpfte in meine Schuhe.

»Wo bist du?«, fragte ich eine Spur schärfer als beabsichtigt. »Im *Douceur*?« Ich gab Davide ein Zeichen und er nickte. Wir verließen meine Wohnung im Laufschritt und hasteten durch das Treppenhaus nach unten.

»Ich dachte, wir könnten zusammen frühstücken, sobald du zurück bist.«

»Du bist alleine nicht sicher, Amelie. Ich bleibe dran und komme dir entgegen.« Davide glitt auf den Beifahrersitz, ich übernahm das Steuer. Während ich den Zoe startete, klemmte ich das Telefon zwischen Ohr und Schulter. Erst als sich Auto und Smartphone wenige Sekunden später verbunden hatten und ich Amelie über die Freisprechanlage atmen hörte, warf ich das Mobilgerät in die Mittelkonsole und fuhr mit Schwung los.

Amelies Atem ging stoßweise. Sie klang, als wäre sie gerannt. Aber ich wusste es besser. Das Geräusch wurde leiser, die der Gespräche in der Bäckerei lauter, als hätte sie das Telefon sinken lassen.

»Was ist denn los? Wo warst du heute Morgen?«, fragte sie direkt in den Hörer. Ich nahm ihr Unbehagen wahr, die Angst, die zwischen ihren Worten steckte und ihre Stimme in die Höhe schraubte.

»Lucille ist verschwunden«, sagte ich. »Vermutlich ist sie tot.«

Ich hörte, wie Amelie zischend Luft holte. »Raphael?«

Auf einmal klang sie vollkommen ruhig und gefasst. Mein Magen schnürte sich zusammen. »Was?«

»Da ist jemand.«

Die Angst, die ich in der Nacht der Explosion empfunden hatte, erreichte heute einen neuen Höchststand. Inzwischen hegte ich keine Zweifel mehr daran, dass *Asclépios Industrielle* hinter dem Anschlag auf das Gaston steckte. Ein Anschlag, der Amelie das Leben hätte kosten sollen.

Ich trat das Gaspedal bis zum Anschlag durch.

27

AMELIE

Nachdem Raphael mich mit seinem Anruf geweckt hatte, war ich noch eine Weile im Bett geblieben und hatte seinen herben Duft eingeatmet, der in Decken und Kissen hing. Ich war auf dem besten Weg, mich in diesen Mann zu verlieben. Allein dieser Gedanke malte ein Lächeln auf mein Gesicht und ich grub die Nase tiefer in die Bettwäsche.

Das Bedürfnis, mich mit einer kleinen Geste bei ihm zu bedanken, trieb mich schließlich aus dem Bett. Ich zog meine Jeans und seinen Pullover über, schrieb Raphael eine kurze Nachricht und verließ mit meinem Portemonnaie bewaffnet das Haus.

Per Navigations-App machte ich die nächstgelegene Bäckerei ausfindig und lief los. Es dauerte keine halbe Stunde, bis ich das *La Douceur du Matin* am Ende einer Straße erreichte, über deren Asphalt sich ein dünnes Netz aus Rissen zog. Neben dem Eingang war eine Statue von ihrem Sockel gekippt, die leeren Augen gen Himmel gerichtet. Den einen Arm hatte sie unter sich begraben, der andere war abgebrochen und lag nicht weit von der Tür der Bäckerei entfernt. In der Ellenbeuge befand sich ein verwaistes Vogelnest.

Ich lief daran vorbei und folgte einer Frau in Richtung Eingang. Das Geschäft war winzig, der Verkaufsraum mit Wartenden vollgestopft. Ein sicheres Zeichen dafür, dass es hier die besten Croissants der Stadt gab.

Über mir ging eine Glocke, als ich eintrat und mich in die Schlange einreihte. Auf Zehenspitzen versuchte ich, einen Blick auf die Auslagen zu erhaschen, bis mich das Vibrieren meines Smartphones in der Tasche ablenkte. Der Anblick des Namens auf dem Display sandte einen Schwall Wärme durch mich hindurch.

»Raphael?«

»Wo bist du? Im *Douceur*?« Er klang angespannt. Im Hintergrund ertönten schnelle Schritte.

Ich schluckte. »Ich dachte, wir könnten zusammen frühstücken, sobald du zurück bist.« Zweisamkeit, warme Haut und zarte Küsse, die nach Buttercroissant schmeckten. So hatte ich mir diesen Morgen vorgestellt.

»Du bist alleine nicht sicher, Amelie. Ich bleibe dran und komme dir entgegen.«

Jedes seiner Worte schürte die Angst, die ich an diesem Morgen bislang erfolgreich in Schach gehalten hatte. Ich zog die Schultern hoch und umfasste das Smartphone fester. Mein Atem stockte und egal, wie sehr ich bemüht war, Luft zu holen, es reichte nicht aus.

»Was ist denn los? Wo warst du heute Morgen?« Ich ließ den Blick über die anderen Wartenden schweifen, ehe ich ihn durch das Fenster nach draußen richtete.

»Lucille ist verschwunden. Vermutlich ist sie tot.«

Mein Gehirn schaffte es nicht, sämtliche Informationen zu verarbeiten. Es war zu viel. Raphaels Chefin: tot. Und draußen auf der Straße stand jemand, der mir vage bekannt vorkam.

»Raphael?« Ohne den Mann aus den Augen zu lassen, ließ ich das Smartphone sinken.

»Was?« Raphaels Frage war ohne den Lautsprecher kaum zu hören. Ich blätterte durch die Galerie und fand nach einem Bild, das Sandrine mir vom Krankenhausessen geschickt hatte, und einem Screenshot von einer Datentabelle für Angewandte Magie das Foto, das ich suchte. Es lag nur wenige Tage zurück, als ich es auf offener Straße aufgenommen hatte, um einen Beweis gegen diesen Mann zu haben, falls er mir tatsächlich folgte.

Und das tat er.

»Da ist jemand.«

Er trug dieselbe Kleidung wie auf dem verschwommenen Foto. Eine dunkle Hose, ein dunkles Shirt und ein Basecap, das die Hälfte seines Gesichts verbarg. Er war riesig, vermutlich größer als Raphael, und wesentlich breiter.

»Amelie.« Auf diese Art hatte Raphael meinen Namen nie zuvor ausgesprochen: eindringlich und fast schon dominant. »Bring dich in Sicherheit. Und leg nicht auf. Wir kommen.«

Ich wog meine Optionen ab. So, wie er die Bäckerei niederstarrte, wusste der Fremde zweifelsohne, wo ich mich befand. Aber die Reflexion auf der Scheibe sollte einen Blick ins Ladeninnere unmöglich machen. Das verschaffte mir Zeit. Ich drehte mich und suchte nach einem Fluchtweg, einer Hintertür oder einem zweiten Ausgang.

Neben der Theke verlief ein schmaler Korridor in die Backstube. Jetzt oder nie. Ich duckte mich, falls mein Verfolger doch eine Bewegung durch die spiegelnde Scheibe wahrnehmen konnte, und hastete los, das Handy fest ans Ohr gepresst. Im Laden war es so voll, dass mir die umstehenden Menschen Sichtschutz boten und ich ungesehen den Arbeitsbereich der Bäckerei erreichte. Zwischen Backofen, Teigmaschine und Gärschrank sah ich mich um und entdeckte eine Tür. Das schenkte mir Zuversicht, die jedoch zu Staub zerfiel, als ich an der Klinke rüttelte und feststellte, dass abgeschlossen war. Mist.

»Raphael?«, fragte ich.

Ein Knistern drang aus dem Telefon. »Bin dran.«

»Ich sitze in der Falle.«

»Wir sind gleich da.«

Ich eilte um den großen mit Mehl bestäubten Tisch in der Mitte und versteckte mich dahinter, als aus dem Verkaufsraum Schreie ertönten. Ein Knall.

Eiskalte Panik kroch mir über den Nacken und ließ mich erstarren. »Ich glaube, er hat eine Pistole, Raphael.«

Eine Reihe Flüche drang durch die Leitung, dann folgte ein Hupen. Auf einmal wollte ich nicht mehr, dass er hierherkam. Und gleichzeitig ganz dringend. Aber was sollte er gegen einen bewaffneten Mann ausrichten?

Nichts. Er konnte gar nichts tun.

Ich schon.

Erkenntnis grub eine Schneise in meine Panik und schuf Raum für die Hoffnung darauf, diese Sache unbeschadet zu überstehen. Ich griff in meine Hosentasche und fand das Feuerzeug, das inzwischen zu mir gehörte wie die Kette meines Großvaters. Dann richtete ich mich so weit auf, dass ich über die Arbeitsplatte spähen konnte. Was ich brauchte, waren Stift und Zettel. Oder irgendetwas, das ich beschreiben und verbrennen konnte.

»Zwei Minuten«, sagte Raphael.

In der Nähe der Tür entdeckte ich einen Kugelschreiber auf einem Beistelltisch. Da lag auch ein Notizblock. Beides rückte für mich in unerreichbare Ferne, denn in dem Moment tauchte eine Gestalt in dem Türrahmen auf, die diesen fast gänzlich ausfüllte. Ich ließ die Hand sinken, in der ich das Smartphone hielt, und die andere schloss ich fester um das Feuerzeug.

Da war er, der Mann, der mich beobachtet hatte. »Mademoiselle Fournier«, sagte er mit einer kalten Stimme, die mich zusammenfahren ließ. Unter seinem spitzen, grau melierten Bart zeichnete sich ein Grinsen ab, das mich in einen Zustand grauenhafter Angst versetzte.

Raphaels Stimme drang aus dem Telefon, aber ich verstand nicht, was er sagte. Er war zu weit weg und das Blut rauschte laut in meinen Ohren. Ich ließ den zitternden Daumen über dem Symbol mit dem roten Hörer schweben. Was immer gleich geschehen würde, Raphael sollte nicht dabei zuhören müssen.

Vergib mir, dachte ich und legte auf. Dann sah ich den Fremden an, der sich mir ein paar Schritte genähert hatte. Langsam stand ich auf und hob das Kinn.

»Was wollen Sie?« Ich richtete den Blick an ihm vorbei in Richtung des Verkaufsraums.

»Die sind alle weg.«

Scheiße, scheiße, scheiße!

Der Fremde griff hinter sich und kurz fürchtete ich, er würde die Pistole ziehen und auf mich richten. *Mon Dieu,* ich war so naiv, denn die Wahrheit war um einiges schrecklicher. Es war ein Zettel, den er vor meinen Augen entfaltete und so hielt, dass ich lesen konnte, was darauf geschrieben war.

Amelie Fournier.

Was hatte das zu bedeuten? Ich starrte ihn an, suchte in seiner Miene nach einer Erklärung, fand jedoch keine.

»Man sagte mir, Sie wären eine kluge Frau.« Der Mann klang beinahe enttäuscht. Er kniff die Augen zu schmalen Schlitzen zusammen und musterte mich. »Offensichtlich waren das Fehlinformationen.«

»Was soll das?«, fragte ich und übte mich an Nachdruck, aber die Angst verriet mich mit einem Zittern, das mich durchlief.

Der Fremde schnalzte mit der Zunge und zückte ein Feuerzeug. Und dann begriff ich. Dieser Kerl würde meine eigene Forschung als Waffe gegen mich einsetzen.

Kälte flutete meinen Körper. Kälte und eine unbestimmte Angst, denn auf einmal war ich dem Tod sehr viel näher als je zuvor.

»Was haben Sie vor?«, flüsterte ich.

»Nichts«, sagte der Mann gelassen. »Alles, was ich will, ist, mich mit Ihnen zu unterhalten.«

»Und wenn ich das nicht tue, verbrennen Sie meinen Namen?« Meine Stimme klang in meinen eigenen Ohren schrill. »Was, glauben Sie, wird passieren?«

»Die Frage ist nicht, was ich glaube. Viel interessanter ist doch, was *Sie* glauben.«

Meine Gedanken rasten. Nie zuvor hatte ich darüber nachgedacht, was geschehen würde, wenn ich den Namen einer lebendigen Person verbrannte. Beraubte ich sie ihrer Energie und tötete sie damit? Würde ich sterben, wenn dieser Fremde seine Drohung wahrmachte? War er überhaupt dazu in der Lage? Ich dachte an Raphael, dem es nicht gelungen war, Namensmagie zu wirken. Aber ich wollte es nicht darauf ankommen lassen und mein Leben riskieren, indem ich diesen Fremden gewähren ließ.

Die Angst lähmte meinen Verstand und ich fand keine Antwort auf die zweifelsohne wichtigste Frage, die ich mir je im Leben gestellt hatte. Ein Rauschen in meinem Kopf legte jeden rationalen Gedanken lahm und mit butterweichen Knien und rasendem Herzen wich ich zurück, bis ich mich zwischen Gärschrank und einem Stapel Mehlsäcke befand. Das Smartphone steckte ich in die Tasche, das Feuerzeug hielt ich weiter fest für den Fall, dass ich es als Waffe nutzen könnte.

»Du bist verdammt schwer zu kriegen«, meinte der Fremde im Plauderton. »Aber jetzt sind wir ja hier.« Er machte eine Handbewegung, als wollte er ein scheues Tier locken. »Komm aus der Ecke raus.«

Ich zögerte. Nicht, weil ein Anflug von Mut meinen Widerwillen schürte, sondern weil mir die Angst jeden einzelnen Schritt schwermachte. Ich war Wissenschaftlerin, keine Heldin. Mein Adrenalinspiegel kochte bei harmlosen Actionstreifen über und war in den letzten Tagen ohnehin sehr empfindlich.

»Ich wiederhole mich nur ungern.«

Zaghaft trat ich vor, bis uns nur noch der Arbeitstisch in der Mitte trennte.

»Du hättest längst tot sein sollen«, knurrte der Kerl und entlockte mir damit ein Wimmern. Er knipste das Feuerzeug an und eine Flamme schoss in die Höhe. Sie tänzelte umher, gierig, ihre tödliche Macht zu entfalten.

»W-Warum?« Ich verabscheute mich dafür, dass ich meine Angst nicht bezwingen konnte. Dass sie mir als Schweiß aus den Poren trat und sich als Zittern in meiner Stimme manifestierte. Dagegen war ich machtlos. Ebenso wie gegen diesen Kerl, der es schaffte, mich mit einem Feuerzeug und einem Zettel zu bedrohen. Er hätte mir eine Pistole an den Kopf halten können, es hätte nichts geändert.

»Spielt keine Rolle, jetzt habe ich dich.« Er spuckte auf den Boden und deutete ein Schulterzucken an.

»Warum willst du mich töten?«, presste ich hervor und klammerte mich an der Kante des Tisches fest.

«Frauen wie du sollten Kunst studieren. Geschichte. Oder Literatur. Etwas, das den Geist beschäftigt hält, ihn nicht aber fördert, nach mehr zu streben. Du siehst ja, wohin es dich geführt hat.«

Mein Herz pochte und das Blut rauschte mir in den Ohren. »Warst du das mit der Explosion?«, wollte ich wissen.

Er verzog das Gesicht, als wäre dies ein Thema, das unangenehme Erinnerungen in ihm wachrief. Tja, bei mir auch.

»Das ist aus dem Ruder gelaufen«, sagte er. Was eine äußerst beschönigende Beschreibung der Tatsache war, dass er über dreißig Menschen getötet hatte, obwohl es nur mich hätte treffen sollen.

»Und mein Professor? Was hatte er damit zu tun? Wusste er zu viel?«

»Dein Professor hat tödliche Kontakte gepflegt«, schnappte der Kerl. »Er hätte bei der Geschichte bleiben und nicht in der Gegenwart herumpfuschen sollen.«

Die Skrupellosigkeit dieses Mannes trieb mir kalten Schweiß auf die Stirn und meine Brust zog sich zusammen, bis ich kaum mehr atmen konnte. Ich würde sterben. Was bedeutete ein Leben mehr für ihn, wenn er bereits so viele genommen und die Schuld ihn nicht niedergestreckt hatte?

Der Fremde erlaubte der Flamme, an dem Papier zu lecken, auf dem mein Name stand. Sie loderte gierig auf und als sich der Rand des Zettels zu kräuseln begann, ertönte ein Knistern.

Die Welt geriet in Stillstand und sie büßte sämtliche Geräusche ein, als hätte sie jemand lautlos gestellt. Einzig mein wummerndes Herz erklang in der Stille und bezeugte meine Angst vor dem Tod, der mit jedem Millimeter, den die Flamme weiter auf dem Papier vorrückte, näherkam. Ich spürte den kalten Atem meines nahenden Endes im Nacken und war machtlos, obwohl mir die Magie stets ein Gefühl von Macht verliehen hatte. Jetzt wurde sie zu meinem Untergang.

Eine Gestalt sprang in mein Sichtfeld, stürzte sich auf den Kerl, der mein Leben bedrohte. Er entriss ihm den Zettel und löschte das Feuer. Der Tod, der die Hände nach mir ausgestreckt hatte, zog sich zurück wie die Dunkelheit, die in der Morgendämmerung vor dem Tag floh. Ascheflocken rieselten zu Boden und bezeugten, wie knapp ich meinem eigenen Ende entronnen war.

Als er sich erhob, begegnete ich Raphaels brennendem Blick, der mich streifte, ehe er sich auf den Fremden heftete. Raphael atmete schwer, Schweiß glänzte auf seiner Stirn, als wäre er das letzte Stück zur Bäckerei gerannt.

»Du!«, keuchte er und schob sich zwischen mich und meinen Angreifer. »Weg von ihr!« Seine Schultern bebten, Zorn ging in eisigen Wellen von ihm aus. Er brach sich an mir, spülte über mich hinweg, ohne mich mitzureißen. Im Gegenteil, er wurde zu meinem persönlichen Schutzschild.

»Halt dich da raus, Junge«, knurrte der Fremde. »Mein Auftrag ist eindeutig.«

Zwischen den Mehlsäcken entdeckte ich das Feuerzeug. Weit genug von dem Fremden entfernt und dennoch viel zu nah. Ich schob mich unauffällig darauf zu, bückte mich hinter Raphael und schloss die Finger darum.

»Du willst sie umbringen? Hast du den Verstand verloren?« Raphael schrie beinahe, während der Fremde mit gelangweilter Stimme sprach.

»Du weißt nicht, worum es hier geht.« Die Zeit, die eben kaum mehr verronnen war, beschleunigte sich nun. Eine Faust flog auf uns zu, traf Raphael hart am Unterkiefer.

Mein entsetzter Aufschrei gellte durch die Bäckerei. Er mischte sich mit einem grauenerregenden Knacken. Raphael fluchte, spuckte Blut. Rote Tropfen auf dunklen Dielen.

Durch seine Statur war Raphael nicht schwach, aber kampferprobt war er definitiv nicht und dieser Typ war ihm in vielerlei Hinsicht überlegen. Raphael holte aus, verfehlte seinen Angreifer und stürzte sich stattdessen mit seinem gesamten Gewicht auf ihn. Die beiden landeten in dem Stapel von Mehlsäcken und einer davon platzte auf. Eine weiße Wolke stob daraus hervor und legte sich über den Raum und uns. Es hatte etwas Anmutiges, fast schon Surreales, das in krassem Kontrast zu dem Kampf stand. Dieser war rau und unbeholfen und viel zu unausgeglichen. Raphael kassierte einige Schläge, ehe er sich revanchieren konnte. Ich machte einen Satz vor, wollte ihm zu Hilfe eilen, wusste aber nicht, wen ich in diesem Knäuel aus mehlbestäubten Armen, Haaren und Kleidern treffen würde.

Mit einem Fluch schoss ich nach vorn und bekam einen Arm des Angreifers zu fassen, als er gerade erneut ausholen wollte, um Raphael zu treffen. Der Gärschrank kippte und etwas traf mich von oben am Kopf, aber ich biss die Zähne zusammen und krallte mich mit aller Kraft an dem Mistkerl fest. Holz barst, als der Schrank auf den Tisch aufschlug, dessen Beine unter dem Gewicht zuckten.

»Amelie, verschwinde!«, brüllte Raphael, aber ich dachte gar nicht daran, loszulassen und auf ihn zu hören. Seine Faust entlockte unserem Gegner ein Stöhnen. Doch dann riss dieser sich von mir los und begrub Raphael unter sich. Als ich erneut dazwischengehen wollte, traf mich ein Tritt in den Bauch und presste mir sämtliche Luft aus der Lunge. Ich krümmte mich zusammen und blinzelte gegen die Sternchen an, die vor meinen Augen tanzten. Heiße Tränen liefen über meine Wangen und ich umfasste meinen Bauch. Schmerz pulsierte da, wo mich der Fuß getroffen hatte, und ich brauchte einen Moment, um mich zu fangen.

Jemand rief etwas. Ich erkannte Davide, der sich auf Raphael und den Fremden stürzte. Auch er war niemand, der einen Kampf wie selbstverständlich für sich entscheiden konnte. Drei gegen einen und trotzdem fühlte es sich an, als wären wir in der Unterzahl.

Ich musste etwas unternehmen. Musste es beenden, ehe es ein Ende nahm, mit dem ich nicht leben konnte. Ich kroch auf allen vieren über den Boden zu dem kleinen Beistelltisch, nur um festzustellen, dass mein Kopf wie leer gefegt war. Da war nichts mehr. Kein Name. Keine Rettung.

»Amelie!«

Der Schrei ließ mich herumfahren. Reflexartig zerknüllte ich das Papier. Es war Davide, der nach mir gerufen hatte. Er hing halb auf dem Angreifer, der auf Raphael lag und die Hände um seine Kehle geschlossen hatte. Raphael strampelte, kämpfte. Eine Ader trat an seiner Schläfe hervor, die Augen auch.

Ich entzündete das Papier, dachte nicht darüber nach, handelte intuitiv. Das Gefühl der Macht verlieh mir Stärke und Zuversicht, aber auch Rachedurst.

Die Magie strömte durch mich hindurch und als ich die Hand hob, tanzten goldene Partikel mit denen des Mehls. Mit den Fingern beschrieb ich eine Geste und der Griff des Fremden um Raphaels Hals löste sich. Er schrie, Raphael keuchte. Und Davide sprang zurück. Er schnappte sich ein Backblech, das durch den Sturz des Gärschrankes zu Boden gefallen war, holte aus und entschied den Kampf mit einem schauderhaften Geräusch, indem er es dem Fremden gegen den Hinterkopf donnerte.

Sekunden verstrichen, in denen ich den Atem anhielt, dann kippte er einfach um.

»Amelie.« Raphaels Stimme klang heiser. Er erhob sich schwankend, eine Hand an der Kehle, und schluckte. Mehl färbte sein schwarzes Haar grau und puderte seine Schultern.

»Geht es dir gut?« Ich schlitterte über den Boden, auf dem sich ebenfalls eine dünne Schicht Mehl abgesetzt hatte, und landete in Raphaels Armen, die er weit für mich geöffnet hatte.

»Es geht mir gut«, versicherte er mir und hielt mich fest, so fest. Die Angst flaute ab und ließ eine Leere zurück, die mich betäubte.

»Er wollte mich töten«, flüsterte ich in den Stoff seines Pullovers.

»Ich weiß, aber Amelie, wir müssen weg von hier.« Raphaels Griff lockerte sich und er löste unsere Umarmung. Die Hände legte er sanft auf meine Oberarme, übte leichten Druck aus, als wollte er mich mit dieser Berührung in der Gegenwart halten. Ich blinzelte zu ihm auf. Mehlreste, frisches Blut und die ersten Anzeichen eines Blutergusses zierten sein Gesicht. Sein Haar stand wirr ab, die Lippe war aufgeplatzt. Ich berührte die Verletzung mit den Fingerkuppen und spürte Raphaels heißen Atem auf meiner Haut, als er ein Stöhnen ausstieß.

»Du bist verletzt«, sagte ich.

»Nicht schlimm«, beruhigte er mich.

Plötzlich war Davide neben mir, das Gesicht blutleer, die Augen groß.

»Wir müssen hier weg, ehe er das Bewusstsein wiedererlangt«, meinte Raphael und lenkte mit diesen Worten meinen Blick auf die reglose Gestalt am Boden.

Flucht. Das erschien mir beinahe verlockend, bis mir eine erschreckende Wahrheit einfiel. Es war gleichgültig, wohin ich lief, dieser Kerl würde mich immer kriegen.

»Wenn er unsere Namen kennt, kann er uns einfach umbringen«, stieß ich hervor und fuhr mir durch das vom Kampf zerzauste Haar. In meinem Kopf herrschte Chaos und ich konnte keinen Gedanken greifen. »Er muss mir nicht gegenüberstehen, um es zu tun.«

»Amelie.« Raphaels Stimme war nachdrücklich, aber ruhig. Er hob mein Kinn an und zwang mich, ihn anzusehen. »Wenn dieser nette kleine Trick funktionieren sollte, hätte er das von seinem verdammten Büro aus tun können.«

»Du glaubst nicht, dass es funktioniert?«

»Ich hatte jedenfalls nicht vor, es an dir auszuprobieren.« Warme Lippen auf meiner eiskalten Haut. Die Zärtlichkeit dieses Kusses klärte meinen Verstand und zähmte einen Teil meines inneren Aufruhrs. »Ich blute, *pardon*.« Mit dem Daumen rieb Raphael über die Stelle, die er gerade noch mit dem Mund berührt hatte, und wischte dann über seinen eigenen.

Was Raphael gesagt hatte, ergab Sinn. Vor allem, dass es Zeit war, zu verschwinden.

Davide öffnete ein Fenster, das in den Hinterhof gerichtet war. »Die Aktion hat verdammt viele Schaulustige gelockt«, erklärte er auf meinen fragenden Blick hin. »Vermutlich wird die Police Nationale hier jeden Moment vorfahren.«

Ich blinzelte. »Wollen wir nicht mit denen sprechen?«

»Nein«, sagten Raphael und Davide gleichzeitig und Raphael fügte erklärend hinzu: »Das würde Aufmerksamkeit auf uns ziehen, die wir nicht gebrauchen können. Lass uns einfach verschwinden.«

Nacheinander kletterten wir durch das Fenster ins Freie und flohen durch eine schmale Gasse, brachten Abstand zwischen uns und die Bäckerei.

Auf halbem Weg zum Auto ertönte eine Sirene und ich verlangsamte meine Schritte.

»Was ist los?«, fragte Raphael, der sich meinem Tempo sofort anpasste. Er hielt meine Hand und machte keine Anstalten, sie je wieder loslassen zu wollen.

Ich hatte Magie gewirkt. Hatte diesen Mistkerl dazu gezwungen, Raphael loszulassen.

Aber ich hatte keinen Namen verbrannt.

Mir war keiner eingefallen.

In mir zog sich alles zusammen und ich verstärkte intuitiv den Griff um Raphaels Hand, der den Druck erwiderte.

»Danke. Danke, dass ihr gekommen seid.« Ich sah von Raphael zu Davide und entschied, dass wir uns darüber später Gedanken machen sollten.

»Stets zu Diensten.« Davide zwinkerte mir zu, aber die Leichtigkeit, die seiner Stimme bei früheren Begegnungen angehaftet hatte, war verschwunden. Er fuhr sich durch das Haar und sah über mich hinweg die Straße entlang. Wenn mich nicht alles täuschte, blitzte Schuld in seiner Miene auf. Aber warum zum Teufel sollte er sich schuldig fühlen, nachdem er und Raphael mir beigestanden hatten?

28

RAPHAEL

In meinem Leben hatte ich schon häufig Angst gehabt. Angst davor, dem Druck der nächsten Prüfung nicht standhalten zu können und das Studium zu vermasseln. Angst davor, meine Mutter an diese elendige Krankheit zu verlieren. Aber nie zuvor hatte ich so große Angst gehabt wie in dem Moment, als mir bewusst geworden war, dass Amelie in Schwierigkeiten steckte. Diese Angst gärte nun schon in mir, seit ich von der Explosion erfahren hatte. Allmählich wurde sie übermächtig, lenkte meine Bewegungen und ließ mich ständig Blicke über die Schultern werfen.

Ich saß auf der Rückbank meines winzigen Wagens, die Knie förmlich gegen die Brust gefaltet. Amelie kauerte an meiner Seite. Einen Arm hatte ich um ihre Schultern geschlungen und bemühte mich, nicht den Verstand zu verlieren nach dem, was gerade eben geschehen war.

»Ist uns jemand gefolgt?«, wollte ich wissen und drehte mich zum Heckfenster.

Davide schüttelte den Kopf. »Mir ist nichts aufgefallen.«

»Vielleicht haben wir auf diese Weise ein wenig Zeit gewonnen.«

Zwar hatte ich behauptet, Remy könnte ihren Namen nicht verbrennen, sicher war ich mir allerdings nicht. Ich wusste zu wenig über Amelies Forschung, um mir ein Urteil bilden zu können, aber ich musste einfach davon ausgehen, dass Remy geblufft hatte und aus einem anderen Grund hinter Amelie her war. Was wiederum bedeutete, dass die Gefahr nicht gebannt war, da er nicht bekommen hatte, was ihn zu ihr geführt hatte.

Davide hielt an einer Ampel. Mit den Fingern trommelte er auf dem Lenkrad herum und fixierte das rote Licht, das uns zu verhöhnen schien, während es auf uns niederleuchtete.

»Was sollen wir jetzt machen?« Amelies Stimme klang schrill und ihre Furcht schnitt mir ins Herz. Ich verstärkte meinen Griff, wusste aber, dass das nicht genug war. Dass meine Umarmung keinen ausreichenden Schutz vor der AI bot.

»Wir gehen in Deckung und überlegen uns die nächsten Schritte«, sagte ich und malte mit dem Daumen Muster auf ihre Oberarme. »Vielleicht kann Claudette uns helfen, indem wir mit der Geschichte an die Öffentlichkeit gehen.«

»Du meinst, ich soll meine Forschung aufgeben? Zu diesem Zeitpunkt?« Amelie löste sich von mir und funkelte mich empört an. »Stell dir vor, was geschieht, wenn die *Nouvelles* eine Anleitung zur Magiewirkung druckt.«

»Davon spreche ich nicht«, sagte ich, obwohl ich wusste, dass das Wissen um die Magie alles war, was Amelie für das Magie-Tech-Unternehmen wertvoll machte. »Wenn wir es öffentlich machen, würde es vermutlich die Aufmerksamkeit der AI von meiner Freundin ablenken.« Ich massierte mir mit Daumen und Zeigefinger die Nasenwurzel und versuchte, meine Gedanken zu sortieren. »Uns fällt schon etwas ein.«

Amelies Blick flackerte, als er langsam über mein Gesicht glitt und mit den Lippen stumm formte: Deine Freundin?

Ich hob die Hand und entfernte mit der sachten Bewegung des Daumens einen Mehlstreifen auf Amelies Schläfe, aber eigentlich tat ich das, um sie zu berühren. Mein Herz wurde weich, als sie lächelte.

Ich ließ die Hand sinken und legte einen Finger an Amelies Kinn, strich über die zarte Haut, und drehte sie sanft zu mir, bis ich ihr tief in die Augen sehen konnte. Herzflattern in der Brust und ein Schmetterlingssturm im Bauch. Ich beugte mich vor und senkte die Lippen auf ihre. Begierig darauf, ihren Atem auf der Haut und ihre Wärme zu spüren. Der Beweis, dass sie wohlauf war. Unser Kuss schmeckte nach Blut, Mehl und Schweiß, eine sonderbare Mischung, die in diesem Moment schlichtweg perfekt war.

»Jetzt fahr doch!« Davides Ausbruch holte mich zurück in die Realität. Er fluchte und rutschte unruhig auf dem Sitz hin und her. Stau verstopfte die Straße vor uns und wir kamen nur langsam voran. Die Ampel schaltete auf Grün, aber die Autos vor uns bewegten sich nicht. Ein Hupkonzert schallte über uns hinweg, Reifen quietschten, als sich die Kolonne endlich in Bewegung setzte. Durch den Renault ging ein Ruck, als Davide anfuhr und ihnen folgte.

Amelie biss sich auf die Unterlippe und sah aus dem Fenster, aber ich glaubte nicht, dass sie die Gebäude wirklich wahrnahm. Ihre Miene war ernst und sie schien tief in Gedanken versunken. An einem Ort, an dem ihr niemand etwas anhaben konnte.

»Hey«, flüsterte ich und strich sanft über ihre Wange.

Ihre Mundwinkel zuckten kaum merklich und sie wandte sich mir zu. Das Lächeln auf ihren Lippen war zerbrechlich und gleich darauf war es fort.

Es dauerte eine Ewigkeit, bis wir unser Ziel erreichten. Fast fürchtete ich, dass uns ein Begrüßungskomitee der AI vor dem Museum erwarten würde, aber dem war nicht so. Davide parkte den Renault ein paar Straßen entfernt, da das violette Fahrzeug vor dem Eingang zu auffällig gewesen wäre.

»Amelie?« Wie üblich saß Bernadette hinter der Kasse und rückte die bunte Brille auf ihrer Nase zurecht. »Raphael? Mit euch hätte ich nicht gerechnet. Nicht zusammen jedenfalls.«

Ein wissender Ausdruck offenbarte sich auf ihrem Gesicht, als sie uns musterte. Amelies Hand zuckte in meiner und ich antwortete ihr mit sanftem Druck. Es war mir gleich, was die Angestellte meines Vaters in uns sah. Ich hegte nicht die Absicht, meine Gefühle für Amelie zu verstecken, selbst wenn ich nicht wusste, wie sie zu dem stand, was sich zwischen uns entwickelte.

Aber bevor Bernadette indiskrete Fragen stellen konnte, öffnete sie erschrocken den Mund. »Amelie, ist alles in Ordnung?«

Neben mir trat Amelie von einem Bein auf das andere und zupfte an ihrer staubigen Kleidung. Bernadette spähte über den Rand ihrer Brille. »Bist du etwa in eine Schlägerei geraten?« Mit aufgerissenen Augen machte sie eine Bestandsaufnahme von dem Zustand, in dem ich mich befand. Als sie sich erhob, quietschten die Stuhlbeine über den polierten Boden.

»Ist nicht so schlimm, wie es aussieht«, versuchte ich, sie zu beruhigen.

Bernadette wackelte auf dünnen, klackernden Absätzen auf uns zu. Sie war kleiner als Amelie und musste den Kopf in den Nacken legen, um mich von Nahem zu betrachten. »Ich hoffe, der andere sieht genauso aus.« Sie seufzte, ehe sie Davide fixierte, der sich hinter uns herumdrückte.

»Nein, damit habe ich nichts zu tun!«, rief mein Kollege und hob abwehrend die Hände.

»Kommt mit nach hinten. Dann kann ich mich um dein Gesicht kümmern«, sagte Bernadette.

»Schon gut«, wiegelte ich ab. »Es geht mir gut.«

»Lüg mich nicht an. Deine Eltern werden einen Herzinfarkt erleiden, wenn du ihnen so unter die Augen trittst.«

»Ich kann mich selbst darum kümmern«, versicherte ich ihr.

»Oh, davon bin ich überzeugt.« Bernadette schnalzte die Zunge. »Ich habe Kuchen gebacken.«

Und als ob mich das endgültig überzeugen würde, drehte sie sich um und stöckelte vor uns her auf den Pausenraum zu.

»Hat sie Kuchen gesagt?«, murmelte Davide und schlenderte ihr mit in die Hosentaschen versenkten Händen hinterher.

Verräter.

»Tut es sehr weh?« Amelie strich über meine stoppelige Wange. Ich war gewillt, ja zu sagen, damit diese zärtliche Berührung niemals endete, aber ich bemerkte ihre Sorge und wollte sie ihr nehmen.

»Bernadette übertreibt.«

Trotzdem erlaubte ich der Angestellten meines Vaters, mir mit einem nassen Tuch das Blut aus dem Gesicht zu tupfen und mir ein

Pflaster auf die aufgesprungene Lippe zu kleben. Davide stürzte sich indes auf den Kuchen, während Amelie nichts von dem anrührte, was Bernadette auf ihren Teller geladen hatte.

»Isst du das noch?«, fragte Davide und zog das Stück zu sich heran, als Amelie den Kopf schüttelte.

»Wie kriegst du das jetzt nur runter?«, murmelte sie und erstarrte. »Entschuldige, Bernadette. Nichts gegen deinen Kuchen. Ich liebe ihn. Aber heute war …« Sie brach ab, als wäre sie nicht imstande, die Ereignisse passend zu beschreiben. Ich konnte es ihr nachfühlen.

»Ich weiß doch, wie gerne du naschst.« Bernadette tätschelte ihre Schulter, ehe sie den Erste-Hilfe-Kasten wieder wegräumte. »Ich packe dir gern ein Stück ein.«

»Das ist wirklich nicht nötig.« Ein Lächeln huschte über Amelies Gesicht. »Erinnerst du dich, was mit dem letzten Kuchen passiert ist?«, raunte sie mir so leise zu, dass nur ich sie hören konnte.

Trotz allem, was in den letzten Tagen und heute geschehen war, drängte sich in mir ein Lachen an die Oberfläche und es tat gut, dem nachzugeben. Amelie fiel mit ein und für einen Augenblick schwand die angespannte Stimmung.

»Wie schön, dass ihr euch so gut versteht.« Bernadette strahlte uns an. Sie tat sich selbst ein Stück Kuchen auf und winkte uns mit der Gabel zu. »Ich muss zurück. Das Museumspublikum bändigen.« Summend verschwand sie durch die Tür und ließ uns mit unseren Erlebnissen und Geheimnissen zurück.

Amelie räusperte sich. »Tja …«

Die Leichtigkeit zwischen uns löste sich auf wie Rauch im Wind. Zurück blieb ein schaler Geschmack von Angst, den die Süße des Kuchens nicht überdecken konnte.

Davide schob den Teller von sich und schluckte den letzten Bissen geräuschvoll hinunter. »Wie geht es weiter?«

Ich rieb mir übers Gesicht und hielt inne, als ich an dem Pflaster hängenblieb, das Bernadette so sorgsam auf meiner Lippe positioniert hatte. »Ich schätze, wir sind jetzt beide arbeitslos.«

Davide schnitt eine Grimasse.

»Das ist mir ernst, Davide«, sagte ich. »Sie wissen, dass du uns geholfen hast. Für dich ist es nicht mehr sicher dort.«

Er stieß einen gequälten Laut aus. »Ich weiß, dass du recht hast. Aber ich wünschte, es wäre anders. Es hat so viel Spaß gemacht, endlich mal Geld fürs Hacken zu kriegen.«

Ich schnaubte, aber ehe ich etwas erwidern konnte, sagte Amelie: »Das bedeutet …« Sie räusperte sich. »Dieser Typ war von der AI?«

Davide und ich senkten die Köpfe.

»Ein Arbeitskollege«, bestätigte ich ihr.

Sie keuchte. »Ich hatte gehofft, das alles wäre bloß ein Traum. Ein Albtraum. Dieser Kerl hat zugegeben, dass mich die Explosion hätte treffen sollen.«

»Das dachte ich mir.« Davide seufzte. »Und vermutlich werden sie nicht so schnell aufgeben.«

Die Bedeutung all dessen brach in einem schweren Schweigen über uns herein.

»Wir sollten von hier verschwinden«, sagte Amelie schließlich. »Wenn wir bleiben, bringen wir deine Familie und die Mitarbeitenden des Museums in Gefahr.«

Ich nickte. »Früher oder später werden sie uns hier aufspüren, das stimmt.«

»Und wo könnten wir uns verstecken?«, fragte Amelie.

Erneutes Schweigen. Tausend Möglichkeiten für ein Versteck und keines davon kam mir sicher vor. Denn die AI hatte die Macht, uns überall zu finden.

»Wir könnten für eine Weile die Stadt verlassen«, schlug ich vor.

»Oder uns in die Katakomben zurückziehen«, warf Davide ein.

»Da willst du echt runter?« Ich musterte ihn, aber er zuckte mit den Schultern.

»Das ist ein verdammtes Labyrinth unter der Stadt«, meinte er. »Bis die uns dort aufspüren, hat sich die Lage womöglich wieder beruhigt. Dort wären wir in Sicherheit.«

Ich bezweifelte, dass sich die Lage einfach so beruhigen würde. Dass die AI aufgeben würde, Amelie zu jagen. Aber das behielt ich für mich. Alles, was zählte, war dieser Moment. Ein Plan, der uns etwas zu tun gab, uns von dem ablenkte, was geschehen könnte.

»Also gehen wir unter die Kataphilen.« Amelie verschränkte die Finger ineinander und lockerte sie wieder. »Ich hatte gehofft, mir bliebe eine Rückkehr in die Tunnel erspart.«

»Ja, so geht es mir auch. Aber die Idee ist nicht schlecht.« Auch wenn es mir nicht behagte, uns auf unbestimmte Zeit in der nicht enden wollenden Dunkelheit im Bauch der Stadt zu verstecken.

»Ich nehme den Kuchen mit«, beschloss Davide und erhob sich. »Und was immer ihr im Kühlschrank habt.«

»Im ersten Stock werden Waffen ausgestellt«, merkte Amelie an. Röte kroch über ihre Wangen. »Vermutlich bin auch ich meinen Job los, wenn wir das durchziehen …«

»Du willst meinen Vater bestehlen?« Ich kam nicht gegen ein Grinsen an. O ja, sie hatte tatsächlich vor, diese Idee in die Tat umzusetzen. Ihre Wangen färbten sich dunkler und ihr Blick wanderte ruhelos durch den Raum.

»Stehlen ist ein hartes Wort«, wich sie mir aus.

»Der Zweck heiligt die Mittel.« Ich hielt ihr meine Hand hin, die sie zögernd ergriff. »Davide, du kümmerst dich um den Proviant, Amelie und ich erleichtern die Sammlung meines Vaters um ein paar nützliche Gegenstände.«

Als Antwort reckte Davide einen Daumen nach oben und machte sich über den Inhalt des Kühlschrankes her.

Das Publikum, von dem Bernadette gesprochen hatte, war ausgeblieben. Stattdessen war sie so in ihren Kuchen vertieft, dass sie uns kaum Beachtung schenkte, als wir die Treppe ins obere Stockwerk nahmen.

»Wir stehlen nicht«, raunte Amelie mir zu, »wir leihen uns die Waffen. Später bringen wir alles zurück.«

Später. Keine Ahnung, wie dieses Später aussehen sollte. Ich nickte trotzdem.

Amelies Handgriffe waren geübt, wurden aber von einer schuldbewussten Miene begleitet, als sie das Überwachungssystem der

Askesischen Klinge ausschaltete. Unschlüssig blieb sie vor der Waffe stehen.

»Möchtest du nach deiner Mutter sehen?«, fragte sie, als wollte sie Zeit schinden. »Bevor wir aufbrechen, meine ich.«

Entschieden schüttelte ich den Kopf und wies auf meine Lippe. »Bernadette hat recht, so sollte sie mich nicht sehen.«

Meine Mutter würde Fragen stellen. Viele. Und mir definitiv eine Standpauke halten. So gerne ich mir diese auch abgeholt hätte, dafür war keine Zeit.

»Tut mir leid«, murmelte Amelie.

»*Dir* tut es leid? Das muss es nicht.«

Sie nickte, aber es war offensichtlich, dass sie mir nicht glaubte. Verdammt.

Ich legte die Hände auf ihre Schultern und drehte sie zu mir. »Amelie, es ist nicht deine Schuld. Wenn überhaupt, dann ist es meine.«

Die Bedeutung dessen, was ich gerade gesagt hatte, schwebte zwischen uns.

»Warum ist es deine Schuld?«, fragte Amelie. Eine feine Falte bildete sich zwischen ihren Brauen und in ihren Augen flackerte Verwirrung.

Ich schluckte schwer und zögerte zu lange. In ihrem Gesicht begann es, zu arbeiten. In Gedanken schien sie ein Puzzle zusammenzusetzen.

»Warum interessiert sich die AI für mich?«, fragte sie. »Woher wissen sie überhaupt von meiner Forschung?«

Schlichte Wörter zu einer einfachen Frage formuliert. Und eine Antwort, die nicht kompliziert, aber unmöglich auszusprechen war. Zumindest, wenn ich Amelie nicht verlieren wollte.

»Raphael?« Amelie hob die Hände, sodass wir uns nun gegenseitig an den Ellbogen festhielten. Ich erkannte den Moment, in dem sie verstand, als sich ihr Mund öffnete und schloss, ohne etwas zu sagen, und sie die Schultern hochzog. »Antworte mir.«

Ein Stein lag auf meiner Brust, schnürte mir den Atem ab und lähmte meine Zunge.

Amelie ließ mich los, als hätte sie sich verbrannt. Sie wich einen Schritt zurück und trennte die Verbindung zwischen uns, die unsere Berührungen beschworen hatten.

»Raphael.« Ihre Stimme klang flehentlich. »Du warst das.«

Die Wahrheit war wie ein Messer, das mich bluten ließ.

»Du hast uns beobachtet«, hauchte sie. »Schon in der Uni, nicht wahr? Und dann bist du mir gefolgt.«

All die Zuneigung, die in jedem ihrer Blicke mir gegenüber gelegen hatte, löste sich in Zorn auf.

»Amelie, ich …« Wieder brachte ich es nicht über mich, eine besänftigende Antwort zu formulieren. Die das von mir heraufbeschworene Chaos ordnete. Denn nichts konnte rechtfertigen, was ich getan hatte. Oder dass ich sie so lange belogen hatte. Da waren so viele Gelegenheiten gewesen, ihr die Wahrheit zu beichten. Ich hatte sie alle verstreichen lassen. All die ungesagten Worte gipfelten in diesem Moment.

»Du hast es wegen der AI gemacht.«

»Es ist nicht so, wie du glaubst«, stieß ich hervor. Gott, die Ausrede klang so lahm.

»Du hast mich an die AI verraten.« Ihre Stimme brach und mit ihr mein Herz. Es gab nichts, was ich sagen konnte, denn sie hatte recht. Ich hatte sie verraten.

»Ich wollte das nicht«, beteuerte ich in dem Versuch, Schadensbegrenzung zu betreiben. »Als ich gemerkt habe, dass da etwas zwischen uns ist, habe ich mich von diesem Auftrag distanziert. Ich wollte nicht …«

Eine einzige Träne stahl sich aus Amelies Augenwinkel und rann wie in Zeitlupe über ihre Wange, ehe sie sie mit einer energischen Geste fortwischte. »Du hast mich benutzt!«

»Nein, so ist das nicht. Das zwischen uns, das ist echt. Ich habe mich in dich verliebt!«

In diesem Moment lernte ich eine neue Facette der Angst kennen: Amelie für immer zu verlieren.

Sie wich vor mir zurück, stolperte. Als ich die Arme nach ihr ausstreckte, um ihr aufzuhelfen, wurden ihre Bewegungen hektischer.

Sie packte die Askesische Klinge, zielte damit auf mein Herz, das an meinen falschen Wahrheiten zerschmettert war.

»Komm nicht näher! Was ist mit Davide? Steckt der mit drin?« Als ich nicht schnell genug reagierte, zischte sie: »Natürlich tut er das. Ich habe dir vertraut!«

»Lass es mich erklären!«, flehte ich sie mit defensiv erhobenen Händen an. Ich durfte sie nicht verlieren. Konnte es nicht. Der Beginn unserer gemeinsamen Geschichte mochte inszeniert gewesen sein, aber meine Gefühle waren echt.

»Ich will deine Erklärung nicht hören!« Amelie reckte das Kinn und schob sich mit gezückter Waffe an mir vorbei. Sie schien förmlich vor Wut zu glühen und ich hatte keine Ahnung, was sie tun würde, wenn ich versuchte, sie aufzuhalten.

»Du verstehst das nicht!«

»Es gibt nichts zu verstehen!«, hielt sie dagegen.

Alles entglitt mir. *Sie* entglitt mir. Und ich wusste nicht, wie ich das aufhalten sollte.

Ein dumpfer Knall erklang in der Eingangshalle. Amelie kniff die Augen zusammen, dann schob sie die Klinge in den Hosenbund und rannte los. Nach unten. Weg von mir. Ich setzte ihr nach, hielt am Geländer abrupt inne.

Bernadette lag mitten auf dem glänzenden Marmorboden. Kuchen um sich herum verteilt, die Arme ausgestreckt. Sie regte sich nicht.

»Was zum ...« Ich stockte, als ich einen Schatten wahrnahm.

Als Amelie die unterste Stufe erreicht hatte, schob sich eine Gestalt hinter der Kasse hervor. Ich schrie eine Warnung, doch ich kam zu spät, Remy stürzte sich auf sie. Selbst auf die Entfernung hin konnte ich sehen, wie Amelie erbleichte. Die Überraschung ließ sie einen Schritt zurücktaumeln, dann blieb sie abrupt stehen, als hätte sie begriffen, dass sie verloren hatte.

Remy rammte eine Spritze in ihren Hals, als ich loslief, und injizierte ihr etwas, das ihr jeglichen Widerstand raubte. Schlaff sank sie in sich zusammen. Er sah zu mir auf, als ich die Hälfte der Stufen nach unten zurückgelegt hatte, grinste.

»Ist nichts Persönliches.«

Er zerrte sie hinter sich her in Richtung Ausgang, wo mehrere Kerle standen, die mir in der Vergangenheit schon einmal in der AI begegnet waren. *Epis*. Sie richteten ihre Maschinenpistolen und Sturmgewehre auf mich und zwangen mich dazu, stehen zu bleiben. Ich konnte nur dabei zusehen, wie sie Amelie mit sich nahmen.

Bevor ich begriff, was geschah, schlug die Tür hinter ihnen zu. Amelie war fort.

29

AMELIE

Die Welt existierte nicht länger, ich war schwerelos bis zu jenem Moment, in dem ein stechender Schmerz in meinem Kopf explodierte. Ich gab mich ihm hin und stöhnte, als könnte dieser Laut ihn lindern.

Das Nächste, was ich wahrnahm, war, dass sich die Dunkelheit um mich herum an ihren Rändern auflöste. Gleißendes Licht drang auf mich ein, ließ mich jedoch nicht die Umgebung erkennen. Im Gegenteil. Um mich herum waren nur verschwommene Formen.

Ich suchte nach Erinnerungen an das, was geschehen war, aber ich konnte keinen Gedanken greifen. Zu mächtig war die Dunkelheit, zu mächtig der Sog der Ohnmacht, dem ich ausgeliefert war. Erst als sich zu dem Stechen in meinem Kopf der Schmerz eines zertrümmerten Herzens gesellte, tauchte Raphaels Gesicht vor mir auf.

Raphael, der Verräter.

Natürlich interessierte sich ein Mann wie Raphael nicht für mich. Nicht wirklich. Alles, was er von mir gewollt hatte, war meine Forschung.

»Habe ich dich.« Das Echo von Remys Worten, die er mir zugeraunt hatte, nachdem er mir die Spritze gesetzt hatte, hallte durch meinen Geist. Aber das war nicht alles gewesen. Übelkeit regte sich in meinem Bauch, als ich krampfhaft versuchte, mich an das zu erinnern, was er gesagt hatte. Der Teil in mir, der nicht wahrhaben wollte, was Raphael mir angetan hatte, sträubte sich dagegen, während meine rationale Seite um die Wahrheit kämpfte.

»Keine Ahnung, warum der kleine Mistkerl so lange gewartet hat, dich auszuliefern. Ich an seiner Stelle hätte das gleich erledigt, sobald er dir auf die Schliche gekommen war.«

Es waren nicht nur diese Worte, die die Trümmer meines Herzens zu Staub zermahlten. Sondern auch der abgeklärte Blick, den Raphael mir zugeworfen hatte, während ich ums Bewusstsein gekämpft hatte.

Ich war naiv gewesen, mich auf ihn einzulassen. Ihn in mein Leben und schlimmer noch, in mein Herz zu lassen. Dabei hatte ich von Anfang an gewusst, dass er für die AI arbeitete, dass er nach einer Möglichkeit suchte, seine schwerkranke Mutter zu retten. Dass ich es ihm vor diesem Hintergrund nicht verübelte, mich an seinen verdammten Arbeitgeber verraten zu haben, schürte meine Wut umso mehr.

In der Nähe erklang ein Rauschen, bis ich begriff, dass da jemand sprach. Ich versuchte, mich zu konzentrieren, um die getuschelten Worte zu verstehen, und atmete schneller.

Jemand berührte mich. Es war eine warme Hand, die sich deutlich anders anfühlte als der harte und kalte Untergrund, auf dem ich lag. Ich hob den kleinen Finger, weil mir diese Bewegung am leichtesten erschien. Allerdings irrte ich mich. Ich war unfähig, mich zu bewegen. Ich war wie erstarrt.

Das Brennen in meinem Nacken beschwor die Erinnerung an eine Spritze. Diese Mistkerle. Sie hatten mir irgendetwas injiziert, das mich außer Gefecht gesetzt hatte. Ich wusste nicht, wie lange ich weggetreten war. Oder wo ich war. Es hätten Stunden vergangen sein können, Tage. Ich hätte aus dem Land geschafft werden können, ohne es zu bemerken. Die Aussichtslosigkeit meiner Lage beschwor nun doch einen Hauch von Angst, die gegen die Leere aufbegehrte. Ich gab mich ihr hin, weil mir nichts anderes blieb, an das ich mich festhalten konnte.

Der Druck in meiner Armbeuge wirkte wie ein Anker auf mein Bewusstsein und riss mich zurück. Ich keuchte, als ich an die

Oberfläche tauchte und ein Raum um mich herum Gestalt annahm. Er war groß, klinisch wie ein OP-Saal. Ich schnappte nach Luft, bäumte mich auf, aber etwas riss mich zurück und schnitt mir in die Haut. Ein Gurt spannte sich um meinen Oberkörper, der mich an eine Trage fesselte.

Um mich herum ragten mehrere Gestalten auf, deren Gesichter ich nicht erkannte.

Nur eines kam mir vage bekannt vor. Ein Mann mit blondem, perfekt frisiertem Haar, harten Zügen und so kantigen Wangenknochen, dass man ein Messer daran hätte schärfen können. Die Lippen presste er zu einer Linie. Vergeblich suchte ich nach Erbarmen in seiner Miene. Stattdessen glaubte ich, mildes Interesse zu erkennen. Und etwas Dunkles, das den Hauch von Angst in mir in einen Orkan verwandelte.

Er trug einen weißen Kittel, möglicherweise doch ein Arzt? Nein, denn darunter bemerkte ich Anzug und Krawatte. Welcher Arzt ging in diesem Aufzug in den OP?

»Mademoiselle Fournier«, begrüßte er mich mit einer klirrend sanften Stimme, die mich nicht über die Kälte hinwegtäuschen konnte, die von ihm ausging. »Wie schön, dass du uns Gesellschaft leistest.«

»Ich ... Wo bin ich?« Mein Hals war trocken und rau, alles, was mir über die Lippen kam, erinnerte an ein Krächzen. »Und wer sind Sie?«

Seine Mundwinkel kräuselten sich. »Ich dachte mir schon, dass du von neugieriger Natur bist. Verzeih mein unerhörtes Benehmen.« Er neigte den Kopf. »Mein Name ist Etienne Évreux. Ich freue mich sehr, endlich deine Bekanntschaft zu machen.«

Seine Worte verstärkten das Rauschen in meinem Kopf. Etienne Évreux? Der CEO von *Asclépios Industrielle* persönlich?

»Was wollen Sie von mir?«, fragte ich. Die anderen Anwesenden trugen allesamt weiße Kittel. Bis auf eine Frau, die sich im Hintergrund hielt und mir mit einer Maske aus Gleichmut entgegensah. Als sie sich meiner Aufmerksamkeit bewusst wurde, wandte sie sich ab.

Erneut versuchte ich, mich aufzurichten, doch der Gurt vereitelte dieses Vorhaben.

»Na, na«, tadelte Évreux mich und strich mir eine verirrte Strähne hinter das Ohr. Ich riss den Kopf weg, so weit es die Fesseln zuließen. »Das ist zu deinem eigenen Schutz. Wir wollen doch nicht, dass du dich verletzt.«

Das Lächeln auf Évreux' Lippen hatte etwas Raubtierhaftes. Aus ihm sprach mehr Drohung als Freundlichkeit und ich gab auf, mich gegen den Gurt zu stemmen.

»Sehr gut«, sagte er, ehe er einen Rollhocker heranzog und sich darauf niederließ, ohne mich aus den Augen zu lassen. Er blinzelte nicht einmal. »Wie hast du es gemacht?«

Die Direktheit dieser Frage ließ mich stutzen. »Wie habe ich was gemacht?«

»Magie gewirkt. Obwohl es dir absolut unmöglich sein sollte. Oder nicht?«

»Ich ... schätze schon.«

Évreux hob das Kinn und musterte jeden Winkel meines Gesichts. »Nein, du solltest dazu nicht in der Lage sein. Niemand sollte das. Außer mir natürlich.«

»Ich will Ihrem Geschäft nicht schaden, wissen Sie?«, plapperte ich los. Es gab ohnehin nichts, was ich sonst hätte tun können.

»Natürlich nicht«, schnurrte Évreux.

»Alles, was ich wollte, war, etwas gegen diese Krankheit zu unternehmen. Ich ... Ich kann Ihnen meine Methode verraten. Wir könnten zusammenarbeiten.«

»Zusammenarbeiten wofür?«

»Na ja ...« Ich schluckte. »Um die Magie zurückzuholen.«

Évreux seufzte tief. »Das ist für mich nicht von Interesse.« Mit seinem Zeigefinger zeichnete er die Linie meines Kiefers nach. Ekel überkam mich und mir krampfte sich der Magen zusammen. Ich versuchte, mich ihm zu entziehen. Aber er packte mich und betrachtete eingehend mein Gesicht. »Aber mit einem Punkt hast du recht. Du wirst mir ganz genau erzählen, wie du es geschafft hast, Magie zu wirken.« Er verstärkte den Druck, bohrte den Fingernagel tief in meine Haut und ritzte sie auf. Ich biss die Zähne zusammen. Dieser Schmerz war weniger stark als der in meinem Kopf oder in meinem Herzen, aber weitaus bedrohlicher.

»I-Ich –«

Évreux unterbrach mich, indem er sich über mich beugte und meine Lippen mit einem Finger versiegelte. Dann wandte er sich um und bedeutete den Anwesenden, den Raum zu verlassen. Sie gehorchten, bis auf die Frau, die sich weiterhin im Hintergrund hielt und mich ignorierte.

Als das Klicken der Tür die Abwesenheit seines Teams verkündete, lächelte Évreux. »Wir wollen unser kleines Geheimnis doch nicht mit der gesamten Belegschaft teilen, nicht wahr?«

Ich starrte ihn an und als ich nicht reagierte, drückten sich seine Finger fester in mein Kinn und zwangen mich, den Kopf zu schütteln.

»Braves Mädchen. Und jetzt sprich.«

Meine ersten Worte kamen stockend, die Gegenwart der Frau irritierte mich. Als Évreux das bemerkte, winkte er ab. »Das ist meine Schwester Elenoire. Wir haben keine Geheimnisse voreinander. Du kannst frei sprechen.«

»Ich ... forsche seit Jahren, um die verlorene Magie zurückzuholen. Zu Beginn dieses Semesters habe ich in der Verwendung von rückständiger Energie eine Möglichkeit entdeckt, sie zu aktivieren.«

»Wie?«

Ich schluckte. »Was von den Toten bleibt, sind Energie und Erinnerung. Wenn ich beides vereine, indem ich den Namen verbrenne, setze ich die Energie frei und aktiviere die Magie.«

Évreux schnalzte mit der Zunge. »Ich weiß, wie man Namensmagie anwendet. Aber ich weiß nicht, wie es möglich ist, dass *du* sie anwenden kannst.«

»An ihr ist nichts Besonderes.« Es war das erste Mal, dass Évreux' Schwester sprach. Ihre Stimme war kühl und durchdringend. Ihre Worte jagten mir eine Woge des Grauens über den Körper. »Warum verschwenden wir mit ihr unsere Zeit?« In einer fließenden Bewegung stand sie auf und näherte sich.

»Sie hätte beinahe alles ruiniert«, antwortete Évreux ihr. »Wir müssen sichergehen, dass das nicht wieder vorkommt.«

Elenoire legte eine Hand auf seine Schulter. Rote, lange Nägel hoben sich von dem weißen Kittel ihres Bruders ab. »Sie ist ein närrisches Mädchen mit mehr Glück als Verstand.«

»Möglich.« Évreux kniff die Augen zusammen. »Oder sie ist gefährlich. So oder so, unser System hat ein Leck. Das beweist der Umstand, dass sie in der Lage war, Magie zu wirken.« Er rieb sich über den Mund. »Wie ist dir das gelungen??«

Angst begehrte in meinem Innern auf und lockerte meine Zunge. »Nach jahrelanger Forschung und zahlreichen Experimenten. Es hat geklappt, nachdem ich die Magie in den Katakomben das erste Mal wahrgenommen habe.«

Évreux sprang auf, der Hocker rollte ruckartig zurück. Mit beiden Händen stützte er sich am Rand der Trage ab und näherte sich mir mit wildem Ausdruck in den Augen. »Du hast die Energie gespürt?«

Als ich nickte, stieß er sich mit der Eleganz einer Raubkatze ab und tigerte durch den Raum. Seine Schwester musste ihm ausweichen, strauchelte auf ihren hohen Absätzen. Er machte keine Anstalten, ihr zu helfen, sondern fauchte sie an: »Und du sagst, an ihr wäre nichts Besonderes?«

»Etienne«, beschwor Elenoire ihn, »sie ist eine Anomalie der Natur, mehr nicht.«

Abrupt blieb er stehen. »Wir finden es heraus.« Die Art, wie er das sagte, verwandelte dieses Versprechen in eine Drohung. Er drehte sich um und griff nach einem Telefon, das hinter ihm auf dem Tisch lag. Einen kurzen Moment später sagte er, ohne die Person am anderen Ende zu begrüßen: »Wie weit sind wir?«

Évreux rieb sich den Nacken und nickte. »Ich will Gewissheit. Sofort.« Damit pfefferte er das Telefon zurück auf den Tisch. »Wozu bezahle ich diese Versager überhaupt«, knurrte er, »wenn sie ihren Job nicht anständig erledigen?«

»Es würde weitaus schneller gehen, wären sie in der Lage, Magie einzusetzen«, bemerkte Elenoire.

»Sei still, Frau!«, konterte Évreux und brachte seine Schwester damit zum Verstummen. Mit aufeinandergepressten Lippen nahm sie auf einem Drehstuhl vor einem der Arbeitstische Platz.

Dann wandte er sich erneut mir zu und seufzte tief. »Was soll ich nun mit dir anstellen, Mademoiselle Fournier? In der Vergangenheit war es einfach, mich jenen, die zu viel wussten, zu entledigen. Aber du bist anders ...«

»Sie haben bereits versucht, mich zu töten.«

Évreux schnitt eine Grimasse. »Die Explosion war einem übereifrigen Mitarbeiter geschuldet, nichts weiter.«

Eisiger Zorn brodelte in meinem Bauch und mischte sich dort mit Fassungslosigkeit. »Nichts weiter?«, wiederholte ich. »Unschuldige Menschen sind dabei gestorben.«

Und beinahe hätte ich Sandrine verloren.

»Du hast dich auf ein Spiel eingelassen, dem du nicht gewachsen bist.«

Ich kniff die Augen zusammen, entkam den Erinnerungen an Leichenteile und Blutlachen dennoch nicht. Sie hatten sich mir ins Gedächtnis gebrannt und würden niemals von mir ablassen. »Und was ist mit meinem Professor? Haben Sie Lucille befohlen, ihn umzubringen?«

»Lucille?« Évreux kniff die Brauen zusammen. »Lucille ist die Legislative, nicht die Exekutive. Doch sie hat zweifelsohne das Todesurteil dieses alten Narren gefällt, denn sie hat ihre Kompetenzen bei Weitem überschritten und sich in Dinge eingemischt, die sie nichts angehen.«

Raphael arbeitete für einen Haufen Mörder und er hatte sie unterstützt. Blut klebte an seinen Händen. Hände, mit denen er mich berührt und geliebt hatte. Mir wurde speiübel.

»Und wofür? Ich hätte Ihnen alles verraten, wenn sie mich darum gebeten hätten. Niemand hätte sterben müssen!«

»Dummes Mädchen.« Évreux funkelte mich an, als wäre ich es, die ihn beleidigt hätte und nicht umgekehrt. »Du weißt nicht, worum es hier geht. Lucille hat diesem närrischen Professor interne Informationen verraten. Mit diesem Wissen durfte er nicht weiterleben.«

Ich erinnerte mich an ein anderes Gespräch, das eine Ewigkeit her zu sein schien. Dann hatte Raphael recht gehabt. D'Amboise hatte sterben müssen, weil er zu viel gewusst hatte, und Lucille, weil sie zu viel hatte wissen wollen.

»Und deswegen musste er sterben? Wir hatten alle dasselbe Ziel!«
»Es geht nicht darum, die Magie zurückzuholen. Es geht darum, sie für immer aus dieser Welt zu bannen.«

Einige Sekunden verstrichen. Noch mehr Zeit, in der seine Worte nicht an Bedeutung gewannen, sondern unverständlich zwischen uns hingen.

»Was?« Ich keuchte und begriff, obwohl ich gleichzeitig gar nichts verstand. Warum sollte die AI vorgeben, die Magie zurückholen zu wollen, wenn sie ebendies in Wahrheit zu verhindern suchte? Und wusste Raphael davon? Dieser Gedanke erschien mir in Anbetracht dessen, dass die Rückkehr der Magie seine Mutter womöglich retten konnte, als unvorstellbar.

»Diese Welt ist ein solches Geschenk nicht wert«, sagte Évreux. »Das war sie nie, wird sie auch niemals sein.«

Ungeduld machte Évreux gefährlich. Er griff erneut nach dem Telefon, wählte und brüllte jemanden an. Ich konzentrierte mich auf den Moment, schob sämtliche Gedanken an Raphael, seinen Verrat oder Évreux' Pläne mit der Magie beiseite.

Der CEO hatte mir den Rücken zugewandt, seine Schwester betrachtete gelangweilt ihre langen rot lackierten Krallen. Ich musste die Fesseln lösen. Irgendwie. Die Askesische Klinge hatten sie mir nicht abgenommen. Sie steckte noch immer in meinem Hosenbund, gut versteckt unter dem Pullover. Nutzlos, denn ich kam nicht an sie heran. Blut rauschte in meinen Ohren und Angst sickerte mir aus jeder Pore, aber ich musste ihre Unachtsamkeit nutzen. Ich stemmte mich gegen den Gurt, bis er mich bewegungsunfähig machte. Mehr als wenige Zentimeter Spielraum hatte ich nicht. Wenn überhaupt. Meine Arme waren fest an meinen Oberkörper gepresst, die Hände konnte ich kaum bewegen. Es war unmöglich, mich zu befreien. Diese Erkenntnis verwandelte meine Angst in Panik.

Weiße Punkte bildeten sich am Rande meines Sichtfelds, wuchsen, bis das Zimmer verschwand. Ein Kribbeln schwoll in mir heran. Da war sie, die Magie, die in meinen Adern pulsierte. Einfach so. Ohne dass ich einen Namen verbrannt hatte. Ohne Hilfsmittel. Wie schon in der Bäckerei.

Keine Ahnung, wie ich das geschafft hatte.

Um mich herum schwebten goldene Partikel in der Luft, die Magie sandte einen Stoß aus Macht durch mich hindurch. Mit einem Knallen öffneten sich die Fesseln und surrten zurück. Ihr Druck auf meinen Brustkorb wurde durch den der Angst ersetzt.

Das Geräusch ließ Évreux herumwirbeln, Elenoire erhob sich in einer fließenden Bewegung, ich tat es ihr gleich und richtete mich ruckartig auf.

Rücklings rutschte ich vom Tisch und fing meinen Sturz mit dem Ellbogen ab. Kurz tanzten Sterne vor meinen Augen, aber die Angst ließ mich trotzdem aufstehen, den Tisch als Schutzschild vor mir. Die Sterne verglommen und wurden zu goldenem Magiestaub, den nicht ich heraufbeschworen hatte.

Elenoire stand mit erhobenen Händen im Raum. Schweiß perlte auf ihrer Stirn. Zu ihren Füßen lag ihr Bruder. Leblos.

»Ich habe nicht genug Magie, um den Zauber lange aufrecht zu erhalten«, stieß sie aus zusammengebissenen Zähnen hervor. Die Magiepartikel flackerten wie eine Kerze kurz vor dem Erlöschen. »Niemand kann ihm entkommen«, fuhr sie fort und stieß ein kurzes, freudloses Lachen aus. »Ich habe es jahrelang versucht. Er wird alles tun, um dich zu finden. Einmal mehr, sobald er die Ergebnisse hat.« Elenoire sah mich voll Bedauern an. »Geh. Ich werde ihn ablenken, um dir einen Vorsprung zu verschaffen. Mehr kann ich nicht für dich tun.«

»O-Okay«, murmelte ich.

»Wir befinden uns im Epicenter des Gebäudes. Das liegt im fünften Untergeschoss. Die Fahrstühle sind bewacht, das Treppenhaus ebenso. Aber nicht der Notausgang. Lauf nach rechts, sobald du das Labor verlässt.«

Évreux stieß einen gepressten Laut hervor und Elenoire murmelte Worte in einer fremden Sprache, hob die Hände höher und ließ die Magiepartikel tanzen. Ihre Wangen waren vor Anstrengung gerötet.

Ich nickte, obgleich ich nicht wusste, ob mein Hirn sämtliche Informationen fassen konnte. Hinter uns ertönte das Klingeln des Telefons.

»Dir bleibt nicht viel Zeit. Sie werden Personal schicken, wenn er nicht antwortet.«

Wieder nickte ich, taumelte um die Trage herum und sah mich ein letztes Mal um. Elenoire schwankte unter der Anstrengung, die Magie aufrecht zu erhalten.

»Geh!«

Ich zögerte nicht länger, sondern stürzte auf die Tür zu, die Freiheit oder Verderben bedeuten konnte.

30

RAPHAEL

Ich war kein Held – ich war der Bösewicht in Amelies Geschichte. Ich hatte die Frau verraten, in die ich mich verliebte, und auf dem Weg zu ihrer Rettung hatte ich mich zweimal aus dem Fenster des fahrenden Autos übergeben. Aus Angst, zu spät zu kommen. Sie zu verlieren. An die AI oder durch meinen Verrat.

Ein entgegenkommendes Taxi hupte aufgebracht, als Davide ausscherte, um einen Fahrradfahrer zu überholen, und dabei auf die Gegenfahrbahn geriet.

»Wir werden sterben«, keuchte er. »Verdammte Scheiße, heute werden wir sterben.«

»Konzentrier dich auf deine GTA Skills, das kriegst du schon hin«, knurrte ich.

»Du meinst, ich soll ins Gebäude fahren?«

Ich schnellte zu Davide herum, dessen Knöchel schneeweiß waren, während er das Lenkrad umklammert hielt. »Im Idealfall finden wir einen weniger auffälligen Parkplatz.«

»Oh, okay, gut.«

Wir ließen das Auto in der Nähe der Firma am Straßenrand zurück und rannten den restlichen Weg. Davides Atem ging wie ein Presslufthammer, sein Gesicht war knallrot, sein Haar nass. Auch wenn ich eine bessere Kondition hatte als er, war ich schweißgebadet. Angstschweiß.

Es gab zwei Möglichkeiten: Wir stürmten das Gebäude wie in einem Actionstreifen. Oder wir spazierten durch den Haupteingang in der Hoffnung, dass es sich nicht herumgesprochen hatte, dass ich meinen Job los war. Und davon ging ich nach den letzten Tagen aus.

Hinterm Empfang lächelte mir Elodie entgegen, als die automatischen Türen aufschwangen und wir hindurchstürmten. Ich wertete dies als gutes Zeichen und nahm an, dass uns in den nächsten zwei Minuten niemand rauswerfen oder mit einer Waffe bedrohen würde.

Sie zog eine Braue hoch, als sie Davide entdeckte. »Geht es dir gut?«

Davide machte eine wegwerfende Handbewegung. »Ich, äh, habe den Zug verpasst.«

»Aber der kommt doch alle fünf Minuten.«

»Tja«, brummte Davide. »Du ahnst nicht, was fünf Minuten ausmachen können.«

»Offensichtlich.« Elodies Lächeln war gezwungen und mitleidig. Aber als es mich traf, wurde es eine Spur strahlender.

»Lässt du uns rein?«, fragte ich betont beiläufig. »Ich arbeite heute eigentlich nicht, aber ich habe meinen Zugangsbadge liegen lassen.«

»Klar.« Sie hob den Zeigefinger. »Nur kurz. Ich will nicht schuld sein, dass du Überstunden anhäufst.«

»Ich passe auf ihn auf«, versicherte Davide.

Elodie schnaubte. »Ihr habt ohnehin verloren, wenn Ihr durch diese Türen geht. Heute ist die Hölle los.«

»Ach ja?«, horchte ich auf.

Sie schnitt eine Grimasse. »Die Epis sind an einem besonderen Projekt dran, vor ein paar Stunden wurde das Personal aufgestockt. War schon lange nicht mehr so viel los wie heute.«

»Das betrifft uns nicht«, sagte ich, gespielt desinteressiert. »Die Epis sind gut darin, ihre Geheimnisse zu hüten.«

»Was du nicht sagst. Sogar der CEO ist hier. Da geht etwas Großes vor.« Elodie beugte sich vor und drückte auf den Türöffner, der uns Einlass ins Herz des Gebäudes gewährte. »Vielleicht hast du ja später

Zeit, um einen Kaffee mit mir zu trinken«, sagte sie und ließ demonstrativ ihren Blick über mich gleiten.

»Ja, klar«, brummte ich, ohne auch nur ein Wort so zu meinen. Dann packte ich Davide am Kragen und schleifte ihn mit mir.

Der Flur war leer und das Echo unserer Schritte hallte uns entgegen. Dazu mischten sich Davides keuchender Atem und mein hämmernder Herzschlag. Wir wussten nicht, ob Amelie tatsächlich hier war, aber wenn *etwas Großes* vor sich ging, musste Amelie damit gemeint sein.

Der Hauptsitz der AI zählte mehrere ober- wie unterirdische Stockwerke, die sich tief ins Erdreich schraubten. Die Zelluläre Magiescopie, für die ich arbeitete, befand sich im dritten Untergeschoss.

Auf dem Weg durch die leeren Korridore fasste ich Davides Schulter. »Sie ist sicher im Epicenter. Hast du irgendeine Möglichkeit, die Türen für mich zu öffnen?«

»Mehrere«, erwiderte Davide. »Aber danach sind wir unsere Jobs los.«

»Das sind wir jetzt schon.«

Davide nahm den Fahrstuhl nach oben, ich die Nottreppe nach unten. Diese war unbewacht und zählte so viele Stufen, dass kaum ein Mitarbeitender sie je in Anspruch nahm.

Als ich die Etage erreicht hatte, in der die ersten Räume des Epicenters lagen, rief ich Davide über das interne WLAN an. Ich hörte, wie Finger über die Tastatur flogen und mir den Weg durch das Gebäude freimachten.

»Es gab vor ein paar Minuten einen Notruf im Labor der Epis«, meinte Davide. »Dort wimmelt es von Leuten. Am besten meidest du den Bereich.«

»Oder vielleicht sollte ich genau dorthin?«, gab ich zu bedenken.

»Das Sicherheitspersonal wurde ausgeschickt, um nach einer Unbefugten zu suchen«, sagte Davide. »Ich schätze, deine Freundin ist abgehauen.«

Das Gefühl von Erleichterung überkam mich. Natürlich hatte sich Amelie behauptet. Sie war stark und verdammt klug. Eine Kombination, die ihr hier unten zugutekam.

»Vor dir liegt eine graue unbeschriftete Tür. Der Gang dahinter führt ins Epicenter. Sie haben sämtliche Wachen ins Innere abgezogen. Sobald ich das elektronische Schloss öffne, solltest du ungehindert Zugang haben.«

»Und du bist sicher, dass da niemand ist, der mich aufhalten könnte?«, fragte ich.

Der Takt der Tastenschläge schwoll an, ehe er abbrach. »Nein, niemand da«, sagte Davide. »Ich habe gerade die Überwachungskameras gecheckt. Beeil dich. Noch bin ich unsichtbar, aber es dauert nicht lange, bis mich jemand von den Epis dabei erwischt, wie ich ihr System hacke.«

Ich holte tief Luft und lief los. Die Gänge waren mir vertraut, ich war sie seit meinem ersten Arbeitstag so häufig abgelaufen. Aber die Tür ins Epicenter war stets verschlossen gewesen und so hatte ich keine Ahnung, was mich erwartete.

Jedenfalls keine Wachen, automatisch auslösende Schusswaffen oder sonstige Barrieren. Die Tür öffnete sich mit einem unaufgeregten Summen. Schlichte weiße Wände rahmten den langen Gang dahinter. Über mir blinkte eine Überwachungskamera und ich nickte Davide zu, der als Antwort darauf ins Telefon lachte.

»Und jetzt rechts.«

Er lotste mich durch das Labyrinth und führte mich tiefer ins Herz der Epis. Ich hatte keine Ahnung, wie ich je wieder einen Weg nach draußen finden sollte, wenn die Verbindung zu Davide abbrach. Alles sah gleich aus.

»Shit!« Davides Fluch ließ mich erstarren.

»Was ist los?«, raunte ich mit gesenkter Stimme. Schritte ertönten. Auf meiner Seite der Leitung.

»Du bekommst Besuch!«, rief Davide. Wieder hämmerte er auf die Tasten ein. »Ich versuche, dir die Tür zu deiner Linken zu öffnen.«

Die Schritte wurden lauter. Auch mein Herzschlag.

»Gib Gas«, zischte ich Davide zu.

Er quiekte, tippte schneller. Ich lauschte seinen raschen Atemzügen, die sich mit meinem heftig pochenden Herzen mischten.

Als die Schatten der Mitarbeiter in den Flur fielen, in dem ich stand, klickte es endlich und das Schloss der Tür öffnete sich. Keine Sekunde zu früh schlüpfte ich in den Raum. Es war ein leer stehendes Büro.

Die beiden Mitarbeiter waren in ein Gespräch vertieft, dessen Inhalt ich nicht verstand.

»Kannst du Amelie ausfindig machen?«, fragte ich Davide. »Sie über eine der Kameras sehen?«

»Bin dran.«

Tastenschläge, Herzklopfen, Tastenschläge, Herzklopfen – für andere Geräusche war kein Platz.

»Ich kann die Angestellten über ihren Zugangsbadge tracken, aber Amelie kann ich nur über die Kameras ausfindig machen. Das dauert, denn davon hat Etienne verdammt viele installieren lassen. Ganz schön paranoid, der Gute.«

»Immerhin hatte er recht, dass jemand hier eindringen würde. Wenn auch aus anderen Motiven, als er dachte.«

In der Dunkelheit lauschte ich dem angespannten Summen von Davide und Schritten jenseits der Tür, die sich allmählich wieder entfernten.

»Etienne ist im großen Labor im fünften Untergeschoss. Du befindest dich drei Gänge entfernt davon. Je näher du kommst, umso mehr Personal wird dir begegnen, also denk nicht einmal dran.« Schweigen, dann: »Ich könnte sie gefunden haben.«

Seine Worte verloren sich in meiner Anspannung und ich machte einen Satz auf die Tür zu. Mit einer Hand auf der Klinke fragte ich: »Wo?«

»Sie scheint auf dem Weg zum Notausgang zu sein. Allerdings aus einer anderen Richtung. Wenn du dorthin zurückkehrst, könntet ihr euch begegnen.«

Ich presste das Ohr an die Tür. »Konjunktiv?«

»Remy ist unterwegs.«

»Scheiße.«

Nach unserer letzten Begegnung hatte Remy noch eine Rechnung mit uns zu begleichen. Ich musste Amelie finden, bevor ihm das gelang. Dieses Mal würde er garantiert nicht zulassen, dass sie noch einmal entwischte.

Ich öffnete die Tür einen Spaltbreit und schob mich auf den Gang. Er war gerade und lang, zahlreiche Türen zweigten von ihm ab. Dahinter lagen etliche Möglichkeiten, die mich aufhalten könnten. Also lief ich los, solange er leer war.

»Links … rechts …« Davides Anweisungen und meine hastigen Schritte waren alles, was ich hörte und worauf ich mich konzentrierte. Ich bog um eine Ecke und erstarrte, als Davide fluchte.

»Wo? Wo kann ich mich verstecken?«, rief ich in das Handy.

»Nicht du«, sagte Davide und schürte meine Angst. »Amelie. Sie trifft auf Remy. Kurz vor dem Notausgang.«

Ich begann zu rennen, ungeachtet des Lärms, den meine Absätze machten. Es spielte ohnehin keine Rolle, ob sie mich entdeckten, wenn Remy Amelie in die Finger bekam.

Die röhrenartige Architektur der Gänge trug mir einen Aufschrei entgegen, dann folgten die Geräusche eines Kampfes. Ich rannte schneller, schoss um eine Ecke und ignorierte Davides Warnungen, als ich direkt in Remy hineinstieß. Der Schwung meiner Bewegung und die Härte seines Körpers warfen mich zurück und ich landete auf dem Boden. Remy kippte wie ein gefällter Baum und kam zwischen mir und Amelie auf, die mich aus schreckgeweiteten Augen anstarrte.

»Raphael«, keuchte sie. Ihre Schultern bebten und ihre Wangen waren kreidebleich, doch sie stand aufrecht da und schien unverletzt zu sein.

»Ich bringe dich hier raus«, sagte ich und sah zu Remy. Eine Klinge steckte in seiner Brust und ich musste gegen jene Übelkeit ankämpfen, die mich schon auf dem Weg zum Hauptsitz fest im Griff gehabt hatte.

»Verdammte Scheiße … Warst du das?« Ich starrte auf das Heft der Waffe und das Blut, das sie einrahmte. In Filmen sah es so einfach aus, jemandem ein Messer in den Körper zu rammen. Aber seit einem Selbstverteidigungsseminar, das ich an der Universität belegt hatte, wusste ich, dass es das nicht war. Amelie sollte nicht in der Lage sein, einen Kerl wie Remy auszuschalten. Da waren Haut, Muskeln und Sehnen und Knochen. Jede Menge Knochen.

»Ist er ... tot?« Meine Stimme klang zittriger, als Remy es verdiente, wenn er Amelie angegriffen hatte.

»Nein. Das ist die Askesische Klinge«, sagte sie. »Er wird aufstehen, sobald wir sie herausziehen.«

Ich stieß einen Seufzer der Erleichterung aus und stemmte mich schwankend hoch. Amelie wich einen Schritt zurück und mein Herz krampfte sich zusammen.

»Ich will dir helfen«, beteuerte ich. Bevor sie einen Einwand erheben konnte, deutete ich auf den leblosen Körper. »Die Waffe ist zu schade, um sie an diesen Mistkerl zu verlieren. Lass ihn uns irgendwo einsperren und verschwinden.« Ich griff nach meinem Handy, das mir bei dem Zusammenprall aus der Tasche gefallen war. »Davide? Bist du noch dran? Kannst du uns eine Tür öffnen?«

»Bin dabei«, brummte die Stimme meines Freundes und kurz darauf erklang das Klicken eines Schlosses. »Hereinspaziert.«

Ich schob die Hände unter Remys Achseln und stemmte die Füße in den Boden, um diesen Berg von Mann über die Schwelle in einen im Halbdunkel liegenden Raum zu hieven. Golden schimmerndes Licht ging von den Inhalten einiger Gläser aus und ich wusste sofort, was es war: konservierte Magie.

Amelie folgte mir. Neugier vertrieb das Misstrauen aus ihrer Miene, als sie sich in den Regalen umsah. Hinter ihr schloss sich die Tür, bot uns Schutz im Herzen der Gefahr.

»Was ist das hier?«, fragte sie.

»Ich habe keine Ahnung«, gab ich zu. »Das Epicenter ist für gewöhnliches Personal tabu, ich arbeite weiter oben in einem Labor, wo ich Zellreaktionen auf Magiezufuhr dokumentiere. Das hat mit dem hier«, ich streckte die Arme aus, »nichts zu tun.«

Ich erhob mich, machte einen Schritt über Remys leblosen Körper hinweg und trat an Amelies Seite. Ihr Duft traf mich unvorbereitet. So vertraut, so süchtig machend.

Ich musste sämtliche Kraft aufbringen, sie nicht in meine Arme zu ziehen, aber der harte Glanz in ihren Augen hielt mich ohnehin davon ab. Zwischen uns war etwas zerbrochen, das ich nicht kitten konnte, indem ich sie umarmte und liebevolle Worte flüsterte. Dessen war ich mir bewusst. Ich hatte Amelies Vertrauen in mich zerstört.

»Das sieht aus wie Magierückstände«, murmelte sie, als spräche sie zu sich selbst. »Das ergibt keinen Sinn. Nicht nach dem, was Évreux gesagt hat.«

»Du hast Etienne getroffen?«, fragte ich.

Sie nickte. »Etienne arbeitet nicht an einem Weg, die Magie zurückzuholen. Er will verhindern, dass sie je wieder zurückkehrt.«

»Wie bitte? Das musst du falsch verstanden haben. *Asclépios Industrielle* sucht nach Wegen, um das magische Zeitalter wiederaufleben zu lassen.«

»Das sagen sie euch«, hielt Amelie dagegen. »Aber es ist nicht die Wahrheit.«

»Nein«, sagte ich voller Bestimmtheit, deren Fundament ins Bröckeln geriet. »Es gibt Abteilungen im Haus, die versuchen, die Magie zu verstehen, um sie zurückzuholen. Und dann die magiezinischen Bereiche. Mein Team will mit Magierückständen Krankheiten heilen. Deshalb habe ich den Job angenommen. Deshalb …«

Deshalb hatte ich Amelie verraten. Ich sprach es nicht aus und das musste ich auch nicht.

»Du dachtest, wenn du meine Forschungen an die AI verrätst, bestünde eine Möglichkeit, deine Mutter zu retten.« Die Traurigkeit in Amelies Stimme drückte sich mir wie ein Stachel ins Fleisch. Ich nickte.

»Das verstehe ich. Besser, als du dir womöglich vorstellen kannst. Nur dass du damit deine Mutter niemals hättest retten können«, flüsterte Amelie und kniff die Augen zusammen. »Nur weil du mir hilfst, bedeutet das nicht, dass …« Sie brach ab und biss sich auf die Lippe. Ungesagte Worte und schwere Bedeutungen schwebten zwischen uns. Sie musste es nicht laut aussprechen, ich begriff es auch so.

»Ich weiß«, sagte ich rasch, obwohl sich ein bitterer Geschmack von Enttäuschung auf meine Zunge legte. Ich schluckte, aber er hielt sich hartnäckig. Denn Amelie war die eine Frau, die ich nicht verlieren wollte.

»Leute, ich will ja nicht stören, aber ihr solltet langsam zusehen, dass ihr von dort verschwindet«, meinte Davide. Seine blechernen Worte hallten im Schweigen zwischen Amelie und mir. »Aus dem Labor ...«

In dem Augenblick brach das Gespräch ab und das Display verdunkelte sich.

»Merde!«, stieß ich hervor und drückte hektisch auf den Einschaltknopf. Nichts geschah. »Akku leer.«

Ich trat an die Tür, die uns von dem Flur trennte, und presste mein Ohr dagegen. Amelie tat es mir gleich. Eine Hand lehnte sie gegen die glatte Oberfläche und es hätte mich nur eine winzige Bewegung gekostet, meine auf ihre zu legen. Ich spürte ihre Wärme, aber auch ihren Widerstand. Die rohe Verletztheit, die ich verursacht hatte. Die Scherben des Vertrauens, das sie in mich gesetzt hatte, knirschten unter meinen Sohlen, als ich mein Gewicht verlagerte, um mich ihr zu nähern. Obwohl ich ihren Atem auf meiner Haut spürte, waren wir unendlich weit voneinander entfernt. Mein Verrat hatte eine Schneise zwischen uns geschlagen und ich hatte keine Ahnung, wie ich sie überwinden sollte.

»Ich denke, sie sind fort.« Amelies Flüstern strich über mich hinweg. Wenn wir unser Versteck verließen, bestand die Möglichkeit, dass wir ohne Davides Hilfe in Schwierigkeiten gerieten. Vielleicht schafften wir es nicht. Vielleicht wäre dies die letzte Gelegenheit, um mich bei Amelie zu entschuldigen.

Ich überwand meine Angst vor ihrer Zurückweisung und den Abstand zwischen uns und umfasste ihre schlanken Finger. Amelie zuckte zusammen und versuchte, sich mir zu entwinden. Als ich mit dem Daumen den Schwung ihrer Knöchel nachzeichnete, hielt sie inne. Überraschung flimmerte in ihren Augen und ich fand darin jene Sehnsucht, die auch mich umtrieb. Vielleicht war nicht alles verloren. Vielleicht gab es einen Weg für uns.

Falls wir den Hauptsitz der AI lebend verließen.

»Es tut mir leid«, sagte ich eindringlich und redete weiter, ehe sie mich davon abhalten konnte. »Ich war da. In der Nacht, als es dir zum ersten Mal gelang, Magie zu wirken. Und später im Club.«

»Natürlich warst du dort.« Amelie stieß einen Laut der Frustration aus, eine Mischung aus Schnauben und Stöhnen. »Ich hatte den ganzen Abend über das Gefühl, beobachtet zu werden.«

»Ich habe mich als Mitarbeiter ausgegeben«, gab ich zu.

Amelies Miene blieb einen Moment ausdruckslos, dann weiteten sich ihre Augen im Angesicht der Erkenntnis. »Der Magnum-Schnurrbart.«

Nicht gerade unauffällig als Tarnung, wenn sie sich noch immer an mein kellnerndes Alter Ego erinnerte.

Kopfschüttelnd sah sie mich an, dann deutete sie mit der freien Hand auf die Stelle, wo sich vor ein paar Tagen noch eine Beule befunden hatte. »Die hatte ich wohl auch dir zu verdanken.«

»Es war keine Absicht. Ich wollte dir niemals wehtun. Ein Typ hat mich geschubst und ich bin gestolpert. Ich habe dich erwischt, bevor ich mich fangen konnte.« Mit größter Willenskraft widerstand ich dem Drang, ihr Haar beiseitezuschieben und die Stelle zu betrachten, die unser Zusammenprall gekennzeichnet hatte. »Lucille zwang mich, dich zu beobachten, mehr über dich herauszufinden. Aber sobald wir die ersten Worte miteinander gewechselt hatten, wusste ich, dass ich dich nicht verraten könnte. Ich hätte Lucille niemals von dir erzählen dürfen, um unsere eigenen Forschungen voranzutreiben. Wenn ich könnte, würde ich es rückgängig machen.«

Amelie nickte ernst, ehe das Licht in ihren Augen erlosch. »Aber das kannst du nicht.«

Sie hatte recht. Nicht mal Magie konnte rückgängig machen, was ich zerstört hatte.

31
AMELIE

Raphaels Gegenwart war tröstlich und zugleich gefährlich. Er hatte mich verletzt, aber nun war er hier. Meinetwegen. Ich zweifelte nicht an der Aufrichtigkeit seiner Absichten.

»Bleib an der Tür und lausch auf Geräusche, ich ziehe dem Kerl den Dolch aus der Brust, dann hauen wir ab«, sagte Raphael.

»Nein, du lauschst an der Tür und ich schnappe mir den Dolch«, entgegnete ich. Denn ja, auch wenn ich die Aufrichtigkeit seiner Absichten nicht bezweifelte, blieb der Schatten, den sein Verrat auf mich geworfen hatte.

Raphaels Blick verdunkelte sich, denn er begriff die Bedeutung meiner Worte. Wusste, dass da, wo einst Vertrauen zwischen uns gewesen war, nichts mehr war als ein schwarzes, klaffendes Loch. Aber er nickte.

»Also los.« Er überspielte seine Verletztheit mit einem knappen Lächeln, das kaum seine Augen erreichte.

Während er das Ohr gegen die Tür presste, kehrte ich zu dem Kerl zurück, der mich wiederholt für ein leichtes Opfer gehalten hatte. Tja, normalerweise mochte ich das sein, wenn mein Gegner eine Statur wie dieser hier hatte, aber nicht, wenn ich mit der Askesischen Klinge kämpfte. Sie fand ihr Ziel mit tödlicher Gewissheit. Zumindest vorübergehend.

Ich ging neben ihm in die Hocke und wandte mich zu Raphael. Er gab mir ein Zeichen, formte mit den Lippen eine stumme Aufforderung.

Mit beiden Händen umfasste ich den Schaft des Messers und zog es aus der Brust des Mannes. Mit einem schmatzenden Geräusch glitt es heraus. Blut sprudelte aus der Wunde, versiegte jedoch schnell wieder.

»Komm schon!«, raunte Raphael mir zu und ich erhob mich, starrte eine letzte Sekunde in das fremde Gesicht eines Mannes, der mir ohne begreifbaren Grund Gewalt hatte antun wollen. Dann eilte ich durch den Raum und schloss mich Raphael an, der die Tür öffnete und mit einer geschmeidigen Bewegung durch den Spalt in den Gang schlüpfte.

Die Tür zum Notausgang, in deren Richtung mich Elenoire geschickt hatte, lag nicht weit entfernt. Wir erreichten ihn, ohne von jemandem aufgehalten zu werden. Das Treppenhaus schien endlos über uns aufzuragen. Irgendwo weit oben flackerte ein Licht. Eine Lampe? Oder die Sonne?

Raphael schloss die Tür hinter uns, nahm meine Hand und zog mich mit sich. Er tat es wie selbstverständlich und ich ließ es mir gefallen. Seine Berührung war vertraut, beruhigte mein rasendes Herz und lockerte die Klauen der Angst, die sich in mein Fleisch geschlagen hatten. Wir stiegen die Stufen empor. So schnell es ging, ohne laute Geräusche zu machen und damit die Aufmerksamkeit von Évreux' Männern zu wecken.

Als wir die Hälfte zurückgelegt hatten, fiel die schummrige Beleuchtung aus. Raphael fluchte und zog mich an sich. Körper an Körper standen wir in der Dunkelheit und warteten, dass sich unsere Augen an sie gewöhnten.

»Was bedeutet das?«, raunte ich Raphael zu. Als er mir antwortete, strich sein warmer Atem über mein Gesicht.

»Ich will es nicht rausfinden. Lass uns weitergehen.«

Ein halbes Stockwerk tasteten wir uns durch schier grenzenlose Schwärze. Der Lichtstrahl hoch über uns schien zu schrumpfen, statt größer zu werden. Plötzlich drang ein Geräusch durch die Stille. Eine Tür knarzte, Schritte ertönten. Die Personen kamen von unten und näherten sich rasch. Der Kegel einer Taschenlampe glitt an den kahlen Wänden hoch und wieder hinab und berührte unsere Sohlen.

Raphael packte mich fester. Seine Angst hüpfte wie ein Funken auf mich über, steckte mich in Brand. Wir schlichen die nächsten Stufen empor, aber die Geräusche der Schritte wurden lauter, bedrohlicher. Entweder rannten wir und riskierten es, entdeckt und eingeholt zu werden, oder wir suchten ein neues Versteck.

Raphael fällte die Entscheidung für uns und zog mich durch die Doppeltür in eines der höher gelegenen Stockwerke. Das Summen von Unterhaltungen schlug uns durch angelehnte Türen entgegen.

»Hier ist mein Arbeitsplatz.« Für einen kurzen Moment verbarg er das Gesicht in den Händen und das flirrende Licht der Deckenlampen offenbarte Muskeln und Sehnen an seinem Hals, die stark hervortraten. »War«, korrigierte er sich. »Hier *war* mein Arbeitsplatz.«

Er ließ die Arme fallen und zog am Saum meines Cardigans, bevor wir Seite an Seite durch den Gang huschten. Die Gespräche übertönten unsere Schritte und erlaubten uns, schneller zu laufen. Wir hielten, als der Gang um eine Ecke bog. Raphael schob sich vor, suchte nach Gegnern, wo keine waren.

»Können sie uns nicht sehen?« Skeptisch betrachtete ich die blinkende Kamera über uns.

»Ich schätze, Davide manipuliert die Aufnahmen. Solange sie nicht dahinterkommen, dass er uns hilft, sollten wir auf den Bändern unsichtbar sein.«

»Praktisch, mit so einem IT-Geek befreundet zu sein«, meinte ich und Raphael lächelte. Diesmal war es echt und ließ mein Herz mehr hüpfen, als ich zuzugeben bereit war.

»Ja, nicht wahr?«, fragte er und führte mich weiter durch die unübersichtlichen Gänge dieses Gebäudes.

Vor einer Tür, die für mich wie alle anderen aussah, blieb er stehen. Er blickte über die Schulter, machte in Richtung einer der Kameras ein Zeichen und kurz darauf klickte das Schloss.

»Wie es aussieht, haben sie Davide noch nicht geschnappt«, stellte er zufrieden fest und glitt in den Raum. Ich folgte ihm. Durch die Lamellen eines Fensters, das zum Flur hinausging, fiel mattes Licht und erhellte ein leeres Büro. Ein beißender Geruch hing in der Luft, der mich an faule Eier erinnerte. Schwefel. Aber woher das kam, konnte ich mir nicht erklären. Alles sah aus wie immer. Ich rümpfte die Nase, aber er war hartnäckig.

»Wo sind wir hier?« Ich strich durch den Raum, sorgsam darauf bedacht, Abstand zu den Fenstern zu halten.

»Das ist Lucilles Büro.«

»Oh.« Ich schluckte und trat um den Schreibtisch herum. Die wenigen Dokumente, die offen herumlagen, waren in einer Ablage sortiert und mit Klebezetteln versehen. Es gab keine privaten Bilder von Familienmitgliedern, keine persönlichen Gegenstände. Ich erinnerte mich an den Tag im Museum, als ich Lucille begegnet und mein Leben ein anderes gewesen war.

Als das Telefon auf dem Schreibtisch klingelte, fuhr ich zusammen. Raphaels Augen weiteten sich. Er legte einen Zeigefinger an die Lippen, bedeutete mir, still zu sein, danach hob er ab, sagte kein Wort, sondern lauschte.

Sekunden verstrichen, in denen meine Anspannung wuchs. Dann hörte ich durch den Lautsprecher des Telefons eine Stimme, die Raphael sichtlich entspannte.

»Raphael? Ich sehe euch!«

»Davide!« Wir atmeten beide auf.

»Die Wachleute, die euch ins Treppenhaus gefolgt sind, haben nicht bemerkt, dass ihr abgebogen seid, ihr habt sie also erst mal abgeschüttelt.«

»Super.«

»Hör zu, ich muss dir etwas sagen.«

Etwas knackte in der Leitung, aber vielleicht hatte auch Davide dieses Geräusch gemacht. Er räusperte sich. »Ich habe einen Streit zwischen Etienne und Elenoire mitverfolgt. Anscheinend ist sie nicht erfreut über die neusten Methoden ihres Bruders. Entführung und Mord.«

Die Zeit tickte unaufhörlich gegen uns. Aber Raphael machte keine Anstalten, das Gespräch zu beenden. Stattdessen umklammerte er den Hörer fester. »Was hast du herausgefunden?«

»Es ging um Amelies Professor.«

»Was ist mit ihm?«, fragte ich. Von der Gefahr, die draußen auf uns wartete, abgelenkt trat ich näher an den Schreibtisch.

»Erinnerst du dich, dass Lucille erwähnte, sie hätte ein Gespräch belauscht, das nicht für sie bestimmt war?«, wandte Davide sich an Raphael. »Daraufhin muss sie zu D'Amboise Kontakt aufgenommen haben. Sie haben sich mehrfach getroffen. Ich konnte nicht heraushören, worum es dabei ging, aber Etienne war furchtbar wütend, dass sie sich in die Vergangenheit eingemischt haben. Deshalb hat er Remy auf die beiden angesetzt.«

»Évreux erwähnte das in meiner Gegenwart«, sagte ich. »Dass Lucille ihre Kompetenzen ausgereizt hat.«

»Aber wo ist sie? Was ist ihr zugestoßen?« Raphael sprach heftiger, als unsere Situation das erlaubt hätte. Ich reagierte instinktiv und legte eine Hand auf seinen Oberarm. Er fuhr zu mir herum und da stand so viel zwischen uns. Enttäuschung, Verrat und immer noch Gefühle, die ich nicht für ihn empfinden sollte. Ich zog mich wieder zurück. Doch als er fortfuhr, senkte er die Stimme: »Sie kann nicht einfach spurlos verschwunden sein. Es muss eine Leiche geben.«

Die traurige Wahrheit war, dass täglich Menschen spurlos verschwanden – und nie eine Leiche gefunden wurde.

»Das ist eine riesige Scheiße«, murmelte Raphael und rieb sich über die Augen. Er wirkte um Jahre älter, abgekämpft und resigniert.

»Glaubst du, was die beiden herausgefunden haben, hatte mit mir zu tun?«

Raphael trat so dicht an mich heran, dass ich den Kopf in den Nacken legen musste. Er berührte mich nicht, dennoch spürte ich ihn mit dem gesamten Körper.

»Sie war es, die mich beauftragt hat, dich im Auge zu behalten«, sagte er. »Aber sie wollte, dass niemand sonst davon erfuhr. Möglicherweise hat sie versucht, dich zu beschützen. Zumindest hat sie mich gewarnt, dass dir etwas zustoßen könnte.«

Demnach war Lucille eine von den Guten gewesen? Oder hatte sie eigene Absichten verfolgt? Mir schwirrte der Kopf und ich begriff nicht, welche der Teilnehmenden dieses Spiels auf meiner Seite standen und wer auf der gegnerischen.

Raphael. Er hatte die Seiten gewechselt. Er spielte jetzt in meinem Team, dessen war ich mir sicher.

Oder? Eine gemeine Stimme flüsterte mir Zweifel ein. Eine, die verdächtig nach Sandrine klang und mich vor den Launen der Männer warnte. Ich versuchte, sie zu ignorieren, denn in diesem Moment waren Raphael und Davide meine einzigen Verbündeten, um hier lebend herauszukommen.

Am Rand meines Bewusstseins bäumten sich erneut Angst und Panik auf. Ich blinzelte dagegen an, denn das war nicht die richtige Situation, mich der Angst hinzugeben.

Ich straffte den Rücken und wandte mich an Raphael. »Was will Évreux von mir? Er hat mir Blut abgenommen, denke ich.« Meine Finger tasteten zu dem pochenden Punkt in meiner Armbeuge. »Wozu braucht er es?«

Raphael machte einen Schritt auf mich zu, hielt dann aber inne und fuhr sich mit der Hand über den Nacken. »Keine Ahnung.«

»Geht es hier nicht um die Erforschung von magischen Krankheiten und den Nutzen von Magie-Tech? Was soll das alles?«

Raphael schüttelte den Kopf. »Ich schwöre dir, ich würde es dir sagen, wenn ich es wüsste. Lucille hat ihre Geheimnisse für sich behalten. Aber ich glaube nicht an Zufälle. D'Amboises Tod, Lucilles Verschwinden, deine Entführung ... Wir kennen die Punkte, jetzt ist die Frage, wie wir sie verbinden können.«

Mein Studentinnenleben war mittlerweile so weit von diesem Leben entfernt, dass Kopfschmerzen hinter meiner Schläfe erwachten.

»Wir sprechen später darüber. Zuerst müssen wir hier verschwinden. Davide, gibt es irgendeinen Weg hier raus?«

»Viele, aber ich will nicht lügen, es wird schwierig.«

Ich ließ von dem Schreibtisch ab, näherte mich dem Schrank. Der Schwefelgeruch wurde stärker, beißender. Ich hob die Hand, um Nase und Mund abzuschirmen. Und ich trat in etwas, das ...

»O mein Gott.« Ich wich zurück, stieß gegen Raphael, der sofort eine Hand in meinen Rücken legte.

»Was ist los?«, wollte er alarmiert wissen. Davide am anderen Ende des Telefons wiederholte die Frage.

Ich starrte auf die dunkle eingetrocknete Pfütze, dann auf den Schrank. Eine grauenvolle Vorahnung befiel mich, lähmte meinen Körper. Ich hatte ein Déjà-vu, befand mich erneut in Professor D'Amboises Büro, sah mich seinem leblosen Körper gegenüber.

»Amelie«, sagte Raphael sanft, aber die Panik in seiner Stimme war durchdringend, er konnte sie nicht verbergen. Er schob mich beiseite, ging vor dem großen roten Fleck am Boden in die Hocke und schluckte.

»Redet mit mir!«, tönte Davides blecherne Stimme aus dem Lautsprecher des Telefons, das Raphael auf dem Schreibtisch liegen gelassen hatte. Ich griff danach und hielt es ans Ohr.

»Da ist ...« Ich zögerte. »Es sieht aus wie Blut.«

Angespannte Stille dehnte sich aus und meine Angst, gemischt mit Hoffnungslosigkeit wuchsen mit jedem Atemzug. Raphael und ich würden dieses Gebäude nicht lebend verlassen. Unmöglich.

»Ist Lucille ...« Davide unterbrach sich. »Ist sie bei euch?«

Raphael holte tief Luft und öffnete die Schranktür. Ein Schwall unangenehmen Geruchs quoll heraus und zog wie eine Wolke durch das Büro. Es roch faulig, aber nicht nach Tod. Und als ich den Hals reckte, atmete ich erleichtert aus. Da war keine Leiche, sondern mehrere verkorkte Flaschen, deren Inhalt dunkelrot schimmerte.

Eines davon lag in Scherben, der Inhalt war aus dem Schrank auf den Boden getropft und hatte dort eine Pfütze hinterlassen, die getrocknetem Blut täuschend ähnlich sah.

»Sie ist nicht hier«, sagte ich zu Davide, während Raphael am Boden kauerte und den dunklen Fleck anstarrte. Ich trat zu ihm, drückte kurz seine Schulter und streifte dabei das weiche Haar in seinem Nacken. Unter meiner Berührung erstarrte er.

»Verstehe.« Davides Erleichterung strömte mir förmlich aus dem Telefon entgegen.

»Weißt du, was das ist?«, fragte ich Raphael.

»Jedenfalls nichts, was ich einer an Magieplasie leidenden Person spritzen würde«, meinte er. »Mit so etwas haben wir in der Zellulären Magiescopie nie gearbeitet.« Er griff nach einem der Gläser. Seine Hand zitterte so stark, dass es ihm durch die Finger glitt und am

Boden zerschellte. Es knallte, Scherben schossen in einer Magiewolke durch die Luft und schnitten mir durch Kleidung und Haut.

»Verdammt.« Stöhnend klopfte ich mir die Beine ab. Raphael hatte es ebenfalls erwischt und tat es mir gleich.

»Das wollte ich nicht. Tut mir leid«, stieß er hervor.

Glasbruchstücke rieselten zu Boden und an meinen Händen klebte Blut. »Scheint mir eine Art Bombe zu sein.« Die winzigen Wunden sandten einen brennenden Schmerz durch meinen Körper, den ich nicht mehr wahrnahm, als aus dem Lautsprecher des Telefons ein dumpfes Geräusch erklang und mein Adrenalin aufpeitschte.

»Davide? Alles in Ordnung bei dir?«, fragte ich und wechselte einen Blick mit Raphael.

»J-Ja«, sagte Davide zögerlich, als würde ihn etwas ablenken. »Ihr solltet da langsam verschwinden, Leute.« Das hektische Klackern einer Tastatur erklang. »Vor dem Notausgang ist mehr los, aber der Lastenfahrstuhl ist frei. Ihr müsst nach rechts und ... fuck!« Neben Davides Fluch drang ein weiteres Poltern durch die Leitung. »Ich bin aufgeflogen.«

»Was heißt das?«, stieß ich aus und hatte im nächsten Moment Raphaels Hand auf dem Mund.

»Sei still oder willst du, dass sie uns kriegen?«, knurrte er und ich schüttelte unter seiner unnachgiebigen Berührung den Kopf.

»Das heißt, dass ich jetzt auflegen muss.« Mit den Worten brach das Gespräch mit Davide ab.

»Wir müssen ihm helfen«, nuschelte ich gegen Raphaels hartnäckige Finger. Kurz verharrten wir in dieser Position und ich spürte seinen wummernden Herzschlag im Rücken. Dann ließ er los.

»Erst mal müssen wir uns selbst helfen.«

Mit hastigen Bewegungen sammelte er die verkorkten Flaschen ein und stopfte sie in seine Taschen und in den Hosenbund. Auf meinen fragenden Blick hin sagte er: »Es tut verdammt weh, wenn diese Magiebomben explodieren. Sie könnten noch nützlich sein.«

»Gute Idee«, bemerkte ich und stattete mich mit den improvisierten Waffen aus, während Raphael mit großen Schritten den Raum durchquerte, die Lamellen des Vorhangs beiseiteschob und in den dahinterliegenden Gang spähte.

»Alles ruhig«, meinte er. »Aber wenn sie Davides Manipulationen der Kameras aufheben, sind wir geliefert.«

Schritt für Schritt bewegten wir uns kurz darauf durch den Flur. Ich zählte Türen, zählte Deckenlampen für den Fall, dass wir in diesem Labyrinth verloren gingen.

Wir bogen um eine Ecke. Noch mehr Türen, Deckenlampen. Auf den ersten Blick schien jeder Gang dem vorangegangenen zu ähneln, aber bei genauerem Hinsehen sprangen mir Details ins Auge. Ein Fleck auf dem Boden, der die Form eines Sterns hatte. Eine Lampe, die flimmerte. Ein Fenster, durch das man in das dahinterliegende Büro sehen konnte. Ein blinkender Getränkeautomat, neben dem ein überquellender Mülleimer stand. Details, die mir helfen würden, mich im Notfall zu orientieren.

Vor einer breiten Fahrstuhltür blieben wir stehen. Raphael drückte auf den Knopf und ein Licht darüber glomm auf. Dann sah er mich eindringlich an, schien direkt in mich hineinzublicken.

»Wir schaffen das, Amelie«, versprach er. »Ich bringe uns hier raus.«

Er irrte sich.

Ein Klicken ertönte. Dass es das Geräusch einer Pistole war, die geladen wurde, wusste ich nur dank zahlreicher Netflix-Orgien mit Sandrine. Raphael erstarrte und die Resignation in seiner Miene verriet mir, dass ich nicht wissen wollte, was hinter mir geschah.

»Ihr tretet jetzt einen Schritt von der Tür weg. Alle beide.« Die Stimme war mehr ein Knurren und als ich mich zu ihr umdrehte, erkannte ich den Mann, dem sie gehörte.

Raphael hatte ihn Remy genannt. Seinem Gesichtsausdruck nach zu urteilen, nahm er mir übel, dass ich ihn vorübergehend getötet hatte. Sein Blick sprühte Funken, aber seine Hand, mit der er die Pistole auf uns richtete, zitterte kein bisschen. Raphael schob sich vor mich und entlockte ihm damit ein höhnisches Lachen.

»Niedlich«, stieß er hervor. »Spielst du jetzt den Helden?«

In der Ferne erklang das Rattern des Fahrstuhls. Er kam, nur leider viel zu spät, und die Vorstellung, dass wir es fast geschafft hätten, war wie ein Schlag, der mir sämtliche Luft aus der Lunge presste. Ich kämpfte gegen das Entsetzen an, das sich in mir verbiss, und ein Gefühl von Schwindel in mir heraufbeschwor. Ganz anders als den durch die Maligne Magieplasie ausgelösten Schwindel.

Ich wollte nicht sterben. Nicht jetzt und nicht durch die AI. Ich spürte der Macht der Magie nach, weil ich nicht aufgeben konnte. Doch ich hatte keine Ahnung, wie ich es zuvor geschafft hatte, ohne Hilfsmittel Magie zu wirken, und auf meinen Ruf reagierte sie nicht.

Unwillkürlich trat ich dichter an Raphael heran. Ich erlaubte der Angst, mich zu leiten, und griff nach seiner Hand. Er sah mich bedauernd an, erwiderte den sanften Druck meiner Berührung. Ich war nicht allein, er war bei mir.

Der Rhythmus von gleichmäßigen Schritten im Laufschritt vibrierte durch den Gang und an dessen Ende erschienen mehrere Leute vom Sicherheitspersonal. Sie trugen schwarze Anzüge und Knöpfe in den Ohren, über die sie ihre Befehle erhielten. Aber sie hatten keine Waffen bei sich. Zumindest keine sichtbaren. Wenn ich die Askesische Klinge im richtigen Moment werfen würde oder wir die Magiebomben als Ablenkung nutzen konnten, hätten wir möglicherweise eine Chance. Doch solange wir in den Lauf einer geladenen Pistole blickten, wagte ich nicht, etwas zu unternehmen, das Remy abdrücken ließ.

Der Fahrstuhl näherte sich ratternd und das Geräusch wurde lauter, je näher er kam. Sekunden dehnten sich aus, wurden zu einer Ewigkeit, in der mir mein Herz in der Brust zu explodieren schien. Remy machte einen Schritt auf uns zu. Eine Frau vom Sicherheitspersonal trat vor und umfasste seinen Arm, mit dem er die Schusswaffe hielt.

»Er will sie lebend.«

Ein Muskel zuckte in Remys Gesicht und Raphaels Griff verstärkte sich. Seine Nähe bot nicht länger Schutz, stattdessen fühlte ich mich ausgeliefert.

»Ich habe es nicht auf die lebensbedrohlichen Organe abgesehen.« Remy zielte mit der Pistole auf Raphaels Oberschenkel. Als er abfeuerte, zerriss ein Knall die angespannte Stille und unmittelbar darauf fegte eine Druckwelle über uns hinweg. Raphael packte mich, warf sich über mich und schirmte mich so ab, während er mich zu Boden drückte. Das Echo des Knalls dröhnte in meinen Ohren, aber dazwischen hörte ich, wie Raphael wieder und wieder meinen Namen rief.

»Amelie!« Verzweiflung ließ seine Stimme zittern. »Amelie! Geht es dir gut? Hat er dich erwischt?«

Der einzige Schmerz, der mich plagte, ging von meinen Trommelfellen aus, die protestierend auf den lauten Knall reagierten. Ich schüttelte mich, versuchte, sein Echo loszuwerden.

Hinter uns brach ein Tumult aus, in dem die Frau einen Elektrotaser zückte, aber nicht uns damit drohte, sondern Remy. Raphael stemmte sich hoch und zog mich mit sich in dem hoffnungslosen Versuch, Abstand zwischen uns und den Leuten der AI zu bringen.

»Du überschreitest deinen Kompetenzbereich.« Die Frau wandte sich an eine Kollegin. »Nehmt sie fest und bringt sie in Etiennes Büro.«

Ein *Pling* drang durch das Rauschen meiner Ohren. Hinter uns öffneten sich die Türen des Fahrstuhls und mehrere Menschen strömten hinaus. Sie trugen die dunklen Kampfanzüge der AI und Schutzmasken, die ihre Gesichter verbargen. Der Anblick ihrer Sturmgewehre ließ mein Herz sinken. Gegen diese schiere Überzahl konnten wir nichts ausrichten.

»Ihr seid zu spät zur Party«, knurrte Remy. »Lea löst unsere Runde gerade auf.«

Ich berührte Raphaels Kinn. Sein Gesicht verschwamm vor mir in ungeweinten Tränen. Und die Zukunft, die wir zusammen hätten haben können, zerstob.

»Es tut mir leid«, flüsterte er und ich versiegelte seine Lippen mit einem Kuss, der in Verzweiflung wurzelte und in unerfüllter Sehnsucht mündete.

»Ich weiß«, erwiderte ich, als ich mich zurückzog, und nichts spielte mehr eine Rolle. Ich ließ los. Ließ von meinen Erwartungen an dieses Leben ab. Ließ ab von allem, was mich fesselte. Angst, Verzweiflung, Wünsche nach mehr. Alles, was blieb, war dieser Augenblick. Danach die Unendlichkeit.

»*Mon Dieu*, und ich dachte, wir hauen hier jetzt ordentlich auf die Kacke.«

Die Stimme, die das sagte, kam mir bekannt vor. Auf eine Weise vertraut, die meinen Körper instinktiv reagieren ließ. Ich löste mich von Raphael und drehte mich zu dem Lastenfahrstuhl. Ich blickte direkt in den Lauf mehrerer Sturmgewehre. Doch sie waren nicht auf mich gerichtet, sondern auf Lea, Remy und die menschliche Mauer aus Sicherheitspersonal hinter ihnen.

Ich blinzelte. Denn unter all den hochgewachsenen und in Kampfmontur ausstaffierten Gestalten erkannte ich eine sofort.

»Julien«, keuchte ich fassungslos. Mein Hirn fühlte sich an, wie mit Watte gefüllt. Logik war mir schon lange abhandengekommen, ebenso wie die Fähigkeit, Zusammenhänge zu erkennen. Selbst wenn ich darüber verfügt hätte, hätte ich unmöglich sagen können, was zum Teufel Julien hier machte. Ich hatte unzählige Stunden gemeinsam mit ihm in der Bibliothek verbracht, wir hatten uns gegenseitig vor Prüfungen abgefragt. Und nun stand er vor mir und sah gar nicht mehr aus wie mein liebenswürdiger Freund Julien. Er trug eine eng anliegende Ledermontur, die straffe Muskeln betonte. Um seine Hüfte lag ein Waffengürtel mit mehreren Messern und etwas, das aussah, wie eine zu groß geratene Haselnuss. Eine Handgranate. Mit der rechten Hand umfasste er einen Bumerang.

»Wir konnten euch den ganzen Spaß ja nicht allein haben lassen.« Ein träges Grinsen breitete sich auf Juliens Gesicht aus.

Hinter ihm formierten sich seine Leute. Sie alle trugen eine Uniform, die der des Sicherheitspersonals der AI zum Verwechseln ähnlich sahen, und waren bewaffnet. Ihre Bewegungen wirkten aufeinander abgestimmt und ohne Zweifel kampferprobt.

Meine Lippen teilten sich, die Frage, wer sie waren, lag mir auf der Zunge, doch im nächsten Moment brach die Welt auseinander. Mehrere Schüsse fielen, donnerten in der angespannten Stille. Juliens Bumerang entpuppte sich als eines der seltenen magischen Reliquien. Er surrte durch die Luft, fand mit tödlicher Präzision sein Ziel und mähte eine unserer Gegnerinnen um. Blut spritzte und der Bumerang kehrte zu Julien zurück, der ihn mit einer eleganten Bewegung aus der Luft fing. Ein paar andere seiner Leute waren ebenfalls mit magischen Gegenständen bewaffnet. Doch es ging zu schnell, um sie alle zu erfassen.

Etwas krachte in die gegenüberliegende Wand. Mauerteile stürzten in den Gang und wirbelten eine Wolke aus Staub und Schutt auf. Ich schrie, drückte das Gesicht gegen Raphaels Brust, spürte seine Arme, die mich festhielten. Er gab mir Beständigkeit, während alles um mich herum zerfiel und ich mir sicher war, im Kugelhagel zu sterben.

32

RAPHAEL

Mein Leben hatte sich in einen Albtraum verwandelt, lag in Scherben vor mir. Ich hatte bei der Rettung meiner Mutter vor dieser abscheulichen Krankheit versagt. Ebenso darin, Amelie vor den Leuten von *Asclépios Industrielle* zu schützen. Alles glitt mir aus den Händen wie Sand. Korn um Korn entrann meinem Griff, ließ mich hilflos zurück.

Ein Weg aus Fehlern hatte mich an diesen Punkt geführt, an dem es kein Zurück mehr gab. Das hatte Amelie nicht verdient. Wie alles, in das ich sie hineingerissen hatte. Ich hatte die Pfeiler ihres Lebens unterspült, bis sie den tosenden Wellen nachgegeben hatten, die auch mich in die Fluten gedrückt hatte.

Amelie und ich warfen ein paar der Magiebomben und sie zerschnitten den Kämpfenden die Beine, aber sie waren zu schwach, um einen von ihnen auszuschalten. Wir brauchten eine schlagkräftigere Waffe.

Schüsse knallten über unseren Köpfen. Ich atmete Amelies Duft nach Lavendelblüte. Tauchte ein in ihre Vertrautheit und hielt mich daran fest. Schreie gellten durch den Gang, Befehle, die befolgt wurden, Warnungen, die ausgesprochen wurden, Drohungen, die wahrgemacht wurden.

Chaos beherrschte die Konfrontation zwischen Remys Leuten und denen, die Julien angeschleppt hatte.

Funken stoben über uns hinweg und ich versuchte, Amelie mit meinem Körper zu schützen. Schüsse klangen in mir nach, beschworen ein Klingeln in meinem Kopf, das ich abzuschütteln versuchte. Staub wogte um uns herum. Ein dichter Schleier aus Grau, Blut und Tod.

Als ich mich das nächste Mal umsah, entdeckte ich in Armeslänge entfernt eine leblose Gestalt und ich musste schlucken. Es war eine Kämpferin der AI, die mir in der Vergangenheit hin und wieder auf dem Gang begegnet war. Blut breitete sich unter ihr aus und ließ keinen Zweifel daran, dass sie tot war.

Ich hatte keine Zeit, darüber nachzudenken, was der Anblick genau mit mir machte, und stand auf, um das Gewehr an mich zu nehmen, das meine Kollegin vermutlich bei ihrem Sturz verloren hatte. Seit ich mit achtzehn Jahren den allgemeinen Wehrdienst absolviert hatte, war ich nicht mehr mit Schusswaffen in Berührung gekommen. Doch den Umgang damit verlernte man nicht.

Magazin überprüfen.

»Raphael?« Amelie rückte dicht an mich heran. Blut sprenkelte ihr Gesicht, aber ich war sicher, dass das meiste davon nicht ihr eigenes war.

»Ich weiß, was ich tue.«

Entsichern.

Laden.

Bereit machen zu feuern.

Mein Herz hämmerte so hart in meiner Brust, als wollte es diese sprengen. Ich versuchte, ein gegnerisches Ziel anzuvisieren, ein schier unmögliches Unterfangen, solange der Kampf wie Wellen durch den Korridor schwappte und ich nicht ausmachen konnte, wer auf unserer Seite war und wer nicht.

Da brach eine Silhouette aus der wogenden Masse und taumelte auf uns zu. Schwarzer Anzug, unbekanntes Gesicht. Keine Ahnung, auf welcher Seite der Typ kämpfte, aber als er sich uns schwankend näherte, holte ich mit dem Gewehr aus und schlug es ihm ins Gesicht. Ein Knacken, das mir den Magen umdrehte, kündigte gebrochene Knochen an.

»Shit, ich habe gedacht, du würdest schießen«, brachte Amelie hervor, kreidebleich im Gesicht.

»Ich auch.« Das Gewehr ließ ich kurz sinken, als ich mir mit dem Handrücken über die schweißnasse Stirn wischte.

Hektik beherrschte den Korridor. Remy hatte Verstärkung bekommen. Männer und Frauen in Anzügen. Soweit ich es erkannte, waren sie unbewaffnet. Sie bauten sich in einem Halbkreis hinter der vorderen Front auf.

»Nicht auf die Zivilisten schießen!«, brüllte Julien. Seine Stimme klang anders als die des Typen, mit dem ich gemeinsam die Universität besuchte. Wie jemand, der es gewohnt war, Befehle zu erteilen.

Remy hob die Hand, ein wölfisches Grinsen auf dem Gesicht. Um uns herum sank der Staub zu Boden. Zurück blieben erhobene Waffen und finstere Mienen. Blut sprenkelte die weißen Wände. Blut und Schlimmeres. Übelkeit regte sich in mir, und ich musste gegen den Drang ankämpfen, mich zu übergeben. Stattdessen packte ich das Gewehr fester.

»Amelie, Raphael«, sagte Julien, fixierte dabei aber Remy. »Kommt her.«

Die Formation seines Teams öffnete sich für uns. Ich umfasste Amelies Taille, zog sie mit mir mit. Gemeinsam taumelten wir auf Julien und seine Männer zu. Hinter uns schlossen sie sich zu einer unüberwindbaren Mauer und eine Flamme der Erleichterung entzündete sich in meinem Innern. Wir könnten es tatsächlich lebend hier herausschaffen.

»Es wird folgendermaßen ablaufen«, sagte Julien und lieferte sich ein Blickduell mit Remy, aus dem keiner als Gewinner hervorzugehen schien. »Wir nehmen jetzt unsere Freunde, bedanken uns für die nette Party und verabschieden uns. Sollte uns jemand aufhalten, werden wir das Feuer erneut eröffnen, bis keiner von euch mehr steht.«

»Nette Ansage, Junge.« Remy grinste. »Aber ich denke nicht, dass ihr weder das eine noch das andere tun werdet.«

Juliens Selbstsicherheit erhielt Risse. Er hob das Kinn, kniff die Augen zusammen. »Das werden wir sehen.« Seine Leute positionierten auf einen stummen Befehl hin die Waffen neu. Absolut erbarmungslos, absolut tödlich.

»Werden wir.« Es war nicht Remy, der sprach, es war Etienne. Verdammte Scheiße, wo kam der plötzlich her? Über die Köpfe der anderen hinweg beobachtete ich, wie er sich uns von der gegenüberliegenden Seite des Korridors aus Richtung der Personenfahrstühle näherte. Seine Leute traten zurück, um ihn durchzulassen, und er hielt direkt auf uns zu, bis uns nur noch wenige Meter trennten. Sämtliche Härchen auf meinem Körper richteten sich auf. Eisige Schauder überliefen mich und ich überprüfte, wie weit der Lastenfahrstuhl von uns entfernt war. Ein paar Schritte, aber die Türen waren verschlossen.

Etienne war unbewaffnet, dennoch ging eine Gefahr von ihm aus, die wie Schatten über die Wände auf uns zukroch. Mit einer einfachen Geste gebot er Remys Männern, ihre Waffen zu senken. Sie gehorchten. Dann trat er an ihnen vorbei und stellte sich ungeschützt an ihre Spitze. Die Läufe von Gewehren und Pistolen, die auf ihn gerichtet waren, schien er kaum zu sehen. Stattdessen streckte er die Hand nach Amelie aus, als könnte er sie damit zu sich locken. Sie versteifte sich neben mir, ich hielt sie fester.

»Komm«, sagte Etienne leise. Dennoch war er in dem gesamten Gang zu hören. »Komm oder sieh dabei zu, wie alle sterben.«

»Nein!« Amelie hob das Kinn und ich rückte noch näher zu ihr. Ich würde sie ihm nicht überlassen. Niemals.

Meine Bewegung erregte Etiennes Aufmerksamkeit und seine Lippen kräuselten sich. »Es schmerzt immer, einen guten Mitarbeiter an die Konkurrenz zu verlieren«, sagte er zu mir und sein Blick streifte Julien. Kannten die beiden sich?

»Bedauerlicherweise kann ich das nicht zulassen, das Risiko ist zu groß, dass du Firmeninterna ausplauderst. Aus diesem Grund gibt es in deinem Arbeitsvertrag eine Konkurrenzklausel.« Etienne hob beide Hände, hielt sie flach in die Luft. Mit einem Knistern formte sich dazwischen ein golden funkelnder Energieball. Ein paar der Zuschauenden sogen zischend die Luft ein, ein Raunen ertönte.

Dieser Mistkerl war imstande, Magie zu wirken. Mit einer Handbewegung. Meine Fassungslosigkeit verwandelte sich in Wut bei dem Gedanken an die sinnlose Beschäftigung bei AI. Die Arbeit, die ich geleistet hatte, war von keinerlei Bedeutung, wenn Etienne den Schlüssel zur Magie bereits in den Händen hielt, ihn aber nicht mit der Welt teilte.

»Du hast Vertragsbruch begangen«, fuhr Etienne an mich gewandt fort. In seinem anklagenden Blick lag eine Schärfe, die meine Wut nur schürte.

»Da ihr versucht habt, meine Freundin und mich zu töten, gilt das umgekehrt wohl auch«, gab ich zurück und klang dabei weitaus mutiger, als ich mich fühlte.

»Ich verstoße damit gegen französisches Recht, nicht gegen Vertragsrecht«, korrigierte Etienne mich. »Abgesehen davon war ich schon immer ein Freund von Selbstjustiz. Es gibt Dinge, um die man sich am besten selbst kümmert, als sie dem Staatsapparat zu überlassen.«

Der Energieball zwischen seinen Händen wuchs. Golden glühendes Licht drang durch den Korridor und vertrieb die Schatten, nicht aber Angst und Tod, die unter uns weilten. Amelie drängte sich dichter an mich. Die Finger grub sie in den Stoff meines Oberteils. Sie fixierte Etienne, ohne zu blinzeln, und atmete in hektischen Stößen. Die Hitze der Magie knisterte in der Luft und füllte diese mit angespannter Erwartung auf das, was mein ehemaliger Chef vorhatte.

Im nächsten Moment schleuderte Etienne den Energieball direkt auf mich zu.

Amelie schrie, fuhr zu mir herum. Ein Schmerz traf mich in der Brust. Goldenes Licht explodierte und Sterne regneten auf mich nieder. Ich keuchte auf, schmeckte Blut und spuckte es aus. Gold verglomm zugunsten von Rot und an den Rändern meines Sichtfelds begehrte Dunkelheit auf. Sie rückte näher. Bedrohlich und unaufhaltsam löschte sie die den Gang aus.

Ich lag am Boden, starrte zur Decke, die vor mir verschwamm. Amelie tauchte über mir auf. Ihr Gesicht war schneeweiß, Tränen rannen über ihre Wangen, tropften von ihrem Kinn und landeten auf meiner Haut.

»Es tut mir leid«, flüsterte sie. »Es tut mir so leid!«

Ihre Worte wiederholten sich in meinem Geist, wurden leiser, immer leiser, bis ich sie nicht mehr greifen konnte. Alles entglitt mir. Die Welt. Das Leben. Amelie.

Ihre Augen waren das Letzte, was ich sah, ehe mich der Tod in seinen Armen willkommen hieß. Hellbraun. Wie warmer Bernstein. Eine Erinnerung an alle Momente, die wir miteinander geteilt hatten.

33

AMELIE

Das Licht in Raphaels Augen erlosch, aber um uns herum explodierte es. Goldene Magiefunken regneten auf uns nieder und bedeckten den Boden wie verglühende Sterne. Der Energieball hatte sein Ziel getroffen. Aber ich war ihm zuvorgekommen.

Raphael war tot. Seine Haut war grau, an manchen Stellen vom Energieball gerötet, die Augen starrten regungslos durch mich hindurch. Schmerz, Reue und Verlust trieben mich an den Rand dessen, was ich auszuhalten imstande war. Denn ich war es gewesen, die ihn getötet hatte. Ich hatte ihm die Askesische Klinge ins Herz getrieben, als Évreux den Energieball geworfen hatte. Es war zu spät gewesen, um ihn zu stoppen. Und wenn die Askesische Klinge für seinen Tod verantwortlich war, konnte ich ihn zurückholen, auch wenn der Energieball ihn getroffen hatte. Oder?

Es war nur eine Vermutung. Die Angst, dass ich mich irrte, war größer als die, hier selbst zu sterben.

Die letzten Goldpartikel sanken zu Boden und erloschen. Zurück blieb der Schock vor dem, was Évreux getan hatte. Er hatte gezaubert. Etwas, das für die meisten Anwesenden hier unmöglich sein sollte.

»Amelie«, sagte Julien und hob den Bumerang, bereit, die tödliche Waffe in Évreux' Richtung zu schleudern. »Geh zum Fahrstuhl. Jetzt.« Seine Stimme war ruhig und bestimmt. Ich regte mich nicht. Denn wenn eine Möglichkeit bestand, Raphael zu retten, konnte ich ihn nicht hierlassen. Ich beugte mich über seinen reglosen Körper. Noch immer strahlte er eine trügerische Wärme aus. Da war keine Atmung, kein Herzschlag, kein Leben.

Was, wenn er wirklich tot war?

Angst rumorte tief in mir und peitschte meinen Puls.

Bitte nicht.

Schritte knirschten auf Scherben und Schutt und Évreux näherte sich uns, obwohl Juliens Leute auf ihn zielten. Und dann feuerten sie.

Schüsse ließen den kurzen Moment der Stille explodieren.

Ich warf mich über Raphael, vergrub mein Gesicht in seinem Haar. Wind rauschte über uns hinweg. Sonst geschah nichts. Kein Knall. Keine Splitter. Keine Schmerzen.

Weitere Sekunden verstrichen, in denen sich meine Atmung normalisierte. Julien und seine Männer ragten um mich herum auf, die Gewehre im Anschlag. Niemand rührte sich. Sie alle waren erstarrt. Menschliche Statuen.

»Was soll das?« Ich keuchte, riss den Kopf herum. Suchte nach einem Anzeichen, dass ich nicht alleine inmitten von einer Armee aus Bewusstlosen war.

Doch das war ich nicht.

»Magie ist Macht, wenn man sie sich zunutze zu machen weiß«, schnurrte Évreux und ich hörte die Genugtuung, die in seinen Worten mitschwang.

Wie war es möglich, dass niemand Magie zu wirken wusste, er sie aber mühelos beherrschte? Das war wie ein Fehler in einer Formel, den zurückzuverfolgen ich nicht fähig war.

Évreux schob sich zwischen Juliens Leuten hindurch und hockte sich auf Raphaels anderer Seite nieder. Sein Anzug war makellos, sein Anblick in dem zerstörten Gang wirkte befremdlich auf mich.

»Er blutet stark«, sagte er und streckte eine Hand nach Raphael aus.

Ich schlug sie fort. »Nicht anfassen«, knurrte ich und funkelte den Mann an, der uns all das angetan hatte. Dessen Schuld es war, dass Raphael nun in einer Pfütze seines eigenen Blutes lag.

Évreux verschränkte beide Hände vor seinem Körper und musterte mich. Jetzt hob ein Lächeln seine Mundwinkel. Eines, das seine Augen nicht erreichte. Vermutlich war nichts imstande, die Kälte darin auszulöschen. »Ich möchte mit dir über Magie sprechen.«

Mir entfuhr ein Schnauben und ich presste demonstrativ die Lippen aufeinander. Der Hass in meinem Bauch brannte beinahe schmerzhaft und er sorgte dafür, dass das Lächeln von Évreux' Lippen abfiel. Sein eiskalter Blick durchbohrte mich.

»Wenn du deinen Freund retten willst, hast du keine andere Wahl, als zu kooperieren«, sagte er und deutete mit dem Rucken seines Kinns auf Raphael. »Ich kann ihm helfen.« Er hob eine Hand, um die goldener Magiestaub wirbelte.

Ich sog die Luft ein, hielt den Atem ein paar Sekunden an, ehe ich ihn wieder ausstieß. Meine Schultern sackten nach unten. Wenn Évreux wirklich uneingeschränkten Zugang zur Magie genoss, würde Raphael überleben, selbst wenn sich meine Theorie nicht bestätigte und die Askesische Klinge ihn nicht zurückholen konnte. Doch die Aussicht, mit einer Schlange Geschäfte zu machen, war gleichermaßen beängstigend wie unheilvoll. Ich brauchte mehr Zeit, um einen Weg zu finden, dieser Situation zu entkommen.

Évreux witterte mein Misstrauen und zog sich kaum merklich zurück. »Erzähl mir etwas über deine Eltern.«

Überrascht riss ich meinen Kopf hoch. »Warum? Die haben nichts mit Magie zu tun.«

Eine Regung huschte über sein Gesicht, die seine Mundwinkel nach unten drückte. Verärgerung flackerte in seinen Augen.

»Möglicherweise haben sie dich adoptiert.«

»Wie bitte?« Die Absurdität dieser Annahme schürte meine Verwirrung. Worum ging es hier? »Ich bin nicht adoptiert.«

Mein Widerspruch verlor sich in einer Bilderflut, die mich mit sich riss. Ich hatte die Augen meines Vaters, die Nase meiner Mutter. Das hatten die Menschen häufig mit einem gutmütigen Lächeln gesagt, auch wenn ich diese Ähnlichkeiten vergeblich im Spiegel gesucht hatte. Évreux säte Zweifel, die meine Erinnerungen vergifteten. War das der Grund, weshalb sie sich nie darum bemüht hatten, unseren Streit beizulegen? Weil ich nicht wirklich ihr Kind war?

»Vielleicht weißt du es nur nicht«, mutmaßte er.
Unsinn. Dieser Mann spielte mit mir. Verwirrte mich. Vermutlich ging es nicht um meine Eltern und um mich zu zermürben, spann er aus meiner Vergangenheit ein löchriges Netz aus Lügen, das mein Gewicht nicht halten konnte, wenn ich fiel.
»Was hat meine Familie mit alledem zu tun?«
Évreux' Stirn kräuselte sich und er atmete pfeifend aus. Seine markanten Züge glätteten sich kurz darauf und alles, was seine Augen hätten beantworten können, verging unter der Härte seines Blicks, mit dem er mich bedachte.
»Du bist eine Kuriosität, deren Ursprung ich nicht nachvollziehen kann. Du musst etwas an dir haben. Etwas, das die Magie lockt. Vielleicht findet sich in deiner Familie ein Hinweis darauf. Das Erbe einer längst vergessenen Generation.« Er taxierte mich, studierte mein Gesicht, las in meinen Augen. Ich gab mir alle Mühe, Gleichgültigkeit vorzutäuschen.
Aber mein Puls raste. Nicht meine Eltern waren der Schlüssel zu dem Rätsel, das Évreux zu lösen versuchte. Das war mein Großvater. Er, der der Magie verfallen war, der sie geliebt und verehrt hatte. Aus welchen Gründen auch immer.
Ich hatte stets geglaubt, dass es Faszination gewesen war, die ihn angetrieben hatte. Doch nun kam es mir so vor, als steckte mehr dahinter. Ein bisschen fühlte es sich an, als hätte ich den Mann, der mein *Grand-Papa* gewesen war, überhaupt nicht gekannt. Geheimnisse hatten den Weg seines Lebens gepflastert, einige davon hatte er für mich gelüftet, andere für sich behalten. Vielleicht hatte er mehr über Magie gewusst, als er mir je erzählt hatte.
Oder vielleicht war er einfach der Mann gewesen, den ich ein Leben lang geliebt und verehrt hatte. Dass Évreux' Worte diese Macht über mich hatten, ärgerte mich. Denn sie veränderten das Bild von meiner Familie.
Veränderten mich.
Évreux' Konzentration galt meiner Vergangenheit, nicht dieser geteilten Gegenwart, die ich mit aller Macht beenden wollte. Wut brannte siedend heiß in meinem Bauch. Es war genug.

Genug Zweifel, die er in mir gesät, genug Ängste, die er geschürt hatte. Dieser Moment würde genau jetzt enden.

Eine lose Idee nahm in meinem Geist Gestalt an. Sie war wagemutig, aber hoffentlich nicht nur meine Rettung, sondern auch die der anderen.

Ich schoss vor, ehe Évreux mich aufhalten konnte, und riss die Klinge aus Raphaels Brust. Betete, dass ich ihn damit nicht tatsächlich tötete. Ich feuerte sie auf den Mann, der mich zu hassen lehrte. Der mein Leben mit Blut und Tod befleckt hatte, bis nichts mehr so war, wie es sein sollte.

Évreux sah den Angriff nicht kommen. Als sich die Klinge durch sein Hemd und die obersten Hautschichten grub, war es zu spät. Sie drang tief in seinen Brustkorb ein und blieb stecken. Einige Sekunden lang geschah nichts. Évreux starrte mich an, Überraschung und einen Hauch von Unmut im Gesicht, der der Erkenntnis geschuldet war, dass mein Hass auf ihn größer war als die Neugier, die er in mir zu wecken versucht hatte.

Dann kippte er zurück und um mich herum brach Chaos aus.

Der Bann brach. Juliens Leute stürzten sich auf die des Briten. Schüsse knallten, Schreie gellten. Aber ich bekam kaum etwas davon mit. Ich kroch zu Raphael, legte die Hände um sein Gesicht und drehte es zu mir. Seine Lippen waren grau, die Lider geschlossen. Er sah aus wie jemand, der diesen Ort längst verlassen hatte.

Angst verdrängte alles. Meine Enttäuschung über seinen Verrat, die Überraschung über Juliens plötzliches Auftauchen, den Zorn auf das, was Évreux uns allen antat.

Es war unbedeutend, wenn Raphael die Augen nicht wieder öffnete.

»Bitte«, flüsterte ich, dicht über ihn gebeugt. Meine Worte streiften seinen Mund, aber er blieb reglos. Leicht geöffnet, als läge ihm etwas auf der Zunge, das er nie mehr aussprechen würde.

Tränen verschwammen meine Sicht, rannen heiß über meine Wangen. Ich grub die Hände in sein blutgetränktes und staubbedecktes Hemd.

»Raphael, bitte«, flehte ich ihn an. »Atme! Atme einfach!«

Ein fester, aber sanfter Griff um meine Oberarme zog mich von ihm weg und hob mich auf die Beine. Ich strampelte wild, versuchte, der Person zu entkommen.

»Beruhige dich, Amelie«, drang Juliens vertraute Stimme zu mir durch. »Beruhige dich. Ich bringe dich weg von hier.«

Widerstand baute sich in mir auf und ich ruckte mit dem Kopf. Einmal. Zweimal. »Nein!«, keuchte ich. »Nicht ohne ihn!«

Julien stieß einen Fluch aus und sein Griff lockerte sich, bevor er mich losließ. Ich landete auf meinen Füßen und wirbelte zu ihm herum. Abwehrend hob er die Hände.

»Schon gut. Ich bin kein Fan von ihm, aber ich bin auch kein Arsch.«

Ich beobachtete die ausgeprägten Muskelberge auf Juliens Oberarmen, als er sich über Raphael beugte und ihn sich über die Schulter warf. Warum war mir zuvor nie aufgefallen, wie massiv er war? Die Antwort war ebenso einfach wie schlicht. Er hatte sich hinter den typischen Uni-Hoodies versteckt und ich hatte mir nie die Mühe gemacht, genauer hinzuschauen.

»Wer bist du?«, fragte ich tonlos und starrte Julien an.

Sein Blick war mir vertraut, gleichzeitig lag etwas Neues darin, das ich nie zuvor an ihm bemerkt hatte. Ein Selbstvertrauen, das nicht zu meinem liebenswürdigen Kommilitonen passte.

»Ich bin dein Freund«, sagte er mit einer Ernsthaftigkeit, die es mir schwermachte, ihn nicht infrage zu stellen. »Das war ich die ganze Zeit.«

»Du hast dich für jemand anderes ausgegeben«, brachte ich hervor, aber er schüttelte nur den Kopf.

»Ich habe dich nie belogen. Ich habe dir nur nicht alles erzählt. Das werde ich jetzt nachholen. Sobald wir von hier verschwunden sind. Vorzugsweise lebend!« Seine Worte waren eindringlich und erinnerten mich daran, dass wir uns im Herzen der Gefahr befanden. Julien schlug eine Schneise durch seine Armee und die Kämpfenden für die AI bis hin zum Fahrstuhl.

Zwischen den aufgleitenden Türen tauchte eine dunkle Gestalt auf. Ich zuckte zurück, Julien fluchte. Im nächsten Moment erkannte ich Davide. Seine Augen weiteten sich, als er Raphaels leblosen Körper entdeckte, und er ließ seine Waffe sinken: einen Feuerlöscher, den er wie zum Schlag erhoben hatte.

»*Merde!*«, stieß er hervor und tat einen Schritt auf Julien zu. Der machte Anstalten, Raphael fallen zu lassen.

»Schon gut, Davide ist ein Freund«, sagte ich und er verstärkte seinen Griff wieder.

Uns folgten ein paar von Juliens Leuten in den Fahrstuhl, ehe er uns rhythmisch ratternd nach oben brachte.

»Was ist geschehen?« Davide war kreidebleich. Tränen schimmerten in seinen Augen und rote Flecken krochen über seinen Hals. Sein Haar war zerzaust, die Kleidung derangiert, als hätte auch er sich einigen Gegnern stellen müssen.

»Es kam zum Kampf«, sagte ich und stockte. »Évreux hat ... es war meine einzige Möglichkeit.« Hilflos zuckte ich die Schultern. »Die Askesische Klinge.«

Verständnis zeichnete Erleichterung auf Davides Gesicht. Erleichterung, die ich nicht teilte. »Aber dann wird er wieder. Die Askesische Klinge tötet nicht. Zumindest nicht dauerhaft, nicht wahr?«

»Évreux hat ihn mit Magie angegriffen«, erklärte ich. »Ich weiß nicht, ob er zurückkommen kann.«

Davides Mund öffnete und schloss sich, bis er gegen die Wand des Fahrstuhls sackte. »Das darf nicht wahr sein.«

Dem konnte ich nur zustimmen.

Juliens Leute boten uns Geleitschutz durch den Rest des Gebäudes. Kurz darauf atmete ich frische Luft. Das Gefühl von Freiheit blieb aus, denn mein Herz war wie zugeschnürt. Raphael regte sich nicht.

Julien legte ihn ins Innere eines Transporters, der ein paar Straßen vom AI-Hauptgebäude entfernt auf ihn gewartet hatte. Seine Leute entledigten sich ihrer Masken. Darunter erschienen junge, vom Kampf gezeichnete Gesichter und leuchtende Augen, da sie einen Sieg errungen hatten.

Eine Frau, die ich ein paar Mal in der Cafeteria der Universität gesehen hatte, beugte sich über Raphael, riss sein Hemd auf und untersuchte ihn zunächst auf oberflächliche Verletzungen.

»Ich bin Krankenschwester«, sagte sie, während ihre Finger über sein Handgelenk glitten, um nach einem Puls zu suchen. Ihre Miene war angespannt und beschwor eine neue Realität. Kaum merklich schüttelte sie den Kopf. Denn es gab nichts, was sie hätte ertasten können.

Übelkeit regte sich in mir. Mein Magen krampfte sich zusammen. Ich taumelte, stützte mich am Wagen ab und übergab mich. Doch der schale Geschmack und die bittere Wahrheit blieben. Raphael war tot. Die Askesische Klinge hätte ihn längst zurückholen müssen, doch er war fort. Für immer.

Diese Erkenntnis raubte mir die letzte Kraft. Meine Beine gaben unter mir nach und ich schlug mit den Knien auf dem harten, feuchten Asphalt auf. Jemand rief etwas. Sanfte Hände umfassten mich und ich hob vom Boden ab. Ich nahm Juliens vertrauten Geruch wahr, spürte Nieselregen auf dem Gesicht. Ich hörte Davides Stimme, das entfernte Rauschen des Pariser Verkehrs. Aber mein Bewusstsein glitt ab, folgte einer Schwärze, die all meine Schmerzen linderte. Sie lockte mich. Und ich gab mich ihr nur allzu bereitwillig hin, um die Wirklichkeit hinter mir zu lassen.

Raphaels lebloser Körper war das Letzte, was ich sah, ehe sich um mich herum sternlose Nacht erhob und mich mit sich riss.

34
AMELIE

Tanzende Lichter zuckten über mich hinweg. Sie durchdrangen die Dunkelheit, in der ich gefangen gewesen war. Aber mit den kleinen goldenen Punkten kehrten die Erinnerungen an Angst, Schmerz und Verlust zurück.

Ich kämpfte dagegen an, wollte in den schützenden Schoß des Nichts zurückkehren, doch die Dunkelheit löste sich auf und über mir zeichnete sich deutlich ein Kronleuchter ab.

Ich blinzelte und musterte das Ungetüm, das hoch über mir baumelte. Dann drehte ich den Kopf, um mich umzusehen. Fenster mit Maßwerk bündelten das Tageslicht, das fantasievolle Muster auf den polierten Boden warf. Halbsäulen traten aus den gemauerten Wänden hervor und trugen das Deckengewölbe, über das sich jene Risse zogen, die durch den Verlust der Magie entstanden waren. Es gab ein Regal, in dem sich zahlreiche in Leder gebundene Bücher stapelten und mehrere Sträuße getrockneter Kräuter fanden, und neben meinem ein weiteres Bett mit schmiedeeisernem Gestell, das ordentlich gemacht und leer war. Unter einem der Fenster stand ein krummbeiniger Tisch mit verschiedenen Untersuchungsgeräten wie einem Stethoskop.

Dies war ein mittelalterlich wirkendes Krankenzimmer.

»Hey, Süße!«

Ein Gesicht schob sich in mein Sichtfeld. Eines, das zur Hälfte von Verbänden verdeckt wurde. Sandrine lächelte auf mich herab und blinzelte ein paar Tränen fort, die in ihren langen Wimpern hingen. Sie strich mir ein paar Haare beiseite. Vor wenigen Tagen hatten wir eine ähnliche Situation erlebt, bloß umgekehrt, als ich an Sandrines Krankenbett gesessen hatte.

»Da bist du ja wieder.«

Ich öffnete den Mund, suchte nach Worten, die mir nicht über die spröden, rauen Lippen kommen wollten. Stattdessen verlor ich mich in einem Hustenanfall.

Sandrine legte mir eine Hand in den Nacken, stabilisierte meinen Kopf und bot mir etwas zu trinken an. In gierigen Schlucken stürzte ich das Wasser hinunter und fühlte mich anschließend für den Bruchteil einer Sekunde besser. Ein Moment, in dem die Wahrheit hinter Sandrines Lächeln verborgen lag. Ein Moment des Friedens. Ein Moment, der wie Glas zu tausend Scherben zerbarst, als eine zweite Gestalt an meinem Bett auftauchte, den Hoodie gegen eine eng anliegende Lederuniform getauscht.

Julien. Mit ihm traf mich die Wirklichkeit.

Ich stöhnte gepresst, ließ den Kopf auf das Kissen fallen und starrte erneut hoch zu dem Kronleuchter.

»Du bist wach.« Juliens Stimme war sanft.

»Und du bist anders«, entgegnete ich, was ihm ein trockenes Lachen entlockte.

»Ich bin immer noch dein Freund, Amelie. Das sagte ich bereits.«

Mit erhobenen Händen wehrte ich seine Worte ab. »Keine Ahnung, wer du bist.«

Ich wusste nicht mal, wer ich war. Die Samen des Zweifels, die Évreux in mir gesät hatte, trieben aus.

Julien trat näher, ein verständnisvolles Lächeln umspielte seine Lippen. »Wir haben die letzten Jahre gemeinsam studiert, mehrere Vorträge zusammen vorbereitet, für Klausuren gelernt. Du kennst mich, Amelie. Aber du weißt nicht alles über mich.«

Auch ich hatte Dinge vor ihm verborgen, vor allem meine Forschung und meine Erfolge, und trotzdem fühlte ich mich verraten. Von ihm und so vielen anderen Personen in meinem Leben.

»Ganz offensichtlich«, schnappte ich. »Du hast mit magischen Reliquien gegen Évreux' Leute gekämpft.«

Genau genommen hatte er mich gerettet. Aber gegen die Wut kam meine Dankbarkeit nicht an.

»Für diese Mission wurden wir ganz neu ausgestattet. Hast du den Bretonischen Bumerang gesehen?« Ein schwärmerischer Glanz trat in Juliens Augen. »Oder Alices Nadelkissen. Gruselig. Du ahnst nicht, wie sehr ich dir von den Reliquien erzählen wollte, als der Großmeister sie uns gegeben hat. Weil du im Museum arbeitest.«

»Und das macht es besser?«

Julien schluckte und sein Adamsapfel bewegte sich. »Nein, natürlich nicht. Ich habe oft daran gedacht, wie es wäre, dir die Wahrheit zu sagen. Du hast mir von der Askesischen Klinge erzählt, erinnerst du dich?«

Natürlich und ich erinnerte mich auch, wem ich das erzählt hatte: Julien, meinem treuen Studienkumpel. Nicht Julien, dem Mitglied eines Geheimordens, der töten konnte, wenn er musste.

Himmel, das war alles so absurd, so falsch.

»Ich dachte mir schon, dass du wütend sein würdest.« Er klang zerknirscht. »Ich wollte dich nicht verletzen.«

Das glaubte ich ihm sogar, und Raphael auch. Trotzdem hatten sie es getan. Mehr noch. Sie hatten mich verraten. Mein Herz fühlte sich wund an. Alles tat weh. Innerlich wie äußerlich.

Juliens Blick ruhte warm auf mir. Ich kniff die Lider zusammen, um dem Licht über mir und seinen Wahrheiten zu entkommen. Doch ich war immer noch hier, spürte die harte Matratze eines fremden Bettes, roch den unverkennbaren Duft nach Feuchtigkeit, Moder und Rauch, der charakteristisch war für ein altes Gemäuer wie dieses.

»Wo sind wir hier überhaupt?«, wollte ich wissen.

»Das würde ich auch gerne wissen«, warf Sandrine ein.

Ein feines Lächeln zeichnete sich auf Juliens Lippen ab. Er schob meine Beine zur Seite und nahm auf der Kante des Bettes Platz. »Das ist das Collège des Bernardins.«

»Okay, schön«, schnappte Sandrine, die keineswegs zufrieden mit dieser Antwort wirkte. »Aber was machen wir hier, Julien? Was geht hier vor?«

Ein Seufzen löste das Lächeln auf Juliens Gesicht und machte seine Miene ernst. »Ich bin nicht befugt, euch mehr zu erzählen.«

Sandrine schnaubte und trat ein paar Schritte zurück. Ihre ungelenken Bewegungen machten deutlich, dass sie unter Schmerzen litt.

»Warum bist du hier?«, fragte ich. »Solltest du nicht im Krankenhaus liegen?«

Meine Mitbewohnerin hob die Schultern. »Ich wurde vorzeitig entlassen.« Sie sah zu Julien. »Initiiert durch einen mir unbekannten Typen, der behauptet hat, er würde im Auftrag seines Bosses handeln.«

»Ich musste Sandrine aus der Schusslinie kriegen. Ich wollte nicht riskieren, dass Évreux sie in die Finger kriegt und möglicherweise als Druckmittel gegen uns einsetzt.«

Er streckte die Hand nach Sandrine aus und berührte ihren Oberarm. Die Geste war unschuldig, nicht so das Lodern in seinen Augen. Seine Gefühle waren ihm deutlich anzusehen. Nur nicht für Sandrine, die seine Hand wegschob.

»Verrätst du uns, was passiert ist?« Mein Ton war scharf und sicherte mir sofort Juliens Aufmerksamkeit.

Anscheinend war das eine Frage, die er beantworten durfte, denn er entspannte sich kaum merklich. »Nachdem wir das Gebäude der AI verlassen hatten, hast du das Bewusstsein verloren. Wir haben dich hierher mitgenommen. Eine der Schwestern hat dich untersucht, aber keine gravierenden Verletzungen gefunden.«

Ich suchte Sandrines Blick. An einer Seite franste der Verband aus, der ihr Gesicht schützte. Darunter lugte gerötete Haut hervor und erinnerte mich daran, wie viel Évreux zerstört hatte.

Und wie viel er zerstört hatte, von dem ich nicht wusste. Wenn er dafür verantwortlich war, dass die Magie fort war ... Die Ungeheuerlichkeit dieses Gedankens ließ mich erschaudern.

»Ist Évreux ...?«

Julien schüttelte den Kopf. »Einer seiner Männer hat ihm die Klinge aus der Brust gezogen, danach war er quicklebendig. Nettes Spielzeug übrigens.«

Mich überkam der Anflug eines schlechten Gewissens bei dem Gedanken, dass ich eines der wertvollsten Ausstellungsstücke des

Musée de la Magie an Évreux verloren hatte. Andererseits wäre ich ohne diese Waffe jetzt vermutlich nicht mehr am Leben.

»Er wird mich suchen.«

»Das wird er«, stimmte Julien mir ungerührt zu. »Aber er wird dabei keinen Erfolg haben, solange du dich in meiner Nähe aufhältst. Ich kann dich beschützen.«

Sandrine stieß ein Lachen aus, das sie hinter einem Hüsteln zu tarnen versuchte. Julien funkelte sie an.

»Wenn du das für einen verdammten Witz hältst, darfst du es gern darauf ankommen lassen!« Er deutete zur Tür, aber Sandrine verschränkte demonstrativ die Arme.

»Es war nicht meine Absicht, deine Stärke zu untergraben«, entgegnete sie zuckersüß. »Es fällt mir nur sehr schwer, zu glauben, dass der verpeilte Julien in Wahrheit Geheimagent ist.«

»Ich bin nicht verpeilt und auch kein Geheimagent«, widersprach dieser.

»Ach, nein?« Sandrine wandte sich an mich. »Erwähnte ich, dass sein Laufbursche einen schwarzen Anzug und eine dunkle Brille trug? Der hat Geheimagenten-Vibes versprüht, vor allem, als er mir die Tür zu einer Limousine geöffnet hat. Du kannst dir vorstellen, wie verwirrt ich war, als er mich hierhergebracht hat.«

»In Sicherheit«, betonte Julien und rieb sich über das stoppelige Kinn.

Schweigen senkte sich über uns und gab mir die Gelegenheit, meine Gedanken zu sortieren. Es war viel passiert, seit ich in Évreux' Labor erwacht war. Es schien eine Ewigkeit vergangen, doch es waren lediglich ein paar Stunden. Draußen vor den Fenstern setzte allmählich die Dämmerung ein und das Licht des Kronleuchters strahlte heller auf uns nieder.

»Was …« Ich unterbrach mich. Mein Puls beschleunigte sich und das kalte Gefühl von Angst regte sich in mir. »Und was ist mit …« Erneut stockte ich, bevor ich mich zwang, seinen Namen auszusprechen. »Wie geht es Raphael?«

Sandrines Miene wurde weich. Verständnis leuchtete in ihren Augen, während die von Julien abweisend glänzten. »Er wurde mit

dir zusammen hergebracht«, sagte sie. »Es geht ihm gut. Er liegt im Nachbarzimmer.«
Es geht ihm gut.
Eine Antwort, die ich erst würde begreifen können, wenn ich ihn sah, denn zuletzt ... Er war tot gewesen.
Ich *hatte ihn getötet.*
»Er ... ist nicht ...« Allein dieses scheußliche Wort auszusprechen, brachte ich nicht fertig. Das musste ich auch nicht. Sandrine begriff sofort.
»Nein. Nein, sie haben ihn zurückholen können.« Mit dem Zeigefinger strich sie mir liebevoll über die Wange. »Mach dir keine Sorgen. Es geht ihm gut.«
Es geht ihm gut. Es geht ihm gut.
Das Echo dieser Versicherung hallte in meinem Geist, vibrierte durch meinen Körper.
»Ich muss ihn sehen.« Ich stemmte mich auf die Ellbogen hoch, eine Bewegung, die mich einiges an Kraft kostete.
Sandrine und Julien hielten mich nicht auf. Stattdessen trat er zurück, um einen Rollstuhl zu meinem Bett zu schieben. Ich hob die Hand und tat, als würde ich eine Fliege verscheuchen wollen.
»Den brauche ich nicht«, sagte ich. »Ich bin nicht verletzt.« Letzteres war eine Lüge. Es stimmte, dass ich keine Schmerzen hatte, abgesehen von meinem Herzen, das in Scherben lag.
»Mich wollte er auch in dieses Ding verfrachten. Ein wenig überfürsorglich, wenn du mich fragst«, brummte Sandrine.
Juliens Nasenflügel blähten sich und bezeugten seinen Unmut, aber er gab nach und wich mit dem fahrbaren Untersatz zurück, um mir Platz zu machen. Meine ersten Schritte waren wacklig, die Lichter um mich herum schmolzen für einen Moment zu einem einzigen. Dann entzerrte sich die Welt wieder und ich wankte durch den Raum.
Finger schlossen sich um meinen Unterarm, Sandrine bot mir Halt und Julien öffnete uns die Tür. Gemeinsam humpelten wir los.
Der Gang dahinter lag im Halbdunkel. Fackeln an den Wänden warfen in regelmäßigen Abständen orangerote Kreise auf den Boden, dazwischen Dunkelheit. Vor einer Tür neben meiner ragten zwei

schwarz gekleidete Männer auf. Sie nickten Julien knapp zu, als wir uns näherten, und ich begriff, dass das wohl *zwei seiner Leute* waren.

»Bewachen sie Raphaels Zimmer?«, fragte ich eine Spur harscher als beabsichtigt. »Ist er ein Gefangener?«

Ein Muskel spielte an Juliens Kiefer. »Er mag dein Freund sein, aber er hat für die AI gearbeitet. Ich vertraue ihm nicht.« Seine Worte waren so scharf wie die Schneide der Askesischen Klinge. Sie gingen mir tief unter die Haut und erinnerten mich an Raphaels Verrat. Ich hob das Kinn an, spürte Sandrines fester werdenden Griff um meinen Arm.

Da entdeckte ich eine Gestalt am Ende des Ganges. Davide, der auf der Fensterbank in einer Nische zusammengesunken war, den Kopf zwischen den Knien. Er wurde von Juliens Männern flankiert.

»Davide!«, rief ich.

Er zuckte zusammen und wirkte wie ein alter Mann, als er sich aufrichtete. Mich zu sehen, gab ihm Hoffnung, das sah ich seiner Miene an. Mit einem vorsichtigen Blick auf seine Wächter erhob er sich. Sie machten keine Anstalten, ihn aufzuhalten, und so lief er auf mich zu. Seine Schritte hallten zwischen dem Steinboden und den hohen Decken. Davide zog mich in eine feste, nach Angst und Schweiß riechende Umarmung, die mir wohler war als Juliens Fürsorge durch mir unbekannte Männer. Davide war einer von den Guten. Bei diesen Fremden konnte ich es nicht mit Sicherheit sagen. Sie mochten uns zu Hilfe gekommen sein, aber ich hatte keine Ahnung, wer sie waren.

»Wie geht es dir, Amelie?«, flüsterte Davide in mein Haar.

Mir saß ein Kloß im Hals, der mir das Sprechen unmöglich machte. Ich nickte nur knapp. Davide löste sich von mir, nahm mein Gesicht in die Hände und wischte mit den Daumen Tränen fort, die ich nicht einmal bemerkt hatte.

Als sich Julien neben mir aufbaute, ließ Davide mit einem verlegenen Ausdruck von mir ab.

»Was soll das?«, zischte ich meinen Kommilitonen an, an dem meine Wut abprallte. Er hob lediglich die Schultern und meinte: »Er ist der Informatiker der AI. Muss ich mehr sagen?«

Ich wirbelte mit mehr Schwung zu ihm herum, als ich mir zugetraut hätte. Das Blut rauschte in meinen Ohren, peitschte meine Wut an. »Du bist mir verdammt viele Erklärungen schuldig. Ich habe keine Ahnung, wer du bist. Also hör auf, meine Freunde zu brüskieren!«

Das unerschütterliche Lächeln auf Juliens Gesicht bekam Risse, er schien verletzt von meinen Worten. Dagegen wappnete ich mich, hielt an meinem Zorn fest. Ich wollte Antworten.

Julien presste die Zähne aufeinander und gab seinen Leuten ein Zeichen. Schweigen, Zögern. Eine Sekunde lang geschah nichts, ehe sie abrückten. Ihre massiven Gestalten verschmolzen mit der Dunkelheit und kurz darauf waren ihre Schritte verklungen. Davide entspannte sich kaum merklich und atmete tief ein und wieder aus.

»Wenn du Blödsinn machst, mein Freund, werde ich mich persönlich um dich kümmern«, knurrte Julien ihn an.

»Du bist so ein Neandertaler!«, fauchte ich und holte aus, um ihn zu boxen, aber er wich mit einer Geschmeidigkeit aus, die noch mal deutlich zeigte, dass er mehr war als mein Kommilitone.

»Wie geht es dir?«, fragte ich an Davide gewandt.

»Mir?« Betreten fuhr er sich durch das Haar. »Mir geht es gut. Den größten Teil des Gefechts habe ich verpasst.«

»Unsinn, Davide. Du hast mit uns an vorderster Front gekämpft. Ohne dich hätten sie uns erwischt.«

»Das haben sie doch.«

»Ja und dann bist du uns zu Hilfe geeilt.«

In dem Halbdunkel des Ganges war die Röte auf Davides Wangen kaum zu erkennen, aber ich bemerkte seine Verlegenheit an der Art, wie er mehrmals blinzelte. Er trat von einem Fuß auf den anderen.

»Danke, Amelie.«

»Ich danke dir.« Erneut bewegte ich mich auf ihn zu, um ihn zu umarmen. Unbeholfen erwiderte er die Geste und tätschelte mir den Rücken, als wäre ich ein Pferd. Ein Lachen drängte sich aus meiner Kehle und ich gab ihm nach. Davide fiel mit ein und eine Weile war dies das einzige Geräusch im Gang.

Schließlich räusperte ich mich. »Warst du schon bei Raphael?«

»Sie lassen mich nicht.«

Ich sah an Davide vorbei und funkelte Julien wütend an, der sich unbeeindruckt gab.

»Sie arbeiten für die AI«, wiederholte er in einem Tonfall, der offenbarte, wie sehr er an meinem Verstand zweifelte.

Mir entfuhr ein verächtlicher Laut und ich wandte mich von Julien ab, ehe ich Davides Hand ergriff. »Begleitest du mich?« Womöglich war es feige von mir, ihn als Schutzschild mitzunehmen. Aber alles in mir sträubte sich dagegen, alleine in Raphaels Zimmer zu gehen.

Davide nickte knapp. Hand in Hand traten wir auf die verschlossene Tür zu, die nun unbewacht vor uns lag. Die Finger über der Klinke schwebend verharrte ich. Suchte tief in mir nach Mut, der in den letzten Tagen und Stunden aus mir herausgesickert war. Ich war nicht länger mutig. Ich war leer.

»Amelie? Geht es dir gut?« Sandrines Frage ließ mich zusammenzucken. Sie hatte keine Ahnung, was mich zögern ließ, wusste nicht, was zwischen Raphael und mir geschehen war.

»Ich brauche nur einen Moment«, sagte ich zu Sandrine und Julien und übte mich an einem Lächeln, das angesichts der Schnittwunden auf meinen Wangen brannte. Ich hielt es lange genug aufrecht, bis sich die beiden von uns abwandten.

Mein Herz schlug mir hart gegen den Brustkorb und Aufregung rauschte mir durch die Adern.

»Bist du bereit?« Verständnis und Wärme zeichneten Davides Ausdruck, und er verstärkte seinen Griff um meine Hand, als spürte er, wie sehr ich seinen Halt brauchte.

»Nein, das bin ich nicht. Aber wenn wir darauf warten, werde ich wohl nie reingehen.«

»Du schaffst das.« Davide schenkte mir ein schüchternes Lächeln, das mir die Zuversicht gab, stark genug zu sein.

Ich drückte die Klinke und öffnete die Tür zu Raphaels Zimmer. Nacheinander traten wir ein.

Der Raum ähnelte dem, in dem ich erwacht war. Hohe Gewölbe, massive Säulen, Fenster mit Maßwerk. Draußen schwand das Licht, bis der Kronleuchter alles war, das den Raum erhellte. In der Mitte standen mehrere Betten. In einem davon zeichnete sich eine große Gestalt ab, deren Anblick mir einen Stich ins Herz jagte.

Raphaels Brust hob und senkte sich regelmäßig. Er lebte, auch wenn er nicht bei Bewusstsein war. Dieser Umstand stellte sonderbare Dinge mit dem an, was von meinem Herzen übrig war. Es zog sich zusammen und die scharfen Kanten seines Verrats schnitten mich schmerzhaft, während mir gleichzeitig Tränen der Erleichterung in die Augen stiegen.

Neben mir holte Davide zischend Luft. Ich drückte seine Hand ein letztes Mal, ehe ich ihn losließ und an Raphaels Bett trat. Dunkle Wimpern ruhten auf bleichen Wangen und bezeugten seine Ohnmacht. Raphaels Oberkörper, der über der Decke hervorragte, war nackt, und wo Évreux' Magie tödliche Wunden hätte schlagen sollen, war die Haut kaum mehr gerötet. An der Stelle, an der ich die Askesische Klinge in die Brust gestoßen hatte, war nichts mehr zu sehen. Kein Hinweis auf die schwere Verletzung, die ich ihm zugefügt hatte.

»Warum schläft er noch?«, flüsterte ich und blickte hoch zu Davide, der auf der gegenüberliegenden Seite am Kopfteil des Bettes Position bezogen hatte.

»Vermutlich reichen seine Verletzungen tiefer, als es oberflächlich den Anschein hat. Und vielleicht ist mehr verletzt als sein Fleisch.«

»Du meinst seinen Geist?«

Davide hob die Schultern. »Möglich.«

Ich presste die Lippen aufeinander und starrte Raphael an, als könnte sich auf seinem Gesicht der Grund für seinen Zustand abzeichnen.

»Er war es, der mich verletzt hat«, murmelte ich und verabscheute mich für diese Bitterkeit. »Er sollte wach werden.«

Doch das tat er nicht. Davide und ich hielten stundenlang Wache an Raphaels Bett. Ich wagte nicht, ihn zu berühren. Aus Angst, er könnte eiskalt, das gleichmäßige Geräusch seines Atems nur eingebildet sein.

Als Glocken irgendwo in diesem Gebäude Mitternacht ankündigten, schob sich Julien in das Zimmer und versuchte, mich dazu zu bewegen, ein wenig zu schlafen. Ich schickte ihn weg, lehnte das Essen ab, das Sandrine auf einem Tablett brachte. Hockte einfach nur auf dem harten Stuhl neben Raphaels Bett und starrte ihn an, als könnte ich ihn auf diese Weise zwingen, endlich die Augen aufzuschlagen.

Denn das musste er. Das war er mir schuldig, ich verdiente Antworten. Von ihm ebenso wie von Julien. Aber mein *Kommilitone* konnte warten. Seine Geheimnisse hatten nicht annähernd so viel Macht, mich zu verletzen, wie die, die Raphael vor mir gehütet hatte.

Weitere Stunden später war Davide eingenickt. Sein Kopf lag auf der Schulter und er schnarchte. Beim Ausatmen pustete er jedes Mal gegen die langen Haare, die um sein Gesicht tänzelten.

Mein Rücken schmerzte und meine Augen brannten vor lauter Müdigkeit. Ich war nicht bereit, ihr nachzugeben. Als ein leises Stöhnen ertönte, war ich hellwach. Ich fuhr hoch und beobachtete, wie er sich langsam regte. Zuerst die Füße, dann die Hände. Dann endlich hob er die Lider und blinzelte gegen das Licht des Kronleuchters an, das ihm nach dem langen Schlaf vermutlich unnatürlich grell vorkam.

Ich wagte nicht, mich zu bewegen, sah ihn einfach nur an, bis er den Kopf drehte und mich fand.

»Amelie.« Seine Stimme war rau vom Schlaf und sie erinnerte mich an jene Morgen, die wir gemeinsam aufgewacht waren. Erinnerungen überwältigten mich. Erinnerungen an kleine Momente, die so bedeutsam gewesen waren. Für mich.

Ich sprang so heftig auf, dass mein Stuhl zurückkippte und Davide hochfuhr. Widersprüchliche Gefühle tobten in meinem Innern. Erleichterung, dass Raphael erwacht war, dass es ihm gut zu gehen schien. Wut, so viel Wut, weil er mich verraten hatte. Verständnis für den Grund, aus dem er es getan hatte. Angst vor dem, was nun vor uns lag.

Mit meiner Vergebung würde ich die Vergangenheit nicht ändern können, wohl aber den Weg ebnen, der nun vor uns lag. Ob ich die Kraft dazu hatte? Keine Ahnung.

»Amelie«, wiederholte Raphael meinen Namen, diesmal flehentlicher. Reue und Schmerz zuckten über sein Gesicht hinweg und entzündeten ein Fünkchen Sehnsucht in mir. Ich wollte die Hand nach ihm ausstrecken, wollte ihm das Haar aus der Stirn streichen und mich vergewissern, dass seine Wunden verheilt waren. Doch ich war wie erstarrt.

Ein Räuspern ließ mich aufblicken. Raphael riss sich von mir los und wandte sich seinem Freund zu, der ihm ein wenig unbeholfen die Schulter tätschelte.

»Gut, dass du zurück bist«, meinte Davide.

»Ja, finde ich auch.« Für einen Augenblick vertrieb ein Lächeln die Schatten auf Raphaels Gesicht. Sie kehrten zurück, als er mich ansah. Mein Herz zog sich zusammen.

Erneut räusperte Davide sich und machte die Stille zwischen uns umso deutlicher. »Ich vertrete mir mal ein bisschen die Beine.«

Die Absicht, uns allein zu lassen, wurde offensichtlich, als er beinahe aus dem Raum floh.

»Wie geht es dir?«, fragte Raphael mich.

Ich schnaubte. »Du bist derjenige von uns beiden, der fast gestorben wäre.«

»Das bin ich aber nicht.«

Ich schlang die Arme um meinen Oberkörper, versuchte, mich vor dem Schmerz zu schützen, den die Erinnerungen in mir auslösten. Unwillkürlich schossen mir Tränen in die Augen und rannen heiß über meine Wangen.

»Bitte nicht«, flüsterte Raphael. Die Decke raschelte, als er sich darunter bewegte und die Hand nach mir ausstreckte. Kurz bevor wir uns berührten, zog er sich wieder zurück. Bedauern und Verunsicherung veränderten seinen Ausdruck.

Ich schluckte. »Ich hasse es, mich so zu fühlen.«

Bedeutungsschwer schwebte mein Geständnis zwischen uns. Gefühle und ungesagte Worte verdichteten sich, bis ich kaum mehr atmen konnte. Ich wischte mir über die Wangen in dem Versuch, meine Tränen zu trocknen. Doch es waren zu viele.

»Wie fühlst du dich denn?« Raphael stemmte sich hoch, bis er die Beine über die Bettkante baumeln lassen konnte. Ich beobachtete ihn, wie er sich langsam und schwankend erhob und auf mich herabsah.

»Zerrissen«, flüsterte ich. »Ich würde dir gerne verzeihen. An deiner Stelle hätte ich womöglich nicht anders gehandelt, aber … Ich hätte mich dir nicht genähert. Dir nicht etwas vorgegaukelt, was nicht ist.«

Raphael blinzelte. »Das denkst du? Amelie, meine Gefühle für dich sind echt. Ich habe nichts von dem, was sich zwischen uns entwickelt hat, gespielt.« Er fuhr sich durch das zerzauste Haar. »Gott, die Zeit mit dir war das Schönste, was mir je widerfahren ist. Ich bereue, *wie* sie begonnen hat. Nicht, dass wir sie hatten.«

Seine Worte jagten mir eine Gänsehaut über die Arme. Sie waren so ehrlich, so herzzerreißend, dass mir alles wehtat. Denn, obwohl ich mich nach ihm sehnte, löschten sie nicht aus, was geschehen war. Der Verrat hatte mich tief verletzt und sollten diese Wunden irgendwann heilen, wären die Narben wie eine unauslöschliche Erinnerung an alles, was ich gehabt und wieder verloren hatte.

»Ich möchte dich berühren. Darf ich?«

Ja. Nein. Unbedingt. Keine Ahnung. Ich biss mir auf die Unterlippe und sah ihn durch einen Schleier aus Tränen an. Dann nickte ich und wusste, dass ich die richtige Antwort gegeben hatte, als warme Finger über meine Wangen strichen und die Tränen fortwischten. Unerträglich zärtlich. Was von meinem Herzen übrig war, hüpfte in meiner Brust und in meinem Bauch flatterte etwas.

»Du bedeutest mir alles, Amelie Fournier. Und das würde ich dir gerne beweisen. Lässt du mich?«

In dem Versuch, die Tränenflut aufzuhalten, schloss ich die Augen. Vergeblich. Sie quollen weiterhin unter den Lidern hervor, hingen in den Wimpern und kullerten mir über die Wangen.

»Ich weiß nicht, ob ich das kann.«

Wie gerne hätte ich Raphael vergeben. Nicht nur für ihn, sondern vor allem für mich.

Als ich die Lider wieder hob, begegnete ich Betroffenheit in Raphaels gesenktem Blick, die mich vor ihm zurückweichen ließ. Die Hand, die er erneut nach mir ausstreckte, griff ins Leere. Ich wollte sie auffangen, seine Finger mit meinen verschränken. Stattdessen drehte ich mich um und floh aus dem Raum.

Floh vor dem, was von uns übrig geblieben war.

35
AMELIE

Das *Collège des Bernardins* bestand aus unzähligen Gängen. Irgendwann gab ich es auf, zu meinem Zimmer zurückfinden zu wollen, und sank in einer Fensternische zusammen. Draußen erhob sich die Dämmerung und ein kobaltblauer Himmel spannte sich über die weißen Gebäude. Ich zog die Beine dicht an meinen Körper und legte das Kinn auf meinen Knien ab.

Wenn ich unter anderen Umständen hier gelandet wäre, hätte ich diesen friedvollen Morgen womöglich zu würdigen gewusst. Aber alles, was mir durch den Kopf ging, war, dass auch dieser Moment zerbrechlich war.

Die Kälte des uralten Gemäuers kroch auf mich zu und drang in mich ein, bis meine Glieder steif waren. Trotzdem rührte ich mich nicht. Konnte es einfach nicht.

Wie lange ich so dort saß, wusste ich nicht. Tageslicht strömte in den Gang und vertrieb die letzten Schatten der Nacht. Als Schritte ertönten, drängte ich mich dichter in die Nische, sehnte mich danach, mich unsichtbar machen zu können, und hoffte, dass man mich hier zwischen Halbsäulen und Fensterschmuck übersah. Doch auf meiner Höhe verlangsamten sich die Schritte, bis sie schließlich erstarben.

Ein Räuspern riss mich endgültig aus der Illusion, unbeachtet zu bleiben. Widerwillig hob ich den Kopf und drehte mich zu der Person um, die mich in meiner selbst gewählten Einsamkeit störte.

Und erstarrte.

»Monsieur Lambert?« Ich keuchte. Vor mir stand mein Nachbar, doch diese Version des alten Mannes hatte Hosenträger und fleckiges Hemd gegen einen maßgeschneiderten Anzug getauscht. Das spärliche Haar, das ihm üblicherweise in Büscheln vom Kopf abgestanden hatte, war nun ordentlich frisiert, der Bartschatten, bestehend aus vereinzelten weiß-grauen Stoppeln, war einer gründlichen Rasur zum Opfer gefallen.

Ein entschuldigendes Lächeln kräuselte die Falten auf dem Gesicht meines Nachbarn. »Nicht Lambert, Mademoiselle.« Er trat in die Fensternische und lehnte sich gegen eine der Halbsäulen, während er mich betrachtete. »Mein Name ist Auguste Hoareau.«

»Hoareau?«, wiederholte ich. Verwirrung vernebelte meine Gedanken und machte es unmöglich, zu begreifen, weshalb auch mein Nachbar nicht der war, für den ich ihn gehalten hatte.

»Ich möchte Ihnen alles erklären. Wären Sie bereit, mich in mein Büro zu begleiten?«

Ich blinzelte den mir fremd gewordenen Mann an und versuchte, einen Zusammenhang zwischen ihm und Julien herzustellen. Aber die Informationen, die mein Kommilitone mir gegeben hatte, waren dürftig. Oder eigentlich: nicht existent. Denn im Grunde genommen hatte er mir gar nichts erklärt.

Mit steifen Gliedern löste ich meine verkrampfte Haltung auf der Fensterbank und rutschte hinunter, bis ich festen Boden unter den Füßen hatte. Als ich taumelte, umfasste Hoareau meinen Ellbogen und bot mir Halt. Die Vertrautheit dieser Berührung verstörte mich. Energisch machte ich mich von ihm los und brachte mehr Abstand zwischen uns, als ich es früher getan hätte.

Hoareau quittierte meine Reaktion mit einem milden Lächeln und wies mich an, vorauszugehen. Er verließ nach mir die Nische, ehe er die Richtung vorgab und mich durch das Labyrinth zu seinem Büro führte.

Gerade passierten wir eine griechische Statue, der Kopf und ein Teil des rechten Arms fehlten. Der Stumpf war in einem sonderbaren Winkel ausgestreckt, als hätte die Figur ursprünglich ins Leere gegriffen.

»Das ist Aristoteles«, sagte Hoareau. »Einer der ältesten Magier unserer Geschichte.«

»Wie bitte?«

»Sehen Sie, wie er die Hand erhoben hätte, hätte man sie ihm nicht abgeschlagen, weil man jegliche Hinweise auf magische Handlungen zunichtemachen wollte?«

»Er hat gezaubert?« Ich musterte die Statue genauer und tatsächlich ergab Hoareaus Begründung dieser unnatürlichen Haltung Sinn.

»In der Tat.«

»Was ist das für ein Ort?«, fragte ich, weil sich meine Neugier mit jedem Schritt vergrößerte und Verwirrung und Wut schrumpfen ließ.

»Wir befinden uns im Collège des Bernardins …«

»Ja, das erwähnte Julien«, unterbrach ich ihn ungeduldig. »Das ist aber nicht die Antwort auf meine Frage und das wissen Sie.«

Das Lächeln auf Hoareaus Gesicht blieb unerschütterlich. »Das Collège des Bernardins dient der *Ligue Magique* als Pariser Sitz.«

»Der was?«

»Sie werden die Antworten auf Ihre Fragen bekommen«, versicherte Hoareau mir und setzte unseren Weg unbeirrt fort.

Wir bogen um eine Ecke und traten in einen Gang, der von Sicherheitspersonal bewacht wurde. Wie Schatten standen sie stumm an den Wänden Spalier. Hoareau öffnete eine Tür, die von zwei Riesen flankiert wurde. Sie traten beiseite, um uns Platz zu machen, sagten jedoch kein Wort.

Der Raum dahinter bot durch spitz zulaufende Fenster einen Blick auf den bepflanzten Innenhof. Vollgestopfte Bücherregale säumten die Wände. Unter normalen Umständen hätten sie mich gelockt, mit den Fingern über die Titel zu streichen und vielleicht den ein oder anderen Band herauszuziehen, um hindurchzublättern.

In der Mitte des Raumes stand ein Schreibtisch. Hoareau nahm auf einem Lehnsessel dahinter Platz und bot mir einen Stuhl auf der anderen Seite an. Ich sank darauf nieder, umklammerte die Sitzfläche mit beiden Händen.

»Was ist die *Ligue Magique*?«, wollte ich wissen. »Und wer sind Sie wirklich? Wer ist Julien? Was wollen Sie von mir? Und was haben Sie mit der AI zu schaffen?«

Ein Seufzen, das Hoareau ausstieß, erfüllte die folgende Stille. Er formte die Hände vor seiner Brust zu einem spitzen Dach und musterte mich. »Sie erinnern mich in ganz außergewöhnlicher Weise an Charles.«

»Sie kannten meinen Großvater?«, flüsterte ich und griff nach dem Anhänger meiner Kette. In all der Zeit, die ich mit Monsieur Lambert ... mit Monsieur Hoareau verbracht hatte, hatte er das nie erwähnt. Diese Tatsache kam mir wie ein weitaus größerer Verrat vor als der Umstand, dass er sich mir unter falschem Namen vorgestellt hatte.

»Ihr Großvater war achtzehn Jahre alt, als ich ihn kennenlernte. Ihm haftete der Ruf eines Träumers an, weil er stets nach Magie strebte. Ich war nur wenig älter als er, als mein Vater, der damalige Großmeister der Ligue Magique, mich beauftragte, ihn anzuwerben.«

»Mein Großvater war ... Teil hiervon?« Ich sah mich erneut in dem Raum um, aber er gab nicht mehr preis als zuvor.

»Die Ligue Magique ist ein uralter Orden, der vor Christi Geburt gegründet wurde und seitdem Magie in einem forschenden Umfeld praktiziert. Die größten Namen der Geschichte gehörten zu unseren Reihen. Aristoteles, Plinius der Ältere, Albertus Magnus, Conrad Gessner, natürlich Leonardo da Vinci, Isaac Newton und viele mehr. Sie trugen ihren Teil dazu bei, jenes Magiesystem zu entwickeln, das 1857 fiel. Nach diesem schicksalsträchtigen Jahr hat sich der Orden neu formiert und es sich zur Aufgabe gemacht, der Magie den Weg zurück in unsere Welt zu ebnen. Ihr Großvater, Mademoiselle, kämpfte dafür, Ihnen eine Zukunft zu ermöglichen.«

Tränen verschwammen meine Sicht und ich schloss die Faust so fest um den Anhänger, dass mir die Kanten in den Handballen schnitten. »Das weiß ich«, brachte ich hervor. »Aber ich weiß nichts von der Ligue Magique. Wie kann das sein?«

Hoareau seufzte. »Das war wohl der einzige Punkt, in dem Charles und ich uns uneinig waren.« Ein trauriges Lächeln zeichnete sich auf seinen Lippen ab. »Er wollte Sie beschützen. Dafür sorgen, dass Sie jenseits unserer Welt und in Sicherheit aufwuchsen, während ich Sie nur zu gerne schon als Kind alles über Magie gelehrt hätte, was es zu wissen gibt.«

»Er hat ständig mit mir über Magie gesprochen«, meinte ich. »Er brachte mir alles bei.«

»Er brachte Ihnen bei, was er für nötig erachtete.« Hoareau lehnte sich zurück in seinem Sessel und betrachtete mich. »Amelie, was glauben Sie, erlaubt es Ihnen, Magie zu wirken?«

Ich zuckte zusammen, überrascht, dass er davon wusste.

Hoareau schien meine Gedanken lesen zu können und schmunzelte. »Wir beobachten Sie seit Ihrer Geburt. Und sehr viel genauer beobachten wir Sie, seit Sie in Paris leben.«

Seine Worte machten mich schwindelig und ich ließ von der Kette ab, um die Handflächen unter meine Oberschenkel zu schieben. »Warum tun Sie das?« Meine Stimme brach. In der Vergangenheit hatte ich häufig das Gefühl gehabt, beobachtet zu werden. Ich hatte es auf Paranoia geschoben, weil ich um meine Forschung gefürchtet hatte. Ich war mir albern vorgekommen, bis die AI auf äußerst grausame Art und Weise Interesse an mir gezeigt hatte. Dabei war da die ganze Zeit über ein Geheimorden gewesen, der mich überwacht hatte?

»Verdammt!«, stieß ich aus. »Ich habe doch nur herumexperimentiert. Was wenn es nicht geklappt hätte?«

»Wir beobachten Sie nicht wegen dem, was Sie geschafft haben«, antwortete Hoareau. »Wir beobachten Sie aus dem Grund, der es Ihnen erlaubt, Magie zu wirken. Sie sind von besonderem Blut, Amelie.«

Kurz flackerte eine Erinnerung in mir auf. Ich hatte mich mit Magie von den Fesseln befreit, ohne zu wissen, wie ich das angestellt hatte. Ich hatte gezaubert. Wie Évreux. »Was meinen Sie damit?«

»Zeit seines Lebens verehrte Ihr Großvater unseren Helden Mézangeau. Nicht nur, weil er im Kampf, die Magie zu retten, unterging, sondern auch, weil er der letzte lebende Nachfahre des größten Magiers aller Zeiten war.«

»Mein Großvater war mit Mézangeau verwandt?« Ich wollte Hoareau nicht glauben. Aber etwas in mir schien in diesem Augenblick an seinen richtigen Platz zu rücken. »Das bedeutet, dass ...«

»Dass Sie nun die letzte lebende Nachfahrin Mézangeaus sind. Abgesehen von ihrem Vater, der sich jedoch mit aller Deutlichkeit von unseren Tätigkeiten distanziert und für die Zukunft der Magie vermutlich keine relevante Rolle spielen wird.«

Auf diese Worte folgte eine Stille wie nach einem Bombeneinschlag. Meine Ohren rauschten und gleichzeitig hörte ich nichts mehr. Ich öffnete die Lippen, schloss sie wieder.

»Sie sind imstande, Magie zu wirken, weil magisches Blut durch Ihre Adern fließt. Es liegt in Ihrer Natur.«

Daraufhin schüttelte ich den Kopf, denn etwas schien Hoareau dabei zu übersehen. »Ich bin nicht stark. Ich kann kaum etwas bewirken.«

Lüge, flüsterte eine heisere Stimme in mir, die mich erneut an jenen schrecklichen Ort zerrte, an dem Évreux mich gefangen gehalten hatte.

»In einer Welt, in der es gänzlich unmöglich sein sollte, Magie anzuwenden«, riss Hoareau mich aus meinen Gedanken.

»Nein ... nein. Ich forsche doch bloß.«

»Ihre ersten Erfolge haben Sie erzielt, indem Sie Namensmagie angewandt haben, richtig?«

Natürlich wusste er davon. Er und seine Leute hatten ihre Jobs gut gemacht.

»Mir kam die Idee in den Katakomben. Professor D'Amboise gab dort eine Veranstaltung, in der er über die Energie der Toten gesprochen hat, die zurückbleibt. Aber das wissen Sie sicher schon.«

»Dass Sie diese Veranstaltung besucht haben oder dass ich von der Energie der Toten weiß?«

»Beides.«

Hoareau nickte. »Da muss ich zustimmen.«

»Was wissen Sie über Magie und ihre einzelnen Formen?« Aufregung ließ mich die Wut für einen Moment vergessen. Vielleicht erhielt ich endlich Antworten, die mir zahllose Stunden in der Bibliothek nicht hatten geben können.

»In der Theorie? Einiges. Das meiste beruht selbstverständlich auf Vermutungen.«

»Dann stellen Sie mal welche auf.«

Hoareau lachte über meinen herausfordernden Ton und gab nach. »Sie haben die Namensmagie bereits intensiv kennengelernt. Es gibt darüber hinaus viele Arten, sich der Magie zu bemächtigen. Über Sprüche, Sigillen oder Farben. Ich vermute, dass die Wahl der Ausübungsmethode von persönlichen Präferenzen abhängig ist.«

Die nächste Frage wählte ich mit Bedacht. »Und … ist es möglich, Magie ohne Hilfsmittel zu wirken?«

In der darauffolgenden Stille kam mir mein Atem unnatürlich laut vor und ich hielt ihn an, bis Hoareau antwortete.

»Wie kommen Sie darauf?«

Anspannung kribbelte in meinem Nacken und ich überlegte kurz, ob ich ihm verraten sollte, was mir bereits zweimal gelungen war. In der Hoffnung auf Antworten entschied ich mich dafür und erzählte ihm von den Momenten in der Bäckerei und später im Hauptsitz der AI.

Mit den Fingerspitzen bildete Hoareau ein Dach vor seiner Brust und sah mich darüber hinweg nachdenklich an. »Und Sie sind sich sicher, dass Sie von keinerlei Hilfsmittel Gebrauch gemacht haben?«

»Ganz sicher.«

»Dass Sie in der Lage waren, Namensmagie zu wirken, liegt vermutlich daran, dass Sie zur richtigen Zeit das richtige Wissen kombiniert haben und praktischerweise Erbin einer mächtigen Blutlinie sind. Vielleicht ist die Magie in Ihrem Blut stärker konzentriert, sodass Sie sich in einer lebensbedrohlichen Situation auf magische Weise retten konnten. Um darauf eine Antwort zu bekommen, müssten wir Sie untersuchen.«

»Untersuchen?«, wiederholte ich und richtete mich auf. »War das der Grund, weshalb Évreux mir Blut abgenommen hat?« Ich erinnerte mich an seine Fragen zu meiner Familie. Mein Puls beschleunigte sich. »Natürlich weiß er, wer ich bin.«

»Das tut er. Wir haben unser Möglichstes getan, Sie zu schützen. Ihre Identität geheim zu halten. Aber Évreux ist ein mächtiger Mann, er wird Mittel und Wege haben, an dieses Wissen zu gelangen. Spätestens als er erfahren hat, wozu Sie imstande sind, wird er Nachforschungen angestellt haben.«

»Évreux sucht nicht nach einem Weg, die Magie zurückzuholen. Er versucht, ihre Rückkehr zu verhindern. Warum hat er sich die Mühe gemacht, mein Blut zu untersuchen? Er hätte mich einfach töten können.«

»Seine Motive bleiben undurchsichtig. Aber ich vermute, dass er die Magie nicht gänzlich bannen möchte, sondern einen Teil für sich nutzt. Ihr Freund wurde auf magische Verletzungen behandelt und Julien berichtete, dass Évreux tatsächlich Magie gegen euch eingesetzt hat.«

»Das stimmt.«

»Möglicherweise sah er in Ihnen einen weiteren Quell der Magie, den er für sich beanspruchen konnte.«

»Und was wollen *Sie* von mir?« Ich starrte Hoareau an, ohne zu blinzeln, und suchte in seinem Blick nach einem Zeichen der Machtgier. Stattdessen fand ich darin Bedauern.

»Ich versprach Ihrem Großvater, Sie zu beschützen. Eine Weile lief das sehr gut. Ich genoss mein einfaches Leben in Paris und hatte ein Auge auf Sie, während Julien die Möglichkeit bekam, zu studieren. Wir wachten über Sie. Aber wir haben versagt.« Hoareau sah mich voller Ernsthaftigkeit an. »Es tut mir leid, Amelie.«

»Was genau? Dass ich gekidnappt wurde oder dass Sie mich von Anfang an belogen haben?« Ich rieb mir über die müden Lider. »Mein Großvater ist schon lange tot und Sie haben zwei Jahre als mein Nachbar verbracht. Zwei Jahre, in denen Sie unzählige Gelegenheiten hatten, mir die Wahrheit zu sagen. Wie kann ich Ihnen jetzt glauben?«

Die Heftigkeit meiner Worte ließ uns in unbehaglichem Schweigen zurück.

»Die Zeit muss es richten.« Hoareau klang so müde, wie ich mich fühlte. Seine Schultern sackten unter einer unsichtbaren Last zusammen.

War das die Lösung? Zu warten, bis das Gefühl von Verrat nachließ? Bis die Resignation größer wurde als die Verletztheit? Ich schüttelte den Kopf. Nicht für Hoareau, sondern für mich. Es würde immer wehtun. Bis sich die Erinnerung in Phantomschmerz verwandelte.

»Sie könnten sich uns anschließen«, beendete Hoareau das schwere Schweigen.

Mir entfuhr ein ungläubiger Laut, weil dieser Vorschlag an Absurdität kaum zu überbieten war. »Um mein Leben dieser Organisation zu widmen, mangelt es an Vertrauen.«

Hoareau stützte das Kinn in die Hand, während er mich musterte. »Nehmen Sie sich die Zeit, über mein Angebot nachzudenken. Aber schlagen Sie es nicht aus Prinzip oder verletztem Stolz aus.«

Wut züngelte in meinem Bauch empor. Der Stuhl quietschte über den Boden, als ich schwungvoll aufstand. »Es geht hier nicht um verletzten Stolz, sondern um den Verrat, den Sie systematisch an mir begangen haben.«

Hoareau neigte den Kopf zum Zeichen der Ergebenheit. »Denken Sie einfach darüber nach.«

Eine letzte Antwort blieb ich ihm schuldig. Stattdessen durchquerte ich den Raum und schlüpfte durch die Tür. Ich konnte ihm und seinen Wahrheiten nicht schnell genug entkommen.

Die Ligue Magique. Mézangeaus Blutlinie. Mein Großvater, der in all das verstrickt gewesen war. Meine Gedanken rasten, aber ich war unfähig, einen davon zu fassen und bis zum Schluss zu verfolgen. Wie Rauch lösten sie sich auf, hinterließen neue Fragen, neue Unsicherheiten.

Ich stürmte durch die endlosen Gänge, bis ich erneut die Orientierung verlor. Doch hinter der nächsten Biegung brachte mich vertrautes Gelächter ins Straucheln. Ich trat näher, sah durch den Arkadengang hinaus auf den Innenhof, wo sich Sandrine auf Julien stützte. An seiner Seite wirkte meine Freundin winzig. Er hatte einen Arm um sie geschlungen und bewegte sich in ihrem Tempo über den Weg. Der Anblick meiner Freunde stachelte meine Wut weiter an.

Mein Leben bestand aus falschen Wahrheiten. Nichts, was ich kannte, was mir vertraut war, war echt. Nicht Raphael, nicht Julien, nicht einmal mein schrulliger alter Nachbar. Und jetzt wurde ich Zeugin, wie innig Sandrine und Julien miteinander umgingen. Eine weitere Lüge für eine kaputte Wahrheit. Sie alle hatten mich betrogen.

Ich trat durch einen der Durchgänge auf einen mit Kies aufgeschütteten Weg und folgte ihm durch gestutzte Büsche in die Mitte des Platzes.

»Amüsiert ihr euch?« Meine Stimme vibrierte vor kaum unterdrücktem Zorn und trieb meine vermeintlichen Freunde auseinander. Beide starrten mich an. Verblüffung und Verwirrung zeichneten sich durch weit aufgerissene Augen und geöffnete Lippen auf ihren Gesichtern ab, doch das konnte meine Wut nicht lindern. »Hast du mich auch belogen?«, fuhr ich meine Mitbewohnerin an. »Wer bist du wirklich?«

»Amelie«, sagte sie langsam und bedacht. »Wovon redest du da?«

»Bist du meine Wächterin? Oder dienst du diesem Orden auf andere Weise?«, fauchte ich.

»Wie bitte?«

Sandrine wurde blass und ihre Augen glänzten. Ich konnte nicht sagen, ob ihre Reaktion echt oder gespielt war. Darin hatte ich von Anfang an versagt. Bei allen, die mir nahestanden.

»Es ist nicht so, wie du denkst«, mischte sich Julien ein, ließ seine Waffe sinken, erhob aber die andere Hand in dem Versuch, mich zu beruhigen. »Sandrine war nie mehr als deine Freundin und Mitbewohnerin. Mit dem Orden hat sie nichts zu tun.«

Lügen und Wahrheit verflochten sich zu einem Dickicht, das zu durchdringen ich nicht imstande war. Ich stieß einen frustrierten Laut aus und sank auf eine Bank, die am Rande des Weges stand. Dann vergrub ich das Gesicht in beiden Händen und wünschte mir, ich besäße so viel Magie, dass sie mich fortbringen könnte.

Ich spürte, wie jemand neben mir Platz nahm. Kurz darauf legte sich eine warme Hand zwischen meine Schulterblätter und ich roch den süßlichen Jasminduft von Sandrines Parfum. Ich suchte in dem Gesicht meiner Freundin nach einem Zeichen des Verrats. Doch ich fand keines.

»Ich habe nicht gelogen«, sagte sie behutsam. Ihre Enttäuschung war kaum zu überhören.

»Tut mir leid«, flüsterte ich und ergriff ihre Hand. »Natürlich nicht.«

Julien setzte er sich auf meine andere Seite. »Du hast dich mit Hoareau unterhalten, nicht wahr?« Seine Stimme war sanft, fast schon mitleidig. »Ich dachte mir, dass du es nicht so gut aufnehmen würdest, wie er geglaubt hatte.«

»Du warst mein Wachhund«, spie ich ihm entgegen.

Statt eines schlechten Gewissens zeichnete sich ein Anflug von Schalk in Juliens Miene ab. Er tippte sich gegen die Krempe eines unsichtbaren Huts. »Es war mir eine Ehre.«

Die aufgeladene Stimmung zwischen uns entlud sich. Meine Schultern sackten nach unten, meine Mundwinkel zuckten. »Mistkerl«, murrte ich.

Julien stupste mich sanft an. »Deine Sturheit ist bemerkenswert, Amelie, aber in dieser Situation wird sie dir nicht viel nützen. Wir stehen alle auf derselben Seite.«

»Warum fühlt es sich nicht danach an?« Ich war mir nie in meinem Leben so allein vorgekommen wie in diesem Moment. Die Ereignisse der vergangenen Tage und Wochen hatten mich verletzlich gemacht und ich kämpfte gegen neuerliche Tränen an.

»Was hat Hoareau gesagt?«, wollte Sandrine wissen.

»So einiges«, murmelte ich, sortierte meine Gedanken und funkelte Julien an. »Du hast dich freiwillig dazu gemeldet, meinen Wachhund zu spielen, damit du hier studieren kannst.«

»Wie bitte?« Neben mir stieß Sandrine einen Fluch aus und starrte unseren Kommilitonen finster über mich hinweg an.

»Moment mal. Ich habe mich dem Orden aus tiefster Überzeugung verpflichtet. Meine gesamte Familie diente und dient der Ligue Magique und es war eine Ehre für mich, dieser Tradition zu folgen. Doch die wenigsten Mitglieder erhalten die Gelegenheit, zu studieren. Für mich war dieser Auftrag eine einmalige Chance, aber ich wäre ihm auch nachgegangen, wenn ich an deiner Seite in einem Nagel- oder Boxstudio hätte jobben müssen.«

»Ich bin mir nicht sicher, ob du dich in einem Boxstudio hättest behaupten können. Nicht einmal mit diesen Armen«, meinte Sandrine mit einem bösen Grinsen, das mich schmunzeln ließ. »Und von Juliens Verfehlungen einmal abgesehen: Was ist das für ein Orden?«

Julien antwortete nicht, also tat ich es stattdessen: »Sie sind eine Bande von Möchtegern-Magischen.«

»Nicht so cool wie du«, warf Sandrine ein und zwinkerte mir zu.

Julien stöhnte. »Wir sind keine Magischen. Wir dienen der Magie. Erforschen sie, unterrichten sie, entwickeln sie weiter. Heutzutage nur noch in der Theorie, nicht mehr praktisch. Jetzt arbeiten wir daran, die Magie zurückzuholen.«

»Ich finde es erstaunlich, dass so viele Instanzen versuchen, sie zurückzuholen, aber keine davon erfolgreich ist«, stichelte Sandrine. »Außer Amelie.« Sie legte mir einen Arm um die Schulter und zeigte mir damit, dass sie mir meinen Ausbruch nicht verübelte. Dankbar lehnte ich mich in die Umarmung und atmete ihren vertrauten Duft ein, der mich an zu Hause erinnerte.

»Du irrst dich«, sagte ich. »Die AI will die Magie nicht zurückholen. Évreux tut alles dafür, sie der Welt vorzuenthalten, macht aber selbst Gebrauch von ihr.«

»Wie bitte?« Empörung ließ Sandrines Stimme schrill klingen. »Und für diesen Verein arbeitet Raphael?«

Sie wusste nicht, was zwischen uns vorgefallen war, und ich wollte nicht darüber sprechen. Noch nicht. Oder nie. Ich hatte keine Ahnung, was Sandrine von Raphaels Verrat halten würde. Und etwas in mir wollte unbedingt verhindern, dass meine beste Freundin den Mann hasste, den ich …

Ich konnte diesen Gedanken nicht beenden. Die Logik meines Verstandes widersprach der leisen Sehnsucht in meinem Herzen. Ich verschloss all meine Gefühle zusammen mit der Wahrheit vor meinen Freunden und gab vor, ihrem Gespräch zu folgen. Dabei hörte ich nichts mehr. Nur noch Raphaels Stimme in meinem Kopf und Erinnerung um Erinnerung, die mein Gedächtnis mir abspulte.

Ich musste eine Entscheidung treffen.

36

RAPHAEL

Wenn du mich weiterhin so ansiehst, brennst du mir mit deinem Blick ein Loch in den Schädel.« Die Decke rutschte über die Bettkante und ich packte sie im letzten Moment, als ich mich zur Seite drehte und Davide zuwandte.

Er sah abgeschlagen aus. Die Brille saß schief auf der Nase, das rechte Glas hatte einen Sprung. Auf seiner blassen Haut hoben sich deutlich dunkle Augenringe hervor, die die Strapazen der letzten Tage und die Sorgen der vergangenen Stunden dokumentierten. Nachdem Amelie verschwunden war, hatte er die Ereignisse nach meinem Quasi-Tod zusammengefasst und berichtet, dass wir uns in der Obhut eines Geheimordens befanden. Diese ganze Sache wurde immer skurriler. Aber ich beklagte mich nicht. Ohne besagten Orden wären wir vermutlich alle bei *Asclépios Industrielle* draufgegangen.

»Entschuldige«, murmelte er und rieb sich mit dem Handrücken über das Gesicht. »Es ist nur … so abgefahren, was geschehen ist. Du warst tot und jetzt lebst du. Es gab da mal diesen Typen, der wiederauferstanden ist und …«

»Verdammt, Davide, ich bin doch nicht Jesus.« Mir entfuhr ein Laut, der einer Mischung aus Husten und Lachen gleichkam.

»So, wie du fluchst, bist du echt kein Gottessohn.«

Ich schnaubte. »Und außerdem war ich nicht tot. Nicht wirklich.«

Ich versank in einem trüben Gedankensumpf und Schweigen legte sich über uns. Erst Davides rhythmisches Trommeln auf die Matratze holte mich zurück. Unsere Blicke streiften sich. In seinem lag Sorge.

»Wie war es?«, fragte er beinahe schüchtern. »Tot zu sein.«

»Ich war nicht tot«, wiederholte ich mich. Aber was die Askesische Klinge bewirkt hatte, kam dem schon ziemlich nahe. Wenn niemand sie wieder herausgezogen hätte, wäre ich nicht mehr erwacht. Diese Vorstellung war derart unheimlich, dass eine Welle des Schreckens über mich hinwegschwappte.

»Du weißt, was ich meine. Hast du ein weißes Licht gesehen? Oder die Engel singen hören? Was war ... danach?«

Ich schloss die Augen und suchte nach Erinnerungen, die ich nicht hatte. Bilder von den Momenten vor meinem Tod tauchten in mir auf. Staub, Schutt und Zerstörung. Juliens Leute, die gerade rechtzeitig aufgetaucht waren. Amelie an meiner Seite. Das Ende vor uns. Schließlich eine allumfassende Dunkelheit.

»Nichts«, sagte ich leise. »Da war nichts.«

Davide nickte, als hätte er das schon erwartet. »Irgendwie traurig, oder? Da steuert man das ganze Leben unweigerlich auf das große Finale zu und dann endet das alles im Nichts.«

»Es war vermutlich wie schlafen. Nur ohne Träume.«

»Ich bin froh, dass du aufgewacht bist.«

»Und ich bin froh, dass wir es lebend dort rausgeschafft haben. Wie geht es dir?«

»Gut. Mir ist nichts zugestoßen.«

»Ich spreche nicht von physischen Verletzungen, Davide.«

Er stieß ein widerwilliges Seufzen aus und wirkte kleiner und zerbrechlicher als sonst. »Ich hasse es, die Kontrolle zu verlieren. Deshalb liebe ich meinen Job. Ein Algorithmus tut nicht mehr oder weniger als das, was ich von ihm verlange. Menschen dagegen bedeuten Chaos.«

»Das ist alles meine Schuld. Ich habe dich mit in die Sache hineingezogen. Dich und ...« Ich schluckte, kam aber nicht gegen das Engegefühl in meiner Kehle an.

»Lucille«, flüsterte Davide und fuhr sich durch das Haar, bis sich einige lange Strähnen aus seinem nachlässig gebundenen Knoten lösten. Als er mich ansah, hielt er inne. »Du bist nicht dafür verantwortlich, Raphael.« Er nahm meine Hand und drückte sie auf eine Art, die mir Hoffnung machte, dass alles gut werden würde.

»Glaubst du, Amelie wird mir verzeihen?«

Ein Lächeln lichtete die Schatten auf Davides Gesicht. »Mir hat sie auch verziehen, ohne dass ich etwas dafür machen musste. Und dich hat sie deutlich lieber als mich. Ich denke, die Chancen stehen ganz gut.«

»Das sah eben nicht danach aus.« Nicht nach Vergebung und auch nicht danach, dass sie mich in irgendeiner Art und Weise mochte.

»Ich bin fachlich nicht versiert in Frauenangelegenheiten. Ich könnte dir eher dabei helfen, Julien zu erobern.«

»Julien?« Ich verzog das Gesicht zu einer Grimasse.

»Du musst zugeben, dass er bemerkenswert attraktiv ist.«

»Er ist ein Arschloch.«

»Ein gut aussehendes Arschloch.«

Wir lachten und Davide beendete diesen leichten Moment mit einem Schulterzucken. »Zwischen Amelie und dir ist es etwas anderes. Ihr habt miteinander geschlafen. Du musst dich mehr ins Zeug legen als ich.«

»Ich liebe die nüchterne Art, wie du die Dinge aussprichst.«

»Ist es nicht so?«

»Vermutlich. Ich weiß es nicht.«

»Du magst sie doch.«

Über eine Antwort musste ich nicht nachdenken. »Sehr.«

»Dann kriegst du das hin.«

Ich ließ den Kopf zurück ins Kissen sinken und starrte hoch zu der spektakulär gewölbten Decke über mir, als könnte ich dort eine Lösung finden.

Die nächsten Stunden verbrachte ich mit einem Wechsel aus Schlafen und Nachdenken. Davide schnarchte in dem Sessel, den er sich an das Bett herangeschoben hatte.

Ich streckte mich, um nach dem Smartphone zu angeln, das auf dem Nachttisch neben mir stand. Den Kampf hatte es überstanden und der Restakku würde ausreichen, um mich kurz zu Hause zu melden.

Ein Gefühl von schlechtem Gewissen, das in meinem Bauch rumorte, und die übliche Sorge, die mich überkam, sobald es um meine Mutter ging, hafteten an mir, als ich ihre Nummer wählte. Ich zählte, wie oft es klingelte, und als es mehr als die üblichen dreimal war, verknoteten sich meine Eingeweide und ich packte das Telefon fester. Meine Anspannung fiel zumindest teilweise von mir ab, als es in der Leitung knackte und meine Mutter sich mit schwacher Stimme meldete.

»Raphael.« Ihr erleichtertes Seufzen schnürte mir die Kehle zu. Ich wollte ihr zusätzlich zu ihrer Krankheit nicht noch mehr Kummer bereiten. »Ich habe in den Nachrichten gesehen, dass es eine Explosion bei der AI gab. Ich dachte schon …« Ich hörte sie schlucken.

»Es tut mir leid, dass ich mich nicht gemeldet habe. Im Labor herrscht seit dem Vorfall Chaos.« Die Lüge schmeckte bitter. »Wie geht es dir, *Maman*?«

Ein Husten kam ihrer Antwort zuvor und verriet mir mehr, als meine Mutter es mit Worten hätte tun können. »Bestens, Schatz, mach dir keine Gedanken.«

Was waren wir für eine Familie, die sich gegenseitig anlog?

»Wann kommst du nach Hause?«, fragte meine Mutter und ich erkannte an ihrer angespannten Stimme, dass sie gegen einen neuerlichen Hustenanfall ankämpfte.

»In ein paar Tagen. Ich werde hier noch gebraucht«, sagte ich, obwohl ich ganz genau wusste, dass sie mich ebenso brauchte.

»Das ist schön. Pass auf dich auf.«

Ich unterdrückte ein freudloses Lachen. »Und du auf dich.«

Nachdem ich das Gespräch beendet hatte, kam mir das Krankenzimmer trotz der absurden Größe und des mittelalterlichen Tands zu klein vor, das Atmen fiel mir schwer und Schuld und schlechtes Gewissen wegen meiner Mutter und wegen Amelie lasteten schwer auf mir.

Ich verließ das Bett und nach ein paar unsicheren Schritten das Zimmer. Die Kälte der Steinplatten biss mir in die nackten Füße und das unangenehme Stechen in den Sohlen belegte, dass ich überlebt hatte. Ich trug noch meine Kleidung vom Tag des Kampfes, eine bequeme Jeans und ein Shirt. Der Pullover musste den Ereignissen zum Opfer gefallen sein. Ich fror, denn es war eindeutig die falsche Jahreszeit, um barfuß und mit kurzen Ärmeln durch ein uraltes Kolleg zu spazieren. Trotzdem lief ich weiter. Vorbei an verwitterten Statuen und Efeu umrankten Säulen, die einen herbstlichen Innenhof einrahmten. Der Wind pfiff durch die Gänge und ließ mich wenig später bereuen, im Zimmer nicht meine Schuhe gesucht zu haben.

Ich sehnte mich nach Amelie, wusste jedoch, dass sie es sein musste, die auf mich zuging. Auf keinen Fall wollte ich sie bedrängen und die Situation für sie verschlimmern.

Neben der Büste eines mir unbekannten Mannes mit Hakennase und Denkerstirn, dessen rechte Gesichtshälfte von Moos befallen war, ließ ich mich nieder und blickte auf die gepflegte Anlage. Wie kleine Nadeln stach mir die Kälte in die Haut. Ich zog die Beine dicht an den Körper und umfasste sie mit beiden Armen.

»Dies ist ein Ort, an dem die Seele atmen kann.«

Mit Gesellschaft hatte ich im leeren Innenhof nicht gerechnet. Ich fuhr zusammen, riss den Kopf herum und suchte nach demjenigen, der mich angesprochen hatte. Doch da war niemand. Niemand außer der Statue.

Es war viel geschehen, meine Gedanken wanderten rastlos umher und hatten mir womöglich einen Streich gespielt. Ich sank zurück auf die Bank und fragte mich, wie ich das alles je verarbeiten sollte.

Bis vor Kurzem war ich nicht mehr als ein ambitionierter Student mit persönlicher Motivation gewesen, der aus diesem Grund viel Zeit in Studium und Nebenjob gesteckt hatte. Ab und zu mal ein Rendezvous, belanglose Begegnungen, die ich am nächsten Tag wieder vergessen hatte. Mit Amelie hatte sich alles verändert. Meine Einstellung zur Liebe und das Leben, das ich bis dato geführt hatte. Jetzt war mein Weg mit Blut und Tod besudelt. Und so viel Schuld.

»Es gibt kein Problem, das sich nicht mit einem Humpen Bier und dem Schoße einer Frau vergessen ließe.«

Vor Schreck sprang ich auf, sah mich suchend nach dem Mistkerl um, der mein zweites Leben vorzeitig zu beenden gedachte, indem er mir einen Herzstillstand bescherte. Ich umrundete eine hüfthohe, immergrüne Hecke und musste feststellen, dass ich allein war. Das gab mir genug Anlass, an meinem Verstand zu zweifeln. Der hatte zuletzt einfach stark gelitten.

Die Bestätigung, dass mit mir etwas ganz und gar nicht stimmte, erhielt ich, als sich der Kopf der Büste langsam zu mir herumdrehte und mich aus schwarzen Augen musterte. Ich wich zurück und stolperte dabei über meine eigenen Füße. Einen Moment später fand ich mich im feuchten Gras wieder.

Der steinerne Kumpel über mir hob eine Braue und starrte mich an. Dann, ganz langsam, zwinkerte er mir zu und flüsterte: »Es gibt kein Problem, das sich nicht mit einem Humpen Bier und dem Schoße einer Frau vergessen ließe.«

Rückwärts krabbelnd wich ich zurück. Scharfkantige Steine schnitten mir dabei in die Handballen, aber mein Schreck wog schwerer als der Schmerz. Verarschte mich hier jemand? Dieser Mistkerl Julien?

»Darf ich vorstellen? Perceval Dumont, der Großmeister unseres Ordens in der Zeit unmittelbar vor dem Magiefall.« Der alte Mann, der neben mir erschien, trug einen maßgeschneiderten Anzug und eine unlesbare Miene. Der Wind zupfte an seinem spärlichen Haar, aber er hatte es mit genug Pomade gebändigt, dass er scheiterte. »Perceval ist eine Reliquie der magischen Ära und eines unserer kostbarsten Stücke. Der Rest Magie, der in ihm steckt, erlaubt es ihm, Phrasen zu wiederholen, die er aufgeschnappt hat, bevor die Magie verschwand.«

Ich kannte jene Reliquien nur allzu gut aus dem Museum meines Vaters und war nur mäßig beeindruckt davon, dass die Büste semilebendig war. Vielmehr faszinierte mich eine andere Tatsache.

»Er spricht vom Schoß einer Frau«, bemerkte ich mit gehobenen Brauen.

»Ja, in der Tat. Manieren konnten wir unserem alten Freund bislang nicht beibringen.« Der Mann reichte mir die Hand und zog mich mit einer für sein Alter erstaunlichen Kraft zurück auf die Füße. »Und ich vergesse die meinen. Mein Name ist Auguste Hoareau, der amtierende Großmeister der Ligue Magique. Von Ihren Freunden weiß ich, dass Sie Monsieur Raphael Chevalier sind. Wie geht es Ihnen?«

Die Freundlichkeit, mit der er mich ansprach, irritierte mich. Langsam nickte ich. »Gut.«

»Ein Flegel ist, wer sich vor dem Abwasch drückt!«, krähte die Büste in einer Lautstärke, die mich erneut zusammenzucken ließ.

»Er hat ein ganz schon großes Mundwerk für jemanden, der sich nie am Abwasch beteiligt hat«, meinte Hoareau entschuldigend.

Ich schob die Hände in die Hosentaschen und ließ mich in ein Gespräch verwickeln, in dessen Verlauf ich erfuhr, dass der Orden bereits eine Weile über Amelie wachte. Mit roten Ohren, die meine Scham bezeugten, erzählte ich Hoareau von der Rolle, die ich gespielt hatte. Ich wollte keine Absolution von ihm, sondern ihn wissen lassen, wen er unter seinem Dach schlafen ließ. Allerdings erzählte ich dem Großmeister nichts, das er nicht schon wusste.

Schließlich deutete er auf meine Füße. »Gehören Sie etwa zu jenen waghalsigen Leuten, die bei Wind und Wetter auf festes Schuhwerk verzichten?«

»Heute ist eine Ausnahme.« Ich wackelte mit den eiskalten Zehen, die sich inzwischen taub anfühlten.

»Wärmen Sie sich auf, Raphael. Zweite Chancen sollte man nicht leichtfertig verspielen.«

»Sie haben davon gehört?«

Ein Lächeln kräuselte das Gesicht des alten Mannes und bewegte die Falten um seinen Mund. »Selbstverständlich.«

Ich nickte und erinnerte mich, dass auch ich Manieren besaß. Wobei mein Vater dem widersprechen würde. »Danke, Monsieur. Dafür, dass Sie uns hier Obdach gewährt haben.«

»Nicht ganz uneigennützig, wie ich gestehen muss. Ich hoffe auf Amelies Wohlwollen.«

»Ich auch.«

Hoareau klopfte mir auf die Schulter. »Dafür haben Sie deutlich bessere Karten als ich.« Mit der Bewegung seines Kinns wies er in die Schatten zwischen zwei Säulen, durch die man den Arkadengang betrat. Ich kniff die Augen zusammen und erkannte die Gestalt als Amelie, die zuerst zögerte, dann entschlossen auf uns zukam.

»Viel Glück«, raunte Hoareau mir zu und verschwand in die entgegengesetzte Richtung.

Wenige Meter vor mir blieb Amelie stehen. Sie keuchte, als wäre sie gerannt. Rote Flecken krochen über ihre Wangen. Sie sah bezaubernd aus. So sehr, dass sich mein Herz schmerzhaft zusammenzog.

»Raphael.« Ihre Stimme war eine Mischung aus Seufzen und Sanftheit, die der Wind mit sich hinfortzureißen drohte. Ich wollte dieses eine Wort festhalten, weil es so viele Risse in meinem Herzen reparierte, gleichzeitig aber neue aufzureißen vermochte. Amelie besaß die Macht, mich zu zerstören. Und ich würde es bereitwillig geschehen lassen.

Ich hob den Blick und fing ihren auf. Kälte trieb mir Tränen in die Augen. Aber vielleicht war es auch die vernichtende Gefühlsmischung aus Angst und Angespanntheit, zu der sich Reue und Verlust gesellten.

»Du musst unendlich frieren.« Amelie senkte die Lider und verbarg die Gefühle, die ihre Augen möglicherweise preisgegeben hätten.

Mir war kalt. Doch die Herbsttemperaturen nahm ich kaum wahr, es war vielmehr die Kälte in mir.

Ohne mich noch einmal anzusehen, streckte sie die Hand nach mir aus. Warme Finger umschlossen meine. Es war eine Geste, die mein Herz zum Stolpern brachte, weil sie mir so vertraut war.

»Lass uns reingehen«, sagte Amelie und zog mich mit sich. Ich gehorchte widerstandslos und kämpfte gegen das Bedürfnis an, ihr all das zu sagen, was mir im Kopf herumgeisterte. Zahlreiche Entschuldigungen und Liebesgeständnisse. Nichts davon war angebracht, alles davon wollte ich loswerden. Ich schwieg.

Wir traten durch die Säulen in den Arkadengang und von dort aus in einen geschlossenen Korridor, in den der Wind uns nicht folgen konnte. Amelies Absätze klapperten auf dem Boden, während die Schritte meiner nackten Füße beinahe lautlos waren. Keiner von uns sagte ein Wort.

In einem Zimmer, das ähnlich aussah wie das, in dem ich erwacht war, schloss Amelie hinter uns die Tür und lehnte sich dagegen. Dabei musterte sie mich, wohl darauf bedacht, keinen Blickkontakt herzustellen. Es war das erste Mal, dass ich mich in ihrer Gegenwart wirklich unwohl fühlte. Ich verschränkte die Arme vor der Brust, als ob mich das vor dem schützen konnte, was sie möglicherweise zu sagen hatte. Meine Angst, sie zu verlieren, wuchs und ich musste dagegenatmen und mich beruhigen, um sie nicht anzuflehen, bei mir zu bleiben.

Dieser Moment – die angespannte Stille zwischen uns – war schlimmer als alles, was wir bei AI erlebt hatten. Ich hob die Hände und hatte keine Ahnung, was ich damit vorgehabt hatte. Also ließ ich sie wieder sinken.

»Raphael«, flüsterte Amelie und löste sich endlich von der Tür. Mit langsamen und unsicheren Schritten kam sie auf mich zu und blieb so dicht vor mir stehen, dass sie den Rhythmus meines wild schlagenden Herzens hören musste. Sie sagte nichts weiter, schlang stattdessen die Arme um mich. Amelies Lavendelblütenduft strömte auf mich ein. Ihre plötzliche Nähe und die Wärme ihres Körpers waren überwältigend. Einige Sekunden lang war ich wie erstarrt, ehe ich die Umarmung erwiderte und Amelie fest an mich drückte. Die Nase vergrub ich in ihrem Haar und atmete ihre Vertrautheit ein. Ich würde sie nicht mehr loslassen. Unmöglich.

Doch dann löste sich Amelie von mir und meine Arme sanken nutzlos an meinem Körper herab. Um Aufregung und Unsicherheit zu überspielen, räusperte ich mich.

»Ich habe viel darüber nachgedacht, was schlimmer ist: Einen Menschen zu verraten, den man nicht kennt, oder jemanden zu verraten, für den man etwas empfindet.«

Die Gefühle für Amelie, Sehnsucht und Reue machten meine Stimme brüchig, aber ehrlich.

Sie blinzelte, öffnete die Lippen, schloss sie wieder. Zwischen uns schwebten so viele Lügen und ebenso viele Wahrheiten. Ein dichtes Netz aus Hoffnung und Schuld und Verletztheit und allen Nuancen dazwischen.

Amelie krümmte die Finger in den Stoff ihres Oberteils. »Und? Zu welchem Schluss bist du gekommen?«, fragte sie heiser.

»Es spielt keine Rolle. Verrat, egal an wem, ist immer die denkbar schlechteste Entscheidung. Es gibt keine Entschuldigung für das, was ich dir angetan habe, und ich kann es nicht rückgängig machen. Wenn das möglich wäre, würde ich es tun. Um jeden Preis.« Verzweiflung brodelte unter der Oberfläche und ich spürte den Druck von Tränen hinter den Lidern. Ich wollte, dass alles war wie zuvor. Dass wir waren wie zuvor. Ich wollte ihre Vergebung. Und das machte mich zu dem größten Mistkerl der Weltgeschichte. Denn das war etwas, das ich aus offensichtlichen Gründen nicht verdiente.

»Das weiß ich«, flüsterte Amelie. Tränen glitzerten in ihren Wimpern und ich hätte sie zu gerne weggewischt. Sie kam mir zuvor und bog die Mundwinkel zu einem Lächeln, das mehr einer Grimasse glich. »Ich verstehe deine Beweggründe. Das tue ich wirklich.«

»Aber du kommst nicht darüber hinweg«, ergänzte ich.

Amelie hob das Kinn. Ehrlichkeit blitzte in ihren Augen, als sie den Kopf schüttelte. »Das ist es ja. Ich komme darüber hinweg und frage mich, ob ich das darf.«

»Was?«

Sie legte die Hand auf die Stelle über meinem Herzen. Als mich ein flaues Gefühl überkam, erinnerte ich mich daran, weiterzuatmen.

»Ich habe so viele Menschen in tödliche Gefahr gebracht.«

Amelie lud sich die Schuld dafür auf?

»Das war ich, das warst nicht du. Hörst du?«, beschwor ich sie.

»Ich habe viele falsche Entscheidungen getroffen. Ich war so leichtsinnig, habe mit der Magie gespielt, als hätte das keine Konsequenzen, und habe in der Öffentlichkeit Gebrauch von ihr gemacht.« Amelie senkte die Lider. »Ich war überheblich, habe mich unbesiegbar gefühlt. Und jetzt zahle ich den Preis: das Wissen um den Tod einiger Menschen, den ich mit meiner Unvernunft verursacht habe.«

»Tu das nicht, Amelie. Du hattest ehrenwerte Absichten.«

»Ich bin gescheitert. Zwar kann ich zaubern, aber die Magie ist noch immer fort und die Welt stirbt einen langsamen Tod.«

»Das ist nicht das Ende«, murmelte ich und lehnte meine Stirn gegen ihre. Atmete ihren Atem. Meine Worte hatten so viele Bedeutungen. Sie bargen ein Versprechen, das ich mich nicht traute, laut auszusprechen.

Als ich Amelies Gesicht umfasste, legte sie ihre Hände auf meine und blinzelte zu mir hoch. »Du hast recht. Es ist der Anfang.«

Ich neigte den Kopf, bis wir uns so nah waren, dass wir uns hätten küssen können. Das Blut rauschte in meinen Ohren und Amelies Nähe machte mich schwindelig.

Ich könnte sie küssen.

Ich wollte sie küssen.

Doch sie kam mir zuvor und küsste mich, fegte damit all meine Gedanken fort. Es war wie nach Hause kommen. In meiner Brust schwoll ein großes, warmes Gefühl an, das all die Ängste und Sorgen zwar nicht verdrängte, aber schrumpfen ließ.

Amelies Wirkung auf mich war überwältigend. Jede einzelne Berührung sorgte dafür, dass ich mehr wollte. Zu Beginn war es ein zarter Kuss. Unsere Lippen streiften einander, bis Amelie sie für mich öffnete und mich damit einlud, ihren Mund mit meiner Zunge zu erkunden. Das Flattern in meinem Bauch verwandelte sich in die unbedingte Sehnsucht, mehr von ihr zu spüren. Lust erwachte in mir und brach als Stöhnen aus mir heraus.

Amelie grub die Finger in den Stoff meines Shirts und zog mich in Richtung des Bettes. Auf halbem Weg bezwang Vernunft Verlangen und ich schuf Abstand zwischen uns, indem ich mich von ihr löste.

»Wir sollten das nicht tun.« Es war die Wahrheit, aber sie schmeckte wie Scherben.

Amelies Lippen waren gerötet, ebenso wie ihre Wangen. Jetzt verdunkelten sie sich. »Ich hätte dich fast verloren.« Die flache Hand presste sie auf meine Brust. »Lass mich das vergessen.«

Wie sehr wollte ich das. Wie sehr wollte ich sie. Mich in dem Moment verlieren. Dass mein moralischer Kompass falsch ausgerichtet war, hatte ich in den letzten Wochen eindrucksvoll bewiesen und wiederholte das nun. Ich ignorierte die Schuld, die zwischen uns stand. Vergaß, dass ich Amelies Vertrauen verspielt hatte.

Das hier war, was ich brauchte. Ich schob die Hand unter den Saum ihres Shirts und berührte die warme, weiche Haut darunter. Als ich mit den Fingerkuppen über ihre Seite strich, sog Amelie scharf die Luft ein. Ich spürte, wie sie eine Gänsehaut bekam, und lächelte.

Der zweite Versuch, mich ins Bett zu bringen, glückte. Gemeinsam wankten wir durch den Raum, ohne uns loszulassen. Der

Holzrahmen quietschte, als wir auf die Matratze fielen, Decken und Laken raschelten. Eine Mischung aus Begierde und Ungeduld machte meine Bewegungen hektisch. Ich zog an Amelies Shirt und sie kicherte, weil ich sie damit versehentlich fesselte, anstatt sie von dem lästigen Stoff zu befreien. Als er endlich zu Boden fiel, erhaschte ich einen Blick auf ihre Schultern, wo sich die ausgeblichenen Spuren der Malignen Magieplasie abzeichneten. Richtung Rippenbogen waren die Linien ganz verschwunden.

»Ich sagte doch, dass ich mich auf dem Weg der Besserung befinde.« Amelie lächelte und ich zog sie für einen hauchzarten Kuss zu mir. Erleichterung machte mein Herz leicht, ehe es schneller ging, weil sich erneut Verlangen in unsere Berührungen mischte.

Kurz darauf gewann ich den Kampf gegen ihren BH und widmete mich ihren wunderschönen Rundungen und den harten Nippeln. Amelie stöhnte laut, als ich sie nacheinander mit dem Mund liebkoste und mich dabei mit einer Hand zu ihrem Hosenbund vortastete.

»Und du bist dir wirklich sicher, dass du das hier möchtest?«, fragte ich, bevor ich noch weiterging.

Amelie, die auf dem Rücken lag, stützte sich mit den Ellbogen ab und richtete sich halb auf. Ihre Haare fielen in dicken Strähnen über ihren nackten Oberkörper und rahmten ihre Brüste ein. Gott, sie war so verdammt schön.

»Habe ich dir das Gefühl gegeben, etwas hiervon nicht zu wollen?«, fragte sie mich in einem Ton, den sie anschlug, wenn sie verärgert war. Sie fesselte mich mit dem Hellbraun ihrer Augen und suchte in meinen nach einem Zögern. Doch das würde es nicht geben. Das hier war genau das, was ich brauchte. Amelie half mir, dieser verkorksten Wirklichkeit zu entfliehen.

Sie hielt meinen Blick fest, biss sich auf die Unterlippe und dann öffnete sie ihre Hose und zog sie mitsamt Slip über die Hüften nach unten.

Aufregung machte mich unbeholfen und ich brauchte zwei Anläufe, um mich selbst auszuziehen. »Es sieht zwar gerade nicht danach aus, aber ich habe das schon mal gemacht«, murrte ich und kam nicht gegen die Schamesröte an, die sich auf meinen Wangen breitmachte.

»Ich weiß. Ziemlich gut sogar«, bemerkte Amelie mit einem frechen Grinsen.

»Du streichelst mein Ego.«

»Es ist die Wahrheit.«

Sie zog mich zu sich und ich konnte nicht länger denken. Nur fühlen. Ich stützte mich links und rechts mit beiden Armen neben ihrem Kopf ab und küsste sie. Dazwischen flüsterte ich Komplimente und Liebkosungen und bekräftigte meine Worte mit Berührungen. Das Gewicht auf einen Ellbogen verlagernd, ließ ich meine andere Hand an ihrem Körper hinabwandern und legte die Finger auf ihre empfindlichste Stelle. Amelie stieß ein Keuchen aus, das mein Verlangen befeuerte. Die leisen Geräusche, die sie machte, nahm ich als Hilfestellung, um herauszufinden, wie sie es mochte. Und als sie lauter wurde, wusste ich, dass es ihr gefiel. Mit zwei Fingern drang ich in sie ein und intensivierte den Druck. Amelie zuckte unter mir. Sie war kurz davor, zum Höhepunkt zu kommen. Doch dann packte sie meine Hand und brachte mich aus dem Rhythmus.

»Nicht, Raphael. Ich will das mit dir zusammen erleben.«

Ihre Worte, die geschwollenen Lippen und der Glanz in ihren Augen machten mich so heiß. Ich schob mich nach oben, bis wir beide auf dem Kopfkissen lagen. »Hast du ein Kondom?«

»Was? Nein.«

Ein schmerzhaftes Ziehen ging durch meinen Schwanz und ich hätte gerne laut geflucht. Das verbiss ich mir und küsste stattdessen die Stelle oberhalb von Amelies Schlüsselbein. »Ohne Kondom können wir nicht weiter gehen als bis hierher.«

»Hast du denn keins?«, fragte Amelie.

»Nein, ich …« Ich unterbrach mich. »Warte. Vielleicht in meinem Portemonnaie.« Ich beugte mich über den Rand des Bettes hinweg, um nach meiner Hose zu angeln. In der Gesäßtasche steckte tatsächlich mein Portemonnaie und darin …

»Ein Glück«, sprach Amelie aus, was ich dachte, und beobachtete mich dabei, wie ich die Folienpackung aufriss und das Kondom aufrollte.

Als ich mich über Amelie positionierte, fiel die Hektik von uns ab. Wie schon zuvor lehnte ich die Stirn gegen ihre. Ich genoss diesen kleinen Moment und verschloss ihn tief im Herzen. Amelie schlang die Arme um meinen Oberkörper und schmiegte sich an mich. Wir klammerten uns aneinander fest, während ich langsam in sie hineinglitt und ihr Zeit gab, sich an den Druck zu gewöhnen.

»Ist alles okay?«, fragte ich sie.

»Mehr als das.« Amelie kam mir mit einem Kuss entgegen. Ich erwiderte ihn, ein bisschen außer Atem, und suchte nach einem Rhythmus, der für uns beide stimmte. Meine Gefühle tanzten durch mich hindurch und ich drohte, mich darin zu verlieren. Das zwischen uns war einzigartig. Ich hatte nie zuvor auf diese Weise für eine Frau empfunden. Das wollte ich Amelie spüren lassen und legte meine Gefühle für sie in jede Berührung, jeden Kuss und jeden Stoß, bis wir gemeinsam den Höhepunkt erreichten. Ich vergaß, was geschehen war, wo ich war und wer ich war. Wir zersplitterten gemeinsam, stöhnten und seufzten und setzten uns danach Stück für Stück wieder zusammen.

Amelie und ich.

Zusammen.

Haut an Haut. Herz an Herz.

37

RAPHAEL

»Wir müssen handeln.«

»Aber nicht, indem wir einen Angriff überstürzen.«

»Wann, wenn nicht jetzt?«

Die Mitglieder des Ordens, der uns vor Etienne und seinen Leuten gerettet hatte, stritten sich seit einer halben Stunde über die nächsten Schritte. Wir befanden uns in einem weitläufigen Saal mit hoher Decke und sternförmigem Gewölbe. Durch die spitzen Fenster fielen dicke Bündel Tageslicht ins Innere. Um den gesamten Raum zu erhellen, reichte es nicht aus. Schatten füllten die Ecken und machten einige der Anwesenden unsichtbar. Ich hob das Kinn, sah mich wachsam um und suchte nach bekannten Gesichtern.

Davide stand mit vor der Brust verschränkten Armen neben mir und wippte auf den Ballen. Seine Unruhe steckte mich an und mein Puls ging schneller. Seit ich im Krankenbett hier im Kolleg erwacht war, fühlte ich mich zumindest aus physischer Sicht gut. Doch in manchen Momenten suchte mich Schwindel heim. So auch in diesem. Vermutlich handelte es sich dabei um eine Folge meines vorzeitigen Ablebens. Ich trat einen Schritt zurück, verlagerte das Gewicht und lehnte mich gegen eine der Säulen, die die Seitengänge vom Mittelschiff des Saales abtrennten.

»Geht es dir gut?« Die geflüsterte Sorge bereitete mir ein warmes Gefühl im Bauch. Ich wandte mich zu Amelie um, die mich aufmerksam musterte.

Keine Lügen mehr. Nur die Wahrheit.

»Ja und nein«, sagte ich und rieb mir die Schläfe, als könnte es das erklären.

Amelie nickte trotzdem. »Zu viel von allem.«

»Zu viel von allem.«

Sie tastete nach meiner Hand. Wir verschränkten unsere Finger und ich tat es ihr gleich und konzentrierte mich auf das Gespräch zwischen den Mitgliedern des Ordens.

»Die AI ist geschwächt. Meine Gruppe konnte mehrere von Etiennes Leuten ausschalten«, sagte Julien gerade auf der anderen Seite. »Selbst wenn Etienne mit einem Angriff rechnet, wird er ihm nicht gewachsen sein. Wir waren nie so nah am Ziel wie jetzt. Wir müssen etwas unternehmen.«

»Julien hat recht«, sagte eine Frau, die ich wiedererkannte, weil sie im Kampf die Schutzmaske verloren hatte.

Zustimmendes Gemurmel erhob sich, das die hohe Decke als vielstimmigen Chor zurückwarf.

»Wer ist dabei?« Der Typ neben Julien verschränkte die Arme vor der breiten Brust und sah die Anwesenden auffordernd an.

Nach und nach meldeten sich Mitglieder des Ordens. Unter keinen Umständen würde ich noch einmal meinen ehemaligen Arbeitgeber aufsuchen. Bei dem letzten Versuch, mich einzumischen, hatte ich zu viel verloren. Ich war nicht bereit, das zu riskieren, was übrig geblieben war.

»Ich komme auch mit.«

Übelkeit löste Überraschung ab, bevor ich die Bedeutung dieser Ankündigung überhaupt verstehen konnte. Amelie ließ meine Hand los und trat vor, ohne auf meinen stummen Protest zu reagieren. Zwischen den trainierten Körpern fiel ihre zarte Gestalt deutlich auf. Umso absurder waren ihre Worte. Das konnte sie unmöglich ernst meinen.

»Bist du sicher?« Julien trat vor, sodass die beiden einen Blick miteinander wechselten. Am liebsten hätte ich mich schützend vor sie gestellt, um den stummen Austausch zu unterbinden. Nicht aus Eifersucht, sondern aus Angst, dass es Amelie in dieser unsinnigen Entscheidung unterstützen würde.

»Sie ist keine Kämpferin«, wandte eine breitschultrige Frau ein, die nicht weit von mir entfernt stand. Um ihre Worte zu untermalen, verschränkte sie die Arme vor der Brust. »Sie wird die Mission nur behindern.«

Amelie reckte trotzig das Kinn. »Was willst du mit Muskeln gegen Évreux ausrichten? Ich bin die Einzige hier, die Magie wirken kann. Das kann euch helfen. Ich komme mit.«

Verdammt noch mal. Alles in mir sträubte sich gegen das, was ich gleich tun würde, dennoch stieß ich mich von der Säule ab, lief an Davide vorbei und trat an Amelies Seite.

»Ich auch«, hörte ich mich sagen und schlug damit eigenhändig Nägel in meinen Sarg. Davide entfuhr ein Fluch, Julien ein Schnauben. Amelie hingegen nickte mir zu.

»Auf einen verräterischen Magiezin-Studenten kann ich dankend verzichten. Du bringst nichts mit, was uns einen Vorteil verschaffen könnte.« Juliens herablassende Worte trieben mir die Röte in die Wangen.

»Ach, nein?«, fauchte ich. »Und was ist mit Ortskenntnissen?«

»Das letzte Mal haben wir uns auch ohne dich hervorragend orientieren können.«

»Es reicht.« Hoareaus autoritäre Stimme beendete die hitzige Diskussion, die das Potenzial gehabt hatte, in einen ernsten Streit auszubrechen. »Dies ist eine Mission für die Ligue Magique, nicht für ihre Gäste.«

Die Frau, die sich gegen Amelies Teilnahme gewehrt hatte, machte ein zufriedenes Gesicht. Während ich tief in mir der Erleichterung nachspürte, stieß Amelie einen knurrenden Laut aus. Sie funkelte Hoareau an.

»Das ist auch meine Angelegenheit«, sagte sie.

»Das ist sie nicht weniger, wenn Sie hierbleiben. In Sicherheit«, bemerkte Hoareau sanft.

Seit ich die ambitionierte Frau kennengelernt hatte, die Amelie war, hatte sie sich verändert. Die Umstände hatten sie verändert. Viele Niederlagen und Verluste hatten sie auf eine Art abgehärtet, die die Weichheit ihres Wesens und die Offenheit ihres Herzens hinter einer Mauer verbarg. Sie reckte das Kinn und erwiderte den Blick des Ordensoberhauptes mit einer Kälte, die ich kaum von ihr gewohnt war.

»Ich bin nicht Ihre Gefangene. Und nicht Ihre Marionette.« Es war so still, dass Amelies Worte in kraftvoller Klarheit durch den Saal schwebten und Stolz in meiner Brust loderte.

»Ich halte Sie für keines von beidem«, erwiderte Hoareau ruhig.

»Dann lassen Sie mich mit Julien gehen.« Amelies Stimme war eine Mischung aus Bitte und Forderung, sanft, aber nachdrücklich.

»Ich fürchte, dass ich das zu Ihrem eigenen Schutz und dem unserer Leute nicht zulassen kann«, sagte Hoareau.

Amelie hob das Kinn und hielt seinen Blick für einen Moment, in dem mein Herz hart schlug. Dann kehrte sie Hoareau vor den Augen aller Anwesenden den Rücken und lief erhobenen Hauptes auf die Tür zu. Ein Murmeln erklang und bildete einen dissonanten Kanon zu ihren Schritten. Innere Unruhe, gefolgt von einem beklemmenden Gefühl im Bauch überkam mich, und ich ballte die Hände zu Fäusten, öffnete sie wieder.

Amelie hatte zu schnell aufgegeben.

Ich drückte Davides Schulter und schob mich durch die Menge, um ihr nach draußen zu folgen. Der große Saal lag am Ende eines zum Innenhof hin offenen Arkadenganges. Zwischen den im Halbdunkel des heranziehenden Abends liegenden Säulen bewegte sich eine Gestalt in die entgegengesetzte Richtung. Amelies Schritte waren energisch und ich verfiel in einen zügigen Trab.

Als uns nur noch wenige Meter trennten, rief ich ihren Namen. Im Lichtkegel einer Laterne wirbelte Amelie zu mir herum. Wut tanzte in Form dunkler Flecken über ihre Wangen und mein Magen zog sich zusammen.

»Was hast du jetzt vor?«, fragte ich, obgleich ich die Antwort ahnte.

»Kämpfen. Der Orden hat uns geholfen. Aber das gibt Hoareau nicht das Recht, zu bestimmen, wie es weitergeht.« Amelies Blick wanderte an mir vorbei, huschte durch die Dunkelheit, die im Gang hinter uns lauerte. Dann trat sie dicht an mich heran, bis ich ihren Duft nach Lavendel wahrnehmen konnte. Süß und vertraut.

»Hilfst du mir?«

Moment. Was?

Ich konzentrierte mich auf Amelies Gesicht mit dem erwartungsvollen Ausdruck, die zarten Konturen, die rosigen Wangen.

»Amelie, ich …«

In dem Moment öffnete sich die Tür des Saals und das Ende der Versammlung unterbrach uns. Wir wichen in den Schatten einer Säule zurück, beobachteten, wie die Ordensmitglieder grüppchenweise in die Arkaden traten.

»Was hältst du von dieser ganzen Angelegenheit?«, schnappte ich die Worte einer Frau auf, die mit einem Messer in der Hand spielte.

»Unserem Ziel waren wir nie zuvor so nah. Dass die AI geschwächt ist, ist eine einmalige Gelegenheit, aber ich halte die Taktik für fragwürdig.«

»Ich auch. Évreux will diese Frau. Sie ist der Schlüssel. Warum sollten wir sie nicht als solchen benutzen?«

»Aus ebendiesem Grund. Er will sie.«

Mir lief es eiskalt den Rücken herunter. Ich umfasste Amelies Taille als Reaktion auf dieses abscheuliche Gespräch. Als könnte meine Umarmung sie vor der Konsequenz beschützen. Aber es war nicht mehr als der Versuch, diesen Moment festzuhalten, der wie Sand im Wind verflog.

Ich wandte mich Amelie zu und begegnete ihrer Entschlossenheit. »Évreux kann zaubern, Raphael. Er wendet Magie an, als wäre sie nie verschwunden. Ich muss noch einmal in den Hauptsitz der AI und herausfinden, wie das möglich ist. Vielleicht liegt die Lösung näher, als wir annehmen. Wir können es schaffen. Die Magie zurückholen. Für deine Mutter und uns andere.«

Ihre Worte verstand ich, nicht so ihre absurde Bedeutung.

»Was willst du tun? Ihn töten?«

Amelie stieß ein freudloses Lachen aus. »Sei nicht albern.«

Eine Strähne löste sich aus dem lockeren Knoten an ihrem Hinterkopf und umspielte ihr zart geschnittenes Gesicht. Ich folgte dem Impuls und streckte die Hand aus, um sie zurückzustreichen. Dort wo meine Fingerkuppen auf die warme Haut ihrer Wange stieß, kribbelte es. Es war eine winzige Berührung und sofort wollte ich mehr. Ich trat noch näher an sie heran.

»Sei du es auch nicht«, sagte ich. »Lass uns von hier verschwinden.«

»Ich habe Jahre meines Lebens der Erforschung von Magie gewidmet, habe die Magieplasie fast besiegt. Die Antworten sind so nah. Ich kann diese Chance nicht ungenutzt lassen.«

Die Erkenntnis, dass ihre Worte keine Abfuhr beinhalteten, ließ mein Herz hüpfen. Ich hob die Hand und drehte die Innenfläche nach oben. Eine stumme Aufforderung, ein Angebot. Amelie sah mich an, legte ihre in meine. Wärme schoss durch meinen Körper und vertrieb die Kälte des Abends.

Und dann gab ich ihr ein Versprechen. Ihr und mir. »Ich gehe mit dir. Wenn du das willst.«

»In die Hölle?«

»Und darüber hinaus.«

Entschlossenheit bestimmte jede von Amelies Bewegungen, machte sie präzise und zielgerichtet, als sie die Magiebomben zwischen uns aufteilte, die wir uns in Lucilles Büro in die Taschen gesteckt hatten. »Die Dinger haben mir die Beine ordentlich zerschnitten. Wenn wir ins Gesicht zielen, könnten sie ziemlich nützlich sein. Wir haben genug davon«, sagte sie. »Du musst nicht sparsam sein.«

Ich nahm eine der mit einem Korken verschlossenen Flaschen in die Hand und hob es gegen das Licht. Die Flüssigkeit darin bewegte sich träge, Magiepartikel funkelten wie das Wasser des Ozeans, über das sich die untergehende Sonne senkte.

»Warum bekomme ich so viel mehr?«, fragte ich, als ich die Ungleichheit der beiden Haufen bemerkte.

Amelie hielt inne, sah mich beinahe mitleidig an. »Weil ich Magie wirken kann.« Sie griff in ihre Hosentasche und zog ein Feuerzeug heraus. »Außerdem … gelingt mir das in brenzligen Situationen immer besser.« Sie errötete und das ließ mich stutzen.

»Wovon sprichst du?« Mit schief gelegtem Kopf beobachtete ich, wie sich die Farbe auf ihren Wangen dunkler färbte.

»Es ist mir bereits zweimal gelungen, Magie ganz ohne Hilfsmittel heraufzubeschwören. In der Bäckerei und später im Hauptsitz der AI«, erklärte sie zögerlich.

Ich schüttelte den Kopf, weil ich nicht glauben konnte, was sie da sagte. »Wie ist das möglich?«

Amelie hob eine Schulter und ließ sie wieder sinken. »Hoareau vermutet, dass es an meiner Verwandtschaft mit Mézangeau liegt.«

»Du ... was?« Der Schock über diese Enthüllung fuhr mir tief in die Glieder. Ich sank auf die Bettkante und die dort liegenden Glasflaschen klirrten, als sie durch meine Bewegung gegeneinanderstießen. Es war nicht so, dass ich Amelie nicht geglaubt hätte. Das tat ich, denn sie war Wissenschaftlerin und äußerte grundsätzlich nur Fakten oder berechtigte Vermutungen. Trotzdem war die Vorstellung, dass sie die Nachfahrin des berühmtesten Volkshelden war, einfach unglaublich.

Amelie spielte mit dem Feuerzeug, ließ eine Flamme aufzüngeln und löschte sie wieder. »Er war der mächtigste Magier aller Zeiten und vielleicht verdanke ich meine Fähigkeiten seinem jahrhundertealten Erbe.«

Ich rieb mir über den Nacken, versuchte, diese neuen Informationen zu verarbeiten und hielt inne. »Moment mal. Das ist trotzdem kein Grund, mir mehr der Waffen zu überlassen.« Ich griff neben mich und nahm einige der Flaschen.

Amelie legte ihre Hand auf meine, um mich aufzuhalten. Es war mehr ein Reflex als eine bewusste Berührung. Dennoch durchzuckte sie mich wie pure Elektrizität. Von dieser Stelle breitete sich ein Kribbeln in meinem Körper aus, bis mir der Atem stockte und sich mein Puls beschleunigte. *Merde,* diese Frau hatte eine Macht über mich, gegen die ihre Magie und selbst die ihres Vorfahren nichts war.

Ich war verloren, versank in der hellbraunen Farbe ihrer Iriden, in der Wärme ihrer Augen. Ich drehte meine Hand, um ihre festzuhalten, wie ich es mit diesem Moment und der vermeintlichen Sicherheit tun wollte.

»Deine Haut ist so warm«, flüsterte sie, als sie mit den Fingern der anderen Hand über meinen Arm streichelte und alles, wirklich alles in mir aufwühlte.

Gegen die Sehnsucht, die sie in mir weckte, kam ich nicht an. Ich schluckte und versuchte, meine Gefühle zu ordnen. Aber sie waren wie Wellen und schlugen immer höher, bis ich in ihnen versank.

»So warm«, wiederholte Amelie in einer seltsamen Mischung aus Dankbarkeit, Erleichterung und Unglaube. Sie biss sich auf die Lippe, als wollte sie Worte zurückhalten, die ihr in den Sinn kamen, und sagte schließlich: »Ich bin so froh, dass ich deinen Herzschlag spüre, Raphael.«

»*Je t'aime.*« *Ich habe dich lieb.* Das Geständnis war mir entschlüpft, ehe ich es aufhalten konnte. In der Stille zwischen uns dröhnte es und schrillte nun in meinen Ohren.

Amelie zuckte zurück und am liebsten hätte ich mich selbst verprügelt. Ich hatte es vermasselt, und zwar in ganz großem Stil, indem ich ihr im denkbar unpassendsten Moment gesagt hatte, was ich für sie empfand. Aber was sich in ihrem Gesicht abspielte, war nicht, was ich erwartet hatte. Es war die Angst, wie auch ich sie spürte, die in Amelies Augen wie eine unstete Kerzenflamme flackerte.

»Glaubst du, dass das hier übel enden wird?«, fragte sie.

Ich suchte nach einem Zusammenhang zwischen meinem Geständnis und ihrer Frage. Bis ich begriff. »Das ist nicht der Grund, aus dem ...« Ich unterbrach mich. Nie zuvor hatte ich einer Frau meine Gefühle gestanden. Ich hatte in der Vergangenheit Komplimente verteilt, war jedoch nie darüber hinausgegangen. »Amelie, du bedeutest mir alles. Und das sage ich dir nicht, weil ich glaube, dass wir den Hauptsitz nicht noch einmal lebend verlassen werden. Ich sage das, weil es die Wahrheit ist und es zwischen uns zu viele Lügen gab.«

Zärtlichkeit machte Amelies Miene weich. Unerträglich sanft zeichnete sie die Konturen meines Gesichts nach und fesselte dabei meinen Blick. »Nach allem, was geschehen ist, sollte ich das vermutlich nicht erwidern. Aber du bedeutest mir auch alles.«

»Und du mir. So sehr.«

»Das sagtest du bereits.« Amelies Atem streifte meine Lippen und ich schloss für einen Moment die Augen.

»Ich werde das noch ein paar Mal wiederholen, *mon cœur.*«

Mein Herz. Himmel, das war sie.

»Raphael.« Amelie hauchte meinen Namen in einen Kuss, der zuerst federleicht über meine Lippen strich, ehe sie ihn intensivierte und meine Zunge mit ihrer berührte.

Die Heilkünste der Ordensmitglieder hatten meine äußeren Wunden geheilt, nicht aber die, die mein Herz beinahe zum Stillstand gebracht hätte. Es war dieser Kuss, der mich heilte.

Nie mehr wollte ich mich von Amelies Lippen lösen. Doch die Realität war unbarmherzig. Sie brach in Form aufgeregter Stimmen und penetranter Motorengeräusche über uns herein. Vor Amelies Zimmer wurden Schritte laut. Wir lösten uns in dem Moment voneinander, als die Tür aufflog. Amelie reagierte prompt und warf die Decke über die Flaschen. Das goldene Licht, das die Magie verströmte, erlosch.

Als ich mich umwandte, sah ich mich Julien und Sandrine gegenüber. Amelies fragwürdiger Kumpel blickte mich mit finsterer Miene an. Er hatte sich für die Mission umgezogen und trug eine ähnliche Montur wie am Abend zuvor, als er uns gerettet hatte.

»Ich möchte mich verabschieden.« Julien ignorierte, wie nah Amelie und ich uns waren, und nahm ihre Hand, die ich zuvor umschlossen hatte.

»Dann brecht ihr jetzt auf?«, fragte sie und er nickte.

»Es tut mir leid, dass sie dich ausschließen. Das ist nicht meine Entscheidung. Trotzdem bin ich froh, dass du in Sicherheit bleibst.«

»Ich hoffe, das bist du auch bald wieder.« Amelies Stimme war fest und ihre ernste Miene gab die Lüge nicht preis, die sie Julien auftischte. Sie war gut darin, hatte immerhin von den Besten gelernt. Aber sollte er sie nach zwei Jahren nicht besser kennen und wissen, was sie vorhatte?

Julien umarmte erst Amelie, danach Sandrine, die er enger an sich drückte und länger hielt, während er mich ignorierte. In dem angespannten Schweigen, das er hinterließ, nachdem er gegangen war, wechselten Amelie und ich einen Blick. Ich wandte mich erst ab, als Sandrine ihr Gewicht verlagerte und ein schmerzerfülltes Stöhnen ausstieß. Sie schlang einen Arm um den Brustkorb und nahm auf der Bettkante Platz. Dabei verrutschte die Decke und offenbarte einige der Magiebomben.

»Ihr wollt ihnen folgen.« Sie fixierte uns aus zusammengekniffenen Augen, als versuchte sie bereits jetzt, mögliche Lügen zu durchschauen.

»Sandrine ...« Amelie unterbrach sich und sah mich hilfesuchend an.

»Schon gut«, sagte sie. »Ich verstehe das. Auch wenn ich es nicht gutheiße.« Sie seufzte und wandte sich an mich. »Kannst du sie nicht davon abhalten?«

Ich hatte viele Gründe, das zu tun. Und ebenso viele, es nicht zu tun. »Erinnerst du dich an die Nacht, in der ihr Amelies Geburtstag im *Le Carmen* gefeiert habt?«

Verwirrung zeigte sich auf Sandrines Gesicht in Form einer gehobenen Braue und auch Amelie hielt inne und musterte mich irritiert.

»Ich war das«, fuhr ich fort, obwohl ich mir gerne auf die Zunge gebissen und diese Wahrheit für mich behalten hätte. »Ich habe Amelie zu Fall gebracht. Versehentlich.«

»Ich wusste, dass ich dich schon mal gesehen hatte!«, stieß Sandrine aus.

»Ich habe in den letzten Wochen und Monaten verdammt viel falsch gemacht. Am liebsten würde ich all das vergessen. Nur funktioniert das nicht so. Ich möchte das Richtige tun.« Zu meiner Überraschung lächelte Amelie. Das gab mir den Mut, diese kurze Rede zu beenden. »Ich werde alles dafür tun, dass ihr nichts passiert. Denn wenn es etwas gäbe, das ich mir nie verzeihen könnte, dann, Amelie im Stich gelassen zu haben.«

»Das ist wirklich kitschig.« Sandrine schnitt eine Grimasse, darunter lag jedoch ein warmer Ausdruck, den ich als Zustimmung interpretierte.

Trotz des Wachpersonals, das Hoareau einsetzte, verließen wir das Kolleg ungesehen durch eines der Fenster auf der Straßenseite. Die frühe Nacht war kalt, aber das Adrenalin pumpte Hitze durch meinen Körper, sodass ich die Temperaturen kaum wahrnahm.

Bis wir die Metrostation erreicht und in den Zug gestiegen waren, vermutete ich, dass uns ein paar der zurückgebliebenen Ordensmitglieder verfolgen und aufhalten würden. Doch die Flucht gelang uns ohne Probleme und ließ mich vermuten, dass wir tatsächlich keine Gefangenen gewesen waren – auch wenn es sich so angefühlt hatte. Ich griff nach Amelies Hand und stellte mich mit ihr der Ungewissheit.

Im Hauptsitz der AI herrschte Krieg. Markerschütternde Detonationen donnerten durch die Nacht. Schutt türmte sich auf der Straße und begrub am Straßenrand parkende Autos unter sich. Wir gingen hinter einem schmalen Mauervorsprung in Deckung und beobachteten das hell erleuchtete Gebäude, das ich vor nicht allzu langer Zeit beinahe täglich betreten hatte. Heute war es mir vollkommen fremd. Mehrere Fenster waren gesplittert und aus dem vierten Stock drang dichter schwarzer Rauch.

»Himmel!«, stieß Amelie kopfschüttelnd aus. Ihr Gesicht wurde bleich vor Angst und Bestürzung, aber da war auch Entschlossenheit.

Immer wieder knallte etwas und aus einem der oberirdischen Fenster regnete ein Schauer goldener Magiefunken.

»Es sieht nicht danach aus, als wäre Etienne geschwächt«, bemerkte ich. »Es macht viel eher den Eindruck, als hätte er die Oberhand.«

»Wir müssen los«, raunte Amelie mir zu. Was sie nicht aussprach, dröhnte lauter in meinen Ohren als die Geräusche des Kampfes. Denn je länger wir warteten, umso mehr würden von Juliens Leuten sterben.

An Amelies Seite stellte ich mich dem Krieg.

Ich war Magieziner und der Anblick von Blut konnte mir nichts anhaben. Doch die tiefroten, fast schwarzen Pfützen, die sich unter leblosen und unnatürlich verrenkten Körpern ausbreiteten, regten die Übelkeit in meinem Bauch und zwangen mich dazu, mich abzuwenden. Amelies warme Hand in meiner sorgte dafür, dass ich weiterlief. Immer weiter.

Die Fahrstühle funktionierten nicht länger. Zu Fuß stiegen wir in das Innere des Gebäudes hinab. Über uns blinkte die

Notbeleuchtung und in den wenigen Sekunden, in denen sie die Welt verdunkelte, regte sich Grauen in mir vor dem, was uns erwarten könnte. Ich fürchtete mich nicht um meinetwillen, sondern um Amelie. Das letzte Mal waren wir knapp entkommen. Keine Ahnung, ob uns das Universum unseren Wagemut noch einmal durchgehen ließ.

Wir erreichten das Ende des Treppenhauses ohne Zwischenfälle. Wenn man von den Trümmerteilen und zwei leblosen Körpern absah, die den Weg nach unten blockiert hatten. Staub und Übelkeit färbten Amelies Gesicht grau und so wie sich mein Magen anfühlte, sah ich vermutlich nicht besser aus. Mein Verstand brüllte mich an, von hier zu verschwinden, aber mein Herz folgte Amelie, die mit einer Dringlichkeit das Epicenter erreichen wollte, die sich mir nicht erschloss. Vertrauen zu dieser Frau war es, das mich weitertrieb.

Die doppelte Sicherheitstür, die zwischen dem Ende des Treppenhauses und unserem Ziel lag, war aus den Angeln gesprengt worden. Glas bedeckte den Boden, das in der flackernden Notbeleuchtung glänzte. Es knirschte, als wir darüberliefen. Davon abgesehen beherrschte Stille den ins Epicenter führenden Gang. Mein Herz hämmerte laut und die Angst war überwältigend.

Als eine massive Gestalt um die Ecke des Ganges bog, beschleunigte sich mein Puls. Amelie stieß neben mir einen ungewohnt derben Fluch aus. In dem Moment erkannte ich Remy.

Ich schob mich vor Amelie und legte so viel Autorität und Selbstbewusstsein in meine Bewegungen, wie ich aufbringen konnte, obwohl ich gegen ihn kaum eine Chance haben würde. Dann bemerkte ich, dass er verletzt war. Er zog sein Bein nach, die Hose war seitlich aufgerissen und blutdurchtränkt. Schmerz verzerrte seine Miene, die sich merklich verfinsterte, als er uns erkannte.

»Das ist eine Sackgasse, Junge«, knurrte er und hob das Kinn. Seine Bewegungen waren derart schwerfällig, dass diese Beobachtung mein Selbstvertrauen stärkte. In diesem Zustand war Remy ein Gegner, mit dem ich es möglicherweise aufnehmen konnte.

Bis er eine Pistole zog und sie auf mich richtete.

Ich war nicht schnell genug. Die Flaschen mit explosivem Inhalt drückten gegen meinen Oberschenkel, aber in diesem Moment waren sie für mich unerreichbar.

»Sag der Schlampe Lucille einen schönen Gruß von mir, wenn ich dich an den gleichen Ort schicke wie sie!« Abscheu und Hass trieften in Remys Stimme und ich sah mich bereits ein zweites Mal sterben, als dieser Dreckskerl abdrückte.

38

AMELIE

Seit ich den Hauptsitz der AI betreten hatte, spürte ich ein feines und vertrautes Kribbeln unter der Haut. Es waren weder Angst noch Aufregung. Es war die Magie, die mich reizte, sie einzusetzen. Bereitwillig gab ich ihr nach, wissend, dass sie ganz ohne Hilfsmittel zu mir kommen würde.

Es war beinahe lächerlich einfach. Hand heben, Innenfläche auf Remy gerichtet, die Gedanken ebenfalls. Als der Schuss durch den Gang knallte, wurde die Kugel in dem Moment zurückgeschleudert, da sie auf meine Magie traf. Funken stoben und versengten mir Haare und Kleider.

Raphael stieß einen schmerzerfüllten Laut aus, aber er stand aufrecht und hatte sich allenfalls wie ich Verbrennungen zugezogen. Besser, als von einer Kugel durchbohrt zu werden. So wie Remy, der wankte. Auf seiner Brust bildete sich ein dunkelroter Kranz.

Ich war das gewesen. Diese Erkenntnis hätte mich schockieren müssen. Aber nach allem, was geschehen war, ließ sie mich wie paralysiert zurück.

Warme Hände umfassten mein Gesicht. Dunkelblaue, weit aufgerissene Augen suchten meinen Blick.

Raphael hob mein Kinn an. »Amelie.«

Hinter uns röchelte Remy und das Geräusch seines Todeskampfes stellte mir die Nackenhaare auf. In mir breitete sich eisige Kälte aus, als wäre ich es, die dort lag und um die letzten Atemzüge rang. Dabei war ich es gewesen, die das verursacht hatte. Das Gefühl in meiner Brust wurde enger und enger, bis sich eine überwältigende Stille auf uns legte.

Ich hatte einen Menschen getötet. Einen, der uns angegriffen hatte. Aber sein Blut klebte an meinen Händen. Ich riss den Mund auf, doch der Schrei, der in mir wuchs, blieb mir in der Kehle stecken und ich schluchzte.

Getötet.

Ich hatte einen Menschen getötet.

Dieser Gedanke spulte sich in Endlosschleife in meinem Kopf ab und ließ keinen Raum mehr für einen anderen. Ich hatte ein Leben genommen.

»Amelie, wir müssen weiter«, brach sich Raphaels eindringliche Stimme durch den Strudel von Schuld, der mich mit sich riss. »Es ist zu gefährlich, wenn wir hier herumstehen.«

Ich sah an Raphael vorbei zu dem leblosen Körper, aber er hielt noch immer mein Kinn und fing meinen Blick auf. »Er hat Lucille getötet und deinen Professor. Uns wollte er auch töten«, sagte er sanft. »Was du getan hast, war die Konsequenz seiner Entscheidungen und damit hast du uns das Leben gerettet.«

Das machte nicht besser, was ich getan hatte, und es würde mich bis in alle Ewigkeit verfolgen, dessen war ich mir sicher.

Raphael nahm meine Hand, zog mich mit sich. Meine Beine kribbelten und wollten mir nicht gehorchen. Als ich taumelte, umfasste Raphael mich fester und verhinderte, dass ich fiel.

Fokussieren. Ich musste mich dringend fokussieren, aber das Bild von dem toten Remy hatte sich mir eingebrannt. Es lag wie ein Filter über dem Kriegsschauplatz, in den sich die klinischen Gänge zum Epicenter verwandelt hatten, wo die Geräusche eines Kampfes lauter wurden. Die Wände waren blutbespritzt, ein Feuer leckte an den Trümmern auf dem Boden.

Erst als ein dumpfes Geräusch Vibrationen durch den Boden sandte und die Fensterscheiben, hinter denen ein Labor lag, knackten und klirrten, verblasste Remys Anblick in meinem Kopf, auch wenn sich die Schuld hartnäckig in meinem Nacken verbissen hatte.

Wir kletterten über einen umgekippten und in der Mitte gebrochenen Schreibtisch, der in der Mitte des Ganges lag. Dahinter lag ein weiträumiges Labor. Obwohl die Neonröhren an der Decke ausgeschaltet waren, badeten die Kämpfenden im Licht konservierter Magie. Ich entdeckte Julien, über dessen Wange ein tiefer Schnitt verlief. Aber er lebte. Anders als die Menschen, die in ihrem eigenen Blut am Boden lagen, und davon gab es zu viele.

»Wenn sich uns das nächste Mal jemand in den Weg stellt, wirfst du eine der Magiebomben nach ihm«, raunte ich Raphael zu und suchte an seiner Seite hinter einer Vitrine Schutz. Julien führte ein Schwert, von dem ein Summen ausging, das mich an die Askesische Klinge erinnerte. Es reagierte auf jeden Angriff. Wenn Julien zu langsam war, riss es seinen Arm herum und parierte ohne sein Zutun. Es war ein machtvoller Gegenstand und viele andere der Ordensmitglieder besaßen ähnliche Waffen.

»Wo ist Etienne?«, fragte Raphael. »Er wird doch kaum an der Front kämpfen und sein Leben riskieren.«

»Das nicht. Aber er will mit aller Macht verhindern, dass wir die Magie freisetzen. Was auch immer sie bannt, muss hier unten sein. Und dort wird Évreux sich aufhalten.«

»Also im Herzen des Epicenters«, schlussfolgerte Raphael und ich nickte.

»Dann müssen wir vermutlich weitergehen.«

In geduckter Haltung durchquerten wir den Raum. Bevor wir die nächste Tür erreichten, erschütterte eine Explosion die Etage. Putz rieselte von der Decke, durch die sich breite Risse zogen. Bei dem Gedanken daran, wie tief wir uns in der Erde befanden und dass wir Gefahr liefen, unter dem zusammenstürzenden Gebäude begraben zu werden, zog sich mein Magen schmerzhaft zusammen.

»Gehen wir weiter?«, fragte Raphael, nachdem die Nachwirkungen der Explosion verklungen waren.

Mit dem Handrücken rieb ich mir Staub aus den Augen und nickte. »Ja. Ja, natürlich.«

Nach Raphael schlüpfte ich durch die Tür. Mit einem Klicken fiel sie hinter uns ins Schloss und erstickte die Geräusche. Das Prickeln unter meiner Haut wurde stärker und ich kratzte über meine Unterarme, als könnte ich das Gefühl auf diese Weise unterbinden.

Der Gang führte tiefer ins Herz des Gebäudes. Dass wir richtig waren, erkannte ich, als vor einer Tür zwei Wachmänner auftauchten, die ihre Waffen zückten, sobald sie uns bemerkten. Aus dem Augenwinkel beobachtete ich, wie Raphael die Hand in eine Tasche schob. Fingernägel schrappten über Glas, als er zwei der verkorkten Flaschen herauszog.

Beide Wächter hoben und entsicherten ihre Schusswaffen, Raphael schleuderte eine Handvoll Magiebomben in ihre Richtung. Das Geräusch von mehreren aufeinanderfolgenden Pistolenschüssen knallte durch den Gang und ließ meine Trommelfelle dröhnen, Splitter zischten durch die Luft, eine Scherbe schlitzte mir die Wange auf. Heißes Blut lief mir wie Tränen über die Haut. Nachlässig wischte ich es fort und aktivierte meine eigene Magie, die schneller gehorchte, je tiefer wir in das Gebäude vordrangen. Doch die Männer waren ohnmächtig in sich zusammengesunken und gaben den Weg in den Raum dahinter frei.

Ich hatte mit vielem gerechnet – einem weiteren Labor, Büros oder einer Lagerhalle. Aber nicht damit. Die Tür öffnete sich auf einen engen Balkon, der über einen metertiefen Abgrund ragte, in dem sich ein riesiges Teleskop befand. Das Objektiv war zur Decke hin ausgerichtet, wo durch einen schmalen Schacht Tageslicht fiel, das kaum gegen die Dunkelheit hier unten ankam, wäre da nicht das Funkeln hinter dem Objektiv gewesen, das unsere Umgebung sichtbar machte.

Nein.

Das war ...

»Magie.« Raphaels Stimme war so leise, dass unsere Schritte auf dem Balkon sie beinahe übertönten.

»Das würde erklären, weshalb ich das Flüstern in den Katakomben gehört habe«, murmelte ich, während wir einer Wendeltreppe nach unten folgten. »Wir befinden uns weit unter der Stadt und vermutlich ziemlich nah an den Tunneln.«

»Und als der Teil in den Katakomben eingestürzt ist, haben sie hier gearbeitet«, schlussfolgerte Raphael weiter.

Der Raum erinnerte an ein Amphitheater und schraubte sich tief in die Erde. Die Stufen schmiegten sich an die runden Wände und es dauerte trotz eiligen Tempos mehrere Minuten, bis wir unten ankamen. Schatten lauerten zu allen Seiten und krochen auf uns zu. Der Magiestaub im Objektiv und eine leuchtende in den Boden eingelassene Linie bannten sie. Es war, als würde etwas in mir Klick machen, sobald ich begriff, was ich da vor mir hatte.

»Das ist eine Ley-Linie.« Ich hob die Hand zum Mund, nur um sie wieder sinken zu lassen und mich auf den Boden zu hocken. Mit gespreizten Fingern berührte ich das Band aus goldenem Licht, das eine Schneise in den unterirdischen Raum schlug, und spürte sanften Vibrationen nach. Raphael tat es mir gleich und riss die Augen vor Überraschung auf.

»*Incroyable!*«, stieß er hervor. »Es fühlt sich an wie der Körper eines Lebewesens.«

Unter dem Okular brach der Boden auf. Goldenes Licht strömte dicht gebündelt in das Teleskop, wo es verschwand. Ein Verdacht reifte in mir und ich trat näher.

»Mein *Grand-Papa* hat Stunden damit verbracht, in den Himmel zu schauen«, murmelte ich und stellte mich auf die Zehenspitzen, um in das Okular zu sehen. Ich erwartete den vertrauten Anblick von Sternenstrudeln, Lichtern in endlosem Schwarz oder einzelner Planeten wie dem Saturn mit seinen charakteristischen Ringen aus Eis, Gestein und Staub. Stattdessen sah ich in ungefilterte, pure Magie, die durch einen luftleeren Raum wirbelte.

Ich stieß einen Laut der Überraschung aus und wich zurück, bis ich gegen ein Hindernis stolperte. Warme, sanfte Hände legten sich auf meine Oberarme und Raphaels Atem streifte mich.

»Das ist unglaublich«, keuchte ich. »Unglaublich falsch. Egoistisch. Grausam.« Ich brach ab und deutete auf die Ley-Linie. »Die Magie unseres Planeten wird im Kern dieses Teleskops gebündelt und in den Kosmos geschickt.«

Raphael schob sich an mir vorbei und sah nun ebenfalls durch das Okular hoch ins Universum. »Dieser Mistkerl bedient sich also der Lebensenergie unseres Planeten und lässt sie im Nichts verschwinden.«

»So sieht es aus.« Der Schock über diese Wahrheit ließ mich flüstern. Ich fand keine Worte für das, was Évreux unserer Heimat antat – was er ihr raubte.

»Wenigstens gibt es für dieses Problem eine einfache Lösung.«

»Ach ja?«

»Wir müssen nur den Neigungswinkel verstellen und dafür sorgen, dass die Magie in unserer Atmosphäre bleibt.«

Ein hysterisches Lachen stieg mir die Kehle hinauf und ich musste mehrfach dagegen ankämpfen, damit es nicht ausbrach. Das war alles? Ich hatte meinem Großvater unzählige Male dabei zugesehen. Dieses Teleskop war zwar größer, doch im Prinzip funktionierte es ähnlich. Ich sah mich nach einem Bedienpanel um, da ich nicht von einer manuellen Handhabung ausging. Als ich einen Schritt darauf zumachte, stoppte mich eine kalte Stimme.

»Das reicht.«

Raphael und ich fuhren herum.

Évreux stand am Ende der Treppe und verschränkte die Arme vor der Brust. Seine Augen glühten, aber seine Miene war eiskalt. »Ihr werdet jetzt von dem Teleskop zurücktreten und euch ergeben.«

»Sonst was?«, fragte ich herausfordernd.

»Amelie«, raunte Raphael mir zu und legte im hoffnungslosen Versuch, mich zu beruhigen, eine Hand auf meine Schulter. Er kam nicht gegen Abscheu und Wut an, die in meinem Bauch gärten. Dieser Mann war Teil des größten Verrats an der Menschheit. Er hatte von der Magie gewusst und sie dennoch zurückgehalten.

Obwohl die Welt zerfiel.

Obwohl es Menschen gab, die durch den Magiefall an Krankheiten litten und starben.

Évreux wirkte unbeeindruckt. Er legte den Kopf schief und musterte uns. *Mich.* Da war ein Ausdruck in seinen Augen, der Angst in mir schürte. Langsam näherte er sich uns. Mit jedem Schritt, der die Distanz schrumpfte, gruben sich Raphaels Finger fester in meine Schulter. Bis ich die Hand hob und seine berührte.

Hinter mir lagen viele Jahre, in denen ich mit Faszination den Geschichten meines Großvaters gelauscht hatte. Jahre intensiven

Studiums, in denen ich alles dafür getan hatte, sein Erbe anzunehmen. In dieser Zeit war ich einem schmalen Pfad gefolgt, der zwar kurvig verlaufen war, mich aber stetig bis zu diesem Moment geführt hatte. Dies war nicht Raphaels Kampf. Es war meiner.

Diese Erkenntnis kam nicht gegen die Angst an, die weiterhin beharrlich in mir pochte. Aber vermutlich war sie meine Verbindung zur Realität. Die Erinnerung an meine eigene Sterblichkeit, die mir die Magieplasie umso deutlicher vor Augen geführt hatte. Eine Stärke, keine Schwäche.

Über Évreux' Handfläche erschien ein knisternder Energieball. Winzige Blitze zuckten in dem Gebilde aus Gold und ließen Funken zu Boden regnen. »Ihr werdet jetzt Abstand zu dem Teleskop und der Ley-Linie nehmen.«

»Du wirst uns nicht angreifen«, sagte Raphael. Seine Stimme klang fest. Nur in der Art, wie er die Schultern hochzog, erkannte ich die Anspannung. »Wenn du das tust, riskierst du, das Teleskop zu verstellen.«

»Ich habe eine herausragende Wurftechnik.«

»Darauf lassen wir es ankommen.« Raphael trat einen Schritt vor, baute sich als menschlicher Schutzschild vor mir auf. Wut und Zuneigung durchströmten mich gleichermaßen, aber ich ließ es ihm durchgehen. Für den Moment. Denn im Schutz seines Kreuzes konnte ich meine eigene Magie aktivieren, die in der Nähe der Ley-Linie stärker war als je zuvor.

»Meine Geduld ist begrenzt. Ihr seid in mein Reich eingedrungen und wenn ihr jetzt nicht angemessenen Abstand zwischen euch und dem Teleskop schafft, werde ich euch dazu zwingen.« Mit jedem Wort hatte Évreux sich ein weiteres Stück genähert. Mein Herz schlug immer heftiger, mein Atem glich dem nach einem Sprint. Dabei hatte ich mich nicht bewegt. Nur Magie beschworen.

Dazu brauchte ich keine Hilfsmittel, denn die Magie strömte wie flüssige Elektrizität durch meine Adern. Goldene Partikel wirbelten um mich herum, sammelten sich um meine Hände, bevor ich sie Évreux entgegenschleuderte.

Funken und Feuer teilten die Luft. Ich packte Raphael und wir gingen hinter einem der Beine des Teleskops in Deckung. Ein Knall fegte über uns hinweg und dröhnte mir in den Ohren, eine Staubwolke rollte über uns hinweg und ließ uns einen Moment orientierungslos und hustend zurück.

Als sich der Staub lichtete, tauchte das wutverzerrte Gesicht unseres Gegners vor uns auf. Er war näher gekommen, als mir lieb war. Uns trennten nur noch zwei, maximal drei Meter. Und er lachte. Kalt und gefährlich. »Du greifst mich mit meiner eigenen Magie an und glaubst, sie könnte mir etwas anhaben?«

»Das ist nicht Ihre Magie«, fauchte ich.

Aber Évreux wischte den Einwand mit einer Handbewegung beiseite. »Sie hat sich mir vor vielen Jahrzehnten unterworfen und daran hat sich bis heute nichts geändert.«

»Sie enthalten sie der Welt vor.«

»Ich schütze die Welt vor den Auswirkungen, die es hat, wenn Ungebildete nach Macht streben, die weit über ihre Fähigkeiten hinausgeht.«

»Das können Sie nicht wissen.«

»Mehr, als du ahnst.«

»Die Magie verschwand vor Jahrhunderten. Und Sie hatten die Gelegenheit, sie der Welt zurückzugeben.«

»Warum hätte ich das tun sollen, wenn ich es war, der sie der Welt genommen hat?«

Neben mir keuchte Raphael auf, hob die Arme und verschränkte sie hinter dem Kopf, nur um sie gleich darauf wieder fallen zu lassen. Doch Évreux' abfälliges Schnauben lenkte meine Aufmerksamkeit auf ihn zurück und nun begriff auch ich.

»Das ist unmöglich«, sagte ich tonlos und versuchte, die Puzzlestücke zusammenzusetzen. Mein Verstand weigerte sich, diese Unmöglichkeit überhaupt in Betracht zu ziehen, aber …

»Die Magie hat mir stets gute Dienste geleistet. Sie hat mich aus erbärmlicher Armut in ein Leben geführt, das angemessen für mich war. Sie hat mir Macht verliehen. Macht und viele, viele Jahre, die zu Jahrzehnten, zu Jahrhunderten wurden.«

Nein.

Nein, nein, nein.

Das konnte, das durfte nicht sein.

»Ich bin César Etienne Antoine Mézangeau.«

Mir entfuhr ein Lachen voller Abscheu und Unglaube. Niemals war dieser Mensch der Held meines Großvaters. Der ... *Vorfahre* meines Großvaters. Es war unmöglich, denn dieser Mann war kein Held. Er war ein Monster.

»Mézangeau starb, als die Magie verschwand«, hielt ich dagegen und klammerte mich an das, was mir blieb: Logik.

Évreux wedelte mit der Hand durch die Luft, als wollte er meinen Einwand wegwischen. »Ich habe mein altes Leben zurückgelassen und unter anderem Namen neu angefangen.«

»Mézangeau lebte im neunzehnten Jahrhundert.« Zwischen seinem Leben und unserer Gegenwart lag eine ganze Geschichte. Zwei Punkte, die einzig durch die verrinnende Zeit verbunden wurden. Was Évreux behauptete, war nicht nur unmöglich. Es war schlichtweg lächerlich.

»Du bist nicht unsterblich«, sagte Raphael mit dem nüchternen Interesse eines Magieziners. »Wir haben Experimente durchgeführt. Zellalterung kann man nicht verhindern. Auch nicht auf magische Weise.«

Évreux' Blick zuckte von mir zu ihm und ich fand Anerkennung darin. »Vielleicht nicht verhindern, wohl aber verlangsamen.«

»Das glaube ich nicht«, sagte ich.

»Glaubst du es tatsächlich nicht oder willst du es nicht glauben?«

Évreux trat näher. Das Licht der Magie glitt über sein makelloses Gesicht und inszenierte sein Konterfei. Ich erinnerte mich an Kupferstiche, die in meinen Unibüchern abgedruckt waren, sie zeigten einen Mann, der diesem ähnlich sah. Doch dazwischen lagen künstlerische Interpretation, mehrere Jahrhunderte und eine fragwürdige Druckqualität.

»Ist das der Grund, aus dem Professor D'Amboise und Lucille sterben mussten? Sie wussten es.« Mit dieser Mutmaßung komplettierte Raphael das Puzzle, an dem ich so lange gescheitert war. Die Erkenntnis schmeckte bitter und regte Übelkeit in meinem Magen.

»Lucille hat zu viele Fragen gestellt und mit diesem selbsternannten Mézangeau-Experten sehr nah an der Wahrheit gekratzt. Wusstet ihr, dass er mit euren Freunden aus der Ligue Magique geliebäugelt hat? Ich konnte nicht zulassen, dass sie mein Geheimnis erfahren. Aber Lucilles Ende bedauere ich, sie war eine engagierte Mitarbeiterin. Leider ist ihr die unangebrachte Neugier zum Verhängnis geworden.«

»Nicht die Neugier, sondern Sie«, presste ich hervor.

Der Widerstand, den ich all die Zeit in mir gespürt hatte, fiel in sich zusammen. Da war nichts mehr. Nur eine Leere, wo einst mein Glauben an unseren Volkshelden gewesen war und die Erkenntnis, dass sich hinter jeder Wahrheit eine Lüge verbergen konnte.

»Immerhin verdanken wir ihr unsere Bekanntschaft, Amelie«, sagte Mézangeau sanft. »Sie war es, die mein Interesse an dir geweckt hat.«

»Weil ich Magie wirken kann?« Ich ballte meine Hände zu Fäusten, öffnete sie wieder.

Mézangeau lächelte, aber es wirkte wie eine verzerrte Grimasse. »Du bist etwas Besonderes.«

»Sie wissen nichts über mich.«

»Vielleicht nicht über dich. Aber über deine Magie und ihren Ursprung.«

Eine Gänsehaut jagte mir über den Körper, als ich daran dachte, dass er mir Blut abgenommen hatte.

»Also haben Sie die Blutprobe untersuchen lassen?«, mutmaßte ich.

Mézangeau nickte. »Es bestand nicht wirklich eine Notwendigkeit darin, doch musste ich sichergehen. Du bist das Kind meiner verloren gegangenen Blutlinie. Die letzte Erbin der Magie.« Er zupfte an dem verbrannten Stoff seines Hemdes und sah mich durchdringend an. »Ich habe meinen Sohn ertränkt, bevor er selbst Vater werden konnte. Du solltest nicht existieren. Und doch bist du hier. Zufall? Eine Laune des Schicksals? Oder die verzweifelte Tat meiner närrischen Mutter?«

»Ihrer ... Mutter?«, wiederholte ich.

»Du hast sie erst kürzlich getroffen. Die Gegenwart kennt sie als meine Schwester, denn ihre Eitelkeit verbietet es ihr, ihrem Alter entsprechend auszusehen.« Mézangeaus Spott hallte von den Wänden wider. Er drehte sich um und fixierte einen Punkt in den Schatten. »Ich weiß, dass du hier bist, Elenoire. Ich nehme an, dass du gekommen bist, um dich zu verabschieden.«

Absätze klackerten auf dem Boden, als eine Gestalt aus der Dunkelheit trat. Ihr Gesicht war eine unleserliche Maske, aber in ihren Augen glänzte jenes Mitgefühl, dem ich mich schon einmal gegenübergesehen hatte.

»Ich hätte dich ertränken sollen, als du es mit dem Kind versucht hast«, zischte sie. »Wie konntest du das tun?«

»Nah.« Mézangeau winkte gelangweilt ab. »Das sind alte Geschichten. Vielmehr interessiert es mich, wie du es angestellt hast. Wie konnte das Kind ohne mein Wissen überleben?«

»Ich habe sein Herz so lange massiert, bis es wieder geschlagen hat. Und dann gab ich den Jungen einer Händlerin. Er lebte und starb als Jacques Rousseau und hinterließ drei Kinder. Amelie ist nicht deine einzige Nachfahrin, aber diejenige, die durch Zufall in Frankreich aufwuchs und schließlich nach Paris zog.«

Während Elenoire sprach, glaubte ich, so etwas wie Triumph aus ihren Worten herauszuhören. Ein Schatten huschte über Mézangeaus Gesicht. »Du hast mich verraten.«

»Du hast dich selbst verraten, indem du versucht hast, Jacques zu töten. Er war dein Sohn.«

»Ich musste ihn töten, wenn ich die Magie unterwerfen und alleine befehligen wollte. Er war ein Risiko!«, knurrte Mézangeau und funkelte mich an. »Und ganz offensichtlich hatte ich recht.«

»Niemand sollte so viel Macht innehaben«, widersprach Elenoire. »Die Natur fordert ein Gegengewicht. Deine Kindeskinder sorgen für einen Ausgleich.«

»Was soll das bedeuten?«, fragte ich.

Elenoire sah mich durchdringend an und wirkte so viel älter, als sie aussah. Ihre Haut spannte sich glatt über ihr Gesicht, aber in ihrem Blick lag eine Weisheit, wie ich sie nur von sehr alten

Menschen kannte. Wie hatte mir diese Unstimmigkeit nicht zuvor auffallen können?

»César hat die Magie mit einem Blutbann bezwungen. Sein Blut ist in der Lage, sich der Magie zu bedienen. Doch je mehr Personen darauf zugreifen, umso weniger Macht steht dem Einzelnen zur Verfügung.«

Und umso verletzlicher würde er sein. Ich hob den Blick und begegnete Raphaels, der dieselben Schlüsse wie ich gezogen zu haben schien. Das war eine Information, mit der wir arbeiten konnten.

Er streckte seine Hand aus und berührte meine. Dann verschloss er nacheinander Zeige-, Mittel- und Ringfinger. Wir sahen uns an und ich nickte zum Zeichen, dass ich verstanden hatte: *Auf drei greifen wir an.*

»Es spielt ohnehin keine Rolle, dass die Natur ein Gleichgewicht fordert. Wir beenden das an dieser Stelle.« Mézangeau formte aus dem Nichts einen elektrisierenden Pfeil. Die Härchen auf meinen Armen richteten sich auf, eine Gänsehaut kroch über meinen Nacken.

Dieser Mann, mit dem mich über die Jahrhunderte hinweg dieselbe Blutlinie verband, forderte meinen Tod. Das war gleichermaßen schockierend wie verwirrend und ließ mir die Knie zittern. Vielleicht lag es aber auch an der Angst, die durch mich hindurchsickerte und ein Gefühl der Kälte verbreitete, wodurch mir meine Fingerspitzen eisig vorkamen. Ich sollte sterben, damit Mézangeau mehr Macht schöpfen konnte. Kein heroisches Ende, nachdem ich so lange für die Magie gekämpft hatte.

Eine Hitzewelle rollte durch den Raum. Die magische Waffe in Mézangeaus Händen wuchs und ich spürte, wie sich alles in mir danach ausrichtete. Es war, als würde mich die Magie rufen.

Ich hob die Handflächen und beschwor zwei Magiebälle, die aufleuchteten und zischten. Im gleichen Moment schrumpfte Mézangeaus Pfeil.

»Du dummes Mädchen!«, stieß er hervor. »Glaubst du wirklich, dass du mich auf diese Weise besiegen kannst?«

Sein Zorn loderte und die Magie im Teleskop knisterte, als würde sie gegen ihren Peiniger aufbegehren. Hitze ging von ihr aus. Sie brannte auf meiner Haut, aber vor allem in meiner Brust.

»Jetzt!«, brüllte Raphael und schleuderte die Magiebomben in Richtung des Teleskops. Bunte Explosionen brachten es zum Wanken.

Mézangeau schrie und zielte mit dem Pfeil mitten auf mein Herz, ehe er ihn auf mich schoss. Ich beobachtete, wie die Waffe auf mich zusteuerte. Je näher sie kam, desto stärker brannte die Hitze in meinem Gesicht, die von ihr ausging. Ich reagierte instinktiv, wollte den Pfeil zurückschicken, wie ich es mit Remys Kugel getan hatte. Dabei verlor ich meine Magiebälle, die wie eine Kerzenflamme erloschen, während der Pfeil im Flug immer größer wurde, bis er meine magische Barriere durchbrach und auf mich zuraste. Unausweichlich und absolut tödlich.

Wenige Zentimeter vor meinem Herzen zerstob er zu winzigen Glühpunkten, die wie Konfetti auf den Boden regneten. Der Schock, dem Tod so knapp entronnen zu sein, paralysierte mich und ich begriff nicht sofort, dass das unregelmäßige Knallen von den Magiebomben herrührte. Eines der Beine, die das Teleskop trugen, knackte und knickte ein, das Objektiv schwankte und die Magie, die im Universum verschwunden war, flutete den Raum, überrollte ihn wie nie verebben wollende Wellen in einem Sturm, in dessen Zentrum ich stand.

Mézangeau stieß einen entsetzten Schrei aus. Er machte einen Satz nach vorn, auf mich zu. Doch Elenoire kam ihm zuvor. Sie richtete sich auf, Magie wirbelte um sie herum und ließ ihr helles Haar wie Gold funkeln. Mit wenigen ehrerbietigen Gesten unterwarf sie sie.

Mézangeau fuhr zu ihr herum. Zorn verzerrte sein Gesicht, während in ihren geweiteten Augen Bedauern lag.

»Ich muss Buße tun«, war alles, was sie sagte, als sie die Magie gegen ihren eigenen Sohn richtete. Tödliche Flammen loderten um sie herum auf und walzten mit vernichtender Kraft auf Mézangeau zu, ehe dieser begriff, dass die Frau, die ihm das Leben geschenkt hatte, es ihm nach all der Zeit wieder nahm.

Das Feuer rollte über Mézangeau hinweg und steckte ihn in Brand. Eine lebende Fackel. Er trat um sich, versuchte, dem Tod zu entrinnen, doch das Feuer war übermächtig und verschlang ihn und seine qualvollen Schreie, bis nichts mehr übrig blieb als die Asche eines jahrhundertealten Lebens.

Über uns gaben die gebrochenen Beine des Teleskops unter der schieren Last nach. Es schwankte träge, aber unaufhaltsam, wurde schneller. Raphael umfasste meine Taille und riss mich mit sich. Wir stolperten durch die bunten Wolken der Explosionen, die er ausgelöst hatte. Die Welt verlor an Kontur, war ein Zusammenspiel verschiedenster Farben, oben wurde zu unten. Ich verlor die Kontrolle und fiel, schlug hart auf. Sterne tanzten vor meinen Augen, Schmerz fraß sich durch mich hindurch, Raphaels Stöhnen und Fluchen wurde zu meinem eigenen.

Splitter und Trümmer donnerten auf uns nieder. Ich presste mein Gesicht in die Armbeuge, spürte Raphaels Körper dicht neben mir und betete minutenlang, dass wir das hier überlebten.

»Amelie! Amelie!« Panik färbte seine Stimme und machte seine Berührungen grob, als es endlich vorbei war und er die Finger in meine Schulter grub.

»Alles okay. Bei dir?«

Raphaels Lippen streiften meine Schläfe. »Ein paar Kratzer.«

»Wo ist Elenoire?« Suchend wandte ich mich um und entdeckte unweit von uns einen leblosen Körper. Staub und Blut bedeckten ihn.

Raphael senkte den Kopf. »Sie wurde getroffen.«

Schock schoss durch mich hindurch, als das Okular neben uns zu Boden krachte. Die Vibration brachte mich erneut zu Fall, als plötzlich ein tiefes Dröhnen durch die Erde hallte und jeden Winkel des Untergrunds erfasste. Spannung baute sich in der Luft auf und ich klammerte mich an Raphael fest, während ich beobachtete, wie die Magie sich Bahn brach. Goldene Partikel tanzten und wirbelten umher, bis sie sich zu einer gewaltigen Lichtsäule verdichteten. Es war so hell, dass ich gegen den Drang ankämpfen musste, zu blinzeln. Aber ich konnte dem nicht nachgeben. Nicht jetzt, da ich Zeugin wurde, wie die Magie durch den Schacht hoch zur Tagesoberfläche schoss und endlich in die Welt zurückkehrte.

Mein Herz drohte zu explodieren und Tränen rannen mir über die Wangen. Erleichterung vermischt mit Schock und Trauer, Glück und Unglaube pulsierte durch mich hindurch und erinnerte mich an das Gefühl von Schmetterlingsflügeln, aber nicht über, sondern unter der

Haut. Ich spürte die Magie mit jeder Faser meines Körpers. Es war wie atmen, einfach und natürlich.

Elenoire hatte sich geopfert, um den Weg in die Neomagische Ära zu ebnen. Es war vorbei und gleichzeitig fing es gerade erst an. Ein neues Zeitalter.

Ich lag auf dem Rücken, tastete nach Raphaels Hand und verflocht die Finger mit seinen. Unaufhörliche Tränen raubten mir die Sicht, bis die Magie wie Lichtreflexe vor mir tanzte. Sie hüllte uns in warmes, goldenes Licht und funkelte, als wären die Sterne vom Himmel gefallen. Mein größter Traum verwandelte sich in diesem Moment in meine neue Gegenwart. Einfach magisch.

39

AMELIE

Paris erstrahlte in neuem Glanz. Nachdem Raphael und ich das Hauptgebäude der AI verlassen hatten, standen wir mit Julien und seinen Leuten unter freiem Himmel und beobachteten, wie die Magie diesen in ein Farbenmeer aus schillernden Goldtönen verwandelte.

Durch die Straßen der Stadt waberte ein funkelnder Nebel, der in die Risse der verfallenen Gebäude drang und sie verschloss. Fensterscheiben erstanden aus dem Nichts und das Glas wirkte wie Wasser, das in Form gegossen wurde.

Es war ein wundersames Schauspiel, an dem ich mich nicht sattsehen konnte. Mit jedem weiteren Moment breitete sich die Magie weiter aus, bereit, das Schicksal unserer Welt neu zu formen.

Mein Herz wummerte vor Freude und ich drückte Raphaels Hand fester. Er drehte mir den Kopf zu und lächelte, was angesichts der Schnitte und Verbrennungen in seinem Gesicht ein wenig schwerfällig wirkte. Ich zog den Ärmel meines Oberteils über die Hand und tupfte damit Blut von seiner Lippe.

»Geht es dir gut?«, fragte ich und strich mit der anderen Hand über seine Wange.

Raphael beugte sich zu mir und lehnte die Stirn gegen meine. Ich schloss die Augen und atmete seinen Atem, eine ganz eigene Art von Magie. »Ja. Wie fühlst du dich?«

Einen Augenblick verharrte ich in der Position und genoss seine Nähe, ehe ich die Lider wieder hob, um ihn anzusehen.

»Müde und aufgeregt. Glücklich und traurig. Berauscht und verwirrt.« Ich zögerte und schluckte. »Schuldig. Ich fühle mich auch schuldig.«

Raphael strich über meine Schläfe. Mitgefühl machte seine Züge weich und sein Lächeln milde. »Nichts von dem, was geschehen ist, ist deine Schuld.«

»Ich habe ihn getötet.«

»Du weißt, dass er dasselbe mit uns tun wollte.«

Ich sog die Luft ein und als ich ausatmete, tanzten die goldenen Partikel um uns herum. »Es geht nicht darum, was er tun wollte, sondern was ich getan habe, verstehst du?«

Raphael legte die Hände um mich und zog mich in eine feste Umarmung. Mit seinem Kinn auf meinem Kopf, meinem Ohr an seinem Herzen verharrten wir, als würde die Zeit stehen bleiben.

»Ich wusste, dass du nicht im Orden bleiben würdest.« Juliens ruhige Stimme beendete den Moment zwischen Raphael und mir und wir lösten uns voneinander.

»Ich könnte mich jetzt entschuldigen, aber eigentlich will ich das nicht«, entgegnete ich und drückte meinen Freund. Er roch nach Blut und Schweiß, aber auch vertraut nach Julien, denn unter den strengen Gerüchen bemerkte ich die Note seines Zederndeos. »Wenn Raphael und ich nicht gekommen wären, hätten deine Leute möglicherweise jeden für Mézangeau Kämpfenden getötet, nicht aber die Magie zurückgeholt.«

Julien legte den Kopf schief. »Mézangeau? Du meinst Etienne.«

»Sie sind ein und derselbe«, antwortete Raphael und entlockte Julien damit einen langen Pfiff.

»Dann sind die Geschichten um unseren Volkshelden tatsächlich bloß das: Geschichten?«

Ich nickte und allein der Gedanke schnitt mir ins Herz. Mein Großvater hatte diesen Mann verehrt, ich auch und so viele andere. Dabei war Mézangeau nichts anderes als ein weiteres Opfer von Hybris und Machtgier, die Schurken der Historie.

»Das ist ...« Julien unterbrach sich und fuhr sich mit der Hand über seinen Buzz Cut. Er zuckte mit den Schultern, als hätte er keine Worte dafür, und mir erging es ähnlich. »Was ist da drin passiert?«

»Wir haben die Vorrichtung zerstört, mit der Mézangeau die Magie gebannt hat«, antwortete Raphael. »Elenoire hat ihn getötet, weil ...« Er sah mich an und suchte in meinem Blick die Erlaubnis, fortzufahren.

»Er wollte mich töten und sie hat das verhindert«, kürzte ich die Wahrheit, weil ich mich in diesem Moment nicht in der Stimmung befand, um Julien die Neuigkeiten über meinen familiären Hintergrund mitzuteilen.

Eine Frau mit kurzen Haaren und staubigen Wangen kam auf uns zu und verhinderte, dass Julien noch einmal nachhaken konnte. »Hey, Jules. Wir müssen los. Ein paar der anderen müssen dringend verarztet werden.«

»Komme.« Julien wandte sich an uns. »Begleitet ihr uns zurück zum Orden?«

»Ich muss nach Hause. Nach meiner Mutter sehen«, sagte Raphael.

»Wir sehen uns später«, verabschiedete ich mich von Julien. Ich hegte nicht die Absicht, allzu schnell zum Collège des Bernardins zurückzukehren, wo ich mich weniger willkommen und vielmehr als Gefangene gefühlt hatte.

Julien hob die Hand, ehe er sich seinem Team anschloss, das sich vor dem Eingang zu *Asclépios Industrielle* versammelt hatte.

»Du kommst mit?«, fragte Raphael und lenkte damit meine Aufmerksamkeit zurück auf sich. Freude huschte über sein Gesicht und hob seine Mundwinkel.

»Unbedingt.«

Nachdem wir zuvor mit der Metro hergekommen waren, missfiel mir die Vorstellung, die nächste halbe Stunde unterirdisch zu verbringen. Ich hatte das Gefühl, etwas zu verpassen, während die Magie durch die Straßen waberte und die Wunden der letzten Jahrzehnte ihrer Abwesenheit heilte. Doch dann erinnerte Raphael mich daran, dass sein Auto seit unserem ersten unfreiwilligen Ausflug in den

Hauptsitz der AI auf dem Parkplatz stand, und vom Beifahrersitz aus beobachtete ich goldene Wirbel, die sich an Straßenlaternen hochschraubten und deren gläserne Gehäuse neu zusammensetzten, und eine Magnolie, die mitten im November zu blühen begann, als die Magie sie küsste. Wir kamen nur langsam voran und brauchten mehr als eine halbe Stunde, weil die Menschen auf die Straßen strömten, die Köpfe hoben und fasziniert dabei zusahen, wie sich unsere Welt für immer veränderte.

Das Gebäude, in dem sich das Museum befand, hatte nicht unter dem Magiefall gelitten. Aber der verfallene Platz, an dem es stand, wirkte wie neu angelegt. Die historischen Fassaden erstrahlten im Licht des Tages und in den Fenstern spiegelte sich der Magiestaub. Die gegenüberliegende Stadtvilla, deren Dach eingestürzt war, war neu gedeckt und die Spuren des Brandes an den Mauern verschwunden.

Als wir vorfuhren, entdeckte ich auf den Stufen zum Museum zwei Gestalten. Ich legte eine Hand auf Raphaels Unterarm und nickte mit dem Kinn in Richtung seiner Eltern. Er machte eine Vollbremsung, die das Auto so abrupt zum Stehen brachte, dass mir der Gurt in den Oberkörper schnitt. Dann schnallte Raphael sich ab und kletterte unbeholfen aus dem Zoe, obwohl der Motor noch lief.

Während er mit schnellen Schritten den Platz überquerte, stieg ich aus, umrundete das Auto und schaltete es aus. Das nächste Mal, als ich aufsah, lag Raphaels Mutter in seinen Armen und auch aus dieser Entfernung konnte ich sehen, wie sehr seine Schultern bebten. Gaspard stand daneben und wischte sich abwechselnd über das eine Auge, dann über das andere.

Ich wollte diesen intimen Moment nicht stören und zögerte, auf sie zuzugehen. Aber Gaspard gab mir ein Zeichen und ich setzte mich langsam in Bewegung.

Raphael umarmte seine Mutter immer noch, als ich die oberste Stufe erreichte, die breit genug war, dass sie alle nebeneinanderstanden. Er schluchzte und zitterte und mir stiegen die Tränen in die Augen.

»*Maman*«, stieß er hervor, während sie mit einer Hand seinen Hinterkopf streichelte und den anderen Arm um seinen Rücken schlang. Die Form der Malignen Magieplasie, unter der sie gelitten hatte, hatte sie in den letzten Jahren daran gehindert, das Bett zu verlassen. Sie hier zu sehen, stehend, an der frischen Luft, war überwältigend.

Nach ein paar Minuten gab Raphael seine Mutter frei. Tränen hingen in seinen dunklen Wimpern und seine Augen waren gerötet. Er biss sich auf die Lippe, als wollte er den Versuch unternehmen, seine Gefühle in den Griff zu bekommen, und scheiterte, als er erneut schluchzte und mit dem Unterarm über sein Gesicht rieb.

Länger hielt ich es nicht aus, ihn so zu sehen, und trat zu ihm, legte einen Arm um seine Taille und schmiegte mich an ihn. Er erwiderte es, drehte sich, bis er die Nase in meinem Haar vergrub und tief ein- und ausatmete.

Chloe lehnte sich gegen ihren Mann. Ihre Wangen waren rosig, ihr Teint frisch, und ihr Haar glänzte. Das ließ sie jünger wirken. Und gesund. Für mich brauchte es keine Blutuntersuchung, um das zu bestätigen. Sie hatte die Krankheit besiegt. So wie ich auch.

»*Mon cœur*«, sagte Raphael mit heiserer, verweinter Stimme. Der Spitzname strich zusammen mit seinem Atem wie eine zarte Berührung über die empfindliche Stelle unterhalb meines Ohrs und brachte mein Herz zum Flattern. »Danke.«

40

RAPHAEL

»Ich wollte nicht heulen.« Mit einer energischen Geste wischte sich Sandrine über die linke Wange, die rechte betupfte sie vorsichtig, denn die verbrannte, rot schimmernde Haut bereitete ihr noch immer Schmerzen. An das, was geschehen war, erinnerte nicht nur die Narbe in ihrem Gesicht, sondern auch die ernste Art, die sie sich neuerdings angeeignet hatte. Die Heilkundigen der Ligue Magique hatten versucht, auch ihre Wunden zu heilen, aber da sie bereits auf nicht-magische Weise behandelt worden war, hatten sie nicht mehr viel ausrichten können. Die Narbe würde bleiben.

Zum wiederholten Mal schloss Sandrine Amelie in die Arme. »*Mon Dieu,* ich werde dich so vermissen«, murmelte sie. Allmählich fragte ich mich, ob es die richtige Entscheidung war, so früh aufzubrechen und unsere Freunde und meine Familie zurückzulassen, jetzt, da unsere Welt im Wandel war.

Das neu organisierte Département für die Verwaltung magischer Angelegenheiten arbeitete gerade unter Hochdruck daran, ein Regelwerk zu verfassen, um den Menschen bei der Magiewirkung Grenzen zu setzen und größeren Katastrophen entgegenzuwirken. Amelie und mich hatten sie für unsere Verdienste ehren wollen, aber wir hatten einstimmig abgelehnt. Nicht wir waren es, die die Welt feiern sollte. Elenoire sollte ein Denkmal gesetzt werden.

Das war ein Grund, aus dem wir uns zurückzogen. Ein anderer war, dass wir nach all dem, was wir erlebt hatten, eine Pause brauchten. Wir hatten beide ein Urlaubssemester beantragt und unter diesen besonderen Umständen war dem zeitnah stattgegeben worden.

Amelie würde die Auswirkungen der Magie auf den Norden des Landes erforschen, wo es weniger fachkundige Leute gab wie hier in Paris und es immer wieder zu Zwischenfällen gekommen war, bei denen Personen durch Magiewirkung zu Schaden gekommen waren. Außerdem stand noch unsere Zu- oder Absage zu einer Einladung der *Ligue Magique* aus. Hoareau hatte uns vorgeschlagen, den Hauptsitz in der Normandie zu besuchen. Ich wusste, dass Amelie ihm die Umgangsweise während unserer Tage im *Collège des Bernardins* nicht verziehen hatte. Doch ihre Neugier, mehr über die Arbeit ihres Großvaters zu erfahren, war groß und ich vermutete, dass sie letztlich zustimmen würde.

»Ich rufe dich jeden Tag an«, versicherte Amelie ihrer Freundin und löste sich von ihr.

»Pass bloß auf sie auf, Raphael. Du weißt, du bist auf Bewährung.« Sandrine machte eine drohende Geste in meine Richtung und Julien klatschte in die Hände.

»Irre ich mich oder hast du sie nicht auch von Anfang an belogen?«, fragte ich ihn. »Du solltest dich bedeckt halten.« Daraufhin zeigte er mir den Mittelfinger.

Sandrine umschloss Juliens Faust und drückte sie nach unten. »Ich glaube nicht, dass wir schon so weit sind und Witze darüber machen können. Julien, benimm dich«, maßregelte sie ihn.

Ich feixte. In dieser neuen Welt standen die Sterne gut, dass aus Julien und mir einmal Kumpels werden könnten. Seit ich die Blicke bemerkt hatte, die er Sandrine zuwarf, war ich mir sicher, dass sein Verhältnis zu Amelie platonisch war. Allerdings zogen wir es der Gewohnheit halber aktuell noch vor, uns gegenseitig zu ärgern.

Davide trat zu mir und legte mir eine Hand auf die Schulter. Ich zog ihn in eine Umarmung und musste lachen, als er mir unbeholfen auf den Rücken klopfte.

»Soll ich dich auch jeden Tag anrufen?«, fragte ich ihn um einen ernsten Ton bemüht und löste mich von ihm.

Zu meiner Überraschung nickte Davide. Er richtete die Brille, bis sie schiefer auf seiner Nase saß als zuvor. »Und vielleicht schickst du ab und zu mal Fotos.«

»Ich möchte auch Fotos bekommen!«, rief Sandrine und wippte auf den Ballen.

»Die Bestellung musst du an Amelie richten, du fällst nicht in meinen Zuständigkeitsbereich.«

»Zum Glück aber in meinem«, glaubte ich, Julien Sandrine zuraunen zu hören, was meine Vermutung, dass da mehr zwischen den beiden war, untermauerte.

Ich lud die letzte Tasche ins Auto und kämpfte mit der Klappe zum Kofferraum. Der Renault war eindeutig zu klein für große Träume.

»Du weißt, dass du das Problem anders lösen könntest?« Amelie grinste, als ich den Arm um ihre Schultern schlang und sie an mich zog. Ich stahl ihr einen Kuss. Einen von der jugendfreien Sorte, da unsere Freunde zuschauten. Trotzdem gab Julien Würgegeräusche von sich. Diesmal war ich es, der den Mittelfinger hob.

»Jungs!«, rügte Sandrine uns, aber wir lachten nur.

Das war neben der Magie das Sonderbarste an unserer neuen Gegenwart: Lucilles Tod, der des Professors und der jener Personen, die im Kampf gegen *Asclépios Industrielle* gefallen waren, warfen tiefe Schatten auf unsere Gegenwart, aber immer wieder sorgten unbeschwerte Momente für Licht und Leichtigkeit. Das Leben ging weiter, so grausam es auch war, und wir konnten nichts anderes tun, als uns diesem Schicksal zu ergeben.

Amelie nahm sich der Kofferraumklappe an, indem sie die Handflächen gegeneinander rieb und einen Bogen beschrieb. Trotz des Widerstandes klickte die Tür. Die Tatsache, dass sie magisches Blut hatte, schien es ihr leichter zu machen, Magie zu wirken. Alle anderen waren auf Hilfsmittel angewiesen. Auch das beabsichtigte sie zu erforschen.

»Wir können los«, verkündete sie und strahlte mich an.

Ich schnaubte. Es war nicht so, dass ich nichts mit der Magie anfangen konnte. Im Gegenteil. Ihrer Rückkehr verdankte ich die

Genesung der zwei wichtigsten Frauen in meinem Leben. Und das erfüllte mich mit Demut und Dankbarkeit. Aber ich bevorzugte bisweilen die konventionelle Methode, um Dinge zu erledigen.

»Du gewöhnst dich sicher noch daran.« Amelie stellte sich auf die Zehenspitzen und hauchte mir einen kleinen Kuss auf die Nase. Dabei streifte sie mit ihrer Wange meine und wiederholte die Berührung, bis meine Bartstoppeln über ihre Haut kratzten. Sie stieß einen summenden Laut aus und schloss für einen Moment die Augen, ehe sie mich mit einem Funkeln darin ansah.

»Lässt du dir einen Bart wachsen?«

Statt einer Antwort hob ich gleichzeitig eine Braue und eine Schulter.

Amelie lachte amüsiert auf und zwickte mich in den Bauch. »Aus zuverlässiger Quelle weiß ich, dass dir das gut stehen würde.«

»Ich dachte eher an einen Dreitagebart und nicht an einen Pornobalken wie den von Magnum.«

»Schade.«

Amelies Lachen verblasste kaum merklich, als sie vor der Beifahrertür des Autos stehen blieb. Sie sah zurück und ein wehmütiger Ausdruck zeichnete sich auf ihrem Gesicht ab, während sie unsere Freunde musterte.

»Fühlst du dich durch unsere Entscheidung schlecht?«

Sie war am Ende einer Nacht gefallen, die wir schlaflos verbracht hatten. Nicht, weil wir uns geliebt hatten. Wir hatten geredet. Lange und durcheinander, bis unsere Stimmen kratzig gewesen waren und der Morgen nicht mehr fern.

Meine Frage ließ ihre Schultern nach unten sacken. »Nicht unbedingt. Ich denke nur, dass ich das alles hier vermissen werde.«

»Es sind doch nur ein paar Wochen. Außerdem können wir jederzeit zurückkehren.«

Aber auch ich hatte mich gefragt, ob es richtig war, meine Mutter zurückzulassen, um Amelie auf ihrer Forschungsreise zu begleiten. Zweimal war ich kurz davor gewesen, die gepackten Koffer wieder zu leeren. Am Ende hatte meine Mutter mir ins Gewissen geredet und mir nahegelegt, etwas für mich zu tun. Nicht für sie. Und jetzt kribbelte mir die Aufregung im Nacken.

»Haut endlich ab und habt Spaß!«, rief Julien und nahm Sandrine in den Arm, die sich erneut die Tränen fortwischte.

»Passt auf euch auf!«, fügte sie hinzu und lehnte sich gegen seine breite Brust.

Davide winkte und ich erwiderte den Abschiedsgruß mit mehr Wehmut, als ich erwartet hätte. Dann stiegen wir ein.

Gerade senkte sich die Sonne über den Dächern von Paris herab und tauchte die Stadt in einen magischen Schimmer. Einer, der anhalten würde, selbst wenn sie längst untergegangen war.

Ich startete den Motor, hielt noch mal inne. Mit gehobener Braue sah Amelie mich an. »Stimmt etwas nicht?«

»Ich muss nur …« Ich beugte mich über die Mittelkonsole und fing ihre Lippen mit einem Kuss ein. Sie schmeckten nach Hoffnung und Sehnsucht und allen Nuancen dazwischen. Nach einer Reise voller Magie und der Vorfreude auf Abenteuer.

Dank

Auf einem Buch steht ein Name. Der Name steht für die Person, die es geschrieben hat. Und hinter dieser Person stehen unzählige weitere. Ebendiesen möchte ich für ihre unermüdliche Unterstützung danken.

Astrid, Drachenmama, danke, dass du am Drachenfeuer Platz für Amelie und Raphael geschaffen hast. Danke auch an das gesamte Team vom Drachenmond Verlag, das so viel Herzblut für Geschichten aufbringt.

Falls sich jemand unter euch fragt, wie man Stroh zu Gold spinnen kann, verweise ich euch gerne an meine wundervolle Lektorin Sarah. Sie hat den Nierwitzki-Zauber gewirkt und dafür gesorgt, dass ich unendlich stolz auf dieses Buch sein kann. Danke von Herzen!!!!!! (Sind die Ausrufezeichen hier okay?)

Und wie entspannt kann ein Korrektorat sein? Lillith: Ja. Danke für deine liebevolle Arbeit, dein Auge fürs Detail und die Eliminierung zahlloser überflüssiger Kommas.

Alex, ich danke dir für ein wunderschönes und wunderbar passendes Cover. Ich habe den tiefsten Respekt vor deiner Kunst und ich bin sehr dankbar für unsere Zusammenarbeit.

Ein besonderer Dank geht raus an meine Testleserinnen, die sich einer Version meines Manuskripts angenommen haben, die mir jetzt todpeinlich ist. Keine Ahnung, wie ihr die Geschichte trotzdem gut finden konntet, aber ihr habt dazu beigetragen, dass sie heute so großartig ist, wie sie ist.

Danke an Lisa, dafür dass du seit Jahren an meiner Seite bist, sowie an Ariana, Stephanie und Vanessa für eure tolle Unterstützung.

Außerdem möchte ich mich bei Kathrin bedanken, die dieses Projekt begleitet hat, als es noch in den Kinderschuhen steckte. Dass du von Anfang an daran geglaubt hast, bedeutet mir sehr viel.

Emily, merci beaucoup für deine Hilfe bei den französischen Ausdrücken. Ich wünschte, nach drei Sprachkursen und fast acht Jahren als Teil eurer Familie wäre das nicht mehr nötig, aber Französisch ist und bleibt leider mein Endgegner.

Danke an Feuerwehrmann Fabian, der sich die Zeit genommen hat, mir für eine möglichst realistische Darstellung einen Einsatzablauf ganz genau zu erklären, damit die Ersthelfenden, Polizeikräfte und Feuerwehrleute sich nicht gegenseitig auf den Füßen stehen.

Und danke an alle, die sich selbst in Gefahr bringen, um andere zu retten. Ihr seid Held*innen.

Danke an meine Familie, die mir den Rücken freihält, damit ich in meinen Geschichten versacken kann.

Und danke an euch, die ihr meine Bücher lest und es überhaupt erst möglich macht, dass ich sie schreibe.

Anika Ackermann
Cursed Wings – Fluch und Gabe
ISBN: 978-3-95991-520-5, Softcover

Fluch oder Gabe?
Wer König Dorchadas treu ergeben ist, der blickt einem langen und friedlichen Leben entgegen.
Um alle anderen kümmert sich die Gilde der Raben.

Aeryn kann die Ängste eines anderen Menschen spüren, wenn sie ihn berührt. Diese Gabe macht sie zu einem der legendären Raben, doch ist sie gleichzeitig auch ihr größter Fluch. Denn wenn jede Berührung bedeutet, in die Abgründe einer Seele zu blicken, wie sollte man da nicht lieber die Augen verschließen?
Nur Cadan vermag Aeryns Mauern zu durchbrechen, bis der König eines Tages ausgerechnet seinen Kopf von ihr fordert.
Kann sie wirklich zwischen dem Menschen, der ihr Herz erobert, und denen, die es bereits ausfüllen, wählen?

Anika Ackermann
Die Akte der Ars Obscura – Dunkelwanderer
ISBN: 978-3-95991-524-3, Softcover

Ich bin Aurora »Scarface«.
Einst ein aufstrebender Stern am Himmel der Ars Obscura, jetzt tief gefallene Agentin. Alles, was ich will, ist ein ruhiger Job und Zeit, um meine Wunden zu lecken. Sollen sich die anderen um die Crae kümmern, die die Welt der Sterblichen aufmischen.
Mit dieser Einstellung überstehe ich gerade mal die erste Woche in London, ehe mir sämtliche Vorsätze um die Ohren fliegen: dank meiner persönlichen Neigung, mich in Schwierigkeiten zu bringen, der Halbwahrheiten, mit denen mein Chef Adriel mich hergelockt hat, und meines übellaunigen Arbeitskollegen Caspian, der es zur Kunstform erhoben hat, mich mit Blicken zu töten.
Auf einer Skala von persönliche Hölle bis Vollkatastrophe – wie toll wird der Neustart meines Lebens wohl werden?

Ria Radtke
Der Kristallkönig
ISBN: 978-3-95991-941-8, Klappenbroschur

Amsterdam, 1898. Seit dem Verschwinden seiner Mutter ist Kornelian van Leeuwen den Launen seines Vaters ausgeliefert. Als er auf die Antwerpener Diamantenmesse geschickt wird, sieht er seine Chance gekommen, endlich das Vertrauen des kaltherzigen Edelsteinhändlers zu gewinnen: Dazu muss er nur den Dieb aufspüren, der die Kundschaft bestiehlt und das Unternehmen seiner Familie in Verruf bringt.
Anstatt sich auf das Leben als Ehefrau vorzubereiten, verbringt Juweliersstochter Beryl ihre Zeit lieber damit, Diamanten aus den Villen gutbetuchter Familien zu stehlen. Die makellosen Steine rufen förmlich nach ihr, bergen allerdings ein grausames Geheimnis. Beryl ist entschlossen, für Gerechtigkeit zu sorgen, bis sie auf Kornelian trifft und einsehen muss, dass ihr Herz andere Pläne hat.
Beide ahnen nicht, dass sie im Begriff sind, übernatürliche Kräfte zu entfesseln, die mehr als nur ihr Leben in Gefahr bringen.

Magali Volkmann
Die Republik der Knochen
ISBN: 978-3-95991-963-0, Softcover mit Farbschnitt

Eines Tages soll Riora über die Republik Anamoya regieren – zumindest, wenn es nach ihrem Onkel geht, der sie neben der Politik auch die geheime Kunst der Nekromantie lehrt. Doch als ihre Mutter ermordet wird, scheitert ihre Magie, und Rioras Welt bricht in sich zusammen. Warum musste ihre Mutter sterben? Welche Geheimnisse verbirgt die Republik, die von Intrigen und Korruption durchzogen ist?

Riora schwört sich, den Schuldigen zu finden, wobei sie unerwartete Hilfe von dem Künstler Arias erhält. Obwohl sie sofort mit ihm aneinandergerät, muss sie ihm vertrauen. Denn ihre Familie ist nicht die einzige, die verbotene Magie beherrscht – und der Mörder hat weitaus mehr vor, als Blut in Anamoya zu vergießen …

Anna Jane Greenville
Teufel von Oxford
ISBN: 978-3-95991-563-2, Softcover mit Farbschnitt

England, 1888

»Einst führte meine Familie die bekannteste Schlosserei Oxfords. Nun bin ich eine Diebin und knacke die Schlösser meiner Vorfahren. Schuld daran hat allein James Frederik Darvill. Der arrogante und attraktive Gentleman erpresst mich. Zu allem Übel geht es auf seinem Anwesen nicht mit rechten Dingen zu. Wenn ich seine finsteren Machenschaften nur aufdecken und beweisen könnte, würde ich meine Freiheit vielleicht wiedererlangen. Leider zieht mich seine mysteriöse Macht immer mehr in seinen gefährlichen Bann … «
Susanna Copper